재조일본인 일본어문학사 서설

이 저서는 2007년 정부(교육과학기술부)의 재원으로 한국연구재단의 지원을 받아 수행된 연구임(NRF-2007-362-A00019).

일본학총서 33
식민지 일본어 문학・문화시리즈 70

재조일본인 일본어문학사 서설

跨境 日本語文學・文化 研究會 편저

역락

머리말

이 책『재조일본인 일본어문학사 서설』은 고려대학교 글로벌일본연구원 인문한국(HK)지원사업(2007년 선정)이 2017년 8월 종료됨에 따라, 사업단 내의 <과경 일본어문학·문화 연구센터>(이하 본 연구센터)가 근 10년 동안 수행해 온 연구성과를 총망라하고 향후의 연구전망을 제시하기 위해 기획한 것이다.

본 연구센터는 글로벌일본연구원 HK사업 초창기인 2008년 3월부터 <식민지 일본어문학·문화 연구>라는 아젠다를 설정하여, 한반도를 중심으로 동아시아 일본어문학·문화의 형성과 전개과정을 식민지 문화의 혼종성이라는 관점에서 연구해 왔다. 한반도에는 일본 제국주의의 확대에 따라 일본어로 창작된 다량의 문학작품이 존재했으며, 이들 한반도 일본어문학은 재조일본인은 물론 식민지 조선의 작가와 식민지 본국에서 활동하는 일본인에 의해 창작되었고, 그 유통 또한 재조일본인 사회는 물론 조선인 사회, 일본 본국, 나아가 동아시아로까지 광범위하게 이루어졌다. 이와 같은 역사성을 띠는 식민지 일본어문학은 한국이나 일본에서 영위된 문학과는 달리, 일본의 식민 지배의 실상은 물론 문화 접촉지대로서의 재조일본인 사회의 실상, 식민지 일본어문학의 특수성과 보편성 등이 다양한 층위에서 교차하는 혼종적 양상을 보인다. 그러나 오랜 동안 언어, 민족, 국가의 관계를 자명한 것으로 파악하는 일국 중심의 '국문학' 개념과 정전 중심의 연구 전통으로 인해 식민지 일본어문학 분야는 그 중요성에도 불구하고 연구 대상에서 배제되어 온 것 또한 사실이다.

이와 같은 문제의식에서 본 연구회는 개화기에서 일제강점기에 이르는 약 반 세기 동안 한반도에서 영위된 일본어문학·문화에 대한 연구의 필요성을 절감하고, 간과되거나 조명을 받지 못한 재조일본인의 일본어문학, 문화 관련 자료를 적극적으로 수집, 발굴하여 재조명하는 연구를 진행해 왔다. 그 성과는 연구센터에 속한 여러 연구자들이 국내외 전문 학술지에 게재하였으며 13권에 이르는 단행본 연구서로 간행되었다. 이들 한반도 일본어 문헌은 문학의 영역뿐만 아니라 해당 시기 한국의 정치, 경제, 역사, 사회, 문화 등 다양한 분야에 의미 있는 논점과 정보를 제공하는 귀중한 자료라고 인식하게 되어, 100권이 넘는 대규모 자료집, 30권 이상의 중요 자료의 번역서, 20권 가량의 교양서 간행 등 <식민지 일본어문학문화 시리즈>라는 본 사업단의 총서 형태로 간행되었다.

본 연구센터의 이와 같은 연구활동의 의의를 정리하면 다음과 같다.

첫째, 이들 재조일본인의 문학·문화는 동아시아 지역을 시야에 넣고 연구해야 한다는 연구 지평의 확대를 들 수 있다. 즉 동아시아 지역은 일본의 식민지주의와 제국주의가 초래한 공동의 역사적 경험이 있어 문학뿐만 아니라 정치, 경제, 역사, 문화 등의 분야에서 상호 밀접한 교섭을 해 왔고, 따라서 재조일본인의 문학, 문화는 한반도라는 단일한 지역만을 시야에 넣고서는 파악할 수 없는 복잡하고도 연계적인 양상을 띠고 있다. 이와 같은 재조일본인 문학의 특수성을 인식한 본 연구센터는, 2013년 한국, 중국, 일본, 타이완 등의 연구자와 연대하여 <동아시아와 동시대 일본어문학 포럼>을 창설함으로써 연구 외연을 확장하였다. <동아시아와 동시대 일본어문학 포럼>은 동아시아라는 시좌를 갖는 한국, 중국,

타이완, 일본의 일본어문학 연구자들이 모여 각 지역의 근대문학 체험의 특수성 및 역사성을 서로 비교하며 연구의 지평을 넓히고, 일본근대문학을 동아시아 관점에서 재구축하고자 기획된 연구공동체이다.

둘째, 동아시아 지역으로 연구 대상과 시좌가 확대됨에 따라 연구 방법 면에서도 과경적(跨境的) 연구 방법을 지향하게 되었다. 경계에 걸친다는 '과경'이라는 개념은 기존 학술계에서 널리 사용되는 '월경(越境)'과 유사성을 가지고 있기도 하지만 이와는 또 다른 방향성을 지향하고 있다. 이는 엄밀히 말해 근대가 만들어 온 다양한 영역의 경계를 뛰어넘음과 동시에 분단된 또는 분할된 현재의 입장, 나아가 각각의 '국지성'을 인정하면서 그것을 극복하고자 하는 입장이다. 그렇기 때문에 현재적 입장을 무조건 뛰어넘어야 한다는 강박의식을 지양하면서 이를 극복하고자 대화와 논의의 공간을 설정하여 함께 만나는 것이 '과경'이 지향하는 중심 취지이다. 이와 같은 인식에서 본 연구센터는 명칭을 <식민지 일본어문학·문화 연구회>에서 <과경 식민지 일본어문학·문화 연구센터>로 변경하여 연구활동을 수행해 왔으며, 일본어문학 전문 국제사독학술지 『과경/일본어문학연구(跨境/日本語文學研究)』 *Border Crossings ; The Journal of Japanese-Language Literature Studies*(이하『과경』)를 창간하여 일본어문학 분야 연구성과의 플랫폼 역할을 하게 되었다.

이상과 같은 본 연구센터의 활동은 연구회 구성원만이 아니라, 그 문제의식과 연구방법에 공감하는 국내 타기관 관련 연구자들의 적극적이고 자발적인 참여를 이끌어내었고, 2010년 이후에는 국내뿐만 아니라 일본, 중국, 타이완, 동남아시아의 연구자들도 참여하게 되었으며, 더 나아가 2014년 이후에는 유럽 여러 나라와 미국의 일본 관련 연구자와 석학들로 참가범위가 확대되어 한국이 주도하는 외국 지역 학문의 국제화를 실천

할 수 있게 되었다.

또한 본 연구센터는 학문 후속세대 육성이라는 HK사업 취지에 맞추어 해당분야를 전공하는 대학원생들도 국내외 학술대회 발표, 연구총서 간행에 공동으로 참가하였으며, 그 결과 관련 석·박사 학위논문도 수 편 배출하였다. 이와 같은 본 연구센터의 연구 활동에 국내외 연구자가 참가하고 학문적 후속세대를 배출하게 된 것은, 본 연구센터가 지난 10년간 노력을 경주해 온 '식민지 일본어문학·문화'가 명실 공히 새로운 연구영역으로 확립되었음을 증명하는 것이라 할 수 있다.

이에 본 연구센터는 HK사업의 종료에 즈음하여, 지난 10년간의 연구를 통해 얻은 새로운 정보와 관점을 총괄 정리하여 한반도에서 이루어진 개화기 일제강점기 일본어문학·문화의 전체상, 그리고 향후 연구 전망을 제시할 목적으로 본서를 기획하였다. 그러나 동시에 그간 미개척 상태에 있던 본 연구 분야를 10년이라는 한정된 기간에 모든 장르를 누락 없이 망라하기에는 한계가 있었던 것도 사실이다. 따라서 아직 모든 세부 장르별, 시기별, 매체별 연구가 고르게 심화되었다고 보기 어려운 측면을 인정하지 않을 수 없으므로, 이와 같은 사정에서 애초 한반도 일본어문학사 전 범위를 섭렵한다는 원래의 기획에서 한발 물러나『재조일본인 일본어문학사 서설』로 간행함으로써, 장르와 시대에서 후속연구를 기하기로 하였다.

이와 같은 경위로 기획된 본서의 구성은, '제1장 1900년대 일본 식민지주의와 한반도의 일본어문학의 성립', '제2장 1910년대 일본의 한국 강제병합과 일본어문학의 전개', '제3장 1920년대 일본의 문화 통치와 일본어문학의 변화', '제4장 1930년대 전시기 일본어문학의 확산', '제5장 1940년대 국민문학 시대의 일본어문학'과 같이 각 시기별로 일본어문학의 전체적 흐름을 조망할 수 있게 하였다. 또한 각 장 아래에는 해당 시기별 일본어문학의 흐름을 주도했던 평론, 소설, 번역, 시가, 극문학 등을 중심으로 그 장르의 출현 배경과 개념, 전개양상, 작품소개, 연구현황과 전망 등을 기술하도록 하였다. 특히 재조일본인의 문학은 그간 미개척 영역으로 남아 있던 분야도 많아서 작품의 존재 사실만으로도 의미 있는 정보라 생각하여 되도록 많이 소개하고자 하였고, 또 작품 본문도 발췌 번역해 두었다. 또한 각 장르에 따라 시기별로 지속적으로 등장하기도 하고, 어느 특정 시기에 나타났다가 사라지는 경우도 있었으나, 가급적 장별로 특정 장르를 일관성 있게 기술하여 통시적으로 그 흐름을 파악할 수 있도록 감안하였다. 따라서 이 시기에 관심을 갖기 시작한 연구자나 일반인이라도, 본서를 접함으로써 개화기, 일제강점기 일본어문학·문화의 전체상을 한눈에 파악할 수 있음과 동시에 각 장르별 개념과 특징을 비교적 분명하게 이해할 수 있을 것이라 생각한다.

　개화기 일제강점기 재조일본인 일본어문학 연구는 본 연구회에 의해 이제 서설이 기술된 단계이다. 아직 장르별, 작품별, 매체별로 더 세밀하면서 총체적인 연구가 심화되고 확대되기 위해서는 아직 가야 할 길이 많이 남았다. 특히 연구대상으로 삼은 주된 매체가 『조선급만주(朝鮮及滿洲)』, 『조선공론(朝鮮公論)』과 같이 이 시기 한반도에서 간행된 주요 일본어 잡지나 단행본에 한정되어 있다. 그러나 이 시기에는 이러한 주요 잡지 외에도 총독부 기관지 『경성일보(京城日報)』를 비롯한 많은 일본어 신문도 간행되었고 이들 일간지에는 잡지보다 훨씬 많은 문학, 문화 관련 기사가 게재되었다. 본서의 간행이 앞으로 아직 미개척 영역으로 남아 있는 이러한 일본어문학·문화 연구에 견인차 역할을 하는 것이라면 더할 나위 없는 보람이 될 것이다.

　　마지막으로 이 책이 나오게끔 음으로 양으로 조력해 주신 분들에게 감사를 드린다. 우선 HK사업을 통해 본 연구회를 지원해 준 한국연구재단에 깊은 사의를 표하는 바이다. 식민지 일본어문학·문화 연구는 30여 명의 집단적 연구에 의해 이제 연구의 토대가 마련된 단계라 할 수 있으며, 이러한 집단 연구는 HK사업의 지속적인 지원 없이는 성립할 수 없었던 규모였다. 본 연구 취지에 뜻을 같이 하여 지난 10년간 연구 활동에 참여해 주신 연구회 선생님들, 대학원생들께도 고마운 마음을 전한다. 아울러 본 연구센터 소속이 아님에도『재조일본인 일본어문학사 서설』간행의 필요성에 공감하여 집필을 수락하고 공백을 메워 주신 외부 연구자 선생님들께도 심심한 감사를 드리는 바이다. 끝으로 여러 집필자에 의한 작업이라 편집과 교정 과정이 번거로웠음에도 좋은 연구서가 되게끔 최선을 다해 주신 역력에 감사한다.

2017년 6월
고려대학교 글로벌일본연구원 과경 일본어문학·문화연구회

차례

제2장 1910년대 일본의 한국 강제병합과 일본어문학의 전개

제4장 1930년대 전시기 일본어문학의 확산

제5장 1940년대 국민문학 시대의 일본어문학

서장
'일본문학' 연구에서 '일본어문학' 연구로

1. '일본어문학' 연구의 제창과 그 배경

우리 세대가 일본문학 연구에 뜻을 두고 대학원에 진학한 1990년대 초반, 문학연구의 대상과 방법은 비교적 자명한 것이었다. 말할 것도 없이 '일본문학사'에 기술된 대작가의 작품 중 비교적 널리 알려진 거대작품을 연구대상으로 선정하는 일, 이는 문학연구의 뜻을 둔 초심자가 가장 먼저 선택해야 하는 과제였다. 그러나 일본문학 연구, 아니 문학연구의 이러한 자명성은 일본에 유학한 1990년 중후반에 커다란 동요를 일으키기 시작하였다. 이른바 기존의 작가 / 작품 / 독자를 중심으로 하는 이른바 문학주의 연구를 뛰어넘는 1990년대 중후반 이후의 이른바 '문화연구 Cultural Studies'나 포스트 콜로니얼 비평, 이로 인한 근대의 문학연구 시스템이나 제도를 재검토하려는 연구의 등장이 이에 해당한다.[1] 이

---

1) 이 당시에 나왔던 『미디어・표상・이데올로기─메이지 30년대의 문화연구(メディア・表象・イデオロギ──明治三十年代の文化研究)』(小澤書店, 1997)는 이러한 연구의 방향전환에 상당한 영향을 미쳤으며, 이후 대작가와 거대작품 연구를 중심으로 하는 이른바 문학주의 연구자로부터 문학연구의 근원적 문제에 관한 비판을 받고 문학연구 방법론 논쟁

들 연구는 문학의 연구를 기존의 작가―작품―독자라는 간혀진 문학현상
에 한정하지 않고 이들 문학적 텍스트와 타 텍스트를 횡단하여 특정한
테마의 탐구를 목적으로 하였다. 디시플린의 측면에서도 이들 새로운 연
구경향은 독자적인 문학연구의 실재성을 부정하고 문학 또한 하나의 제
도라는 측면에서 문학연구의 역사성과 문학 개념2)에 관한 천착을 통해
오랜 기간 관습화되어 당연시 되어 온 문학연구의 내재적 정합성을 뛰어
넘으려고 하였다.

　필자는 현재 재직 중인 대학 내에서 2009년부터 <식민지 일본어문
학·문화 연구회>를 통해 몇 년간 '식민지 일본어문학' 연구를 수행하고
있다. 한국현대문학 연구자들은 '식민지 일본어문학' 중에서 1930년대
중후반 이후의 조선인 작가 '일본어문학', 즉 이중언어 문학(기존의 친일문
학)을 2000년 이후 중점적으로 연구를 수행한 데 반해, 본 연구회는 주로
한반도에서 간행된 일본어 잡지나 단행본 중 재조(在朝)일본인의 문학텍
스트와 여타 자료를 대상으로 공동연구를 수행하였다. 이 분야의 연구는
기본적으로 다음과 같은 몇 가지 특징을 가지고 있다. 첫째 이 당시 남겨
진 자료가 문학적 텍스트였음에도 불구하고 이들 자료는 일본문학이나
한국문학 어느 쪽에서도 지금까지 조명을 받지 못한 분야였다. 둘째, 한
반도에서 간행된 일본어 텍스트라는 측면에서 일제의 지배적인 담론을
공유하고 있지만 한편으로는 일본의 중앙문화로부터 배척된 이중성, 또
는 식민지 혼종성(Hybridity)을 가지고 있는 영역이다. 셋째, 이로 인해 이

　으로까지 전개된다.
2) 이 당시 가장 대표적인 연구로는 스즈키 사다미(鈴木貞美)의 『일본의 '문학'개념(日本の
　「文學」概念)』(作品社, 1998)을 들 수 있고, 그 연장선상에서 동일필자가 쓴 『'일본문학'의
　성립(「日本文學」の成立)』(作品社, 2009)도 일본문학 개념 / 제도의 역사성을 잘 보여주고
　있다.

들 텍스트의 생산자인 재조일본인의 복잡한 이중적 내면이 잘 그려져 있다. 이러한 특징을 한마디로 요약한다면 재조일본인 문학은 기본적으로 근대가 생산한 다양한 분할선의 경계면에 위치해 있으며 이들 텍스트가 학계의 제도권에 들어오지 못했다는 특징을 가지고 있다.

오늘날 순수학문이라 일컬어지는 문학·역사·철학, 즉 인문학을 대표하는 학문분야인 이른바 문사철(文史哲)의 학문적 제도화는 근대적 국민국가를 지탱하는 내셔널리즘의 형성과 밀접한 관련을 가지고 있다는 점은 새삼스런 이야기도 아닐 것이다.3) 문학 분야에서는 이를 가장 극명하게 보여주는 것이 바로 '문학사'의 편제라 할 수 있다.

고모리 요이치(小森陽一)는 『'동요'의 일본문학(<ゆらぎ>の日本文學)』(1998)에서 다음과 같은 지적을 하고 있다.

> '일본'-'일본인'-'일본어'-'일본문화(문학)'을 마치 일체인 것처럼 결합하려고 하는 욕망은 분명히 메이지 근대에 있어서, 과잉이리 만큼 결락의 식의 소산이다. '일본인'이 나체에 가까운 모습으로 일하거나 남 앞에서 살갗을 보이는 것에 '야만'과 '미개'라는 증표를 발견한 구미인의 '시선'을 내면화한 당국의 인간들이 「문명개화」라는 이름으로 필사적으로 그들에게 의복을 걸치게 하려고 했듯이 근대국민국가에 걸맞는 「문학」을 가지고 있지 않다 라는 '결여'를 덮어 숨기기 위해 '일본'-'일본인'-'일본어'-'일본문학'을 일체화된 것으로 보는 관념의 의장이 실로 근대와 더불어 우리들의 몸에 입혀진 것이다.(p.16)

이는 근대 이후 일본문학이 근대국민국가 관념을 수행하기 위한 하나

---

3) 예를 들면 『이와나미강좌 근대일본의 문화사3 근대 지의 성립. 1870-1910년대1(岩波講座近代日本の文化史3 近代知の成立 1870-1910年代1)』(岩波書店, 2002)는 메이지 시대 일본 국민국가 형성기에 역사, 종교, 문학, 미술사 등이 이러한 내셔널 아이덴티티의 주체로서 국민을 만들어가면서 개별학문으로 창출된 과정을 잘 보여주고 있다.

의 장치로 기능하였으며 이 때 일본문학은 "'일본'-'일본인'-'일본어'"와
일체화된 것으로 인식되었다는 점을 확인하고 있다. 그런데 실제 이러한
인식은 하나의 관념에 지나지 않으며 실제 자명한 것으로 생각하는 '일
본근대문학'이, 또는 "'일본', '일본인', '일본어', '일본문학'이 결코 자명
한 것으로 결합되지 않은 틈 사이에서 생기는 횡단적인 복종(複綜)
성"(p.17)을 천착하고 있다. 이러한 시도는 후타바테이 시메이(二葉亭四迷)에
서부터 일본 주류문학에 대해 그러한 틈을 발견하고 있는데, 특히 1990
년대 이후 등장한 식민지 일본어문학에 대한 논의, 미즈무라 미나에(水村
美苗)나 리비 히데오(リービ英雄)와 같은 일본 내 이중어 작가의 등장, 재일
코리안 문학에 관한 시선 등은 "'일본', '일본인', '일본어', '일본문학'"
이 일체화되지 않은 '일본어문학'에 관한 그의 논리의 토대가 되었다고
할 수 있다.

　여기서 말하는 '일본', '일본인', '일본어', '일본문학'이 일체화된 것으
로 상상하고 "일본근대문학"이 이를 자명한 것으로 받아들인 데에는,
"문학사는 애국심을 양성하는 원소"(大和田建樹, 『和文學史』, 博文館, 1892, p.11)
이며 "국민으로 하여금 자국을 애모(愛慕)하는 관념"(三上參次, 高津鍬三郎, 『日
本文學史 上卷』, 金港堂, 1890, p.6)을 심화시킨다고 주장한, 1890년 이후 근대
국민국가 형성기에 쓰인 '일본문학사'와 밀접한 관계를 가지고 있다. 특
히 이 당시 '일본문학사'에 보편화되어 있는 "일국의 문학이란 일국민(一
國民)이 그 국어에 의해 그 특유의 사상, 감정, 상상을 써 표현한 것"(三上
參次・高津鍬三郎, 『日本文學史』, p.29)이라는 주장은 일본문학과 일본, 일본인,
일본어의 일체화의 기원을 잘 보여주고 있다. 그런데 일본국민국가 형성
기에 형성된 이러한 논리를 20세기 내내 지탱해 온 것이 바로 '국문학'
이라는 장치였다.

'국문학연구'는 근대 일본의 국민국가 통합의 부산물이었다. 근대화 과정에 있었던 이전의 일본사회에서는 문학이 일정한 사회적 존재성을 가지고 있었으며, '국문학'은 내셔널리즘을 만드는 하나의 유력한 구성인자일 수 있었던 것이다. 그것은 수많은 일본인에게 있어서 문화의 '세계'성이나 '보편'성을 생각하는 선상에서도 유력한 기반으로서 기능하고 있었다. 이와 같이 내셔널한 틀에 근거한 '국문학연구'는 역사 속에서 확실히 일정한 긍정적 역할을 수행하고 그로 인해 성행했다고 할 수 있다.(笹沼俊曉, 『「國文學」の思想-その繁榮と終焉』, 學術出版會, 2006, pp.293-294)

'국문학연구'가 역사 속에서 근대 일본을 지탱하는 데 있어서 일정하게 긍정적 역할을 수행했다고 보는 이 글의 필자도 결국은 '국문학'이 내포하는 '마이너스'적 역할에 주목하며 더구나 "이제는 '국문학연구'는 근대라는 시대가 끝남과 더불어 역사적인 종언을 맞이하고 있다"(p.298)고, 그 종언을 선언하고 있다. 이들 국문학을 지탱해온 '일본문학'이라는 개념 내에서는 이들 일본어문학이 오랫동안 배제되어 왔음은 어쩌면 당연한 일이기도 하였다.

이러한 연유에서 1990년대 후반 당시까지 국문학을 지탱해온 '일본문학' 개념에서 '일본어문학'이라는 새로운 개념이 탄생하였던 셈이다. 그런데 이러한 논리가 비등하는 가운데 이 '일본어문학'을 직접적 연구대상으로 하면서, 비교적 다양한 논의가 진행되는 분야가 바로 '식민지 일본어문학' 분야라 할 수 있다. 일본 내에서 식민지 일본어문학이 고양된 시기는 역시 기존의 문학주의 연구에 대신하여 문화연구나 포스트 콜로니얼 연구, 근대 국민국가 비판의 열기가 고조되던 1990년대라 할 수 있다.4) 이들 연구는 『일본 식민지 문학 정선집(日本植民地文學精選集)』 전47권

---

4) 西成彦「日本語文學の越境的な讀みに向けて」, 『立命館言語文化研究』第22卷第4号, 2011.3, p.181.

(ゆまに書房, 2000-) 등과 같은 대규모 자료집을 비롯하여 『대만의 일본어문학-일본통치시대의 작가들(台湾の日本語文學 日本統治時代の作家たち)』(五柳書院, 1995.1), 『외지 일본어문학론(<外地>日本語文學論)』(世界思想社, 2007.3), 『대일본제국의 크레올-식민지기 대만의 일본어문학(大日本帝國のクレオール 植民地期 台湾の日本語文學)』(慶応義塾大學出版會, 2007.11), 『바이링구얼의 일본어문학-다언어 다문화의 사이(バイリンガルな日本語文學 多言語多文化のあいだ)』(三元社, 2013. 6), 『전간기 동아시아의 일본어문학(戰間期東アジアの日本語文學)』(勉誠出版, 2013. 8), 『외지 일본어문학에의 사정(<外地>日本語文學への射程)』(双文社出版, 2014.3) 등의 연구서에 이르기까지 다수의 연구가 이루어졌다.

앞의 고모리 요이치의 지적을 통해 알 수 있듯이 이 '일본어문학' 연구 분야는 근대국민국가 관념의 장치로 기능했던 '일본문학'의 틀을 월경(越境)하며 또 다른 한편에서는 정전(正典, Canon)으로 기능했던 대작가 / 거대작품 중심의 문학주의를 극복하고자 노력의 산물이자 연구방법론의 개척분야라 할 수 있다. 그런데 이 '일본어문학'이 이러한 취지를 충분히 내재화했는가라고 했을 때에는 반드시 그렇다고 할 수는 없다.

> 이러한 연구경향은 국문학이라는 연구의 틀과 일국중심주의를 뛰어넘으려는 문제설정이 있음에도 불구하고 이 분야의 연구가 여전히 자국문학을 연구하는 한 방편으로, 아니면 자국의 주류문학에 누락된 부분을 보충하는 형태로 이루어지고 있음을 알 수 있다. 나아가 이는 자국의 문학을 구성할 때 정전(正典)들의 편제를 통해 연구대상을 위계화하는 기존 주류문학사의 폐쇄성을 답습할 여지도 있다고 할 수 있다.(p.121)

여기서 그는 이 용어가 정착한 데에는 구로카와 소(黑川創)의 『외지일본어문학선(外地の 日本語文學選)』(全3卷, 新宿書房, 1996)이 크게 기여했음을 들고 있다.

위의 인용문은 이미 여러해 전에 필자가 「한반도 식민지 '일본어문학'
의 연구와 과제」(한국일본학회 『일본학보』 제85집, 2010.11)라는 논문에서 제
기하였던 문제의식이다. 이 지적은 한반도의 '일본어문학'을 초점에 두고
보았을 때, 연구영역이 여전히 자국의 알려진 작가 중심연구에 편향되어
있어서 기존 문학사의 연구의 틀과 자국중심주의적 연구 경향을 다분히
가지고 있다는 문제설정이다. 이는 비단 일본 내 '일본어문학' 연구만이
문제가 되는 것이 아니라 한국현대문학의 조선인 작가의 일본어문학 연
구, 즉 '이중언어 문학'에도 해당되는 말이다. 그런데 문제는 이렇듯이
연구영역의 문제, 또는 문학연구의 폐쇄성에 그치지 않고, 여전히 "식민
지 '일본어문학'이 일본문학이냐, 한국문학이냐라는 논의와 한반도에서
쓰인 일본인 작가들의 문학이 일본문학사에 귀속되어야 할 것인가라는
논의"(p.121)도 여전히 반복되고 있다는 점이다.

예를 들면, "'<외지> 일본어문학'을 다루는 현재적 의의는 (…중략…)
일본근대문학사에 확실하게 위치지우는 일"(神谷忠孝, 「「外地」日本語文學を扱う
ことの意義」, 『<外地>日本語文學論』, 世界思想社, 2007, p.4.)이라거나 "한국인이 정
치적 불가피성 때문에 일본어로 쓴 이중어문학을 한국문학의 특별한 장
르로 귀속시키는 것이 타당하다"(노상래, 「일제하 이중어문학의 연구 성과와 기
대 효과」, 한국어문학회 『어문학』, 2008.12, pp.367-368.)고 보는 입장이 이에 해
당한다. 이러한 시각에는 의식적으로나 무의식적으로 이들 '일본어문학'
을 일국문화론적 관점에서 자국문화(문학)로 편입함으로써 이러한 '일본
어문학' 자체를 일국문학 내에 갇혀두려는 발상이다.

이렇듯이 식민지 '일본어문학'에 한정해 보았지만, 이들 문학연구조차
도 이렇게 극복해야 할, 또는 월경해야 할 대상이었던 자국중심주의와
문학주의의 틀 안으로 수렴되었다는 사실은 다른 말로 한다면 '일본문

학'(또는 '한국문학')의 새로운 영토 확장에 다름 아니라고 할 수 있다. 그렇다고 한다면 이러한 연구경향을 극복하고 애초에 제기하였던 문제의식을 달성할 수 있는 대안은 과연 무엇인가? 이는 다음 장에서 설명하듯이 기존 문학사를 뛰어넘는 새로운 문학사의 구축이라 할 수 있다.

2. 일본문학사의 한계와 일본어문학사의 구축

식민지 일본어문학은 비단 한반도에서 있었던 문학현상만은 아니다. 한반도보다 훨씬 이른 시점에 식민지가 되었던 대만, 나아가 만주국이 만들어지기 이전부터 일본의 세력권에 있었던 중국의 동북부 지역, 태평양 전쟁과 더불어 일시기 일본의 점령지역이 되었던 이른바 남양(南洋)이라 불린 동남아시아 지역에는 다양한 형태의 일본어문학이 만들어졌다. 물론, 근대에 들어와 일본인들이 비교적 빠른 시기에 이민을 갔던 하와이나 미국, 남미 지역에도 일본어에 의한 창작이 이루어졌지만 이는 식민지가 아니었기 때문에 이민문학의 범주에서 다루는 경우가 많았다.

그렇지만 지금까지 이러한 문학현상은 앞에서 말했듯이 일본문학사의 서술대상이 되지는 못하였다. 그러나 일본문학사에서 다루고 있는 대작가의 작품과 식민지 일본어문학의 관계를 알아봄으로써 일본문학사가 어떻게 확장되어야 하는지의 문제를 살펴보고자 한다.

실제 오늘날 우리가 일본근대문학의 대작가로 알고 있는 문학자들의 작품 속에는 일본의 식민지 개척에 편승하여 '한국경영', '만주경영', '대륙경영'이라는 콜로니얼 슬로건 하에서 일본에서 조선, 또는 만주에 건너가려는 사람들의 이야기가 적지 않게 형상화되어 있다. 예를 들면 구니기다 돗포(國木田獨步)의 「소년의 비애(少年の悲哀)」(1902)는 메이지시대 작품들 중 상당히 초기의 작품에 해당한다. 이 작품은 주인공이 17년 전 12살이었을 때 머슴인 도쿠지로(德次郎)에 이끌려 간 유곽에서 한 창부와 만난 짧은 추억을 그린 소설이다. 그 창부는 19살이나 20살 정도 되는데 어릴 때 부모님을 여의고 의지하고 있었던 남동생과 4년 전에 헤어져 그 행방조차 알지 못한 채 그를 그리워하고 있었다. 그러던 차에 조선으로 팔려가기 며칠 전 남동생과 닮은 주인공을 만나 동생에 대한 회한의 정을 풀려고 한다는 스토리로 이루어져 있다.[5]

그런데 주인공은 17년이 지나서도 그날의 광경을 잊지 못하고 "잊으려 해도 잊지 못하고" "지금도 여전히 가련한 여자의 얼굴이 눈앞에 어른거리"고 있으며 이러한 경험을 어린 시절의 하나의 슬픔으로 간직하고 있는 것이다.

> 유랑의 여인네는 조선에 떠돌아 건넌 후 다시금 어느 곳 끝에서 방랑하며 그 덧없는 생애를 보내고 있는지, 그렇지 않으면 이미 이 세상을 떠나 오히려 정숙(靜肅)한 죽음의 세계로 갔는지 나는 물론 알지 못하며 도쿠지로(德二郎)도 모르는 것 같다.

그러나 위의 인용문에서 제시한 이 작품의 마지막 구절을 보면 17년이 지난 지금까지도 소년시대의 슬픔의 잔상으로 남아 있는 그 여인의 삶과 행적에 대해 주인공은 물론, 그를 소개했던 머슴인 도쿠지로조차도 그 어떤 정보와 지식을 갖고 있지 않다. 그도 그럴 것이 이 당시 일본문학

---

5) 이광수의 동명소설 「소년의 비애」도 이 소설의 영향권에 있었음을 논하고 있는 정귀연(丁貴連)은 일본 내 창부의 수출과 식민지의 공창제도의 실시와 연관하여 논하고 있다.(「時代の「悲哀」としての「少年の悲哀」-國木田獨步「少年の悲哀」と李光洙「少年の悲哀」-」, 『宇都宮大學國際學部研究論集』 第21号, 2006, p.9)

(사)에서 언급되고 있는, 조선으로 건너가는 일본인들의 이야기는 지리적으로 조선이라는 공간적 경계를 넘지 못하고 있기 때문이다.

그런데 구니키다 돗포를 포함하여 교과서용 작은 '일본문학사'에서도 항상 등장하는 일본근대문학 대작가의 작품 중에는 조선이나 중국대륙으로 건너가는 일본인의 묘사를 흔하게 목도할 수 있다. 예를 들면 사실주의 소설의 효시작을 쓴 후타바테이 시메이, 일본자연주의의 대가 오구리 후요(小栗風葉), 일본근대문학의 최고작가라 일컬어지는 나쓰메 소세키(夏目漱石)의 다음 작품들이 이에 해당한다.

① 박사는 (…중략…) 어젠가 오노(小野) 군, 지나(支那)에 한번 가 볼 마음은 없는가라고 데쓰야(哲也)에게 우선 의심의 눈살을 찌푸리고 이번에 라며, 가벼운 어조로 계속 말하는 바를 들으니 청나라는 즈리성(直隷省)의 모부(某府)에 전문학교가 창설될 것인데 신임의 제조(提調) 채(蔡) 아무개라는 자가 그 교원초빙을 위해 일부러 도항해 와서 박사는 곧 그 인선을 위탁받았다는 이야기로(하략)(二葉亭四迷, 『其面影』, 1906)

② 하야오(速男)가, "여동생으로부터 상담을 받았는데, 이번에 지나인의 여학교가 만주에 들어설 것 같은데 자네의 숙부님인 공작이 여교사의 이 인선을 의뢰받았다는 사실이 신문에 나왔다고 해, 나는 생각이 미치지 못했지만…… 그래서 오노(小野)가 세상없어도 자기가 파견되어 가고 싶다고 하므로 자네에게 공작에게 부탁해 달라고 하는데 어떤가?"(小栗風葉, 『青春』, 1906)

③ 적어도 이 단조함을 깨기 위해 만철(滿鐵) 쪽이 가능하다던가, 조선 쪽이 성사된다던가 하면 아직 의식(衣食)의 길 이외에 약간의 자극을 얻을 수 있지만,(하략)(夏目漱石, 『彼岸過迄』, 1912)

④ 따라서 부부인 혼다(本多) 씨에 관한 지식은 매우 부족했다. 단지 아들이 한 사람 있는데 그가 조선의 통감부라든가 하는 곳에서 훌륭한 관리가 되어 있기 때문에 매월 그 쪽에서 보내는 생활비로 편하

게 지낼 수 있다는 것만을 출입하는 상인 중 어떤 자로부터 들었
다.(夏目漱石, 『門』, 1910)

　이들 작품은 예외 없이 이른바 일본문학의 '정전(正典)'에 해당하는 작
품들이라 할 수 있다. 이들 작품 중에서 '내지' 일본에서 '외지'인 조선이
나 만주로 건너가려고 하는 동기를 보면 그 이유는 다양하다. 예를 들면
아내의 여동생을 사랑하다 이윽고 파탄자로 몰락한 수재 출신의 교사인
오노 데쓰야가 중국 텐진(天津)으로 건너간다는 ①의 후타바테이 시메이
의 작품이 잘 드러내 주듯이 불륜 또는 연애·결혼의 실패나 실의(失意),
또는 현실공간으로서의 도쿄생활에 대한 회의 등으로 현실도피하는 경우
(①, ②)가 이에 해당한다. 그리고 이외에도 나쓰메 소세키의 『문(門)』과 같
이 이미 조선이나 만주에 건너가 식민지를 성공을 위한 약속의 땅으로
포착하고 있는 경우(④), 이러한 인식이 토대가 되겠지만 실직이나 경제
적인 곤궁을 상정하여 조선이나 만주에 건널 선택지를 생각하는 경우(앞
의 『소년의 비애』나 ③ 등이 이에 해당한다.
　그러나 작품세계에서 주인공들은 그렇게 생각은 하고 있어도 실제 조
선이나 만주로 건너가지 못하는 경우도 적지 않고, 조선이나 만주에 건
너간 이후 사건의 전개를 보이는 예는 거의 없다.6) '일본문학사'의 '정
전'에 해당하는 이상의 작품은 '내지'에서 식민지나 '외지'로 향하고자

──────
6) 1911년 간행된 다카하마 교시(高浜虛子)의 『조선(朝鮮)』은 그 해 조선을 방문한 경험을
　토대로 하여 만들어진 여행담 성격의 작품인데 조선의 재조일본인과 조선인의 삶이 전
　경화되어 있다는 의미에서 위의 작품들과는 다소 다른 측면을 가진다. 이 작품은 "해협
　을 건너 조선의 토지를 디디고 나서 완전히 모순된 두 가지 생각" 즉, "쇠망한 국민을
　불쌍히 여기는 마음"과 "이 발전력이 위대한 국민을 탄미(嘆美)하는 기분"(『高浜虛子全
　集5』, 改造社, 1934, pp.28-29)을 가지고 기술했다는 측면에서 이 당시 식민지를 바라보
　는 작가의 이중적 단면이 잘 나타나 있다.

하는 당시 일본인의 시세를 재빨리 포착하고는 있어도 실제 그곳으로 건너간 일본인의 삶이 어떻게 전개되었는지는 전혀 재현하지 못하고 있는 셈이다. 물론 "그는 지나(支那)뿐 아니라 처음에는 조선, 만주로 건너가 인천에도 가고 경성에도 가고 목포, 웨이하이웨이(威海衛), 그리고 톄링(鐵嶺)까지도 갔다. 지나 중에서 가장 마음에 든 곳은 난징(南京)이었다"라는 구절이 들어 있는 시마자키 도손(島崎藤村)의 「배(船)」와 같이 조선이나 중국을 경험한 주인공이 등장하는 경우도 없는 것은 아니다. 그러나 이 작품도 조선이나 중국에서의 활약, 생활상이 작품에 거의 등장하지 않으며 오히려 이들 지역을 다녀온 주인공이 현재 일본에서 경험하고 있는 내용이 작품 스토리의 중심축이 되고 있다.

이상과 같은 작품세계의 후일담이라고도 할 수 있는, 조선이나 만주에 건너간 '내지' 일본인의 '도한(渡韓)' 이야기는 '일본문학사'에서는 말소되어 있지만 당시 한국에서 발행되고 있었던 다양한 일본어 신문이나 잡지에 게재된 문학작품에 그러한 이야기의 후일담이 기록되어 있다. 1976년 부산, 인천, 원산이 개항되어 정치적, 경제적 이유 등으로 한반도에서 일본인의 거주지가 확대되면서 이른바 재조일본인들의 삶의 궤적은 다양한 문학 장르로 표현되기 시작하였다.

이들 문학은 구니키다 돗포의 『소년의 비애』에서 "유랑의 여인네"가 "조선에 떠돌아 건넌 후" 어떤 "생애를 보내고 있는지" 주인공도 도쿠지로(德二郎)도 알지 못한다고 한 이들의 생애를 고스란히 담아내 다양한 삶의 단면을 형상화시키고 있다. 특히, 『소년의 비애』에서 그렸던 예기나 창부의 이야기는 적어도 1910년대까지 한반도에서 창작된 일본어문학 중 가장 주요한 테마였다. 예를 들면 한반도에서 가장 초기에 간행된 일본어잡지 중 하나인 『한반도(韓半島)』(韓半島社, 1903.11-1906.5, 전5호)를 보면 그러한 소재적인 특징이 잘 드러나 있다. 즉 한반도를 배경으로 쓰인 이 소설 작품들을 내용이나 소재의 측면에서 본다면, 가장 눈에 띄는 특징으로 예기(藝妓)들이 있는 요리점이나 기루(妓樓)가 등장하거나 유곽과 관계가 없는 경우라도 예기들의 사랑과 운명이 소설 스토리의 중심축을 이루고 있다(정병호·엄인경, 「러일전쟁 전후 한반도의 일본어잡지와 일본어문학의 성립-『한국교통회지(韓國交通會誌)』(1902~03)와 『한반도(韓半島)』(1903~06)의 문예물을 중심으로-」, 한국일본학회 『일본학보』 제92집, 2012.8).

이러한 작품들은 일일이 열거하기 어려울 정도로 많은데, 예를 들면 경성 굴지의 미인인 예기 오스즈(お鈴)가 한 남자의 첩이 되었다가 배신을 당하고 다시 기루(妓樓)로 돌아가게 된다는 『소설 첩(小說 圍もの)』(제1권 제1호), 경인(京仁)지역의 전도유망한 점원 이노우에(井上)가 인천의 예기를 아내로 삼으려는 소동을 그린 『설빔차림 모습(はつ姿)』(제1권 제2호), 재조일본인과 한인청년 사이에서 방황하다 결국 도쿄로 돌아간다는 한 예기의 비련을 그린 『두 명의 아내(ふたり妻)』(제2권 제1호), 은행 지배인의 첩이 되라는 제안을 거절하고 고학청년과의 사랑을 그린 예기 오엔(お艶)의 「무정(情しらず)」(제2권 제3호), 시키시마마루(敷島樓)의 예기 와카무라사키(若紫)의 유부남 사업가와 나누는 사랑과 이별을 그린 「가는 봄(ゆく春)」(제2권 제3호) 등이 이에 해당한다.

이들 작품들에 등장하는 비련의 예기들은 그 누구도 『소년의 비애』에서 조선에 건너간 히로인이 될 가능성이 있으며 이러한 측면에서는 그녀들은 일본의 주류작가들이 그린 작품에서 담아내지 못한 조선에 건너간 일본인들의 삶을 형상화하고 있다고 볼 수 있다. 이들은 모두 경제적인 곤궁으로 인해 조선에 팔려 왔거나 자기의지로 조선에 온 재조일본인의 유형에 해당할 것이다.

① 나는 남산 공원에서 한양 공원을 향해 난 새 길을 걸었다. 6월도 끝 나갈 무렵, 일년 중에 해가 가장 길다는 하지 전날 오후 2시의 강한 햇빛은 기름진 소나무 사이로 새 흙을 비추고, 또한 반짝반짝 눈을 향해 따갑게 내리쬔다. 땀이 줄줄 흐른다. (…중략…) 조선인 3명이 그 그늘 안에 숨어 널부러져 자고 있었다. 돌을 던져도 꼼짝도 하지 않을 것처럼 보인다. 나는 지친 다리를 무의식적으로 그늘이 드리워 진 아름다운 풀 위에 내던졌다.(岩佐蘆人,「暑い日」,『朝鮮』, 1911.8)

② 아아 정말 싫다 싫어. 난 왜 이런 조선 변두리에 왔을까. 그야 내가 오고 싶다고 사모님께 부탁해서 온 거지만, 이제 와서 돌이켜보니 정말 내가 바보였다. 월급도 도쿄에 있을 때보다 더 많이 받을 줄 알고 왔지만, 그것도 이곳 사정을 몰라서 그랬던 거고. 조금 익숙해 진 다음에 다른 집 식모들한테 물어보니 웬걸 모두 나보다 두 세배 는 받는다네.(鹿島龍濱,「身勝手」,『朝鮮』, 1909.4.)

　이들 재조일본인들은 일본어잡지의 '문예란'을 통해 첫 번째 인용문에 서 보는 바와 같이 이국 조선의 풍광과 풍물, 그리고 타자 조선인을 관찰 하여 이들을 형상화 하거나 두 번째 인용문처럼 재조일본인 자신들의 삶 을 문예의 형태로 조형하여 일본어문학을 소비해 갔던 것이다. 물론 한 반도에서 간행된 일본어문학 중 모두가 조선 내 재조일본인들의 시각을 그린 것은 아니고 도쿄 등 일본 내 문필가가 일본 내를 무대로 설정하여 '내지'의 사건을 그린 경우도 적지는 않다. 그러나 한반도 일본어문학은 '내지'의 대작가의 작품들에는 보이지 않는 식민지 조선의 현실과 풍광 을 작품무대로 하여 다양한 이질적, 혼종적 요소를 자양분으로 하여 새 로운 문학적 세계를 구축해 갔다.

　문학사란 앞에서 살펴보았듯이 '일본', '일본인', '일본어', '일본문화' 를 일체(一體)로 파악하여 이를 전제로 '일본문학'이라는 개념을 구축해 왔다. 이러한 인식 위에서 형성된 국문학의 관습과 이른바 정전(대작가) 중심의 문학사 기술이 한 마디로 말하면 20세기의 일국문학사라 할 수 있다. 이로 인해 당시 식민지주의 열기와 경제적인 삶의 수단 획득을 위해 수많은 일본인이 한반도나 대륙으로 건너와 그들의 현지 삶과 사고와 감정을 문학적으로 형상화한 작품들은 일본문학사의 한 부분으로 시민권을 얻을 수 없었던 셈이다.

메이지 시기 일본인들이 조선에 건너오는 과정이나 그 이후 조선에서 보낸 생활과 삶의 이력은 조선에서 간행된 '일본어문학'을 읽지 않으면 그 진상의 기본적인 정보조차도 알 수가 없다. 이와 같은 의미에서 이 시기 조선으로 건너와 조선에서 삶을 영위한 이야기의 전모를 탐색하기 위해서도 '내지' 일본에서 간행된 정전뿐만 아니라 일본의 밖 즉 '외지'에서 간행된 것도 '문학사'의 일영역으로서 위치 지워야 할 것이다. 이를 위해서는 기존 일국문학사로 영위되어 온 '일본문학사'의 경계를 뛰어넘는 새로운 형태의 '일본어문학사' 영역의 모색과 구축이 무엇보다도 중요하다고 할 수 있겠다.

이에 본서는 이러한 문제의식의 발로로서 1900년대 초부터 1945년 해방에 이르기까지 한반도 내 조선에 거주하였던 일본인들, 즉 재조일본인들이 어떻게 일본어문학의 공간을 창출해갔는지, 나아가 각 장르별 전개 내용은 무엇인지, 각 시기별 이러한 문제의식은 어떻게 변용되었는지를 기술한 것이다.

▶ 정병호

제1장

1900년대 일본 식민지주의와
한반도 일본어문학의 성립

제1절 러일전쟁 전후 한반도의
일본어잡지 간행과 일본어문학의 등장
-『한국교통회지』, 『한반도』-

1. 한반도 내 일본어 잡지의 등장과 배경

1910년 한일강제병합에 의해 일본이 대한제국을 식민지화하였지만, 한반도에서는 실제 이보다 훨씬 이전부터 일본어로 된 신문과 잡지의 간행이 이루어졌다. 예를 들면 일본어 신문의 경우는 "1881년 부산의 『조선신보(朝鮮新報)』"를 기점으로 활발한 "신문 활동"(李相哲, 『朝鮮における日本人経營新聞の歴史』, 角川學芸出版, 2009, p.5.)이 이루어졌다. 나아가 일본어 잡지는 1910년 이전만 하더라도 『한국교통회지(韓國交通會誌)』(韓國交通會, 京城印刷社, 京城, 1902-03, 전5호), 『한반도(韓半島)』(韓半島社, 京城, 1903-06), 『조선평론(朝鮮評論)』(朝鮮評論社, 釜山, 1904), 『조선지실업(朝鮮之實業)』(朝鮮實業協會編, 釜山, 1905-07), 『만한지실업(滿韓之實業)』(滿韓實業協會, 京城, 1908-14), 『조선(朝鮮)』(朝鮮雜誌社, 日韓書房, 京城, 1908-11) 등 다수의 잡지가 간행되기에 이른다.

그렇다고 한다면, 한반도가 일본의 식민지로 편입되기 이전부터 일본어 미디어가 창간하여 유통되고 있었던 이유는 어디에 있는 것일까? 메이지(明治)유신 이후 일본인이 한반도에 집단적으로 건너오기 시작한 것은 조일수호조규(朝日修好條規, 강화도조약, 1876)로 인해 조선이 부산, 원산, 인천 등을 일본에게 개항하면서부터였다. 그리하여 일본 내 식민열기(植民熱氣)가 점차 증가하면서 한반도에 거주하는 일본인의 숫자는 1880년 2,066인, 1890년 7,245명, 1900년 15,829명 1905년 42,460명, 병합 직후인 1910년 말에는 171,543명으로 급증하였다. 특히 1905년 을사늑약(乙巳勒約, 을사조약)으로 인해 일본의 보호국으로 전락한 이후에는 일본인 "거류민의 증가와 거류지의 확대를 배경으로 이사청(理事廳) 소재지에 거류민단이, 그리고 그 관할지역내의 주요지역에 거류민회 혹은 일본인회가 설치되었"고 그 지역에는 "일본풍의 지명이 붙여"(高崎宗司, 『植民地朝鮮の日本人』, 岩波書店, 2002, p.96.)지기에 이르렀다.

　이와 같이 한반도 내에 일본인 거류민의 숫자가 늘어나고 특히 1905년 이후 일본의 식민지주의가 더욱 노골화하면서, 일본의 식민지 개척에 편승하여 '한국경영', '만주경영', '대륙경영'이라는 콜로니얼 슬로건 하에서 수많은 일본인들이 정치적 이유로 인해 혹은 새로운 경제적 기회와 이국에서의 직업을 찾아서 본격적으로 한반도와 만주로 건너가게 된다. 이때에 일본어 잡지는 한반도 내 주요지역의 일본인들이 일본인 네트워크를 형성하고 이에 기반하여 경제적·상업적으로 일본인들의 이익을 대변하고 일본의 식민지주의를 변호하는 데에 중요한 역할을 수행하였다. 이는 한반도에서 가장 일찍 창간된 일본어 잡지인 『한국교통회지』가 한반도 내 "일본우체국 관계자들의 상호협력과 우정(郵政) 사업의 발달을 위해"(단국대 동양학연구소, 「韓國交通會誌 해제」, 『改化期 在韓日本人 雜誌資料集 : 韓國交通會誌』, 제이앤씨, 2006, p.ⅶ.) 창간되었고, 『한반도』가 "한국 정보의 제공을 통해 일본인의 한국으로의 이주를 촉진"(p.ⅸ)하려는 목적에서 간행되었다는 일본어 잡지의 간행 목적을 보더라도 그 이유를 알 수 있다.

2. 『한국교통회지』, 『한반도』 문예란의 특징과 전개양상

『한국교통회지』는 <논설>, <교통사료>, <한국사정>, <만록(漫錄)>, <각지통신>, <휘보> 등으로 구성되어 있으며 『한반도』는 <풍속인정>, <소설>, <문예잡조(雜俎)>, <가정음악>, <실업>, <교통과 안내>, <근시요록(近時要錄)>, <문원>, <종교> 등의 내용으로 이루어져 있다. 위와 같이 다양한 잡지 지면으로 구성되어 있지만 이 중에서 <소설>, <문예잡조>, <문원>, <만록> 란을 중심으로 소설, 시, 에세이, 하이쿠(俳句), 단카(短歌), 한시, 문학평론 등 수많은 문학적 작품이 실려 있기 때문에 초기 한반도 일본어문학 연구에서는 매우 귀중한 자료라 할 수 있다.

한반도에서 간행된 최초의 종합 일본어잡지인 『한반도』의 「소설잡조(小說雜俎)」(제1권 제2호부터는 「소설」란으로 개칭)란에는 모두 12편의 작품이 실려 있다. 1900년대 초에는 『한반도』 외에도 다수의 일본어잡지가 간행되면서 일본어문학창작이 이루어졌지만 소설장르는 『한반도』와 『조선』에서만 <소설>, <문예> 란의 형태로 실리고 있었다. 러일전쟁을 전후한 비교적 이른 시기에 창작된 잡지 『한반도』의 소설들은 유곽이나 기루를 배경으로 예기와 같은 히로인을 내세우는 특징이 있다. 이들 소설은 1890년대 후반 이후 일본에서 이미 신문연재 통속소설로 각광을 받았던 '가정소설'의 문학양식을 취해 이를 한반도의 시공간에 걸맞는 소설로 재현하여 재조일본인의 생생한 현실과 동시대성을 드러내고 있었다.

또한 이들 잡지 내의 일본 전통시가에서는 이주자로서의 기상과 포부, 역외자로서의 불안과 소외감이 공존하는 재조일본인들의 자화상이 여실히 드러나고 있었다. 이들 시가에서는 부정적인 조선(인)상을 강조하면서도 조선적인 소재를 적극적으로 채용하여 조선적 단카나 하이쿠를 창작하려고 하였다. 하이쿠의 경우 기고(季語)로서 조선적 풍물이 정착되었다고 보기 어려웠음에 비해, 특히 단카에서는 강렬한 환기 능력을 갖는 조선적 우타마쿠라(歌枕)를 통해 과거 조선반도에 온 왜장들로 대표되는 기억을 재조일본인 자신들과 중첩시키는 기능을 가지고 있었다.

이런 의미에서 『한국교통회지』와 『한반도』의 일본어문학은 다음과 같은 특징을 가지고 있다고 볼 수 있다. 첫째, 식민지 문학의 가장 큰 특징인 한반도라는 공간성을 강조하여 현지의 지명, 인물, 사건들을 전경화시키고 조선적 우타마쿠라를 적극 채용함으로써 이후 일본어 잡지 『조선』 '문예'란이나 1910년대 일본어문학의 중심 과제인 조선 현지의 풍물과 재조일본인의 삶을 테마화해야 한다는 문제의식을 빠르게 구현하고자 했다. 둘째, 소설장르에서는 1900-20년대 재조일본인이나 일본어문학을 둘러싼 사회적, 문화적, 문학적 주요 담론의 대상이었던 유곽과 재조일본인의 타락 문제를 작품의 중심에 위치지운 점이다. 셋째, 전체적으로 전통시가에서는 식민지주의에 조응하여 조선(인)에 대한 차별적인 시선과 대륙으로 웅비하는 일본인상이 그려져 있지만, 이러한 표현들이 경우에 따라서는 한반도로 이주한 재조일본인의 불안 및 소외의식과 상호 교차하는 경우도 적지 않았다. 『한국교통회지』와 『한반도』의 문학작품들은 이러한 의미에서 이후에 전개될 한반도 일본어문학의 다양한 담론과 논점, 그리고 작품의 테마성을 집약적으로 보여주며, 러일전쟁을 전후한 시기에 이른바 한반도 현지화를 통해 식민지 문학의 길을 제시하고 있었다고 할 수 있다.

3. 『한국교통회지』, 『한반도』 문예란의 작품 양상

그런데 한반도를 배경으로 쓰인 이 소설작품들을 내용이나 소재의 측면에서 본다면, 가장 눈에 띄는 특징으로 예기(藝妓)들이 있는 요리점이나 기루(妓樓)가 등장하거나 유곽과 관계가 없는 경우라도 예기들의 사랑과 운명이 스토리의 중심축을 이루고 있다는 점을 들 수 있다. 예를 들면 경성굴지의 미인인 예기 오스즈(お鈴)가 한 남자에 의탁하여 첩이 되었다가 그가 다른 여자에게 마음이 옮겨가자 다시 기루로 돌아가게 된다는 히로인의 애절함과 불우, 그리고 우울감을 그린 「소설 첩」(제1권 제1호), 경인(京仁)지역의 상업 분야에서 전도유망한 경성 모 상점의 점원 이노우에(井上)가 인천의 예기를 아내로 삼으려는 소동을 그린 「설빔차림 모습」(제1권 제2호), 경성의 거류민으로부터 존경을 받는 오하마 마나미(大浜万濤)의 후처가 된 예기 사이지(才二)가 시어머니의 반대로 다시 나와 한인청년 홍반로(洪半魯)와 오하마 사이를 오가지만 결국 두 사람을 모두 놓치고 도쿄로 돌아간다는, 한 여인의 비련과 슬픔을 그린 「두 명의 아내(ふたり妻)」(제2권 제1호) 등 이러한 유형의 작품은 다수 등장한다.

그런데 이런 양식의 장르가 한반도에서는 예기나 기루를 중요한 소재로 하여 창작되었던 이유는 어디에 있는 것일까? 1900년대 초 경성을 비롯하여 한반도 각지는 일본인들의 주루(酒樓)가 성황을 이루고 있었으며 전체 인구 대비 예기의 숫자도 적지 않은 비중을 차지하였다. 그리고 단신부임이 많았던 한반도라는 공간적 특성상 주로 연애나 실연이 일어날 수 있는 곳은 이러한 요리점이나 예기에 한정될 수밖에 없다는 특수성도 있었으며, 더구나 당시 한반도에서 '예기'가 많은 거류지일수록 '상업'의 '발달'(津田孤竹, 「義州紀行」, 『韓半島』 第1券 第1號, 1903.11)이 보인다는 견해도 주목할 만하다. 따라서 『한반도』의 소설공간에서 이러한 예기와 연애하는, 또는 그녀들을 후처나 첩으로 받아들였다가 사랑의 상처를 주는 등 장인물이 모두 상업이나 상점 등 경제계에 종사하는 남성이었다는 점에서 본다면 『한반도』의 소설들은 러일전쟁을 전후한 시기, 주로 경제적 목적에서 한반도에 건너온 재조일본인과 이들 거류지에 폭넓게 존재하였던 예기들의 연애와 사랑의 파탄, 그리고 히로인의 실연과 불우함을 통속적인 형태로 생생하게 포착하고 있다고 볼 수 있다.

한편, 『한반도』<소설>란의 주요 모티브인 '예기'라는 히로인과 이들의 비련과 불우함, 또는 기루라는 공간은, 잡지 『한반도』에만 한정되지 않으며, 1900-20년 사이 식민지 일본어 소설의 주된 모티브였다. 더구나 앞에서 보았듯이 이러한 식민지 일본어문학 작품의 원풍경에 해당하는 유곽이나 예기의 존재는 재조일본인 사회의 타락과 풍기 문제를 불러 일으켜 실제 재조일본인 사회에서 일본어문학이 왜 필요한가라는 문제와 불가분의 관계에 있었다.

한편 이와 더불어 『한반도』의 <소설>란은 러일전쟁 전후 한반도라는 시공간성을 강하게 의식하면서 당시 시대적 움직임을 다양한 형태로 서사 속에 삽입하고 있다. 예를 들면, 「설빔차림 모습(はつ姿)」(제1권 제2호)과 「러일개전 전의 7일간(日露開戰前の七日間)」(제2권 제2호, 1906.4)은 1904년과 1906년이라는 러일전쟁 전후의 시대적 분위기와 재조일본인의 관심사를 극명하게 잘 투시하여, 이를 적극적으로 소설 속에 형상화하였다. 나아가 「가는 봄(ゆく春)」(제2권 제3호, 1906.5)은 예기인 와카무라사키(若紫)가 연인을 그리워하며 슬퍼하는 곳에서 아리랑 가락이 들려, 그녀의 외롭고 절실한 마음이 '아리랑' 가락과 잘 어우러진 장면이 보이고 있다. 『두 사람의 아내(ふたり妻)』(제2권 제1호, 1906.4)에서는 조선인과 일본인의 '내선(內鮮)연애'

나 '내선결혼'이라는 테마를 통해 조선인 남성과 일본인 여성의 교류 가
능성을 분명히 하고 있다. 이러한 두 작품은 식민지문학의 커다란 특징
인 두 문화 사이의 교섭, 그리고 문화의 혼종성이 잘 드러나 식민지 일본
어문학의 특성을 그대로 보여주고 있다. 「무정(情しらず)」(제2권 제3호, 1906.
5)이라는 작품에서는 잡지의 간행목적과도 관련되어 있는데 당시 한반도
거류 일본인 중 상당한 비중을 차지하고 있었던 한국과 일본 사이, 또는
만주와 일본 사이의 무역과 상업에 종사하는 사람들의 이야기가 적나라
하게 반영되어 있다.

4. 연구현황과 전망

한국인 작가의 일본어문학보다 훨씬 긴 역사를 가지고 있는 재조일본
인의 일본어문학은 일본에서 1990년 이후 '외지문학', '식민지 일본어문
학'이라는 관점에서 활발한 연구가 이루어졌다. 한국인 이중언어 문학(친
일문학) 연구와 마찬가지로 재조일본인 일본어문학 연구도 주로 1930년
대 이후 문필이 알려진 작가를 중심으로 이루어져 왔는데 최근에 들어와
허석, 박광현, 홍선영, 식민지 일본어문학·문화 연구회에 의해 1900-10
년대 『조선(朝鮮)』, 『조선급만주(朝鮮及滿州)』, 『조선지실업(朝鮮之實業)』, 『경
성일보(京城日報)』, 『조선시보(朝鮮時報)』 등 일본어 신문·잡지에 실린 일본
어문학에 관한 연구도 일정한 궤도에 오르고 있다.

이러한 연구성과에도 불구하고 한반도에서 이들 일본어 잡지 중 가장
초기에 간행된 『한국교통회지』와 『한반도』에 관한 연구는 거의 전무에
가깝다. 단 박광현의 경우 『조선지실업』과 더불어 『한반도』의 일본어문

학을 분석하고 있는데 그는 이 잡지에 실린 소설이 에도(江戶)시대 게사쿠 (戱作)문학 작품을 모방하거나 하이쿠, 단카 등 고전시가 장르가 주류를 이루고 있다는 의미에서 재조일본인의 아이덴티티 구축을 위해 전통적 문학 양식을 전용하고 있다고 주장하였다(박광현, 「조선 거주 일본인의 일본어 문학의 형성과 (비)동시대성-『韓半島』와 『朝鮮之實業』의 문예란을 중심으로」, 단국대 일본연구소 『일본학연구』 제31집, 2010.9). 그러나 『한반도』에 실린 작품 중 유곽을 배경으로 하는 작품이 많다고는 하지만 이들 작품의 주제가 여성 의 연애나 비애를 중심으로 그리고 있다는 점에서 에도문학의 재현이라 기보다는 오히려 1890년대 후반 이래 일본 신문연재소설로 각광을 받고 있었던 통속소설인 '가정소설'의 영향과 동시대성을 읽어낼 수 있다.

▶ 정병호

제2절 조선통감부 시대 한반도 일본어문학의 성립과 콜로니얼 디스코스

−『조선평론』·『조선지실업』·『조선』−

1. 조선 통감부의 설치와 일본어잡지 문예란의 논리

1905년 일본은 러일전쟁에서 승리한 이후, 한국과 강제적으로 을사늑약조약을 맺고 1906년 조선통감부를 설치하여 한국의 외교권을 박탈하였으며, 한국의 모든 내정에 깊숙이 관여하여 조선을 보호국화 하였다. 이 시기에는 『조선평론(朝鮮評論)』(朝鮮評論社, 1904)의 흐름을 이어받은 『조선지실업(朝鮮之實業)』(朝鮮實業協會編, 釜山, 1905-07, 1908년에 다시 '만한지실업'<滿韓之實業>으로 개명)과 『조선(朝鮮)』(朝鮮雜誌社·日韓書房, 京城, 1908-11) 등 거대 잡지가 속속 간행되어 각각 <문원(文苑)>과 <문예(文藝)>란을 만들어 한반도 내 일본어문학 활동이 본격적인 궤도에 오르게 된다.

그렇다고 한다면 한반도 내 일본어문학 성립기라 할 수 있는 이 시기에 당시 재조일본인들은 <문예>란을 통해 기대하였던 역할은 어디에 있었던 것인가? 『조선』 제6호의 <문예>란에는 "한반도에는 재류 일본부인의 고상한 오락기관이 부족하여 우리 조선 편집부는 이를 개탄하는 바이다. 우리 재한 부인을 위해 <부인 문예란>을 마련하여 부인의 시,

노래(歌), 만필(漫筆), 기행문 등을 소개하여 피아(彼我) 오락의 일단으로 제공하고자 한다."(「婦人の文芸寄書を募集す」, 『朝鮮』, 1908.8)라는 기사가 있다. 이기사에 입각해 본다면 잡지 『조선』의 <문예>란은 "재한 방인의 취미를 말하고 위안을 얻을 수 있는 기관(機關)으로 제공할 것이다."(「第二卷の一号に題す」, 『朝鮮』, 1908.9)라고 선언한 이 잡지 간행 취지와 가장 일치하는 곳임을 알 수 있다. 이와 같이 잡지 『조선』의 <문예>란은 다양한 방식을 통해 독자의 투고도 적극적으로 촉구하면서 당시 재한 일본인들의 "취미를 말하고 위안"과 "오락"을 제공하고자 하였다. 그렇다고 한다면 여기서 말하는 "고상한 오락기관", "취미를 말하고 위안"을 제공한다는 문예란 설정의 취지는 무엇을 의미하고 있는 것인가? 이를 결론부터 말하면 당시 한반도 거류 일본인사회의 타락과 풍속·도덕의 교화 및 개량문제와 깊은 관계가 있다.

> 그렇지만 일본인 거리의 사회적 취미, 오락 설비에 이르러서는 거의 개무(皆無)라 할 수 있다. 그들의 대다수는 한산(韓山)의 살풍경에 울고 한토(韓土)의 무취미에 번민하고 있다. (…중략…) 그렇지만 하나의 공원을 가지지 못하고 하나의 도서관을 가지지 못하며 하나의 평민적 클럽도 가지지 못하였다. 그렇기 때문에 그들은 기정과 매춘부의 번창만을 본다. (…중략…) 재한 방인(邦人)의 취미가 열등하고 오락이 추루(醜陋)함은 거의 타기(唾棄)해 마땅하다.(旭邦, 「在韓邦人と趣味」, 『朝鮮』, 1910.1)

이 인용문에서 보는 바와 같이 당시 일본어 잡지를 보면 한반도의 일본인사회에서 "사회적 취미, 오락 설비" 혹은 "공공적, 사회적 오락기관"(旭邦, 「大公園設置の議」, 『朝鮮』, 1910.2)의 부재를 개탄하면서 "공원설치, 음악의 설비, 도서관의 설비 등이 논의되어 취미의 향상과 함양을 고취"(「時事漫評」, 『朝鮮』, 1910.3)해야 함을 관민(官民) 모두에게 촉구하는 문장이

산견(散見)된다. 그런데 여기에서 취미, 오락 설비, 정신상의 오락기관의
필요성을 끊임없이 주장하고 취미의 향상과 함양을 고취할 것을 역설할
때마다 동시에 등장하는 문제가 재한 일본인사회의 타락상과 폐풍(弊風)
에 대한 지적이다. 즉 관민 불문하고 한국거류 일본인들의 퇴폐한 풍기
를 문제시하고 건전한 풍속을 진흥할 방법을 둘러싸고 그 나름의 해답을
제시하고자 하였다. 그 해답이 바로 위에서 보았던 극장, 연예장, 유희장,
미술관, 도서관, 음악당, 공원 등의 "취미 오락의 설비", "정신상의 오락
기관"의 마련이었다.

> 이 (재한 일본거류민의-인용자 주)취미의 타락을 교정하는 것은 목하의
> 급무이다. (…중략…) 소설은 간이한 일상의 인정, 풍속을 시화(詩化)하고
> 인정의 정수를 그리고 인정의 곡절(曲折)을 비추어 그리하여 순미(純美)한
> 한편의 무성(無聲)의 시(詩)이게 하는 것이다. 그래서 그것이 우리들에게
> 공헌하는 바는 원만한 사상, 감정의 발달을 촉진하고 헤아려 볼만한 취미
> 를 함양하게 하는 데 있다. (…중략…) 그것에 의거해 보면 순문학의 보급
> 은 타락한 거류민의 취미를 구제하는 일수단이 될 수 있다. 다음에 음악도
> 또한 품성을 고상하게 하고 숭원(崇遠)한 취미를 함양하는데 조금도 순문
> 학에 뒤지지 않는다.(「趣味の涵養-当居留民の趣味」, 『朝鮮新報』, 1907.6.20)

따라서 위 인용문에서 "순문학의 보급"은 "타락한 거류민의 취미를 구
하는 일수단이 될 수 있다"고 선언한 『조선신보』의 기사와 잡지 『조선』
의 「문예란」의 취지는 같은 의견임을 알 수 있다. 실제 당시 한반도에서
간행된 일본어 미디어를 보면 재한 일본인사회의 도덕적 타락 및 악습(惡
習)·추태와 그 개량의 방법에 대해 의견을 개진하는 다수의 기사를 만날
수 있다. 근대초기 한반도에서 간행된 일본어신문·잡지 등에서 "고상한
오락기관"을 자임하면서 재한 일본인사회에 "취미를 말하고 위안"을 제

공한다는 취지에서 문예란을 마련한 것은 도서관·음악당·공원 등의
예술·문화시설과 마찬가지로 "고상한 오락"을 통해 재한 일본인들의 타
락·악폐를 구제하는 공리주의적인 역할을 기대하고 있었던 것이다.

또한 이러한 역할에 그치지 않고 식민지화가 진행되고 있는 한국 내에
서 조선인사회와 구분되는 '신일본의 사회', '신일본의 조선'을 구축하고
그것에 어울리는 일본인 커뮤니티의 우월적인 문화적 동일성을 구축하고
자 하는 의도가 있었다고 할 수 있다.

2. 일본어문학 성립과 콜로니얼 담론

한편 이 시기 일본어미디어는 한반도 내 일본어문학 구축과 더불어 조
선 문학이나 예술에 대해서는 매우 부정적인 인식을 전개하고 있었다.
예를 들면 "나는 조선에 문학이 없다고 단정하지 않을 수 없다. 물론 한
국에는 시가 있고 음악도 있고 미술도 있다. 그렇지만 이 모두는 지나(支
那)의 시, 지나의 미술, 지나의 음악이지 한국 특유의 것은 아니다."(「朝鮮
の文學(上)」, 『朝鮮新報』, 1907.9.10)라든가, "조선의 노래에는 신운(神韻)이 있는
것이 거의 없으며 저속하고 외설(猥褻)스런 것이 가장 많은데"(甘笑子, 「朝鮮
の歌謠」, 『朝鮮』, 1908.5)라는 인식이 이에 해당한다. 한국에는 "한국 특유"
의 시, 음악, 미술이 존재하고 있지 않다고 한국문화 전반을 폄하하면서,
이를 통해 한반도 내에 "일본 문학"이 이식, 배양되어야 할 이론적 근거
를 분명히 하고 있다. 이와 같은 인식은 단지 문학만이 아니라 예술 분야
전체에 대한 태도라 할 수 있는데, 조선문학의 부재·부정론이라고도 할
수 있는 이와 같은 인식은 단지 한국에서 간행된 일본어신문·잡지의 인

식만은 아니었다. 일본에서도 조선은 조선 특유의 문학을 가지지 못하고 모든 예술이 황폐해 있음을 주장하며 이것이 정치적인 악정(惡政)이나 중국에 대한 예속 때문에 발생하였다는 담론이 존재하고 있었다. 이러한 인식은 야만성의 증거로서 조선 문학의 부재를 증명하고자 하는 논리인데 이와 같은 담론을 당시 조선의 현상에 적용하면 이상과 같은 부정적인 조선문학의 표상을 만들어 내는 것이다.

그런데, 이와 같이 조선의 '문학', '미술', '공예' 부정론은 고대에는 찬연한 독자의 문화와 문명을 구가하던 시대가 있었지만 그 이후에는 중국의 속국이 되어 중국 사상의 숭배와 악정이나 폭정 등 정치적인 문제로 그 고유한 문화를 잃어버리고 망국적 운명에 이르렀다는 논리의 구조를 취하고 있다. 예를 들면, "이전에는 일본인에 대해 선진국의 문명을 수입하는 중개자였던 구교(舊交)를 가지고 있지만 자연의 대세(大勢)에 무너지려고 하는 망국적 운명을 보고는 매우 통절한 흥취가 있음을 본다. 이들의 시제는 생각하건대 현대일본문학을 위해 부여받은 하늘의 은혜로서"(高濱天我「韓國の詩題」, 朝鮮之實業』, 1906.2)라는 논리가 이에 해당한다. 이러한 주장은 러일전쟁을 전후로 하여 일본 민족론, 혹은 일본의 조선침략을 합리화하기 위해 이 시기 활발하게 논의되었던 '일선동조론(日鮮同祖論)'의 논리와 일맥상통하는 구조를 가지고 있다.

한편, 당시 재조일본인들은 한국에는 독자의 문학과 예술이 존재하지 않는다는 논리에 기반하여 한반도에 일본어와 일본문학을 적극적으로 이식, 배양해야 한다는 논리를 주장하였다.

① 조선에 있어서 일본문학의 현상을 보면 거의 이야기가 되지 않는다. 한마디로 이것을 말하면 실로 무기력하기 짝이 없는데 조금이라도 비탄의 눈물이 없을 수 없다. (…중략…) 그래서 조선의 경영은 모

든 방면에 일본의 책임을 요구한다. (…중략…) 아아, 조선에 있어서
일본문학을 크게 진흥시켜야 하지 않겠는가.(美人之助, 「朝鮮に於ける
日本文學」, 『朝鮮之實業』, 1906.3)

② 그렇다면 이후 한국에 와야 할 문학은 어느 곳 어떠한 문학이어야
하며, 그것이지 아니면 안 되는 것인가? 말할 필요도 없이 우리 일
본의 문학을 이식하고 배양하지 않으면 안 된다.(「朝鮮の文學(續)」, 『朝
鮮新報』, 1907.9.12)

인용문 중에서 ①의 경우는 "일본인이 경영해야 할 한국의 사업"은 단
지 "무적(武的) 세력"에 의한 "물질적 경영"만이 아니라, "문적(文的) 권위"
에 의한 "문적(文的) 방면"도 중시되어야 한다는 입장에서 한국에서 일본
어의 보급과 더불어 일본문학의 진흥책을 강하게 주장하고 있다. ②도
일본의 문학을 한국에 "이식하고 배양"시키는 것을 "재한 문사"의 "책
임"임을 강조하고 있는데 이 세 가지 인용문은 어느 것이든 한국문학의
부정론을 기본적인 전제로 하고 있다.

한국에 일본어와 일본문학을 이식, 배양해야 한다는 이러한 주장과 더
불어 한국 독특의 문학, 예술이 존재하지 않는다는 논리는 한국 내 초기
일본어문학이 가지는 콜로니얼리즘을 잘 나타내고 있다. 더구나 이들 일
본어 잡지의 「문예」란에는 이와 같은 문학론과 더불어 다양한 작품을 통
하여 그러한 콜로니얼 담론에 입각한 제국일본을 구가하였다.

그리고 이러한 현상에 호응하여 당시 한국의 일본인사회는 다양한 형
태의 문학회(결사)가 조직되었으며 일본어 신문·잡지도 현상(懸賞)문학이
라고 볼 수 있는, 독자의 투고를 적극적으로 촉구하며 문학적으로 재한
일본인 사회와 밀착하려는 노력을 견지하면서 문예란을 하나의 섹션으로
마련하였던 것이다.

3. 작품소개

일본어잡지 『조선』과 『조선지실업』은 창간 시점부터 평론·시론·논설·시사 등의 잡지기사와 더불어 각각 「문예」, 「문원」란을 설치하여 단카·하이쿠·시·한시·소설·수필·평론과 같은 문학작품을 게재하고 있었다. 이들 잡지가 의도한 목적인 한국에 대한 식민지 지배의 변호, 혹은 콜로니얼 담론과는 어떻게 관련되어 있었던 것인가? 확실히 잡지 『조선』과 『조선지실업』의 논설이나 평론란 등에서 전경화되어 있는 콜로니얼 담론, 혹은 그 인식은 「문예」란에도 반향(反響)되어 있음은 물론이다.

전체적으로 러일전쟁 승리와 한반도의 보호국화에 성공하였던 재조일본인들이 완전한 식민지화를 촉구하며 제국주의적 발상에 근거하여 조선 내 일본어문학을 기획하고자 하였다고 할 수 있다. 따라서 시가 분야를 중심으로 이러한 식민지주의를 적극적으로 선전하고 한국의 역사나 정치, 문화를 폄훼하고자 하는 작품들도 다수 창작되기에 이른다.

그런데 흥미롭게도 당시 일본어 잡지의 문예란은 그러한 국민국가 공동체의 논리나 콜로니얼 담론에 편승하여 이에 적극적인 역할을 수행하면서도 다음 인용문에서 보듯이 그 규범에는 수렴되지 않는 또 다른 목소리도 잉태하고 있었다.

> ① 모국! 그곳에는 늙은 아버지도 있고 어머니도 있다. 여덟 명의 형제자매, 사랑스러운 처자, 친한 친구, 모두 평온하게 그 품에 품겨 있는데 왜 나 홀로 그 따스한 품을 뛰쳐나와 뒤숭숭한 한국에 갈 생각이 들었는가. 사람들은 한국에 이주하는 자를 모국의 쓸모없는 자인 듯이 말한다. (…중략…) 한국은 이러한 사람들이 세상의 거친 파도와 싸워 지칠 대로 지친 끝에, 그 패잔의 배를 오게 하는 유일

한 항구이지 않은가.(竹雨漂客, 「連絡船」, 『朝鮮』, 1908.11)

② 이민! 어디에서 와서 어디로 가는지 모른다.

어떠한 이유로 그리운 마을을 나온 것인가, 집을 떠난 것인가.

빠져나온 것인가, 쫓겨나온 것인가.

어쨌든 가엾은 인생의 「패망자」임에는 틀림이 없다.(瀧川竹雨, 「移民」,
『朝鮮』, 1910.5)

위의 문장에 보이는 사고는 "한국경영"이라든가 문명으로 한반도를 장식하고 한팔도(韓八道)에 야마토(大和)민족의 증식과 팽창과 발전을 도모하며 개나 돼지처럼 된 한반도를 아름답게 신 일본화한다는 콜로니얼 담론이나 식민지 이주정책이 목적으로 하고 있었던 장밋빛 "한국경영"과 관련된 담론과는 거리가 있는 상반된 인식이다. 여기에는 '내지'의 일본인과 '외지'로 향하는 일본인의 차이만이 강조되고 당시 한국으로 향하는 일본인 이민자의 비애와 불안, 외로움과 고달픔에 가득 찬 느낌을 묘사하고 있다. 특히 이러한 시선은 확실히 '상상의 공동체' 내에 위치되어야 할 일본인들이 균열되어 일본본토에 있는 일본인과 이주하지 않을 수밖에 없는 이민자라는 또 다른 차이를 발생시키고 있다.

따라서, '식민지 일본어문학'은 콜로니얼 담론이 지니는 규율·위계·배제·차별이라는 일의(一義)적인 소리를 뛰어 넘는 또한 그것만으로는 수렴되지 않는 극히 이종(異種)적이고 다성적인 공간으로 기능하고 있다고 할 수 있다.

▶ 정병호

제3절 러일전쟁 전후 조선어 붐과
조선문예물의 일본어 번역

1. 조선 문예물의 일본어 번역의 배경

청일전쟁과 러일전쟁을 전후한 시기는, 일본 국내에서 정한론의 대두로 인해 일본의 새로운 투자처, 특권을 기대할 수 있는 장소로서 조선이 주목되어, 조선이민론이 본격적으로 대두된 시기이다. 무역이나 상업, 전쟁에 필요한 정보를 얻기 위해 조선 사회, 문화에 관한 관심이 고조되고 조선어회화 붐이 일어났다. 그러나 정치·경제적 필요성이나 생활상의 정착을 위한 정보에 대한 수요를 충족시켜 주는 출판물은 부족한 상태였다.

1903년 11월 재조일본인 사회에서 발간한 최초의 종합잡지 『한반도』 (1903~1906)가 창간된 것은 바로 그러한 시대적 요청에 의한 것이라 할 수 있다. 『한반도』는 러일전쟁을 전후하여 5호까지 발행되고 폐간되어 비교적 단명으로 그쳤다. 지면구성은 <논설>, <사전(史傳)>, <지리(地理)>, <인정풍속>, <문학>, <소설잡조(小說雜俎)>, <문원(文苑)>, <실업>, <교통과 안내>, <근사요건(近事要件)> 등으로 이루어져 있으며, 발간 취지는 한국에 대한 소개나 정보제공이며, 범위는 역사, 문학, 풍속,

지리, 경제상황 등에 걸쳐 있다. 편집인 겸 발행인인 하세가와 긴지로[長谷川金次郎]의 발행사를 보면 그 취지를 구체적으로 알 수 있다. 그는 "조선은 동양 파란(波瀾)의 원천"으로, "동방의 평화를 보호하는 근거지는 한반도"라고 전제한다. 그리고 "러일 양국 간 육군의 운동은 반드시 한반도 지역에서 이루어져야 할" 것이므로, 조선은 "우리 국방의 책원지(策源地)'이며 '상략(商略)상에서도 역시 조선문제를 등한시할 수 없다"고 파악하고 있다. 그런데, "유신(維新) 이후 대한(對韓) 정책에서 항상 실패를 거두는 것은 한반도의 사정"을 몰랐기 때문이라고 지적한다. 그리고 그 이유에 대해서는 "이는 비단 당국자의 잘못 만이 아니라, 조야인사(朝野人士)에 이 나라를 연구하고자 하는 자 적고 따라서 그 형세사정(形勢事情)을 모르고 앉아 있을 뿐으로, 이것이 우리 나라가 대한책(對韓策)에 있어 실패의 역사를 거듭하는 소이이다"(長谷川自適「發刊の辭」『韓半島』第1卷第1号, 1903.11)라고 분석한다. 다카기 마사요시[高木正義]도「한반도의 간행을 축하한다[韓半島の發刊を祝す]」에서, 한반도에 진출한 경제인으로서 한국의 "국정(國情)"과 "동포가 각지에서 발전하는 상태"에 관한 정보가 한정되어 있으며, 따라서 새로운 투자처, 이민지로서의 조선에 관한 다양한 정보의 필요성이 얼마나 절실한지, 그리고『한반도』에서 소개하는 "역사에, 지리에, 사전(史傳)에, 문학에, 실업에, 교통에 기타 다방면으로부터 제종(諸種)의 재료"에 대한 기대가 얼마나 큰지를 피력하고 있다.(高木正義「韓半島の發刊を祝す」『韓半島』第1卷第1号, 1903.11)

이 시기 조선문예물의 일본어 번역은, 이상과 같은 배경에서 한반도 진출을 계획하고 있는, 혹은 진출한 재조일본인에게 이주를 촉진하고 경제적 실익과 생활상 정착에 필요한 한국에 관한 소개와 정보제공을 목적으로, 한반도에서 간행된 일본어잡지에 게재된 조선문예물을 말한다. 이

글에서는 이 시기를 대표하는 일본어 종합잡지 『한반도』에 게재된 조선
문예물의 양상을 살펴봄으로써, 이 시기 조선문예물의 일본어 번역양상
을 검토해 볼 것이다.

2. 조선문예물의 일본어 번역의 전개양상

이 시기 조선문예물의 번역 양상을 살펴보기 위해서는 『한반도』의 지
면 구성과 조선문예물의 취급 태도를 살펴볼 필요가 있다. 잡지 『한반도』
의 <문예> 관련 지면은 <문학>, <문예(혹은 소설) 잡조>, <문원> 세
가지 종류가 있다.

이 중 <문학>란은 제1권 제1호에 한 번 설정되었고 게재 기사는 아
유가이 후사노신[鮎貝房之進]의 「한문학(韓文學)」(第1卷第1号, 1903.11)이 유일
하다. 여기에서 <문학>이란, "시가 · 희곡 · 소설 등 문학작품을 연구하
는 학문. 자연과학 · 정치학 · 법률학 · 경제학 등 이외의 학문 즉, 사학 ·
사회학 · 철학 · 심리학 · 종교학 등 제분과를 포함한 호칭"으로 학문 분
과의 의미로 사용되었다. 즉 이 잡지에서 문학은 아유가이의 「한문학」이
라는 평론을 담을 수 있는 개념으로 사용된 것이다.

두 번째는 <문예(혹은 소설) 잡조>로, '잡조'란 "여러 가지 것을 모은
것. 또는 그 모양"의 의미이다. 용례를 보면 "중국 명대의 수필로, 천(天),
지(地), 인(人), 물(物), 사(事)의 다섯 종류로 나누어 명대의 정치, 경제, 사회,
문화, 자연과학 등 각 방면의 자료를 섞어 그것을 고증하고 시비를 논한
것"인 『오잡조(五雜俎 · 五雜組)』(1619), "당대의 명가(名家)에 태어난 은성식
(段成式)에 의한 백과전서적 전개를 갖는 수필집. 도교 · 불교 · 박물학 · 의

식습관・이사기문(異事奇聞) 등 당시의 사상・사회의 저류를 규명하는 귀
중한 자료"인 『유양잡조(酉陽雜俎)』 등이 있다. 즉 '잡조'란 수필이라는 문
예적 속성도 있지만, '정치, 경제, 사회, 문화, 자연과학 등 각 방면의 자
료', '도교・불교・박물학・의식습관・이사기문' 등의 글을 일컫는 말
이라고 할 수 있다. 이와 관련하여 『한반도』에 게재된 문예 관련 기사를
보자.

- 제1권 제1호(1903.11) : <문학> 「한문학」, <소설잡조> 「소설 첩[小
  說囲いもの]」/「여름의 왜성대[夏の和城臺]」/「우창소품[雨窓小品]」/「무제
  록[無題錄]」, <문원>한시/와카[和歌]/하이쿠[俳句]
- 제1권 제2호(1904.1) : <소설> 「첫 모습[はつ姿]」/「첫꿈[初夢]」/「거문
  고상자[琴はこ]」/「조선백동담 전편1[朝鮮白銅譚前篇(一)]」, <문예잡조>
  「잔사잡기[棧槎雜記]」/「한국의 소설[韓國の小說]」/「궁녀[宮女]」/「한국
  의 기생[韓國の妓生]」/「반도의 낙토[半島の樂土]」/「추풍록[秋風錄]」/
  「기차 잡관[汽車雜觀]」, <문원>한시/와카/하이쿠
- 제2권 제1호(1906.3) : <소설> 「두 명의 아내[ふたり妻]」/「소기사[小技
  士]」/「러일전쟁 개전 전 7일간[日露開戰前の七日間]」, <문예잡조> 「경
  성의 남산에 오르다[京城南山に上る)] /「고려 고왕궁 만월당에 소요하
  다[滿月臺に逍遙す]」/「두 개의 샘물기[二つの泉の記]」/「박명곡[薄命曲]」/
  「열녀음[烈女吟]」/「공죽 이야기[空竹の話]」「한성의 달밤[漢城の月夜]」/
  「거현세현[巨絃細絃]」, <문원>한시/신체시/와카/하이쿠
- 제2권 제2호(1906.5) : <소설> 「두 명의 아내」/「러일전쟁 개전 전 7
  일간」, <문예잡조> 「신라 비녕자[新羅丕寧子]」/「남산의 무녀[南山の
  巫女]」/「기생을 보지 못한 이야기[妓生を見ざるの記]」/「주막(술집)과 매
  춘가(갈보집)[酒幕と賣春家]」/「거현세현」, <문원>한시/와카/하이쿠
- 『한반도』 제2권 제3호(1906.6) : <소설>「박정한 사람[情知らず]」/「가
  는 봄[ゆく春]」, <문예잡조> 「통영유기[統營遊記]/「산영수성기[山影水
  聲記]」/「봄날 저녁 꿈[春宵夢]」/「차청지수[遮晴止睡]」/「거현세현」, <문

원>한시/와카/하이쿠/신체시

　　　　　　　　　　　　　　　　　(밑줄 조선문예물 번역)

이 중 제1권 제1호 <문예잡조>란을 보면, 조후세이[長風生]의 「잔사잡기」(송파 일대를 중심으로 하는 한국 체험담), 우에무라 고난[上村湖南]역 「한국의 소설」(춘향전 소개), 아키우라세이[明浦生]의 「궁녀」(조선 궁녀의 지위, 역할, 인척관계 등 소개), 로쿠로쿠 한인[碌々閑人]의 「한국의 기생」(기생의 종류 소개), 아관거사(峨冠居士)의 「반도의 낙토」(이주지로서의 부산체험담), 효레이세이[瓢零生]의 「추풍록」(도한자의 애환과 거류지 묘사), 하세가와 지테키[長谷川自適]의 「기차잡관」(인천행 기차에서 본 풍경) 등이 있다. 이들 내용은 각각 이주지로서의 한반도 체험담, 일상생활, 풍속, 습관, 풍경 등을 소개하는 설명문이나 수필 등으로 구성되어 있음을 알 수 있다.

세 번째로 <문원>이란 "문장·작품을 모은 것. 문집(文集)"을 의미하며, 예로서는 『문원영화(文苑英華)』(982~987)가 있다. 이 서적은 "양말(梁末)에서 당(唐)·오대(五代)까지의 시문을 모은 총집(總集)"이다. 즉 "문장·작품"을 모은 것이지만 주로 "시문" 즉 운문을 일컫는 개념임을 알 수 있다. 『한반도』의 <문원>란 역시 한시, 와카, 하이쿠가 중심이며, 간혹 신체시가 들어가고 있어, 일본 고유의 시가 문학이나 한시, 현대시와 같은 정통 문학 장르로 여겨지는 장르가 배치되고 있음을 알 수 있다.

이상과 같이 살펴보면, 조선 문예물의 번역은 「거문고상자」(제1권 제2호)가 <소설>란에 게재된 것을 제외하면, 우에무라 고난의 「한국의 소설」(제1권 제2호), 우에무라 도보[上村濤畝]의 「박명곡」(제2권 제1호)이나 「열녀음」(제2권 제1호), 「신라 비녕자」(제2권 제2호) 등 모두 <문예잡조>란에 게재되고 있음을 알 수 있다. 즉 이 시기 조선의 문예물은 정통 문학이 아

닝, '정치, 경제, 사회, 문화, 자연과학 등 각 방면의 자료'라는 의미의
<잡조>로 취급받으며, 이주지로서의 한반도 체험담, 일상생활, 풍속, 습
관, 풍경 등을 소개하는 자료로서 재조일본인들 잡지에 번역, 게재되었음
을 알 수 있다.

3. 일본어로 번역된 조선문예물 소개

『한반도』제1권 제1호에 게재된 아유카이 후사노신의 「한문학(韓文學)」
은 최초로 조선의 문학을 학문적으로 논한 것이다. 아유카이는, "한문학
즉 한국고유의 문학은 여전히 우리나라(일본 : 인용자 주) 중고(中古)의 국문
학에서처럼 발달이라든가 진보와 같은 유망한 역사를 갖지 않는다. (…중
략…) 한문(漢文)에 완전히 압도되어 겨우 하등사회, 부인사회(婦人社會)에서
근근히 명맥을 잇고 있는 몹시 딱한 처지이다"(제1권 제1호, p.83.)라고 하
며 조선의 문학에 대한 인식을 드러낸다. 즉, 중국의 한문학(漢文學)에 압
도되어 한국고유의 문학이 발달하지 못하고 겨우 하등사회나 부인사회에
서 명맥을 유지하고 있다는 일종의 조선문학부재론이라고 할 수 있다.
이러한 조선문학부재론은 이후 식민지시기 일반화된 조선문학·문화에
대한 일본인들의 시각의 향방을 결정지은 것이라 할 수 있다.

그럼에도 불구하고 우에무라 고난은 제1권 제2호에 「한국의 소설((1)춘
향전」이라는 제목으로 춘향전을 번역, 게재하고 있다. 이는 「계림정화 춘
향전(鷄林情話 春香傳)」(『大阪朝日新聞』 1882.6.25.~7.23.)으로 일본에서 번역된
것을 제외하고, 재조일본인 사회에서 번역 소개된 최초의 조선문예물이
라는 점에 의의가 있다. 역자 우에무라 고난의 한국문학에 대한 인식은

「한문학」에 나타난 아유가이 후사노신의 한국문학 인식과 다르지 않다. 아유가이 후사노신은 「춘향전」에 대해 "이 소설이 다른 소설과 유별되는 점은 소재를 지나에서 취하지 않은 점, 다른 소설은 전기소설뿐인데 이 소설은 연애소설 즉 일본의 인정본(人情本)에 해당하는 점이다. 그렇기 때문에 한국관리사회의 정태(情態) 및 부인사회의 정태를 유감없이 그려내고 있을 뿐만 아니라(…후략…)"(제1권 제1호, pp.88-89)라고 평가한다. 「춘향전」을, "한국 관리사회의 정태(情態) 및 부인사회의 정태를 유감없이 그려내고" 있는 작품으로 인식하는 것으로, 문학작품이기 이전에 한국 사회에 대한 정보를 제공하는 정보원으로서 파악하고 번역하고 있음을 알 수 있다.

이와 같은 『한반도』 간행 취지와 조선문학에 대한 인식은 나머지 다른 조선문예물의 번역에도 그대로 드러난다. 미나미 무라[南村]의 「가야금상자」(제1권제2호)는 신라 소지왕(炤智王) 시대 왕비와 그 신하의 역모에 관한 이야기를 정월 대보름의 유래로써 소개하고 있고, 우에무라 도보의 「박명곡」은 백제 4대왕 개루왕(蓋婁王)과 그의 신하 도미의 아내의 정조 이야기이며, 「열녀음」은 「박명곡」의 내용을 도미와 그 아내의 사랑을 시로 읊은 것이다. 그리고 우에무라 도보의 「신라 비녕자」는 신라 진덕여왕 시대에 백제의 침략을 박아 싸운 비녕자와 그 아들 거진, 그리고 그 노복 합절의 충절에 관한 전설이다.

4. 러일전쟁 후 조선문예물의 일본어 번역의 의의와 연구전망

이상에서 살펴본 바와 같이 일본의 조선문예물에 대한 관심은 식민지배 이후부터 시작된 것이 아니라 19세기 말 정한론이 일기 시작했을 때부터 시작해서 청일전쟁과 러일전쟁으로 한반도에서의 지배권을 확보할 무렵부터 일종의 붐을 이루었다. 즉 조선문학의 일본어 번역은 한국이 식민지화되기 이전부터 이루어지고 있었다고 할 수 있다. 그 중에서도 특히 한반도에서 발행된 일본어 잡지에 번역, 게재된 조선문예물은 재조일본인을 주된 독자로 상정하고 있다는 점에서, 식민지 본국 일본에서 출판된 조선문예물의 번역과는 다른 양상을 보이고 있다. 이와 같이 식민지화되기 이전에 일본어로 번역된 조선 문예물은, 외국인에 의한 한국의 문화에 대한 관심과 소비 붐이라는 의미에서 한류의 기원이라는 점, 식민지 지식 형성의 기원이라는 점, 최초의 본격적인 조선문예물의 외국어 번역이라는 점 등에서 다양한 의미가 있다 할 수 있다.

그럼에도 불구하고 2000년대 이후 시작된 식민지시기의 번역 양상과 의의를 규명하고자 하는 시도들은 식민지 초기나 1940년대, 혹은 특정 작가에 한정되어 있는 등, 개별 연구에 머물고 있다. 이러한 상황에서 김효순의 「한반도 간행 일본어잡지에 나타난 조선문예물 번역에 관한 연구」(중앙대학교 『일본연구』 제33호, 2012.8)는 조선이 식민지화되기 이전에 한반도에서 이루어진 조선문예물의 일본어번역의 의의와 전체상을 규명하고자 했다는 점에 의의가 있을 것이다. 이를 바탕으로 이 시기 이루어진 개별 조선문예물의 일본어번역의 양상과 의의를 검토할 필요가 있을 것이다.

▶ 김효순

제4절 한반도의 문학결사 등장과 일본어 전통시가

1. 한반도의 일본어 매체와 일본 전통시가의 출발

1876년 개항 이후 한반도에는 고조되는 식민지적 열기와 더불어 일본인들의 이주가 시작되었고, 1910년 말에는 재조일본인의 수는 17만 여명으로 급증하였으며 한반도 각지에 일본인 거류민단이나 거류민회가 만들어졌다. 재조일본인들은 주요 거류지를 중심으로 각종 식민지 경영에 종사함은 물론 커뮤니티를 만들어 신문, 잡지와 같은 일본어 매체를 발행하며 정보를 공유했다. 일본에 의한 강제병합 이전부터 한반도에서 발행된 많은 일본어 종합잡지와 일간지 매체에는 실용적 정보와 기사, 논설뿐 아니라 이주 일본인들에 의한 창작 문학작품도 실렸으며, 매체에 따라서는 일본어문학 내용을 <문예(文藝)>나 <문원(文苑)> 등 독립된 난(欄)으로 장기간 존속시키기는 경우도 있었다.

한반도의 일본어 매체는 일찍부터 이와 같은 독립 난이나 문예란적 성격의 코너를 마련하였는데, 소설 장르는 일본어 매체 문예란에 꾸준히 실리지 않은 경우도 많았고 일정 시기 중단되는 경우도 있었지만, 단카[短歌]나 하이쿠[俳句] 등 전통적 운문 장르는 한반도에 일본어 매체가 등장한 이후부터 1945년까지 대부분의 문예란에서 일관되게 꾸준히 창작되었고 문학결사가 조직되거나 독자의 투고도 적극적으로 받아들이며 일본어문학의 주요 장르로 자리매김했다. 이번 절에서는 20세기 초반 한반도에서 간행된 일본어 매체의 문예란을 통해 당시 단카와 하이쿠 등 일본 전통시가 장르가 한반도에서 어떻게 창작되기 시작하였고 문학 활동으로서 어떻게 전개되었으며 그 역할은 무엇이었는지 살펴보기로 한다.

2. 초기 미디어 문예란으로 보는 일본 전통시가의 전개

요컨대 '외지' 일본어문학의 형성, 한국 내 식민지 일본어문학의 성립 및 전개와 직접적인 연관성을 갖는 일본어 잡지 내의 문학적 움직임은 한반도에서는 1900년대 초두부터 시작되었다. 1900년 이후 조선에서 일본어 매체가 등장하고 그 안에 문예란이 마련되면서 하이쿠가 가장 먼저, 그리고 수적으로도 큰 비율을 점유하게 되는데, 여기에서 흥미로운 점은 일본 본토에서 하이쿠나 단카를 둘러싸고 논의되었던 담론들이 당시 한반도의 일본어 매체 문예란에도 취사선택되어 반영된 점이다.

예를 들자면 하이쿠에서는 마사오카 시키(正岡子規)에 대한 평가가 매우 높았는데 그가 개척한 '사생(寫生)'이라는 기법이 하이쿠의 가장 큰 달성으로 인식되었으며, 이후 식민지 조선의 하이쿠 담론에서도 '사생'은 키워드가 된다. 단카 쪽은 '내지' 일본에서는 1890년대 이후 「와카개량론(和歌改良論)」이나 「망국의 소리(亡國の音)」 등 강렬하고 혁신적 주장이 등장하고 그에 대한 찬반론 등이 거세게 일어난 것[1]에 비해, 이 시기 한반도에서는 가론(歌論)이 활발히 논해지지는 않았지만 단카, 조카[長歌], 렌가[連

歌] 등 다양한 와카[和歌] 실작들이 창작되었다. 20세기 초부터 한반도 내 일본어문학을 구성하는 가장 주요한 장르였던 하이쿠와 단카는 1890년 대부터 1900년대에 이르는 일본 내 전통적인 시가 장르를 둘러싼 다양한 논의와 시도를 그 배경으로 흡수하여 한반도 각지의 문학결사 활동에도 반영시키면서, 한반도 일본어문학의 주요장르로 자리 잡게 된 것을 알 수 있다.

이와 같이 한반도와 같은 '외지'에서 일본어로 창작된 단카, 하이쿠는 일본 내의 움직임을 적극 반영하고는 있었지만, 그보다 '외지'라는 식민 지의 공간성 때문에 훨씬 복잡한 양상을 보이게 된다. 1900년대 초 한반 도에서 이루어진 일본어문학 중 전통시가 장르의 특징과 역할이 어디에 있었는지, 이 당시 대표적 일본어 잡지인 『한국교통회지(韓國交通會誌)』, 『한 반도(韓半島)』, 『조선지실업(朝鮮之實業)』을 중심으로 파악해 보고자 한다.

우선 1902년 창간된 『한국교통회지』에는 독립된 <문예>란이 없었던 만큼 고후(光風)나 가이도(槐堂)와 같이 호(号)를 사용하는 사람들의 단카가 단속적으로 게재되는 형태를 취하고 있다. 이론이나 배경 설명 없이 작 품만이 수록되어 있기는 하지만 '호랑이', '강화도의 대포', '대원군' 등 한국적 단카임을 분명히 드러내는 품제로 가재(歌材)를 삼고 있어서 한반 도의 일본 전통시가에서 '조선적 소재'를 도입하려는 노력이 러일전쟁 이전부터 있었다는 것을 반증해 주고 있다. 또한 일부 작품들에서 일본 의 한반도 식민지화의 당위성, 혹은 지배의 이미지를 정당화시키고 있다 는 측면에서 조선의 가재가 당시 식민지주의 담론과 맞물려 전개되는 것 을 볼 수 있다.

---

1) 小泉苳三 『明治歌論資料集成』(立命館出版部, 1940), 久松潛一 外編 『近代詩歌論集』日本近代文 學大系59(角川書店, 1973) 등이 참조가 된다.

또한 한국 정보의 제공을 통해 일본인의 한국 이주를 촉진할 목적으로 간행된 재한 일본인 사회에서 발간한 최초의 종합잡지2) 『한반도』는 <문예>란을 갖추고 있다. 문예란에서 하이쿠와 단카 장르가 주류를 이루고 있다는 의미에서 재조일본인의 아이덴티티 구축을 위해 전통적 문학 양식을 전용3)하고 있는 점을 지적할 수 있는 한편, 전통시가의 내용적 측면에서는 초기 재조일본인들이 조선과 조선인에 대해 가진 인식의 표상을 살펴볼 수 있다. 또한 인천을 근거지로 하는 재조일본인 중 단카 창작을 위주로 한 <와카나회[若菜會]>라는 문학결사의 존재가 확인되는 점에서 러일전쟁 전후한 시기에 이미 한반도에는 지역 기반의 문학결사가 전통시가 장르를 중심으로 성립해 있었던 것을 확인할 수 있다.

부산을 근거로 한 『조선지실업』의 <문원>란에도 산문은 물론이고 하이쿠를 위시한 전통시가가 매호 게재되고 있었다. 『조선지실업』을 통해 보더라도 일본의 전통문예인 와카나 하이쿠 분야에는 이미 이러한 문학결사가 조직되어 활동한 흔적을 확인할 수 있는데, 이 잡지는 제1호부터 <일일회(一一會)>라는 결사의 회원들 하이쿠가 게재되었으며, 기존 연구에서 언급한 것처럼 부산에서 간행된 일간지 『조선신보(朝鮮時報)』에서 헤아린 <일일회> 회원 최소인원 7명4)보다는 훨씬 많은 50명 정도의 하이고(俳号, 하이쿠 창작에 실명 대신 사용하는 호)가 확인되며, 이들은 하이쿠 작품과 이론으로 『조선지실업』 <문원>란을 주도했다. 또한 『조선지실업』

---

2) 단국대 동양학연구소, 「韓半島 해제」 『改化期 在韓日本人 雜誌資料集 : 韓半島』, J&C, 2006, pp. iv~vii.

3) 박광현, 「조선 거주 일본인의 일본어문학의 형성과 (비)동시대성-『韓半島』와 『朝鮮之實業』의 문예란을 중심으로」, 『일본학연구』 제31집, 단국대학교일본연구소, 2010.

4) 허석, 「明治時代 韓國移住 日本人의 文學結社와 그 特性에 대한 調査研究」, 『日本語文學』 제3집』, 한국일본어문학회, 1997.

에는 <부산시회(釜山詩會)>라는 결사의 이름도 보이는데, 이 회원들의 단
카와 시도 상당수 수록되어 있어서 러일전쟁 직후에 이미 하이쿠, 단카,
시와 같은 장르별 문학결사가 복수로 존립하며 일정 일본어 매체를 근간
으로 하여 창작과 모집, 경우에 따라서는 타 결사와의 연합 혹은 경합 활
동도 전개해 나간 양상을 추적할 수 있다.

이와 같은 한반도의 일본어 잡지 안에서 문예란은 1910년 일본에 의
한 한반도 강제 병합이 이루어진 이후 독립된 난이 사라지는 등 퇴보를
보이는데, 그러한 속에서도 단카와 하이쿠는 물론 센류[川柳]까지 지역 결
사를 중심으로 작품 창작이 지속되었다. 이를 뒷받침하는 가장 강력한
근거는 일제강점기 가장 대표적인 일본어 매체 『경성일보(京城日報)』에서
볼 수 있다. 이 일간지에는 1910년대 전반부터 일본 전통시가 장르의 모
집과 선별 등이 이루어졌고, 그 코너를 「일보 하이단[日報俳壇]」, 「일보 가
단[日報歌壇]」이라 명명하였다. 이러한 코너는 「경일 하이단[京日俳壇]」, 「경
일 가단[京日歌壇]」으로 개칭되며 점차 안정된 난으로 확대되어 갔고, 센류
의 경우도 「경일 류단[京日柳壇]」이 성립하여 시단(詩壇) 등과 비슷한 규모
로 유지되었다. 그리고 문학결사나 주요 미디어를 근거지로 삼던 이러한
활동은 곧 1910년대에 들어 비로소 한반도 일본어문학의 '문단' 의식으
로 연결되고 이윽고 1920년대가 되면 경성을 중심으로 한 한반도 각지에
서 장르별 전문잡지와 단행본 발행으로 확대되기에 이른다.

3. 1900년대 초두의 단카와 하이쿠

이러한 잡지의 문예란을 통해 한반도에서 일본어문학의 형성 초기에

창작된 단카를 살펴보면 재조일본인들이 조선에서의 삶에서 어떠한 측면
을 표현하고자 하였는지를 엿볼 수 있다.

　　　호랑이 숨은 한국의 들판에도 태양의 깃발 내걸고 축하하는 천황 치세
　의 새봄(から國の虎伏す野辺も日の御旗揭げて祝ふ御代の春かな)

　　　　　　　　　　　　　　　　　　—『韓國交通會誌』第2號, 1903.2.

　　　남산 소나무 그 그늘 아래에서 한국 사람들 뒹굴면서 잠을 잘 여름이
　되었구나(南山松の木蔭に韓人の轉寢すへき夏となりけり)

　　　　　　　　　　　　　　　　　　—『韓國交通會誌』第3號, 1903.5.

　　　백색 영묘한 의복의 색과 전혀 닮지도 않은 여기 한국 사람의 마음가
　짐이었네(白妙の衣の色に似ぬものはから國人の心なりけり)

　　　　　　　　　　　　　　　　　　—『韓半島』第1卷第2號, 1904.1.

　　　한국에 살며 십년이 지나가니 고향 마을에 아는 사람도 없는 늙은이가
　되겠지(韓ぶりて十年過ぎなば故里に知る人も無き翁とならむ)

　　　깃발을 들고 너른 들판에 서서 히데요시(秀吉)가 웃으며 승리 얻은 그
　마음 알겠구나(麾あげて大野に立てば秀吉が笑んで勝得し心偲ばる)

　　　　—부산시회, 「한국에 살며(韓ぶり)」, 『朝鮮之實業』第10號, 1906.3.

　　20세기 초두의 단카에서는 '중앙'이며 '내지'인 일본에서 '주변'이자
'외지'인 조선으로 이주할 수밖에 없었던 재조일본인들의 불안감과 소외
의식, 더불어 당시 식민지주의에 적극 편승하면서 남성적 기상과 대륙
경영의 포부와 희망을 안고 살며 그에 종사하는 가인들의 자기표현을 볼
수 있다. 또 한편으로는 일본의 역사적 일화나 인물 등을 인용함으로써
이를 공유할 수 있는 재조일본인 문화인들간의 유대와 문화적 자긍심을
고취하며, 결과적으로 단카라는 매체를 통해 우월적인 공동체를 지향하
기도 하였다.

또한 임진왜란 때 왜성대(倭城臺)가 지어졌다고 하여 한반도 지배의 상
징적 공간이 된 통감부와 초기 총독부가 들어선 남산(목멱산)은 식민지기
내내 재조일본에 의해 상당히 많이 전통시가로 읊어졌는데, 한반도로 이
주한 초기 재조일본인들은 한일 간의 유구한 역사적 관계성을 상기시키
거나 환기시키는 장소, 즉 조선의 단카 명소라 할 만한 '우타마쿠라[歌枕]'
를 모색하려는 다양한 시도를 했다는 것을 의미한다.

전지의 친구에게 보내다(戰地の友に送る)
한낮 더위에 러시아군으로 보인 투항의 깃발(日盛りや露軍に見ゆる投降旗)
　　　　　　　　　—『朝鮮之實業』第4號, 1905.9.

바로 양반의 소유지였네 어린 잎 돋은 산(兩班の所有なりけり若葉山)
　　　　　　　　　—『朝鮮之實業』第12號, 1906.5.

지게꾼이 지게에 기대어서 낮잠 자누나(チゲグンのチゲにもたれて畫寢哉)
　　　　　　　　　—『韓半島』第13號, 1906.6.

봄날이구나 한국사람 마을의 작은 북적임(春の日や韓人町の小賑ひ)
　　　　　　　　　—『韓半島』第2卷第2號, 1906.4.

복숭아나무 걸터앉아 한국의 삼월 삼일에(桃またき韓の三月三日かな)
　　　　　　　　　—『韓半島』第2卷第3號, 1906.5.

온돌 방에서 밀칙을 논의하는 이씨 박씨들(溫突に密勅を議す李朴の徒)
종주국 일본 신하가 여기 있소 기원절 맞아 (宗國の臣茲に在す紀元節)
　　　　　— 기몬(鬼門)「악시자칭(惡詩自稱)」『朝鮮之實業』第20號, 1907.2.

이 시기의 하이쿠에서는 당시 식민지화의 열기나 진취적 기상을 드러
내거나 재조일본인 간의 유대감과 소식 전달의 수단으로 창작되었다는
측면에서는 단카와 비슷한 면모를 드러낸다. 하지만 하이쿠는 계어(季語,
계절감을 알 수 있게 하는 단어)라는 특징적 약속을 갖기 때문에 독특한 문제

점을 내포하기도 하는데, 조선적 풍물이나 소재를 다루는 초창기 하이쿠와 계어의 관계에서는 조선 고유의 소재와 계어가 잘 맞물리지 못하는 점을 지적할 수 있다. 즉 개척할 대상으로 조선 땅을 바라보기는 하나 계어와 화조풍영(花鳥諷詠)이 중심이 되어 포부가 느껴지는 진취적 하이쿠로 연결되지는 못한다. 계어라는 필요최소한의 하이쿠 성립의 요건이 조선의 특수한 용어나 생경한 문화와 충돌하면서 조선적 하이쿠 안에서 자리 잡지 못하는 상황이 빚어지는 셈이다. 다시 말해 조선적인 소재가 하이쿠의 계어 설정과 원활하게 조화하지 못하는 점은 아직 한반도 내에서 창작된 하이쿠가 '외지' 일본어문학으로 정착하지 못했다는 것을 보여주며 동시에 이 장르의 '외지' 일본어문학적 성격을 잘 대변해 준다.

4. 1910년을 전후한 일본 전통시가 연구의 전망

이상에서 살펴본 것처럼 20세기 초 초창기 한반도의 소규모 문학결사를 중심으로 전개된 단카, 하이쿠에서는 일본 현지를 떠나 타지에서 살아가는 자신들에 대한 소외감과 불안감, 나아가 조선인과 조선풍물에 대한 차별적이고 부정적인 이미지의 표현, 그리고 당시 식민지주의에 입각하여 남성적인 기상이 잘 드러나는 제국 일본의 구가 등 다양한 내용이 상호 교차하고 있음을 확인할 수 있다. 조선의 풍물과 조선인을 묘사할 때 하이쿠나 단카와 같은 단시형(短詩型) 장르에서도 일본적 오리엔탈리즘을 보여주는 차별적인 조선 표상도 당시 일본어문학이 공유하던 특징이라고 할 수 있다.

지금까지 병합 이전의 한반도 일본어문학에 관해서는 매체, 문예란의 정치성, 평론과 소설 등 산문 작품 중심의 연구 등이 주로 이루어져왔다. 하지만 서사의 측면이 약하고 주의나 주장을 담고 있지 않다고 여겨진데다가 전문 문학자들이 아닌 사람들에 의해 창작되어 문학성이 낮다는 이유로 도외시되었던 단카와 하이쿠 같은 일본 전통시가는, 실은 가장 먼저 그리고 가장 오랫동안 한반도 일본어문학의 중심 장르로 대량 창작되었다. 한반도 일본어문학의 큰 축을 형성한 단카와 하이쿠는 재조일본인들의 감정 토로와 공유된 정서 및 조선과 조선인에 대한 표상을 폭넓게 제시할 것이므로 향후 방대한 양의 실작(實作)에 대한 면밀한 분석과 번역이 요구된다.

▶ 엄인경

제5절 재조일본인 사회의 형성과 '유곽물'의 출현

1. '유곽물'의 개념 및 출현 배경

근대 일본의 해외이민은 메이지 유신 이후 초기에 하와이로의 관약 이
민과 같은 경제이민이 전개되었고, 강화도조약 직후부터 일본인들의 한
반도 이주가 적극 장려되었다. 수많은 일본인이 주로 서일본 각지에서
식민지화 과정에 있었던 조선으로 도항하여 재조일본인 사회를 형성하였
고, 하와이 관약 이민 개시(1885년)까지 조선은 최다 도항지로서 한일 병
합 시점(1910년 12월)에는 재류자수가 17여 만 명에 이르러 당시 해외거류
일본인 중 최다 규모가 되었다. 일본인의 해외이주는 남성들의 단신부임
형태가 많았고, 그로 인해 성매매에 대한 수요가 폭발적으로 증대되어,
식민지배가 확립되기 이전 식민초기에 조선으로 이주한 여성들은 예기,
창기, 작부 등이 많았다.

일본인의 식민지 조선으로의 이주가 진행되면서 식민 지배의 정통성
을 적극적으로 선전하고, 재한 일본인 거류민의 법적, 정치적 권익을 보
호할 목적으로 수많은 일본어신문과 잡지가 전국 각지에서 간행되었는
데, 특히 이 같은 일본어 미디어에는 '문예란'이 설치되어 각종 시론(時

論), 평론뿐만 아니라, 소설이나 시, 단가, 하이쿠 등 문예물이 게재되어
수많은 일본어문학이 탄생되었다. 조선내의 일본인 거류지의 확대와 함
께 증가한 유곽과 매춘사업의 활성화로 인하여, 유곽을 배경으로 하거나
유녀를 소재로 하는 유곽문예물(이하 '유곽물'로 칭함)이 다수 등장하게 된
다. 즉 재조일본인 거주자의 증대로 점차 조선을 단기 체류지로서가 아
니라 정주지로 인식하게 되면서, 이주지 조선에서의 삶을 즐기기 위한
'취미'로서 유곽 및 유녀는 재조일본인 여가생활 욕구를 충족시킬 수 있
는 '유일한 오락거리'로 상품화되고 소비되었고, '유곽물'은 개화기 재조
일본인 사회를 활사하는 문예물의 소재로 적극 활용되었다. 한일 병합을
전후한 시기부터 조선으로의 여성이주자는 가족의 동행에 의한 정착화가
진행되어 이주지 도처에서 발행된 재조일본인 미디어를 무대로 발표된
일본어문학 중에는 가정주부, 조추[女中]와 같은 여염집의 여성이 등장하
기도 하지만, 유곽이나 요리점 등 성매매와 직간접적으로 관련된 예기나
유녀와 같은 여성들이 등장하는 예가 압도적으로 많았다고 볼 수 있다.

2. '유곽물'의 전개양상

개화기 재조일본인 일본어미디어에 수록된 '유곽물'은 대부분 일본인
남성 필자에 의해 창작되었고, 매매춘과 관련된 여성들은 작품 내에서
구체적으로 그려지기보다는 작품의 소재로 등장하거나 도한 일본인 남성
의 사랑의 대상으로 설정되어 그려지는 경우가 많이 있었다. 주로 예기,
창기와 같은 직업군의 여성과 도한 일본인 남성은 사회적 편견과 난관을
극복하고 맺어져야 하는 관계로 묘사되는 경우가 많았고, 이주민이라는

동일한 입장에서도 남성과 여성이 서로 다른 차별적 시선을 받는 경우가
많았다. 또한 한반도에 단신 부임하여 혼자 생활하는 남성과 결혼하게
된 이른바 '조선 뇨보(韓妻)'를 그려낸 소설도 등장하였다. 이와 같이 재조
일본인 미디어에 수록된 문예물에는 단지 성매매와 관련된 직종의 여성
들뿐만 아니라 다양한 일본인 여성이 등장하였다. 당시의 재조일본인 미
디어에는 도한 일본인 여성에 관한 기사들을 다수 볼 수 있는데, 이들이
주로 내지 여성/식민지 여성, 여염집 여성/화류계 여성 등 이분법적으로
전형화된 도한 일본인의 성 표상을 보여주고 있는데 비해, '유곽물'을 비
롯한 도한 일본인 여성을 등장시키는 문예물 중에는 도한 일본인여성의
현실을 포착하는 작품도 등장하였다. 개화기 재조일본인 미디어에 게재
된 주요 '유곽물'을 정리하면 다음과 같다.

[개화기 재조일본어 미디어에 게재된 주요 유곽물]

게재지, 게재시기	작가 및 제목
『한반도』 1903.11 제1권 제1호	하세가와 지테키[長谷川自適] 「소설 첩[囲もの]」
『한반도』 1903.12 제1권 제2호	이초세이[銀杏生] 「설빔차림 모습[はつ姿]」
『조선일보』 1905.2.21-24	도쿄 레이스이쇼[東京麗翠生] 「소나무 모양[松模様]」
『한반도』 1906.1-3 제2권 제1,2호	도리고에 초엔[鳥越長園] 「두 사람의 아내[ふたり妻]」
『한반도』 1906.5 제2권 제3호	미노스케[巴之助] 「무정[情しらず]」
『한반도』 1906.5 제2권 제3호	하세가와 지테키[長谷川自適] 「가는 봄[ゆく春]」
『조선신보』 1906.10.14-21	오노 나데시코[小野撫子] 「저는 춤추는 예기입니다[私は舞妓ですの]」
『조선신보』 1907.9.1.	요네코[よね子] 「여자(女子)(독자문예)」
『경성신보』 1908.3.18- 4.3	구리다케안[栗嶽庵] 주인(主人) 「꽃이 뿌리내림[花の根ざし]」
『조선신보』 1908. 4.12	하기코[萩子] 「봄 밤[春の夜]」
『조선』 제2호 1908. 4	우스다 잔운[薄田斬雲] 「몰락(沒落)」
『경성신문』 1908.8.2-1909.12	세이후쇼[青楓生] 「사랑[愛]」

『경성신보』 1909.4.28-1909.5.9	남선북마루 주인[南船北馬樓主人] 「두 그림자[双影]」
『조선』 제15호 1909.5	오바 세이후[大庭靑楓] 「이웃집[隣家]」
『조선』 제18,9호 1909.8-9	마쓰기 운잔[眞繼雲山] 「예기연극[藝妓芝居]」
『경성신문』 1909.12.16-17	유리코[ゆり子] 「겨울밤[雪の夜]」
『조선』 제28호 1910.6	가쓰무라 하즈에[勝村はずえ] 「한강(漢江)」
『조선신문』 1911.10.20-11.30	미즈노히토[水の人] 「박명(薄命)」

일본 근대 초기의 문학 중에도 성의 매매와 관련된 소재를 다루고 있
는 경우가 많았지만, 개화기 한국에서 발표된 '유곽물'은 제국주의 초창
기 일본인들의 해외진출과 매매춘의 관계를 잘 보여주는 동시에, 일본인
들의 의식 속에 내재된 매매춘에 관한 의식, 그리고 내지와 식민지간의
차별적 의식을 여실히 보여준다는 점에서 중요한 사료적 가치를 지닌다
고 할 수 있다.

3. 작품소개

개화기 초기에 한반도에서 간행된 일본어 잡지나 그 수가 상당히 많지
만, '문예란' 등이 설치되어 일본어 소설 발표의 장이 된 미디어의 장은
그리 많지 않다. 일본어 신문 중에서는『경성신보』,『조선신보』 등을 중
심으로 연재되는 예가 많았고, 일본어 잡지 중에서는 한반도에서 초기에
간행된『한반도』(1903-1906),『조선』(1908-1911)의 '문예란'에 일본어 소설
이 상당수 수록되었다.

재조일본인 미디어에 수록된 문예물 중에서 유곽을 소재로 하는 '유곽
물'은 이주지 조선의 특성을 반영하고 있다는 특징을 들 수 있다. 즉 식

민지 조선이라는 지역성과 단신 부임이라는 일본 사회와의 관계성의 단절을 배경으로 한 익명성이 반영된 작품군을 찾아 볼 수 있다.

예를 들면 미즈노히토의 「박명」은 한국에서의 유곽이 가지는 익명성으로 시작되는 만남의 전형을 보여주고 있는데, 주인공 미시마가 아내를 여의고 방황 끝에 유곽을 찾아 죽은 아내와 닮은 유녀를 만난다는 이야기이다. 이 소설에서 주인공은 자신의 거주지인 경성이 아닌, 인천의 유곽을 찾아가고 있는데, 일종의 해방구로서 유곽이 기능하고 있다고 보인다.

이러한 도한 일본인 남성과 예기와의 결합이라는 소설의 전개가 결코 일반적인 경우는 아니고, 여러 장애를 넘어 맺어지는 소설로서 「사랑[愛]」(『경성신문』 1908.8.2.-1908.8.13)을 예로 들 수 있다. 이 작품에서는 남자 주인공인 기타무라 시게루는 도한한 회사의 직원이고, 나카야마 미호는 '청화정(淸華亭)'에서 알려진 예기로서 일본에서 사랑하던 남녀가 식민지 조선에서 우연히 해후를 하고 사랑한다는 이야기가 그려진다. 하지만 시게루의 상사는 미호와의 관계를 청산하도록 충고하고 있다. 이 때에 동원되는 논리는 예기라는 직업은 여자가 '가장 부끄럽게 여기는' 천한 직업이므로, 회사의 일원으로서 회사의 명예를 위해 예기와 결혼하는 등 관계를 지속하는 것은 허용되지 않는다는 것이다. 미호는 자신이 비록 천한 예기일지라도, 니노미야와 같이 돈이나 명예에 사랑을 팔지 못한다고 당당히 선언하고, 자취를 감추는 것을 이야기는 종결된다.

이주지 유곽에서 새롭게 남녀가 맺어지는 예로서 마쓰기 운잔의 『예기연극[藝妓芝居]』(『조선』 제18,9호 1909.8-9)을 들 수 있는데, 작품의 주인공 세가와 무라오가 약혼자 스즈무라 미호코에게 실연을 당하고, "불쾌한 도쿄를 떠나 이향(異鄕)에서 이 생애를 개척하고자 하였다. 사할린이나 미국,

만주나 남청(南淸) 등을 꼽아보던" 무라오는 지인이 한국의 부산에 있다는 것에 의지하여 도한할 결심을 하게 된다. 경성에 오게 된 무라오가 우연히 경성에서 예기 연극을 구경하게 되는데, 그 자리에서 얄궂게도 예기가 된 미호코와 재회하게 된다. 이를 계기로 두 사람은 예전의 사랑을 확인하고 부부로서 새롭게 시작한다는 이야기이다. 이 작품에서 무라오는 예기가 된 미호코의 처지로 인해 옛 사랑과 새로운 사랑 사이에서 번민하지만, 미호코의 대담하고도 노련한 솜씨로 인해 무라오는 결국 미호코와 함께 하게 된다.

대부분의 예기 출신의 도한 일본인 여성이 등장하는, 매매춘을 제재로 한 작품들은 대개 일본 내지에서 잘 알려지지 않은 작가의 작품이 대부분이지만, 소설 「몰락」(『조선』 제2호, 1908.4)의 작자인 우스다 잔운은 드물게 내지에서도 활약한 문학자였다. 우스다 잔운은 경성일보 기자로 도한하여 체류했던 경험을 살려 도한 일본인 여성의 현실을 생생하게 묘사하였다. 경성의 요릿집에서 '경성의 꽃'으로 불리던 오마사는 경성의 실력자이자 처자가 있던 무라오 고조의 후처로 들어가지만, 최근 무라오가 다른 여자를 첩으로 들인 사실을 알게 된다. 그녀는 자신이 7년전에 전처를 몰아낸 사실을 뉘우치며 자신의 신세를 한탄한 나머지 미쓰코를 전처에게 돌려줄 결심을 한다는 줄거리이다. 오마사는 '성'을 수단으로 하는 접대업에서 해방되어 가정에 편입되었지만, 결국 가정이라는 사적 영역에 귀속되어도 자기결정권을 갖지 못하는 근대 여성의 사회적 지위를 나타냄과 동시에 식민지 조선에서 불안정한 삶을 영위하던 당시의 식민지 일본인 여성의 현실을 체현해주는 인물이라고 생각된다.

이상과 같이 재한 일본인 미디어에는 유곽을 소재로 한 다양한 소설이 다수 발표되었고, 이러한 문예물은 거류지에서의 성풍속 수요의 급증과,

식민지 조선에서 근대적 공창제도의 확립이라는 요인을 배경으로 내지에서 외지의 조선으로 이동한 여성들을 다루는 경우가 많았다. 이러한 도한 일본인 여성들은 주로 도한 일본인 남성의 사랑의 대상으로 등장하는 예가 많았고, 남성필자에 의해 여성의 구체적인 현실이 묘사되는 일이 드물지만, 여성의 관점에서 봉건적 결혼제도의 모순과 갈등구조를 드러내고 도한 일본인 여성의 삶을 조명하는 소설도 발표되었다.

4. '유곽물'의 연구현황 및 전망

한반도의 일본어문학 형성과정에 관한 연구는 일본 내에서는 '외지 일본어문학'이라는 형태로 1990년대 이후 본격적으로 이루어졌고, 한국의 경우에는 기존의 '친일문학'에서 최근의 '이중언어 문학'의 범주에서 활발히 진행되고 있다. 하지만 시기를 개화기로 한정한다면 '문예란'이 독립된 섹션으로 마련된 미디어가 많지 않았고, 이에 관한 체계적인 연구를 수행하게 된 것은 비교적 최근이라고 할 수 있다. 이와 관련해서는 허석의 일련의 연구가 선구적인 위치를 점하고 있다. 「명치시대 한국 이주 일본인의 문화결사와 그 특성에 관한 연구」(『일본어문학』 3, 1997), 「한국에서의 일본문학연구의 제문제에 대해서-도한문학의 "존재"에 초점을 맞추어」(『일본어문학』 13, 2002), 「메이지시대 한국이주 일본인문학과 매매춘에 관한 조사연구」(『일본어문학』 27, 2005) 등 1990년대부터 한반도에서 창작된 일본어문학을 '도한문학'으로 명명하고, 이에 관한 자료 수집과 연구를 통해 일정 성과를 거두었다고 보인다. 특히 한반도 일본어문학 중에서도 이른바 '유곽물'에 관한 연구를 수행하여 작품의 목록화 및 고찰을 시도하였다. 또한 정병호는 「러일전쟁 전후 한반도의 일본어잡지와 일본어 문학의 성립-『한국교통회지』(1902-03)와 『한반도』(1903-06)」 등의 논고에서 한반도의 초기 일본어문학의 '유곽물'이 통속적인 '가정소설' 의 영향을 지적하고 있다. 송미정 「『조선공론』 소재 문학적 텍스트에 관한 연구-재조일본인 및 조선인 작가의 일본어 소설을 중심으로」(국민대학교 박사논문, 2009)도 한반도 일본어 미디어에 수록된 문예물에 관한 체계적인 고찰을 시도한 연구로 볼 수 있다.

재조일본인 미디어의 문예물과 관련하여 특히 도한 일본인 여성과 관련된 연구가 최근 들어 국내에서 활성화되고 있는데, 김효순 「식민지 조선에서의 도한일본여성의 현실-현모양처와 창부의 경계적 존재로서의 조추(女中)를 중심으로-」(『일본연구』 13, 2010), 이승신 「재한 일본어 미디어와 도한 일본인 여성」(『일본연구』(중앙대학교 일본연구소), 2010), 이가혜 「초기 재조일본인잡지의 기사 및 유곽물 및 기사에 나타난 재조일본인 유녀의 표상」(고려대학교 석사논문, 2014), 이가혜 「1920년대 『조선급만주에 나타난 화류계 여성의 표상-유곽물과 여급소설을 중심으로-」(『인문학연구』 53, 2016) 등 도한 일본인 여성의 현실에 주목한 연구들이 소기의 성과를 거두고 있다.

향후에는 재조일본인 사회가 형성되면서 이주한 도한 일본인여성과, 한반도 이외의 다른 지역으로 진출한 '가라유키상'과의 비교 연구 등 보다 거시적인 시야에서 총체적인 검토가 수행될 필요가 있다고 파악된다.

▶ 이승신

제2장

1910년대 일본의 한국 강제병합과 일본어문학의 전개

제1절 『조선급만주』의 일본어문학과 반도문학의 회구

1. 조선 내 일본어문학의 정리와 조선문단 형성 욕망

조선이 강제병합으로 일본의 식민지가 된 이후 1910년대의 식민지 일
본어문학은 1900년대와는 분명 다른 형태로 일본어문학이 전개되었다고
할 수 있다. 러일전쟁을 거치면서 제국주의적 색채가 짙었던 일본어문학
이식논의는 약해지고 일종의 문학론이라 할 수 있는 문학에 관한 일반적
논의가 제한된 범위에서 이루어졌으며, 도쿄의 주류문단의 흐름과 현황
을 조선에 적극적으로 소개하고자 하였다.

이러한 흐름 속에서 1910년대에는 식민지 조선의 일본인 문단을 포함
해 한반도 내 각 예술분야의 역사를 정리하고자 하는 다양한 시도가 일
어나고 있음은 특기할 만하다. 예를 들면 「요시아키씨와 그 하이쿠[義朗氏
と其俳句]」(1918.4)라는 글에서는 재조일본인들에게 가장 인기 있는 장르 중
하나였던 경성 내 하이쿠의 역사 및 문단 형성사에 대해 상술하고 있으
며, 난바 히데오[難波英夫]는 「경성과 문학적 운동[京城と文學的運動]」(1917.3)
이라는 글에서 하이진(俳人)·가인(歌人), 일본어 신문 및 잡지의 문예란,
문학잡지의 창간 움직임, 문학회의 내역 등 다기에 걸쳐 초기 식민지 일

본어문학의 흐름을 정리하고 있다. 그런데 1917년에서 19년에 이르는 시기는 단지 문예 분야뿐만 아니라 다양한 문화예술 장르에서도 그 역사를 되돌아보고 현재의 상황에 대해 기술하고 있었다. 예를 들면, 1905,6년경부터 경성에서 활약하였던 조류리계(淨瑠璃界)의 역사를 정리한 「경성의 조류리계[京城の淨瑠璃界]」(1918.10), 경성 비와(琵琶)계의 역사와 현재의 융성함을 기술하고 있는 「경성의 비파계[京城の琵琶界]」(1918.4), 경성의 극장과 요세[寄席] 등이 그 구체적인 예이다.

한편 시기는 좀 달리하지만 이러한 현상은 『조선급만주』와 더불어 한반도에서 종합잡지로서 가장 오랫동안 존속한 거대잡지인 『조선공론(朝鮮公論)』에서도 이러한 현상을 엿볼 수 있다. 1921년 11월호를 보면 마쓰모토 데루카[松本輝華]라는 사람이 「조선문단의 사람들[朝鮮文壇の人々]」이라는 글을 실어 비교적 빠른 시기부터 한반도에서 활약하였던 일본어문학 작가 중심으로 한반도의 이른바 '조선문단'을 다양한 장르에 걸쳐 회고·정리하고 있다. 이와 같이 마치 한반도의 일본어 소문학사라고도 할 수 있는 이 글과 더불어 『조선공론』에서 비록 오랜 기간 지속되지는 못하였지만 1920년 6월에 기존의 '공론문단'과 더불어 '반도문예'란을 새롭게 설치하여 문예란 구성의 새로운 변화를 시도하게 된다.

그렇다고 한다면 식민지 조선의 일본어문학에 대한 이와 같은 글들이 쓰인 이유는 어디에 있는 것일까? 대략 이러한 글들이 쓰인 것은 1917,8년 무렵인데, 비록 미약할지라도 1900년대 초부터 시작된 조선의 식민지문학이 어느 정도 정리할 수 있을 만큼 내용과 문학자들의 활동이 축적되어, 이들 문학의 소역사를 정리해야 한다는 의식이 작용했다고 볼 수 있다. 특히 조선에 거주하는 일본인 문인들에 의해 식민지문학이 정리되었다는데 그 의미를 확인할 수 있으며 이로 인해 조선 내 일본어문학은

'내지' 일본문단과 구분되는 일종의 조선문단을 형성하고자 하는 욕망과
의식을 가지게 되었음을 보여준다.

2. 반도 식민지 문학의 회구

그런데 흥미로운 사실은 '조선문단' 의식, 또는 조선 내의 일본어문학
사를 구성하고자 하는 의식을 보여주는 이러한 글들과 더불어 1910년대
에는 '내지' 일본문학과는 다른, 식민지 조선의 풍토와 생활에 뿌리를 둔
문학의 탄생을 강렬히 희망하고 있었다. 예를 들면 '실제 이 반도에서 탄
생한 심혹(深酷)하고 비통한 문예가 있었으면 한다는 취지'(草葉生, 「雪ふる夕
-朝鮮文芸の一夕談」, 『朝鮮及滿州』, 1914.1)의 글이나,

> 특히 대만이라든가 가라후토[樺太]라든가 내지는 조선과 같은 신영토
> 에 제재를 취하게 된다면 매우 재미있는 것이 만들어질 것이라고 생각
> 한다. 이 문예와 신영토라는 문제는 작가에게도 또한 그 토지의 사람들
> 에게도 아주 흥미가 있는 문제라고 생각한다. 나는 사회적 흥미 중심의
> 작품과 신영토를 무대로 한 작품을 금후의 작자에게 기대하며 그 출현
> 을 간절히 희망하는 자이다.(文學士 生田長江, 「文芸と新領土」, 『朝鮮及滿州』,
> 1913.5)

라는 글이 이러한 욕망을 잘 보여주고 있다. 이글은 최근 '내지' 일본문
단의 주요한 경향을 비판하면서 식민지 '신영토'에 뿌리를 내린, 그리고
식민지에서 제재를 취한 작품의 창작을 강하게 희망하고 있는 글이다.
「우리들의 기치[我等の旗幟]」(1914.12)라는 글에서 과거의 취향을 그대로 모

방만 하는 하이쿠 창작에 대해 비판을 가하며 조선의 하이쿠는 일본의 산광(山光), 수색(水色), 계제(季題) 취미를 버리고 조선의 만상과 반도의 풍물을 적극적으로 그려야 한다며 조선적 풍토에 입각한 창작을 적극 선언하고 있다. 한편 '내지' 중앙문단과 준별되며 조선 현지의 풍물과 그 특징을 잘 반영한 조선에서 만들어진 문학의 탄생을 희망하는 글들은 이미 1900년대 초부터 보이는 현상이다. 예를 들면 "작금의 조선"은 "일본문학에 이채를 띠게 만드는 품제(品題)이지 않은 것은 없"(美人之助, 「朝鮮に於ける日本文學」, 『朝鮮之實業』, 1906.3)다고 주장하는 논리나 "한국의 시제"는 "현대일본문학을 위해 부여받은 하늘의 은혜로서 시인, 문사(文士)들이 분발하여 부기(賦記)해야 할 사업"(高濱天我, 「韓國の詩題」, 『朝鮮之實業』, 1906.2)이라고 주장하는 평론들이 이에 해당한다.

이러한 글을 본다면 재조일본인 문인들 사이에서는 '로컬컬러'로서 조선적 특징을 잘 보여 주는 조선에서 만들어진 일본어문학의 탄생을 상당히 갈망하고 있었음을 알 수 있다.

3. 작품의 흐름

수필들은 장르의 성격상 원래 조선을 그린 작품이 많았지만, 위와 같은 논의의 영향인지 소설장르에서도 조선을 배경으로 하는 작품의 수는 시간의 흐름과 더불어 비약적으로 증가하게 된다. 따라서 『조선급만주』를 중심으로 보았을 때, 1910년대 일본어문학은 식민지화된 조선의 특징에 입각한 식민지 일본어문학을 갈망하고 있었으며 이에 부응하여 실제 조선을 무대로 한 작품들이 적극적으로 창작된 시기였다.

그런데 이러한 문학작품들은 돈벌이와 이권을 위해 인간을 이용하고 배신을 일삼거나 유곽을 드나드는 방탕한 젊은 재조일본인의 모습, 그들의 퇴폐와 황금주의, 그리고 몰인정한 세태를 그린 경우가 매우 많다. 예를 들면, 경성의 매음굴의 모습을 그린 「개척자(開拓者)」(山地白雨, 1913.1), 돈벌이나 이권을 위해 인간을 이용하고 배신을 일삼으며 부도덕한 유곽을 드나드는 방탕 젊은이의 폭력 등을 식민지화되어 가는 조선 역사와 더불어 활사한 「소설 퇴역 중령의 딸 투신하다[小說 退役中佐の娘投身す]」(岩波櫛二, 1917.12), 재조일본인들의 퇴폐와 황금만능주의, 그리고 몰인정한 세태를 그린 「소설 돈 없는 남자[小說 金を持てぬ男]」(岡島睦, 1917.8), 경성에서 어느 고등관의 부인이 활동사진관 변사와 불륜을 거듭하는 이야기로 조선의 타락한 풍속과 탈선에 대한 규탄의 메시지가 들어 있는 「변사에 매료된 여자[活弁に魅られた女]」(雪の舍生, 1918.3) 등이 이러한 경향을 보여주고 있다.

따라서 『조선급만주』의 문예장르에서는 조선적 현실을 반영한 '반도문학'의 창출이라는 열망을 반영하여 식민지 조선, 특히 경성을 무대로 하는 작품이 연이어 발표되었지만, 그곳에 투영되어 있는 그 형상이란 재조일본인들의 퇴폐, 기풍문란, 음욕, 몰인정, 배신, 황금만능주의, 부정 등의 부정적 이미지였다.[1] 이러한 이미지는 관리와 부랑자, 남자와 여자,

---

1) 『조선급만주』의 소설류 중에서 이러한 경향의 주요작품을 들면 다음과 같다.
山名白紅「衣替」(제82호, 1914.5), 山名白紅「田每庵」(제84호, 1914.7), 秋村晶一郎「愛妻通信(1)」(제90호, 1915.1), 玉盞花「靑嶋後家 (京城妾氣質)」(제95호, 1915.6), 玉盞花「女安摩(1,2)」(제97호, 1915.8/제98호, 1915.9)肥後守「靑い目の朝鮮見物一)」(제100호, 1915.11), 天來生「奈落の女」(제106호, 1916.5), 玉盞花「巷談 惡夢」(1917.2), 岩波櫛二「小說 男を試驗する女」(1917.7), 須賀野「小說 破はされた女」(1917.11), 秋山永世「朝鮮で育つた少年の告白」(1918.1), 竹の子生「慾の深い藪医者と花嫁」(1918.4), 日野山人「呪はれたる一家」(1918.4), 煩悶の男「負傷の四ヶ月」(1918.5), 日野山人「泥水から泥水へ」(1918.7), 七草辻人「喜美子」(1918.8), 日野山人「さすらひの女」(1918.8), 雪の舍生「毛色の変わった色魔」(1918.12), 難波英夫「小說 ただ目的もなく」(1919.2), 日野山人「活動

중노년자와 젊은 사람을 가리지 않고 전반적으로 재조일본인들이 이러한 분위기에 침전되어 있는 모습으로 그려지고 있었는데, 이는 일본 내에서도 재조일본인에 대한 부정적 시각이 만들어지는 데 일익을 담당했다고 할 수 있다.

4. 연구의 형황과 전망

『조선급만주』와 더불어 한반도에서 종합잡지로서 가장 오랫동안 존속한 거대잡지인 『조선공론』이 1921년 11월호에서 마쓰모토 데루카가 「조선문단의 사람들」이라는 글을 통해 한반도에서 활약하였던 일본어문학 작가를 중심으로 한반도의 '조선문단'을 회고, 정리하였다. 그리고 『조선공론』에서 1920년 6월에 기존의 '공론문단'과 더불어 '반도문예'란을 새롭게 설치하여 문예란 구성의 새로운 변화를 시도하게 된다. 이러한 변화에 대해 조은애는 일본어(=국어) 문학을 기준으로 하여 분류된 '내지' 일본의 '중앙문단'과 한반도의 '조선문단'이라는 구분 속에는 한반도의 "조선어문단의 존재가 은폐되어" 있기는 하지만, 이 글은 "식민지 일본어문학사를 다이나믹하게 구성하고자 하는 노력"이라고 지적하고 있다. 그리고 이와 더불어 "이렇게 스스로 문단을 구성하려는 재조일본인들의 욕망을 식민지 조선에서 산출된 일본어미디어들의 초기 형성 단계에서부터 엿볼 수 있다는 것은 중요한 사실이"(조은애, 「1920년대 초반 『조선공론』 문예란의 재편과 식민의 '조선문단' 구상」, 한국일본사상사학회 『日本思想』, 2010.12,

---

寫眞館の女給になるまで-私の『忘れえぬ人々』」(1919.3), 藻花漂人「南山雙紙 三巴伽羅枕」(1919.5)

p.236)라는 평가도 동시에 내리면서 이 글을 '중앙문단'과 구별되는 '조선 문단' 구축을 향한 욕망이 내재되어 있음을 지적하고 있다.

그러나 조은애가 지적하는 조선문단 구축을 위한 재조일본인의 욕망 은 실제, 앞에서 살펴보았듯이 1910년대 『조선급만주』에서 다양한 형태 로 논의가 전개되었다. 또한 이러한 과정에서 조선문단은 '내지'의 일본 문학과 구별되기 위해서는 식민지 문단의 내용적, 정서적 내질은 무엇이 냐는 논의와도 결부되어 갔다. 사실 1920년대까지 소설분야에서 뚜렷한 식민지 조선의 일본어문단을 형성하지는 못하였지만, 단카, 하이쿠, 센류 등 일본전통시가 분야는 1920년대 이후 '내지' 일본과 조선, 그리고 조 선 내에서도 다양한 지역에서 문학적 네트워킹이 이루어지고 식민지 문 단을 형성해 갔다. 그리고 이들 문학에서 '내지' 일본과 구분되던 '조선 색(로컬컬러)'를 다양하게 탐색하였던 점을 상기하면 1910년대 조선문단 형성의 욕망은 보다 다양한 각도에서 논의해야 할 필요가 있다고 보인다.

▶ 정병호

제2절 한일강제병합과 조선 문예물의
일본어 번역의 정치학

1. 한일강제병합과 조선 문예물의 일본어 번역 배경

이 시기는, 조선을 강제병합한 일본이 조선총독부를 설치하여 천황의 지휘 하에 입법, 행정, 사법, 군사 통솔권을 장악하고, 내정간섭과 행정권의 장악에 의해 영토와 세력을 확대하고자 하는 제국적 색채를 노골화한 시기이다.

이와 같은 배경에서 일본의 통감부나 총독부는 조선을 병합하기 이전부터 1906년부터 구관제도(舊慣制度)를 조사하였고 사료 조사를 실시했다. 그리고 통감부나 총독부의 지원을 받아 재조일본인 민간단체도 병합준비를 위한 자료조사와 조선의 역사와 민족성을 연구하기 위해서, 혹은 병합을 기념하고 식민통치의 내실을 다지기 위하여 조선에 대한 연구 단체를 결성하여 연구를 진행하고 고서 간행사업을 벌였다. 이 시기 간행된 고서는 조선 연구에 필요한 사료 위주로 기획되었으나 그 안에는 다수의 문학 작품도 포함되어 있다.

동시에 이 시기 일본의 조선지배 강화에 의해 재조일본인의 수는 급증하였고, 그들을 대상으로 하여 『조선(만한)지실업』(1905.5~1907.12), 『조선(급만주)』(1908.3~1911.11), 『조선공론(朝鮮公論)』(1913.4~1944.11) 등 일본어 종합잡지가 창간되었다. 이들 잡지에는 <문예란>이 설치되었고, 그곳에는 한문, 한시, 소품, 소설은 물론이고 하이쿠, 단가, 센류 등 일본전통 문학 장르가 중심적으로 지면을 차지했다. 동시에 그 안에는 다수의 조선 문예물이 번역·게재되었다.

이상과 같이 이 시기의 조선문예물의 번역은 조선고서간행회의 ≪조선군서대계(朝鮮群書大系)≫나 조선연구회 간행 서적에 편입된 문예물과, 재조일본인을 대상으로 간행된 종합잡지에 게재된 조선문예물이 그 중심을 이루고 있다 할 수 있다.

2. 조선 문예물의 일본어 번역의 전개양상

이 시기 고서 간행단체는 1908년에서 1920년대에 걸쳐 이루어졌으며 이들은 한국 통감부, 조선 총독부의 지원을 받아 이루어졌다. 조선고서간행회(1908년 창설)는 병합준비를 위한 자료조사와 조선의 역사와 민족성을 연구하는 것을 목적으로, 조선의 역사, 제도, 지리, 문학 등 사료성이 강한 총 28종 83책의 고전을 ≪조선군서대계≫의 형태로 간행하였다. 이는 사료 위주로 일본어 번역을 하지 않고 가급적 원문 그대로 간행하였다. 호소이 하지메[細井肇]가 설립한 조선연구회(1910년 창설)는 병합을 기념하여 식민통치의 내실을 다지기 위한 것을 중심으로 56책의 조선 고서를 번역 간행하였다.

동시에 이 시기에 발행된 『조선(급만주)』, 『조선(만한)지실업』, 『조선공론』의 조선문예물은, 첫째 식민지배의 정책실현이나 통치상의 편의를 위한 조선어 장려정책 실시에 따라 조선문예물을 다양하게 게재하였다. 따라서 둘째로, 이들 잡지에는 언어예술로서의 가치가 부재한다는 조선문예물에 대한 인식이 드러나 있으며, 조선사회와의 교류, 식민생활의 정착에 필요한 정보로서 조선사회의 실상, 풍속, 사상 등을 전달하는 것을 목적으로 번역이 되었다. 셋째 이 시기 일본어 번역은 실용주의적, 기능주의적 번역의 방법으로 초역(抄譯)이나 의역 등의 방법을 채택했다. 특히 『만한지실업』은 조선의 가요(시조)뿐만 아니라 기담, 고담 등 조선의 문예물도 번역하여 게재하지만, 이들 문예물은 현실적인 차원에서 재조일본인들의 경제, 교역 활동에 직접적으로 필요한 정보로서의 의미를 가지기 때문에 그 의미에 대한 상세한 해석을 부기했다. 그럼에도 불구하고 『조선(급만주)』에서 이루어진 일본어번역은 언어예술로서의 조선문예물에 대한 인식도 공존하고 있어, 원문의 가치를 존중하여 원문을 병기한다든가 방언을 그대로 사용한다든가 했으며 운율을 살리는 직역의 방법을 취했다.

이들 세 잡지는 간행 목적이나 시기에 따라 번역의 대상이나 방법, 목적 등에 변화를 보이지만, 공통적으로 한일병합을 전후하여 1913,4년까지 조선문예물이 다양하게 번역, 게재되다가 1914년 이후에는 급격히 감소하는 현상을 보인다. 일제의 한국지배가 강화되면서 일본어가 국어가 되고 보통학교에서 조선어 교육시간이 감소하여 "외국어로서의 조선어를 학습할 필요성도 감소"함으로써, 시차를 두고 나타난 현상으로 생각된다. 특히 『조선공론』이 창간된 1913년 4월은 이미 데라우치 마사타케[寺內正毅]의 무단정치가 실행되어 언론통제가 심했던 시기로, 『조선공론』의 조선문예물은 역사속의 에피소드나 민담 등 기담으로 한정되었고, 그

것도 1913년 11월까지만 게재되었을 뿐이다.

3. 작품소개

조선고서간행회의 ≪조선군서대계≫의 내용은 시문집, 역사서, 견문기 등으로 구성되어 있다. 이 중 시문집은 조선왕조의 야사, 수필, 시집과 고려후기의 시문집이다. 『대동야승(大東野乘)』(숙종말에서 영정조 사이)은 조선왕조의 야사, 일화, 수필 등을 모은 야사의 일종으로 당쟁과 관계 깊은 사화, 옥사, 임진왜란, 병자호란 등에 대한 기록이다. 『파한집(破閑集)』(1260)은 고려 명종 때 문신인 이인로의 설화 문집으로, 시화, 문담, 기사와 자자 작품이 실려 있으며 우리나라 최초의 비평 문학서이다. 서거정의 『동인시화(東人詩話)』(1474)는 신라, 고려, 조선 초기의 시와 시인을 중심으로 엮은 최초의 순수시화집이자 조선 비평문학의 남상이다. 『퇴계집(退溪集)』(1598)은 퇴계 이황의 문집이며, 『삼봉집(三峯集)』(1397)은 여말선초의 학자이자 조선 개국공신인 정도전의 문집이다.

조선연구회 간행 고서에는 첫째, 『삼국사기』, 『삼국유사』, 『동국통감』, 『여사제강(麗史提綱)』, 『국조보감(國朝寶鑑)』, 『증보문헌비고(增補文獻備考)』 등 학술적 가치가 높은 것 혹은 『목민심서』, 『경세유표(經世遺表)』, 『산림경제』, 『연암외집(燕巖外集)』, 『지봉유설(芝峯類說)』과 같은 실학서 등이 있다. 특히 실학서의 경우는 관리의 가렴주구로 인해 조선왕조가 멸망했다는 사실을 강조하고 있다. 둘째는 『풍태합정한전기(豊太閤征韓戰記)』, 『이순신전집』, 『모하당집(暮夏堂集)』 등 임진왜란 관련 저서가 주를 이룬다는 점이 특기할 만하다. 이들 번역은 도요토미 히데요시[豊臣秀吉]의 조선침략의 정당성을 뒷받침하고 대륙침략의 논리적 근거를 제시하는 내용들이다. 셋째는 대외침략에 시달린 역사와 조선의 사대주의를 강조하는 내용으로, 『조선왜구사(朝鮮倭寇史)』는 조선이 중국과 북방족, 일본에게 침략당한 역사를 기록한 책이며 『동국병감(東國兵鑑)』에 도요토미와 청 태종의 침략을 보충 기술한 것이다. 『소화외사(小華外史)』는 조선이 청군에게 항복한 것에 대한 저항의 뜻으로 소중화국인 조선과 명과의 사대관계를 밝힌 것이다. 『원조비사(元朝秘史)』는 몽골에 대한 역사를 기록한 책으로 일본의 몽골에 대한 관심을 드러낸다. 넷째는 조선 민족의 동화를 위해 간행한 서적이다. 『조선야담집(朝鮮野談集)』은 "반도민족을 동화하고 그들을 형제자매로 합치하고자 한다면, 천만 그들을 구성한 사회의 이면과 국민성을 우선 알지 않으면 안 된다. (…중략…) 일종의 오락적 책인 것 같아도 독자로 하여금 말속에 숨어 있는 반도의 풍속, 습관을 알게 하고, 사회생활의 이면 상태를 유감없이 그리고 대담하게 폭로하며 조금의 꾸밈과 허식이 없는 적나라한 민중의 진수이다"(靑柳綱太郎 編 『朝鮮野談集』 京城 : 朝鮮研究會, 1912)라는 서언처럼, 민족 동화를 위해 조선 사회의 이면과 국민성을 살피기 위해 번역한 서적이다. 『해유록(海遊錄)』은 조선 숙종 때 신유한(申維翰)이 통신사의 제술관(製述官)으로 일본에 다녀온 사행일록(使行日錄)이다. 그 외에 당쟁관계 저술인 『아오노 만집[靑野漫集]』, 단종애사를 그린 『장릉지(莊陵志)』, 『사씨남정기』 등으로 조선왕조의 당파성을 부각시키는 내용들이 주를 이루었다.

『조선(급만주)』에 게재된 조선의 문예물의 특징은, 첫째 중국의 한문학(漢文學)에 압도되어 한국고유의 문학이 발달하지 못하고 하등사회나 부인사회에서 명맥을 유지하고 있다는 일종의 조선문학부재론이 존재한다는 점이다. 예를 들어 간쇼시[甘笑子]는 "조선의 노래는 신운(神韻) 있는 것은 거의 없고 비외(卑猥)한 것이 가장 많으며 특히 정가(情歌)에 이르러서는 차마 들을 수 없는 가락 많다"(甘笑子「朝鮮の歌謠(一)」『朝鮮』第1卷第3号, 1908.5)고 하고 있다. 그럼에도 불구하고 조선의 가요를 번역・소개하는 것의 의의는 "그 나라의 진정을 직사한 것이 많"아, "조선을 알고자 하는 자에게는" "좋은 재료"라고 하는 인식, 즉 좋은 정보자료로서의 가치에 있다고 하는 인식을 엿볼 수 있다. 그렇기 때문에 이언(里諺)을 비롯한 미토보[水戸坊]의 「양반전(兩班伝)」(第4卷第5号, 1910.1), 마쓰오 메이케[松尾目池]의 「동패락송초역(東稗雜誦抄譯)」(第28号, 1910.6)과 「청구야담(靑邱野談)」(第2卷第4号, 1908.12), 우스다 잔운[薄田斬雲]의 「여장군(백학전)[(女將軍)(白鶴伝)]」 등 중요한 소설들이 <문예란>이 아닌, <잡찬(雜纂)>란에 게재되고 있다. 동시에 본지에서는 조선문예물을 문예물로서 인식하는 경향이 보인다. 메이케[目池]의 「조선의 신체시[朝鮮の新体詩]」(第27号, 1910.5)는 최남선의 『태백시집』(1910 「소년」 제2권)과 『태백산가』(1,2) 「태백산부」(新文館, 1910/02)의 번역으로, 이는 근대적 조선문예물에 대한 관심의 표명이라 할 수 있다. 이와 같은 조선문예물에 대한 인식에서, 암우산사[闇牛散士]는 '조선 속요'의 번역 방법으로서, "여기에 원어를 덧붙이는 것은 번역문이 원래의 의미를 상하게 할 우려가 있기 때문이다"(闇牛「朝鮮の俗謠」『朝鮮』第2卷第4号, 1908.12, p.72.)라고 표명하며 일본어와 함께 한국어를 병기한다.

『만한지실업』은 1909년부터 1914년까지 가요(시조), 「한국소화(韓國笑話)」, 「조선기문(朝鮮奇聞)」, 「조선고담(朝鮮古譚)」 등 다수의 조선문예물을 게재했다. 이들 작품들은 「한국소화」(第50號, 1909.12)나, 「조선의 가곡[朝鮮の歌曲]」(第99號, 1914.5)처럼 시조가 섞여 있기도 하지만, 주로 야담이나 전설, 민담 등, 재조일본인들에게 직접적으로 필요한 조선인의 민족성, 풍속, 습관 등에 관한 정보를 소개하는 측면이 강하다. 그렇기 때문에, 「한국소화」

(第48號, 1909.10)처럼 조선 궁녀들이 파리를 사냥하는 모습을 그리거나, 함경남도 어느 산파가 배교를 했다는 이야기를 소개하는 등 문예물로 보기 힘든 것도 있다. 이와 같이 식민경영에 직접적으로 필요한 정보로서의 성격이 강하기 때문에, 예를 들어 「조선 이가의 직역[朝鮮里歌の直譯]」(第95號, 1914.1)은 조선의 이가 즉 시조를 번역한 것이지만, 음수율을 무시하고 산문적으로 직역하는 방법을 취한다. 더 흥미로운 것은 「조선기문(4)」(第94號, 1913.12) 이후부터는 일일이 이야기마다 역자의 해설, 주, 평주 등을 달아 내용을 추가하며 조선민족의 민족성, 풍속, 습관 등의 특징을 분석한다는 점이다. 예를 들어 「조선기문집」(第91號, 1913.9)은 삼남 지방에 있던 김영남이라는 인물이 관리가 되기 위해 경성의 실력자 이승지 집에 머물며 3년간 재산을 뜯기게 된 에피소드인데, 이에 대해 기자는 <해설> 항목을 설정하여 관리의 수렴(收斂), 정직하지 못한 조선인의 민족성 등을 지적하며 독자의 주의를 촉구한다.

같은 시기 양대 일본어종합잡지였던 『조선급만주』에 게재된 조선의 문예물이 수도 많고 내용도 다양했던데 비해, 『조선공론』의 조선문예물은 1913년 「조선기담집(朝鮮奇談集)」 연재물로 한정되어 있다. 내용은 역사적 일화나 우스갯거리, 민담 등으로 이루어져 있다. 포츠슨[ポツソン]의 『조선기담집』(第1卷 第1號, 1913.4)은 중이 과부를 탐하다가 후배중이 권한 콩물을 먹고 수모를 당한 우스갯거리를 소개하고 있으며, 나루시마 아키유키[成島秋雪]의 「조선기담집」(第1卷第8號, 1913.11)은 청명 교체기, 혹은 고려 조선 교체기에 조공반(趙公胖)이 명 황제에게 조선 국호를 받은 이야기와 황희 정승이 옆집 아이에게 감을 따준 에피소드를 소개하고 있다. 즉 내용상 문학으로 인식했다기보다는 조선의 인정, 풍속 등을 소개하는 자료로 구성되었음을 알 수 있다. 특히 나루시마 아키유키의 「조선기담집」(第

1卷 第5號, 1913.8)은 임진왜란 때 성세영이 딸을 히데이에[秀家]에게 시집보
낸 이야기인데, 그 안에서 조선의 세시풍속도 함께 소개하고 있다. 이와
같은 인식은 속담을 소개하며 그에 나타난 조선 여성에 대한 사회적 인
식을 분석하고 있는 「조선의 여자-속담에 나타난-[朝鮮の女-俚諺に現はれた
る-]」(第1卷 第4號, 1913.7)에도 잘 나타나고 있다.

4. 조선문예물의 일본어 번역의 의의 및 연구전망

이 시기의 조선문예물 번역은 민간단체의 고서간행사업의 일환으로
번역되거나 재조일본인을 대상으로 간행된 종합잡지에 번역 게재되는 형
태로 이루어졌다 할 수 있다. 이와 같은 통감부, 총독부의 지원을 받는
민간단체의 고서간행사업에 대해서는, 최혜주의 「한말 일제하 재조일본
인의 조선고서 간행사업」(『大東文化研究』 제66집, 2009)과 같은 일련의 연구
에 의해, 민간단체의 설립 목적 및 배경, 운영진의 간행사업의 성격, 고
서간행사업에 관여한 재조일본인 지식인, 그들의 조선 인식 등 기본적인
사항들이 밝혀지고 있다. 잡지에 번역 게재된 문예물에 대해서도 최근
정병호의 「1910년 전후 한반도 <일본어문학>과 조선 문예물의 번역」
(『日本近代文學研究』 第34輯, 2011.10)이나 김효순의 「한일병합 전후 일본어잡
지의 조선문예물 번역 연구 : 『조선(급만주)』, 『조선(만한)지실업』, 『조선
공론』을 중심으로」(『한림일본학』 제22집, 2013.5) 등 한반도 일본어문학론과
의 상관관계 속에서 조선문예물 번역의 의의를 규명하는 연구 혹은 식민
정책과 조선문예물의 관련성에 주목하여 번역의 방법, 내용, 목적 등을
검토하는 연구가 이루어지고 있다. 그러나 조선문예물의 외국어 번역이

라는 시각에서 개별 작품의 원본과의 비교 문제나 한일 양국의 근대문학과의 관련성 등을 규명하는 연구는 아직 미흡하다고 할 수 있다. 식민/피식민, 지배/피지배라는 이분법적 사고 틀에서 벗어나 이 시기 일본어로 번역된 조선문예물에 대해 문학, 혹은 문화의 번역이라는 시각에서 그 실태와 의의를 파악하는 연구가 이루어져야 할 것이다.

▶ 김효순

제3절 재조일본인과 조선 하이쿠
－ 이시지마 기지로[石島雉子郎]와 구스메 도코시[楠目橙黃子]를 중심으로 －*

1. 조선 하이쿠의 문예적 특징

재조 일본인의 하이쿠 활동은 언제부터 시작되었을까? 아베 세이분[阿部誠文]은 다음과 같이 말하고 있다.

내가 아는 바에 따르면, 조선반도에서 하이쿠는 메이지 32년 여름, 현재 서울의 서쪽에 있는 인천 일본인 거류지에서 구파(旧派)인 신신긴샤[榛々吟社])가 왕성하게 활동을 하고 있었다. 한편 신파(新派)로서는 첫 구카이[句會]인 인천 신세이카이[新聲會]가 결성되었다. 이후 인천, 마산포, 전주, 군산, 경성[…] 등 메이지기에 걸쳐 구카이가 점점 퍼져 갔다.[1]

메이지 32년은 1899년에 해당한다. 위의 인용문에서는 메이지 30년대에 이미 조선에서 구카이(句會, 여러 사람이 모여 하이쿠를 발표하거나 평가하는 모임)를 중심으로 하이쿠 활동이 전개되고 있었고 그 중심에 재조일본인이 있었다는 것을 확인할 수 있다. 여기서 '구파'는 에도 후기부터 이어

---

* 이 글은 JSPS과학연구비용-26370240성과(JSPS科學硏究費用26370240成果)의 일부이다.
1) 阿部誠文, 『朝鮮俳壇－人と作品』 上卷, 花書院, 2002, 7면.

져 온 하이카이(하이쿠)를 의미하고, '신파'는 그 '구파'를 '진부하고 평범한 구[月並み句]'라 불렀던 마사오카 시키에 의해 시작된 근대 하이쿠를 의미한다. '쓰키나미[月並]'라는 용어가 매월 개최되는 구카이를 가리키는 말이기도 하듯이, 하이쿠는 단카와 마찬가지로 집단성을 특징으로 하는 창작 문예이다.

이와 같은 재조일본인의 하이쿠 활동에서 가장 먼저 주목할 것은 일본인 이민자와 하이쿠와의 관계이다. 조선뿐만 아니라 타이완이나 기타 지역으로 이주한 일부 일본인들이 일찍부터 시작한 것은 하이쿠나 단카 센류 등이었다. 이러한 창작 문예들은 다소 소양이 있는 사람이라면 누구나 쉽게 배우고 창작할 수 있다는 특징이 있기 때문일 것이다.

게다가 하이쿠나 단카는 일본 전통시가이다. 고향을 떠나 타향에서 지내는 사람들이 순국산 창작문예인 하이쿠를 짓는다는 것은 그 때마다 자신의 아이덴티티나 그것을 지탱해 주는 내셔널리즘을 확인할 수 있는 행위이기도 했다. 또한 '구카이'는 모임 속에서 하이쿠를 발표하는 특징이 있기 때문에 결국에는 결사를 형성하게 된다. 조선 각지에서 일본인 거류지를 중심으로 하이쿠 문예공동체가 서서히 형성되어 간 데는 이상과 같은 하이쿠의 특징이 크게 영향을 미쳤다고 할 수 있다.

2. 조선 하이쿠 문단의 형성

조선반도에서 하이쿠 활동이 본격화되는 것은 한일합병조약이 체결된 1910년 이후이다.[2] 이 시대에 조선 하이쿠를 이끌어 간 것은 조선 총독부의 어용신문으로 개편된 『경성일보(京城日報)』의 「경일 하이단[京日俳壇]」

란이다. 경성일보사의 초대사장은 일본『국민신문』하이쿠 란의 선별을
담당하고 있었던 호토토기스계[ホトトギス界]의 중진 요시노 사에몬[吉野左衛
門]이었고,「경일 하이단」의 선별 심사는 이시지마 기지로가 맡았다가 후
에 구스메 도코시로 이어진다.

『경성일보』에「경일 하이단」이라는 하이쿠 란이 마련됨으로써 조선
하이쿠는 재조일본인의 하이쿠 동향을 독자에게 전달할 수 있는 대표적
인 미디어를 갖게 된다. 1900년대가 재조일본인에 의해 조선 하이쿠의
기반이 형성된 시기라고 하면 이에 이어지는 1910년대는 조선 각지에 있
는 하이쿠 작가들을 연결하는 미디어가 등장하고, 그것을 통해 하이쿠
작가들간의 교류가 서서히 활발해져 간 시기라고 할 수 있다.

또한『경성일보』에 하이쿠 란이 개설됨으로써 이후에 전개되는 조선
하이쿠의 경향은 그 영향을 받게 된다. 경성일보사의 초대사장 요시노
사에몬은 시키 문하생 중 대가였으며, 당시『국민신문』하이쿠 란의 선
별 심사를 맡고 있었다. 그가『경성일보』하이쿠란의 선별 심사자로 추
천한 작가 이시지마 기지로는 1913년부터 1921년까지 조선에 체류하고
있었다. 기독교 개신교 국제단체인 구세군의 사관으로, 경성에서는 서대
문 근처의 구세군 숙소에 살고 있었다. 그는 다카하마 교시[高浜虛子]『하
이쿠의 나아가야 할 길』에 소개되어 있는 하이쿠 작가이기도 하다. 그 기
지마의 뒤를 이어 선별 심사를 맡은 것은 구스메 도코시[楠目橙黄子]이다.
그가 조선에 체류한 것은 1915년부터 1922년까지였다. 하지만, 그는 토
목회사 직원이라는 직업 특성상 조선을 비롯해 구 만주와 규슈 등을 전
전하고 있었다. 1924년에 다카하마 교시의 조선 여행에 동행한 인물이기

---

2) 阿部誠文,『朝鮮俳壇-人と作品』(前揭)

도 하다.

1910년대 재조일본인의 하이쿠 활동의 세부 사항에는 아직 불분명한 점이 많다. 하지만, 이시지마 기지로와 구스메 도코시가 그 중심적인 역할을 담당하고 있었던 것만은 틀림없다. 그래서 다음은 경성에 거주하는 하이쿠 작가에 의해 훗날 창간되는 『마쓰노미[松の實]』에 게재된 자료들을 통해 역으로 초창기의 조선 하이쿠 문단을 개관해 보고자 한다.

『마쓰노미』는 1920년에 경성에서 창간된다. 재조일본인에 의해 발행된 일본어 잡지로, 이후에 조선 하이쿠의 기반이 된 잡지로 평가 받고 있다. 당시 "조선 및 만주에 거주하는 하이쿠 작가들의 상호 교류와 내지에 있으면서도 이들 이국 영토에 연고와 호감을 가지고 있던 하이쿠 작가들 간의 친목도모"[3]를 목적으로 하고 있었다.

먼저 『마쓰노미』 제5호(1921년 2월)에 게재되어 있는 가규도[蝸牛洞]의 「기지로씨와 조선」을 보자.

이 글에서는 조선 하이쿠계를 세 개의 융성기로 나누어 기술하고 있는 점에 주목하고 싶다. 제1기는 요시노 사에몬이 『경성일보』 지상에 「경일 하이단」을 신설하고 이시지마 기지로에게 그 선별 심사를 맡긴 뒤 『경일 하이쿠 초[京日俳句鈔]』, 『속 경일 하이쿠 초[續京日俳句鈔]』를 간행한 시기이다. 제2기는 인천에서 발행되던 『조선신문』 지상에 「조선문단」란이 개설된 시기이다. 「조선문단」의 선별 심사는 무라카미 기조[村上鬼城]에 이어, 이다 다코츠[飯田蛇笏], 그리고 이 시기에 호토토기스계 하이쿠 중흥에 힘써 온 와타나베 스이하(渡辺水巴)가 맡고 있었다.

이 시기에는 다카하마 교시를 비롯해 내지의 저명한 하이쿠 작가에게

---

3) 橙黄子, 「お別れの言葉」, 『松の實』 第19号, 1922.4.

심사를 의뢰하는 경우가 많았다. 그리고 『마쓰노미』가 창간된 이후의 시기를 제3기로 구분하고 있다. 조선 하이쿠 문단은 이미 1910년대부터 유명한 하이쿠 시인으로 알려진 지도자들과 그들을 지지해 온 재조 하이쿠 작가들, 그리고 하이쿠를 투고하는 각지의 하이쿠 작가나 하이쿠 애호가들이 세개의 층을 형성하고 있었다. 1920년의 『마쓰노미』 창간 시기에 대해 가규도는 "제1기, 제2기를 통해 육성된 하이쿠계가 곳곳에서 구카이를 시작했다. 때로는 오구집회(五句集會)를 열기도 하고 때로는 등사판으로 인쇄된 회보를 발행하기도 했다. 그리고 호토토기스 지방 하이쿠 란에는 이와 같은 여러 구카이의 활동이 대대적으로 소개되어 활기를 띠고 있었으며 (다카하마 교시가 선별심사자인) 잡영(雜詠) 란에 뽑히는 작가들의 수도 늘어갔다. 이번에 마쓰노미가 발행되어 사백여 명으로 직원이 늘게 된 것은 결코 우연이 아니다"[4]라고 말했다. 『마쓰노미』가 창간될 때까지 지도자적인 역할을 해 온 하이쿠 잡지가 없었다는 점을 감안하면, 이 시대에 이렇게까지 하이쿠가 융성할 수 있었던 것은 두 말할 필요도 없이 신문잡지라는 매체가 존재했기 때문이다.

   이 시기에는 『경성일보』의 「경일 하이단」란과 『조선신문』의 「조선 하이단」란 이 외에도 여러 일본어 신문이나 잡지에 하이쿠 란이 개설되어 있었다. 잡지로는 『조선급만주』나 『철도청년(鐵道靑年)』 등에서 하이쿠 란을 확인할 수 있다. 이렇게 일본어 신문이나 잡지에 하이쿠 란이 있었다는 것은 편집자와 독자가 하이쿠에 관심을 가지고 있었다는 것을 보여준다. 그리고 동시에 신문이나 잡지에 하이쿠가 게재됨으로써 재조일본

---

4) 橙黃子, 「社員諸兄へ」, 『松の實』 第3号, 1920.12. "제1호 발행 후 신입사원이 약 100명 가까이 달하여 총 318명에 이르게 된 것은 우리 조선과 만주 하이쿠계에 유쾌한 일이 아닐 수 없다."

인의 하이쿠에 대한 이미지도 새로워졌다.

3. 이시지마 기지로와 구스메 도코시

이와 같은 하이쿠 란의 탄생은 각지에서 개최되고 있던 구카이와 상호 의존적인 관계에 있었다. 그리고 본격적인 하이쿠 잡지인 『마쓰노미』가 창간되기까지는 1920년까지 기다려야만 했기 때문에 1910년대에 신문이나 잡지에 있던 하이쿠 란이 얼마나 큰 역할을 해 왔는지도 짐작할 수 있다.

예를 들어, 『마쓰노미』에서 중심적인 존재가 되는 구스메 도코시의 경우를 보자. 그는 『마쓰노미』 제5호(1921년 2월)부터 「경성의 하이쿠계와 나」를 연재한다. 제1회는 다음과 같은 회상으로 시작된다.

> 1914년 초겨울, 내가 이 용산(龍山)에 살기 시작한 지 얼마 안 되어서였다. 같이 있던 규조[韮城] 씨가 하이쿠를 한번 배워 보고 싶다고 말 한 것이 계기가 되어, 나는 오랫동안 손도 대지 않고 있던 하이쿠를 다시 시작하게 되었다. 처음으로 하이쿠 짓기를 시도하는 규조씨와 함께 제목을 붙이고 매일 5구 정도씩 만들었는데, 그 구를 당시 기지로씨가 심사자로 있던 경성일보의 경일하이단에 투고해 보았다.

그는 자신이 지은 하이쿠가 「경일 하이단」에 뽑힌 것이 계기가 되어 다시 하이쿠를 시작하게 된다. 그리고 거기에는 엔도 규조[遠藤韮城]도 있었다. 규조는 나중에 조선 하이쿠 문단에서 이름이 알려지는 작가 중 한 사람으로, 그 3년 후에는 교시가 심사자로 있는 잡지 『호토토기스[ホトトギ

지』에도 입선을 한다. 도코시는 규조의 부탁을 받아 하이쿠를 가르치고, 매일 5구씩 하이쿠를 지어 「경일 하이단」에 투고를 했던 것이다.

이와 같은 예를 봐도 알 수 있듯이, 하이쿠는 지은 사람이 미디어의 하이쿠 란에 투고하고 그 하이쿠가 선정되어 게재됨으로써 자신감을 얻게 된다. 다시 말하면 승인 시스템으로 되어 있는 참여형 창작 문예이다. 이후 조선 하이쿠 문단의 중심 인물이 되는 구스메 도코시를 탄생시킨 것도 『경성일보』의 「경일 하이단」이었다.

이후 구스메 도코시는 이시지마 기지로가 중심으로 활동하는 구카이에 초대를 받는다. 그런데 칭타오 출장 등으로 참석을 못하다가 1915년 2월 11일에 겨우 참가하게 된다. 기지로가 도코시를 초대한 구카이는 <우키시로카이[浮城會]>였다. 본문에는 "경성에는 이미 호토토기스파인 세이가이[犀涯], 우게쓰[雨月]씨 등이 자쿠소카이[鵲巢會]라는 구카이 모임을 주최하고 있었는데 이 구카이는 경성에서 기지로씨를 중심으로 하는 하이쿠계로서는 최초의 것이었다"고 적혀 있다.

이 해 칠월까지 도코시는 칭타오에 출장을 갈 때도 일주일에 한 번 인천에서 도착하는 『경성일보』를 기다려, 자신의 하이쿠가 채택되었는지를 확인하고 그 결과에 일희 일비하면서 "황해를 사이에 두고 바라보는 경성의 하이쿠계가 어찌나 내 마음을 뛰게 하던지"라고 말하기도 한다.

구스메 도코시의 회상에 따르면, 「경일 하이단」에 그의 하이쿠가 채택되어 그가 이시지마 기지로의 <우키시로카이>에 참가하게 되는 시기는 여러 가지 의미에서 조선 하이쿠계에서도 중요한 시기에 해당한다. 1915년 9월에 『경일 하이쿠 초[京日俳句鈔]』가 간행되는데, 이 하이쿠 선집은 친타오에서 경성으로 돌아온 도코시가 기지로에게 권유해서 실현된 것이다. 이 단행본은 1914년 여름부터 1915년 여름까지 「경일 하이단」에 게재된 하이쿠에서 약 900구를 선별해서 만든 조선 최초의 하이쿠 선집이었다.

그 당시 기지로에게 직접 하이쿠 지도를 받은 도코시는 「경일 하이단」을 중심으로 활약하던 작가들을 "경성 아니 조선 하이쿠계의 제1기생"[5]이라고 칭했다. 그 중에는 이케다 기로[池田義朗]나 엔도 규조 등 수십 명의 이름이 거론되어 있다.

구스메 도코시는 "우리는 호토토기스의 하이쿠를 우리들 하이쿠의 정도(正道)로 삼고 있었으며, 호토토기스에서도 교시 선생이 선별하는 잡영란의 구를 최고의 목표로 삼고 있었다"[6]고 회상했다. 『경성일보』 하이쿠란의 심사자인 이시지마 기지로와 도코시는 호토토기스계 하이쿠 작가였다. 이 시기 일본에서는 다카하마 교시가 하이쿠 문단에 복귀하고 『호토토기스』 「잡영」란이 부활을 하는데 그 움직임에 발맞춰 조선 하이쿠도 활성화를 도모하고자 했다.

1916 년은 이시지마 기지로와 구스메 도코시에게 하나의 분기점이 된다. 그 해 봄 기지로는 『조선급만주』와 『철도청년』의 선별심사를 맡게 된다. 그러나 조선으로 돌아간 후 기지로는 구세군 일 때문에 「경일 하이단」을 비롯한 선별 심사를 일절 그만두겠다는 뜻을 전한다. 『경성일보』 하이쿠 란의 심사자는 삼년 동안 역임하도록 되어 있었다. 기지로의 사퇴로 인해 도코시 등이 편찬한 『속 경일 하이쿠 초』가 같은 해 11 월에 출판된다.

여기서는 『속 경일 하이쿠 초』 출간에 맞춰 이시지마 기지로가 『경성일보』에 실은 「조선 취미의 하이쿠」에 주목하고 싶다. 이 글에서 기지로

---

5) 橙黃子, 「京城の俳句界と私(2)」, 『松の實』 第6号, 1921.3.
6) 橙黃子, 「京城の俳句界と私(3)」, 『松の實』 第7号, 1921.4.

는 이 하이쿠 선집의 경우 "조선에 사는 우리들이 그 주변 풍물들을 보고 떠오르는 대로 하이쿠를 지었는데 그 점에 독특한 흥미가 있다"고 언급하고 마지막에도 "자화자찬이 될지도 모르나, 반도에 거주하는 여러분들께서 이와 같이 조선 취미를 살린 하이구집을 꼭 읽어 주시기를 바란다"고 맺고 있다.

1920년대 이후 제창되는 조선 향토색 논쟁이 이미 이 무렵부터 나와 있었던 점도 명기해 두고 싶다.

1910년대의 조선 하이쿠 문단은 초창기 시절로 소위 시행 착오기였다고 할 수 있다. "우리 조선 하이쿠계의 취향은 대부분 중앙 하이쿠 문단의 자극에 따라 움직였으며, 그것을 따라하려고 한 흔적이 엿보인다"[7]고 구스메 도코시가 회상하고 있듯이 조선 하이쿠 문단은 내지의 호토토기스계 하이쿠의 동향을 주시하고 그 뒤를 쫓아가려고 노력해 왔던 것으로 추측할 수 있다.

그러나 그 속에서도 조선 독자적인 하이쿠를 만들어내려는 시도가 이루어졌다. 심사자가 이시지마 기지로에서 구스메 도코시로 이어진 경위는 그 과정을 잘 보여준다. 이 조선 고유의 하이쿠는 훗날 우여곡절을 겪은 뒤 1930년대에 조선 하이쿠 문단에서 조선 향토색을 둘러싼 논란으로 다시 나타나게 된다.

▶ 나카네 다카유키(中根隆行)

---

7) 橙黄子, 「京城の俳句界と私(3)」, 『松の實』 第7号, 1921.4.

제4절 재조일본인의 괴담취미와 근대의식

1. 재조일본인 괴담의 개념 및 배경

일본의 1910년대는 '다이쇼 데모크라시[大正デモクラシー]'라는 말이 상징하듯 자유주의 운동의 풍조가 높아진 시대였다. 이와 동시에 메이지유신 이후 급속히 도입된 서양학문이 일반사회에 보급되며 '뇌병', '신경병' 등의 새로운 정신 의학 분야에 대한 관심도 높아져 갔다. 이러한 새로운 학문은 일본의 전통괴담 「요쓰야 괴담[四谷怪談]」과 같은 인과응보(因果応報)식의 괴담을 보다 과학적이고 합리적인 해석으로 진화시키는 역할을 하였다. 또한 '심령학(心靈學)'이라는 새로운 학문은 '예감[虫の知らせ]'을 '텔레파시'로 인식하게 하는 한편, 괴이한 체험담을 중요한 '사례'로서 수집하게 하였다. 또한 1913년에 간행된 야나기타 구니오(柳田國男)의 『도노모노가타리[遠野物語]』는 민속학자의 입장에서 일본의 지방 괴담을 수집한 것으로 이와 같이 식민지기에 해당하는 이 시기는 '일본인이란 무엇인가?'라는 문제의식의 등장과 동시에 그 정체성 확립을 위해서 특정 지방의 전설이나 괴담이 수집 되었다. 이러한 상황은 근대일본에 '괴담 붐'을 일으켰으며, 1910년대 일본 괴담의 영역은 심령학, 민속학, 정신 의학,

괴기문학에 이르기까지 폭 넓게 확대되었다.

괴담을 둘러싼 일본의 상황은 영토 확장에 따라 식민지 조선에도 전파되어 재조일본인의 괴담 속에서도 근대적인 새로운 인식들을 발견 할수 있다. 일본어 괴담이 식민지 조선에 등장하기 시작한 것은 재조일본인들의 정착 과도기인 1910년대 후반이었다. 문예란의 주류인 운문과 더불어 대중적인 읽을거리가 증가한 것도 이때이다. 그 중에서 괴담이라는 장르 단독으로는 그 작품 수는 많지는 않다. 예를 들어, 문예란이 자유롭고 다채로웠던『조선공론』속에는 1918년 당시 편집국장이었던 이시모리 히사야(石森久弥)의 괴담 두 작품과 1919년에 두 편의 읽을거리만이 존재하고 있다. 이와 같이 양적으로는 부족하지만 이들 괴담은 당시 식민지의 상황과 근대일본의 '괴담 붐'의 양상이 뒤섞인 특수한 식민지적 괴담이라고 칭할 수 있다.

2. 한반도 야담의 전개양상

일본의 괴담은 에도시대[江戸時代] 때의 소시본[草子本], 판화[浮世繪], 쓰루야 난보쿠[鶴谷南北]의「도카이도 요쓰야 괴담[東海道四谷怪談]」등의 인기 가부키 공연을 통해 민중 문화에 정착되었다. 그러나 근대 합리주의의 토대로 등장한 '정신 의학'이나 '요괴학(妖怪學)'으로 불리는 '미신 타파' 운동으로 "귀신은 존재하지 않는다. 그들은 인간의 정신 작용에 의한 것"이라는 합리적인 해석이 일반화되기 시작하였다. 실제로 1913년『조선 교육 연구회 잡지(朝鮮教育研究會雑誌)』6월호에는 요괴학자로 저명한 이노우에 엔료[井上円了]가 미신 타파를 주제로 강연하였던「심리적 요괴(心理的

妖怪)」가 게재되기도 하였다. 즉, 문명개화와 근대 합리주의에 의해 괴담
은 '미신'과 심리 작용이라는 범주에 규정된 것이다. 이와 같이 식민지기
조선에서도 동시기 일본과 마찬가지로 '미신'과 '미신적인 태도'는 미개
와 야만을 측정하는 눈금으로서 작동하고 있었다. 이처럼 재조일본인의
괴담을 해석하는데 있어 '미신'이 라는 단어는 조선을 미개한 땅으로 보
는 시점(視点)으로 개입되어 있었던 것이다.

　한편 한일 합방으로 경성에 조성된 일본인 마을은 혼마치[本町], 고가네
초[黃金町], 신마치[新町] 등 일본식 이름으로 불리며 나막신(駒下駄)에 기모
노 차림의 일본 여성들이 오가는 풍경도 일상화되었다. 이러한 '조선풍
경의 일본화(日本化)'는 거리의 외적인 변화뿐만 아니라 재조일본인의 이
주에 따라서 일본인의 문화도 한반도에 뿌리를 내리기 시작하였음을 보
여주고 있다. 1910년대 조선에서는 아직 '무서운 이야기'가 '괴담'으로
정립되지 않았으며 여름에 괴담을 즐기는 풍습도 찾아볼 수 없었다. 그
러나 이러한 상황 속에서도 재조일본인들에 의한 괴담은 여름마다 등장
하였고, 이들 괴담은 에도시대 때 정착된 '여름은 괴담의 계절이다'라는
일본 고유의 문화를 반영하고 있었다.

　이 시기의 일본어 잡지 괴담의 대부분은 『조선공론』에서 발견할 수 있
는데 1918년의 「실설 혼마치 괴담 여자의 소매에 저주의 짚 인형[實說 本
町怪談 女の袂に呪ひの藁人形]」을 시작으로 1910년대 4편, 20년대에는 11편으
로 점차 증가하였다. 당시 괴담의 저자는 주로 잡지 기자들로 초기에는
화류계에 대한 가십 기사, 산문 등 오락적인 성격의 글을 많이 실었다.
일본에서는 메이지 시대부터 대중에게 인기 있는 읽을거리를 제공한 '작
은 신문(小新聞)'이 유행했는데 창간 당시 『조선공론』은 이와 같은 신문의
형태를 모방한 산만한 가십 기사들이 눈에 띈다. 그 속에서 1910년대 후

반에 문예란이 정착하면서 탐정소설이나 괴담 같은 대중문예장르를 의식
한 읽을거리가 등장한다. 거기에 등장한 괴담은 재조일본인의 식민지생
활 정착과 밀접하게 연관되어 있었다.

3. 작품소개

　1910년대를 대표하는 작품으로는 1918년의 『조선공론』 8월호, 9월호
에 실린 이시모리의 두 작품을 들 수 있다. 그 중 하나인 「혼마치 괴담
여자의 소매에 저주의 짚 인형」은 혼마치에 거주하는 일본인 부부를 모
시고 있던 하녀가 목격한 사건을 토대로 한 이야기다. 이야기 속의 '사모
님'은 남편과 신마치(新町) 게이샤와의 부적절한 관계를 알게 된 후 지푸
라기 인형으로 저주를 거는 등 점차 정신 질환을 앓게 되었다. 그녀는 죽
음을 앞두고 '천리안(千里眼)'의 능력으로 게이샤와 남편이 밀회하고 있는
것을 알아 맞히는 등 하녀를 공포에 떨게 하기도 하였다. 결국 아내의 저
주 때문인지 게이샤는 죽고 말았고 남겨진 남편은 밤마다 아내의 망령에
시달리게 된다는 것으로 끝나는 이야기이다. 작품 속 "사모님의 병은 히
스테리가 심해져 아무래도 발광한 것 같습니다."라는 구절은 근대를 대
표하는 질병인 '정신병'이 기이하게 이야기 속에서 등장하고 있는 부분
이다. 또한 멀리에서 일어나고 있는 사건을 투시하는 '천리안'은 도쿄제
국대학교의 후쿠라이 도모키치[福來友吉] 박사의 심령학 실험을 통해 널리
대중에 알려졌던 괴이 현상이다. 이와 같이 「혼마치 괴담 여자의 소매에
저주의 짚 인형」은 식민지의 공창제도에 의해 불안정한 정신 상태에 놓
인 여성의 모습이 '천리안'이라는 심령현상과 함께 그려진 작품이라 할

수 있다.

식민지 조선의 일본여성과 히스테리에 관해서는 1916년 「난등원화(蘭灯怨話)」[1]라는 가십기사를 참고로 할 수 있다. 대략의 내용은 도키마쓰(時松)라는 경성의 게이샤가 제과점을 운영하는 기혼자 사토[佐藤]와 결혼하려고 했지만 '본처'가 "강렬한 히스테리 상태가 되어 사토와 싸운 끝에 죽기 살기의 소란을 일으켰다는 이야기이다. 작품 속에 굵은 글자로 강조되고 있는 '히스테리'와 '히스테릭'이라는 단어는 식민지에 도입된 공창제도(公娼制度)에 의해 가정의 파괴와 당시 낯선 땅에서 적응에 어려움을 겪는 주부들의 불안정한 정신 상태를 나타내고 있다.

주목할 만한 또 하나의 괴담은 이시모리의 「아이의 사랑에 이끌려[子の愛に引かされて]」[2]이다. 친구의 아내가 일본에서 사망 후 멀리 조선에 두고 온 아이들을 보기위해 유령이 되어 왔다는 이 괴담의 내용은 망자가 친족에게 보내는 '텔레파시'로 해석되고 있다. 이러한 점은 「혼마치 괴담 여자의 소매에 저주의 짚 인형」처럼 심령학을 중시한 실화형식을 지니고 있지만, 주목해야 할 것은 첫 부분의 삽화(挿話)이다. 삽화는 '용산 전 사단장(師団長) 관저'에 있는 '괴물 은행나무' 때문에 이사 온 사람들에게 차례차례로 불행한 일이 생겼다. 또한 북선(北鮮)의 모 장관 저택에도 이상한 바위에 의한 재앙이 계속되자 '미신을 싫어하는' 모 장관이라도 이를 믿을 수밖에 없어 어쩔 수 없이 그 바위를 제거했다는 이야기이다. 예로부터 조선에서 신앙의 대상이었던 자연물은 식민지기 이른바 '미신'이라는 범주에 속하였다. 그러나 아이러니하게도 이야기 속에 모 장관처럼 '미신'을 일축할 수 없는 상황도 실제로 있었다는 것을 본 괴담은 제시해

---

1) 기자, 「난등원화(蘭灯怨話)」, 『조선공론』, 1916.8.
2) 이시모리 히사야, 「아이의 사랑에 끌려서(子の愛に引かされて)」, 『조선공론』, 1918.9.

주고 있다.

이처럼 재조일본인의 괴담은 「요쓰야 괴담」의 이미지에서 벗어난 새로운 현대의 괴담으로 그 속에는 '외지'에 거주하는 '식민자의 사정'이 현저하게 그려져 있었다.

4. 재조일본인 괴담의 연구현황 및 전망

근대 일본 괴담에 관한 연구는 2000년대 이후 활발해지며 잡지와 신문 등 다양한 자료 제시와 함께 새로운 괴담 해석을 시도해 왔다. 그러나 일본의 영토 확장에 따른 식민지 괴담의 주체와 그 실태, 양상은 아직 공백 상태라고 할 수 있다. 그 원인의 하나로 당시의 잡지 문예란 속의 괴담은 기자들이 창작한 오락물로 그 완성도나 문학적 가치를 논하기 어렵다는 점을 들 수 있다. 그럼에도 불구하고 근대 일본의 괴담을 논할 때 식민지 조선에서 재조일본인 괴담과의 관련성에 대한 문제 제기는 간과할 수 없을 것이다. 이러한 관점에서 현재까지 행해진 연구로는『조선공론』에 게재된 재조일본인 괴담의 특징 과 식민지 사회상황을 분석한 나카무라 시즈요[中村靜代]의 「재조일본인 잡지『조선공론』의 괴담 연구[在朝日本人雜誌『朝鮮公論』における<怪談>の硏究]」3)가 대표적으로, 1910년대라는 식민지기 초기부터 전반에 걸쳐 등장한 괴담 양상과 그들의 괴담에 나타난 '괴이'의 의미를 분석하고 있다. 또한『(식민지 조선) 일본어잡지의 괴담·미신』,4)『경성의 새벽 2시-식민지 조선 괴담집』5) 등은 이러한 재조

---

3) 나카무라 시즈요[中村靜代], 「재조일본인 잡지『조선공론』의 괴담 연구[在朝日本人雜誌『朝鮮公論』における<怪談>の硏究]」, 고려대학교석사논문, 2013.

일본인 괴담자료를 번역하고 해제를 곁들여 소개하고 있다.

한편 1920년대 1930년대의 조선어 미디어에 나타난 괴담과 괴기 장르에 대한 연구로는 이주라, 김지영의 연구가 있다. 다만 1910년대에는 일제 통치로 인하여 조선어 매체가 『매일신보』에 한정되어 있었기 때문에 1910년대의 괴담 출현에 대해서는 충분한 자료에 근거한 논의에 이루지 못하여왔다. 이러한 연구 상황 속에서 1910년대 일제통치 초기 괴담을 논한 연구로 나카무라 시즈요 「식민지 조선과 일본 괴담-한일합병전후의 '괴담' 개념 변용을 중심으로[植民地朝鮮と日本の怪談-日韓併合前後における「怪談」概念の変容をめぐって-]」6)는 한일합병 전후의 '괴담'이라는 용어의 개념에 주목하여 합병 전의 조선어 신문에는 존재하지 않았던 '괴담'이라는 용어가 일제 통치에 의해서 등장하여 변모하는 과정을 논하였다. 그러나 1910년대 조선의 괴담을 체계적으로 논하기 위하여서는 『경성일보』에 실린 괴담을 조사하고 분석하는 작업이 큰 과제라 할 수 있다. 왜냐하면 잡지의 괴담과는 확실히 다른 정치성을 지닌 신문매체의 괴담이 어떤 양상으로 존재했는지가 밝혀져야 재조일본인의 1910년대 괴담 전반을 논할 수 있기 때문이다.

▸ 나카무라 시즈요(中村靜代)

---

4) 이충호・나카무라 시즈요 공역, 『(식민지 조선)일본어잡지의 괴담・미신』, 학고방, 2014.
5) 편용우・나카무라 시즈요 공역, 『경성의 새벽 2시-식민지 조선 괴담집』, 역락, 2015.
6) 나카무라 시즈요, 「식민지 조선과 일본 괴담-한일합병전후의 '괴담' 개념 변용을 중심으로[植民地朝鮮と日本の怪談-日韓併合前後における「怪談」概念の変容をめぐって-]」, 『일본학연구』 vol.44, 2015.

제5절 재조일본인의 '홈' 정착과 '가정 문예물'의 출현

1. '가정 문예물'의 개념 및 배경

청일전쟁과 러일전쟁을 거치면서 전쟁을 계기로 한몫 챙기려는 일본인, 상인, 일본어 교사 등이 대거 조선으로 이주한다. 이들 일본인은 돈벌이를 목적으로 단신으로 이주하는 경우가 많았다. 그러나 통감부가 설치되고 조선 정부의 모든 부서에 일본인 관리가 배치되는 등 일본인 사회체제가 정비되면서 가족 단위의 이주자가 증가하였다. 남편을 따라온 주부와 자식 또 그 가족에 달린 가정부, 조추(女中)는 한 세대가 되어 조선에 정착하였다.

당시의 일본어 매체는 <부인방문기>, <나의 처>, <가정페이지>, <가정위생>, <부인의 고문(顧問)>과 <가정란> 등의 부문을 만들어 일본인의 가족단위의 이민을 장려하고 일본의 이상적인 가정의 모습을 제시하고자 하였다. 이들 작품은 평론, 혹은 르포 형식의 장르를 취하여 식민지에서의 가정의 의미와 주부의 역할을 논하였다. 이제까지의 식민권력에 의한 식민 지배를 돌아보아 이를 더욱 공고히 하고 앞으로의 식민지 경영의 협력자로서 재조일본인 사회의 안정을 도모하기 위해서 무엇보다 일본 가정의 변화와 안정을 모색하였다.

한편, 이 시기 소설이나 창작의 장르에서도 가정을 소재로 하는 문예
물들이 등장하였다. 가정단위의 이주가 증가하면서 남편을 따라온 부인
과 그 가족에 달린 조추 등이 주인공으로 등장하게 되었다. 또한 가족 단
위로 이주하지 않은 남자들은 본국에 정처(正妻)를 두고 식민지 조선에서
유녀나 조추 등을 대상으로 임시적인 부부관계인 '의사(擬似) 부부', 혹은
'야합부부'의 부부관계를 맺었다. 이러한 임시 부부관계는 당시 일본어
문학의 주요한 소재가 되어 실제 식민지에서의 일본인 가정의 양상을 생
생하게 보여준다.

1910년대 평론이나 르포 등의 장르에서는 가정의 화목과 단란함을 목
표로 하는 일본의 '홈'이 연출되었고, 소설이나 창작의 작품을 통하여 임
시적인 부부의 양상을 보여주는 가정 관련 문예물이 증가하였다.

2. '가정 문예물'의 전개양상

식민지에 통감부가 설치되면서 일본의 관리, 교사, 경찰 등의 이주가
증가하고 이에 동반하는 가족들의 이주도 늘어나게 되었다. 재조일본인
사회의 안정과 발전을 위해 가정의 중요성이 대두하면서, 조선으로 이주
한 가족들에게 이상적인 가정상(家庭像)을 제시하는 평론, 르포 등이 연재
되었다. 화목한 가정과 부부관계를 보여주는 르포물의 예로 「부인방문기
(婦人訪問記)」(『朝鮮公論』 2卷9~12, 3卷1~12, 1914.9~1915.12), 「나의 처(吾輩の妻)」
(『朝鮮公論』 3卷5~12, 1915.5~12)를 들 수 있다.

한편, 가정주부를 주인공으로 하는 작품 역시 새롭게 등장하였는데,

이에 대한 예로 「사랑의 마음[愛の心]」(『朝鮮』 1-3, 1908.5), 「이웃집[隣家]」

(『朝鮮』 3-3, 1909.5), 「청춘원[靑春怨]」(『朝鮮』 27, 1910.5), 「변사에 농락당한

여자[活辯に魅られた女]」(『朝鮮及滿洲』, 1918.3.1), 「소설 시부의 죽음[小說 舅の死]」

(『朝鮮及滿洲』 1919.4.1) 등의 문예물을 들 수 있다.

다음은 임시적인 부부관계를 보여주는 소설들로 「항구의 초가을[港の初

秋]」(『朝鮮及滿洲』 74, 1913.9), 「첩을 전문으로 하는 대위부인[妾專門の大尉夫人]」

(『朝鮮及滿洲』 251, 1915.11.1), 「조선에서 온 여자[朝鮮から來た女]」(『朝鮮及滿洲』

260, 1915.11.1), 「소설, 남자를 시험하는 여자[小說 男を試驗する女]」(『朝鮮及滿洲』

121, 1917.7.1), 「소설, 실연당한 여자[小說 破はされた女]」(『朝鮮及滿洲』 125, 1917.

11.1), 「진흙탕에서 진흙탕으로[泥水から泥水へ]」(『朝鮮及滿洲』 133, 1918.7.1), 「방

랑의 여자[さすらひの女]」(『朝鮮及滿洲』 135, 1918.9.1), 「피부색이 다른 색마[毛色

の変わった色魔]」(『朝鮮及滿洲』 138, 1918.12.1), 「소설, 아무 목적도 없이[小說ただ

目的もなく]」(『朝鮮及滿洲』 140, 1919.2.1) 등이 있다.

이외에 내선결혼의 실제를 보여주는 문예물로 「인연은 묘한 것-일선

남녀쓰야모노가타리[緣は異なもの, 日鮮男女艷物語]」(『朝鮮及滿洲』57,59,61,63,

1912.8~11)가 연재되었다.

이상과 같이 1910년대를 전후로 하여 일본어 매체에는 식민지에서의

식민자로서의 모범이 되는 가정을 소개하고 이를 정착시키고자 하는 의

도의 평론이나 르포 등이 실렸다. 기자가 직접 식민자 가정을 방문해서

가정의 분위기뿐 아니라, 도한한 주부의 교육법과 각오를 듣는다는 르포

형식의 연재물은 일본의 홈을 식민지에 정착시키고자 하는 주요한 의도

가 잘 드러나 있다. 그러나 이러한 시도와는 다르게 일본어 소설은 임시

부부의 관계를 맺고 있는 가정과 여기에서 발생하는 현지처의 현실과 파

경을 보여주는 것이 대부분이었다. 재조일본인 사회가 공고해진 이후 이

러한 가정 관련 르포기사나 작품은 줄어들고 이 당시 쓰였던 '의사부부' '야합부부'라는 용어 역시 사라졌다.

3. '가정 문예물' 관련 작품소개

한일병합을 전후로 하여 식민지 조선에는 재조일본인 사회를 공고히 하는 방법으로서 가정의 중요성이 강조되고 여기에 부수되는 식민지에서의 주부의 역할 역시 남편의 성공 여부를 가능하게 하는 것으로 강조되었다. 이러한 흐름 속에서 조선에서의 화목한 일본인 가정을 보여주는 가정을 중심으로 하는 문예물이 등장하였다. 특히 『조선공론』의 르포형식의 문예물은 여기자를 채용하여 각 가정을 방문하게 하고 그 방문기를 싣고 있다. 조선은행장, 고등법원장 등의 가정을 찾아가서 가옥의 구조, 가족구성원과 분위기, 부인의 일상과 생각까지 듣는 르포 형식의 기사가 연재된다. <나의 처> 역시 가정 단위로 이주한 고위관리나 성공한 상인을 찾아가 식민지에서 생활하고 있는 자신의 처에 대한 이야기를 듣는 것을 내용으로 하고 있다. 이들 르포는 대부분 식민지에 정착, 적응해 가는 주부나 그 주부를 중심으로 하는 화목, 단란한 이상적인 일본인 가정의 모습을 재현하고 있다.

이와 동시에 가정주부가 주인공으로 설정된 작품들도 존재한다. 「사랑의 마음」, 「이웃집」, 「변사에 농락당한 여자」가 그것이다. 이들은 남편이 경찰로, 교사로, 고등관으로 등장한다. 그러나 남편을 따라 조선에 온 부인들의 삶은 그렇게 행복하게 조명되고 있지 않다. 「사랑의 마음」에서 경찰인 남편을 따라 조선으로 이주해온 부인은 조선의 '폭도'에 의해 어린 아들이 죽고 그 시신조차 찾을 수 없는 상황에 괴로워하다가 결국 미쳐간다. 또 「이웃집」에서 화자(話者)인 남편은 이웃집 부인이 우울증으로 내지로 돌아간 이후 새로운 가족이 이주해 와서 자기 부인의 무료함이 해결될 것을 기대한다. 그러나 이사 온 이웃집은 가정파탄으로 해체되고 화자의 부인은 다시 무료함에 빠진다는 이야기이다. 「변사에 농락당한 여자」 역시, 고등관인 남편이 한 달 동안 출장 가 있는 사이 활동사진관의 변사에 농락당하고 이 일이 출장에서 돌아온 남편의 미행에 의해 밝혀진다는 내용이다. 당시의 일본어 문학에는 식민지에서 주부, 가정, 부부가 작품 속 소재로 등장하지만 그들의 삶은 단란한 가정과는 거리가 먼 것으로 그려지고 있다.

또한, 당시 가정을 소재로 하는 작품으로 「조선에서 온 여자」, 「첩 전문의 대위부인」, 「기미코」 등이 있는데, 내용은 모두 여자가 가정의 몰락으로 인해 조선 땅으로 이주하게 되고 식민지 조선에서 만난 일본인과 결혼하게 되지만 그것은 법적 권리가 보장되지 않는 일시적인 부부관계에 지나지 않아 결국 파탄을 맞게 된다는 이야기이다. 또한 「내선결혼과 그 가정」(1917.11.1)에서처럼 조선인 남편과 일본인 부인, 일본인 남편과 조선인 부인의 경우를 예로 들어 소개하면서 내선인 융화의 증거로서 제시하고 있는 작품도 존재하였다.

당시 일본어 문학은 식민지라는 특수성 속에서 임시부부 형태의 야합부부가 증가하고 여기서 발생하는 현지처는 문학의 주요 소재로 다루어졌다. 당시의 평론이나 르포가 단란한 가정의 중요성을 강조한 것에 비해 소설이나 창작은 식민지 가정의 불완전함에서 오는 파탄과 불행을 그리고 있어 당시 식민지에서의 일본인 가정의 실상을 적나라하게 보여주고 있다.

4. 식민지 가정에 대한 연구현황 및 전망

일본이 근대국가로의 발전을 도모하는데 있어 가정은 국가와 국민을 직접적으로 연결해주고 국가의 기초단위가 되어 국민을 양성하는 중요한 역할을 부여받았다. 이러한 가정의 기능은 식민권력의 식민지 통치에 있어 같은 기능을 하였다. 식민지에서의 새로운 식민사회의 형성과 안정에 이용되는 것이다. 당시의 일본어 문학의 평론과 르포는 이러한 가정의 기능을 확산, 파급시키는 역할을 하였다. 식민지에서의 가정의 역할에 주목한 연구로는 송혜경 「『조선』에서의 '가정'의 역할과 '한인(韓人)' 가정에 대한 인식」(『한림일본학』 16, 2010)을 들 수 있다. 식민지에서의 성공 여부가 주부와 화목한 가정에 달려있다는 당시의 담론을 중심으로 식민지 초기의 가정의 역할에 대해 논하고 있다. 그러나 조선의 가정 담론과의 비교가 주요 내용이기 때문에 일본어 소설이나 창작에서 이들 가정이 어떻게 재현되고 있는가에 대해서는 다루고 있지 않다. 또한 김효순 「『조선』의 <문예란>에 나타난 도한 일본여성의 현실」(『제국의 이동과 식민지 조선의 일본인들』, 도서출판 문, 2010)과 이승신 「재한 일본어 미디어와 도한 일본인 여성」(『일본연구』 29, 2010)을 들 수 있다. 그러나 이들 연구는 『조선』이라는 매체에 주로 한정되어 있고, 초기 식민지 여성을 다루는데 있어 잠시 언급하는 것에 그치고 있어 당시 일본어 문학에서의 가정 관련 문예물의 양상을 전체적으로 파악할 수 없다.

식민권력은 <가정박람회>(1915, 『경성일보』 주최) 등의 상업적인 활동을 하면서까지 식민지에서 일본의 이상적인 가정을 제시하고 이를 정착시키고자 하였다. 그러나 이러한 의도와 실제의 일본어 문학 사이에는 어긋남이 존재한다. 당시의 일본어 소설과 창작에서 가정은 주로 임시로 맺어진 부부관계와 그로 인해 발생하는 불행을 주요 소재로 하고 있기 때문이다. 이러한 가정 관련 문예물은 이후 1920,30년대에 급격히 감소한다. 또 식민지 초기 가정의 한 형태를 보여주는 '야합부부' '의사부부' 역시 문학의 소재로서 사라지게 된다.

▶ 송혜경

제6절 식민지 초기 재조일본인의 행락 르포르타주

1. 재조일본인 행락문화의 개념 및 배경

재조일본인들이 초기의 출장시기에서 벗어나 정주시기로 옮겨간 것은 1890년대에 들어서였다. 1895년 청일전쟁에서 일본이 승리하자 일본 국내에서 조신이민을 권유하는 여론이 한층 높아졌고, 1900년대에는 임금이 높으면서 생활비가 저렴하다며 일본인이 대거 유입되기 시작하였다. 1904년에는 여권 휴대의무 사항이 폐지되었고, 1905년에는 경부선의 서울─부산 간 개통으로 왕래가 용이해졌다. 같은 해 러일전쟁이 종식하자 일본은 한국의 외교권을 장악하고 한국통감부를 설치하여, 정치면에서도 일본인들이 살기 좋은 환경을 갖추어 갔다. 그리하여 1901년에 약 1만 8천 명이었던 재조일본인은 1905년에 4만 2천 명, 1907년에 6만 6천 명, 1910년에 11만 4천 명으로 그 수가 급증하게 된다.

단기간의 집단 이주는 개항지를 중심으로 일본인거주지를 새로 형성하게 하였다. 재조일본인들은 생업의 번창을 위해 단체 및 조합을 만들어 상호 협조체계를 구축하고, 신문과 잡지를 발행하여 정보를 교환하였다. 조선을 삶의 터전으로 삼은 그들은 더 나아가 일상을 가꾸어 나가기 시작하는데, 일상에서 잠시 벗어나 재충전을 꾀하는 행락은 삶을 풍요롭게 하는 활동으로서 필수불가결한 요소였다. 기분전환을 위해 산책을 나가고, 날이 좋으면 명소 및 경승을 찾아가서 사색을 즐겼다. 그들의 인구가 늘어날수록 지연, 학연, 업종 등 각종 연고를 바탕으로 한 커뮤니티가 신설되었고, 회원들의 취미와 소양을 살리면서 네트워크를 확대할 수 있는 여러 행사가 개최되어, 행락 문화는 더욱 다양하게 전개되었다.

2. 행락 르포르타주의 전개양상

1903년경부터 한반도에서 간행되기 시작한 일본어 종합잡지들은 재조일본인들의 생활상을 엿볼 수 있는 좋은 자료이다. 『한반도(韓半島)』(1903-1904), 『조선평론(朝鮮評論)』(1904), 『조선지실업(朝鮮之實業)』(1905-1907), 『만한지실업(滿韓之實業)』(1908-1914), 『조선(朝鮮)』(日韓書房, 1908-1911), 『조선공론(朝鮮公論)』(1913-1944) 등을 살펴보면 물론 정치 경제 관련 이슈들이 주요 부분을 차지하지만, 그 사이사이에 각종 모임 및 행사, 나들이, 여행 등 문화생활과 행락 활동에 관한 기사들이 산재한다. 이러한 기사들은 즐거움이 동반된 비일상적 장소로의 이동을 포함한다는 공통점이 있을 뿐, 목적, 수단, 경위, 장소 등이 천차만별로 나타난다. 따라서 주로 '잡다한 글'[雜報, 雜錄, 雜纂, 雜俎] 부문에 분류되어 있으며, 정보보다는 감상 위주거나 시(詩)처럼 문학성이 강한 글은 문예란[文藝, 文苑]에 실렸다. 본고는 상기 종합잡지 중, 행락에 관련된 1903-19년의 150여 개의 기사를 분석 대상으로 삼는다.

행락 활동이 묘사된 기사 중 가장 많이 등장하는 것은 사업 및 공무

업무를 겸한 여행이다. 행상 일기, 지역 답사 및 시찰, 개회식, 개통식, 박
람회를 비롯한 각종 행사의 취재 등이 이에 해당된다. 기사의 중심은 업
무와 관련된 현지 정보의 소개이지만, 가는 도중에 일어난 사건이나 숙
소에서의 일행들과의 만담 등 크고 작은 에피소드들을 삽입하여 여정(旅
情)을 자아내는 경우가 많다. 업무 겸 여행의 기사들은 그 수가 많을 뿐만
아니라 최신정보와 재미를 동시에 선사하는 내용으로 당시 행락 문화의
선구적 역할을 하였다고 볼 수 있다.

업무를 여행의 제1목적에서 제외하고 분석한다면 재조일본인들이 설
정하는 행락 목적은 매우 다양하게 나타난다. 다만 목적지까지의 거리에
따라 가까울수록 행락의 동기가 가벼우며, 멀수록 목표의식이 뚜렷하다
는 경향성은 지적할 수 있겠다. 가벼운 행장으로 떠날 수 있는 근교 나들
이와 어느 정도의 여행기간과 사전준비를 요하는 장거리 여행은 들이는
공에서도 차이가 나기 때문이다.

경성을 기준으로 했을 때 가까이는 왜성대(倭城臺), 남산 등 생활권 주
변을 산책하며 자유롭게 사색하는 기사, 황금유원과 같은 행락 시설, 서
지(西池)의 연꽃, 한강 선유도를 비롯한 경성의 물과 꽃의 명소, 인천의 해
수욕, 북한산의 단풍놀이 등 계절별 나들이문화가 있다. 멀리는 가장 사
례가 많은 금강산처럼 저명한 경승을 구경하러 떠나는 경우, 평양 제주
도 등 역사학 고증 혹은 박물학 연구를 위한 여행, 북한(北韓), 서선(西鮮)과
같이 광범위한 지역을 도는 내륙여행, 압록강 대동강 등의 강줄기를 따
라가는 선박여행, 친목과 휴양을 위한 온천여행, 특이한 것 중에는 일부
동호인들의 수렵여행 등을 들 수 있다.

1905년부터는 기차를 이용한 기사가 늘어나는데, 초기에는 여행의 목
적이 되기도 하였으나 후기로 내려갈수록 여행의 수단으로 정착해가는

것이 특징이다. 이용방법이 간편하고 이동시간의 비약적 단축이 가능하여 근거리와 장거리에 상관없이 애용되었다.

조선에 사는 일본인이라는 행락 주체의 특성상, 로컬색의 스펙트럼을 분석하는 것은 의미를 지닌다. 재조일본인들은 대개, 조선의 전통적 여가활동을 체험하는 형태와 일본에서 행하던 행락의 방식을 조선으로 옮겨와 수행하는 형태의 두 가지 방식으로 행락을 즐겼다. 전자의 경우 금강산, 통영 등 재조일본인이 적은 고래의 명소를 방문하거나 사찰 및 주막에 머물며 주식(酒食)을 즐기는 등이 해당된다. 특히 조선시대 양반들의 산수 유람을 담당하던 풍광명미의 사찰은 방이 청결하고 음식도 정갈하여 일본인들에게 호평이었다.[1]

다만 조선식 여행이나 조선인과의 교류를 그린 기사들은 해를 거듭할수록 그 수가 줄어들어 1910년대에 들어서면 차츰 자취를 감추게 된다. 대신 철길을 따라 지어진 청결한 일본식 여관에 묵으며 현지에 사는 일본인을 만나 교류하고 스테레오타입의 조선관을 피력하는 여행이 대부분을 차지하게 된다. 그 이유에 대해서는 우선 재조일본인들이 더 이상 방문자가 아닌 정주자였기에 조선에 대한 호기심은 이미 채워진 상태였고, 기존의 조선에 부족했던 여행시설이 확충되어 가면서 익숙하고 편안한 후자의 방식을 택할 수 있는 환경이 조성되었다는 점을 들 수 있다. 이외에 강제병합 전후에 항일투쟁이 격화되었고 양국의 갈등이 심화되자 조선을 일본화시키려는 관념이 재조일본인 사이에서 강해졌다는 시대상을 반영했다고도 볼 수 있을 것이다. 1910년부터 등장하기 시작하는 조선내 벚꽃 관련 기사에는 조선을 일본으로 만들고 싶어 하는 재조일본인의

1) 「寺院及宝物」, 『朝鮮評論』 1券2號, 朝鮮評論社, 1904.11, pp.74~75; 旭邦生, 「韓南の避暑地」, 『朝鮮』 1券5號, 日韓書房, 1908.7, pp.59~61.

속내가 가장 잘 드러나 있다. 이에 다하여는 아래에 상술하겠다.

3. 행락 르포르타주 소개

재조일본인들의 행락 문화 관련 기사에는 현지 정보에 치중하여 안내기 지리지의 성격이 강한 글부터, 장소를 특정할 수 없을 정도로 정보는 부족하나 여행의 감상은 충분히 담은 운문까지, 다채로운 형식과 내용의 작품이 존재한다. 특별히 저명하거나 화제가 된 글이 존재하는 것은 아니므로 상기 '전개양상'에서 언급했던 기사들 중 일부를 글의 특성별로 소개하고자 한다.

업무를 겸한 여행 기사는 식민지시기를 통틀어 가장 많이 등장하는 종류인데, 「의주 기행(義州紀行)」[2]은 그 중에서도 극초기의 작품이다. 신문기자인 글쓴이는 "어르신[大人]"의 의주 답사에 따라가기로 되었다. 뭐든지 먹고 살자고 하는 건데 하며 걱정하다가 어르신 측에서 지참하신다는 일본식 보존식품을 열거하며 가슴을 쓸어내리고, 그날따라 자명종시계가 잘못되어 남대문 정류장에 아슬아슬하게 나타나신 어르신의 한바탕 소동을 익살스럽게 그린다. 의주행 기선을 탑승해서는 본인은 겁쟁이라 배에 대한 공포가 있다고 실토하고, 뱃멀미로 먹은 것을 다 토하고 쓰러져 잔 것을 고사에 비유하여 재치 있게 표현한다.

이처럼 도중에 일어난 사건들을 골계적으로 묘사하고 일행과의 대화를 만담식으로 적는 등의 방식은, 일본에서 1802년부터 시리즈물로 간행

---

2) 津田孤竹, 「義州紀行」, 『韓半島』 1卷1號, 韓半島社, 1903.11, pp.61~70.

되어 대히트를 친 여행골계물인 '히자쿠리게[膝栗毛]' 계열의 영향을 받은 것이다. 일본 국내에서도 이즈미 교카[泉鏡花, 1873~1939]가 히자쿠리게 스타일의 기행문을 여러 편 썼으며, 식민지초기의 행락 기사에도 동 취향은 종종 나타난다.[3]

히자쿠리게 취향의 기사들이 장거리여행의 일본식 여행 형태라면 근교 나들이 중에는 초봄부터 봄이 끝날 무렵까지 서울의 봄 행락을 다니면서 아름다운 곳들을 소개하는 기사, 「산영수성기(山影水聲記)」[4]가 있다. 저자는 "아무개[それがし]"라고 되어 있으나 한문기행의 전형적 미사여구들을 자유자재로 구사하는 지식인이며, 내용에서 남산자락 왜성대에 가족과 함께 거주하는 재조일본인임을 추측할 수 있다. 복숭아꽃이 핀 북한산 계류처럼 한성 고래의 명소도 등장하지만, 동대문에서 왕십리를 지나 송파까지의 드넓은 야채밭과 들꽃이 핀 강변, 동작나루와 남대문의 왕래, 목면산의 무당집 등, 행락하면서 포착한 풍경을 호기심 가득한 긍정적 필치로 묘사한다. 유채꽃 밭을 황금세계로 비유하고, "심히 절대적으로 아름답다[甚だ絶美なり]"라는 표현을 쓰며, 제비꽃의 향이 본인이 지금까지 산 어떤 꽃가지들보다 맑고 깨끗하다고 말한다. 있는 그대로의 조선의 풍경에 무한의 애정을 담아 서술하는 것이 특징인데, 일본과 비교하는 일이 없다는 점에서 매우 독특한 기사이다.

「경성 옛 지금 이야기[京城今昔物語]」[5]도 조선 고유의 행락지의 아름다

3) 日韓農會旅行の兩人, 「行商日記」, 『朝鮮之實業』 8~10號, 朝鮮之實業社, 1906.1~3, pp.34~38, 30~32, 31~34; 淺岡南溟, 「北關紀行」, 『朝鮮之實業』 25・27~28號, 앞의 책, 1907.7・9~10, pp.37~42, 26~31, 29~32; 椋鳥, 「旅から旅へ」, 『滿韓之實業』 74號, 滿韓之實業社, 1912.2, pp.54~56 등.

4) それがし, 「山影水聲記」, 『韓半島』 2卷3號, 앞의 책, 1906.6, pp.123~126.

5) 中島明浦, 「京城今昔物語」, 『韓半島』 2卷1號, 앞의 책, 1906.4, pp.73~80.

움을 전하려 한 기사 중 하나이다. 구한말 일본공관이었던 청수관의 흔적을 찾아갔다가 고래의 명소인 천연정(天然亭) 앞 연지(蓮池)를 "상당히 훌륭하여 지금도 여전히 일본인이 구경하러 온다"고 소개한다. 그리고 이곳이 명소안내에 빠져있는 이유를 "원래 꽃은 벚꽃에 사람은 무사라는 것인지 일본인은 하여간 벚꽃을 사랑하는 벽이 있"기 때문이라고 말한다. 벚꽃구경이란 일본인의 봄 행락의 대명사이다. 글쓴이의 말처럼 봄 풍경을 다루는 일본인의 기사에서 벚꽃에 대한 이야기가 나오지 않는 경우는 거의 없다. 필자가 조사한 재조일본인의 글들 중에서는 상기 「산영수성기」가 벚꽃에 대한 언급이 없는 유일한 기사이다.

일본인은 벚꽃을 좋아하여 고대부터 상춘문화에 빠지지 않는 꽃이었다. 에도시대부터는 집객을 위해 대규모로 식수되기 시작하여 메이지에 들어서는 일본의 봄 풍경의 주역이었다. 그러나 조선에서의 벚꽃은 여러 꽃들 중 하나에 불과했고, 사군자인 매화나 과실수인 복숭아처럼 중시되는 일이 없어 많이 심어지지도 않았다. 조선에서의 벚꽃의 상대적 빈곤은 오히려 벚꽃을 일본의 상징으로 부각시켰으며, 해외를 인식하였을 때 벚꽃은 '국화(國花)'의 역할을 하게 된다.

그리하여 실제로 재조일본인들은 자신들의 생활환경 주변부터 벚나무를 심기 시작하였다. 『경성일보(京城日報)』 기사에 의하면 경성에서 처음으로 대규모 벚나무 식수가 이루어진 것은 1907년으로 묘목 1,500수를 들여와 500수를 왜성대에 심고 나머지는 곳곳에 나누어 심었다고 한다.6) 이후 학교, 창경원, 남산 등에도 식수가 이어졌고, 1910년 5월의 기사에는 "돌아보니 벚꽃이 곳곳에 심어져 있다"는 당시 남산의 풍경이 묘사된

---

6) 上田常一, 「京城の櫻の來歷(上)」, 『京城日報』, 1933.4.27, 3면.

다.[7] 다만 글쓴이는 "올해 필 것 같은 나무는 하나도 안 보인다"며 실망을 감추지 못하고, "어떻게든 궁리하여 신영토의 봄을 벚꽃으로 장식하고 싶다"고 말한다. 고향에 대한 그리움을 넘어서 조선을 일본화시키려는 갈망이 엿보이는 대목이다.

왜성대의 벚나무는 1914년에는 밤꽃을 보러 10만 명의 인파가 찾을 정도가 되었으나 이 또한 차차 쇠하였고, 창경원의 벚나무는 1920년대를 기다려야 했다. 왜냐하면 조선에서 벚나무를 키우기란 쉬운 일이 아니었기 때문이다. 묘목을 심어놓으면 벌레가 새싹을 먹어치우고, 소가 밟고 가고, 사람들의 장난과 증오로 꺾어가거나 뽑혀갔다.[8] 겨우 뿌리를 내려도 엄동설한에 나무가 갈라져 고사하거나 전염병으로 전멸하기 일쑤였다.[9]

따라서 철저한 감독 아래 비료를 충분히 주고 매해 증식을 게을리 하지 않는 정성과 비용을 들여야 했지만 대부분의 재조일본인은 집요했으며 1920년대에는 조선 전국에 벚꽃 행락지를 여러 곳 일궈내고 만다.[10] 조선에서 15년 관리생활을 한 자가 말하듯이 "고향을 멀리 두고 조선에서 일하고 있는 모국인의 향수심을 누그러뜨리고, 그 땅에 친근함을 갖게 하고 내지 연장의 싹을 끌고 와 안주 생각을 굳히는 데 벚꽃은 없어서는 안 되는 국화"였기 때문이었다.[11]

---

7) 天人兒, 「韓京の春」, 『朝鮮』 27號, 앞의 책, 1910.5, pp.54~58.
8) 豊田鐵騎, 『星霜十五年』, 帝國地方行政學會, 1926, p.240.
9) 上田常一, 「京城の櫻の來歷(下)」, 『京城日報』, 1933.4.29, 3면.
10) 龜岡榮吉, 『四季の朝鮮』, 朝鮮拓殖資料調査會, 1926, 韓國地理風俗誌叢書298, 경인문화사, 1995 참조.
11) 豊田鐵騎, 앞의 책, pp.238~239. 「鄕里を遙々と朝鮮に働いてゐる母國人の懷鄕心を柔らげ、斯土に親みを有たせ內地延長の芽をひきのばして安住の念を固むるに櫻は無くて叶はぬ國華でなければならぬ。」

4. 재조일본인 행락문화의 연구현황 및 전망

1890년대에서 1910년대까지의 약 30여 년 간의 시간적 배경 속에서 한반도는 급격한 근대화, 식민지화의 길을 동시에 걷게 된다. 이 시대를 피식민지인의 목소리를 통해 확인함과 동시에 식민들, 즉 재조일본인의 상황과 문화를 확인하고 고찰하는 것은 식민지가 된 한반도의 상황을 객관적이고 사실적으로 바라볼 수 있게 해주는 중요한 자료로서 다양한 방면의 연구가 진행되고 있다.

본고는 재조일본인의 행락 문화를 다루는 텍스트를 검토하여 일본인이 토착문화와 접변하고 새로운 땅에 정착해 나가는 과정을 통해, 결국 콜로니의 본토화, 한반도의 일본화를 꾀하는 방향으로 강하게 흘러감을 확인하였다. 벚나무 식수에 대한 집착과 노력은 그들이 흔히 내세우던 개발 및 계몽과는 거리가 있으며, 이러한 재조일본인들의 성향은 중심인 본토에서 벗어난 사람들의 콤플렉스의 투영이라 할 것이다.

재조일본인이라는 경계인들의 문화는 한반도의 근대화의 속도가 본토의 근대화 속도를 따라잡으며 점차 복잡한 양상을 띠게 된다. 1920년대에 들어서면 한반도에서도 카페와 영화 등 도시유흥문화 시설이 갖추어져, 재조일본인들은 일본 본토문화와 유사한 여가문화를 경험하게 된다. 1920년대 이후의 재조일본인의 문화연구는 중심부와의 거리가 좁혀진 경계인들의 양상을 고찰하는 것이 중심이 될 것이며, 본고를 이를 위한 비교의 대상으로 삼고자 한다.

▶ 김정은

제7절 재조일본인 사회의 공창제 시행과
유곽문예물의 성행

1. 초창기 유곽과 문예물

1876년 부산 개항 이후 조선 내 일본인 거류지의 확대와 더불어 유곽이 증가하게 되자 이들을 관리하기 위한 새로운 법 제정이 요구되었으며, 일본 '내지(內地)'의 공창제 법규를 기준으로 한 성 관리 법령이 '외지(外地)' 조선에 이식되었다. 1900년대를 전후로 하여 주요 일본인 거류지인 부산, 인천, 원산, 서울 등지에서 성 관리 법령이 실시된 것을 시작으로 1910년 한일 합병 이후 각도 경무부의 관리 하에 전국 각지에서 성 관리 법령이 시행되었으며 1916년에는 각도마다 상이한 성 관리 법령을 통일함으로써 조선 내의 공창제가 실시되었다. <제1호 숙옥영업취체규칙(宿屋營業取締規則)>, <제2호 요리점음식점영업취체규칙(料理店飮食店營業取締規則)>, <제3호 예기작부예기치옥영업취체규칙(藝妓酌婦藝妓置屋, 營業取締規則)>, <제4호 대좌부창기취체규칙(貸座敷娼妓取締規則)>으로 구성된 이들 법령에서는 창기뿐만 아니라 예기나 작부에 대해서도 성병검진과 거주지 제한을 둠으로써 종래에 기예를 주된 업으로 하던 예기 역시 실질적인 창기의 범주인 유녀(遊女)에 포섭되었다.

1905년의 러일전쟁, 1910년의 한일 합병을 거치며 재조일본인의 숫자
가 급증함에 따라 조선을 종래의 상용(商用) 목적의 단기체류지로 보는 관
점에서 일상적 생활공간 내지는 정주지로 바라보는 인식의 변용이 나타
났다. 이에 조선에서의 삶을 즐기기 위한 '취미'가 요구되었고 유곽 및
유녀는 재조일본인의 여가생활 욕구를 충족시킬 수 있는 '유일한 오락거
리'로서 상품화되고 소비되었다. 또한 조선 내 일본인 거류지의 확대, 상
업의 발달과 함께 필연적으로 증가한 유곽의 설치와 매춘산업의 성장은
재조일본인 사회의 현실을 활사하는 문예물의 소재로 사용되어 재조일본
인 일본어미디어를 통해 활발히 창작, 보급되어 간다. 이때 유곽을 배경
으로 하거나 유녀를 소재로 하여 르포기사, 희곡, 소설 등의 다양한 장르
를 아우르는 문학이 창작되었는데 이를 유곽문예물이라 한다. 그리고 유
곽문예물 및 기사에 표상된 재조일본인 유녀의 모습이 재조일본인 사회
에 일반적으로 받아들여지며, 나아가 재조일본인 사회 공통의 성에 대한
집단의식으로 정형화된다.

2. 유곽문예물의 전개양상

재조일본인 사회에서의 유곽문예물은 유곽의 설치와 성 관리 법령의
시행, 공창제 확립과 같은 일련의 사회상황과 맞물려 주로 신문이나 잡
지 등의 매체를 통해 유통되었다. 동시기의 기사의 경우 유곽 주변에서
이루어지는 매매춘의 부도덕성이나 그로 인한 재조일본인 사회의 풍기문
란 등 유곽설치에 다른 폐단을 고발하는 내용이 주를 이룬데 반해 재조

일본인 남성의 취미 해소 또는 위안을 위한 오락거리로서 문학에 등장하였다. 각 문예물의 주제 역시 다양한데 일본인의 이주와 맞물려 일본인 여성이 식민지의 화류계에 유입되기까지의 경위를 그려낸 문예물을 비롯하여, 조선의 성 관리 법령 하에서 공권력에 의해 관리되는 유녀와 유곽을 그린 이야기, 타락한 여성으로서의 유녀를 소재로 하는 내용 등이 등장한다. 또한 1920년대의 소비도시의 발달과 함께 급격하게 증가하는 카페 및 여급 역시 아직 이른 시기이기는 하나 1917년 5월 『조선급만주(朝鮮及滿洲)』의 「경성의 카페와 카페의 여자(京城のカフエーとカフエーの女)」라는 르포를 시작으로 르포 및 소설작품에 등장하기 시작한다. 1900년대와 1910년대를 아울러 각종 매체의 지면을 차지했던 유곽문예물은 1920년대에 이르러 유흥의 공간이 유곽에서 카페로 넘어감에 따라 여급문학에 비해 그 수가 점차 줄어든다. 그리고 내용면에 있어서도 시대의 변화에 따라 보다 쉬운 돈벌이의 수단으로 스스로 여급을 선택하는 모습이나 '에로'의 주체로서 타락과 부정의 책임 역시 스스로에게 지우는 등 종래의 유녀표상과는 다른 다양한 내용으로 변모한다.

3. 작품소개

1910년대에는 식민지로의 일본인 여성들의 이주가 활발히 이루어진 만큼 유곽문예물에서도 그녀들이 조선에 건너와 유녀가 되기까지의 경위를 소재로 한 작품들이 다수 존재한다. 「애첩통신(愛妾通信)」(『조선급만주』 제90호, 1915.01)의 주인공은 도한을 위해 현해탄을 건너는 도중에 만나게 된 한 여인에 관한 내용을 적고 있다. 그녀는 저명한 법학자의 아내임에

도 불구하고 방탕한 생활을 하는 남편 때문에 경제적 어려움에 처하게 되고, 결국 친정집까지 파산을 하게 되는 지경에 이르러서야 남편에게서 벗어나게 되는 "동양도덕의 희생"자로 그려지고 있다. 그리고 종국에는 "조로야[女郎屋][1)의 포주"의 감시 하에 만주와 조선에 팔려가게 되는 "애처로운" 여성으로 그려지고 있다. 「푸른 여자[靑い女]」(『조선급만주』 제71호, 1913.06) 역시 비슷한 여성이 등장한다. '내지'에서 결혼을 하고 아이를 가졌으나 출산 후 얼마 되지 않아 아이를 잃고 남편에게 버림받은 후 조선에 건너와 처음 알게 된 자산가의 첩이 되지만 그마저 파국을 맞게 되어 두 번의 자살기도 끝에 여관의 조추[女中]가 되는 것으로 마무리 된다. 비슷한 이야기로는 「기미코(喜美子)」(『조선급만주』 134호, 1918.08)가 있는데, 25살이 되도록 결혼하지 못한 기미코가 어린 시절 친구였던 요시오[義雄]의 청혼을 받으며 가족의 반대를 무릅쓰고 조선에 오게 된 이야기이다. 그러나 요시오는 사실 무직이었기에 그의 사업자금을 마련하기 위해 전차금 30원을 받고 요리점에 팔려가기에 이른다. 그러나 남자는 그 돈을 유흥비로 탕진하고 기미코는 고국에 돌아가지 못한 채 여전히 요리점에 묶여있다는 이야기이다. 또한 「나락의 여자[奈落の女]」(『조선급만주』 106호, 1916.05)의 경우 "기자가 친절하게 그들의 진상을 파악. 십 수 명에게 '팔려 다닌 여자'의 경로를 듣는다"라는 부제에서도 알 수 있듯이 조선으로 건너온 유녀의 참혹한 현실을 상세하게 기록한 르포이다. 약혼자에게 속아서 또는 오빠의 도박자금 대신에 조선으로 건너와 고용살이를 하게 된 경위부터 고향에 돌아가겠다는 사랑하는 남편의 도항경비를 마련하기 위해 마치 "전당물"과 같이 음식점에 팔려가 "불과 10원"의 빚을 갚지 못

---

1) 조로야[女郎屋] 유녀를 두고 손님에게 유흥을 제공하는 것을 업으로 하는 가게로 동류로는 창가(娼家) 또는 유곽(遊廓) 등이 있다.

해 남자 손님을 받아야 했던 여성의 모습이 자세히 기록되어 있다. 그러
나 경제적 사정 또는 남편에게 버림받는 등의 환경적 요인에 의해 조선
에 건너와 재조일본인 유녀가 된 여성의 불우한 삶을 그린 이상의 작품
과는 달리 「새 단장[衣替]」(『조선급만주』 제82호, 1914.05)이라는 소설은 여성
주인공 스스로가 유녀가 되는 과정의 주체가 되고 있다는 점에서 주목할
만하다. 소설의 주인공은 돈을 벌기 위해 시급이 좋다는 경성으로 와 어
느 집의 조추로 일하게 된 젊고 아름다운 오류[お柳]라는 여성이다. 그러
나 주변으로부터 "오류는 아름다우니까 월 20원을 주고라도 데려갈" 곳
이 있을 것이라는 말을 듣자 고민을 하다가 결국 옷을 갈아입고 새 단장
을 꿈꾸는 것으로 마무리 된다.

　이 외에도 당시 유곽 및 재조일본인 유녀를 대상으로 시행되었던 임검
(臨檢)이나 성 관리를 소재로 하는 문예물도 존재하는데, 「사창사냥이야기
[私娼狩物語]」(『조선급만주』 110호, 1916.09)는 당시 손님의 숙박이 금지되었던
요리점에 사복 경찰이 잠입하여 잠자리를 요구하고 이에 응한 유녀와 여
주인을 잡아간다는 내용이다. 이와 비슷한 서사로는 「다고토암[田毎庵]」
(『조선급만주』 제84호, 1914.07)이 있는데 오류라는 유녀를 사이에 두고 두
남성이 싸움을 벌이는 바람에 오류 역시 증인으로 경찰에 불려가 풍기
문란의 책임을 묻게 된다. 이들 소설 모두 유녀라는 존재를 잠재적인 범
죄자 또는 부정한자로 그리고 있는 것이 특징이라 할 수 있다. 이같은
인식은 「퇴역중좌의 딸 투신하다[退役中佐の娘役身す]」(『조선급만주』 제126호,
1917.12)나 「한강(漢江)」(『조선』 제28호, 1910.06)에서도 드러난다. 전자에서
퇴역중좌의 딸인 여주인공이 자살하게 된 계기로써 남편의 유녀놀음을
들고 있으며, 후자에서는 주인공이 흠모하는 순결한 여학생과 대비되는
존재로써 '내지'에 남편과 자식이 있음에도 불구하고 돈벌이를 위해서라

면 첩이 되어도 좋다고 말하는 유녀가 등장하고 있다. 두 소설 모두 유녀가 중심인물로 등장하지는 않으나 주인공의 순결함과 슬픈 인생을 강조하는 소재로써 유녀의 부정함이 사용되고 있다.

또한 아직 카페가 성행하기에는 이른 시기이기는 하나, 1910년대 중반을 기점으로 카페 및 여급을 소제로 한 르포 및 소설도 눈에 띈다. 「카페애화[カフエ哀話]」(『조선급만주』 136호 1918.10)는 경성의 카페와 카페의 여급을 소개하는 르포 형식의 글이다. 경성의 카페가 막 생기기 시작하는 무렵이니만큼 각 카페의 위치와 규모, 요리의 완성도 및 여급의 수는 물론 여급의 나이와 출신지, 외모 묘사 등 다양한 이야기를 기록한 일종의 정보란의 성격을 갖는다. 그 중에는 대련(大連)에서 게이샤를 하다가 조선의 여급으로 오게 된 여성이나 자매가 함께 여급이 된 경우, 두 명의 아이를 잃은 뒤 잠적한 여급의 이야기 등 여급의 사적인 이야기를 가감 없이 기술하고 있다. 외에는 「활동사진관의 여급이 되기까지[活動寫眞館の女給になるまで]」(『조선급만주』 141호, 1919.03)가 있는데 활동사진관의 미인 여급인 하마코(濱子)가 여급이 된 경위에 대한 이야기이다. 천재적인 그림실력으로 모사화(模寫畵)를 그리는 그녀의 아버지는 조선에서 큰돈을 벌 수 있다는 지인의 말에 일가를 이끌고 조선으로 건너온다. 그러나 지인이 모사품을 진품으로 속여 팔다 결찰에 붙잡히게 되고 그녀의 아버지 역시 구금되기에 이른다. 넉넉한 형편에 여학교에서 수석으로 졸업한 하마코였으나, 아버지의 구금과 오빠의 징병으로 가세가 기울자 일가를 책임지기 위해 활동사진관의 여급이 되어 "밤의 환락 속에서 불쌍한 몸으로 우는" 여급이 되었다는 이야기이다.

이렇듯 재조일본인 사회에서 유통된 유곽문예물은 조선내의 일본인 이주민의 증가와 유곽 건설, 그에 따른 성 관리 법령의 제정, 그리고 새

로운 유흥공간으로서의 카페의 등장 등 사회의 변화와 더불어 다양한 주
제로 창작, 유통되었다.

4. 연구현황 및 전망

재조일본인 유녀와 관련된 선행연구는 크게 1900에서 1910년대, 1920
년대 말에서 1930년대라는 시기상의 구분을 기점으로 이루어지고 있다.
전자는 주로 초기 재조일본인 사회의 성립에 있어서 유곽설립 및 유녀
유입의 관계성에 대한 연구(이가혜, 「초기 재조일본인 사회에서의 재조일본인 유
녀의 표상-『조선지실업』, 『조선(급만주)』의 기사 및 유곽물을 중심으로」, 『인문학연
구』 제49집, 2015)나 '내지' 여성과 구별되는 '식민지의 여자'로서의 도한
일본인 여성 연구(이승신, 「일본어문학에 나타난 도한 일본인여성」, 『일본연구』
29, 2010), 현모양처와 창부의 경계적 존재로서의 조추(女中)에 관한 연구
(김효순, 「식민지 조선에서의 도한일본여성의 현실-현모양처와 창부의 경계적 존재
로서의 조추(女中)를 중심으로」, 『日本硏究』 제13집, 2010)가 있으며, 후자로는
1920년대 말에서 1930년대에 걸쳐 급격히 증가한 카페와 그에 소속된
여급에 관한 연구(김효순, 「1930년대 일본어잡지의 재조일본인 여성 표상-『조선
과 만주』의 여급소설을 중심으로」, 『日本文化硏究』 제45집, 2013)가 있다. 이러한
시대적 구분에 따른 유녀 표상 및 문예물의 변화에 대한 연구는 재조일
본인 유녀의 유입 및 확산, 다양화 등의 전체상을 조망하는데 유의미하
다고 하겠다.
그러나 재조일본인 유녀는 식민지에 거주하는 식민자 여성임과 동시
에 식민자·피식민자 남성 모두에게 성을 제공하는 여성이라는 점에서

'식민자/피식민자'의 민족적 문제와 '남성/여성'이라는 젠더의 문제, '일반여성/매춘여성'이라는 계층적 문제 등 다층적인 그물망 안에 위치한다. 따라서 이들 중 어느 한 가지를 배제하고는 그 성격을 명확히 파악하기란 어렵다.

재조일본인 유녀의 경우 식민지배자에 속하기는 하나 그것이 곧 경제력과 문화자본의 헤게모니에서 주도권을 갖는다는 의미는 아니었다. 이러한 문제의식 하에서 재조일본인 유녀를 둘러싼 여러 테마 연구가 요구된다. 재조일본인 사회의 성 관리 체계 속에서의 이중구조, 조선의 기생(『장한(長恨)』) 및 여급(『여성(女聲)』)과 달리 재조일본인 유녀의 목소리를 발신하는 구심점이 존재하지 않았다는 점, 조선인 남성과 재조일본인 유녀의 연애담(戀愛談) 속에서 민족적 경계가 계층·젠더에 의해 재편되는 양상 등 다양한 층위에서의 연구가 진행될 수 있을 것이다.

▶ 이가혜

제8절 조선(인) 이해를 위한 '구비전승'의 관심과 채집 조사

1. 조선 구비전승 조사의 배경

재조일본인 관련 연구가 축적되는 상황이지만, 이에 비해 아동문학 및 구비문학 관련 성과는 미약하다. 아동문학 연구는 창작을 중시하고, 구비문학 연구는 현장 연구를 중심으로 한 학문이어서 학사(學史)에 대한 연구가 적었지만, 1990년대 이후 관심이 고조되었다. 그러나 최남선, 방정환, 손진태 등을 중심으로 한 유학생 연구와 대표적 일본인 연구자의 영향 및 수용 양상을 논하는 게 일반적이었다. 기존의 아동문학 및 구비문학 연구는 한국과 일본을 매개하는 연결고리로서의 재조일본인을 도외시했다는 커다란 문제점이 있다. 민관 양면으로 다양하게 전개된 관련 양상 중, 조선총독부가 발간한 단행본 및 잡지 등을 다루는 연구가 진행되었는데, 조선총독부 간행물 중에는 발행 경위나 필자를 명확히 제시하지 않은 글이 많아 그 실상을 구명하는 데 한계가 있었다. 근년, 1913년 조선총독부 학무국 편집과(조선총독부 교과서를 편찬) 조사보고서(전설·동화 조사사항)가 발굴되면서 1차 자료에 기초한 실증적 연구가 행해져, 조선총독부 교육 관료와 재조일본인의 의도 및 역할에 대한 관심이 증대되었다

(김광식, 『식민지 조선과 근대설화—일본인의 구비문학 조사와 조선인의 대응』, 민속원, 2015).

조선인에 의한 본격적인 설화 및 동화 채집 및 연구가 1920년대 이후에 본격화한다는 점에서 1910년대까지 재조일본인의 성과물을 검토하는 작업은, 1920년대와의 관련성을 확인하는 데도 중요한 실마리를 제공한다. 1910년대까지 식민지 조선에서 '동화(童話)'라는 용어는 오늘날의 민담 또는 설화라는 넓은 의미로 사용되었다. 아직 아동문학으로서의 '동화' 개념은 정착되지 않았다. 1913년 학무국이 조선인 대상의 초등교육기관인 보통학교를 중심으로 실시한 전설 및 민담 조사를, '전설·동화' 조사라고 명명한 데서 이를 확인할 수 있다. 실제로 1920년대까지도 일본에서 '동화'라는 용어는 오늘날의 민담(구전설화)과 같은 넓은 의미로 사용되었기에, 1920년대까지 사용된 '동화'라는 용어의 범주 및 의미 해석에는 주의를 필요로 한다. 학무국을 중심으로 1910년대에 이르기까지 조선총독부 및 교육정책 관련자들은 조선 및 조선인 이해의 길잡이로서 조선의 '구비전승'에 관심을 지녔다. 특히 식민지화 이후 조선총독부는 조선인에 대한 식민교육의 기반 정비에 역량을 집중했고, 이를 위해 일본에서 교원을 모집하였다. 1910년 8월 이후 1919년까지 천 여 명의 일본인 교육자가 조선에 건너와 '외지수당(外地手當)'을 받는 교원이 되었다. 1910년대 학무국은 3회에 걸쳐 조선 구비전승을 채집, 활용하였다. 조선 구비전승은 조선인의 심성을 이해하고 식민지교육을 위한 도구로 주목받게 된다.

2. 1910년대 조선 구비문학 채집의 양상

이시이 겐도(石井研堂, 1865~1943)의 『조선아동화담(朝鮮兒童畫談)』(學齡館, 1891)은 구한말 조선 아이들의 놀이와 풍속을 다룬 책으로 아동 놀이문화를 김준근의 삽화 10점과 함께 다룸으로써 근대기 시각문화 연구에 중요한 기초자료를 제공한다. 글의 내용은 원산진(元山津)에 거주한 재조일본인 나이토 세이지(內藤盛治)의 보고를 바탕으로 한 것이다. 근대 일본의 한국에 대한 본격적인 관심은 청일전쟁을 둘러싼 한반도 정세와 밀접하게 관련되는데, 일본의 대표적 아동문학자 이와야 사자나미(巖谷小波, 1870~1933)는 사자나미 산진(漣山人)이라는 필명으로 「조선의 옛이야기(朝鮮のお伽話)」(『少年世界』 1권 2~3호, 1895)를 연재하였다. 사자나미는 동화를 개작하고 구연동화를 보급해 일본은 물론, 조선 만주로까지 이를 확장시켰는데, 1913년 9월 이래 조선을 방문해 일본인 소학교를 중심으로 '구연여행'을 실시하였다. 또한 일본에서 최초로 발간된 민요집은 마에다 린가이(前田林外, 1864~1946) 편 『일본민요전집(日本民謠全集)』 正續篇 2책(本鄕書院, 1907)인데, 여기에는 일본 '내지', 류큐 · 대만에 이어, 한국 민요도 수록되었다. 이는 사사키 아이코(佐々木愛湖)가 번역해서 기고한 것인데, 사사키의 경력은 알려진 바 없다. 1920년까지 수행된 주요 조사와 글은 다음과 같다.

[주요 조사 및 작품 목록]

게재지 권호(연월)	작가 및 제목
1908년 학부조사	학부 이언동요(俚諺童謠) 조사
1908.10	경성일보 기자 우스다 잔운(薄田斬雲)『암흑의 조선(暗黑なる朝鮮)』日韓書房(「조선총화(朝鮮叢話)」 설화 등 수록)
1910.9	다카하시 도루(高橋亨)『조선의 이야기집과 속담(朝鮮の物語集附俚諺)』日韓書房(증보판『조선의 이언집과 이야기(朝鮮の俚諺集附物語)』 1914)
1910.12	이마무라 도모(今村鞆)「조선의 전설(朝鮮の傳說)」(宇都宮高三郞 編『新天地』日韓書房)
1912.1	아오야기 쓰나타로(靑柳綱太郞)『조선야담집(朝鮮野談集)』朝鮮研究會
『朝鮮及滿洲』 제48호(1912.2)	이마니시 류(今西龍)「깃옷의 설화(羽衣の說話)」
1912년 학무국 조사	총독부 학무국 이요·이언 및 통속적 독물(讀物)조사
1913년 학무국 조사	총독부 학무국 전설·동화 조사 조사 보고서『傳說童話調査事項』,『朝鮮傳說及童話』
1913.10	교사 나라키 스에자네(楢木末實)『조선의 미신과 속전(朝鮮の迷信と俗傳)』新文社
1915년 공진회 관련 조사	이마이 이노스케(今井猪之助) 편『인천향토자료 조사사항 (仁川鄕土資料調査事項)』등 다수
1916년 학무국 조사 『朝鮮敎育硏究會雜誌』 제19호 (1917.4)	편집과 다나카 우메키치(田中梅吉) 주도로 동화·민요 등 조사 다나카「동화 이야기 부록 조선인 교육 소감(童話の話 附朝鮮人敎育所感)」
『朝鮮敎育硏究會雜誌』 제20~30호(1917.5~1918.3)	다나카 편「조선동화·민요 및 이언·수수께끼(朝鮮童話·民謠竝俚諺·謎)」
『朝鮮彙報』 1916년 1월호	시미즈 효조(淸水兵三)「조선 이야기의 연구(朝鮮物語の硏究)」
1918.2	이나가키 미쓰하루(稻垣光晴)『온돌 토산(オンドル土産)』慶南印刷株式會社(부산에서 개인출판)
1919.9	미와 다마키(三輪環)『전설의 조선(傳說の朝鮮)』博文館
1920.9	야마사키 겐타로(山崎源太郞)『조선의 기담과 전설(朝鮮の奇談と傳說)』ウツボヤ書籍店
『朝鮮』(1920.10)	오다 미키지로(小田幹次郞)「온돌한화(溫突閑話)」(단군, 김유신, 삼성혈 설화 수록)

이상과 같이 1910년대에 행해진 채집 및 간행물은 조선총독부 및 관
련기관의 관계자가 주류를 이룬다. 1905년 일본문부성은 러일전쟁 후,
민정(民政)의 파악과 지방개량운동의 일환으로 '동화 전설 속요'등을 소학
교를 중심으로 수집했는데, 이에 영향을 받아 한반도에서도 학부가 1908
년 '이언동요(俚諺童謠)' 조사한 이래, 조선총독부 학무국 편집과는 1912년
이요 · 이언(俚謠 · 俚諺) 등 조사, 1913년 전설 · 동화(傳說 · 童話) 조사, 1916
년 동화 · 민요 등 조사를 실시하였다. 1916년 조사는 학무국이 주관한
잡지 『조선교육연구회잡지(朝鮮敎育硏究會雜誌)』에 1년간 연재되었고, 식민
지 교육에 커다란 영향을 끼치게 된다. 실제로 재조일본인 교사 나라키
스에자네(楢木末實)의 『조선의 미신과 속전』, 미와 다마키의 『전설의 조선』
등이 발간되었고, 이나가키 미쓰하루(稻垣光晴)의 『온돌 토산』에는 연재 기
사의 일부가 활용되었다.

3. 작품소개

재조일본인이 경영한 일한서방(日韓書房)에서 일본어로 쓰인 조선설화집
(이하, 일본어 조선설화집) 우스다 잔운(薄田斬雲, 1877~1956)의 『암흑의 조선
(暗黑なる朝鮮)』(1908)과 다카하시 도루(高橋亨, 1878~1967)의 『조선의 이야기
집과 속담(朝鮮の物語集附俚諺)』(1910)이 연이어 발간되었다. 전자와 후자에
수록된 설화 중, <돌이와 두꺼비> 설화를 제외하고는 중복되는 유화(類
話)가 존재하지 않는다. 전자는 1910년대 글에서 인용되기도 했지만 그
이후 연구사에서 완전히 잊혀졌다. 그에 반해, 후자는 초기부터 커다란
영향을 미쳤다. 일본에서는 다카기 도시오(高木敏雄, 1876~1922) 등의 설화

학자가 후자를 적극 활용해 한일 비교설화 연구를 시작했고, 조선총독부 학무국은 후자에 수록된 한일 유화(類話) 특히, <혹부리 영감>과 <말하는 남생이> 등의 활용에 민첩하게 반응하였다. 실제로 1913년 학무국 조사는 직접적으로 이들 이야기를 보고하도록 요구했고, 보고된 자료를 활용해 총독부 조선어 교과서에 수록하였다. 즉 다카하시의 자료집은 오늘날에도 계속되는 교과서의 동화 수록의 직접적 계기를 마련했다는 점에서 중요하다.

전술한 1912년, 1913년, 1916년 학무국 조사와 더불어, 1915년에는 향토자료(鄕土資料, 향토사료(鄕土史料)) 조사가 전국적으로 실시되었다. 이마이 이노스케(今井猪之助, 1872~1926) 편(인천 공립보통학교)『인천향토자료 조사사항』을 포함해, 경기도・전라남도 편『향토사료』, 전라북도・경상남도・황해도 편『향토자료』가 국립중앙도서관 및 서울대학교 도서관 등에 소장돼 있다.『인천향토자료 조사사항』에 따르면, 1915년 조사는 시정오년(始政五年) 기념 조선물산공진회 교육부문 관련으로 실시된 것으로 확인된다.

1910년대 자료 및 작품은 총독부 관련자가 압도적으로 많은데, 일제 초기부터 활동한 재조일본인 경찰 겸 풍속연구자로 알려진 이마무라 도모(今村鞆, 1870~1943)는 일찍부터 조선 설화에도 관심을 보여 많은 자료를 소개하였다. 이마무라는 일한서방의 책에 「조선의 전설(朝鮮の傳說)」(宇都宮高三郞編『新天地』 1910)을 발표해, 장승, 제주도 삼신 설화 등을 수록하였다. 이후에도『조선풍속집(朝鮮風俗集)』(斯道館, 1914.11),『역사민속 조선만담(歷史民俗 朝鮮漫談)』(南山吟社, 1928.8) 등에 조선 설화를 다수 수록하였다. 또한 나라키의『조선의 미신과 속전』(1913)의 서문을 쓰고 미신을 비롯한 구비전승 채록의 의미를 높이 평가하였다. 언론인 야오야기 쓰나타로(靑

柳綱太郎, 1877~1932)도 『조선야담집(朝鮮野談集)』(朝鮮研究會, 1912.1), 『조선문화사(朝鮮文化史)』(同, 1924.2), 『조선사화와 사적(朝鮮史話と史蹟)』(同, 1926.7) 등에 야담을 비롯한 전설, 설화를 남겼는데, 그 서술은 식민지주의 관점이 산견된다. 총독부 관련 보고서와 총독부 관련기관 등에 소속한 이마무라 등이 기록한 자료는 조선의 시정 및 통치를 위한 성격이 강하다.

한편, 조선사 연구자 이마니시 류(今西龍, 1875~1932)의 「깃옷의 설화」 (『朝鮮及滿洲』 1912.2)는 단순히 한일의 유사성을 강조하지 않고 티벳 등 여러 나라에 관련 자료가 있음을 제시하였다. 또한 다나카 우메키치(田中梅吉, 1883~1975)와 시미즈 효조(清水兵三, 1890~1965)의 글(「조선 이야기의 연구 (朝鮮物語の研究)」, 『朝鮮彙報』 1916.1)도 다년간의 설화연구를 기반으로 한 연구 내용을 소개하였다.

3·1독립운동 이후에 발간된 대표적 일본어 조선설화집인 미와 다마키의 『전설의 조선』(博文館, 1919.9)은 자료의 취사선택에서 조선통치에 대한 '내선융화'적 배려가 보이지만, 1919년에 평양을 중심으로 한 이북 설화를 다수 수록했다는 점에서 중요하다. 한편 경성일보 기자를 역임한 야마사키 겐타로(山崎源太郎)의 『조선의 기담과 전설(朝鮮の奇談と傳説)』(ウツボヤ 書籍店, 1920.9)은 노골적으로 '내선융화'을 전면에 내세웠다는 점에서 문제적 자료집이다. 이후에 한일 구비전승의 유사성을 단순하게 '일선동조 (日鮮同祖)'의 근거로 해석하려는 논자들에서 자주 활용되었다.

4. 연구현황 및 전망

아동문학의 관점에서 재조일본인을 다룬 연구는 1920년대 이후가 대부분으로 1910년대 이전에 대한 연구는 매우 드물다. 아동교육에 대한 관심이 1920년대 이후 본격화하였기 때문이기도 하지만, 1910년대 무단 통치 시기의 자료가 한정적이었다는 점도 작용하였다. 근년, 다카하시 도루를 비롯한 우스다, 나라키, 미와의 설화집이 번역 소개되었고, 1913년 조선총독부 동화전설조사 자료가 발굴, 영인, 번역되면서 1910년대에 대한 연구 기반이 조성되었다. 1910년대 채집 자료를 이용해 1920년대에 '조선동화집'이 본격적으로 간행된다는 점에서 채집사 및 연구사를 재구축할 수 있는 발판이 마련된 셈이다.

앞으로는 근대초기에 서구어로 전개된 채집 및 연구 동향, 근대 일본에서의 채집 및 연구 동향, 일본어 조선설화집을 포함한 조선총독부 및 재조일본인의 움직임을 유기적·맥락적으로 연구할 필요가 있다. 삼자의 공통점과 차이점을 도출하여, 한국 근현대 아동문학의 수용(저항 및 반발을 포함)과 변형(변주 혹은 왜곡을 포함) 과정을 명확히 해야 할 것이다. 이를 위해서는 1910년대에 행해진 최남선 등 한국 내부의 업적에 대한 발굴 소개 및 영인, 연구 작업도 병행되어야 할 것이다. 이러한 연구를 기반으로 1910년대 이후에 아동문학 특히 '동화'와 '동요'의 시대가 어떻게 형성되었고, 그 창작 및 개작 양상을 재검토하여, 금후 동화의 문제에 대한 심층적 분석이 요청된다.

▶ 김광식

제9절 1910~20년대 재조일본인의 한시 시사(詩社)

1. 재조일본인 사회와 한시

1910년을 전후로 조선에 건너온 일본인, 특히 식민지 관료와 군인 등은 자신들의 정신적 기둥을 일본이라는 국가 그 자체에 두었으며 당시 조선 속의 일본인 사회는 군대의 후원으로 성립되고 유지되었던 군인과 관료의 천하였다. 그렇기에 그 속에서 생활하였던 일본인들은 비록 조선이라는 공간에 있었지만 이데올로기적으로는 일본제국주의를 열렬히 지지하고 있었다.

당시 '동화주의(同化主義)'를 추구한 일본의 식민지 정책은 '동종동문(同種同文)'이라는 이데올로기에 기반을 두고 있었다. 즉, 일본은 '인종과 언어(문화)를 공유한 공동체'로서 '조선'을 상정하였고 거기서 더 나아가 '일한일가론(日韓一家論)'을 앞세워 식민지화를 합리화 하고자 하였다. 이와 같은 제국주의적 자아를 지닌 재조일본인들은, 공적인 공간에서뿐만이 아니라 그들의 사적인 공간, 예를 들어 동호회, 시사(詩社) 등의 모임에서도 이를 실천하고자 하였다.

그 대표적인 것으로 '이문회(以文會)'를 들 수 있다. 이 단체는 조선인과 일본인이 함께 결성한 것으로 조선의 구귀족, 관료 및 구지식인 , 그리고 조선에 거주하는 일본 총독부 관료 및 군인들이 참가한 대표적인 한시 시사(詩社)였다.

'이문회(以文會)'라는 명명은 『논어(論語)』의 '이문회우(以文會友)'에서 유래 하는데, 이들이 말하는 '문(文)'은 '한문(漢文)'이었다. 즉 이들은 조선과 일 본인이 '한문'으로 교류하기 위해 모임을 조직한 것이었다. 이 모임이 가 능했던 것은 조선과 일본이 한자를 공유한 오래된 동아시아의 문화 공동 체, 즉 '동문국(同文國)'이라는 인식이 상호 내재해 있었기 때문이었다.

2. 동문(同文)의 네트워크 '이문회(以文會)'

일본 통감부 시기 이미 '대동학회(大東學會)', '공자교회(孔子教會)'를 중심 으로 친일 유림 세력들은 유교의 부흥, 한문의 보존 등을 내세우며 일제 의 식민 통치 담론인 동양 평화론과 동종동문론에 적극 호응하고 있었다. 이들은 특히, '한문'을 '아시아의 문(文)' 즉, 조선과 중국, 일본의 '공통 언어'로 인식하며 이를 공유해야만 진정한 삼국 공영권이 형성될 수 있 다고 주장하였다.

이들처럼 식민지 정책을 추진하는 일본인들 가운데 한문은 '아시아의 언어'로서 가치를 지녔다고 주장하는 이들도 있었다. 가네코 겐타로(金子 堅太郎)는 1908년 간행된 『동문신자전(同文新字典)』 서문에서, '동아시아에 서 일본이 통상혜공(通商惠工)을 확충하기 위해서는 한자를 사용하여야한 다.'고 주장하였다. 그의 한자 사용론은 일본의 무역 확대라고 하는 실용 적인 효과에 목적을 둔 것이지만 결국 일본이 주도하는 경제권의 형성을

도모하고자 한 발언으로 이는 제국주의 식민지 개척의 다른 표현이라고
할 수 있다.

그리고 일본은 조선을 식민지화 한 이후, 조선의 지배를 원활히 하기
위해 조선의 구지배 세력 및 구지식인의 협조가 필요하게 되었다. 그로
인해 조선의 '한문' 지식인(당시의 지배세력을 포함한)과의 의사소통(필담, 수
창 등의 형태)을 위한 수단으로 한문을 사용하였다. 이처럼 한문을 매개체
로 대화하고, 소통하며 그리고 상호 결속을 다지는 모임을 만들기시작하
였다.

이러한 정책의 결과, 1910년 6월 11일 한국문학회가 결성되었다. 그러
나 이 단체는 뚜렷한 활동을 보이지 않다가 1912년 1월 '이문회(以文會)'
란 이름의 단체로 재발족하게 되었다.

조선쪽에서는 한국문학회의 참가자였던 중추원 의장인 김윤식(金允植),
합방찬성 추진 단체인 '정우회(政友會)'의 총재 김종한(金宗漢), 공자교회(孔
子敎會) 간부인 여규형(呂奎亨)을 비롯하여 박영효(후작), 윤택영(후작), 이완
용(백작), 박제순(자작), 민병석(자작), 이용직(자작), 윤덕영(자작), 이재곤(자
작), 임선준(자작), 조중응(자작), 고영희(자작), 민영휘(자작), 민영소(자작), 권
중현(자작), 조민희(자작), 장석주(남작), 김가진(남작), 조동희(남작), 김춘희(남
작), 성기운(남작), 박기양(남작), 박제빈(남작), 한창수(남작), 정만조 등이 참
여하였다.

일본쪽에서는, 데라우치 마사다케(寺內正毅) 조선총독, 야마가타 이사부
로(山縣伊三郎) 정무총감, 후지타 쓰구아키(藤田嗣章) 조선주차군, 아카시 모
토지로(明石元二郎) 육군소장, 고마쓰 미도리(小松綠) 중추원서기관장, 히가
키 나오스케(檜垣直石) 경기도지사, 고쿠분 쇼타로(國分象太郎) 이왕직사무관,
마쓰다 고(松田甲) 조선총독부 임시토지조사국 감사관 등 총독부 관리, 헌

병, 의사, 교사 등이 참여하였다. 이들은 식민지를 통치하고 있는 조선
총독부 관료들이거나 교사, 의사 등 식민지 조선에 이주한 지식인 집단
이었다.

'이문회'는 시문(詩文)을 연구하는 것을 목적으로 하였고 매월 회보를
발간하고 봄, 가을에 정기적인 화합을 할 것을 의결하였다. 초기 회장은
박제순이었고 그의 사후 이완용이 회장직을 물려받았다. 회지는 월간 발
행하기로 결의 하였으나 실제는 계간으로 간행이 되었다.

'이문회'는 친일 고위 관료들을 죄다 흡수하는 대단한 규모의 시사로
발전하였다. 1918년의 경우 100여 명 내외의 회원이 가입되어 있었고 한
번의 회합에는 보통 30명 내외가 모였다. 회원의 분포는 회원 명부 통해
지방에 분회까지 있었던 것을 확인 할 수 있다.

그러나 이 시회의 활동은 약간의 부침이 있었다. 1919년 미즈노 렌타
로(水野錬太郎)는 사이토(齋藤) 조선총독을 따라 정무총감에 취임하여 경성
에 왔는데 당시 '이문회'는 침체되어 있었다. 미즈노는 문화정치로 식민
정책이 전환되는 시점에서 '이문회'의 활동이 매우 중요하다고 주장하며
부활시키고자 하였다. 그의 이러한 노력 덕분이었는지 상당히 활성화되
기도 하였다.

'이문회'는 회칙에서 시문의 연구를 목적으로 하는 모임이라고 밝혔지
만 사실상, 친목적인 성격이 강하였다. 『이문회지(以文會誌)』에 수록된 한
시의 내용은, 여행을 같이 하거나 골동품을 모으거나, 그림 등을 감상하
거나, 연회를 개최한 것에 대한 것이 주를 이룬다.

그리고 시의 형태는 수창시(酬唱詩)가 많은 분량을 점하고 있다. 이는
상기와 같은 회합이 있거나 혹은 회원의 생일을 축하연 등에서 지어진
시가 많은 분량을 차지하고 있기 때문이다.

　　그러나 시국(時局)을 논한 시, '대정천황대례(大正皇帝大禮)' 축하시, 어제
시(御題詩)와 같은 정치 및 국가 행사에 관련된 내용의 시도 다수 수록되
어 있는데 이 시들은 일본 제국 및 천황에 대한 칭송과 충성의 내용을
담고 있다. 이러한 특징은 이문회가 친목을 넘어 추구하는 것이 있다는
것을 간접적으로 알려준다. 즉, 이 모임의 궁극적인 목표는 조선과 일본
권력자들의 네트워크를 형성하여 일본제국의 식민통치에 '보익(補益)'을
하는 데에 있었던 것이다.

3. 『이문회지』 속의 재조일본인 한시

(1) 식민지=천황의 교화라는 의식

　　1917년 마쓰가와 도시타네(松川敏胤, 1859~1928)는 1917년 8월에 조선
주차군(朝鮮駐箚軍) 사령관(司令官)에 보임 받고 조선으로 건너왔다. 그가 진
해에 정박하여 조선을 바라본 시가 「박진해만(泊鎭海灣)」이다.

> 圍水峰灣秋氣橫　바다로 에워싸인 진해만에 가을은 빗기고
> 輕舟一葉截波行　조그만 배 한 척 물결을 가르는구나.
> 分明剩見征韓略　분명, 정한론은 탁월한 지략이었으니
> 鎭海灣頭十八城　진해만 18개의 성이여!
> 　　　　　　　　—『이문회지』정사(丁巳) 제2집, 이문회, 1917

　　마쓰가와 도시타네(松川敏胤)는 전술에 관해서는 세계적으로 유명하며
러일전쟁 때에는 고다마(兒玉) 참모총장(參謀總長)의 막하(幕下)에 있었던 사

람으로 이 전쟁은 '마쓰가와(松川)의 러일전쟁'이라 불리기까지 하였다. 그는 진해에 정박해 있으면서 가을로 접어든 진해의 18개 성(城)을 보며 정한론의 실천을 통해 이룩한 '식민지 조선'이라는 성과를 눈앞에 서 확인하였다. 그의 눈에 일본의 식민지 팽창 정책은 탁월한 계책으로 보였던 같다.

위의 시에서처럼 조선에 점령군으로 진주한 일본인들은 식민지에 개척에 대한 자부심과 긍지를 지니고 있었다. 재조일본인들은 이를 단순한 영토의 확대가 아니라 일본의 확대로, 그리고 이것을 정복이 아닌 '천황(天皇)의 교화'의 과정으로 보았다.

1915년 후루시로 바이케이(古城梅溪, 1860~1931)가 스가와라노 미치자네(菅原道眞, 845~903) 신사를 남산에 세우는 것에 대하여 쓴 시 「제남산관공사비음(題南山菅公祠碑陰)」를 보자.

緬昔王綱弛	먼 옛날 기강이 해이해졌을 때
誰能拯其危	누가 그 위험에서 구해냈나.
菅公獨奕奕	스가와라노 미치자네 (菅原道眞)공이 유독 혁혁하게
匪躬任鼎司	몸을 바쳐 정사에 임하셨지.
何世無邪佞	어느 세상인들 간사한 이들이 없으리오.
讒譖黜西陲	헐뜯고 비방하여 서쪽 변방으로 내쫓았네.
明德豈可蔽	명덕을 어찌 가릴 수 있으리오.
景慕永祀之	길이 흠모하여 영원히 제사 드리리다.
南山今建廟	남산에 지금 신사를 세워
松梅達階墀	소나무, 매화 계단까지 이르게 했다네.
神風吹八道	신풍(神風)을 조선 팔도에 불게 하는
好佑皇化基	천황(天皇) 교화의 기틀이 되길 바라네.

—『이문회지』을묘(乙卯) 제1집, 이문회, 1915

후루시로 바이케이는 1896년 한때 조선궁내부 전의에 촉탁되었고, 1900년 조선관립의학교(朝鮮官立醫學校) 교사가 되었으며 1908년 찬화병원(贊化病院)을 경영하기도 하였다.

후루시로 바이케이는 일본의 학신(學神)인 스가와라노 미치자네(菅原道眞)의 신사(神社)를 남산에 세워 천황(天皇)의 교화가 조선 팔도에 불어오기를 희망하였다. 그렇다면 여기서 '교화'라고 하는 것은 무엇인가? '신풍'이 불어오고, 천황의 교화가 이루어지는 것을 말한다. 이는 곧 조선의 식민지화를 의미한다.

(2) 풍경으로서의 조선

『이문회지』에 실린 일본인들의 시 가운데 조선의 산하를 노래한 것이 약 40여 제(題)이고, 조선의 역사, 인물에 대해 읊은 작품도 여러 편 들어 있다. 그 가운데 오가키 다케오(大垣丈夫, 1862~1929)가 금강산(金剛山)을 읊은 시를 예를 들어 보고자 한다.

오가키 다케오(大垣丈夫)는 1884년 게이오기주쿠(慶應義塾)를 졸업하였다. 수년간 소학교육(小學敎育)에 종사하다가 교토신보사(京都新報社)에 입사하였다. 이후 1904년에 조선으로 건너와 경성에서 대한협회(大韓協會)를 창설하고 고문(顧問)으로 재직하였다. 1914년 경성통신사(京城通信社)를 승계하고 1917년에 선만평론잡지사(滿鮮評論雜誌社) 사장을 겸임하였다. 이 시는 1924년에 『이문회지』에 실렸다.

> 千峰駢列削穹蒼 일만 이천 봉 늘어선 것, 하늘을 찌를 듯
> 石骨稜稜秋帶霜 석골(石骨)은 추상(秋霜)같다네

下有滄瀛波萬頃　　그 아래 큰 바다, 넘실대는 만경창파(萬頃蒼波)
眞成宇宙大仙鄕　　진정, 우주간의 대선향이로구나
　　　　　　　　　　　—『이문회지』 갑자(甲子) 제1집, 이문회, 1924

　금강산은 일본인들이 가장 즐겨 찾은 곳으로『이문회지』에도 이를 소재로 한 시가 다수 들어 있다. 재조일본인들은 금강산 이외에 경주, 부여, 전주, 평양, 백두산, 지리산, 공주 등 전국을 여행 다니며 시작(詩作)을 하였다.

　오가키 다케오는 금강산의 빼어난 풍경을 서술하며 이곳이 진정한 대선향이라고 칭찬하였다. 식민자로서 '반개(半開)의 나라'라고 조선을 멸시하던 그 시선은 보이지 않고 있다. 이런 경향은『이문회지』에 실린 기행시 대부분에 나타난 현상이다. 기행시는 여행지의 풍경과 시인의 정감이 수반되기 마련인데 이들은 이러한 여행담보다는 단순히 풍경만을 서술하였다.

　'천황의 은우(恩雨)'에 적셔진 식민지와 확장된 제국으로서의 새로운 풍광인 조선은 이들의 시심을 발흥시키기에 충분하였을 것이다. 그러나 이들 시는 조선이라는 이국적인 풍경을 사실적으로 그려내고 있을 뿐 '천황의 교화'를 입은, 조선에 사는 '조선 사람'에 대한 묘사는 빠져 있었다. 간혹 조선인에 대해 읊은 시도 있으나 이는 조선인의 성격, 예를 들면 부정적인 면을 부각시키는 차원에서 기술되었을 뿐이다. 이국의 풍경 노래된 조선은 삶의 공간이라기보다는 그저 완상의 대상이었다.

4. 재조일본인과 한시에 대한 연구의 현황과 과제

조선인과 일본인의 교류에 있어 오랜 기간 한시와 필담은 커뮤니케이션의 도구였다. 이러한 관습은 식민지 이후에도 여전히 유효하였다. 조선의 구지식인들은 한시 작시 능력을 어렸을 때부터 익혔기 때문에 이에 대한 대응이 가능하였다. 그리고 일본의 메이지(明治)시기 한시의 확대도 이러한 교류가 가능케 한 이유이기도 하다. 메이지시기 일본은 서양문화의 영향을 받으면서도 한시 문화는 더욱 확대되어갔다. 한시집의 발간이 성행하였고 다양한 한시 시사가 결성되었으며, 한시문 잡지와 신문에 한시란 등이 등장하며 이를 더욱 유행시켰다. 이처럼 당시 '한시'를 짓는다는 행위는 지식인의 높은 교양 정도를 나타내는 것이었고, 이들이 만들어낸 시사(詩社)라는 그만큼 권위를 자랑하고 있었다. 이 시기의 한시와 시사의 활동은 바로 이러한 조선과 일본의 문화적인 배경 하에 생겨난 '교양'이며 지식인의 '유희'였다.

재조일본인의 한시 창작 활동은 마쓰다 고(松田甲)에 의해 『조선(朝鮮)』의 문예란에 자주 소개되었다. 마쓰다 고는 조선총독부 임시토지조사국 감사관으로 재직하다가 은퇴 후엔 조선의 역사를 연구하고, 한시인으로 활발한 활동을 한 인물이었다. 그는 특히 1910년~20년대 『조선(朝鮮)』, 『경무휘보(警務彙報)』의 문예란 선시(選試)를 담당하며 재조일본인의 한시 창작, 보급 및 출판에 주요한 역할을 하였다.

그러나 지금까지 재조일본인의 한시 및 마쓰다 고에 대한 연구는 거의 없는 상태이다. 이 시기의 재조일본인의 한시 시작 활동을 이해하기 위해서 마쓰다 고에 대한 연구가 필요하며 특히, 재조일본인 사회의 문화

적 특징을 파악하기 위해서도 이들의 한시에 대한 연구가 긴요하다고 생
각된다.

▶ 박영미

제10절 경인지역의 일본인 극단 현황과 연극

1. 초기 일본인 극단 동향

전통적으로 연극을 홀대했던 조선에서 변화가 일어난 것은 해외와의 접촉과 함께였다. 청일전쟁 이후 서울에 거류하기 시작한 중국과 일본인들과 함께 그들의 공연 시설이 서울에 들어서기 시작했다. 한편 한인 극장도 점차 그 수를 늘려나가, 1902년의 협률사(協律社)를 시작으로 광무대(光舞臺)·단성사(團成社)·연흥사(演興社)·원각사(圓覺社)·장안사(長安社) 등이 잇달아 생겼다. 당시 한인극장에서는 주로 명창이나 기녀들에 의한 판소리와 무용과 같이 전통예능이 상연되었다. 그러나 대한매일신보의 기사들을 보면 신연극에 대한 관객들의 요구가 적지 않았던 것으로 보인다.[1]

일본에서는 전통적인 대중극인 가부키[歌舞伎]를 서양의 오페라에 비슷한 수준으로 끌어올리기 위해 1880년~1890년에 걸쳐 '연극개량운동(演劇改良運動)'을 실시했다. 역사적 고증을 통해 사실적이고 충효사상 중심의 내용은 관객들에게는 외면 받는 결과를 낳았다. 그 대신 의회 개설, 언론

---

1) 서연호, 『한국연극사 근대편』, p.80, 2003.

자유와 같은 정치적인 내용을 담은 이른바 '서생연극(쇼세 시바이[書生芝居]' 이 인기를 끌게 되고, 이를 바탕으로 신파(新派) 연극이 대두한다. 일본에 서는 구극(舊劇), 또는 구파(舊派)로 불리는 가부키와 새로운 사상과 형식을 표방하는 신파가 공존하며 대중연극을 이끌었다.

가부키가 큰 규모의 공연이라고 한다면, 이야기 예능인 라쿠고[落語], 노래나 연주 예능인 나니와부시[浪花節], 기다유[義太夫] 등은 작은 규모의 공연이었다. 조선으로 건너와 활동을 하던 예능인들은 주로 이런 소규모 극단이 중심이 되었다.

2. 1910년대 일본인 극단의 전개양상

1910년 경성에 거주하는 일본인은 약 3만 4천명에서 3만 8천 명 정도 로 추산된다. 이 일본인들을 대상으로 하는 상설극장들이 1907년부터 속 속들이 생겨난다. 1910년 무렵에는 고토부키자[壽座], 가부키자[歌舞伎座], 혼마치자[本町座], 게이조자[京城座], 사카모토자[坂本座], 류산자[龍山座] 등이 존재했다. 이보다 앞서 인천 하마마치[浜町]에는 가부키자가 1905년에,[2] 부산에서는 사이와이자[幸座]와 마쓰이자[松井座]가 1904년에, 부산자[釜山 座]가 1907년에 개관하였다.

이처럼 일본의 본격적인 식민지 지배가 시작되기 이전부터 조선에는 개항장을 중심으로 일본 극장이 밀려들고 있었다. 이지선은 당시의 신문 기사를 통해 공연 형태를 분석하여 나니와부시, 가부키, 라쿠고, 기다유

---

2) 이희환, 「인천 근대연극사 연구(1883-1950)」, p73.(고일, 『인천석금』, p99, 1995. 재인용) 『인천학연구』 5, 2006.

등의 순으로 상연되었음을 지적하고 있다.3) 예를 들어 1910년 1월에 고토부키자에서는 연극을, 가부키자에서는 신파 무대를 찍은 영화를 상연했다. 고토부키자에서 연극을 공연한 이토 후미오[伊東文夫] 극단은 수년 동안 일본의 전국을 떠돌던 소규모 극단으로, 신파부터 가부키까지 가리지 않고 무대에 올렸다. 가부키자의 영화 역시, 전통 가부키부터 신파까지 장르를 가리지 않고 상연·상영되었음을 신문기사를 통해 확인할 수 있다. 경성에서 활동하던 일본인 극단은 영세한 극단으로, 소위 '고시바이[小芝居]'라고 불리던 소규모 공연을 하며 전국을 떠돌던 극단들이다. '오시바이[大芝居]'라 떠받들여지던 가부키가 인기 배우들을 장기 계약을 통해 확보하고 대형 극장에서 안정적으로 공연하던 것과는 많은 차이가 있었다. 즉 일본의 떠돌이 극단들은 새로운 기회를 찾아 경성에 왔음을 짐작해 볼 수 있다.

사실 전근대 시기부터 가부키는 관람료가 비싸 서민들이 접하기에는 쉽지 않았다. 또한 도쿄[東京]를 중심으로 상연되었던 가부키와는 달리 고시바이는 지방 곳곳에서 공연을 이어갔기에 서민들에게 더욱 친숙했다. 경성의 일본인 사업가들은 고시바이의 상업성에 구미가 동했고, 극장 설립에 적극적으로 참여했다. 고토부키자를 설립한 후루사코 상점[古迫商店]과 그 경영자인 사카모토 고이치[坂本五市]나, 다무라 요시지로[田村義次郎] 등은 사업을 통해 축적한 자본의 새로운 투자처로 연예사업을 선택한 것으로 보인다. 홍선영(2003)도 「1901년 전후 서울에서 활동한 일본인 연극과 극장」(『일본학보』, 56권)에서 "<대중>예술과 <고급>예술의 구분이 그다지 없었다."고 지적하고 있다.

---

3) 이지선 「1900년대~1910년대 경성 소재 일본인 극장의 일본 전통예술 공연 양상-『경성신보』와 『경성일보』의 1907~1915년 기사를 중심으로-」, 『국악원논문집』 제31집, 2015.

3. 작품소개

식민지 조선에서 상연된 작품은 가부키부터 신파까지, 실로 다양한 장르에 걸쳐있다. 예를 들어 1908년 11월의 고토부키자 공연 기록만 확인해 보더라도 『호토토기스[不如歸]』와 같은 신파, 『시라나미 고닌 오토코[白浪五人男]』와 같은 가부키가 눈에 띈다. 여기에서는 이 두 작품을 간단히 소개하도록 한다.

신파 『호토토기스』는 도쿠토미 로카[德富蘆花]가 1898년 11월부터 1899년 5월까지 『국민신문(國民新聞)』에 연재한 소설이 원작이다. 동 소설은 한국에서도 1912년에 조중환이 『불여귀(不如歸)』로, 선우일이 『두견성(杜鵑聲)』으로, 김우진이 『유화우(榴花雨)』로 각각 번역·번안해서 출간되었다. 소설로 큰 인기를 얻었던 『호토토기스』가 무대 위에 올려진 것은 1901년 2월에 오사카의 아사히자[朝日座]에서였다. 초연 때에는 그다지 주목받지 못했던 이 작품이 신파의 대표작으로 자리매김한 것은 1908년 4월 도쿄의 혼고자[本鄉座]에서 이이 요호[伊井蓉峰] 극단에 의해 상연되었을 때이다.

소설 『호토토기스』는 청일전쟁을 배경으로, 해군 소위 가와시마 다케오[川島武男]와 부인 나미코[浪子]의 사랑과 비극을 그리고 있다. 서로를 지극히 사랑하는 다케오와 나미코의 행복은 다케오의 청일전쟁 출병과 나미코의 불치병, 나미코와 시어머니 오케이[お慶]의 갈등으로 인해 불행으로 치닫는다. 오케이는 평소에 못마땅했던 나미코가 결핵에 걸리자 이를 빌미로 이혼시킨다. 이에 화가 난 다케오는 청나라와의 전장으로 향하고 결국 중상을 입고 만다. 겨우 목숨을 건진 다케오는 이혼을 받아들이고, 나미코는 병상에서 숨을 거둔다.

1901년 상연된 신파 『호토토기스』의 극작가 야나가와 순요[柳川春葉] 역시 원작의 스토리를 충실히 따르면서도, 요소요소에 연극에 맞는 연출을 더했다. 그중 「즈시 해안[逗子海岸の場]」은 『곤지키야샤[金色夜叉]』의 간이치[貫一]・오미야[お宮]의 「아타미 해안[熱海海岸]」과 함께 신파를 대표하는 장면으로 손꼽히고 있다.

나미코는 결핵에 걸려 즈시의 별장에 와 있었다. 때마침 전장에 나서는 다케오 등을 전송하는 파티가 근처에서 열리고, 다케오는 친구들의 배려로 나미코를 만나러 온다. 결핵이라는 불치병에 살기를 포기한 나미코를 다케오는 필사적으로 격려를 하고, 그런 다케오에게 메달리며 나미코는 외친다.

"인간은, 왜 죽지 않으면 안 되는 건가요. 살고 싶어요! (자신도 모르게 외치고, 그 소리를 누가 듣지 않을까 눈치를 보며 작은 목소리로) 살고 싶어요. 천년이라도 만년이라도 이대로 살고 싶어요. 이, 이대로, 언제까지나 언제까지나 살고 싶어요. 살아남고 살아남아서……."

조금 전까지 삶에 절망적인 모습을 보이던 나미코가 순간 삶에 강한 의욕을 드러내는 순간 다케오를 태울 배가 다가온다. 다케오는 나미코와의 이별을 아쉬워하며 반지를 선물한다.

「즈시 해안」의 각색에는 1901년 나미코를 연기했던 기타무라 로쿠로[喜多村綠郎]의 아이디어가 가미되었다고 한다(『眞山靑果全集 第十二卷』 해설). 도쿠토미 로카가 '기타무라 이상의 나미코는 앞으로 쉽게 볼 수 없을 것이다'고 절찬할 정도로 나미코를 완벽히 연기했던 기타무라였기에 원작보다 가련하고 애절한 나미코를 연기할 수 있었을 것이다.

전술한 바와 같이 조선에 『호토토기스』가 번역된 것이 1912년의 일이므로, 1908년의 경성공연은 1901년 일본 공연 대본과 크게 다르지 않았을 것이다.

한편 가부키『시라나미 고닌 오토코』는 1862년 3월에 에도(江戶, 도쿄의 옛지명)의 이치무라자(市村座)에서 상연 되었다. 도둑이라는 의미의 '시라나미'에서도 알 수 있듯이, 닛폰 다에몬[日本駄右衛門], 벤텐고조 기쿠노스케 [弁天小僧菊之助], 다다노부 리헤이[忠信利平], 아카보시 주자부로[赤星十三郎], 난고 리키마루[南鄕力丸]라고 하는 다섯 명(고닌 오토코)의 도둑이 각각 도적질과 사기행각을 벌이는 이야기가 때로는 골계적으로, 때로는 감동적으로 그려지고 있다. 논리적인 스토리보다는 볼거리 위주로 전개되는 전근대적인 가부키의 전형적인 모양이다. 이 작품이 전국의 농민들을 중심으로 행해지는 '농촌가부키'의 주요 레퍼토리라는 점은 이 가부키 작품이 일반대중에게 받아들여지기 쉬운 내용, 그리고 배우들이 연기하기 쉬운 형식이었다는 것을 시사한다.

또한 위의 작품 이외에도 모든 가부키 작품 및 신파는 이미 대본이 고정된 고전작품인 것이 특징이다. 이는 전속 작가를 동반하지 않는 소규모 극단의 전형적인 특징이라고 할 수 있다.

4. 연구현황 및 전망

1910년대를 중심으로 한 식민지 조선의 연극 연구는 서연호(2003)『한국연극사』(2003년, 연극과인간)에 대강이 서술되어 있다. 개별 연구로는 홍선영(2003)「1910년 전후 서울에서 활동한 일본인 연극과 극장」, 한상언 (2012)「1910년대 경성의 극장과 극장문화에 관한 연구」, 이지선(2015) 「1900년대~1910년대 경성 소재 일본인 극장의 일본 전통예술 공연 양상」 등을 주목할 만하다. 이들 연구는 경성의 일본인, 조선인이 경영하던 극장의 위치와 연혁, 공연 현황 등을 당시의 신문 기사를 중심으로 치밀하게 조사한 것이 특징이다. 이를 통해 극장의 위치와 설립·지속 시기, 공연작품 등은 많이 밝혀진 상태이다.

그러나 경성에서 활동했던 일본 연극인들과 경영인들에 대해서는 알려진 바가 많지 않다. 연극인은 극장과 더불어 연극을 구성하는 매우 중요한 요소이다. 식민지 이후 상설극장이 들어서고 본격적인 근대연극이 시작되었다는 점에서, 한국의 근대연극 발전에 있어서 일본과 일본인의 영향력은 무시할 수 없다는 점을 고려할 때, 이들의 활동을 밝히는 일은 매우 중요하다고 할 수 있다. 그러나 선행연구에서 공통적으로 지적하고 있듯이 한정된 자료로 인해 곤란한 상황이다. 앞으로 경성에서 발행된 신문과 잡지는 물론 일본에서 간행된 각종 연극자료를 참고로 연구를 진행할 필요가 있다.

▶ 편용우

제3장

1920년대 일본어 문화 통치와
일본어문학의 변화

제1절 일본어문학의 변용과 테마의 확장

1. 시대적 전환과 그 배경 :
제1차 세계대전에서 3·1독립운동, 강우규 의사 폭탄 투척 의거로

한반도 내 일본어문학은 재조일본인들의 비근하고 일상적인 체험에 그치지 않고 1920년을 전후해서는 국내외의 현실적인 사건을 적극적으로 채용하게 된다. 이로 인하여 이들 작품의 공간적 배경은 일본 본토와 식민지 조선을 뛰어 넘어 만주는 물론, 시베리아, 러시아, 동남아시아까지 확장하게 된다.

실제 1910년대 초까지 한반도의 일본어문학은 일본 본토와 식민지 조선을 무대로 한 작품이 대다수였지만, 1912년 1월호부터 잡지명을 『조선급만주』로 개제하면서 1912년 10월호 <문예란>에 "하이쿠 만주하이단 [俳句 滿州俳壇]"이라는 난을 만들어 만주의 하이쿠를 소개하거나 만주를 무대로 한 소설이나 중국 동북부지역에 거주하는 일본인의 작품을 게재하였다. 한편, 1910년대 후반 이후가 되면 제1차 세계대전 및 러시아 혁명 이후 영국, 미국, 일본 등 연합국의 이른바 '시베리아 출병'이라는 역사적 사건을 반영하여 작품의 공간이 러시아 각지, 시베리아, 남양으로 불러지는 동남아시아 각 지역 등으로 확대하였으며 등장인물의 유형도 다양화해 갔다.

한편, 위와 같은 국제적 정세의 영향으로 일본과 한반도에서는 도쿄 유학생 독립선언과 조선의 3·1독립운동이 일어나 대대적인 독립운동이 전개되었다. 그리고 3·1독립운동의 여파를 수습할 목적으로 띠고 부임하던 제3대 조선총독부 총독 사이토 마코토[齊藤實] 일행에게 강우규 의사가 폭탄을 투척한 사건이 남대문역(현 서울역)에서 일어난다. 제1차 세계대전, 시베리아 출병 등 국제적 정세변화를 작품의 소재로 삼았던 당시 일본어문학은 이러한 한반도 내 현실적 사건을 적극적으로 소재로 삼아 이를 형상화하게 된다.

2. 세계적 사건의 추이와 일본어문학의 공간 확장

1910년대 후반부에 제1차 세계대전과 러시아 혁명 이후 영국, 미국, 일본 등 연합국의 이른바 '시베리아 출병'이라는 역사적 사건은 식민지 조선의 일본어문학에도 직접적인 영향을 미치게 된다. 예를 들면 1919년 시베리아, 연해주 등 러시아 각지, 하얼빈, 대련, 경성 등 광활한 지역이 일본어문학의 무대로 등장하고 있고, 폴란드 출생의 여주인공이 등장하는 소설「유랑 정화 달을 등지고 달리는 남녀[流浪情話 月を背負ふて走る男女]」(『朝鮮及滿州』, 1923.10)가 이러한 사실을 잘 보여주고 있다. 그런데 1920년대『조선급만주』에 게재된 소설에는 이런 유형의 작품이 상당수 존재한다. 예를 들면, 일본인 주인공과 시베리아 코사크인 여성인 아드리나와 2년간 시베리아를 떠돌며 동거하고 그녀와의 이별을 그린「코사크의 딸[哥

薩克の娘」(『朝鮮及滿州』, 1920.4)도 이러한 광활한 공간이동을 보여주는 대표
적인 소설이다. 이 소설에서 편모슬하에서 자라 세상에 적개심을 가진
주인공이 25세 때 고향을 버리고 남중국, 만주, 몽고, 시베리아, 서러시
아(歐露) 등으로 방황하는 과정에서 술과 여자에 탐닉하며 향락에 빠지게
된다. 그러던 중 러시아 중남부의 도시 옴스크(Omsk)에서 가난한 코사크
인 여성과 서로 위로하며 의지하게 되는데, 이 작품은 러시아 혁명과 제1
차 세계대전, 그리고 일본의 시베리아 출병 등이 작품전개의 주요 축으
로 배치되어 있다. 일본의 시베리아 출병 시에 "블라디보스톡에서 화물
열차로 이르쿠츠크에 옮겨져 온 수비대의 일부가 브라츠코의 아군을 원
호하기 위해 맹렬한 강행군을 계속하"(森漱波, 「創作 一兵卒の死」, 『朝鮮及滿州』,
1920.7)는 병사의 모습을 그린 소설 「일병졸의 죽음[一兵卒の死]」도 같은 맥
락의 소설이라 할 수 있다.

비록 일본의 러시아 출병이나 제1차 세계대전을 대상으로 하지 않는
다 하더라도 1920년대 『조선급만주』에 실린 소설은 광활한 공간 이동을
스토리 전개의 중심축에 두는 경우가 적지 않다. 가장 대표적인 예로서
는, 20년 전 어느 육군중장과 예기(藝妓)인 후처 사이에서 태어난 산코(三
孝)가 곡예사단의 일원이 되어 만주, '상하이, 싱가포르, 홍콩', '자바'(紅谷
曉之助, 「落籍情話 芸者から女へ」, 『朝鮮及滿州』, 1922.8)에까지 전전하다 조선공진
회가 열릴 무렵 조선 경성에서 게이샤[芸者]가 되었다는 이야기가 이에
해당한다.

이들 작품들은 제1차 세계대전과 그 이후 러시아 혁명과 더불어 시작
된 일본의 시베리아 출병 등, 일본제국의 이동경로, 또는 침략 경로를 따
라 그 공간의 확장성과 이동의 궤를 같이하고 있음은 두말의 여지가 없
다. 이는 1940년대 전쟁소설이나 국책문학에서 볼 수 있는 작품무대의

확장과 등장인물의 공간이동과 맥을 같이하는 부분이라 할 수 있다.

3. 3·1독립운동, 강우규 의사 의거와 일본어문학

식민지 조선에서는 한편, 이러한 국제적 정세 하에서 3·1독립운동과 3·1독립운동 이후 한반도의 정세를 수습할 임무를 띠고 부임하던 제3대 조선총독부 총독 사이토 마코토 일행에게 강우규 의사가 폭탄을 투척한 사건이 일어난다. 재조일본인들은 이러한 역사적 사건에 대해서도 직간접적으로 문학적 형상을 시도하게 된다. 즉, 도쿄 유학생 독립선언과 조선의 3·1독립운동이라는 시대적 배경이 등장하는 「소설 꽃이 필지 말지[小說 咲くか咲かぬか]」(東京 松美佐雄, 『朝鮮及滿州』, 1919.12)와 「소요여문 기생의 사랑이야기[騷擾餘聞 妓生の戀物語]」(新井靜波, 『朝鮮公論』, 1919.8)가 이에 해당하는데 전자가 일본을 배경으로 일본 현지 작가에 의해 후자가 경성을 배경으로 재조일본인에 의해 창작된 작품이다.

그런데 이 두 작품에서 볼 수 있는 공통적인 특징은 작품 내 조선인 등장인물이 모두 3·1독립운동을 수행하거나 참여하고자 하는 인물로 이루어져 있으며, 조선인과 일본인의 '내선(內鮮)결혼' 또는 '내선연애'라는 구성을 통해 3·1독립운동을 전면적으로 다루고 있다는 점이다. 그런데 이러한 구조는 조선인과 일본인 남녀처럼 두 민족 사이에 민족적 친목과 융화를 이루어야 한다는 점, 나아가 이를 위해 서로의 약속을 지키면서 '일선동화'의 방향으로 나가야 한다는 점을 강조하기 위함이며, 이러한 비유로서 일본인 / 조선인의 연애문제가 3·1독립운동과 관련지어 그려지고 있다. 그리고 3·1독립운동을 전면적으로 다룬 작품은 아니지

만, 3·1독립운동과 연관하여 재조일본인들이 서양 선교사에 품고 있는 편견의 편협함을 폭로하고 있는 「가는 봄날 저녁[逝く春の夕]」(仁田原みどり, 『朝鮮及満洲』, 1922.5)도 이러한 범주의 작품이라 할 수 있다.

한편, 1919년 9월 2일에는 있었던 강우규 의사의 폭탄투척사건도 당시 역사적 사건을 적극적으로 형상화하려는 위와 같은 소설의 흐름을 이어받아 소설의 제재로 적극적으로 형상화하게 된다. 「동료 T의 죽음[僚友 T の死]」(山口皐天, 『朝鮮及満州』, 1920.3), 「폭탄사건(爆彈事件)」(石森胡蝶, 『朝鮮公論』, 1919.10), 「병원에 반듯이 누워[病院に仰臥して]」(山口皐天, 『朝鮮公論』, 1920.2)가 이에 해당하는 작품들이다. 이들 작품들의 작가들은 모두 사이토 총독이 부산에 당도하는 현장을 취재하고 경성까지 함께 특별열차를 타고 왔으며, 실제 남대문역 앞에서 폭탄투척이라는 사건을 목도하거나 피해를 입었던 신문·잡지의 기자들이다. 즉, 「동료 T의 죽음」과 「병원에 반듯이 누워」는 오사카 마이니치신문[大阪毎日新聞] 경성특파원인 야마구치 이사오[山口諫男, 필명은 山口皐天]이며, 「폭탄사건」은 조선공론 기자이자 조선공론의 문예란 중 '소품문(小品文)'의 선고를 담당하고 있었던 이시모리 히사야[石森久弥, 필명은 石森胡蝶]였다.

이들 작품들은 모두 다음과 같은 특징을 공유하고 있다. 첫째, 폭탄투척사건 자체나 이를 일으킨 강우규 의사에 대한 직접적인 비난과 규탄보다는 조선에 건너온 등장인물들의 고향의 회상이나 가족의 역사를 보여주는 경우가 많았다. 둘째, 이들 작품들을 창작한 작가들이 실제 현장에 있거나 피해를 입었던 기자이다 보니 이들 기자들의 취재과정과 그들의 투병과정과 죽음을 부각하고 경쟁 언론사로서 상호 경쟁하면서 연대감을 유지하는 동료의식이나 직업의식을 보여주는 점도 공통된 특징이라 할 수 있다. 셋째, 이러한 내용의 배치는 식민지 조선에 건너와 신문 특파원이나 잡지 기자 활동을 하는 과정에서 생사를 넘나드는 큰 사건을 경험하면서 자신들의 존재 의미를 고향과 가족, 그리고 그러한 인생의 궤적, 나아가 언론 종사자로서의 직업의식을 통해 확인하고자 하는 점이다. 특히 이들은 3 · 1독립운동 이후 변화된 조선총독부의 정치적 흐름과 배경을 누구보다도 잘 알고 있기 때문에, 그들의 시선은 폭탄투척 사건에 대한 직접적인 규탄보다는 등장인물 개인들의 궤적을 통해 자신들의 존재 의미를 되묻고 있었다.

4. 연구 현황과 전망

1920년대 한반도의 식민지 일본어문학은 1900초년대에서 1945년까지 이어진 시간적 틀 속에서 단지 통시적 개념뿐만 아니라, 일본어문학 그 자체의 성격에 있어서 중간적인 성격이 매우 강한 시기이다. 주로 재조일본인들 중심으로 일본어문학이 창작되어 오다 조선인 일본어문학이 등장하는 시기이며, '내지' 일본의 문예잡지에 조선인 작가의 작품이 연이어 발표되던 시기였다. 그리고 잡지를 중심으로 하여 간행되던 일본어문학이 경성제국대학의 개교와 더불어 이제 본격적으로 인텔리 문학이 개시되던 시점이기도 하다.

더구나 1920년대는 한반도 일본어문학에서 가장 긴 역사와 '내지' 일본의 문단과도 네트워킹을 가지고 조선 내 각 지역의 문학결사를 만들며 대량의 문학적 활동을 보였던 단카[短歌], 하이쿠[俳句] 등 일본전통시가 장르가 본격적으로 단카, 하이쿠 전문 문학잡지와 더불어 각각의 가집, 구집도 활발하게 간행했던 시기였다. 이런 의미에서는 적어도 전통시가

장르로 한정된다고 하더라도 적어도 조선에서 확고한 일본어 문단이 만들어지고 제한된 범주 내에서 조선인 작가의 일본어 창작이 보이는 시기라고 규정할 수 있다.

그럼에도 불구하고 1900-20년에 걸친 일제강점기 초기와 1930년 이후의 식민지 일본어문학에 비해 두 시기의 교량적 역할을 수행했던 1920년대 일본어문학에 대한 연구는 그다지 활발하게 이루어지지 못하였다. 이 시기 일본어문학에 대한 연구는 앞에서 '내지' 일본 잡지에 실린 조선인 작가를 분석한 이한창의 연구,[1] 엄인경의 연구 외에 대표적인 연구로는 '1920년대 초반' '문예란의 확대와 세분화를 통하여 '조선문단'의 오리지널리티를 강조한『조선공론』의 변화'[2]를 고찰한 조은애의 연구 등이 있다. 위에서 제시한 이러한 연구는 각각 1920년대 초『조선공론』잡지 문예란의 변화양상이 가지는 의미와 전통 운문장르의 전개양상을 충분히 제시하고는 있지만, 실제 1920년대 일본어문학, 특히 재조일본인들이 창작한 문학의 특징과 방향성에 대한 논의가 충분히 이루어졌다고 할 수는 없다.

사실 재조일본인들의 식민지 일본어문학은 기본적으로 일본 식민지주의의 내면화와 합리화, 그리고 조선이나 조선인을 부정적으로 타자화함으로써 우월적인 자기 아이덴티티를 구축하고자 한 의도와 밀접하게 연관을 가지고 있었다. 그러나 이상에서 고찰하였듯이 1920년대 위와 같은 유형의 소설들은 이러한 구도를 뛰어넘는다는 점에서 그 이전의 일본어

---

1) 이한창의 연구와 궤를 같이 하는 연구로서 1920년대 초기 일본문단에서 활동한 정연규를 고찰한 김태욱(「정연규의 삶과 문학-1920년대 중반까지의 활동을 중심으로-」, 한국일본어문학회『일본어문학』제27집, 2005.12, pp.195-214)의 연구가 있다.
2) 조은애, 「1920년대 초반『조선공론』문예란의 재편과 식민의 '조선문단' 구상」, 한국일본사상사학회『日本思想』제19호, 2010.12, p.238.

문학과는 상당히 이질적이며 일본어문학의 새로운 단면을 보이는 작품이라 하지 않을 수 없다. 또한 이들 문학은 1931년 만주사변이나 1937년 중일전쟁으로 이어지는 분위기 속에서 창작된 1930년대 일본어문학과도 그 성격을 달리하고 있다. 이러한 측면에서 한반도 식민지 일본어문학의 전체상을 분명히 한다는 의미에서도 『조선급만주』의 문예란뿐만 아니라 당시 수많은 일본어 신문, 잡지 속에 게재된 재조일본인 문학에 대한 충분하고 면밀한 연구가 요청된다고 하겠다.

▶ 정병호

제2절 프로문학 풍의 재조일본인 문학 등장

1. 1920년 전후 일본어 잡지와 계급문제 논의의 배경

일본에서는 제1차 세계대전 이후 다이쇼 데모크러시[大正デモクラシー]나 정당내각의 출현이라는 분위기 속에서 '쌀 소동, 노동쟁의, 보통선거운 동'이라는 사회적인 소동과 운동이 두드러지고 이러한 사회적 움직임에 기반하여 '무산계급 혹은 제사계급'(林淑美, 「文學と社會運動」, 『岩波講座 日本文學 史』, 岩波書店, 1996, p.102)에 초점을 맞춘 계급의식이 현저화되었다. 이러한 사회적인 변동과 함께 1920년대에는 다이쇼 노동문학이 등장한 이후 무 산의식과 계급문학을 주창하는 흐름이 『씨 뿌리는 사람[種蒔く人]』(1921), 『문예전선(文芸戰線)』(1923)이라는 프롤레타리아계의 문학잡지를 통해서 본 격화되었고, 예술대중화논쟁이 보여주듯이 "문학의 대중화를 운동의 과 제로서 내걸"(原幸夫, 『プロレタリア文學とその時代』, インパクト出版, 2004, p.243)고 있 었다. 식민지 조선의 경우 '계급문학운동'은 "사회주의문화단체를 표방 한" <염군사(焰群社)>'(1922)와 문학단체 'PASKYULA'가 1925년 8월에 통합되어 조직한 <조선프롤레타리아문예동맹>, 이른바 'KAPF'의 "결 성과 함께 조직적으로 실천되기 시작"[1]하였다.

이러한 사회적 분위기 속에서 1920년대에 들어서면 한반도에서 간행되는 일본어 잡지에서도 이러한 문제를 자주 기사화하게 된다. 예를 들어 「노동문제의 연구」(『朝鮮及滿州』, 1920.6)나 「계급쟁투와 기회균등」(『朝鮮公論』, 1920.9) 등의 기사가 이러한 내용을 제시한 가장 초기의 문장인데, 일본어문학 분야에서도 이러한 문제를 전경화한 작품이 만들어졌다.

2. 프로문학 풍 일본어문학의 전개 양상

1920년대의 일본어잡지에는 이상과 같이 계급문제나 노동분쟁 및 사회주의를 둘러싼 여러 가지 담론이 만들어졌으며, 이러한 경향은 문학론이나 예술론에도 영향을 미쳐 프롤레타리아 문학이나 문예를 둘러싼 논의도 소개되었다. 이러한 '계급문제'를 전면에서 다루고 있는 작품이 일본어잡지에서는 1920년대에 다음과 같이 빈출하고 있다.

먼저 한반도 밖을 무대로 한 작품으로는 「대련구경[大連見物]1・1」(大連支局 赫虹閃, 『朝鮮及滿州』, 1925.12/1926.4)과 「백중날의 밤[盂蘭盆の夜]」(沖津主税(恭爾), 『朝鮮及滿州』, 1925.3), 「창작 단총(創作 短銃)」(篠崎潮二, 『朝鮮公論』, 1925.10)을 들 수 있다. 전자는 대련(大連)을 무대로 하여 그곳에 정주한 주인공이 자신을 방문한 숙부에게 혹사당하는 삼류 클래스나 노동계급의 인간과 그들을 착취하는 자본가의 불공평한 관계를 지적한 글이며, 두 번째 작품은 도회 문명과는 거리가 먼 일본의 시골 마을에서 본오도리[お盆踊り]날

---

1) 권영민, 『한국현대문학사』, 민음사, 2002, p.308. KAPF는 "준기관지적인 성격을 가진 잡지 『문예운동(文芸運動)』의 창간(1926.2)과 함께 계급문학운동의 조직적인 실천을 가시화하기 시작"하였고 "도쿄 지부는 기관지 『예술운동(芸術運動)』을 창간(1927.11.17.)하여 계급문학운동의 대중적인 확대를 실천하는 기반을 마련"(p.314)하였다.

남녀 간의 사건을 소재로 하고 있지만, 농민들을 '피착취계급'이고 "괴롭힘을 당"하는 존재로서 바라보고 있다. 세 번째 작품도 일본 내를 배경으로 하고 있는데 1910년대 후반부터 상당히 빈번하게 발발한 소작쟁의에 대해 정부가 대응하기 위해 만든 법률에 이의를 제기하고 "프롤레타리아가 해방되고 여성이 해방되고 세상의 모든 계급이 없어졌을 때 드디어 광명이 온다"는 생각을 피력하고 있다.

다음으로 한반도를 무대로 한 작품들은 다음의 작품을 들 수 있다. 피식민자인 조선인 노동자를 학대하는 일본인 자본가를 엄격하게 비판하고 있는 「어느 실업자의 죽음[或る實業家の死]」(山岳草, 『朝鮮及滿州』, 1922.2), 한반도 내 한 지방을 무대로 하여 지주와 소작인의 관계, 특히 소작인을 "구러시아의 농노나 혹은 노예"처럼 업신여기는 지주에 대한 반발이 선명하게 드러나 있는 「소작인의 아들[小作人の子]」(山口病皋天『朝鮮及滿州』, 1924.4), 경성의 조선제사회사(朝鮮製糸會社)의 '노동쟁의'와 조선총독부의 칙임고등관인 다케가미[武上] 가의 몰락을 3회에 걸쳐 연재한 영화대본인 「현대영화 그녀는 뛰며 춤춘다[現代映畵 彼女は踊り跳ねる]」(朝鮮映畵芸術研究會 光永紫潮, 『朝鮮公論』, 1925.11) 등이 이에 해당한다.

한편, 프롤레타리아적인 관념을 보이는 작품 중에서, 경성에서 신문기자이면서 문학적인 창작활동도 했던 미타 고바나[三田鄕花]가 쓴 『차가운 열정의 날[冷たき熱情の日]』이라는 작품은 일본 본토와 한반도를 동시에 무대로 하고 있다는 점에서 특이한 소설이다. 이 작품은 수회에 걸쳐 연재된 작품인데 자신의 고향에서 "붉은 남자다. 사회주의자다"라는 소문이 확산되고 또 "마을의 경찰서에서 주의 인물로 경계"(三田鄕花, 『冷たき熱情の日』, 『朝鮮及滿州』, 1925.3)하게 되자 일본과 조선을 넘나들며 방랑생활을 거듭하고 있는 주인공의 편력을 그리고 있다. 그는 규슈[九州]에 있는 신문사에서 함께 불황 때문에 해고된 다른 두 명의 기자와 일거리를 찾아서, 또한 "젊은 아나키스트"로서 "노농러시아[勞農露國]"로 들어가는 것(三田郷花, 『海を渡りて=冷たき熱情の日續篇』, 『朝鮮及滿州』, 1925.6)을 목표로 하고 있는 어느 청년과 함께 '관부연락선(關釜連絡船)'을 타고 부산으로 건너오게 된다는 이야기이다. 그리고 미국의 철도회사 악덕 자본가와 맹렬한 싸움을 소재로 한 번역 작품인 「대사업가인가 악마인가[大事業家か惡魔乎](1)」(東京萬二千峯學人譯, 『朝鮮及滿州』, 1922.2)도 이러한 작풍의 흐름을 잘 보여 주는 작품이다.

3. 일본어 잡지 문예란의 계급투쟁

식민지 조선에 거주하고 있던 종주국의 식민자인 재조일본인은 1920년대의 계급대립과 프롤레타리아 사상의 등장이라는 거대한 시대적인 조류에 어떠한 입장을 취하고 있었을까. 또한 그들은 당시 '내지' 일본의 프롤레타리아 문학과 문화적 접촉지대를 소유하고 있었을까. 결론적으로 말하자면 위에서 살펴보았듯이 1920년대 한반도의 일본어 미디어에는 이러한 '계급'대립을 둘러싼 여러 기사가 다수 게재되어 있었고, 경우에 따라서는 '프롤레타리아적인 기분'에서 자본가/노동자, 혹은 지주/소작인이라는 계급대립을 이야기하는 작품도 빈출하고 있었다. 그래서 전자는 후자에 대해 부당한 착취를 행사하여 불공평한 잉여가치를 자신의 것으로 하고 있고, 후자는 전자의 탐욕에 의해 비참한 생활을 강요당하고 있는 존재로서 묘사되고 있다. 이러한 의미에서 당시 한반도의 일본어잡지에 등장하는 이들 작품은 사회주의 리얼리즘이라는 프롤레타리아 문학의 길을 걷고 있는 것은 아니지만, 소작인이나 노동자의 입장에 서서 그들을 동정하는 시선에서 계급대립의 문제를 다루고 있음을 알 수 있다.

그런데 이들 작품군을 식민지 일본어문학이라는 특수성에서 생각해보면, 여기에는 조선반도의 일본어문학의 특징인 조선(인) / 일본(인)이라는 식민지 종주국의 식민자와 피식민자 사이의 차별이나 간극이 전혀 보이지 않고, 그 대신 계급적인 대립만이 부각되고 있다. 특히 위의 작품 중에서 식민지 조선을 무대로 하는 작품들은 더욱 그러한 경향이 강하다. 「소작인의 아들」에서 마을 사람들 모두가 지주인 스기노가 홍수 때문에 생긴 피해를 소작인들에게 전가시키려고 하는 행위에 분개하는 가운데, 곤타는 조선인 소작인 "김승환(金承煥)"을 포함한 세 명의 소작인 대표와 함께 지주를 항의 방문하고 있다. 따라서 이 작품은 식민자 일본인 / 피식민자 조선인이라는 민족적인 차이보다도 지주 / 소작인이라는 계급적인 대립이 선명하게 드러나고 있고, 이러한 구도에서 조선인과 일본인도 계급적으로 연대할 수 있다는 메시지도 포함하고 있다. 조선제사회사에서 격렬한 노동쟁의가 계속되는 가운데 사장의 아들인 공학사 곤도 다쓰야는 노동자의 괴로운 입장을 동정해서 노동자의 요구를 받아들이지만, 결국 부친으로부터 파문당하게 된다. 이 작품의 스토리의 전개에서 "의문의 남자인 이광수(李光洙)"가 일본인의 악행을 재판하는 인물로 등장하는 것도 큰 특징이지만, 결국 자본가의 입장이어야 할 곤도 다쓰야가 "자본가의 횡포"를 비판하고 "조선인노동자"를 포함한 "직공들"의 편이 되고 있다는 점이 주목된다. 이러한 의미에서 보면, 이 작품은 조선인 / 일본인이라는 민족적인 차이는 거의 보이지 않고 오히려 계급적인 대립만이 강조되어 있다.

그런데 노동자나 소작인으로서 비참한 대우를 받은 조선인에 대한 동

정과 연대의식, 그들을 착취하는 일본인 자본가에 대한 비판의식은 이상
에서 고찰하였듯이, 당시 유행하였던 프롤레타리아 사상의 영향과 더불
어 3·1독립운동 이후 '무단정치'에서 '문화정치'로 전환하면서 조선과
일본 "두 민족 간의 융화와 협력"이라는 사고방식도 동시에 영향을 끼친
결과였다고 할 수 있다.

4. 연구 현황과 전망

이상 고찰한 바와 같이 재조일본인 문학에도 다이쇼기 후반 이후 일본
문단에서 커다란 위치를 점하고 있던 프롤레타리아 문학에 대응하는 문
학적인 접근이 존재하고 있었다. 그렇다고 하더라도 이러한 문학이 제국
주의에 대해 본질적인 비판을 가하거나 식민지 지배라는 현상에 커다란
관심을 기울였던 것은 아니다.

지금까지 식민지 일본어문학에 관해서는 주로 민족적인 차원, 즉 식민
지 종주국의 식민자와 피식민자의 억압관계나 차별 등 그 차이에 중점을
둔 연구가 다수를 이루고 있다. 그 이유는 이제까지 식민지 일본어문학,
특히 재조일본인문학의 연구가 주로 일본의 식민지의식이 높아지고 제국
주의적인 침략이 현저화되는 1900년대 초기나 중일전쟁이나 태평양전쟁
시기를 대상으로 하고 있기 때문이다. 1900년대나 1910년대 식민지 일
본어문학을 둘러싼 주요 연구로는 "국민적 아이덴티티의 형성"[2]이나
"조선인 사회와 준별되는, 한국 내에서의 일본인 사회의 우월적인 문화

---

2) 허석, 「메이지시대 한국이주일본인문학에 나타난 內地物語와 국민적 아이덴티티 형성과
　정에 대한 연구」, 한국일본어문학회 『일본어문학』 39, 2008.12, pp.389~409.

공동체를 구축하고자 하는 역할"3) 혹은 "제국 형성기에 '이주'를 통해 새로운 일본어 공동체가 모색되고 창조되는 공간"4)과 "식민문단" 형성5)이라는 관점에서 연구되어 왔다. 한편 태평양전쟁 시기 재조일본인의 일본어문학 연구는 1940년대 국책문학이나 그러한 잡지를 대표하는『국민문학』과의 관계 속에서 연구되는 경향이 강했다.

그러나 이러한 연구경향에서 보면, 1920년대에 빈출되는 계급대립의 문제를 다룬 재조일본인문학의 존재는 민족문제에서 계급문제로 그 틀을 달리하고 있다는 의미에서 명확하게 이질적인 것이라고 말하지 않을 수 없다. 따라서 1920년대의 이러한 문학현상은 한반도 재조일본인 문학의 새로운 가능성을 가지고 있었다고 할 수 있다.

▶ 정병호

---

3) 정병호, 「근대초기 한국내 일본어문학의 형성과 문예란의 제국주의」, 중앙대학외국학연구소『외국학연구』제14집, 2010.5 참고
4) 박광현, 『「현해탄」 트라우마 식민주의의 산물, 그 언어와 문학』, 어문학사, 2013, p.31.
5) 이러한 연구에는 김윤식,『최재서의『국민문학』과 사토 기요시 교수』, 도서출판 역락, 2008, 가미야 미호(神谷美穂), 「재조일본인작가의 소설에 나타난 '일제' 말기의 일본 국민 창출 양상」, 동아시아일본학회『일본문화연구』39, 2011.7, pp.5-22.가 있다.

제3절 경성제국대학과 일본어문학의 새로운 전개

1. 개념 및 배경

경성제국대학(이하 경성제대) 예과는 1924년에, 그리고 본과는 1926년에 각각 개교하였다. 이 대학은 제국일본에서 도쿄(東京), 교토(京都), 도호쿠(東北), 규슈(九州), 홋카이도(北海道)의 제국대학에 이어 6번째로 개교한 최고학부이자 최초의 식민지대학이었다. 이는 1920년대 제국일본의 조선에 행한 최대 식민통치 프로젝트 중 하나였다.

1922년 조선총독부는 '민도(民度)사정'이 허용하는 한, '내지'의 교육제도에 준하여 실시할 것을 근간으로 한 제2차 '조선교육령'을 공포하였다. 이른바 '내지(內地)연장주의'를 표방하며, 조선인과 일본인이라는 민족 구별을 없애고 '평등'하다는 것을 주창하기 위함이었다. 실제 그 교육령의 학제는 "일본어를 상용하는 자"와 "일본어를 상용하지 않는 자"를 구분하여 설계되었다. 다시 말해 경성제대는 "일본어를 상용하는 자"를 수혜자로 하는 '내선(內鮮)공학'을 표방한 당시 학제의 최정점에 존재했던 제도였다. 하지만 일례로 교수인선이 '학위제도' 등 근대학술제도의 부재를 표면적인 이유로 들어 조선인은 배제했듯이 불평등은 지속되었다.

이러한 배제는 사실 이 공전(空前)의 제도의 설계나 실행에서 일본인이냐 조선인이냐 하는 이항대립, 즉 일본어 학술과 조선어 학술로 대표 (representation)되는 학술언어의 경계를 통해 이뤄진 것이기도 했다.

경성제대라는 제도 안에서의 대표 언어는 두 말할 것도 없이 일본어였다. 1924년 예과 개교 이후 폐교 때까지 조선인 학생이 대략 전체 학생 수의 30%를 차지했지만, 그들에게도 일본어는 교수언어이자 학술언어였을 뿐만 아니라 교양어이자 문학의 수단이기도 했다. 경성제대 예과 '문우회'에서 1925년 8월부터 발행한 학예지 『청량(清凉)』(1941년 30호까지 발행)이 그런 일본어의 위상을 보여주는 대표적인 공간이라 할 수 있다. 이 『청량』의 지면은 조선인과 일본인이 일본어로 동학(同學)하고 교류하는 공간이었다. 과거 『조선급만주(朝鮮及滿洲)』, 『조선공론(朝鮮公論)』 등의 문예란은 물론, 1920년대 이후 "어느 정도 광범위한 전(全)조선에 걸쳐" 분포했던 『경인(耕人)』, 『시선풍(詩旋風)』, 『적토(赤土)』, 『영란(鈴蘭)』, 『진인(眞人)』, 『버드나무(ポトナム)』, 『창작(創作)』 등의 일본어 동인지들과는 달리, 이때 비로소 최고학부인 경성제대라는 아카데미즘의 세례를 받은 재조일본인의 문학계가 새롭게 구축되기 시작한 것이다. 이는 조선과 조선인을 직접 대면하는 문학, '조선적인 것'을 표상하는 일본어문학, 재조일본인(식민) 2세의 정체성, '내지'문단을 상대화하는 문단의식 등을 잉태하는 계기가 되기도 했다. 그뿐 아니라 경성제대라는 장(場)은 조선인과 일본인이 직접 대면하며 일본어문학의 창작과 교류를 통해 조선어 문학의 새로운 영역을 구축하는 세대의 등장이 시작되는 동력이기도 했다.

2. 전개양상과 동인지 소개

1920년대 식민지 조선에서는 이른바 문화통치가 실행되고 '내선융화'라는 구호가 주창되던 시기였다. 그때까지 일본어 커뮤니티는 조선어 커뮤니티에 대해 일방적인 소통을 강요했던 것과 달리 조선어 커뮤니티의 목소리를 체제 내(內)화하려는 움직임이 시작되었다. 그 대표적인 것이 바로 『동아일보』, 『조선일보』 등과 같은 미디어의 개방일 것이다. 그리고 또 다른 하나는 힘의 불균형이 작동하는 '번역'이라는 매커니즘을 통해 조선어 커뮤니티의 목소리를 일본어화(化)하는 방식이 있었다. '조선색', 로컬컬러, '향토' 등의 키워드가 흔하게 거론되던 것도 그런 맥락에서 읽을 수 있다. 이 시기는 그때까지 주로 검열자의 눈에만 읽히던 조선어 문예 및 논설이 '번역'을 통해 일본어 커뮤니티에게 읽히는 빈도가 현격하게 증가되는 시기인 동시에 조선인 중 일본어 창작자의 수가 증가한 시기이기도 했다. 그중 흥미로운 잡지가 1926년 발행된 『조선시론(朝鮮時論)』이다. 『조선시론』은 경성중학교와 동양상업학교(이후 경성고등상업학교)를 졸업한 후 도시샤(同志社)대학을 졸업하고 조선으로 돌아온 식민2세 오야마 도키오(大山時雄, 1898~?)가 주도해 창간한 잡지이다. "본지는 가능한 매호 조선문단의 걸작을 역재(譯載)하고자" 한다는 오야마의 의도는 앞서 지적한 대로 '번역'을 통해 조선, 조선인을 그려내려던 대표적인 예라 할 수 있다. 이는 초기 사회주의 작가 나카니시 이노스케(中西伊之助, 1887~1958)가 『자토에 싹트는 것(赭土に芽ぐむもの)』와 『너희들의 배후에서(汝等の背後より)』에서 그린 것처럼, 일본인과 조선인 사이에 언어의 직접 소통의 불가능성을 전제로 했던 문학의 계보를 잇는 것이기도 했다. 여기에서 일본(인)과 조선(인)은 '번역'하는 자와 '번역'되는 자의 관계 속에 존재하게 된다.

한편, 오야마 등과는 달리 '내지'로 대학을 진학하지 않고, 조선의 최고학부 경성제대에 진학하는 세대가 등장한다. 바로 그들이 경성제대생들이다. 그 재학생과 출신자들의 일본어문학은 새로운 면을 보인다. 앞서 언급한 『청량』과 경성제대 의학부 동인지인 『벽공(碧空)』 등에서 보여준 그들의 작품은 '내선공학'의 경험과 민족의 경계를 넘어서는 새로운 창작 경험이었다. 그러한 경험의 축적의 결과는 1930년대 그들에 의해 주도된 『성대문학(城大文學)』과 『조선시단(朝鮮詩壇)』(조선시인협회 발행)으로 나타났다. 그들은 재조일본인 1세대들의 자녀들, 즉 조선에서 나고 자란 재조일본인 2세대들의 세대 감각과 관련되어 있다는 것은 의미심장하다. 이러한 세대감각은 자신이 태어난 '조선'이라는 장소에의 동일시 전략일 뿐만 아니라, 기존의 1세대 재조일본인들과 스스로를 구별 짓는 이중의 동일화 과정을 보여주기 때문이다.

『성대문학』의 창간호에는 와타베 마나부(渡部學)의 「골계(滑稽)」, 미야자키 세타로(宮崎淸太郎)의 「어머니의 편지(母の手紙)」, 이즈미 세이치(泉靖一)의 「해빙(解氷)」, 오노 히사시게(小野久繁)의 「일전기(一轉機)」, 잇시키 고(一色豪)의 「춤추다(踊す)」, 다미 메구루(民巡)의 「포프라(ポプラ)」, 다나카 마사요시(田中正美)의 「정조(貞操)」 등 모두 7편이 실렸는데, 'ITS'의 글 「『성대문학』의 창간(「城大文學」の創刊)」(『朝鮮及滿洲』, 1935.12)에 따르면 잇시키의 작품이 "중요한 조선적인 것을 제시"하고 있어 가장 권하고 싶은 '수작'이라고 평하는 것은 물론 그 외 대개 '역작'(泉)이니 '가작(佳作)'(宮崎)이니 하는 호평과 더불어 일부 작품에 대해서는 '습작'의 한계를 지적하고 있다. 이들 중 미야자키와 다미만이 경성제대 졸업자가 아니다. 『성대문학』의 초기 동인들의 전공은 영문학, 국문학, 윤리학, 교육학 등 다양했다.

경성제대 출신자가 아닌 ITS가 자신을 '국외자'로 칭했던 입장에서 보면, 그들을 '성대(城大=경성제대)' 출신자라는 점을 감안해 거론하려 했던 태도도 의미심장하다. '성대'라는 제호는 경성제대라는 아카데미즘의 우월감이 드러난 것이다. 거기에는 2호(1936.2)부터 오영진과 이석곤 등 조선인 출신자도 동인으로 참여하였다. 『성대문학』은 호를 거듭하면서 점차 그들의 발랄함이 더해져 그것은 '국(어)'문학의 문단이라는 의식으로 발화·전회되기 시작한다. 아키타 유타카(秋田豊)의 「전국동인잡지작품산평(全國同人雜誌作品散評)」이라는 글은 그 단적인 예라 할 수 있다. 그것은 '전국'이란 제국의 판도 즉 '국(어)'문학의 창작권역을 상상하며, 니혼(日本)대학 예술과의 동인지를 비롯해 『문진(文陣)』, 『예술과(藝術科)』, 『석단(石段)』, 『군도(群島)』, 『창작(創作)』, 『작가군(作家群)』 등과 같은 '내지'에서 기증해온 동인지들을 비평한 글이다. 이처럼 도쿄(東京)문단을 노골적으로 의식하며 제국의 판도 즉 '국(어)'문학의 창작권역을 의미하는 '전국(全國)'(=제국의 전체 혹은 일본어 문화권역)으로 자신들의 목소리를 발화해갔던 것이다.

이 시기 '문단'이라는 자의식을 형성할 정도의 기세를 보이기 시작했던 조선 내 '국(어)' 문학의 존재는 시에서도 마찬가지였다. 그 예가 바로 경성제대 출신자 다수가 적극 참가한 『조선시단』이었다. 아직 실물을 확인할 수 없지만 『성대문학』의 2호(1936.2)에 광고가 실려 그 성격을 확인할 수 있었던 점도 의미심장하다. 그 광고에서는 『조선시단』 6호(1936)가 "시단의 혼돈한 환경 속에서 유달리 천창(天晴)한 시업을 쌓는, 조선시협 멤버의 신춘 세상에 묻는 역작집!"이라고 했다. 그보다 앞서는 『조선급만주(朝鮮及滿洲)』(1932.2)에 경성제대 출신이자 시인인 데라모토 기이치(寺本喜一)가 「조선시단연보(朝鮮詩壇年鑑)」이라는 글을 발표하여 '국어' 시단에 대해 논한 바 있다. 그는 1931년에는 『아세아시맥(亞細亞詩脈)』, 『개간시대(開

墾時代)』, 『가두풍경(街頭風景)』, 『자토(赭土)』 등이 '홀로' 활동하던 시대와는 다르게 '시단'으로서 활동이 가능했던 이유가 "조선에도 점차 식민지 기분이 사라지고 여기에 대지를 토대로 삼아 생활하기 시작한 젊은 사람들이 형성되었기 때문"이라 진단했다.

이처럼 경성제대가 1929년 첫 졸업자한 배출한 후 그들의 문학 활동과 더불어 1930년대 중반은 '문단'이니 '협회'니 하는 표현으로 스스로를 그룹화한 '국(어)'문학 집단의 형성기였다. 1939년에 『모던일본(モダン日本)』의 지면을 통해 '국어' 문학—소설의 '빈곤'을 지적했던 경성제대 교수 가라시마 다케시(辛島驍, 1903~1967)가 『성대문학』이나 『조선시단』을 비롯한 그들 집단의 존재를 몰랐을 리 없다. 그가 '빈곤'하다 지적했지만 조선문예회(1937), 조선문인협회(1939)에 앞서 경성제대에서 졸업생이 배출되기 시작한 후 조선인과 일본인을 망라한 문단이나 협회 의식의 배태, 그리고 문단적 실천이 이미 시작되었다는 사실이 갖는 의미는 간과할 수 없다. 따라서 가라시마의 지적은 '내지'문단에 대해 그의 경성제대 제자들로부터 시작된 새로운 일본어 문단의 자생적 형성 과정에 대해 관심을 가져줄 것에 대한 절실함에서 비롯된 것이라고 할 수 있다.

3. 연구현황 및 전망

'한일병합' 이후 조선어는 국어로서의 지위를 상실했다. 그 자리를 대신한 것은 물론 일본어였다. 사실 그 이전부터 일본어는 조선으로 건너와 지(知)의 주체=일본(어)과 지(知)의 대상=조선(어)을 분명하게 이분법화해서 조선의 사정(事情)을 표상하는 역할을 했다. 그러면서 일본어는 우월한 정치·문화 등의 힘을 배경으로 '권위'와 '권력'을 획득해갔다. 한편, 조선어 지식계 및 문학계는 오히려 일본으로부터 직수입된 지식을 자기 표상의 한 방식으로 전유(appropriation)하는 태도가 강했지만, 식민지배의 현지 대리인인 재조일본인 지식계 및 문학계에 대해서는 일정 정도 경합의 대상으로 생각하는 측면이 있었다. 그로 인해 조선에서 두 언어 사이에는 '경합적인 병존 관계'가 형성되기도 했다. 1930년대 들어서도 그 관계는 유지되었다. 단지 경성제대라는 새로운 프로젝트에 의한 지식계와 문학계의 변화는 적지 않았음을 간과할 수 없다.

우선 경성제대의 개교로 말미암아 '외지(外地)' 조선에 지식 재생산의 완성된 구조가 마련되었다는 점 때문에 그렇다. 또한 그때가 식민화 이후 한 세대를 지난 시점이라는 점에서 재조일본인 사회 내에 2세대의식이 생겨나기 시작했기 때문에도 그렇다. 식민지 조선의 일본어 문단의 형성 과정에서 최고학부 경성제대 출신자들은 점차 '조선에서 나고 자란 자'로서의 입장을 견지하며 제국 안에서 '조선적인 것'이 가지는 의미와 정치성을 적극적으로 해석하려는 집단으로 성장해 갔다. 그들은 조선문인협회 내 중요한 한 축으로서 어떤 방식으로든 '내지' 문단 그리고 더 넓게는 본국인 독자들을 향해 자신들의 욕망을 발화하려 했다. 동시에 일본어 해독이 가능한 조선인 독자를 전제로 한 활동이 두드러지게 된 것이다. 그것이 가능케 된 단계에서 바로 잡지 『녹기(綠旗)』, 『국민문학』 등의 창간과 조선문예회, 조선문인협회 등의 조직이 이뤄지는 흐름이 생겨난 것이다. 따라서 경성제대의 설립으로 비롯된 일본어 문단의 변화는 곧 조선인 문단과의 관계, 조선어 문학과의 관계 등에 대한 고찰을 통한 거시적 시각의 연구가 더욱 긴요하다고 하겠다.

▶ 박광현

제4절 재조일본인과 조선인이 각축하는
식민지 일본어문학장

1. 식민지 일본어문학장의 성립

1920년대는 식민지 조선에 근대 학문의 이념과 지식체계 담론이 형성된 시기였다. 이 시기 조선의 출판 산업의 규모는 비약적으로 커졌고, 조선인 문학자들의 문단 활동도 활성화되었다. 한편, 재조일본인들은 일본어 잡지 매체를 통해 조선에 대한 관심을 당사자인 재조일본인들에게 알리고 나아가 일본 '내지(內地)'에까지 정보를 전달하며 문단활동을 활발히 전개했다. 그런데 이러한 일본어잡지에는 비단 재조일본인만 창작주체로 관여한 것은 아니었다. 조선인의 국문학 작품이 일본어역으로 번역 소개되기도 하였고, 또 조선인이 직접 일본어로 창작한 작품도 함께 실리기 시작했다. 물론 '내지'에서 보내온 글도 동시에 게재되었으나, 이는 주로 잡지 초기 단계에 많았던 것이 점차 재조일본인의 비중이 커지고 또한 재조일본인의 글을 유도하는 담론이 나오면서, '내지'인의 글보다는 당지(當地)에 살고 있는 재조일본인의 글이 더 비중 있게 다뤄지게 된다. 재조일본인의 창작을 적극 유도하는 논의(今川宇一郎, 「朝鮮硏究歐米人著作物」, 『朝鮮

及滿洲』, 1915.4)가 나오고, 조선인 김사연(金思演)이 『조선공론』의 세 번째 사장에 취임하면서 조선인의 기고를 장려하는(윤소영, 「해제」, 『朝鮮公論』 1, 영인본, 어문학사, 2007) 등, 식민지 당지에서의 문예라고 하는 당사자성이 '외지(外地)'의 문예에 중요하게 요구되었다. 요컨대, 1920년대의 일본어 잡지는 재조일본인과 조선인의 언론 매체로 한층 기능해, 재조일본인과 조선인의 글을 동시에 담아내는 '장(場)'으로서 기능한 것이다.

2. 재조일본인 문단의 조선인과 일본인

식민지 조선에서 오랜 기간에 걸쳐 간행된 일본어 종합잡지로 식민주의 담론을 지속적으로 개진했던 『조선급만주』나 『조선공론』을 보면, 1920년대에 조선인의 창작으로 가장 눈에 띄는 사람은 이수창(李壽昌)이다. 그는 1920년대 당시 일본어문단과의 관계성 속에서 조선 문인으로서의 자신의 정체성을 만들려고 노력하는 한편, '일선융화'의 허상을 이야기하며 정책적으로 선전하면서 다니는 자들의 맹성(猛省)을 촉구하기도 했다(李壽昌, 「爐邊余墨」, 『警務彙報』 261号, 1928.1). 이수창은 1920년대에 조선의 일본어문단에 의욕적으로 뛰어들어 작품을 발표했는데, 결국 일본인과의 경계와 차별을 넘지 못하고 1930년대로 들어서면서 일본어문단에서 자취를 감추고 이후 식민지 조선인의 일본어문학 활동은 이른바 일본 '내지'로 옮겨가는 현상을 볼 수 있다.

한편, 재조일본인은 여러 동인(動因)으로 조선에 건너와 현지에서 조선인과 긴장관계를 형성하며 생활했기 때문에, '내지' 일본인에 대해서 고국을 떠나온 자의 열등감을 보이는 동시에, 식민지의 조선인에 대해서는

식민 종주국 국민으로서의 우월감을 드러내는 이중적인 면모를 보이기도
했다. 이와 같이 1920년대 식민지 조선의 일본어문단은 조선인과 재조일
본인의 착종하는 식민지적 일상을 보여준다. 1920년대에 재조일본인과
조선인의 서사물에 그려진 '조선' 내지 '일선(日鮮)'은 엄밀히 말해 내면화
된 타자를 그리고 있다고 보기는 어렵지만, 상호 침투된 일상과 그 속에
서의 긴장관계를 노정하면서 일본어문학장 안에서 각축했던 사실을 확인
할 수 있다.

3. 재조일본인 매체의 조선인과 일본인 작품

[표 1] 『조선급만주』와 『조선공론』에 실린 조선인의 일본어 창작(소설)

게재년월	게재잡지	표기	작품명	작자	비고
1924.11	조선공론		어리석은 고백 (愚かなる告白)	이수창 (李壽昌)	
1924.11	조선급만주	창작	괴로운 회상 (惱ましき回想)	이수창	
1925.1	조선공론		어느 조선인 구직자 이야기 (或る鮮人求職者の話)	이수창	
1927.3	조선공론		마을로 돌아와서 (街に歸りて)	이수창	
1927.4~ 1927.5	조선공론	창작	어느 면장과 그 아들 (或る面長とその子)	이수창	2회 연재
1928.2	조선공론	창작	아사코의 죽음 (朝子の死)	한재희 (韓再熙)	재조일본인 이야기
1928.4~ 1928.5	조선공론	장편 소설	혈서(血書)	이광수 (李光洙) 이수창 역	2회 연재 초출 : 『조선문단』 (1924.10)

1928.11	조선급만주		연주회(演奏會)	정도희 (丁鞱希)	
1933.6	조선공론		파경부합(破鏡符合)	윤백남 (尹白南)	
1937.9~ 1937.10	조선급만주	소설	인생행로란 (人生行路難)	김명순 (金明淳)	2회 연재, 10월호에 2쪽 백지. 검열에 의한 것으 로 보임.

1920년대 한반도 일본어문학장에서 활약한 이수창은 「어리석은 고백
[愚かなる告白]」(『조선공론』, 1924.11), 「괴로운 회상[惱ましき回想]」(『조선급만주』,
1924.11), 「어느 조선인 구직자 이야기[或る鮮人求職者の話]」(『조선공론』, 1925.1)」
(『조선공론』, 1927.3), 「마을로 돌아와서[街に歸りて]」(『조선공론』, 1927.3), 「어느
면장과 그 아들[或る面長とその子]」(『조선공론』, 1927.4~5) 등의 작품을 남겼다.
특히 「마을로 돌아와서」(『조선공론』, 1927.3)는 재조일본인에 의한 식민지
문단의 존재 방식에 대해 비판하는 논조가 포함되어 있어 주목할 필요가
있다. 그는 조선의 일본어문단이 재조일본인에게 장악되어 있는 문제점
이나 순수 문예적인 측면이 결여되어 있음을 비판하고 있다. 이수창 외
에, 조선인과 재조일본인과의 비극적인 연애를 그린 한재희의 단편 「아
사코의 죽음[朝子の死]」(『조선공론』, 1928.2)이나, 정도희의 「연주회(演奏會)」
(『조선급만주』, 1928.11) 등도 소수이긴 하지만 재조일본인이 장악하다시피
한 일본어문단에서 이름을 올리고 있다.

윤백남의 일본어소설은 1930년대 초에 2편이 발표되는데, 1920년대에
조선에서 활약한 이수창과 1930년대에 일본문단에 데뷔해 본격적으로
일본에서 활동하는 장혁주의 중간을 잇는 역할을 한다. 윤백남은 1927년
2월 16일에 경성방송국이 정규방송을 시작해, 1933년 4월 26일부터 조
선어방송을 별도의 제2방송으로 분리, 송출하는 이중방송의 프로그램이

편성되는 시기에 조선어방송의 초대 방송과장에 취임하고 야담 프로그램
을 방송에 편성했을 뿐만 아니라, 스스로 야담 방송의 단골 연사로 등장
하고 잡지 『월간야담』을 발행하는 등 야담을 대중화시켰다. 위의 표에서
소개한 「파경부합」은 바로 이러한 과정에서 발표한 일본어소설로, 신라
시대의 설화를 근대소설의 형식으로 창작한 단편이다. 그런데 윤백남은
『중앙공론』 같은 재조일본인 문단뿐만 아니라, 동시기에 일본의 『개조(改
造)』에도 근대적 형식과 내용의 단편 「휘파람[口笛]」(1932.6)을 발표했는데,
이는 주목할 필요가 있다. 즉, 식민지 조선인이 일본어로 작품을 발표한
것은 이수창이 활약한 1920년대에는 조선의 재조일본인 문단을 중심으
로 이루어졌고, 1930년대 이후는 장혁주나 김사량을 비롯해 본격적인 일
본어세대가 일본문단에서 활동하게 되는데, 이 두 시기의 이행과정을 윤
백남의 재조일본인 문단과 일본 '내지'의 문단에 동시기에 발표한 일본
어소설이 상징적으로 보여주고 있는 것이다.

한편, 식민지 조선에서 생활하며 겪는 이야기를 적은 재조일본인의 서
사물도 다수 있는데, 대표적인 예를 들면 다음과 같다. 한 저널리스트의
서간문 형식의 소설 미타 교카[三田郷花]의 「너무나 슬프다[余りに悲しい-YとK
の死-]」, 『조선공론』, 1925.8)는 식민지에서의 고생스러운 삶을 토로하는 내
용으로, '내지'에 대한 동경과 조선에 대한 불쾌감을 드러내는 이중적인
시선으로 재조일본인의 삶을 그리고 있다. 난바 히데오[難波英夫]의 「고려
청자를 파는 남자[高麗燒を賣る男(一幕)], 『朝鮮及滿洲』, 1924.7)는 경성 혼초(本町)
거리를 배경으로 일본인과 조선인이 고려청자를 놓고 옥신각신하는 모습
이 희극적으로 그려져 있다. 작자 난바 히데오는 『조선급만주』를 발간하
고 있던 조선잡지사의 도쿄 지국에 채용된 기자로, 조선과 일본을 왕래
하며 창작 외에도 「경성과 문학적 운동[京城と文學的運動]」(『조선급만주』,

1917.3) 등, 조선에서의 일본어문학에 대해 논평도 했다. 조선인과 재조일본인이 식민지라는 동일한 공간에서 생활하는 이질적인 존재이지만 혼재되어 있어, 둘 사이의 경계를 짓는 자체가 애매할 수 있음을 「고려청자를 파는 남자」의 유머러스하고 해학적인 내용이 잘 보여주고 있다. 「춘향전」을 희곡화해 '조선'을 향한 로컬컬러적인 시선을 잘 보여주고 있는 구리하라 우타코[栗原歌子]의 「재회[再會]」(『朝鮮及滿洲』, 1924.10)는 춘향과 이몽룡의 마지막 재회 장면만을 강조해 간략화한 것으로 축약형 개작의 전형을 보여주고 있다. 향토적이고 민속적인 소재로서의 엑조티시즘(exoticism)적 조선 표상이 나타난 예라고 할 수 있다. 이 외에도 식민자의 시점에서 '조선'을 바라보는 재조일본인의 시선 속에는 '속악함', '불결함', '불쾌' 등의 감정이 노골적으로 드러나 있는 작품(安土礼夫, 「創作 空腹」, 『中央公論』, 1926.9)류도 산견된다.

『조선급만주』에는 1912년 8월호부터 「일선남녀 연애이야기(日鮮男女艶物語)」가 연재되는데, 재조일본인과 조선인 사이의 연애 이야기를 주로 다루고 있다. '내선일체(內鮮一體)'나 '일선동조(日鮮同祖)'론은 중일전쟁 이후 전쟁동원의 필요성이 높아지는 1930, 40년대부터 황국신민화정책 하에 본격화됐지만, 이미 1920년대부터 일본 교과서에 등장해 식민지의 지배와 동화의 메커니즘으로 기능하고 있었다. 이수창은 '일선융화'의 허상을 이야기하면서 정책적으로 선전하면서 다니는 자들의 맹성(猛省)을 촉구하는 글을 발표했다(李壽昌, 「爐邊余墨」, 『警務彙報』 261号, 1928.1, p.160). 1920년대에 일본어문단에 의욕적으로 뛰어들었지만 일본인과의 경계와 차별을 넘지 못하고 1930년대로 들어서면서 일본어문단에서 사라져간 이수창의 눈에 비친 '일선융합'은 지배와 배제를 위한 허울 좋은 메커니즘일 뿐이었다. 한재희의 창작 「아사코의 죽음」과 이광수의 「혈서」도 조선인과 일본인의 연애를 통해 양자의 관계성을 탐색하지만, 결국 모두 비극적인 결말을 맞이하는 결말에 이른다. 이와 같이 1920년대 식민지 조선의 일본어문단은 조선인과 일본인의 혼종과 이질의 경계적 접촉 단면을 노정하면서, 그 과정에서 일어나는 갈등과 좌절, 이행의 모습을 보여주고 있다.

4. 연구현황 및 전망

한반도 일본어문학에서 1920년대를 주목하는 이유는 식민지 조선인과 재조일본인의 문학이 혼재된 상태로 나타나고 있다는 사실에 있다. 조선인의 일본어문학은 1920년대부터 본격화되어 재조일본인과 동일한 일본어문학장에서 각축하지만, 이수창의 예에서 보듯이 재조일본인의 세력에 밀려 마음껏 펼치기에는 한계가 있었다. 1930년대에 이르면 일본어세대라고 할 수 있는 장혁주를 비롯해 김사량 등이 일본 문단으로 나아가기 때문에 1920년대의 일본어 매체에서 볼 수 있는 조선인과 재조일본인의 기묘한 동거는 찾아보기 어려워진다. 이러한 1920년대 한반도 일본어문학의 단초를 볼 수 있는 주된 연구는 다음과 같다. 『조선공론』을 중심으로 1920년대 재조일본인과 식민지 조선인의 창작을 같이 살펴보고 있는 송미정의 논고(「『朝鮮公論』 소재 문학적 텍스트에 관한 연구―재조일본인 및 조선인 작가의 일본어 소설을 중심으로」, 국민대학교 박사학위논문, 2009), 식민지 조선에서 문단을 형성하려고 한 재조일본인의 욕망을 분석한 조은애의 논고(「1920년대 초반 『조선공론』 문예란의 재편과 식민의 "조선문단" 구상」, 『일본사상』, 2010.12), 1920년대 식민문단의 제상(諸相)을 분석한 박광현의 논고

(「'내선융화'의 문화번역과 조선색, 그리고 식민문단－1920년대 식민문단의 세 가지 국면을 중심으로」, 『아시아문화연구』 30집, 2013), 그리고 조선인과 재조일본인이 서로 얽혀 있는 서사를 중심으로 『조선공론』과 『조선급만주』를 고찰한 김계자의 논고(「1920년대 식민지조선의 일본어문학장에 각축하는 창작주체」, 『아시아문화연구』, 2014.9) 등을 들 수 있다. 1920년대에 식민지 조선의 일본어문학은 재조일본인과 상호 침투, 길항하면서 활동한 조선인의 문학을 같이 고찰하고, 이를 전후(前後)의 문학상황 속에서 살펴보는 것이 필요하다. 이를 통해 식민지 조선의 일본어문학이 갖고 있는 특징과 문제점을 규명하는 작업은 이후의 1930년대 일본문단과 전후(戰後) 재일코리언문학으로 이어지는 계보를 밝힐 수 있는 단초가 될 것이다.

▶ 김계자

제5절 한반도 일본 전통시가 문단의 다양화

1. 일본 전통시가 창작 기반의 확대

한반도에서 영위된 일본 전통시가 장르는 1900년대 초두부터 한반도 각지에서 문학결사를 이루어 모집과 선발 등의 태세를 이미 갖추고 있었고, 1910년대에 들어서는 잡지와 일간지와 같은 일본어 매체에서 장르별로 독립적인 난(欄)을 마련하기에 이르렀다. 3・1독립운동 이후 1920년대에는 이른바 문화통치 하에 수많은 문예잡지들이 창간되었는데, 장르 단독의 전문 잡지를 간행한 것은 화조풍월과 계절감을 바탕으로 재조일본인들의 정서를 표현한 하이쿠[俳句]와 단카[短歌]만이 아니었다. 5・7・5 세 구의 17음절 하이쿠와 외관적 정형률이 같은 센류[川柳], 그리고 속가(俗歌)의 성격이 강한 7・7・7・5 네 구의 26음절 도도이쓰[都々逸]까지 포함하여 일본 전통시가는 대중시나 정가(情歌)의 영역도 아우르며 각 장르별 전문 잡지가 경성에서 간행될 만큼 기반이 확고해졌다. 이 시기 한반도의 일본 전통시가는 문단을 확고하게 구성하는 것은 물론 양적, 질적 활동 역시 비약적으로 확대되므로 각 장르 별로 전개 상황을 살펴볼 필요가 있다.

2. 일본 전통시가의 장르별 전개

(1) 단카 : 1920년대에 한반도 일본 전통시가 문단에서 가장 두드러진 역할을 수행한 것은 단카 문단이라 하겠다. 단카의 경우 1920년대 초 『미즈가메[水甕]』에 기반한 고이즈미 도조[小泉苳三]나 호소이 교타이[細井魚袋]와 같은 30대의 가인(歌人)들이 한반도로 건너옴으로써 가단이 활성화된다. 고이즈미 도조는 1922년 4월 한반도에서 최초로 단카 전문 잡지인 『버드나무[ポトナム]』를 창간하였다. 백양(白楊)을 의미하는 한국어 '버드나무'를 잡지의 제명으로 함으로써 조선의 단카 잡지를 지향했다. 『버드나무』는 1922년 9월에는 창간 반년 만에 특집호를 기획하는 등 1922년부터 1923년 전반까지 약 1년간, 다시 말해 『진인(眞人)』이라는 유력한 단카 잡지가 등장하기 전까지는 한반도 유일의 단카 잡지로서 재조일본인 가인들이 근거하는 활동무대가 되었다.

하지만 1923년 7월 호소이 교타이가 이치야마 모리오[市山盛雄]와 제휴하여 『진인』을 창간하면서 『버드나무』와 고이즈미 도조는 한반도에서의 입지를 잃고 크게 동요한다. 그것은 『버드나무』의 주요 동인이던 가인들이 『진인』으로 이탈하고, 1923년 9월 간토대지진(關東大震災)에 의해 관동 지역의 인쇄업 등이 괴멸상태에 놓인 사정도 맞물렸으며, 『미즈가메』가 후발주자인 『진인』을 전폭적으로 지지, 응원하며 한반도의 대표 단카 결사로 인정해 버렸기 때문이다. 후에 '조선 가단의 개척자'로 일컬어지는 이치야마 모리오는 1924년 중엽부터 경성 진인사의 『진인』 발행을 중심적으로 담당했고, 1920년대 한반도의 가단과 단카 동향에서 가장 중핵이 되는 특집호[1]를 내놓으며 한반도 가단의 중심이 되었다.

(2) 하이쿠 : 하이쿠 장르를 살펴보면, '내지' 일본에서 마사오카 시키

[正岡子規] 이후 다카하마 교시[高浜虚子]로 이어지는 『호토토기스[ホトトギス]』 파가 지향하는 정통 하이쿠가 일찍부터 조선 각지에서도 활발히 창작되었으며, 일제강점기 일본어 문헌들을 통해 이미 1910년대부터 전문 잡지를 간행했던 것으로 확인된다. 1920년대에 들어서면 호토토기스 파는 조선 전역에서 결사를 이루어 활동하고 경성은 물론이고 부산, 대구, 대전, 광주, 평양, 신의주 등의 주요 도시에서는 10종 이상의 전문 잡지를 간행하였다. 흥미로운 것은 호토토기스 파뿐 아니라 그와 대립하는 성향의 신경향 하이쿠, 즉 계어나 5·7·5조의 17음절이라는 정형마저 무시하는 유파까지도 1920년대 전반기에 이미 경성에서 전문 잡지를 간행할 정도로 다양화된 창작 기반이 마련되었다는 사실이라 하겠다.

  (3) 센류 : 하이쿠와 외형적 정형률은 같지만 인사(人事)와 유머에 그 중심이 놓인 센류 장르 역시 조선 곳곳에서 전문 문학결사를 형성하고 상당히 왕성하게 창작, 향수되었다. 그러나 활발한 향수와 창작에 비해 센류를 전문으로 하는 잡지는 오래 유지되기가 어려웠는데, 이러한 정황은 존속의 불안감을 안고 간행된 '외지' 센류 잡지들에 대해 붙여진 '삼호잡지(三號雜誌)'라는 불명예스러운 호칭으로 알 수 있다. 왜냐하면 1920년 10월 창간된 『남대문(南大門)』은 1921년 12월에 8호로 종간되고, 『신선로(神仙爐)』는 1922년 9월에 5호를 끝으로 휴간되었으며, 1922년 10월 창간된 『계림센류[鷄林川柳]』는 12월에 3호를 끝으로 종간했고, 1923년 4월 창간된 『메야나기[芽やなぎ]』는 1924년 3월 9호로 폐간[2]되었기 때문이다. 경인(京仁) 지역 외에도 1925년 6월 평양에서 『센류쓰즈미[川柳鼓]』라는 센류

---

1) 1926년의 「제가들의 지방 가단에 대한 고찰[諸家の地方歌壇に對する考察]」, 1927년의 「조선 민요 연구[朝鮮民謠の研究]」, 1929년의 「조선의 자연[朝鮮の自然]」 등을 말한다.
2) 横山巷頭子, 「南無山房雜筆」 『川柳三昧』第13號, 京城 南山吟社, 1928, 15~18面.

잡지가 창간되었는데 그 안에도 "반도 센류 잡지의 수명이 짧다"는 지적이 보이므로, 이는 한반도 전역에서 1920년대 중반까지 하이쿠보다 대중시(大衆詩)에 더 가깝게 위치한 센류계가 처한 현실이었다고 볼 수 있다. 이러한 정황을 감안하면 1927년 4월 경성에서 창간되어 1930년 12월까지 통권으로 45호가 확인되는 『센류 삼매[川柳三昧]』는 한반도 센류 잡지의 대표격이었다고 할 수 있다.

(4) 도도이쓰 : 흥미롭게도 이 시기 식민지 조선에서는 단카, 하이쿠, 센류뿐 아니라 26음절의 도도이쓰까지 리요 정조(俚謠正調), 신정가(新情歌), 가이카[街歌] 등의 여러 이름으로 창작, 향유되었다. 즉 1920년대에는 조선에서도 도도이쓰 장르의 이식이 일어나 1920년에는 전문 작품집도 두 권 간행되었고, 1927년에는 조선 유일의 도도이쓰 전문 잡지 『까치[かち鳥]』가 간행된 것이 확인되어 많은 사람들의 투고가 이루어져 창작, 향수되기에 이른 것을 알 수 있다. '외지' 조선에서 리요 정조라는 문예 장르의 활동을 뒷받침해 줄 경제적인 후원은 결코 풍족하지 않았지만, 1920년에 간행된 『까치』 제1집의 편집후기를 보면 당시 모인 노래의 수가 약 1,600여 수이고 작자는 약 130명 정도라고 기재되어 있으며,3) 투고자는 '내지'는 물론이고 경성과 부산 등의 한반도, '만주', 타이완 등 '외지'에 광범위하게 분포되어 있다. 잡지의 제명 '까치'는 한반도에서는 길조로 여겨지고 그 울음소리를 흔하게 들을 수 있는 새라는 의미로 붙여진 것인데, '가사사기[かささぎ, 鵲]'라고 표기하지 않고 한국어 영향으로 생긴 '까치카라스[かち鳥]'라는 호칭을 사용하여 조선에서 발신하는 도도이쓰라는 것을 드러내고자 하였다.

---

3) 高野宵灯, 「編集を終りて」, 『かち鳥』霜月号, かち鳥俚謠社, 1927, 32面.

3. 1920년대 일본 전통시가 작품들

(1) 『진인』 : 한반도 가단을 주도한 『진인』은 1926년부터 1929년에 걸쳐 「제가(諸家)들의 지방 가단에 대한 고찰」, 「조선 민요의 연구」, 「조선의 자연」과 같은 특집호를 기획하여 가인들이 지방 가단으로서 조선의 가단이 해야 하는 역할로서 조선의 향토에 입각한 조선의 고가와 고문학 연구라는 책무를 인식하고 실천하고자 했으며 다양한 조선 문화관을 드러냈다. 재조일본인 가인들은 이처럼 조선의 시가문학을 일본어로 번역하는 필수 과정에서 조선 민요의 리듬과 뉘앙스가 완벽히 전달될 수 없다는 언어적 한계를 각성하면서도 조선을 회화적으로 사생(寫生)하는 묘사법을 선택하여 창작하였다.

- 기울어 있는 집들은 다 지붕에 돌 쌓았구나, 화전밭을 일구는 사람들 집이겠지(かたむける家みな屋根に石つめり火田を作る人の家かも)
  미치히사 료[道久良], 『眞人』 第5卷第1号, 1927.1.
- 윷놀이하는 막대 던져 올리는 나의 손기술 어설프기도 하나 결국 이겨 보이네(四木戲の棒なげあぐるわが手つきあやしけれどもやや勝ち越せり)
- 으랏차 하듯 던져 올려 보지만 위태롭구나 걸이 나오려다가 개가 나와 버렸네(やつとばかりなげあげたれどあなやふ杰出でむとし開となりたる)
  이치야마 모리오(市山盛雄), 『眞人』 第6卷第4号, 1928.4.

(2) 『가메[甕]』 : 현존본이 확인되는 한반도의 하이쿠 잡지로 가장 이른 시기의 것은 여인들이 멀리에 이고 물을 길어 나르는 조선의 독특한 모습을 연상시키는 '물독', 혹은 '물단지'라는 의미의 『가메』이다. <경성 하이쿠회[京城俳句會]>가 1924년 7월, 10월에 각각 3호와 6호를 냈으며

마사오카 시키의 또 다른 수제자로 호토토기스 파의 수구주의와 대립한 가와히가시 헤키고토[河東碧梧桐]의 신경향 하이쿠에 동조하는 자유율 작품이 대부분이다.

> • 전차가 파란 보리밭을 달린다 외톨이인 내지인이 되었다(電車青麥を 走るひとりきりの内地人となった)　　　　가토 간[加藤閑], 『甕』三号, 1924.7.
> • 새벽녘 까치가 와서 머무른 그 꼬리가 움직이네(あけがたカチの來てとま る尾がうごく)　　　야마시타 아키히로[山下曉洋]『甕』六号, 1924.10.

(3)『센류 삼매』:『센류 삼매』의 발행 주체는 경성의 남산음사(南山吟社)라는 문필가 단체이며, 잡지 구성은 센류 작품 위주에 다양한 수필, 기사, 소설적 내용, 센류평(評), 조선 전역의 센류 구회(句會)들의 소식란까지 갖추고 있다. 뿐만 아니라 엄격한 비평에 기반하며 체계적으로 작품을 모집한 것을 알 수 있다. 이론적으로는 유머와 위트를 중핵으로 하는 센류에 대한 애착과 근대적인 생활시(詩)로서의 정신이 강조되어 있다. 센류 출품자들의 지역 분포를 보면 한반도, 일본, '만주' 지역, 타이완 센류가 인적으로 연계되었던 것으로 보인다. 이 잡지는 경성을 중심으로 한 재조일본인 지식층에 널리 읽혔고, 당시 경성의 잡지계와 신문계의 장르를 넘나드는 횡적 소통의 수단이 되기도 했다.

> • 센류는 시입니다. 따라서 열일곱 음의 글자를 늘어놓는 것만으로 시로서 수긍하기 어려운 것은 센류가 아닙니다.
> 　　와다 덴민시[和田天民子] 「나의 센류관」, 『川柳三昧』23号, 1929.4.
> • 센류를 사랑하는 마음! 그것은 위트와 유머가 없어서는 안 될 근대인을 상징하는 스케일 중에 손꼽히는 첫째조건으로 삼고 싶다.
> 　　데라다 고류시[寺田五柳子] 「센류 예찬」, 『川柳三昧』34号, 1930.3.

・실업자된 것 아내에게 큰 마음 먹고 털어놔(失業者妻には心强く云ひ)
　　　　　남산음사 「오월례회-실업(失業)」 『川柳三昧』 39号, 1930.8.

　(4) 『까치』: 『까치』의 1920년의 작품집인 제1집과 제2집의 내용은 도
도이쓰의 기본 성격에 기초한 정가(情歌)가 대부분이고 잡지에 기고된 도
도이쓰도 대부분 그렇지만, 조선적인 특성을 엿볼 수 있는 창작 도도이
쓰의 예에서 일본에서 유통된 도도이쓰 작품과는 구별되는 『까치』의 특
징을 볼 수 있다.

・고려 땅도 느긋한 햇살의 은혜 입고 자라는구나 민초 봄날의 풀들
　(高麗も長閑な日の御惠に伸る民草春の草)
・바다를 격했어도 안개에 쌓인 끈이 이어주는 벚꽃의 나라와 나라
　(海は隔てど霞の糸がつなぐ櫻の國と國)　　　　　『かち烏』 第1集, 1920.5.
・고려도 백제도 다 미즈호의 나라라 듣기에 기쁘구나 모내기 노래
　(高麗も百濟も瑞穗の國よ, 聞いて嬉しい田植歌)　　 『かち烏』 第2集, 1920.11.

4. 1920년대 한반도 일본어 전통시가 연구의 현황과 과제

　한반도에서 창작된 일본 전통시가에 관해서는 지금까지 몇몇 연구자
들에 의해 논해졌는데,[4] 병합 이전의 문학결사를 조사하거나 하나의 작

---

4) 허석 「明治時代 韓國移住 日本人의 文學結社와 그 特性에 대한 調査研究」(『日本語文學』 제3
집, 한국일본어문학회, 1997), 유옥희 「일제강점기의 하이쿠 연구-『朝鮮俳句一万集』을 중
심으로-」(『일본어문학』 제26집, 일본어문학회, 2004), (나카네 다카유키, 「조선 시가(朝
鮮詠)의 하이쿠 권역(俳域)」 『日本研究』 第16輯, 고려대학교 일본연구센터, 2011), 구인
모 「단카(短歌)로 그린 조선(朝鮮)의 風俗誌-市內盛雄 編, 朝鮮風土歌集(1935)에 對하여」
(『사이(SAI)』 Vol.1, 2006), 楠井淸文, 「植民地朝鮮における日本人移住者の文學-文學コミュニティ
の形成と‘朝鮮色’, ‘地方色’」(『アート・リサーチ』 第10卷, 2010) 등이 있음.

품집 혹은 작가에 포인트를 맞추고 있어서 1920년대의 한반도 일본 전통 시가의 문단이 어떻게 형성되었는지는 최근까지 거시적 맥락에서 파악되지 못했다. 위에서 살펴본 것처럼 1920년대 한반도에서는 단카, 하이쿠, 센류, 도도이쓰가 장르 별로 전문 잡지를 간행하며 문단의 의식을 확고히 하고 있었다. 단카나 하이쿠의 경우는 복수의 유파가 성립하여 경합하거나, 그렇지 않더라도 '조선적인 시가'를 발신하고자 각 장르마다의 작품 활동이 전개된 것5)을 확인할 수 있으며, 특히 한반도의 일본 전통 시가 문단과 조선 민요의 관련성은 엄인경에 의해 일련의 고찰6)이 이루어진 바 있으므로 참고가 될 것이다.

이 시기 한반도에서 창작된 수많은 일본 전통시가의 작품 분석의 여하에 따라 재조일본인들의 조선의 표상이나 문화관이 어떠한 문제를 내포하는지 해석의 여지는 아직 많다. 또한 이 시기 전통시가에 관여한 재조일본인 문필가들이 최남선을 중심으로 한 시조부흥론자와 손진태, 송석하로 대표되는 초기 민속학자들이 의도한 강력한 '조선주의'와의 관련성과 그 내실에 관해 고찰할 필요 역시 있다. 그리고 이미 이 시기에 한반도의 일본어 시가 장르와 문단에서 '조선'의 시가라는 대표성을 확보하기 위하여 '조선색'을 드러내고자 노력이 이후 1930년대에 어떻게 구현되는지 연계선상에서 파악하는 것 역시 향후의 과제라 하겠다.

▶ 엄인경

---

5) 嚴仁卿 「鮮半島における日本伝統詩歌雑誌の流通と日本語文學の領分−短歌・俳句・川柳雑誌の通時的な展開−」(『日本思想史研究會會報』 第30号, 日本思想史研究會, 22~41面)에 상세함.
6) 엄인경 「한반도의 단카(短歌) 잡지 『진인(眞人)』과 조선의 민요」(『비교일본학』 제30집, 한양대학교일본학국제비교연구소, 2014.6, pp.169~195), 「일제강점기 재조일본인의 '향토' 담론과 조선 민요론」(『일본언어문화』 제28집, 한국일본언어문화학회, 2014.9, pp.585~607), 「재조일본인의 조선 민요 번역과 문화 표상」(『일본언어문화』 제33집, 한국일본언어문화학회, 2015.12, pp.387~408) 등을 말함.

제6절 센류[川柳]와 조선 민속학, 그리고 '조선색'

1. 대중시 장르로서의 전통시가 센류

　센류는 18세기 중반 이후 성행한 일본의 전통시가의 하나인데, 하이쿠
와 같은 5·7·5 세 구 17음의 음수율을 기본으로 하지만 계절을 드러내
는 계어(季語)의 제한이 없고, 기본적으로 통속적인 구어나 언어유희를 기
반으로 하는 장르라 할 수 있다. 메이지[明治] 후반, 즉 20세기에 들어와
일본 근대 센류는 중흥을 이루었고, 그 동안 센류가 취미나 오락성으로
기운 것에서 비약적인 발전과 변화를 거두며 신(新)센류로 거듭났다. 이와
같은 메이지 후반의 신센류 유행은 1910년 이후 즉시 조선을 비롯한 '외
지'로 파급되었다. 대중성과 풍자성을 골자로 한 센류는 1910년대부터
1920년대에 걸쳐 "식민지 기풍과 센류풍"이 "활기 있는 인간미에 있어
서 합치되고 직접 영합하"[1]는 특성으로 인해 식민지 조선에서도 크게 유
행한다.

──────
1) 柳建寺土左衛門 『朝鮮川柳』 京城 : 川柳柳建寺, 1922, 「はしがき」面. 『조선 센류[朝鮮川柳]』는
　"조선의 경(輕)문학 중 단행으로 출판된 것은 본서를 그 효시로 하는 영광을 입는다"고
　되어 있어 조선에서 센류 작품집으로는 최초의 단행본이며, 약 10년간 조선에서 창작
　된 센류 30만구 중 4600구 이상을 선정하여 수록한 작품집이다.

그러나 식민지기 조선에서 향유된 일본 전통시가와 관련하여 단카와 하이쿠 분야에서 일부 연구가 진행된 것에 비해, 센류에 대해서는 한・일 양국의 연구가 매우 부진한 편으로 조선에서 창작된 센류에 관한 논고는 『조선 센류[朝鮮川柳]』에 관한 간단한 고찰[2]이 있을 뿐이다. 이번 절에서는 시정(市井)문학과 대중시를 표방한 센류가 식민지 조선의 현실과 조우하여, 어떻게 전개되었고 그 특징이 어떠했는지 1928년부터 1930년까지의 3년분이 현존하는 센류 전문잡지 『센류 삼매[川柳三昧]』를 대상으로 하여 살펴보기로 한다. 『센류 삼매』에 수록된 내용들과 이 잡지를 기반으로 한 남산음사(南山吟社) 동인 활동을 통해 재조일본인의 대중시 센류와 조선의 민속학이 연결되는 지점을 알 수 있기 때문이다.

2. 1920년대 한반도의 센류 전문 잡지의 출현과 『센류 삼매』

1920년대는 '내지' 일본은 물론, '외지' 조선에서도 곳곳에 센류 결사가 결성되었고, 센류가 상당히 왕성하게 창작, 향수된 시기이다. 활발한 향수와 창작에 비해 센류를 전문으로 하는 잡지는 오래 유지되기가 어려웠다. 이러한 정황은 『센류 삼매』 이전에 존속의 불안감을 안고 간행된 '외지' 센류 잡지들에 대해 붙여진 '삼호 잡지(三號雜誌)'라는 별칭이나 "반도(=조선)의 센류 잡지 수명이 짧다"[3]는 지적에서도 알 수 있다. 이러한 정황을 감안하면 1927년 4월 경성에서 창간되어 3년 이상 속간된 『센류 삼매』는 1920년대 한반도 센류계의 주역이라 하겠다. 그 내용과 구성의

---

2) 川村湊, 「植民地と川柳①-朝鮮川柳の卷」, 『川柳學』 Vol.1, 新葉館出版, 2005, 58~62面.
3) 大島濤明, 「『鼓』に望む」, 『川柳鼓』, 平壤 : つゞみ川柳社, 1925, 5面.

충실함은 일본 류단[柳壇, 센류 문단]에서도 상당히 주목하고 "내지에서 간행되는 많은 센류 잡지를 능가"[4]한다 자부할 만한 것이었다. 창간 당시에는 200부였지만 1년 만에 400부로 증쇄한 것, 창간호는 총17쪽이었는데 2년 만에 50쪽을 넘는 잡지가 된 것에서 『센류 삼매』 초기의 성장을 알 수 있다.

엄격한 비평에 기반하며 작품 모집과 잡지 출간이 매우 체계적이었던 점은 단카와 하이쿠 잡지에서도 보이므로 한반도의 일본 전통 시가단(詩歌壇)에 공통되는 점이다. 그리고 「잡영」이나 「제영」의 센류 출품자가 경성, 인천뿐 아니라 평양, 겸이포와 같은 북서선(北西鮮), 펑톈(奉天) 등의 '만주' 지역, '내지' 일본의 다양한 지역에 분포되어 있어서 조선과 일본, '만주' 지역 센류가 인적으로 잘 연계되어 있던 사실을 뒷받침한다.

동시대의 다른 문예잡지에 비해 손색이 전혀 없는 충실한 구성과 내실을 갖춘 『센류 삼매』는 일본으로부터도 상당한 인정을 받았으며, 다롄[大連]을 거점으로 '만주' 지역 센류계에 군림하며 <다롄센류회[大連川柳會]>를 이끈 오시마 도메이[大島濤明][5]도 빈번히 비평기사를 기고하였다. 이처럼 일본과 '만주' 지역까지 연계된 조선의 류단을 기반으로 『센류 삼매』로 대표된다는 자부 속에 남산음사 동인들은 활발한 문필활동을 편다.

1920년대 후반 조선 민속학에 대한 재조일본인의 관심과 연구, 그리고 '조선색'을 드러내고자 한 일본 전통시가 가단을 살펴볼 때, 가장 먼저

---

4) 橫山巷頭子, 「南無山房雜筆」, 『川柳三昧』 13号, 1928. 197面. 본 절의 『川柳三昧』 인용과 페이지는 정병호・엄인경 공편, 『한반도 간행 일본 전통시가 자료집 37-40 센류잡지편』, 도서출판 이회, 2013.에 의함.

5) 오시마 도메이[大嶋濤明, 1890~1970]는 1920년대부터 대련을 거점으로 '대륙' 센류계에서 활약하며 그 발전을 위해 진력한 중진 작가이다. 東野大八著, 田辺聖子監修・編, 『川柳の群像-明治・大正・昭和の川柳作家100人』, 集英社, 2004, 70~72面. 참조.

『센류 삼매』로 대표되는 류단 동향에 주목할 필요가 있다. 센류에서는 '조선어'를 외래어로 표기하거나 조선과 조선인의 풍광을 드러내며 이채를 띤 작품들이 『센류 삼매』의 남산음사 멤버들 간의 월례회 코너에서 1920년대 말에 이미 시도되었기 때문이다.

『센류 삼매』의 센류 작품에 사용된 조선적인 제재들은 조선의 생활상이나 현실에서 가장 두드러진 풍물로 조선색을 드러내기 위한 것이었는데, 구제에 따른 회원들의 연작을 통해 한 가지 조선적 풍물 소재에 대한 여러 회원들 각자의 관찰과 해석을 드러낸 것을 볼 수 있다. 남산음사가 월례회(月例會)에서 소재로 삼은 조선적 구제(句題)들은 다음과 같다.

[표] 『센류 삼매』 월례회에서 소재로 삼은 조선적 풍물 일람

호	제재	표기	호	제재	표기
10	김치	キミチ, キムチ, 沈菜	24	복덕방	福德房
11	좋은날	チョウンナリ, チョムナリ	25	어머니	オモニー
12	바가지	パカチ	26	토막	土幕
13	방립	喪笠, パンニツツ	27	신선로	神仙爐
14	빈대	ピンデ, 南京蟲	28	주머니	囊巾, チユモニー
15	갓	イブチヤ, 笠子, カツ	29	물장사	水商人, ムルチヤンサア
16	의생	醫生	30	엿장사	飴賣, ヨツチヤンサー
17	장구	長鼓	31	아이고	哀號
18	나막신	木鞋, ナムクシン, ナマクシン	32	장날	市日, チヤンナリ
19	성벽	城壁	33	조선풍물	朝鮮風物雜詠
20	토시	吐手	34		월례회 개최되지 않음
21	안방	內房	35	조선명승	朝鮮名所詠込
22	인삼	人蔘	36	경성명소	京城名所詠込
23	투전놀이	投錢戲	37~		소재에서 조선적 풍물은 사라짐

'갓', '나막신', '토시', '주머니' 등의 조선 특유의 복장, '김치', '신선

로', '인삼'과 같은 조선의 고유의 먹거리, '안방'이나 '토막' 등의 독특한 주거 양식에 대한 것이 눈에 띄므로 조선의 의식주라는 생활과 가장 밀접한 기본요소의 특이한 제재에 관한 선택이 가장 많다고 할 수 있다. 이외에도 '좋은 날'이나 '방립', '아이고' 등 관혼상제와 관련된 풍속에서 가지고 온 소재도 많으며, '어머니'나 '엿장수', '물장수', '복덕방' 등 대표적 조선인의 표상이 보인다. 이러한 조선 특유의 제재를 고유명사 그대로 표기하면서 조선의 구어와 조선어가 적극적으로 센류에 반영되어 혼효(混淆)되어 있는 것을 확인할 수 있다.

특히나 남산음사의 월례회를 주도한 인물은 경찰 출신의 민속학자 이마무라 도모[今村鞆]로, 『센류 삼매』의 중심 멤버로서 조선적 풍물에 상당한 관심과 집착을 보였다. 그의 센류와 수필 및 조선 민속에 관한 저술 등을 통해 센류는 조선 민속학과 연결 지점을 갖게 되는데, 이마무라 도모의 대표저작인 『역사민속 조선만담(朝鮮漫談)』에서 그것이 가장 명확하게 드러난다. 단적으로는 상당한 분량으로 조선 민속에 관한 다양한 글이 게재된 이 저술에 들어가 있는 「조선정조 센류[朝鮮情調川柳]」라는 부록의 존재에 주목할 필요가 있다. 당시 조선의 정조를 알게 하는 키워드로서 "지게", "빨래 방망이", "기생", "온돌", "김치", "주막", "양반", "총각", "의생", "방립", "빈대", "바가지", "갓"을 제시하고 있다. 이를 제재로 한 이 센류들이 바로 『센류 삼매』에서 동인들이 월례회의 겸제로 삼은 조선의 풍물 그 자체였기 때문에, 이마무라 도모를 통해 한반도의 센류와 조선의 민속 및 조선색의 다양한 제재가 연결되었다고 볼 수 있다.

3. 『센류 삼매』의 조선적 풍물을 소재로 한 센류

『센류 삼매』에서 조선적인 풍물을 소재로 하여 센류 실작의 창작이 두드러지는 것은 남산음사의 월례회 코너라 할 수 있다. 월례회에서 나온 센류들의 예를 살펴보기로 하자.

김치에도 익숙해져 출장도 힘들지 않네(キチにもなれて出張苦にならず)
막걸리에 익숙해지고 김치는 일도 아니네(マッカリ(濁酒)に馴れてキチを事とせず)
아라랑 노래 흘러나온 입에서 김치 냄새나(アララン(唄)の口からキチ匂ふなり)
　　　　　남산음사, 「회보와 촌평」, 『川柳三昧』10号, 1928.1.
삼 년의 상이 너무 길기도 하다 두꺼운 방립(三年の喪が長すぎる太い笠)
고무신 옆에 진열되어 팔리지 않는 나막신(ゴム靴とならべて賣れぬナムクシン)
　　　　　남산음사, 「남산음사 8월례회」, 『川柳三昧』18号, 1928.9.
내지의 말도 섞어가며 엿장사 아부도 잘해(內地語も混ぜて飴賣の世辭に長け)
　　　　　남산음사, 「남산음사 8월례회」, 『川柳三昧』30号, 1929.9.
나도 모르게 아이고가 나오는 일본어구나(うつかりと哀号が出る日本語)
　　　　　남산음사, 「남산음사 9월례회」, 『川柳三昧』31号, 1929.10.

내용적으로는 조선의 음식에 익숙해지는, 아니면 반대로 아무리 지나도 익숙해지지 않는 과정에 관한 것이 보이는데, 조선에 거주하는 일본인으로서 점차 조선의 음식문화에 익숙해지는 단면을 보여주는 점이 흥미롭다. 한편 조선적인 것의 불편함과 불결함, 구시대성을 드러내어 낙후한 조선을 지배자의 눈으로 바라보는 시선도 여전히 드러나기도 한다. 그리고 조선어와 일본어가 서로 어설프게 혼용되면서 조선의 현실적 언어생활에서 느끼는 위화감의 단면을 드러내고 있는데, 이는 식민지의 문화적, 언어적 혼종성을 그대로 드러낸다는 점에서 당시 식민지문학의 일반적 현상과 맥을 같이 한다.

이 월례회를 주도했던 이마무라 도모는 『센류 삼매』에 다음과 같은 센류를 발표하였다.

고관대작은 직접 보면 너무도 평범한 얼굴(大官に會へば平凡過ぎる顔)
남산음사, 「센류 잡영(雜詠)」, 『川柳三昧』12号, 1928.3.

속된 일에도 능숙해져 교장은 오래 해먹네(俗事にも長けて校長長續き)
효성의 마음 머리에 쓴 방립에 보이는구나(孝心を頭に見せてパンニツツ)
남산음사, 「센류 잡영」, 『川柳三昧』13号, 1928.4.

아이고 하는 목소리 갈라져서 묘지에 도착(哀号の聲がカスれて墓地に着き)
남산음사, 「센류 잡영」, 『川柳三昧』20号, 1928.11.

이 나라에 부는 무자비한 바람을 토시에 보여(此の國の無性な風を吐手に見せ)
남산음사, 「남산음사 9월례회」, 『川柳三昧』31号, 1929.10.

그는 인사(人事)에 초점을 둔 작품이나 조선의 풍물에서 조선적 특징을 드러내는 센류를 월례회에서 발표하며 창간부터 1928년 무렵까지는 『센류 삼매』의 작구(作句)와 선고에 활발히 참여하였다. 이마무라 도모가 남산음사의 중심적 존재로 활동했을 때 조선적 소재로 센류가 창작될 수 있었던 것은 역시 1928년 시점에 그가 구축한 조선 민속학에 대한 깊은 관심 및 조사연구와 밀접한 연관이 있다. 이러한 특징은 『센류 삼매』에서도 조선의 기담이나 민속에 관한 이야기를 담은 그의 글에서도 잘 드러나는 바이다.

4. 센류 연구의 가능성

『센류 삼매』는 에로틱한 센류나 그로테스크한 기담, 넌센스 기사를 수
집하는 것에서 보이듯, '에로・그로・넌센스'라는 모더니즘과 대중문화
에서 유행한 개념이 일찍이 결합되어 있다는 점에서도 후속 연구가 기대
되는 분야이다. 또한 센류가 당시 조선에서 회화, 특히 만화와 연결되어
대중에게 확산된 경로 또한 회화와 문학의 공통된 대중성이라는 면에서
도 고찰의 여지가 있다. 이 외에도 조선의 고전 시가를 일본어로 번역 소
개한 측면에서도 귀중한 자료가 되며 '내선융화어(內鮮融和語)'로 지칭되었
던 일본어, 조선어의 혼용 구어도 당시 조선의 언어 환경을 정확히 이해
하는 좋은 자료가 될 것이다. 이처럼『센류 삼매』라는 한반도의 유력 센
류 잡지의 연구로 단면적 해석과 이해에 그쳤던 재조일본인의 인물연구,
식민지기 언어상황, 조선의 대중적 문화와 민속, 문학 장르간의 교섭에
연구 가능성이 크게 확장될 것이라 전망한다.

　나아가 일본에서는 센류 세계화에 대한 노력으로 센류 영역(英譯)에 관
한 논의가 이루어지고 그 문학성을 재발견하려는 특집이 시도되고,[6] 최
근 일본의 '샐러리맨 센류[サラリーマン川柳]' 붐에서 알 수 있듯 센류가 가
진 문학적 고유한 성격인 현실성, 세계성, 대중성의 공과(功過)가 주목된
다. 따라서 재조일본인의 대중시 센류와 조선의 민속학이 연결되는 내용

---

6) 速川和男「英譯川柳」(『現代英米研究』6輯, 現代英米研究會, 1971, 34〜39面), 撫尾清明「短歌と
川柳-英譯に關する一短編」(『佐賀龍谷短期大學紀要』22輯, 佐賀龍谷短期大學, 1972, 65〜71面),
撫尾清明・藤能成・牧山敏浩 「川柳の國際化」(『佐賀龍谷短期大學紀要』 42輯, 九州龍谷學會,
1996, 61〜77面), 學燈社編『國文學解釋と敎材の研究』-2卷9号 特集川柳一狂歌・狂句・雜俳(學
燈社, 2007, 3〜143面), 川柳學會事務局編『川柳學』Vol.3川柳の國際化(新葉館出版, 2007, 2〜
18面) 등이 참조가 된다.

을 시작으로 통속성이나 대중성을 이유로 한반도 일본어문학 연구에서도 소외되었던 센류를 재조명할 필요가 있다. 이를 통해 지금까지 주요 장르에 연구에 치우쳐 있던 '식민지 일본어문학' 연구의 지평을 확장하고 균형을 도모할 수 있을 것이다.

▶ 엄인경

제7절 식민화의 채널이었던 조선 고서의 일본어 번역

1. 조선 고서의 일본어역 배경

일제강점기에 조선 고서(古書)가 일본어로 왕성하게 번역된 시기가 있었다(이때 '조선'이란 반드시 '조선시대'에 출판된 전적만을 의미하는 것은 아니다). 1910년대와 1920년대였다. 1910년대를 주도했던 것은 조선연구회였고, 1920년대를 리드했던 것은 자유토구사(自由討究社)였다.

조선 강탈 직후인 1910년 10월에 강제 병합을 기념하기 위해 호소이 하지메(細井肇)는 기쿠치 겐조(菊地謙讓)와 함께 조선연구회를 설립했다. 하지만 호소이 하지메는 이 단체의 경영이 어려워지자 1911년에 아오야기 쓰나타로(靑柳綱太郎)에게 경영권을 넘겨주고 일단 일본으로 건너갔다. 3·1독립운동이 일어나자 호소이는 그 원인을 수천 년의 특수한 역사와 습속 및 심성(心性)을 가진 조선인을 이해하지 못한 식민정책에서 찾았고, 내선(內鮮)융합을 위해서는 조선문화연구가 중요하다고 인식하게 됐다. 다시 조선으로 건너온 호소이는 자신의 신념을 실천하기 위해 1920년 봄에 오바 가코(大庭柯公)의 협력으로 조선관계서적 출판사인 자유토구사를 설립하여 자신이 편집자와 발행인을 겸했다. 동경에는 본사를, 경성에는 지사를 각각 두었다.

호소이는 1921년~1923년에 걸쳐 자유토구사에서 『통속조선문고』와 『선만(鮮滿)총서』를, 1924년에는 봉공회를 세워 『조선문학걸작집』을 각각 출판했다. 이때 주로 조선 고서, 특히 고소설을 일본어 언문일치로 옮겼다. 그가 고소설에 주목했던 것은 여기에 조선의 민족성이 드러나 있다고 생각했고, 그것을 파악하여 재조일본인으로서 제국 일본의 식민지 경영에 도움을 주고자 했기 때문이었다. 또한 호소이가 언문일치에 주목했던 것은 알기 쉽게 번역하여 좀 더 많은 독자를 확보하기 위해서였다.

결국 무단통치에서 문화통치로 변화하는 시대적 배경 속에서 호소이와 함께 고소설의 일본어 번역에 참여했던 번역자들, 곧 번역자 네트워크가 번역으로 찾아낸 조선과 조선인은 그들이 상상하고 발견하고자 했던 조선상(像)과 조선인상에 불과했다. 가치중립적으로 보이는 번역은 사실 식민화의 채널이었고, 이데올로기적 성격을 띠는 정치적 행위였다.

2. 조선 고서의 번역 전개양상

호소이 하지메가 설립한 자유토구사는 1921년에 『통속조선문고』를 출간했다. 전12권이었다. 여기에는 호소이의 『대아유기(大亞遊記)』(제11집)와 같은 저서도 있고, 나가노 도라타로(長野虎太郎)와 호소이가 편저한 『붕당사화의 검토』(제12집)도 있었지만 주로 조선 고서의 번역서가 대부분을 차지했다. 번역자를 중심으로 정리해 보면 다음과 같다.

[표 1]

『통속조선문고』(전12권)	
호소이 하지메	『목민심서』(제1집), 『장릉지』(제2집), 『아언각비』(제10집), 『장화홍련전』(제10집)
시마나카 유죠(島中雄三)	『사씨남정기』(제2집), 『구운몽』(제3집), 『광한루기』(제4집), 『추풍감별곡』(제8집)
시미즈 겐키치(清水鍵吉)	『병자일기』(제6집), 『팔역지』(제8집)
이마무라 도모(今村鞆)	『조선세시기』(제4집)
나가노 나오히코(長野直彦)	『징비록』(제5집)
시라이시 아쓰시(白石重)	『홍길동전』(제7집)
오사와 류지로(大澤龍二郎)	『심양일기』(제9집)
조경하(趙鏡夏)	『심청전』(제9집)

자유토구사는 1922년-1923년에 『선만총서』도 출간했다. 모두 11권이었다. 여기에도 기쿠치 겐조의 『각종 조선평론』(제1권), 야마지 하쿠우(山地白雨)의 『슬픈 나라』(제4집), 호소이의 『정감록』(제7집), 유게 고타로(弓削幸太郎)의 『조선의 교육』(제9집)과 같은 저서 혹은 편저도 있었지만 아래와 같이 역시 주로 조선 고서의 번역서가 주류였다.

[표 2]

『선만총서』(전11권)	
호소이 하지메	『해유록』 상권(제1권), 『제비 다리(燕の脚)』 상권(제1권), 『해유록』 하권(제2권), 『동경정의』 상권(제3권), 『봉황금』 하권(제3권), 『동경정의』 하권(제5권), 『운영전』(제11권)
시미즈 겐키치	『주영편』 상권(제8권), 『숙향전』 상권(제8권), 『주영편』 하권(제11권), 『오백년기담(奇談)』(제11권)
히라이와 유스게(平岩佑介)	『삼국유사』(제6권), 『파수록』(제10권)
시라이시 아쓰시	『봉황금』 상권(제2권)

한편 호소이는 자유토구사의 문을 닫고, 1924년에는 봉공회를 설립하여 『조선문학걸작집』 전10편을 편찬했다. 이것은 『통속조선문고』와 『선만총서』에 수록된 것을 다이제스트한 것이었다. 따라서 당연한 이야기지만 『조선문학걸작집』에 수록된 작품은 『통속조선문고』 및 『선만총서』와 겹친다. 그것을 간단히 정리하면 다음과 같다.

[표 3]

『조선문학걸작집』(전10편)
『춘향전』(역자명 없음), 『심청전』(조경하 역), 『제비 다리』(정재민 역/ 호소이 하지메 수정·윤색), 『사씨남정기』(역자명 없음), 『추풍감별곡』(조경하 역), 『장화홍련전』(조경하 역 / 호소이 하지메 수정·윤색), 『구운몽』(역자명 없음), 『남훈태평가』(역자명 없음), 『숙향전』(시미즈 켄키치 역), 『운영전』(호소이 하지메 역)

3. 작품 소개

내선융합 곧 조선 통치에 도움을 주고자 조선문화연구를 시작한 호소이와 번역자 네트워크가 관심을 가진 것은, 다름 아닌 조선민족의 심성 곧 민족성이었다. 호소이는 「장화홍련전을 번역하고」에서 이 책은 조선인의 민족 심성을 이해하는 데 도움이 된다고 말했고, 「『제비 다리』를 번역하고」에서도 조선의 민족성이 잘 보인다고 했고, 히라이와 유스게가 번역한 『파수록』의 평론문격인 「서문」에서도 조선의 민족심성을 알고 싶다고 언급했다. 또한 시미즈 젠키치도 「병자일기의 역술에 관하여」에서 야마토(大和)민족과 조선민족과의 심성 비교에 관심이 있다고 말했다. 그렇다면 조선인의 민족성에 관심을 보이면서 조선 고서를 번역했던 번역자들은 번역을 통해 어떤 조선(인)상을 발견했을까? 각각의 번역서에 보이는 '역자의 말'을 중심으로 그들이 발견해 낸 조선(인)상을 구체적으로 살펴보면 다음과 같다.

먼저 조서 고서를 번역한 각각의 번역자가 발견해 낸 조선상은 사대주의 국가로서의 조선, 지나(支那)의 속국으로서의 조선, 모방 문명으로서의 조선, 문약(文弱)한 조선이었다.

첫째, 사대주의 국가로서의 조선에 대한 언급부터 보자. 이마무라 도모는 「조선세시기의 역술에 관하여」에서 『조선세시기』는 홍석모의 『동국세시기』를 번역한 것이라고 밝힌다. 그리고 홍석모가 『동국세시기』에서 조선 풍속의 연혁과 기원 등을 설명할 때 뭐든지 지나로부터 전래됐음을 강조한다고 지적한다. 그리고 이런 홍석모의 생각을 이마무라 도모는 사대사상(事大思想)에 의한 것이라고 비판한다. 또한 시미즈 겐키치는 「병자일기의 역술에 관하여」에서 조선을 지성사대국(至誠事大國)·사대국이라고 평가한다. 호소이 하지메도 「『제비 다리』를 번역하고」에서 궁하면 반드시 다른 데서 필요한 것을 받으려고 하는 의혜(依惠)주의가 국격(國格)으로 나타나면 인접한 강대국에 대한 사대주의가 된다면서 조선이 그렇다고 말한다.

둘째, 지나의 속국으로서의 조선이다. 나가노 나오히코는 「징비록의 역술에 관하여」에서 조선은 대국(大國) 곧 종주국인 지나의 속국임에 만족했다고 지적한다.

셋째, 모방 문명으로서의 조선이다. 호소이는 「아언각비를 번역하고」에서 조선 문명을 무가치하고 무의미한 모방 문명이라고 위치 지우고, 모방 문명의 비애, 아니 어떤 문명도 갖지 못한 조선에서 비애를 느낀다고 말한다.

넷째, 문약한 조선이다. 호소이는 「해유록을 번역하고」에서 일본을 야만이라고 말하고 냉멸(冷蔑)하는 신유한에 대해 일본을 제대로 보지 못하는 식견이 없는 일개 문사(文士)라고 혹평한다. 그리고 조선을 문약하다고 지적한다.

다음으로 조선 고서를 번역한 번역자들이 발견해 낸 조선인상은 탐관오리에 시달리는 조선인, 당쟁을 즐기는 조선인, 미신을 믿는 조선인, 여성을 물격화하고 잔인한 복수를 하는 조선인, 가족주의의 폐해에 찌들고 의혜주의적인 조선인, 악정(惡政)에 순종적인 노예적 및 굴종적 조선인, 시기심과 의심(猜疑)이 많은 조선인이었다.

첫째, 탐관오리에 시달리는 조선인이다. 시라이시 아쓰시는 「홍길동전의 권두」에서 조선 사회는 관리와 백성이라는 계급으로 구성된 사회라고 하면서, 조선시대 수백 년 동안 조선의 백성은 관리인 탐관오리에 줄곧 시달렸다고 말하면서 조선인을 동정하고 있다.

둘째, 당쟁을 즐기는 조선인이다. 호소이는 「목민심서의 역술에 관하여」에서 조선의 중앙 정부는 분당 사회를 조장했다고 한다. 또한 그는 「장릉지의 역술에 관하여」에서 무오사화는 붕당사화의 발단이라고 말하며, 여기서 조선 민족정신의 추악한 면을 발견해 낸다. 계속해서 그는 「제8집의 권두」에서 시미즈 겐키치가 번역한 『팔역지』에 대해 다음과 같이 언급한다. "전편(全篇) 중에서 가장 중요한 사민총론(四民總論), 팔도총론(八道總論), 전도(全道) 각별의 논술(論述) 및 팔도(八道)의 인심(人心)만을 계출(揭出)했다. 팔도의 인심은 당화(黨禍)와 관련된 기사가 많다. 이조사림(李朝士林)의 당화와 같이 읽으면 흥미로울 것이라고 생각한다."

셋째, 미신을 믿는 조선인이다. 호소이는 「장화홍련전을 번역하고」에서 조선인에게는 미신을 믿는 것이 뿌리 깊다고 지적한다. 또한 시미즈 겐키치는 「주영편을 읽고」에서 그가 『주영편』에서 주목한 것은 조선인의 미신이었다고 한다. 즉 그는 유교를 국가통치의 이념으로 삼고 있는 조선에서 의외로 귀신을 신봉하고 미신을 믿는다고 지적한다. 계속해서 그는 「오백년기담을 읽고」에서 조선인은 속설(俗說)을 믿는다고 말하면서, "조선의 책은 어떤 서책도 거의 미신과 전설로 장식되어 있다. 본서(『오백년기담』을 가리킴. 인용자)도 또한 (그런 류의 것에) 전혀 뒤떨어지지 않는 미신이 제재로 되어 있다."고 지적한다.

넷째, 여성을 물격화하고 잔인한 복수를 하는 조선인이다. 호소이 하지메는 히라이와 유스게가 번역한 『파수록』의 평론문격인 「서문」에서 조선인은 아편, 코카인, 몰편을 즐긴다고 말한다. 그리고 『파수록』에서 여성을 물격화했던 조선의 병폐를 찾아내고 동시에 조선인의 복수 행위가 잔인하다고 지적한다.

다섯 째, 가족주의의 폐해에 찌들고 의혜주의적인 조선인이다. 호소이는 「『제비 다리』를 번역하고」에서, "『제비 다리』의 구상을 돌아봐도 동생이 형의 가족에 기식(寄食)하는 것이 당연한 듯이 쓰여 있는 것은 이 가족제도의 폐해에 의한 것이다. 또한 궁하면 반드시 다른 데서 필요한 것을 받으려고 하는 의혜주의는 흥부에게도 흥부의 처에게도 또한 그 자식에게도 침투해 있다."고 말한다.

여섯 째, 악정에 순종적인 노예적 및 굴종적 조선인이다. 호소이는 「목민심서의 역술에 관하여」에서 『목민심서』를 번역한 후 그 감상을 적고 있는데, 그는 느낀 바가 크게 세 가지가 있었다고 한다. 그 가운데에는 비리횡동(非理橫道)을 따르는 조선인의 심성 곧 악정에 순종적인 조선 상민(常民)의 노예적 굴종성이 들어 있다.

일곱 째, 시기심과 의심이 많은 조선인이다. 호소이는 신유한이 쓴 『해유록』을 검토한 후, 조선인이 시기심과 의심이 많은 심성을 가지고 있다고 지적한다.

4. 조선 고소설 일역에 관한 연구의 전망

호소이와 그와 함께했던 번역자 네트워크가 발견해 낸 조선상과 조선인상은 사실 그들 자신이 가지고 있었던 '조선(인)'에 대한 인식을 조선고서에 투영하여 형상화 낸 조선(인)상에 다름 아니었다. 또한 번역을 통해 이들이 구축한 부정적 타자로서의 조선(인)상은 결국에는 긍정적 주체로서의 일본(인)상을 구축하게 되었다.

한편 조선 고서의 번역이라는 자유토구사의 기획은 개인이 고서를 번역했다는 것과 크게 다르다. 이것이 중요하다. 왜냐하면 호소이와 번역자 네트워크가 생산해 낸 조선 고서와 그 이미지는 이후 조선 고서의 정전 (canon)화에 영향을 미쳤기 때문이다. 즉, 호소이 하지메는 자유토구사의 문을 닫고, 봉공회를 설립하여 『조선문학걸작집』을 편찬한다. 하지만 이 것은 『통속조선문고』와 『선만총서』에 수록된 것을 다이제스트한 것이었다. 『춘향전』, 『심청전』, 『제비 다리』, 『사씨남정기』, 『추풍감별곡』, 『장화홍련전』, 『구운몽』, 『남훈태평가』, 『숙향전』, 『운영전』이 여기에 수록되어 있다. 또한 호소이가 죽은 후인 1936년에 조선문제연구소는 『조선총서』(전3권)를 발행한다. 이것은 작고한 호소이가 주축이 되어 번역·출판한 도서 가운데 14권을 추린 것이다. 『목민심서』·『아언각비』·『주영편』·『해유록』·『병자일기』·『징비록』·『붕당사화의 검토』·『이조의 문신』·『장릉지』·『삼국유사』·『오백년기담』·『조선세시기』·『팔역지』·

『정감록』이 그것이다.

이와 같이 자유토구사가 출간한 『통속조선문고』와 『선만총서』에 수록된 조선 고서는 이후 봉공회의 『조선문학걸작집』으로, 그리고 조선문제연구소의 『조선총서』로 이어진다. 그리고 조선 고서의 정전화에 영향을 미친 이들 번역 작품이 독자에게 전달하고자 했던 것은 좀 전에 자세히 언급했던 바와 같이 사대주의 국가로서의 조선 등과 탐관오리에 시달리는 조선인 등이었다.

결국 일제강점기에 자유토구사로 대표되는 출판 권력은 조선 고서, 특히 고소설 번역을 통해 조선 및 조선인에 대한 담론을 생산했다. 그리고 이런 과정을 통해 만들어 낸 조선(인) 담론은 현대의 일본인도 공유하는 부분이 적지 않다. 예를 들어 한국인은 돈을 너무 좋아한다든지, 가족이나 타인에 너무 의존적이라든지, 과거사에 너무 집착한다는 것 등이 그렇다.

재조일본인이 간행한 조선 고서에 관한 연구는 한동안 역사학도를 중심으로 그것도 몇 안 되는 연구자들을 중심으로 진행되어 왔다. 예를 들면 최혜주의 「한말 일제하 재조일본인의 조선고서 간행사업」(『대동문화연구』 66, 성균관대 대동문화연구소, 2009)과 윤소영의 「호소이 하지메의 조선인식과 '제국의 꿈'」(『한국 근현대사 연구』 45, 한국근현대사학회, 2008) 등이 그 성과다. 이들 논문은 번역자 네트워크가 일본어로 옮긴 조선 고서를 목록화하거나 그 역사적 의미를 논하는데 주력했다. 한편 조선 고서의 일본어 번역에 대한 번역학적 연구는 일문학을 토대로 한 박상현의 일련의 글에서 비로소 시작됐다. 「제국일본과 번역-호소이 하지메의 조선 고소설 번역을 중심으로」(『일어일문학연구』 71, 한국일어일문학회, 2009), 「번역으로 발견된 '조선인'-자유토구사의 조선 고서 번역을 중심으로」(『일본문화학보』 46, 한국일본문화학회, 2010), 「호소이 하지메의 일본어 번역본 『장화홍련전』 연구」(『일본문화연구』 37, 동아시아일본학회, 2011)가 그것이다. 그리고 더 나아가 김효순은 한반도 일본어문학론과의 상관관계 속에서 조선 고서의 일본어 번역에 관해 논했다. 「1920년대 식민지조선의 어문정책과 조선문예물 번역 연구」(『일본학보』 96, 한국일본학회, 2013), 「1920년대 조선문학 붐과 만들어지는 조선적 가치-호소이 하지메 편 <통속조선문고> 「장화홍련전」 번역을 중심으로」(『한일군사문화연구』 21, 한일군사문화학회, 2016) 등이 그 주요 성과다.

이와 같은 조선 고서의 일본어 번역에 관한 탁월한 선행연구가 있었음에도 일제강점기에 생산된 조선(인) 담론과 현대 한국인에 대해 일본인이 가지고 있는 이미지와의 깊은 관련성에 대한 연구는 아직까지 본격적으로 이루어지지 못하고 있다. 앞으로 이에 대한 천착이 요구된다.

▶ 박상현

제8절 소비도시 경성과 여급문학의 성행

1. 여급소설의 개념과 출현 배경

식민지 조선의 수도 경성은, 1920년대 중반 이후부터 근대 도시, 소비도시로서의 면모를 갖추어 갔다. 이 시기 경성은 우체국, 전화국, 병원, 학교 등 근대적 제도를 확립하였고, 백화점, 카페, 영화관, 관광회사 등 소비산업이 활성화되었으며, 그에 따라 식민종주국인 일본에서 다양한 부류의 여성들이 도한했다. 이전까지는 가정주부나 예기 등 한정된 분야의 여성들만 도한하였으나, 1920년대 말부터는 전화교환수, 간호사, 의사, 교사 등 전문직 여성들, 백화점의 점원, 카페의 여급, 영화배우, 가이드 걸 등 각종 소비산업에 종사하는 여성들이 대거 도한하였다.

이러한 과정에서 서구 자본주의와 근대제도가 실현되었던 도쿄[東京]의 긴자[銀座], 요코하마[横浜], 오사카[大阪] 등의 근대적 소비문화의 행태는 경성에 그대로 이식되었고, 그에 따른 대규모 인적 이동은 경성 사람들의 삶에 큰 변화를 초래했다. 그러나 카페 문화는 일본에서 한반도로 바로 이식된 것이 아니라 서구-일본-재조일본인사회-조선사회라는 경로를 통해 이식된다. 즉 식민지 시기 경성의 근대문화, 소비문화는 일본인

거류지인 남촌(본정)을 중심으로 형성되었으며, 그것이 조선인들의 상업
구역이었던 북촌(종로)으로 침식한 것은 시간차를 두고 이루어졌다. 즉 여
급이 에로서비스를 제공하는 카페문화는 식민지 본국의 오사카, 긴자에
서 경성의 일본인 거류지인 본정(本町)으로, 다시 본정에서 종로로 라는
이식, 변용 과정을 거친 것이다. 그리하여 3·1독립운동 이후인 1920년
대에 한국에서 카페의 등장이 본격화되었고 재조일본인들이 명치정(明治
町)과 본정을 중심으로 문을 열었다.

　이와 같이 일본인 상업의 중심지 본정을 중심으로 1920년대 후반부터
번성하기 시작한 카페는 여급의 신체성을 상품화하는 에로산업의 중심을
이루었고, 그러한 퇴폐향락적 사회 풍속은 대중을 사로잡았다. 그리고 카
페의 여급들은 소비문화의 아이콘으로 재조일본인 작가들의 주목의 대상
이 되어, 르포기사, 꽁트, 소설 등의 주인공으로 등장하였다. 이와 같이
1920년대 말에서 1930년대 전반 카페 여급이 주인공으로 등장하는 문학
을 여급문학이라 한다.

2. 여급소설의 전개양상

　1920년대 말에 시작되어 1930년대 초 전성기를 구가하던 근대적 소비
문화의 중심으로서 카페의 성행은 일본, 조선 양국에 카페를 배경으로
하거나 여급을 주요등장인물로 하는 여급문학의 유행을 초래했다. 히로
쓰 가즈오[廣津和郎](1891-1968)의 「여급(女給)」(『婦人公論』 1930), 나가이 가후
[永井荷風](1879-1959)의 「장마전후[つゆのあとさき]」(『中央公論』 1931), 마쓰자카
덴민[松崎天民](1878-1934)의 「긴자[銀座]」(『銀座』銀ぶらガイド社, 1927), 안도 고세

이[安藤更正](1900-1970)의 「긴자 세견[銀座細見]」(春陽堂, 1931) 등이 그것이다.

또한 카페 문화가 서구-일본-재조일본인사회-조선사회라는 경로를 통해 이식된 것과 마찬가지로, 여급문학 역시 한국의 모더니트 작가들이 여급소설을 창작하기 이전에 재조일본인들 사회에서 먼저 등장했다. 즉 한반도에서 처음 등장한 여급소설은 매우 이른 시기여서, 1923년에 이미 시노자키 조지[篠崎潮二]의 「가두 애화 통탄의 문신 여급 김짱의 기구한 운명[街頭哀話 嘆きの刺青 女給金ちやんの數奇な運命]」(『조선급만주』 1923.11.10.)이 등장했다. 이후 아래 표와 같이 1920년대 후반에 본격적으로 여급소설이 나오고 1933-34년에 가장 성행하다가 36년에 이르러 급감한다. 이 시기에는 소설만이 아니라 에로를 내세우는 카페와 여급에 관한 르포나 기사가 봇물 터지듯 쏟아져 나왔다.

[재조일본인 여급문학 목록]

게재지, 권호(연월)	작가 및 제목
『조선급만주』 제192호(1923.11)	시노자키 조지[篠崎潮二]의 「가두 애화 통탄의 문신 여급 김짱의 기구한 운명[街頭哀話 嘆きの刺青 女給金ちやんの數奇な運命]」
『조선급만주』 제218호(1926.1)	시노자키 조지 「고통의 십자가를 진 만주의 여자[苦の十字架を背負はされた滿州の女]」
『조선급만주』 제228호(1926.11)	하리오 교라이[張尾去來] 「소설 여자의 다리[女の足]」
『조선급만주』 제242호(1928.1)	시노자키 조지 「대륙을 떠도는 가련한 여성[大陸を流れ漂ふ哀れな女性]」
『조선급만주』 1928.6	야마자키 레이몬진[山崎黎門人] 「탐정 콩트 짖궂은 형사[探偵コント 意地わる刑事]」
『조선급만주』 1930.7	모리 지로[森次郎] 「어느 여급과 신문기자[或る女給と新聞記者]」
『조선급만주』 1930.9	모리 지로 「실화 카페 여주인과 권총사건[カフエー女將と拳銃事件]」

『조선공론』 1932.9-10	아키요시 하루오[秋良春夫] 「실화 사랑에 빠진 사진기사 [魅られた寫眞記者]」
『조선급만주』 제302호(1933.1)	도쿄 모리 사토미[森凡] 「여급에게서 들은 이야기[女給から聞いた話]」
『조선급만주』 제307호(1933.6)	다키 조지[瀧襄二] 「16미리 도회 풍경 뒷골목 묘사[一六ミリ都會風景 裏町の描寫]」
『조선급만주』 제308호(1933.7)	에마 슌타로[江間俊太郎] 「동경[憧憬]」
『조선급만주』 제311호(1933.10)	경성 아카베 산코[赤部三光] 실화 「도둑맞은 여급의 일기장[盜まれた女給の日記帳]」
『조선급만주』 제312호(1933.11)	야마데라 조지[山寺讓二] 비련이야기 「강변의 추억 동반자살[河畔の追憶心中]」
『조선급만주』 제314호(1934.1)	경성 무라오카 유타카[村岡饒] 「술집 여자[酒場の女]」
『조선급만주』 제316호(1934.3)	경성 무라오카 유타카 소설 「숙명에 우는 주막의 여자[宿命に哭く酒幕の女]」
『조선급만주』 제320호(1934.7)	다키 구레히토[瀧暮人] 실화 「황마차로 도망친 여급[幌馬車で逃げた女給]」
『조선급만주』 제321호(1934.8)	구레 가즈키[暮一樹] 「향락의 무대 경성 카페 만담[享樂の舞台京城カフエ漫談]」
『조선급만주』 제322호(1934.9)	경성문인 구락부[京城文人具樂部] 우사미 세이치로[宇佐美誠一郎] 「자살 직전의 여자[自殺一步前の女]」
『조선급만주』 제340호(1936.3)	경성당(京城堂) 가도 시게오[門重夫] 「이 이색항구의 아가씨[此異色港姬君]」

이상과 같은 재조일본인 사회의 여급문학이 자취를 감추고 난 후에는 1930년대 중반 한국문학의 주축을 담당했던 한국의 모더니즘 문학이 여급문학의 성격을 띠며 나타났다. 즉 이상(1910-1937)의 「지주회시(蜘蛛會豕)」(『中央』 1936), 「날개」(『朝光』 1936), 「환시기(幻視記)」(『청색지』 1936), 박태원(1909-1986)의 「애욕」(『朝鮮日報』 1934), 「길은 어둡고」(『開闢』 1935), 「천변풍경」(1936-1937), 「성탄제」(『女性』 1937), 이효석(1907-1942)의 「계절」(1935), 「엉겅퀴의 장」(『國民文學』 1941), 채만식(1902-1950)의 「인형의 집을 나와서」

(1933), 김유정의 「따라지」(『朝光』 1937), 유진오의 「나비」(1940) 등 모더니즘 문학은 대부분 여급문학의 성격을 띠고 있다.

3. 여급문학 작품소개

재조일본인 사회에서 등장한 여급문학은, '소설 「여자의 다리[女の足]」', '소설 「숙명에 우는 주막의 여자[宿命に哭く酒幕の女]」'처럼, '소설'이라는 각서를 단 것도 있지만, '실화 「도둑맞은 여급의 일기장[盜まれた女給の日記帳]」', '실화 「황마차로 도망친 여급[幌馬車で逃げた女給]」'처럼 실화의 형식을 빌거나 「고통의 십자가를 진 만주의 여자[苦の十字架を背負はされた滿州の女]」, 「여급에게서 들은 이야기(女給から聞いた話)」처럼 르포 형식을 취하고 있는 것도 있다. 그러나 이들 작품들은 실제로는 기자 혹은 작가에 의해 허구화된 측면이 강하여 소설에 가깝고, 카페에서 들은 이야기를 전달하는 액자소설양식을 취하고 있다. 예를 들어 시노자키 조지의 「고통의 십자가를 진 만주의 여자」의 나레이터는 '나[私]'=희곡작가로 허구화된 인물로 추측되며, 이야기의 중심은 그가 봉천에서 만난 옛 애인이자 카페여급인 정향(靜香)을 중심으로 전개된다. 무라오카 유타카[村岡饒]의 「술집 여자[酒場の女]」(제314호, 1934. 1)도 화자인 '나'가 크리스마스에 카페 리라에서 여급 마미를 만나고, 그녀의 친구 마코[魔子]를 중심으로 이야기가 전개되는데, '나' 역시 허구적 인물로 판단된다.

이상과 같이 액자 소설의 형태이기 때문에, 액자 안에서 어느 정도는 여급들의 자기언급이 나타나고 있다. 그녀들은 예기, 댄서, 여배우 출신도 있지만, 대부분의 경우 자신을 여학생 출신이나 전문대 출신으로 교

육을 받은 여성들로 이야기한다. 그녀들이 여급이 된 원인도 단순히 가난이라는 경제적 원인에 있지 않은 것으로 설명되고 있다. 시노자키 조지의 「고통의 십자가를 진 만주의 여자」(제218호, 1926. 1)의 정향은 여자대학 출신으로 정인이 죽자 절망하여 대륙으로 건너와 사쿠라[櫻] 카페 여급이 된다. 마찬가지로 시노자키 조지의 「대륙을 떠도는 가련한 여성」 중 <상하이에서 독사한 여자[上海で毒死した女]>라는 에피소드의 이시이 사치코[石井幸子]도 결혼생활의 파탄에 절망하여 환락의 도시 상하이로 건너간다. 실화 「황마차로 도망친 여급」의 마미도 새어머니의 동생과 마음에도 없는 결혼을 하게 된데 대한 반발로 도망을 쳐서 봉천, 하얼빈, 경성 등을 떠돈다. 구레 가즈키[暮一樹]의 「형락의 무대 경성 카페 만담[享樂の舞台京城カフエ漫談]」(제321호, 1934. 8)의 여급 데루카[輝香, 土佐高知 출신]는 사랑하는 의학박사에게 배반당하고 자포자기 심정으로 여급이 된다. 이와 같이 그녀들이 여급이 된 배경에는 부모와의 가정불화나 결혼생활의 실패, 사랑에 대한 배신으로 인한 자포자기의 심정이 있다고 할 수 있다. 그런 점에서 야마데라 조지[山寺讓二]의 비련이야기 「강변의 추억 동반자살[河畔の追憶心中]」(제312호, 1933. 11)의 우타히메 미네코[峰子, 본명 金甲順]가 카페 엔젤의 여급이 된 배경은 주목할 만하다. 그녀는 '집은 가난한 조선인[家は貧しい鮮人]'이고, '보통학교에 들어가고 얼마 안 있어 귀여워해 주던 아버지는 돌아가버렸[普通學校にあがつて間もなく, 可愛がつてくれた父樣は死んでしまつた]'으며, '16세에, 전통의 인습으로 모르는 남자 집안에 시집을 가서[十六歲, 伝統の因習から見知らぬ男の家に嫁し]' '노예처럼 일을 하게 된[奴隷のやうに働かされた]'(山寺讓二 1933. 11 : 107) 것에 대한 반발에서 카페의 여급이 된다. 즉 그녀가 카페의 여급이 된 것은 전근대적 결혼제도에 대한 반발이라는 비판의식에서 출발하고 있다는 것이다. 그러나 이 시기 여급소설의 주인공들

이 여급이 되는 것은 대부분 어찌할 수 없는 개인적 운명에 대한 체념 혹은 자포자기심정을 바탕으로 하고 있고, 그것이 근대제도나 사회적 제도에 대한 비판의식으로 확대되는 양상은 보이지 않는다.

또 한 가지 이 시기 여급소설에서 두드러진 특징은 그녀들의 삶이 자살시도라는 극단적 파국으로 치닫는 양상을 보인다는 점이다. 시노자키 조지의 「대륙을 떠도는 가련한 여성」 중 <지하실의 여자[地下室の女]>의 주인공 야마치 란코[山地蘭子]는 러시아인이나 중국인만을 상대로 매춘하다 실연 끝에 자살을 하고, <상하이에서 독사한 여자>의 이시이 사치코도 결혼생활의 파탄에 절망하여 환락의 도시 상하이를 떠돌다 자살한다. 다키 조지[瀧襄二]의 「철로의 붉은 장미[鐵路の紅薔薇]」(제310호, 1933.9)도 전통과 새로운 시대정신의 충돌로 인해 사랑을 이루지 못하고 철도 자살을 한 김금득(金金得)과 갑정숙(甲貞淑)의 이야기이다. 야마데라 조지의 「강변의 추억 동반자살」의 미네코[峰子]와 의학사 조병운(盧秉雲)도 자살하여, 전근대적 정혼제도의 희생자들로 그려지고 있다. 무라오카 유타카의 「술집 여자」의 마코 역시 아버지 다른 형제와 엄마의 냉대로 억지로 결혼하여 집을 나와 카페를 전전하다가 남자들에게 배신당하고 자살 시도를 한다. 이와 같이 『조선과 만주』의 여급소설에 등장하는 여급들은 교육을 받은 인텔리여성들로, 가정불화나 결혼생활의 실패, 사랑에 대한 배신으로 인한 자포자기의 심정에서 자살이라는 극단적 선택을 할 만큼 파국으로 치닫는 삶을 사는 것으로 그려지고 있다.

4. 여급문학의 의의 및 전망

한반도에서 1920년대 말에서 1930년대에 카페 붐에 관한 방대한 기사와 실화형식을 취한 여급문학이 성행한 것은 당시 카페문화가 소비사회의 중심에 자리잡고 있었음을 드러낸다. 그리고 이러한 여급문학에는 이 시기 돈을 벌기 위해 도한한 노동자 계층의 일본여성들이 조선 여성들과 같은 공간에 혼재함으로써 언어, 문화, 습관 등이 변용되는 양상과 그녀들이 의식적으로 자신들을 내지 일본 여성과 동일화하고, 한국여성과는 구별하고자 하는 태도가 생생하게 재현되어 있다. 즉 여급문학에 등장하는 여성들은 식민지배의 모순과 실상을 그대로 구현하는 존재였고, 그녀들의 표상은 지배-피지배라는 민족의 문제만이 아니라 남성-여성, 외지여성-내지여성, 일반여성-매춘여성 등 다양한 층위에서 복잡한 양상으로 전개된다.

그러나 이들 여급문학에 대한 연구는 아직 본격적으로 이루어지지 않아, 김효순의 「1930년대 일본어잡지의 재조일본인 여성 표상-조선과 만주』의 여급소설을 중심으로-」(『일본문화연구』 제45집, 2013.1)가 유일하다. 이는 우정권의 「1930년대 경성 카페 문화의 스토리 맵에 관한 연구」(『한국현대문학연구』 vol.32, 2010), 박숙영의 「근대문학과 카페」(『한국민족문화』 vol, 2005), 박소영의 「1930년대 카페 여급 담론의 탈식민주의 연구-『삼천리』와 『별건곤』을 중심으로-」(『동북아시아문화학회』 국제학술대회 발표 자료집, 2010.5) 등과 같이 한국 모더니즘 문학 연구의 영역에서 여급문학이 자주 논해지는 현상과는 대조적이라 할 수 있다. 그러나 재조일본인 잡지에 게재된 여급문학은 식민지 조선의 카페의 문화나 여급문학이 일본에서 직수입된 것으로 파악하는 1930년대 한국의 모더니즘 문학의 연구의 공

백을 보강하는데도 중요한 단서를 제공할 것이다. 또한 여급문학에 등장
하는 여성들은 문화사적으로 보면 대부분 실연, 혹은 결혼의 실패로 인
해 일자리를 찾아 조선, 대만, 상하이, 만주 등 대륙을 떠도는 여성들로,
음악, 패션, 미술, 근대적 연애관 혹은 결혼관 등 문화를 각 지역으로 전
파하는 역할을 했다고도 할 수 있다. 따라서 그녀들에 의해 이동, 변용된
음악, 패션, 미술, 연애관 등 다양한 문화현상에 대한 검토는 식민지시기
문화현상을 파악하는 데 새로운 관점을 제시할 수 있을 것이라 생각된다.

▶ 김효순

제9절 한반도 일본어 탐정소설의 등장

1. 탐정소설의 개념 및 배경

'탐정소설'은 영어의 'Detective Stories' 혹은 'Detective Novels'를 일본에서 '探偵小說(탐정소설)'로 받아들인 번역어로서 '탐정(Detective)'이 불가사의한 미스터리나 사건을 해결해나가는 소설을 가리킨다. 탐정이라는 직업과 과학적 증거를 바탕으로 한 객관적 추리가 근대 이후에 형성된 산물이고 탐정소설의 윤리 기반 또한 근대적 법 제도를 전제로 하고 있어서 탐정과 탐정소설은 근대 이후에야 비로소 탄생할 수 있었다. 과학적 지식과 합리적 이성으로 불가해한 사건을 풀어가는 탐정의 존재를 니콜라스 블레이크(Nicholas Blake)가 "'명탐정'은 종교로부터 독립한 '과학이라는 새로운 신을 대변하는 사제'로 가정되는 존재"[1]라 일컬은 것도 탐정이라는 직종과 그의 추리가 근대의 산물이기 때문이다.

탐정소설의 효시는 1841년 에드거 앨런 포(Edgar Allan Poe)가 자신이 주필로 있던 『그레이엄스 매거진(Grayam's Megazine)』에 실은 「모르그가의

---

1) 다카하시 데쓰오 저, 고려대학교 일본추리소설연구회 역 『미스터리의 사회학-근대적 '기분전환'의 조건』 역락, 2015, p.169.

살인사건(The Murders in the Rue Morgue)」으로 일컬어지고 있다. 탐정소설
은 미국, 프랑스와 영국을 중심으로 전개되어 19세기 중후반부터는 서구
의 주요 대중소설의 한 축을 이루었고 제1, 2차 세계대전 사이에는 본격
장편 탐정소설이 다수 발표되어 황금기를 맞이하였다.

　이렇듯 서양에서 탄생한 탐정소설은 아시아에서 제일 먼저 문호를 개
방한 일본에 서양의 근대 문물과 함께 유입되었다. 메이지(明治)초기 소신
문(小新聞 : 오늘날의 타블로이드지)에는 범죄물이나 독부물(毒婦物) 등의 소설
들이 독자들의 구매욕을 자극하기 위해서 항시 연재되었는데 메이지 10
년대부터는 안나 캐서린 그린(Anna Katherine Green)의 「Ｘ・Ｙ・Ｚ」를 하
루노야 오보로(春のや朧 : 쓰보우치 쇼요(坪內逍遙))가 번안한 「사전쿠(贋貨つかひ)」
(『讀賣新聞』 1887.11~12)이나 에드거 앨런 포 작 다케노야 주인(竹の舍主人)
역의 「르 모르그의 살인(ルーモルグの人殺し)」(『讀賣新聞』 1887.12) 등 서양의 탐
정소설이 신문에 연재되기 시작하였다. 1888년 구로이와 루이코(黑岩淚香)
가 『곤니치신문(今日新聞)』에 서양의 탐정소설을 번안하기 시작하면서 일
본에서는 번안 탐정소설 붐이 일어났으며 1920년 1월 하쿠분칸(博文館)에
서 『신청년(新靑年)』 잡지가 창간되고 이윽고 이 잡지를 통해서 에도가와
란포(江戶川亂步)를 비롯한 수많은 일본인 탐정소설 작가들이 배출되어 탐
정소설 문단이 형성되기 시작하였다. 1920년대 중후반은 일본에서 루이
코가 활약한 탐정소설 붐 제1기에 이어서 탐정소설이 대중문학의 대표적
인 장르로 자리 잡게 된 탐정소설 붐 제2기를 맞이하여 『신청년』을 비롯
해 다수의 탐정소설 전문잡지가 창간되었고 수많은 탐정소설 총서가 간
행되었다.

　한편, 한반도의 경우를 살펴보면 한반도에서 탐정소설 장르가 형성된
과정은 일본의 식민지 지배와 깊은 관련이 있다. 이는 근대 서양에서 형

성된 장르인 탐정소설이 일본의 문명화, 근대화의 과정에서 유입되어 번
안, 번역을 거쳐 일본의 주요 대중문학 장르로 자리매김해간 과정과 동
일하다. 한반도의 근대화 과정이 구한말에 일본으로의 유학생 파견을 비
롯해서 시작된 것처럼 근대적 제도와 학지(學知)가 일본을 거쳐서 유입되
었다는 사실을 관가할 수 없다. 한반도에서 탐정소설은 신소설의 일종으
로 '정탐소설'이라는 표제어로 먼저 등장하였고 그 효시는 1908년 12월
4일부터 1909년 2월 12일까지 『데국신문』에 연재된 이해조의 「쌍옥적(雙
玉笛)」이다. 1910년의 합방 이후에는 프랑스의 대표적 탐정소설 작가 포
르츄네 듀 보아고베(Fortune du Boisgobey)의 『묘안석 반지(L'Œil-de-chat)』
(1888)을 구로이와 루이코가 번안한 「지환(指環)」(金櫻堂, 1889)을 동양서원
에서 1912년 1월 『지환당』(역자 미상)이라는 제목으로 다시 번안하여 출
판하였다. 이해조가 번역한 『누구의 죄』 또한 에밀 가보리오(Emile
Gaboriau)의 『르루즈 사건(L'Affaire Lerouge)』(1863)을 구로이와 루이코가 『사
람인가 귀신인가[人耶鬼耶]』(1888)로 번안한 것을 축약하고 의역하여 출판
한 것이다. 이처럼 10년대에는 서양 탐정소설의 번안이 그리고 20년대에
는 서양 탐정소설의 주요 작품들의 번역이 유행하였다. 특히 1910년대의
신문연재소설이 일본에서 번안된 서양 작품을 재번안하는 방법을 취하였
듯이[2] 탐정소설 또한 일본에서 번안된 서양 탐정소설을 재번안 혹은 재
번역하는 방법으로 한반도로 유입되었다. 정탐소설이 아니라 '탐정소설'
이라는 제명 아래에 발표된 첫 작품은 1918년 『태서문예신보』에 연재된
코난 도일(Arthur Conan Doyle)의 「충복」이고 1920년대 이후 서양 탐정소
설을 번역한 도서들이 다수 출판되는 한편, 방정환에 의해서 소녀소년들

---

2) 근대초기 한국에서의 번안 및 번역 작품에 관해서는 박진영 『번안과 번역의 시대』(소명
　출판, 2011)에서 상세히 기술하고 있다.

을 위한 모험소설이 창작되기도 하였다.

대중문학 장르인 탐정소설은 본래 '조건 의존형 도서'일 수밖에 없다. 탐정소설은 지적 유희를 즐길 수 있는 정신 풍토의 근대로의 변이와 경제구조의 변화로 인한 새로운 독자층의 형성, 그리고 그들의 새로운 욕망 창출, 이것들이 한 데 어울려서 탄생한 대중문학 장르이다. 하지만 한국을 비롯한 아시아의 경우 일본의 식민지배 과정을 통해서 이 장르가 유입·변용된 것으로 서양의 탐정소설과는 다른 역사적 배경과 복잡한 전개 양상을 보이고 있다. 이처럼 한국의 경우 일본에서 번안된 서양 탐정소설을 한국어로 중역 혹 번안하는 과정을 거치면서 널리 읽혀지기 시작했고 1920년대부터는 한반도에서 간행된 일본어 잡지의 문예란에 탐정소설이 등장하기 시작하였다.

2. 탐정소설의 전개양상

조선에서 유통한 일본어 탐정소설은 크게 두 형태로 나눌 수 있다. 하나는 일본 '내지'에서 출판된 탐정소설이 조선 내 일본어 서점을 통해 유입되는 형태이고 또 하나는 한반도에서 간행된 일본어 잡지에 게재된 일본어 탐정소설들이다. 조선에서 유통된 한국어 탐정소설은 작가도 독자도 한국인이지만 일본어 탐정소설의 경우, 상황이 좀 더 복잡하다. 글쓴이는 한국인과 조선에 거주하는 일본인(이하 재조일본인) 또는 '내지' 일본인일 수 있고, 독자는 재조일본인이거나 일본어를 읽을 수 있는 한국인 일본어 식자층이었다.

다음은 1920년대 한반도에서 간행된 일본어 잡지에 개제된 탐정소설

(허구를 전재로 집필된 글만 선정)의 목록이다.

[1920년대 한반도의 일본어 탐정소설]

저자	집필지	작품명	게재지	게재년월
노다(野田)[總督府]	조선	소설 푸른 옷의 도적(1)~(8) (小說 青衣の賊)	警務彙報	1920.10 ~1921.5
코난 도일 작/구라모치 다카오(倉特高雄) 역	일본	탐정소설 의문의 죽음(1)~(3) (探偵小說 謎の死)	朝鮮公論	1925.10 ~12
다케모토 구니오 (竹本國夫)	일본	영화각본 시대극도리모노초 광련의 칼날(1)~(2) (映畵脚本 時代劇捕物帳 狂戀の刃)	朝鮮公論	1926.2 ~3
에도가와 란포	일본	탐정취미(探偵趣味)	朝鮮及滿洲	1927.1
사가와 슌푸 (佐川春風)	일본	단편탐정소설 보석을 노리는 남자 (短編探偵小說 寶石を覘ふ男)	朝鮮地方行政	1928.3
기노우치 나리세이 (木內爲棲)	조선	탐정소설 심산의 모색 (探偵小說 深山の暮色)	朝鮮地方行政	1928.4
경성탐정취미회 동인 야마자키 레이몬진 (山崎黎門人)	조선	장편 연못사건 (掌篇 蓮池事件)	朝鮮公論	1928.1
마쓰모토 데루카 (松本輝華)	조선	경성탐정취미회 선언문 (京城探偵趣味の會宣言文)	朝鮮公論	1928.6
경성탐정취미회동인 야마자키 레이몬지	조선	탐정소설 심술궂은 형사 (探偵小說 意地わる刑事)	朝鮮公論	1928.6
코난 도일 작 /구라모치 다카오 역	일본	탐정소설 명마의 행방(1)~(2) (探偵小說 名馬の行方)	朝鮮公論	1928.7~8
스에다 아키라[末田晃] [京城帝國大學豫科]	조선	탐정소설 엽사병 환자(1)~(3) (探偵小說 獵死病患者)	警務彙報	1929.7.11, 1930.4
김삼규 (金三圭)	조선	탐정소설 말뚝에 선 메스(1)~(3) (探偵小說 杭に立つたメス)	朝鮮地方行政	1929.11 ~1930.1

　1920년대 한반도의 일본어 탐정소설의 특징은 코난 도일의 셜록 홈즈
가 번역되거나 사가와 슌푸의 탐정소설이나 에도가와 란포의 에세이가

게재되는 등 정형적인 탐정소설이나 '내지' 일본에서 이름이 알려진 탐정소설 작가의 글이 기고되었다는 점이다. 일본에서의 서양 탐정소설의 유이나 한반도에서의 한국어 탐정소설의 정착 과정처럼 번안이라는 과정을 거치지 않고 정형적인 탐정소설이 조선 내 일본어 식자층에게 제공되었다는 점을 들 수 있다.

한편 1920년대 재조일본인이 직접 쓰고 향유한 탐정소설의 특징은 기자, 경찰이나 법조인 등 실제로 범죄를 다루는 일에 종사한 사람들이 허구로서의 탐정소설을 집필하거나 실화를 바탕으로 쓴 글들이 많았다는 점이다. 위의 표에 있는 노다나 기노우치 나리세이의 작품 외에도 실화를 바탕으로 쓴 마쓰모토 데루카(신문 기자)의 「충남이문 사랑인가? 원한인가? 수수께끼 서기의 죽음을 둘러싼 두 여자의 자살(忠南異聞 戀か?恨か? 謎々書記の死を環る女二人の自殺)」(『朝鮮公論』 1924.12)이나 법조인인 다케조이 조지(竹添蝶二)의 「조선범죄이야기(朝鮮犯罪物語)」(『(朝鮮)司法協會雜誌』 1927), 「예문조법 : 조선범죄야화(藝文曹法 : 朝鮮犯罪夜話)」(『警務彙報』 1928) 등 실화와 허구의 경계가 모호한 '읽을거리'도 다수 게재되었다.

1928년 경성에서 재조일본인들이 '경성탐정취미회'를 결성한 것은 1920년대말에 이르러 재조일본인들에게 있어서 탐정소설이 그저 소비만 하는 대상이 아니라 스스로 창작을 시도하고 취미 클럽을 경성하여 즐길 만큼 그들의 문화 속에 충분히 녹아들었다는 것을 반증하고 있다. 이러한 클럽 문화 장르로서의 탐정소설이 지닌 특징은 30년대 들어와서 더욱 두드러지기 시작하였다. 재조일본인 사회에서 식민지기 조선의 일본어 탐정소설은 주로 한국에 거주했던 재조일본인들이 썼지만 그 중에는 한국인이 쓴 일본어 탐정소설도 있었다. 그것이 바로 김삼규라는 작가가 『조선지방행정(朝鮮地方行政)』이라는 경성에서 발행된 일본어 잡지에 1929

년 11월부터 1930년 1월까지 3회에 걸쳐 연재한 「탐정소설 말뚝에 선 메스(探偵小說 杭に立つたメス)」라는 작품이다. 이 작품은 종래 한국인이 쓴 최초의 일본어 탐정소설이라고 일컬어졌던 김내성의 「타원형의 거울(楕円形の鏡)」(『ぷろふいる』 1935. 3)보다 약 6년이나 먼저 발표되었기에 한국 탐정소설사를 재고하기에 충분한 자료라고 사료된다.

▶ 유재진

제10절 일본대중문화 유통과 식민지의 괴담

1. 개념 및 배경

근대 일본에서 발생한 괴담 붐은 새로운 근대적인 괴담을 속속 만들어 내었으며, 1920년대 후반이 되면 이를 뒷받침하듯 수많은 괴담 관련 서적들이 간행된다. 또한 괴담 장르는 대중소비사회의 발달로 에도시대부터 이어진 라쿠고[落語]괴담, 고단[講談]과 더불어 이제는 활동사진과 출판물을 통해서 대중 오락문화에 깊숙이 침투해갔다. 일본 고유의 괴담을 새롭게 발견하고 저술한 고이즈미 야쿠모[小泉八雲, Patrick Lafcadio Hearn]는 1904년에 일본에 전해져온 「설녀(雪女)」, 「오소리(貉)」와 같은 구비(口碑) 괴담을 『Kwaidan』으로 미국에서 간행하였고, 일본어로는 1926년 『고이즈미 야쿠모 전집[小泉八雲全集]』으로 편집하여 발간하였다. 또한 다나카 고타로[田中貢太郎]가 1928년에 발간한 「괴담 전집[怪談全集]」은 괴담을 주제별로 수집하여 편성한 것으로, 식민지 조선에서도 『경성일보』와 『매일신보』와 같은 신문을 통하여 대대적인 선전이 이루어졌다. 이와 같이 당시 일본의 대중문화였던 괴담은 바다를 건너 식민지 조선과도 밀접한 관계 속에 전개되어 갔다.

이 시기 재조일본인의 괴담 분류는 크게 ① 잡지의 기자들이 식민지생
활을 배경으로 한 '창작' 괴담, ② 영어권의 괴담을 일본어로 번역한 '번
역' 괴담, ③ 일본 전설과 조선 전설을 괴담으로 만든 '전설' 괴담으로
나누어 볼 수 있다. 또한 이들이 실린 매체는 잡지와 괴담 서적, 그리고
신문으로 대별할 수 있다. 먼저 1920년대에 잡지에 게재된 '창작' 괴담
은 식민지에서의 생활과 밀착된 오락적인 성격의 읽을거리 형식을 취하
며, 재조일본인이 무엇에 공포를 느끼고 무엇을 불안하게 여겼는지를 적
나라하게 그려 내었다. 예를 들어 조선인의 폭탄 테러가 잇따르는 불안
한 사회 상황, 열악한 위생 환경으로 인한 전염병과 죽음의 공포, 무슨
일이 생기면 일본에 귀국해야 한다는 불안정한 신변 등은 재조일본인이
조선이라는 객지에서 직면한 가혹한 현실에 다름 아니었다. 이러한 재조
일본인들의 불확실한 정체성은 괴담 속에 '조선인'을 구체적으로 서술하
지 않은 채 배경으로 취급하며 일본인이나 일본사회를 지나치게 상세히
그려내는 기이한 구조의 괴담을 만들어내었다.

2. 재조일본인 괴담의 전개양상

1920년대는 일본인의 인구증가와 미디어 매체의 안정에 따라 문예란
에서 괴담 장르도 융성하게 되었는데, 이 시기는 크게 1920~1925년의
잡지괴담, 그리고 1926~1929년의 신문을 중심으로 한 괴담으로 크게
나누어 볼 수 있다. 우선 1920년부터 1925년까지 잡지 괴담은 모두 11편
이 게재되었는데, 그중 9편은 『조선공론』에 게재되었으며 교와라베[京童]
의 「돌사자의 괴이[石獅子の怪]」(1921.3), 니주시로[二十四樓]의 「사람의 그림

재[人の影]」(1921.6), 사다 소토[佐田草人]의 「사람을 저주하는 집[人間に祟る家]」, 나지마 나미오[名島浪夫]의 「창백한 도깨비불[靑白い人魂]」(1921.12), 마키도시[牧童子]의 「기담 괴담 열차의 괴이[談怪談-列車の怪異]」(1922.2), 마쓰모토 요이치로[松本輿一郞]의 「봄의 괴담 경성의 새벽 2시[春宵怪談-京城の丑滿刻]」(1922.4-5), 「용등의 소나무 이야기[龍灯の松物語]」(1922.9), 아오사와 데루지[靑澤てる路]의 「사쿠라 삼리의 달밤[櫻三里の月夜]」(1922.9), 이치야마 모리오[市山盛雄]의 「한냐공주의 혼[般若姬の魂]」(1925.2)을 대표적인 작품으로 꼽을 수 있다. 그 중 교와라베, 마쓰모토 요이치로, 사다 소토의 '창작' 괴담은 조선에서 생활하는 재조일본인의 식민자의 시선과 이주자로서의 불안함이 공존하고 있는 독특한 작품이라고 할 수 있다. 이렇게 1920년대 전반 '창작' 괴담이 많이 나온 것은 조선에서 문필 활동을 펼쳤던 재조일본인들의 문인 모임인 <조선 문단>이 결성된 것과 주필 세력인 마쓰모토가 다른 매체로 이적한 것과 관계가 깊다.

한편 1926-1929년에는 잡지에 게재되는 괴담은 줄어가는 반면 일본어신문 『경성일보』에는 조선의 전설을 토대로 각색된 괴담 시리즈가 23편이나 등장하였다. 또한 「전설의 도시·동네 괴담[伝説の都·町の怪談]」(1926.6.17-7.8), 「괴문록(怪聞錄)」(1927.7.26-31)이라는 칼럼에는 '조선의 전설'이 무서운 괴담으로 소개되어 실리기도 하였다. 특히 주목할 사항은 이들 괴담 시리즈가 여름에 게재되었다는 것인데, 특히 1927년 「괴문록」의 경우에는 연재가 끝남과 동시에 자매지인 『매일신보』에 다시 괴담 시리즈가 14편이나 게재되었다. 이러한 사실은 『매일신보』가 '여름은 괴담의 계절이다'라는 일본 특유의 괴담 문화를 수용하였다는 것을 알 수 있는 대목이기도 하다. 한편 '조선의 전설'을 주제로 한 괴담들은 '내선융화'를 지향하는 총독부의 문화정책과 1927년을 전후하는 조선 민족운동

의 움직임과 맞물려 괴담과 전설이 깊은 연관성을 보이는 조선의 괴담형
식에 큰 영향을 미쳤다. 그러나 이러한 정치배경과 무관하게 일본에서
바로 건너온 괴담 서적과 괴담 영화들은 공포가 중심인 일본의 그로테스
크(grotesque)한 괴담을 그대로 조선 사회에 발신하였다.

이와 같이 1920년대 일종의 '문화 콘텐츠'로서 등장한 괴담은 '전설'
과도 맞물리면서도 한편으로는 밀려오는 일본대중 오락문화의 '그로테스
크'함을 그대로 수용하는 이면적인 양상을 띠고 있었다.

3. 작품소개

1920년대 초기, 잡지에 게재된 괴담의 특징은 식민지의 사회상황을 배
경으로 새로운 이야기를 창작하고 있다는 점이다. 예를 들어『조선공론』
에 실린 교와라베의「돌사자의 괴이」는 일본인의 시점에서 명성황후를
둘러싼 이야기를 서술하고 있는데 경복궁의 돌사자 악몽에 시달리는 나
약한 민비(閔妃)의 모습과 동시에 재앙을 해결하기 위해서 돌사자의 등을
도려내었던 왕궁 참모들의 '미신'을 믿는 태도가 강조되고 있다. 또한 마
쓰모토의「봄의 괴담 경성의 새벽 2시」에서는 가난한 일본인 이민촌(移民
村) 출신 농민의 딸들이 남편에게 배신당하고 미쳐서 죽거나 혹은 일찍
병사하는 비운의 여자 귀신으로 등장하고 있다. 식민지 조선에서 일본
여자 귀신이 나막신 소리를 '딸깍 딸깍(カランコロン)' 울리면서 활보한다는
오싹한 광경은 식민지에도 원한이 많은 일본 여자들이 있었음을 나타내
고 있다. 이와 동시에 작품 속에 무대의 배경과 같이 나오는 '노동자로서
의 조선인'은 당시의 사회 구조에서 소외된 원한이 많은 '타자 조선인'의

존재를 재인식 시키고 있다. 재미있는 것은 이 이야기 중 두 여자 귀신의 '매장(埋葬)'법으로, "오시게[お繁]는 토장(土葬), 오나카[お仲]는 화장(火葬)이었다"[1]라고 강조되고 있는 점이다. 오시게는 무덤 안에서 출산한 아기를 키우기 위해 귀신이 되고 '공동묘지'와 시내를 밤마다 떡을 사러 방황하였는데 여기에 '공동묘지'가 등장한 배경에는 1912년 조선총독부가 발령한 「묘지화장장매장 및 화장단속규칙(墓地火葬場埋葬及火葬取締規則)」과 관련이 있다. 총독부는 비위생적이라는 이유로 매장을 금지시키고 화장을 의무화하였기 때문에 죽은 사람은 지방 행정 단체가 설치한 '공동묘지'에 매장하도록 하였다. 따라서 조선의 괴담 속에 등장하는 '공동묘지'는 식민통치를 상징화하는 기능을 지니기도 하였다.

한편 '미신 타파'를 내걸었던 총독부의 입장에서는 전근대적이고 미신적인 이야기를 경계하였기 때문에 1920년대 『경성일보』에는 일본인의 귀신 괴담은 전혀 보이지 않는다. 그러나 「전설의 도시・동네 괴담」, 「괴문록」이라는 시리즈가 1926년-27년 여름에 한해서 연재되었다. 이 중 「아이를 죽인 신들린 늙은 은행나무[子供を殺した神がかりの老銀杏]」[2]에서는 은행나무의 영력을 믿는 조선민중과 서양인의 갈등을 그리고 있는데, 조선인의 미신적 태도를 비웃던 서양인이 천벌을 받아서 그 아들이 나무에 목을 매고 죽었다는 내용이다. 또한 「괴문록」 시리즈의 「소의 해골[牛の骸骨]」[3]은 평안도의 아름다운 조선의 작부가 양반 아들 박기식과 사랑의 도피를 하였지만 다음날 아침 산록 묘지에서 발가벗은 채 소 해골을 품고 죽어 있었다는 이야기이다. 이들은 모두 조선의 민담을 괴담 형식으

---

1) 마쓰모토 요이치로, 「봄 괴담 경성의 새벽 2시」, 『조선공론』, 1922.5, p.134.
2) 「전설의 도시・동네 괴담【1】아이를 죽인 신들린 늙은 은행나무」, 『경성일보』, 1926.6.17, 조간 3면.
3) 히라타[平田], 「괴문록-소의 해골」, 『경성일보』, 1927.7.28, 3면.

로 서술함과 동시에 당시 유행하고 있었던 '조선색'을 동시에 강조하고
있다.

한편 당시 조선에서는 '설화'와 '전설'이 재조명되면서 조선 민족의
'오리지널리티'를 찾으려는 움직임이 활발하게 이루어졌다. 이러한 움직
임은 문화를 통해 일선동화를 이루고자 하는 일본의 통치 목적과 부합하
는 것이기도 하였다. 즉, 1926년~27년『경성일보』의 '조선 전설'에 괴담
의 '틀'을 씌워서 발신하였던 것은 조선의 '전설'이 괴담, 괴기, 그로테스
크와 결탁하는데 큰 계기를 제공하였다고 볼 수 있다.

4. 재조일본인 괴담의 연구현황 및 전망

재조일본인의 괴담은 1920년대에 가장 번성하였는데 이 시기의 괴담
을 논한 논문에는 나카무라 시즈요[中村靜代]의 「식민지조선의 일본괴담
유통에 관한 연구-1920년대 신문 괴담 시리즈와 괴담 영화 유통을 중심
으로[植民地朝鮮の日本怪談流通に關する研究-1920年代の新聞怪談シリーズと怪談映畵流通を
中心として-]」,[4]「재조일본인 잡지『조선공론』의 <괴담> 연구-민비의 괴
담「돌사자의 괴이」를 중심으로[在朝日本人雜誌『朝鮮公論』における<怪談>の研究-
閔妃の怪談「石獅子の怪」を中心として]」,[5]「『매일신보』와 『경성일보』의 괴담연구

---

4) 나카무라 시즈요[中村靜代], 「식민지조선의 일본괴담 유통에 관한 연구-1920년대 신문
   괴담 시리즈와 괴담 영화 유통을 중심으로[植民地朝鮮の日本怪談流通に關する研究-1920年
   代の新聞怪談シリーズと怪談映畵流通を中心として-]」,『일본언어문화』 vol.30, 2015.
5) 나카무라 시즈요, 「재조일본인 잡지『조선공론』의 <괴담> 연구-민비의 괴담「돌사자의
   괴이」를 중심으로-[在朝日本人雜誌『朝鮮公論』における<怪談>の研究-閔妃の怪談「石獅子の怪」
   を中心として-]」,『일본학보』 vol.96, 2013.

-1927년 8월 게재『매일신보』의 괴담을 둘러싸고-[『每日申報』と『京城日報』の 怪談研究-1927年8月揭載『每日申報』の怪談をめぐって-」]6) 등으로 다양한 매체의 특 징과 괴담 양상의 연관성에 대하여 논하고 있다.

한편 조선어 매체에 실린 대중오락으로서 읽을거리의 괴담, 괴기, 기 담, 그로테스크함에 주목한 연구로는 김지영 「'기괴'에서 '괴기'로 식민 지 대중문화과 모더니티」, 이주라 「식민지시기 괴담의 출현과 쾌락으로 서의 공포」7) 등이 있다. 특히 '괴담' 장르에 주목한 이주라의 「일제강점 기 괴담의 특징과 한국 공포물의 장르적 관습-『매일신보』 소재 괴담을 중심으로-」8)는 일제통치하의 조선 대중의 '공포'로의 전환 과정을 분석 하며 한국 근대 공포물이 형성되는 과정에 대해 논하고 있다. 또한 조선 총독부와 조선의 구비문학 조사 관계에 대해 논한 김광식의 「조선총독부 편찬 일본어교과서 『국어독본』의 조선설화 수록 과정 고찰」9)에서는 일 본의 식민통치와 조선의 전설조사가 교육현장에서 '내선일체'의 목적과 연동하며 어떻게 기능하였는지에 관하여 논하고 있다.

이상과 같이 식민지기 조선의 괴담 및 전설관련 연구는 다양한 각도에 서 이루어져 왔다. 그러나 식민지라는 특유한 공간에서 생산된 괴담의 기원과 형성과정을 논할 때에는 역시 조선총독부의 일본어 매체 및 재조 일본인 괴담, 일본 대중오락문화의 조선 내 유통과정 등에 관한 전체양

---

6) 나카무라 시즈요, 「『매일신보』와 『경성일보』의 괴담연구-1927년 8월 게재 『매일신보』 의 괴담을 둘러싸고-[『每日申報』と『京城日報』の怪談研究-1927年8月揭載 『每日申報』の怪談を めぐって-]」, 『일본문화연구』 vol.56, 2015.

7) 이주라, 「식민지시기 괴담의 출현과 쾌락으로서의 공포」, 『한국문학이론과 비평』 vol.61, 2013.

8) 이주라, 「일제강점기 괴담의 특징과 한국 공포물의 장르적 관습-『매일신보』 소재 괴담 을 중심으로-」, 『우리文學硏究』 vol.45, 2015.

9) 김광식, 「조선총독부 편찬 일본어교과서 『국어독본』의 조선설화 수록 과정 고찰」, 『淵民 學志』 vol.18, 2012.

상을 보는 시각이 필요하다. 왜냐하면 당시의 일본어 괴담과 조선 괴담의 융합, 문화적인 교섭양상을 해명하기 위해서는 일본어, 조선어의 양쪽 언어에 걸쳐 텍스트를 검토하지 않으면 안 되기 때문이다. 이러한 점에서 볼 때 재조일본인의 잡지괴담은 앞으로 『경성일보』, 『매일신보』와 같은 신문매체, 그리고 조선어 잡지괴담 등과의 비교분석이 이루어져야 하며, 또한 총독부와 무관한 각 언어의 1920년대 신문괴담에 관한 발굴조사도 필요할 것이다.

▶ 나카무라 시즈요

제11절 재조일본인의 수필과 여성론의 등장

1. 개념 및 배경

잡문 형식의 글이나 서간, 제문, 비문, 기행문, 일기, 평론, 르포르타주 (기록문학) 등을 포함하는 광의의 개념에 따라 수필작품을 분류하는 경우, 방대한 양의 신문 및 잡지 기사, 단행본이 이에 포함될 것이다. 근현대 수필 장르의 특징은 이러한 형식적 규정의 모호함에 있다고 할 수 있다. 수필은 타 문학 장르와의 교차지점을 가장 많이 갖는 장르로, 비평이나 소설과 구분이 어려운 작품도 다수 존재한다.

일제강점기 한반도의 일본어문학의 경우에도 수필적 성격의 글들은 그 장르가 명확하게 구분되지 않은 채 정기간행물 기사, 기고문 차원에서 게재되는 경우가 많았다. 이러한 성격의 글은 주요 일본어 매체인 종합잡지 『조선공론(朝鮮公論)』과 『조선급만주(朝鮮及滿洲)』, 종합 교육 잡지 『문교의 조선[文敎の朝鮮]』, 조선총독부 기관지인 『경성일보(京城日報)』 등에 거의 매호 등장할 정도로 방대한 분량이 발표되었으나 수필이라고 명기된 작품에 한정한다면 그 범위는 훨씬 축소된다고 할 수 있다.

'한국 문단의 수필문학의 부재'는 종종 거론되어 왔으나 '이규보, 이제

현 등의 여조(麗朝) 문단, 서거정, 성현 등 조선 문단'에도 수필의 흐름은 있었다. 수필 부재의 이유는 문학사나 문학개론 등에서 수필에 관한 서술을 찾아보기 힘들기 때문이며, 수필이 없어서가 아니라 오히려 너무 많기 때문1)이다. 일본문학사의 경우 10세기 세이쇼 나곤[清少納言]부터 중세의 가모노 조메이[鴨長明], 요시다 겐코[吉田兼好], 에도 시대의 모토오리 노리나가[本居宣長], 아라이 하쿠세키[新井白石] 등 긴 시대를 따라 수필 계보의 작품이 발표되어 왔다. 현대 수필은 고전 수필 개념을 이으면서 근대적 자아와 시민 의식 등을 반영하며 문학 장르로 성립되었다. 메이지기 이후 등장한 저널리스트 및 문학자들에 의한 평론적, 문학적 수필에 이어 1910년대부터는 다이쇼 데모크라시의 영향을 받은 교양파들의 인생론적 수필과 사회주의자들의 사회비평적 수필이 등장하였으나 1920년대 이후에는 인생론적 수필보다는 전문 작가에 의한 문학적 수필, 데라다 도라히코[寺田寅彦] 등의 과학적 수필이 융성했다. 1923년에는 잡지 수필란이 개설되면서 수필의 대중화를 선도했고 수필전문지도 창간되었으며 각 잡지에서 수필은 독자확보의 중요한 수단이 되었다. 수필의 근현대 문학 장르로서의 정착은 이 시기로 볼 수 있다. 1920년대 후반 이후 저널리즘적 형태로 파생된 잡문(시사적 화제를 유머와 비판정신을 통해 다루는 짧은 글)이 크게 인기를 끌며 수필의 전성시대를 구가했다. 비평적 특징을 띄는 글도 다수 발표 되었다.2) 일제강점기 재조일본인에 의한 일본어 수필도 이러한 계보를 이으며 등장하였다.

---

1) 장덕순 『한국수필문학사』, 박이정, 1995.
2) 崔在喆 「日本隨筆文學의 特性과 그 領域」 『日本研究』 第8號, 한국외국어대학교 일본연구소, 1993.

2. 재조일본인 수필과 여성론의 전개양상

일제강점기 초기 일본어 문예물이 등장하는『조선』문예란 등의 매체
를 살펴보면 시 및 소설 등의 경우 장르명이 명기된 작품들이 초기부터
꾸준히 게재되고 있으나 수필의 경우 초기에는 그 명칭이 눈에 띄지 않
는다. 앞서 개괄한 일본 수필사의 흐름처럼 한반도 일본어 미디어에서도
수필이라는 명칭과 장르적 특성이 정착되는 것은 1920년대라고 하겠다.

재조일본인의 수필은 대개 근대 조선의 문화나 조선에서의 생활상을
그린 작품이나, 평론적 성격을 띠는 문예비평물, 기행문적 수필 등이 다
수를 차지한다. 앞서 거론한 정기간행물들에 발표된 글들은 대개 이러한
범주에 해당된다. 이 중에는 또한 사회 문제나 교육 문제를 다룬 글도 다
수 있는데 이러한 테마 중에서 1920년대에 진입하면서 눈에 띄게 증가한
소재는 여성론이다. 일제 강점 초기부터 조선의 여성을 소재로 한 재조
일본인의 글은 있어 왔으나, 이는 조선 풍경이나 문화, 풍습의 일부로서
다루어진 것이 대부분이다.

일제의 강제점령 이후 전시체제에 진입하기 전까지의 식민지기는 남
성과 여성 그리고 식민지배세력이 각각의 정치적, 사회적 위치에서 상이
하고 다양한 모성담론을 구성해낸 기간이었다. 일제는 식민 초기부터 현
모양처주의를 여성교육의 이념으로 삼고 순종적 여성 양성에 주력했다.
그리고 모성을 점차 강조하는 방향으로 교육방침을 개정하면서 1930년
대 말에 이르러서는 여성교육도 군국주의화하게 된다(안태윤).[3] 1911년
제1차 조선교육령의 중등교육목적에는 여자고등보통학교는 '부덕을 기

---

3) 안태윤『식민정치와 모성 : 총동원체제와 모성의 현실』, 한국학술정보, 2006.

르고 국민된 성격을 도야하고 생활에 유용한 지식기능을 부여'하는 곳으로 규정한다(이규환 「일제시대의 중등학교 교육과정에 대한 연구」 『논총』). 제2차 교육령(1922)의 교육목적에서는 여기에 신체의 발달에 관련된 항목이 추가되는 등 모체의 건강에 주목했다. 1927년에 개정된 규정에는 일본 국민으로서의 정신을 함양시키고자 하는 공민과가 남학교에서 보다 여학교에 우선적으로 신설되었다. 이러한 교육시책은 모성 교육을 식민통치와 연동시켜 도구화해가는 과정이다. 이러한 식민 통치 과정에서 여성교육 보급과 함께 사회진출이 증가하자 직업 활동이 모성 거부로 이어질 것을 우려하여 가부장제와 성적 역할 분업을 고착화 시키고자 노력했다. 식민지 지배층은 식민초기부터 1930년대까지는 식민체제에 순종적인 식민지 여성을 양성하는데 주력4)했으며 전시체제로 돌입한 이후에도 여성의 역할에 국가적인 의미를 부여하고자 했다.

1913년 4월 창간된 『조선공론』에는 일본여자상업학교 학감 가에쓰 다카코[嘉悦孝子]의 「여성의 직업에 대해서」(제5권 제6호, 1917.6.) 등의 여성론이 게재되어 있는데 위와 같은 시대적 흐름을 반영하여 직업보다는 모성과 부덕을 강조하고 있다. 이러한 일제강점기 초기의 여성론적 수필은 소수였지만 1920년대 이후 점차 증가하였으며 1930년대 이후 여성의 사회참여 및 직업에 관련한 내용이 크게 늘어났다. 그 내용은 교육자 혹은 관료에 의해 여성교육 및 계몽적 입장에서 쓴 글, 여성의 사회진출에 대한 경고와 반감, 그리고 재조일본인 생활자로서 여성에 대한 감상을 그린 글들로 나뉜다.

---

4) 한국여성연구회 『한국여성사─근대편』 풀빛, 1992.

3. 재조일본인의 여성론적 수필 작품 소개

『조선공론』의 경우, 데루쿠와 마쓰모토[てるくわ・まつもと]의 「경성 카페와 여급 평판기」(1925.1)[5]를 비롯하여 카페와 여급에 대한 글이 발표되었다. 이러한 소재의 글은 「이십년 전의 경성의 화류계」(1927.4)[6] 등 『조선급만 주』 기사에서도 다수 찾아볼 수 있다.

『경성잡필』 사장 야나기가와 쓰토무[柳川勉]의 「잡필춘추」(1939.9)는 '부 인은 가정으로 돌아가라'에 대한 내용을 담고 있다. 경성 치전 교수 야오 신신[矢尾淸淸] 「자질구레한 일을 생각하며 한가로이 거닐다」(1936.9)에서 는 고용인인 '계집아이[キチベ]'의 실수담, 경성잡필 편집인 에이라쿠초닌 [永樂町人]의 「혼잣말」(1929.10), 고이케 도모미씨[小池朝光] 「독신생활」 (1931.4) 등에서는 조선 여성 고용인 '어머니[オモニ—]'를 소재로 하고 있다. 이들 여성 소재 수필은 그들의 여성성에 대한 언급보다는 식민지 풍경의 일부로서 그려지며 그들의 무지함에서 비롯된 에피소드는 조선을 문화적 하위로 바라보는 시선 혹은 이문화 간 소통의 난점을 그렸다.

전거한 일제강점기 조선 발행 일본어매체 외에도 단행본으로 소개된 수필집 중 재조일본인의 여성론으로, 교육자 가타오카 기사부로[片岡喜三 郎]가 1929년에 저널리스트 활동을 본격적으로 출발하면서 식민지 조선 사회의 문화와 여성에 대해 논한 『유머수필 신선로[ユウモア隨筆神仙爐]』 (1929), 여성교육에 대한 열정을 갖고 집필한 작품이면서 역설적으로 가 타오카 기사부로의 여성혐오(misogyny)를 확인할 수 있는 『쇼와 일본의 부

---

5) 채숙향·이선윤·신주혜 편역 『조선 속 일본인의 에로경성 조감도 : 공간편』, 문, 2012.
6) 김효순·이승신·송혜경 편역 『조선 속 일본인의 에로경성 조감도 : 여성직업편』, 문, 2012.

인』(1934)을 대표적으로 들 수 있다. 제국의 지배층 남성의 시선은 안정적 아이덴티티를 구축한 불변의 존재로서의 여성, 특히 식민지 여성의 경우는 더욱 지배 가능한 순종적, 순응적 여성상을 요구했다. 가타오카의 두 텍스트는 재조일본인 남성 교육자의 식민지 조선의 문화 및 세태를 풍자한 수필, 그리고 식민지 여성을 포함한 일본 여성에 대한 교훈서의 형태를 띠고 있지만, 그 속에 기술된 여성담론은,『쇼와 일본의 부인』의「서(序)」를 집필한 와타나베 노부하루[渡邊信治]처럼 여성비판을 공유함으로서 공동의 아이덴티티를 구성할 수 있는, 일본인 남성을 향해있다. 이러한 '말하기'는 '호모 소셜'의 관계성이 식민 지배 권력을 유지하고 온존시킬 수 있도록 여성성 비판을 통해 식민지 지배층을 중심으로 하는 남성성을 구축하고 있다. 가타오카의 논리가, 자연으로부터 부여받은 여성성을 온존시켜야한다는 주장과, 여성의 미개함을 벗어나 이성화해야한다는 주장 사이에서 흔들리고 있는 것은, 계몽적 교육관과 변화하는 '불온'한 것들을 배제하고 싶은 욕구가 교차하고 있기 때문이다.

이 외에도 단행본에 수록된「북구의 여자[北歐の女]」(『隨筆, 趣味 かちがらす』 かちからす社, 1940),「평남의 학교와 여자 교육[平南の學校と女子敎育]」(小野秀眠 『(御大典記念)愕山隨筆集』, 藤野南山房, 1928),「인간미 구미의 여성관[人間味歐米の 女性觀]」(寺田壽夫『隨筆朝鮮』, 京城雜筆社, 1935),「여자와 소인[女子と小人]」,「미망인의 절조[未亡人の節操]」,「직업부인[職業婦人]」(橫瀨新三郎 『隨感隨筆』朝鮮印刷, 1931),「젊은 여성에게 보내는 글[若き女性に寄す]」(浦登『甫水隨筆集』朝鮮印刷, 1926) 등의 여성 소재 일본어 수필이 발표되었다.

위와 같은 여성론적 수필을 통해 당시 재조일본인이 가진 여성관을 파악함과 동시에, 재조일본인의 눈에 비친 동시대 경성 사회가 변화하는 모습에 대한 불안 또한 엿볼 수 있다.

4. 연구 현황 및 의의

그 광범위함으로 인해 장르적 주목도가 낮은 수필은, 독자적 장르론으로서의 연구 및 작품 소개가 시, 소설 등의 타 장르에 비해 현저히 적은 편이다. 하지만 최근 과경 일본어문학·문화 연구회 간행 총서를 통해 다수의 재조일본인의 수필이 번역으로 소개[7]된 바 있다. 또한 일본에서도 최근 일제강점기의 아베 요시시게[安倍能成], 이쓰키 히로유키[五木寬之] 등의 재조일본인과 이효석 등의 조선인 이중언어 문학 에세이 작품 43편을 소개한 작품집이 간행되었다.[8] 이러한 여성 소재 작품에는 본격적인 여성론보다는 엑조티즘의 대상으로서의 '미개'한 식민지의 여성이 조명된 글들이 포함되어 있다고 할 수 있다.

재조일본인의 수필문학을 다룬 연구로는 최재철의 「아베 요시시게[安倍能成]에 있어서의 "경성(京城)"」[9] 등 소수의 논문이 있으며, 재조일본인의 여성론적 수필을 본격적으로 다룬 논문으로는 이선윤의 「제국과 '여성 혐오(misogyny)'의 시선 : 재조일본인 가타오카 기사부로(片岡喜三郎)의 예를 통해」[10]가 있다.

▶ 이선윤

---

7) 한국어로 번역되어 소개된 재조일본인의 일본어수필에는 본장에서 언급된 것 이외에도 많은 작품이 있다. 특히 문화에 관련된 수필이 다양하게 소개되었는데, 단카 잡지 『진인(眞人)』의 1929년 7월 특집호에는 14인의 재조일본인의 조선의 자연 및 문화에 대한 학술적 색채의 수필이 실려 있다(이치야마 모리오 편/엄인경 역 『1920년대 재조일본인이 본 조선의 자연과 민요』, 역락, 2016). 양지영 편역 『식민지 조선의 음악계』(역락, 2016)에 수록된 바와 같이 음악에 관한 수필도 발표되었다.

8) 鄭大均 편 『日韓併合期ベストエッセイ集』, ちくま文庫, 2015.

9) 최재철 「아베 요시시게[安倍能成]에 있어서의 "경성(京城)"」, 『세계문학비교연구』 17권, 2006.

10) 이선윤 「제국과 '여성 혐오(misogyny)'의 시선 : 재조일본인 가타오카 기사부로[片岡喜三郎]의 예를 통해」, 『일본연구』 제39집, 중앙대학교 일본연구소, 2015.

제12절 수필로 본 재경성일본인의 내선융화 담론

1. 식민지기 수필 개념

한반도의 1920~30년대는 일본의 식민 통치가 무단에서 문화로 전환된 이후부터 전쟁총동원체제로 돌입하기 이전 사이로, 당시 조선에 살던 일본인은 식민 초기와 후기에 비해 비교적 자유롭고 주체적인 삶을 영위할 수 있었다. 경성을 중심으로 백화점, 영화관, 카페, 댄스홀과 같은 소비・문화 공간의 등장에 이어 그에 따른 행동 패턴의 출현은 식민지 본국 일본과 동시성을 갖는다. 지금에 이르러 이러한 사회상은 신문・잡지 등 활자미디어를 매체로 확인이 가능하며, 이들의 일상은 수필을 빌려 들여다볼 수 있다.

일반적으로 수필은 문학의 한 형식으로 필자의 경험이 바탕이 된 감상이나 사색을 적은 글로 이해된다. 그러한 수필이 1930년대부터 한국어문학계에서 논의가 활발해져 문학의 장르로 여겨진 것은 사실이지만,[1] 「수필기행현상모집(隨筆紀行懸賞募集)」(『朝鮮中央日報』 1935.09.21)처럼 비문인 이외

---

1) 金相培, 「植民地 時代의 隨筆文學」, 『논문집』, 단국대학교, 1989, 45~60면.

에도 일반대중이 수필을 쓸 수 있는 장이 마련되고 1930년대 후반 한반도 '최초의 근대 수필전문지'로 불리는 『박문(博文)』과 『문장(文章)』과 같은 종합 문예지의 창간이 수필의 대중화를 도모하여 내용 면에서는 일상의 소소함을 '붓 가는대로' 담은 경우가 많다.

당시 경성에 살던 일본인 또한 수필을 '조선독본'(「隨筆「朝鮮京城より」を讀む」 『京城雜筆』 1939.02) 내지는 30년 남짓 산 '경성생활에 대한 추억'(『(隨筆)京城生活』京城雜筆社, 1941)을 기술한 글 정도로 이해했다. 일본인에게 있어서 기행문과 나란히 일본 고유의 문예 장르로 인식되어온 수필에 대해 재경성 일본인의 입지가 반영되어 있다 하겠다.

이러한 점에 주목하여 최근 식민 관련 논의는 식민지 본국 내지(內地) 일본을 떠나 피식민지 중심 도시 외지(外地) 경성에 산 일본인의 일상에도 관심을 기울이기에 이르렀다.[2] 식민 전기-내선융화(內鮮融和)/후기-내선일체(內鮮一體)의 구호가 외쳐졌던 식민지기 조선에서 비교적 자유로웠던 전기 수필로 이들의 일상을 들여다보는 작업은 관(총독부) 주도 식의, 그리고 일부 지식인 위주로 논의되었던 지금까지의 식민 담론과 달리 식민에 대한 계층별 다양한 인식을 파악할 수 있는 자료를 제공한다는 점에서 의의가 있다.

2. 『경성잡필(京城雜筆)』 속 내선융화 담론의 전개 양상

1919년경부터 1940년대에 걸쳐 경성에서 발간된 『경성잡필』은 '수필

---

2) 이민희, 「일본어 잡지 『京城雜筆』로 본 식민 담론」, 『翰林日本學』, 한림대학교 일본학연구소, 2016, 119~151면.

로 문화를 발전시키고 위안을 주어 친선 융화하는 등 많든 적든 사회에 기여하고 있다'(「雜筆春秋」, 『京城雜筆』 1940.10)고 자부한 월간 일본어 잡지 다. 본지에서 주목할 사항은, '350명' 이상으로 구성된 '경성잡필사의 명 예기자'인 이들 '그룹'(「白夜雜話」, 『京城雜筆』 1927.01)이 조선에 대한 '편견을 바로잡는'(「偏見」, 『京城雜筆』 1930.05) 역할을 자임한다는 점에 있다.

이들 구성원은 1940년대 전시 총동원체제 하에서 글의 내용이 제한받 던 시기 시국에 따라 '일반시사잡지'를 지향해야 하는 상황 속에서도 '수 필'을 놓지 않는다(「社業繼承記念特輯號發行に就て」, 『京城雜筆』 1939.03). '조선 사 정에 어두운 사람들에게 이민족 통치의 곤란함'(「月夜の卷狩」, 『京城雜筆』 1924.11)을 알리면서 일종의 '안내서'(「朝鮮視察者の爲に」, 『京城雜筆』 1930.05) 역할을 맡은 『경성잡필』의 구성원이 형성한 내선융화 담론의 전개 양상 을 살펴보면 다음과 같다.

구성원 사이에 조선에 대한 편중된 시각을 바로잡는 역할을 자임하는 인식이 공유된 결과인지 『경성잡필』에 실린 글은 조선인 차별에 대한 의 식 있는 모습을 보여주는 경향이 강하다.

> 나는 조선인 친구들의 비난공격을 감수하면서도 어떻게든 일선융화의 결 실을 맺기 위해 힘든 일을 견뎌왔지만, 아무리 힘써도 내지인의 차별적 태도는 바뀌지 않는다. (…중략…) 일선융화를 이해하고 있는 어느 집에서 조차 조추(女中)도 조추지만 부인까지 '요보, 요보' 하거나 '그런 요보라면 필요 없어.'라고 말한다.
> —『오사카아사히 신문[大阪朝日新聞]』시모무라 가이난[下村海南]
> 「기분[虫の居どころ]」(『京城雜筆』 1926.06)

식민지기 조선인을 낮춰 부른 '요보'라는 용어를 쓰지 말자는 일상에서 실천이 가능한 것에서 일선융화(=내선융화)의 길을 모색하고 있다.

> 일본인은 조선인을 '요보[크ボ]'라 부른다. 최근 이 말에 대한 반감과 반성
> 의 소리를 듣게 된 것은 기쁜 일이다. (…중략…) 내선융화라 해도 일본인
> 입에서 나온 말 말고 이 말을 어떻게 이루어낼 것인가. 40만 재조일본인
> 가운데 이 말을 쓰지 않는 사람이 얼마나 될까? 국민도덕의 진흥이라 논
> 해봤댔자 소학교 선생 내지는 교양 있는 문사가, 영계(靈界)의 위인, 고보
> 다이시[弘法大師], 니치렌 쇼닝[日蓮上人]을 '중'이라 불러서 무슨 효과가
> 있으려나.
>
> —『마음의 벗[心の友]』 사주(社主) 오무라 간도[大浦貫道]
> 「요보와 중[크ボと坊主]」(『京城雜筆』 1927.02)

> 조선인 부락[鮮人部落]
> 예양(禮讓)이 무너진 조선인을 노려보지만 뜻밖에 쓸쓸한 생각이 드는구나
> 일선융화를 설파하여 덕이 높은 척하는 사람을 나는 꺼리는도다
> 마음대로 적대시하라며 자포자기하는 심정으로 되노려보지만 쓸쓸하긴 마찬가지
> 흡사 적지에 들어가는 기분이라며 사이토[齋藤] 총독에게 내가 말할지도
> 떼 지어 모인 백의(白衣) 가운데 나 홀로 일본 기모노[着物] 입고 있어 쓸쓸한지도
> —소속 미표기 이시이 류지[石井龍史]
> 「마음에서 우러난 말[映心發語]」(『京城雜筆』 1927.02)

이렇듯 1920년대 『경성잡필』에 실린 식민 관련 담론은, 내선융화를 구
호로만 외치지 말고 차별어 사용에 주의를 기울이자는 등 일상적 차원에
서 실천 가능성을 타진하는 동시에 내선융화에 대한 두려움인지 회의인
지 모를 복잡한 심정을 드러내고 있다. 물론 한편에서 내선융화의 길이
조선에서 오래 일하는 것과 농업에 종사하는 것(咸興職業紹介所主事 早田伊三
「二つの內鮮融和策」『京城雜筆』 1929.12)이라는 정책적 방책을 내세우는 이도

있다. 그러나 다분히 직업과 연관되어 보이며 근무지 소재 조선인과 친교를 맺어야 한다는 실천 항목을 빼놓지 않는다.

그리고 이는 걸림돌이 된다고 판단되는 특정 조직을 제거하거나(「左傾團體の連中が內鮮融和の障壁」, 『京城日報』, 1927.04.02) 어떤 장소를 마련하는 것(「內鮮融和の情誼を基礎に 昭和館の開館式」, 『京城日報』, 1928.05.31) 혹은 총독부인의 내조가 마치 내선융화에 이르는 지름길인 양 논하는(「內鮮融和のために盡した 兒玉新總監夫人」, 『京城日報』, 1929.06.29) 조선총독부의 기관지 역할을 수행한 『경성일보(京城日報)』의 논조와 대비되는 지점이기도 하다.

3. 작품소개

식민 초기 재경성일본인에게 조선의 안내서 역할은 가와바타 겐타로[川端源太郎]編 『경성과 내지인[京城と內地人]』(朝鮮事情調査會, 1910), 경성거류민단[京城居留民團]編 『경성발달사[京城發達史]』(京城居留民團役所, 1912), 조선연구회[朝鮮硏究會]編 『(최근)경성안내기[(最近)京城案內記]』(朝鮮硏究會, 1915) 등 주로 특정 목적을 갖는 조직에 의해 만들어진 자료가 맡았다. 아오야기 난메이[青柳南冥]『(신찬)경성안내[(新撰)京城案內]』(朝鮮硏究會, 1913), 아베 다쓰노스케[阿部辰之助]『대륙의 경성[大陸之京城]』(京城調査會, 1918) 등의 자료도 경성에 대한 정보를 제공한다는 점에서 같은 맥락에서 이해할 수 있다.

그러던 것이 1920년대 들어 오무라 도모노조[大村友之丞]『경성회고록[京城回顧錄]』(朝鮮硏究會, 1921), 도키자네 아키호[時實秋穂]『경성 3년[京城三年]』(京畿道社會課, 1924), 후지이 가메키치[藤井龜吉]『경성의 빛[京城の光華]』(朝鮮幸情調査會, 1926) 한편에 『경성잡필』처럼 재경성일본인이 경성에서 겪은 개인적 체험담을 소개하는 수필을 싣는 잡지가 나온다. 『경성잡필』은 총독부 관료는 물론 관공서 종사자, 의사, 저널리스트, 사업가 등 다양한 분야의 사람들을 기고자로 삼는다는 점에서 식민 초기 '도한자(渡韓者) 가운데 경성 거주 지식 집단의 글'을 모아서 엮은 오카 료스케[岡良助] 『경성번창기[京城繁昌記]』(博文社, 1915)의 성격을 잇는 한편 식민에 관한 공적·사적 의견을 나누는 장을 마련했다.

'경성의 표리'와 '모던경성'을 보여준다는 취지를 밝힌 나가노 맛키[長野末喜] 『경성의 옛 모습[京城の面影]』(內外事情社, 1932)이나 경성 사람 전체를 다루고 있다면서 '백년 후 본서를 읽는 사람들은 경성의 명랑함, 경성 본연의 위대함'을 발견하게 될 것이라 호언장담하는 경성의 귀사[京城の耳社]編 『명랑경성인[明朗京城人]』(京城の耳社, 1938) 또한 데라다 히사오[寺田壽夫]編 『수필조선[隨筆朝鮮]』(京城雜筆社, 1935), 도쿠노 신지[德野眞土] 『(수필)경성생활[(隨筆)京城生活]』(京城雜筆社, 1941), 경성부청[京城府廳]編 『경성이야기[京城物語]』(京城府廳, 1941) 등과 함께 재경성일본인의 대조선(인) 인식을 읽어낼 수 있는 자료다.

경성에서 발표된 이들 자료 이외에도 야마가타 이소오[山縣五十雄] 『경성잡필[京城雜筆]』(內外出版協會, 1912), 가지야마 도시유키[梶山秀之] 『잘 있거라, 경성[きらば京城]』(挑原社, 1973), 니시 준조[西順藏] 『일본과 조선 사이 : 경성생활의 단편[日本と朝鮮の間 : 京城生活の斷片その他]』(影書房, 1983) 등 일본 도쿄에서 발간된 자료도 식민 초기이거나 일제로부터 조선이 해방된 1945년 이후 자료지만, 그것이 다루고 있는 내용에 있어서 경성에서 보낸 일상적 삶이 포함되어 있다는 점에서 조사의 대상이다. 재경성일본인의 일상을 들여다볼 수 있는 이들 자료에서 내선융화, 내선일체와 같은 특정 주제를 쫓는다면 식민 담론의 다양성을 확보할 수 있을 것이다.

4. 연구현황 및 전망

최근 식민 관련 논의는 작은 이야기에 귀 기울이는 사회적 분위기에 힘입어 경성에 산 일본인의 일상에도 관심을 기울이기에 이르렀다. 조선 인이 인식한 식민자 재경성일본인의 모습을 포착하려는 논의3)가 이어지 는 한편 식민지 문학 연구 차원을 벗어나 재경성일본인의 주체적 삶에 주목하면서 문화현상으로 확대하는 논의4)도 진행 중이다.

당시의 일상생활이나 문화현상을 논함에 있어서 조선 내에서도 경성 에 주목하는 까닭은 그곳이 피식민지의 중심 도시이기 때문인데,5) 지금 까지 논거로 든 『경성번창기(京城繁昌記)』, 『경성잡필』, 『조선(朝鮮)』, 『조선 급만주(朝鮮及滿洲)』, 『조선공론(朝鮮公論)』 이외에도 식민지기 전반에 걸친 한반도 전역을 포괄하는 광범위한 자료도 살펴볼 필요가 있다.

다양한 계층의 일상에 주목하는 작업은, 관 내지는 일부 지식인을 중 심으로 논의된 지금까지의 식민 담론에서 식민자 일본인이 한 개인이 아 닌 위에서 하달된 지배 논리를 그대로 수용하는 전체로 인식되는 문제점 을 극복하는 것이기도 하다. 일본을 떠나 조선에서 생활하면서 조선을 실제로 보고 듣고 느낀, 이른바 '경계인'에 해당하는 재조일본인이 과연

---

3) 조은애, 「식민도시의 상징과 잔여」, 『한국문학이론과 비평』, 한국문학이론과 비평학회, 2012, 453~482면.

4) 박광현, 「재조일본인의 '재경성(在京城) 의식'과 '경성' 표상」, 『상허학보』, 상허학회, 2010, 41~80면, 신승모, 「식민지시기 경성에서의 "취미"」, 『일본언어문화』, 한국일본언 어문화학회, 2010, 585~605면.

5) 全週容, 「植民地 都市 이미지와 文化現像 : 1920년대의 京城」, 『한일역사 공동연구보고서』 vol.5, 한일역사공동연구위원회, 2005, 131~167면, 신승모/오태영, 「식민지시기 '경성(京 城)'의 문화지정학적 위상에 관한 연구」, 『서울학연구』, 서울시립대학교 서울학연구소, 2010, 105~149면, 유승창, 「식민도시 경성의 도시풍경과 자기동일화의 공간성」, 『일본 어문학』, 한국일본어문학회, 2014, 461~480면.

위로부터의 식민 논리를 그대로 받아들이기만 했는지 의문이 들지 않을 수 없다. 그리고 이는 피식민자 조선인에게도 해당된다.

식민지기 연구에 대한 새로운 모색으로 식민지 근대(성)를 이해함에 있어서 실천적 주체가 주목되는 현 시점[6]에서 향후 식민 담론을 형성하고 실천하는 주체로서의 재조일본인 및 조선인의 전체상이 제시되기를 기대한다.

▶ 이민희

---

6) 허영란, 「2008~2009년도 일제 식민지시기 연구의 현황과 과제」, 『역사학보』, 역사학회, 2010, 39~57면, 장규식, 「일제 식민지시기 연구의 현황과 추이」, 『역사학보』, 역사학회, 2008, 145~172면, 연세대학교 국학연구원 편, 『일제의 식민지배와 일상생활』, 혜안, 2004, 26~27면.

제13절 '조선동화집'의 간행과 그 의미

1. 조선동화집의 간행 배경

조선총독부 학무국 편집과는 1912년에 이요·이언(俚謠·俚諺) 등 조사, 1913년에 전설·동화(傳說·童話) 조사, 1916년에 동화·민요 등 조사를 실시했고, 이들 자료를 정리해 <조선민속자료> 제일편(朝鮮民俗資料 第一編)으로 『조선의 수수께끼(朝鮮の謎)』(1919)라는 자료집을 조선어와 일본어를 병용해 발간하였다. 이듬해에는 제일편 부록(附錄)으로 『수수께끼의 연구 : 역사와 그 양식(謎の研究 : 歷史とその樣式)』을 각각 비매품으로 발간하였다. 계속해서 제이편으로 최초의 근대동화집 『조선동화집(朝鮮童話集)』(조선총독부, 1924.9)을 펴냈다. 제일편과 그 부록이 비매품이었던 데 반해, 제이편은 대판옥호서점(大阪屋號書店)에서 발매되었고, 이듬해 초에 활문사(活文社)에서 삽화를 추가하여 『조선동화(朝鮮童話)』(전 3권) 간행 광고가 게재되었다. 중요한 사실은 <조선민속자료>가 조선총독부의 학무교육 즉 식민교육의 일본어 참고도서로 발간되었다는 점이다. 1910년대 채집된 구비전승은 1920년대에 조선인 초등교육(보통학교)의 확대 및 개편과 맞물려서 '국어(일본어)' 교육의 효과적인 보급을 위해 이용되었다.

이에 대해 1922년 8월 방정환은, '조선 고래(古來) 동화모집'(『개벽』 26호)을 실시해, 이듬해 1월에 당선내역을 발표하고, 다음 달부터 당선작을 발표하였다. 세계명작동화집 『사랑의 선물』(개벽사, 1922.7)을 펴내 동화 앤솔로지로 큰 반향을 일으킨 방정환은 1923년에 아동잡지 『어린이』를 발간하고, 색동회를 조직해 설화를 동화로 재화하고, 구연하였다. 이러한 상황에서 조선총독부 학무국은 1910년대에 실시한 전설·동화(傳說·童話)를 정리하여 『조선동화집』을 발간한 것이다. 조선총독부의 『조선동화집』을 계기로 하여 1920년대 중반에는 일본어와 조선어로 다수의 '조선동화집'이 발행되어 조선동화집이 조선아동뿐만 아니라, 일본아동에 이르기까지 널리 읽히게 되었다.

2. 조선동화집 간행 양상

재조일본인 다카하시 도루(高橋亨)의 『조선의 이야기집과 속담(朝鮮の物語集附俚諺)』(日韓書房, 1910)과 미와 다마키(三輪環)의 『전설의 조선(傳說の朝鮮)』(博文館, 1919) 등 일본어 조선설화집의 발간을 계기로 하여, 일본에서는 서구 자료 및 일본어 자료집 등을 활용해 다카기 도시오(高木敏雄)의 『신일본 교육 옛이야기(新日本教育昔噺)』(敬文館, 1917)와 마쓰무라 다케오(松村武雄)의 『일본동화집(日本童話集)』(世界童話大系刊行會, 1924) 등에도 조선설화가 다수 수록되었지만, 이들 자료집은 아동을 위한 동화집보다는 오히려 설화집으로서의 성격이 강하다.

[재조일본인 주요 작품 및 채집 목록]

게재지 권호(연월)	작가 및 제목
1919.3	조선민속자료 제일편 다나카 우메키치(田中梅吉) 편 『조선의 수수께끼(朝鮮の謎)』 조선총독부
『朝鮮』 1921년 1월호	編輯學人(田中梅吉) 「천녀의 깃옷(天女の羽衣)」
『朝鮮』 1921년 1월호	가토 간카쿠(加藤灌覺) 「닭의 해에 기인하는 조선 지명과 기타 문헌(雞(酉)年に因む朝鮮の地名と其の他の文獻)」
『朝鮮』 제79호(1921.6)	이시카와 요시카즈[石川義一] 「조선 속곡(朝鮮俗曲)」
1922.3	야시마 류도(八島柳堂) 『동화의 샘(童話の泉)』 京城日報代理部
『朝鮮敎育』 제7권 제5호 (朝鮮敎育會, 1923.2)	교사 미카지리 히로시(三ケ尻浩) 「동화와 교육(童話と敎育)」
1923	교사 데라카도 요시타카(寺門良隆) 『1923년 조선설화집(大正十二年傳說集)』신의주 고등보통학교 일본어 작문집
『朝鮮』 제102호(1923.10)	오다 쇼고(小田省吾) 「고대의 내선교통 전설에 대하여(古代に於ける內鮮交通傳說について)」
1923.10	다지마 야스히데(田島泰秀) 『온돌야화(溫突夜話)』教育普成株式會社
『朝鮮及滿洲』 제194호(1924.1)	이마무라 도모(今村鞆) 「쥐의 결혼(鼠の結婚)」
『京城日報』 1924.1.3	다치바나 교지로(橘喬二郎) 「쥐에 기인하는 조선동화(鼠に因める朝鮮童話)」
1924.9	조선민속자료 제이편 다나카 우메키치 『조선동화집(朝鮮童話集)』朝鮮總督府
1924~7	아시다 에노스케(芦田惠之助) 『심상소학국어소독본(尋常小學國語小讀本)』 전10권, 芦田書店
1924.12	아라이 이노스케(荒井亥之助) 『조선동화 제일편 소(朝鮮童話第一篇 牛)』 永島充書店
『警務彙報』(1925.3)	이노우에 오사무(井上收) 「가정동화 한국의 우라시마(韓樣浦島)」
『朝鮮及滿洲』 제211호(1925.6)	하마구치 요시미쓰(濱口良光) 「조선동화의 연구(朝鮮童話の研究)」
『文敎の朝鮮』 제29호(1928.1)	조선교육회, 童話特輯號(1927.1, 제17호 조선전설 특집호)
1926.2	나카무라 료헤이(中村亮平) 『조선동화집』富山房
1926.5	다치카와 쇼조(立川昇藏) 『신실연 이야기집 연랑(新實演お話集 蓮娘)』第1集, 隆文館
1928.5~1930.11	조선교육회 『보통학교 아동문고(普通學校 兒童文庫)』 전35권
1928.10	오카다 미쓰구(岡田貢) 『일상생활상에서 본 내선융화의 요체(日常生活上より見たる內鮮融和の要諦)』京城出版舍
1929.2	다나카 우메키치, 김성률(金聲律) 역 『흥부전(興夫傳) 조선설화문학(朝鮮說話文學)』大阪屋號書店
1929.4	나나카 우메키치 외 『일본옛이야기집(日本昔話集)』下卷 朝鮮篇, アルス

이상과 같이 1910년대까지 총독부 관계자를 중심으로 전개된 설화 조사는 1920년대에 들어 다양한 전개양상을 보인다. 일본인 교육자를 중심으로 단행본 및 잡지, 경성일보, 매일신보 등에 관련 기사가 일반화 되었다. 한편 한글로『어린이』,『신소년』 등이 간행되어 동화, 동요가 주목을 받고, 교사 엄필진은『조선동요집』(창문사, 1924)을 발간하여, 민요를 포함한 다양한 동요를 수록하였다.

이러한 상황에 대응해 조선총독부는 일본어 보급을 의도해 1924년에 최초의 동화집『조선동화집(朝鮮童話集)』을 간행했고, 동시기에 제2기 일본어 교과서『국어독본(國語讀本)』 전8권(조선총독부, 1923~4)에도 조선동화가 다수 활용되었다. 이 교과서를 편찬한 아시다 에노스케(芦田惠之助) 편수관은 일본으로 돌아가『심상소학 국어소독본(尋常小學 國語小讀本)』 전10권 (1924~7)을 간행해 조선동화를 다수 수록했고, 아라이 이노스케(荒井亥之助) 편『조선동화 제일편 牛』(1924), 나카무라 료헤이(中村亮平)의『조선동화집』 (1926), 다치카와 쇼조(立川昇藏)의『신실연 이야기집 연랑(심청)』(1926) 등 전래동화집이 연이어 발간되었다. 한편, 조선어로 심의린의『조선동화대집』(한성도서주식회사, 1926.10), 한충의『조선동화 우리동무』(예향서옥, 1927.1), 백남신의『조선동화 무궁화 꼿송이』(영창서관, 1927.10) 등이 발간되었다.

3. 작품소개

1910년대에 구승자료를 조사한 조선총독부 학무국은 1920년대에 들어 이를 본격적으로 활용한다. 조선총독부 종합월간지『조선(朝鮮)』1921년 1월호에 다나카 우메키치(田中梅吉)가 편집학인(編輯學人)이라는 필명으로 「천녀의 깃옷(天女の羽衣)」을, 가토 간카쿠(加藤灌覺, 1870~1948)가 「닭의 해에 기인하는 조선 지명과 기타 문헌」을 게재했는데, 그 내용은 1912년 및 1913년 조사 자료를 활용한 것이다. 학무국 편집과장 오다 쇼고(小田省吾, 1871~1953)는 「고대의 내선교통 전설에 대하여」(『朝鮮』1923.10)를 쓰고, 조선 전설동화의 교육적 활용을 주장하였다. 실제로 제2기 교과서에는 조선동화가 다수 수록되었다.

또한, 학무국 편집과 직원 다지마 야스히데(田島泰秀, 1893~?)도 조선 재담집 『온돌야화(溫突夜話)』(1923)를 간행했는데, 수록된 이야기 160편 중, <삼년고개(삼년언덕三年坂)>가 포함되었고, 제 3기 조선총독부 조선어 교과서 『조선어독본』(권4, 1933)에 <삼년고개>가 실려, 그 영향관계를 확인할 수 있다. 학무국 산하의 조선교육회는 『조선교육(朝鮮敎育)』, 『문교의 조선(文敎の朝鮮)』 등을 통해 동화를 다수 다루었는데, 『문교의 조선』 1927년 1월호는 '조선전설'을, 1928년 1월호는 '동화(童話)'를 특집호로 펴냈다. 또한 조선교육회는 『보통학교 아동문고(普通學校 兒童文庫)』 전35권(1928~1930)을 일본어에 조선어를 일부 포함시켜 간행했는데, 여기에도 조선 동화가 다수 수록되었다.

교사 이시카와 요시카즈[石川義一]는 「조선속곡(朝鮮俗曲)」(1921)에 이어 이듬해에는 「사회교화와 민요(社會敎化民謠)」(『朝鮮』83호, 1922.1) 등 민요를 다수 수집 발표하여 '내선융화(內鮮融和)' 및 사회교화와 시정(施政) 자료를 위해 민요를 채집하였다. 조선총독부 소속의 시미즈 효조(淸水兵三)도 총독부 기관지 『조선(朝鮮)』(1927.5~9)에 「조선의 동요(朝鮮の童謠)」와 「조선의 민요(朝鮮の民謠)」 등을 연재하였다.

조선총독부 기관지 경성일보는 1920년대에 아동용 읽을거리를 통한 독자 개척을 위해 구연동화 등 아동 장르를 적극 활동했는데, 경성일보

대리부에서 간행된 야시마 류도(八島柳堂)의 『동화의 샘(童話の泉)』(1922)은
그 결과물이다. 야시마는 1921년 12월에 조선으로 건너와 경성일보 소아
회(小兒會, 京日ㅋㅏ゙モ會, 1921년 12월 14일 발족) 간사로 활동하며, <선녀와 나
무꾼>을 포함한 조선동화 등을 일본적으로 개작해 수록하였다.

조선총독부 및 경성일보의 움직임에 대응해, 방정환 등을 중심으로 한
조선인의 설화 채집 및 동화 보급이 본격화 되었고, 1924년에 이르러 조
선총독부는 『조선동화집』을 간행하였다. 이 동화집은 독일아동문학자 다
나카 우메키치(田中梅吉)에 의해 작성되었는데, 그 영향을 받아 다수의 재
조일본인과 조선인이 조선동화집을 간행하였다. 나카무라 료헤이(中村亮平)
의 『조선동화집』(1926)은 조선 동화(43편), 전설(17편), 고전소설(심청전, 흥부
전)을 수록했는데, 총독부 동화집에 수록된 25편 모두를 소재로 하여 '내
선융화'를 목표로 다시 쓰였다.

또한 다치카와 쇼조(立川昇藏)의 『신실연 이야기집 연랑』(1926)에 수록된
조선동화 9편 중, 7편도 총독부 동화집을 바탕으로 개작된 것이다. 다치
카와는 문체와 형식 및 줄거리를 자유롭게 변형하였고, 한국의 형제담을
일본적 이웃집 노인담(인야담隣爺譚)으로 개작했다는 문제점이 있다. 나카
무라와 다치카와의 책은 일본에서 출간되어, 일본 아동의 조선동화 이해
에도 영향을 끼쳤다.

3·1독립운동 이후, 1920년대 문화통치 시기에는 '내선융화'를 위한
동화의 활용이 뚜렷하게 확인되는데, 하마구치 요시미쓰(濱口良光)는 「조
선동화의 연구」(『朝鮮及滿洲』 1925.6)에서 <한겨울의 딸기>, <여우의 재
판> 등을 소개하고, 조선동화를 통해 조선민족의 정신과 생활을 해명할
수 있다고 주장하였다.

노골적인 '내선융화'적 해석은 이노우에 오사무(井上收), 곤도 도키치(近

藤時司, 1890~?) 등에도 나타난다. 곤도는 1918년에 조선에 와서 대구고등
보통학교 교사, 학무국 편수관(編修官)을 거쳐 1925년부터 경성제국대학 예
과교수를 역임했는데, 조선과 일본의 동화, 전설의 유사성에 관심을 갖고,
신라 4대왕 석탈해 설화를 일본의 모모타로와 동일하다고 주장하며 동조
론을 주장한 인물이다(곤도 「조선의 전설에 대하여(朝鮮の傳說について)」,『東洋』 27
권8호, 東洋協會, 1924.8),『사화전설 조선명승기행』(博文館, 1929),「모모타로의
호적 조사(桃太郞の戶籍調べ)」(『文敎の朝鮮』 1933.5). 이러한 주장은 가와무라
고호(川村五峯),「신라에 있는 모모타로담(新羅にある桃太郞譚)」,『新靑年』(6권 9호,
1925.8), 사쿠라이 아사지(櫻井朝治),「석탈해 이사금에 대하여(昔脫解尼師今に就
いて)」(『조선의 교육연구(朝鮮の敎育硏究)』 4, 1928) 등도 주장하였다.

오카다 미쓰구(岡田貢, 1879~?)도 우월의식을 바탕으로 '일선동조론에
입각한 내선융화'를 주장하였다. 오카다는 1900년 3월 야마구치현 사범
학교를 졸업하고, 조선에 건너와 일본인 소학교를 거쳐, 1914년 경성 인
현(仁峴)공립 보통학교 교장, 1927년 경성부사(京城府史) 편찬사무 촉탁 주
임을 담당하였다. 방대한 양의 『경성부사(京城府史)』 전3권(京城府, 1934~
1941)을 간행하는 등 경성의 향토 전문가로 활동하였다.『일상생활상에서
본 내선융화의 요체』(1928)는 한일 간 문화 차이를 재조일본인의 시각에
서 정리한 책으로, 부록에 「조선의 민요와 민족성」,「동화전설 등에 나타
난 조선의 특질」,「조선동화의 수례(數例)」 등을 다루었다. 조선인의 순종
함을 논하는 한편, 조선 동화의 후진성과 일본과의 유사점을 강조하였다.
「동화전설 등에 나타난 조선의 특질」은 『조선연구(朝鮮硏究)』(2권2호,
1929.2)에 재수록 되었는데 조선과 일본의 <선녀와 나무꾼> 설화를 비교
하며 조선의 정체성(停滯性)을 논했다.

한편, 당시 경성제대 예과 교수 다나카 우메키치(田中梅吉)는 신문관(新文

館)판을 저본으로 하여 일본어 번역본『홍부전 조선설화문학(興夫傳 朝鮮說話文學)』(1929)을 발간했는데, 서두에 「홍부전에 대하여」라는 장문의 논문을 썼다. 홍부전은 일본에서도 <작보은(雀報恩)설화>가 존재하며 식민지시기에 한일 공통설화로 일찍부터 주목되어 '일선동조론'에 활용된 설화이다. 그러나 다나카는 "조선에서 오랜 존재임을 증명할만한 문헌이 없어" 한일의 직접 관련성에 신중한 입장을 천명하였다. 식민지시기에 '내선관련설화(內鮮關連說話)'의 상징인 <홍부전> 번역을 주도한 다나카는 당대 식민 지배를 추인하는 '일선동조론'과 거리를 두었다는 점에서 일단 평가된다. 다나카의 주장은 1920년대에 경성제국대학 예과 교수로서 아카데미즘 안에서 발설되었기 때문에 가능했던 주장으로도 판단된다.

4. 연구현황 및 전망

조선동화집에 대한 연구는 1990년대 이후 본격적으로 시작되었다. 1990년대 중반에는 조선총독부의『조선동화집』(1924), 심의린의『조선동화대집』(1926), 박영만의『조선전래동화집』(1940) 등이 번역, 복각되면서 많은 연구가 행해졌다. 조선총독부의 동화집이 1924년에 발행되었고, 심의린의 동화집이 2년 후에 간행되었다는 점에서 선행연구에서는 양자의 차이점을 중심으로 이항대립적 연구가 중심을 이루었다. 이를테면 왜곡된 총독부의 동화집에 대한 저항담론으로서의 심의린 연구에 중점을 둔 것이다.

앞으로는 전술한 일본어로 간행된 다양한 동화집과 한글로 간행된 다수의 조선동화집을 다각적으로 분석해야 할 것이다. 선행연구에서는 심의린의 한글 동화집을 중심으로 연구되었지만, 당시에는 한충의 『조선동화 우리동무』(1927), 백남신의 『조선동화 무궁화 꽃송이』(1927), 한성도서주식회사 편집부 편 『동화집 황금새』, 『동화집 바다색시』(1927), 김려순의 『새로 핀 무궁화』(1927), 심의린의 『실연동화 제일집』(1928) 등 다양한 한글 동화집이 간행되었다(김광식, 『식민지 조선과 근대설화─일본인의 구비문학 조사와 조선인의 대응』, 민속원, 2015).

일본어로 간행된 동화집은 일차적으로 일본어 보급과 밀접한 관련이 있다. 이에 대해 조선어 연구자인 심의린의 동화집은 조선어 교육과 관련시켜 이해할 필요가 있다. 한글로 간행된 여러 동화집을 비교 분석하여 당대의 현황을 검토하고 일본어 동화집과의 비교를 통한 종합적인 연구가 요청된다. 당대 동화집은 주요 동화가 중복 수록되고 교육적으로 활용되면서 우리 동화의 고정화 및 패턴화에 커다란 영향을 끼쳤다고 보인다. 이를 바탕으로 하여, 일본어 동화집과 한글 동화집의 관련 양상을 실증적으로 검증한다면 근대시기에 다양한 주체에 의해서 수행된 동화의 개작 양상과 오늘날의 과제를 재검토 할 수 있을 것이다.

▶ 김광식

제14절 국경기행과 제국의 욕망

1. 국경기행문의 개념 및 배경

일제는 1920년대로 접어들면서 1910년대 무단통치방식에서 고도의
유화적인 제스처를 보이는 문화통치로 통치 노선의 변화를 보이게 된다.
이에 따라 일제의 강압적인 무력 행동이 다소 누그러지고, 조선인에 대
한 교육제도가 개선되는 동시에 일정 부분 언론의 자유가 허용되는 등,
전반적인 사회 분위기는 표면상으로나마 부드러워지는 것처럼 보였다.
그러나 1920년대의 국경 지역은 정치적으로 1919년 3·1독립운동 이후
본격화된 독립군의 항일무장투쟁으로 인해 크고 작은 전투가 끊임없이
일어나는 등, 대단히 불안한 분위기에 휩싸여 있었다. 또 경제적으로도
1910년대부터 시작된 일제의 경제 수탈이 임업과 광업을 중심으로 본격
화되면서 삶의 터전을 잃고 떠도는 화전민 문제, 각종 산업을 둘러싼 이
권 다툼으로 골머리를 앓고 있기도 했다.

이런 상황 속에서 1920년대 국경은 식민지 영토를 결정짓는 구분선인
동시에 또 다른 영역의 존재 가능성을 확인시키는 것으로도 인식되었다.
이러한 인식은 당시 피식민지인이었던 조선인들로 하여금 다른 지역을

여행할 때보다 정치적인 긴장감이 더욱 배가되거나 일제에 대한 반감이 증폭되는 역할[1]을 하였지만, 통치 세력의 입장에 서 있는 재조일본인들에게는 식민지라는 결과물에 제국신민으로서 자부심을 느끼고 그 식민지의 경계 너머에 존재하는 대륙으로 시선을 확장시키는 역할을 했다고 할 수 있다.

기행문은 여행을 하면서 보고 듣고 느낀 바, 새로운 체험과 견문, 감상 등을 기록하는 1인칭 고백형식의 성격을 띤 문장으로 어떠한 형식적 구애를 받지 않는 사실적 기록이다. 1920년대 국경 일대를 여행한 재조일본인들의 기행 서사는 그러한 사실적 기록의 일환인 동시에, '문화정치'를 표방하는 일제의 이면적인 모습을 드러내는 장치로서도 기능하고 있었다.

2. 국경기행문의 전개양상

일제 강점기 한국어 문학의 경우, 1910년에서 1920년대 사이에 창작된 산문 중 기행은 약 20~30%를 차지할 정도로 인기를 끌었고 대중적[2]이었다. 이는 식민지 조선의 일본어문학에 있어서도 크게 다르지 않아서, 당시 주요 일본어 잡지나 일간지 등에는 거의 매호 여행안내기, 유람기, 풍토기 등의 기행 서사가 실릴 정도로 붐을 이루었다.

그런데 1920년대 초반까지 주요 재조일본인 미디어에 등장했던 북한

---

1) 홍순애, 「1920년대 기행문의 지정학적 성격과 문화민족주의 기획」, 한국문학이론과 비평49, 2010, 348면.
2) 이동원, 「기행문학연구 : 1910~1920년대를 중심으로」, 연세대학교 대학원, 2003, 3면.

지역 여행기는 이러한 국경 일대를 대상으로 한 것이 아니라 주로 평양을 중심으로 한 황해도 일대와 금강산3)을 대상으로 한 것이었다. 경성이북 제1의 도시, 관광의 보고(寶庫) 평양과 예로부터 조선을 대표하는 세계적 명산으로 꼽혀 온 금강산은 근대 조선 여행기에서 북한 지역을 언급할 때 가장 많이 등장하는 장소였다. 그랬던 것이 1920년대 중반을 넘어 가면서 함경선을 비롯한 북한 지역의 철도망이 어느 정도 그 얼개4)를 갖추기 시작하고, 그 노선 일대가 식민지와 '내지', 그리고 국경 너머 대륙을 잇는 중요한 역할을 담당하고 있음이 강조되면서, 강원도 북쪽과 함경도를 지칭하는 '북선(北鮮)'이 부상하기 시작한다. 이에 따라 『조선공론(朝鮮公論)』(1913.4~1944.11), 『조선급만주(朝鮮及滿州)』(1912.1~1941.1)와 같은 주요 재조일본인 잡지, 『경성일보(京城日報)』(1906.9.1~1945.10.31), 『조선신문(朝鮮新聞)』(1908.12~1942.2) 등의 대표 일본어 신문에 압록강 일대와 두만강, 백두산, 중국 쪽 국경 인접 지역 등지를 여행한 기록들이 등장하는 것이다. 특히 이들 기행문은 여행 일정 및 여행하면서 보고 느낀 감상을 기록하는 수필적인 성격과, 각 지역의 행정구역상의 정보, 자원개발현황, 주요인물평 등을 수치화하여 자세히 전달하는 보고서적인 성격을 동시에 나타내고 있는 경우가 많은데, 1920년대에 들어 국토순례기 붐이 불었던 일제강점기 한국어 문학 속 국경기행문에서도 이와 비슷한 모습

---

3) 비록 그 수는 많지 않지만 이 시기 만주와 원산, 진남포 등지를 다룬 여행기도 찾아볼 수 있다.

4) 1914년 경원선 개통을 시작으로 순차적으로 건설된 함경선이 14년 후인 1928년에 개통됨으로서 한반도 철도망은 그 기본 골격을 완성했다. 1919년 착공한 도문선이 1924년 부분 개통되고 1926년에는 평원선까지 착공을 시작하면서 북한 일대의 철도망은 어느 정도 정비를 마치게 된다. 1923년 조선총독부에서 펴낸 『조선철도여행편람』을 시작으로 1928년에는 조선총독부 철도국이 「세계적 명산 금강산 탐승안내」, 「평양안내와 그 부근 신의주 안동」, 「금강산 탐승안내」 등의 여행안내책자를 발간하면서 북선 여행의 적극 홍보에 나선다.

을 찾아볼 수 있다는 점은 주목할 만하다.

3. 작품소개

1920년대 재조일본인 미디어에 실린 수많은 기행문 속에서 북한을 여
행한 기록은 경성 등지에 비해 그 수가 많지 않으며, 또 그 기록의 대부
분은 주로 평양 일대나 금강산을 다루고 있다. 당시의 대표적인 일본어
잡지 『조선공론』의 경우에도 「해주의 고적」(1921.3)과 같이 평양을 위시
한 황해도 일대와 명승지 금강산에 대한 소개 및 여행기가 우선 눈에 띈
다. 그러나 조선공론사 주필로 활약하다 1921년 사장으로 취임한 이시모
리 히사야(石森久彌)는 「북선을 보고」(1929.7)라는 기행문을 통해 함경도 일
대를 여행하며 아직 인공이 가미되지 않은 북선의 경치를 칭송하고 북선
여자들의 아름다움, 가옥의 특징, 숙소 및 요리, 주요 인물 등을 차례차
례 언급한다. 이밖에도 함남의 수력발전 및 자원 현황을 설명하며 투자
가 시급함을 강조하고, 길회선(吉會線)의 종단항(終端港) 문제에 대해 언급하
며 대외적, 국제적 경쟁력을 염두에 두고 국가정책을 수립할 것을 주문
하고 있다. 여기서 말하는 국가정책이란 중국 및 러시아를 염두에 둔 만
몽(滿蒙)정책을 의미하는 것으로, 이미 1910년대부터 함경도의 중요성을
주시하며 '북선' 담론을 만들어냈던 일제의 시선5)에 의거하여 효율적인
자원 개발과 이를 위한 대륙으로의 진출 의지를 드러내고 있음이 한 눈
에 드러난다.

---

5) 김계자 편역, 『재조일본인의 국경의 우울 : 일제의 북한 기행』, 역락, 2015, 6면.

또 하나의 주요 일본어 종합잡지인 『조선급만주』 역시 1920년대 국경 일대를 여행한 기록은 얼마 되지 않는다. 그 중에서 『조선급만주』의 주필로 활동했던 샤쿠오 슌조[釋尾春芿]는 함경선이 개통되기 직전에 북한 시찰을 다녀와서 도호세이[東邦生]라는 필명으로 「북조선을 보고」(1928.8)라는 글을 남기고 있다. 북선 각지를 누비면서 간도, 주을 온천 등에 들리는 여정을 통해 함경선 일대의 주요 도시를 소개하고 북선의 산업 및 자원 개발 현황, 교통, 주요 인물, 두만강 등에 대해 자세히 언급하고 있다.

도가노 아키라(栂野晃完)가 『조선급만주』에 6회에 걸쳐 연재한 「국경기행」(1925.8~1926.9)은 국경 일대를 여행한 본격 여행기라고 할 수 있을 것이다. 기행문 1회차 모두 부분에 명시하고 있듯이 '국경 방면의 시찰' 목적을 띤 이 기행문은 압록강 일대와 백두산을 위시한 국경 지역을 여행한 총 두 차례의 여행으로 구성되어 있다. 여기서 도가노는 단군굴이나 백두산과 같은 관광명소에 대한 자세한 정보뿐만 아니라 국경 일대 지역의 행정구역상 정보, 경제 현황, 주요 인물, 선인(鮮人)들의 생활상을 구체적인 숫자와 함께 최대한 객관적으로 전달하려고 하고 있다. 국경에 인접한 중국 쪽 영토를 함께 언급하거나 당시 활발했던 국경 지역의 독립군의 활약상을 비적·마적과 같은 소위 불량선인의 비열한 습격으로 묘사하는 모습은, 당시 국경 너머 대륙을 향하는 시선과 국경을 둘러싼 정치적 혼란상에 대한 경계를 잘 나타내고 있다.

한편 「국경기행」과 비슷한 시기에 일제하에 발행된 주요 일본어 신문 중 하나인 『조선신문』에는 「국경 200리 압록강을 거슬러 오르다」(1925.6.3~1925.6.7)와 「국경의 안쪽으로-백두산(장백산) 기슭까지」(1925.8.1.~1925.8.9)라는 두 개의 여행기가 연재된다. 이들은 국경자(國境子)라는 필명의 기자가 취재기 형식으로 기고한 기행문으로, 역시 「국경기행」과 마찬가지로 두 기행문 모두 작자가 압록강 일대 국경지역, 그리고 백두산을 중심으로 한 북한의 내륙 지역을 여행하면서 보고 들은 이야기들을 소개하고 있다. 주로 국경 일대 재조일본인의 인물상, 비적, 화전민과 관련된 에피소드를 중심으로, 다소 가십에 가까운 내용까지 함께 언급하고 있는 점이 이채로운데, 여기에도 전기사업, 벌목, 산림 조사와 같은 국경 일대의 산업적 가치에 대한 언급이 포함되어 있음은 물론이다.

이상의 국경 지역 여행기들은 압록강 일대와 백두산 기슭의 아름다운 풍경이나 관광명소에 대한 묘사뿐만 아니라, 국경의 정치·경제 현실에 관한 다양한 층위의 기록, 비적·화전민·벌목·채굴 등에 대한 생생하고 자세한 기록을 담고 있다. 이러한 내용 구성이야말로 정도의 차이는 있지만, 앞서 언급한 1920년대 한국어 문학 속 국경기행문에 나타나는 특징인 보고적 기행문과 흡사한 모습이라고 할 수 있다. 그러나 당시 한국어 문학 속 국경기행문이 해체된 민족의 형상을 통합된 민족 공동체로 재호명[6]했다면, 재조일본인의 국경기행문은 국경 너머 대륙을 향한 진출을 전제로 하여 이를 위한 제국의 경제·군사적 준비 상황을 끊임없이 재조명하고 있다고 할 수 있을 것이다.

그밖에 요시다 나오하루(賀田直治)는 『조선급만주』에 발표한 「조선의 장래-주선 개척 가장 유망」(1927.4)을 통해 북한 지역의 산업적 가치와 발전 가능성에 주목하고, 비단 북한 지역뿐만 아니라 인접한 간도와 혼춘, 북만주 및 연해주의 자원 개발에도 박차를 가해야 함을 지적하고 있다. 이를 위해 조선인과 내지인, 더 나아가 지나인과 러시아인과도 친선제휴

---

6) 홍순애, 「1920년대 기행문의 지정학적 성격과 문화민족주의 기획」, 한국문학이론과 비평49, 2010, 353면.

를 이루어 불모지를 개척하고 대산업국을 이루는 것이 신흥 제국의 사명임을 주장하고 있는데, 이러한 태도는 지금까지 소개한 재조일본인의 국경기행문을 관통하는 기조와 일맥상통하는 동시에, 대륙으로 확장하고자하는 제국의 욕망이 점점 더 구체화되어가는 모습을 잘 보여준다.

4. 국경기행의 양상 및 연구의 전망

최근 김정은이 논문을 통해 지적한 바7)와 같이 재조일본인의 여행기에 대한 선행연구는 본격적인 연구 자체를 찾아보기 어렵다. 일제 강점기 조선에 체류한 경험이 있는 일본인 엘리트 지식인이나 작가들의 여행기, 가령 아베 요시시게(安部能成)의 『청구잡기(靑丘雜記)』와 같은 문장들에 대한 연구 논문은 몇몇 존재하나, 기행문의 장르적 애매성으로 인해 포괄적인 의미의 수필로 분류되어 연구되는 경향을 보이고 있다. 재조일본인의 여행 서사에 대한 연구는 앞서 언급한 김정은의 「17-20세기 한일여행문화 비교연구」(고려대학교 박사학위논문, 2016), 서기재의 『조선여행에 떠도는 제국』(소명출판, 2011)처럼 일제강점기, 혹은 그 이전이나 이후의 조선 여행에 대한 다양한 층위를 기록물을 아우르는 몇몇 연구 속에 단편적으로 삽입되어 있는 정도이다. 이런 상황 속에서 재조일본인의 국경기행문에 대한 연구는 거의 전무한 상황이라고 할 수 있다. 향후 재조일본인의 기행 서사에 대한 보다 활발한 연구가 이루어지리라는 예상 아래, 재조일본인의 국경기행문에 대한 연구 역시 이에 발 맞춰 더 다양한 작

---

7) 김정은, 『17-20세기 한일 여행문화 비교연구』, 고려대학교 박사학위논문, 2016, 24면.

품 소개와 연구가 이루어져야 할 것으로 보인다.

단, 최근 과경 일본어문학·문화 연구회 간행 총서를 통해 재조일본인들의 수필 작품이 다수 번역·소개됨으로서 이를 통해 재조일본인 기행 서사에 해당되는 문장들을 일부 접할 수 있게 되었다. 그 중 『재조일본인의 국경의 우울 : 일제의 북한 기행』(김계자 편역, 역락, 2015), 『국경기행 외』(역락, 2016, 채숙향 편역)은 재조일본인의 북한 여행 서사, 특히 1920년대 국경일대 여행기를 다루고 있는 번역서이다. 그리고 이러한 재조일본인의 국경기행문에 대한 본격적인 논고로는 김계자의 연구서 『근대 일본 문단과 식민지 조선』(역락, 2015) 속 「일제의 북선 기행」이 참고가 될 것이다.

▶ 채숙향

제15절 재조일본인 영화 저널리즘의 형성과
창작 시나리오의 등장

1. 개념 및 배경

식민지 조선의 일본인들이 영화의 제작 및 흥행 방면에서 어떠한 활동을 전개해나갔는지 가장 잘 보여주는 자료는 영화전문잡지라 할 수 있겠으나, 현재까지 일제강점기에 재조일본인을 대상으로 발행된 영화전문지의 존재는 확인되지 않고 있다. 대신에 그들의 영화 활동에 대해 파악 가능한 자료는 『조선공론』과 『조선급만주』 『경성일보』 등 식민지 조선에서 발행되었던 일본어 매체이다.

특히 『조선공론』은 1913년 4월 창간 당시부터 영화 관련 논설과 영화촌평, 영화팬 전용 독자투고란, 영화 시나리오 및 줄거리 소개 등의 영화 관련 기사를 싣는 데 주력했던 잡지였다. 1914년~1941년까지 경쟁지였던 『조선급만주』에 게재된 영화 관련 기사가 51편인 데 비해, 『조선공론』은 1913년~1942년까지 232편에 이르러 『조선공론』의 편집진이 영화 관련 기사에 상당한 비중을 두고 있었다는 점을 알 수 있다. 특히 경성의 문예・영화동호회 <목동시사(牧童詩社)>의 동인이자 열성적인 영화팬이

었던 마쓰모토 데루카[松本輝華, 본명은 松本與一郎] 기자가 영화 관련 기사의 편집을 담당한 1920년대에는 "키네마계의 반도 유일한 기관지[キネマ界に半島唯一の機關紙]"를 목표로 삼고 재조일본인의 영화 저널리즘으로서의 역할을 담당했다고 할 수 있다.

1921년 신설된 『조선공론』의 영화란(映畵欄)은 「키네마계 통신」 등 영화계 소식란 외에도 상당한 지면을 할애해 다양한 코너를 마련하고 있었다. 『조선공론』의 영화란이 독자로부터 호평을 얻자 『경성일보』 등 타 매체에서도 영화란을 신설하기에 이르러, 1920년대 식민지 조선의 일본어 매체에서는 경쟁적으로 영화 관련 기사를 게재하게 되었다. 경성을 중심으로 한 식민지 조선 영화상설관의 상영 영화 소개와 인기 변사에 관한 가십을 전하는 데 그쳤던 1910년대에 비해, 이 시기 각 매체 영화란의 기사들은 재조일본인들이 즐겨보았던 영화의 장르나 각 상설관의 상영 영화의 경향과 그에 따른 각 상설관 관객층의 상이점 등 1920년대 재조일본인 영화팬들이 향유했던 영화 문화에 대해 보다 상세히 전해준다.

1920년대 재조일본인 매체의 영화란에서 주목할 만한 사항은 영화 시나리오가 게재되기 시작했다는 점이다. 1910년대부터 '영화 이야기[映畵物語]' '영화 줄거리[映畵筋書]' 등의 명칭으로 개봉 영화의 줄거리가 소개되는 일은 종종 있었으나, 자막과 장면의 구분, 영화 촬영 기법의 표기 등 시나리오의 제 형식을 갖춘 창작 시나리오는 1920년대 중반 이후부터 본격적으로 지면에 등장했다. '순영화극' '현대영화' '시대극' 등 다양한 장르를 표방하며 1920년대 각 매체에 연재된 시나리오들은 모두 식민지 조선의 수도 경성에 거주한 재조일본인들에 의해 집필되었고, 시대극을 제외하고는 동시대 경성을 무대로 삼고 있다는 공통점을 지닌다. 때문에

시나리오를 통해 당시 재조일본인이 선호한 영화 장르 및 영화적 기법을
파악함과 동시에, 나아가 재조일본인의 눈에 비친 동시대 경성의 모습을
생생하게 엿볼 수 있다.

2. 재조일본인 창작 시나리오의 전개양상

1910년대 후반부터 『경성일보』 등의 매체는 인기 연재강담 및 소설을
연쇄극이나 무성영화로 제작하여 애독자를 대상으로 전국 순회 상영에
나서기도 했지만, 이 경우 영화의 간단한 줄거리 소개 외에 시나리오가
지면에 게재되는 일은 없었다. 그러므로 1922년 12월 『조선공론』에 실린
'순영화극 각본' 「복수」는 오늘날의 시나리오와 같은 형식을 갖춘 영화
시나리오의 첫 등장으로서 의미 있다 하겠다. 이 시나리오는 당시 『경성
일보』의 기자였던 미쓰나가 시초[光永紫潮, 1895?~?]가 집필한 것인데, 그
는 1920년대 전반에 걸쳐 '쓰쿠시 지로[筑紫次郎]' 'SM생' 등의 필명으로
활발하게 식민지 조선을 제재로 삼은 창작 시나리오를 여러 매체에 지속
적으로 발표했다.

1920년대에는 무성영화의 전성기를 맞이하여 일본 내지에서도 각종
문예지에 문학자들의 창작 시나리오가 다수 게재됨으로써 시나리오가 문
학의 새로운 형식으로서 인식되기 시작했는데, 1920년대의 재조일본인
매체도 이러한 내지의 움직임과 연동하여 활발히 '순영화극'을 표방하는
시나리오 작품을 지면에 소개했던 것으로 보인다. 그러나 시나리오와 소
설의 경계적 성격을 띤 '영화소설'이라는 장르가 일시적으로 유행했던
일본 내지와 조선의 영화계에 비해, 식민지 조선의 일본어 매체에서는

영화소설을 찾아볼 수 없다는 차이점도 존재한다. '영화 각본' '영화 대본' '시놉시스' 등의 명칭이 혼재했던 1920년대와 달리 1930년대 발성영화가 등장하면서 영화 시나리오는 점차 오늘날과 같은 형식을 갖추어가게 된다.

[1920년대 재조일본인 창작 시나리오]

게재지	게재 연월일	작가	제목
조선공론	1922.12	미쓰나가 시초[光永紫潮]	순영화극각본(純映畵劇脚本) 「복수(復讐)」
	1924.6	쓰쿠시 지로[筑紫次郎]	영화극(映畵劇) 「풍요로운 가을[饒かなる秋]」(전2권)
	1924.9	대정관(大正館) 다케모토 구니오[竹本國夫]	시대극 영화각본(時代劇映畵脚本) 「낭화의 밤 폭풍[浪花の夜嵐]」
	1924.11	대정관 다케모토 구니오	시대극 영화각본 「낭화의 밤 폭풍」(中, 미완)
	1925.11	미쓰나가 시초	현대영화(現代映畵) 「그녀는 도약한다[彼女は躍り跳る]」(전5권)
	1925.12	미쓰나가 시초	현대영화 「그녀는 도약한다」(中篇, 전5권)
	1926.1	미쓰나가 시초	현대영화 「그녀는 도약한다」(後篇, 전5권)
	1926.2	다케모토 구니오	영화각본(映畵脚本) 시대극 추리물[時代劇捕物帳] 「미친 사랑의 칼날[狂戀の刃]」(上)
	1926.3	다케모토 구니오	영화각본 시대극 추리물 「미친 사랑의 칼날」(二)
	1926.5	다케모토 구니오	영화각본 시대극 추리물 「미친 사랑의 칼날」(三)
	1929.8	조선무대협회 감독(朝鮮舞台協會監督) 미쓰나가 시초	영화각본(映畵脚本) 「조선행진곡(朝鮮行進曲)」(그 첫 번째[その一])
	1929.9	조선무대협회 감독 미쓰나가 시초	영화각본 「조선행진곡」(그 두 번째[その二])

	1929.10	조선무대협회 감독 미쓰나가 시초	영화각본「조선행진곡」(그 세 번째 [その三])
	1929.11	조선무대협회 감독 미쓰나가 시초	영화각본「조선행진곡」(그 네 번째 [その四])
문교의 조선	1928.7	미쓰나가 시초	영화극(映畵劇) 농촌진흥실과교육(農村振興實科敎育)「농촌행진곡(農村行進曲)」
	1929.1	미쓰나가 시초	영화극 농촌진흥실과교육「농촌행진곡」
	1929.2	미쓰나가 시초	영화극 농촌진흥실과교육「농촌행진곡」
경성일보	1923.7.3	SM生	순영화극(純映畵劇)『지옥의 무도[地獄の舞踏]』
	1923.7.4	SM生	순영화극『지옥의 무도』(2)
	1923.7.5	SM生	순영화극『지옥의 무도』(3)
	1923.7.6	SM生	순영화극『지옥의 무도』(4)
	1923.7.7	SM生	순영화극『지옥의 무도』(5)
	1923.7.11	SM生	순영화극『지옥의 무도』(6)

3. 작품소개

위의 표에서 확인할 수 있듯이, 1920년대 중반 이후 재조일본인 매체에 연재된 대부분의 창작 시나리오는 미쓰나가 시초라는 인물이 집필한 것이다. 미쓰나가 시초는 1921년부터『경성일보』기자로 재직한 것으로 추정되며, 1925년경 <조선영화예술협회(연구회)>의 회원이었고 1926년 <경성방송국(JODK)> 아나운서로 전직, 1928년에는 조선의 영화 제작프로덕션인 <도쿠나가교육영화촬영소[德永敎育映畵撮影所]>의 촬영감독으로서 각종 선전영화와 교육영화의 제작에 관여했으며 1929년경에는 <조선무대협회>의 감독을 역임했다. 또한 1932년에는 경기도 경찰부의 교통선전영화 각본 심사위원으로 참여하는 등, 1920년대에서 1930년대 초반에 걸쳐 일제강점기 조선영화계에서 맹활약하던 언론인이자 영화인이었다.

미쓰나가 시초의 「복수(復讐)」(『조선공론』 1922년 12월)는 1922년의 경성신사(京城神社) 추계제전을 배경으로 벌어진 치정극을 다루고 있다. 미쓰나가 시초의 시나리오는 조선과 경성의 명소를 작품의 배경으로 적극 활용함으로써 조선의 지방색을 전면적으로 드러낸다는 공통점을 지니고 있는데, 시나리오 데뷔작인 이 작품에서도 미쓰나가 시초는 경성신사, 남산공원 등 경성의 명소뿐만 아니라 욱정(旭町), 명치정(明治町) 등 당시 경성의 거리 풍경을 생생히 묘사하고 있다. 또한 이 시나리오는 1920년대 인기가 높았던 탐정소설의 영향을 받아 여주인공을 '여탐정'으로 등장시키고 있다는 점에서도 흥미로운 자료라 할 수 있다.

미쓰나가 시초가 '쓰쿠시 지로'라는 필명으로 쓴 「풍요로운 가을[饒かな る秋]」은 『조선공론』 1924년 6월호에 기고한 작품이다. 작자의 말에 따르면 미쓰나가 시초는 애초 이 시나리오를 전2권(卷)은 필름을 세는 단위로, 1권은 대략 10~15분 정도의 길이) 분량의 작품으로 기획하여 작품 말미에 제2권 시나리오의 게재도 예고하고 있으나, 현재로서는 『조선공론』에 제1권 분량의 시나리오만 게재된 것으로 확인된다. 이 시나리오는 조선총독부 조사과의 의뢰를 받아 제작한 통계 선전영화 <부활에의 길[復活への道]>의 촬영 각본으로 쓰여, 실제로 조선 부업 공진회장 연예관에서 상영된 작품이기도 하다. 통속적인 멜로드라마였던 「복수」와 달리 전형적인 총독부 선전영화인 이 작품은 조선의 함경북도 웅기 근처의 작은 시골을

배경으로 삼아 총독부가 추진했던 전국 통계조사의 정당성을 강력하게 선전하고 있다.

「농촌행진곡(農村行進曲)」은 미쓰나가 시초가 잡지 『문교의 조선』에 1928년 7월호, 1929년 1월호와 2월호까지 총 3회에 걸쳐 연재한 시나리오이다. 『문교의 조선』은 조선총독부 학무국의 관변 단체였던 <조선교육회>의 기관지로서 총독부의 통치방침에 협력적인 기사를 주로 실었다. 이러한 특색을 지닌 『문교의 조선』에 실린 시나리오 「농촌행진곡」 또한, 실존했던 충북 청주군 미원 보통학교를 배경으로 하여 총독부가 주창하던 '이상적인 농촌'을 구현하기 위한 선전영화의 색채가 짙은 내용을 담고 있다.

그런데 한 가지 더 주목해야 할 점은 바로 「농촌행진곡」이라는 작품의 제목이다. 미쓰나가 시초의 「농촌행진곡」이 『문교의 조선』에 게재되던 시기, 동시대 일본에서는 잡지 『킹[キング]』에 기쿠치 간[菊池寬]의 소설 「도쿄행진곡(東京行進曲)」이 연재되어 큰 인기를 얻고 있었다. 1928년 6월부터 1929년 10월까지 연재된 「도쿄행진곡」은 1929년 5월에는 닛카쓰(日活)에서 미조구치 겐지[溝口健二] 감독에 의해 영화화 되어 흥행에 성공을 거두었고, 삽입곡인 <도쿄행진곡>까지도 크게 유행하면서 '지방행진곡 붐[ご当地行進曲ブーム]'이라 불릴 만큼 선풍적인 인기를 끌었다. 미쓰나가 시초는 「농촌행진곡」 연재 직후인 1929년 8월부터 11월까지 잡지 『조선공론』에 「조선행진곡(朝鮮行進曲)」이라는 시나리오를 4회에 걸쳐 연재했다. 이 작품은 '~행진곡'이라는 제목뿐만 아니라 극 중에 <조선행진곡>이라는 노래까지 삽입하고 있어, 그가 당시 일본영화 흥행계의 유행을 의식적으로 도입하려 했음을 짐작할 수 있다. 따라서 미쓰나가 시초의 시나리오 「농촌행진곡」과 「조선행진곡」은 일본영화계의 '지방행진곡 붐'이

제국의 지방이었던 외지(外地) 조선에 어떤 식으로 유입되고 변형되었는 지를 살펴볼 수 있는 좋은 자료라 할 수 있을 것이다.

4. 연구현황 및 전망

1920년대 각 매체에 발표된 재조일본인의 창작 시나리오와 작가에 관한 연구는 같은 시기 조선인 작가의 시나리오에 대한 연구가 비교적 활발하게 이루어지고 있는 데 비해 아직까지는 찾아보기 어렵다. 미쓰나가 시초의 시나리오는 『1920년대 재조일본인 시나리오 선집 1』(2015, 역락), 『1920년대 재조일본인 시나리오 선집 2』(2016, 역락)으로 편역 소개된 바 있으나, 작품에 대한 구체적인 분석은 추후 과제로 남아 있다.

재조일본인의 창작 시나리오는 1920년대 당시 식민지 조선의 시대상을 담고 있을 뿐만 아니라, 1920년대의 조선영화계와 일본영화계의 유행의 흐름 및 상호 교류·교섭의 양상까지도 엿볼 수 있는 단서를 제공하는 매우 중요한 자료로서 후속 연구가 반드시 필요한 분야라 할 수 있다. 예를 들어 미쓰나가 시초가 「그녀는 도약한다[彼女は躍(?)跳る]」(『조선공론』 1925년 11월~1926년 1월)를 연재할 당시 속해 있던 <조선영화예술협회> 는 당시 신문기사로 미루어 볼 때 이구영(李龜永) 감독이 이끌던 영화 제 작프로덕션으로 추정되는데, 이구영 감독은 1927년 3월 발족한 동명(同名) 의 <조선영화예술협회>에도 참여하고 있어, 미쓰나가 시초가 소속되어 있던 <조선영화예술협회>가 그 전신(前身)일 가능성을 제기할 수 있다. 1927년 발족한 <조선영화예술협회>는 카프(KAPF) 영화운동의 출발점이 된 단체로 잘 알려져 있는데, 「그녀는 도약한다」도 <조선제사회사(朝鮮製

絲會社)>의 노동쟁의를 주된 줄거리로 삼고 있다는 점 역시 이 동명의 두 협회가 동일 단체일 가능성에 무게를 실어준다고 할 수 있다.

이처럼 미쓰나가 시초를 비롯한 재조일본인 시나리오 작가의 조선에서의 활동 양상에 관한 구체적인 연구 역시, 1차 자료인 영화 필름 대부분이 손실된 조선영화사의 결락된 부분을 메워주기 위해서 꼭 이루어져야 할 작업이다.

▶ 임다함

제4장

1930년대 전시기 일본어문학의 확산

제1절 재조일본인의 문학 활동과 유아사 가쓰에의 등장

1. 1930년대 재조일본인 문학 활동의 개관

1930년대 재조일본인의 문학 활동을 개관하기 위한 하나의 단초로서 우선 경성일보사가 발행한 『조선연감(朝鮮年鑑)』의 기술을 언급해보고자 한다. 『조선연감』의 1940년도(1939.10.1. 발행)와 1941년도(1940.10.1. 발행) 「문예」란의 기술내용을 서로 비교해보면, 이 사이에 조선의 문단에 큰 변화가 일어났음을 확인할 수 있다.[1] 바로 1939년 10월 29일 창립된 조선문인협회를 중심으로 조선에 '국어'(일본어)문단이 본격적으로 형성되기 시작했다는 사실인데, 재조일본인의 문학 활동을 종적인 '계보'로 파악하고자 할 때 조선문인협회의 결성은 그 이전과 이후를 '문단'이라는 조직과 네트워크로 양분하고 있다는 점에서 문학사적으로 획기적인 사건이었다고 볼 수 있다. 『1940년도 조선연감』은 발행 현 시점(즉, 조선문인협회 결성 이전)에서 재조일본인의 문학 활동에 대한 현황을 파악하면서 간략하게 정리하고 있는데, 이에 따르면 그때까지 재조일본인의 문학 활동은

---

1) 『昭和十五年度 朝鮮年鑑』, 京城日報社, 1939, 639~641면; 『昭和十六年度 朝鮮年鑑』, 京城日報社, 1940, 607~609면.

주로 경성제대 학생 및 졸업생이 중심이 된 『성대문학(城大文學)』(1935년 11월 창간)에서의 창작과, 마찬가지로 경성제대 사토 기요시[佐藤淸] 교수를 중심으로 하는 시 창작의 동호인 모임이 주류였고, 전체적으로 '내지인 문단'은 구성하지 못하고 있다고 지적한다. 특히 소설보다는 일본의 전통적 시가인 단가[短歌]나 하이쿠[俳句]를 짓는 아마추어적인 활동이 대부분이라고 기술하면서 소설 창작의 '부재'를 강조하고 있다.

하지만 이 같은 기술은 식민지 시기 '경성'에서 간행된 일본어잡지의 문예, 창작란을 살펴보면 다소 단순화한 경향이 없지 않다. 확실히 경제적 지반을 갖춘 문인협회 차원에서나, 전문적인 작가 의식을 갖고 전업 작가로 활동했던 재조일본인이 부재했다는 것은 어느 정도 사실이나, 그렇다고 해서 재조일본인의 소설 창작, 대량 출판, 고정적인 독자층 등 이른바 '근대적인 문학 활동'이 없었다고 보기에는 무리가 있는 것이다. 가령 1913년 4월부터 1944년 11월까지 식민지시기 전반에 걸쳐 발행된 월간 『조선공론(朝鮮公論)』은 경성에서 간행된 일본어 종합잡지로, 1914년 12월호(제2권 12호)부터 「공론문단」이라는 창작란을 마련하여 수필, 단가, 한시, 하이쿠 등을 싣기 시작했고, 1919년 12월호(제7권 12호)부터 소설 작품이 게재되기 시작했다. 물론 이런 소설이 전부 재조일본인에 의한 창작이라고는 볼 수 없겠으나, 1920년 7월호(제8권 7호)의 「반도문예」란에 가토리 나미히코[香取波彦]의 「잠자는 거리[眠れる街路]」를 필두로 하여 1920년대 초반부터 조선문인협회가 결성되기 전까지 조선(주로 '경성')에서의 생활과 풍경을 묘사한 소설작품이 다수 실려 있다. 이들 작품에 조선에 거주하는 자로서의 일상생활이 묘사되어 있다는 점에서 보아 이것은 재조일본인에 의한 창작일 가능성이 높다. 그리고 1925년 9월호(창간호)부터 1945년 1월호(제229호)까지 간행된 조선교육회의 기관지 『문교의 조선(文教の朝鮮)』은 창간 당초부터 각본, 희곡, 동화, 하이쿠, 단가 등을 싣는 문예란을 따로 마련하였고, '창작'이라 칭하면서 소설작품을 매호 꾸준히 게재하고 있었다.

또한 비록 소설은 아니지만 재경성(在京城) 일본인들이 중심이 되어 1924년부터 1940년대 전반까지 발행한『경성잡필(京城雜筆)』(월간)에는 재조일본인의 에세이가 묶여있어 조선에서 생활하는 자로서의 생활감각과 사고를 반영하고 있고, 1930년대 중반 들어『성대문학』,『벽공(碧空)』(경성 제대 의학부 동인지),『화산대(火山帶)』(동인잡지)와 같은 동인지의 활동과 녹기연맹의 기관지『녹기(綠旗)』등을 통해 조선 내 자생적 '국어' 작가들이 생겨나기 시작했다.[2] 따라서 조선문인협회 결성 이전까지 재조일본인의 소설 창작이 '빈곤' 상태이긴 했지만, 그렇다고 해서 아예 '부재'했다고도 볼 수 없는 것이다.

2. 유아사 가쓰에의 등장

1930년대부터 활동한 재조일본인 작가를 떠올릴 때 우선 언급해야 할 인물은 미야자키 세이타로(宮崎淸太郎, 본명 兒玉金吾, 1904~1987)일 것이다. 미야자키 세이타로는 조선에서 교사로 근무하면서『성대문학』을 중심으로 1930년대 중반부터 소설 작품을 발표했고, 조선문인협회 결성 이후에는『국민문학(國民文學)』을 작품발표의 주 무대로 삼아 작가활동을 한 인

---

2) 박광현,『일제 식민주의의 기획과 문학-조선문인협회와 '내지인의 반도작가'』,『한국현대소설학회 제35회 학술연구발표대회 자료집』, 한국현대소설학회, 2009.10.31, 54면 참조.

물이다. 특히 창립 3주년을 맞아 이루어진 1942년 9월의 조선문인협회 조직개편 임원인사에서는 새로이 간사에도 이름을 올리고 있어 주목을 요한다. 동인지의 활동을 통해 성장한 조선 내 자생적 '국어' 작가들이 대부분 경력이 미천하여 조선문인협회의 주요 인물 중에는 들지 못했다는 사실을 고려할 때, 미야자키는 조선 내에서 어느 정도 중견작가로서의 대우를 받았다는 사실을 알 수 있고, 실로 반도 '국어' 문단의 형성과정 전반에 걸쳐 그 궤를 같이 했던 드문 작가라 할 수 있겠다. 세리카와 데쓰요[芹川哲世]는 미야자키가 일본 내지문단과는 아무런 관계없이 순수하게 조선에서 문학 활동을 시작했다는 점에서 "전형적인 '내지인의 반도작가'"라 표현한 바 있는데,[3] 미야자키는 도쿄제대 '지나문학'과를 졸업한 후, 1931년에 조선에 건너와 일본이 패전하기까지 16년 동안, 경성의 대동학교(사립 상업학교), 기독교계 고보, 공립 경성중학교에서 '국어'(일본어) 및 영어 교사로 재직하면서 소설, 시, 단가 등의 작품을 다수 발표했다. 특히 소설 속에서는 자신의 교사생활과 경험을 토대로 작품 속에서 주로 일본인 교사와 조선인 학생, 또는 동료 조선인 교사와의 교류를 그려내고 있다.

한편 미야자키와 같은 조선 내 자생적 '국어' 작가는 아니지만, 재조일본인의 문학 활동을 통합적으로 생각할 때, 작가 유아사 가쓰에(湯淺克衛, 1910~1982)의 존재를 언급해야만 한다. 유아사는 경기도 수원에서 자라 유소년시절을 보낸 재조일본인 2세 출신의 작가로서, 일본의 문예지『문학평론(文學評論)』 1935년 4월호에 식민지 조선의 현실을 비판적으로 표현한 데뷔작「간난이(カンナニ)」를 발표하면서 본격적인 작가활동을 시작하였

---

3) 芹川哲世,「『新半島文學選集』第一輯 解說」,『新半島文學選集 第一輯』(白川豊 감수, 복각판), ゆまに書房, 2001, 3면.

다. 그는 기본적으로 일본 '내지'문단에서 작품을 발표하고 작가 활동을
했기 때문에, 엄밀한 의미에서 재조일본인 문학자로 볼 수 있을 것인지
에 대해서는 이견이 있을 수 있겠다. 다만 유아사 가쓰에 문학은 작가 자
신이 소년 시절을 보내고 성장한 수원을 무대로 해서 재조일본인의 정착
과정과 집단적 정체성을 형상화한 작품을 다수 남기고 있다는 점에서 특
별히 언급해두고자 한다. 특히 1세들과 변별되는 재조일본인 2세의 정체
성과 세대 감각을 선명하게 그려내고 있어 그 내용상 재조일본인의 역사
적 분화 과정을 문학적 장르를 통해 보여주는 한 사례로서 재조일본인
문학을 논의할 때 빼놓을 수 없는 존재라고 할 수 있다.

3. 유아사 가쓰에의 작품소개

유아사 가쓰에 문학의 서사를 개관해보면, 재조일본인의 삶과 귀속의
식을 작품 속에서 형상화하고 주제화했던 1930년대 후반까지의 작품군
과, 1938년 12월에 발표한 「선구이민(先驅移民)」을 필두로 '만주'로의 일본
인 개척이민을 다룬 1940년대 전반기의 작품군으로 크게 나눠볼 수 있
다. 그 중 재조일본인을 다룬 작품군의 경우, 본국(일본)과, 뿌리를 내려
정착해야 할 이민지(조선) 사이에 놓인 재조일본인의 삶과 정체성을 작품
속에서 모색하고 주제화한 것이 많다. 그리고 이들 작품군은 주로 수원
을 배경으로 해서 식민지 조선의 풍경과 풍물을 담아낸 것이 많아서, 고
도(古都) 수원의 성문과 성벽, 산기슭에 펼쳐져 있는 과수원과 담배 밭,
'조선가옥'으로 표기되는 초가집, 조선시장 등의 풍경 속에서 조선인과
재조일본인들의 일상이 그려진다.

유아사가 1930년대에 발표한 작품들을 살펴보면 주로 수원이라는 환경과 공간을 배경으로 재조일본인 세대 간의 정착 과정과 집단적 정체성의 차이를 주제화하고 있음을 알 수 있는데, 우선 조선에 정착하는 재조일본인 1세의 삶을 주제적으로 묘사하고 있는 작품에는 「불꽃의 기록[焰の記錄]」(1935), 「이민(移民)」(1936), 「성문의 마을[城門の街]」(1936~37), 「뿌리[根]」(1938), 「망향(望鄕)」(1938) 등이 있다. 이 중 특히 「망향」은 후키야 고조[吹矢吾助]라는 한 재조일본인 1세의 반생을 중심으로 일본인 이주민 1세들이 수원에 정착해가는 과정에서 .겪게 되는 갈등과 심리 변화 등을 심도 있게 그려내고 있다. 후키야 고조를 비롯한 재조일본인 1세들은 자신의 고향이 이곳 수원으로 이행·정착했다고 간주하면서, 수원을 자신들의 '분묘의 땅'으로 삼을 결심을 굳히지만, 재조일본인 1세들의 집단적 아이덴티티가 처한 존재론적인 삶의 장소는 결국 조선에서 뿌리내리는 것과 본국(일본)에의 '망향' 사이에서 끊임없이 유동할 수밖에 없음을 보여준다.

이어서 유아사의 작품 중에서 조선에서 태어나고 자란 재조일본인 2세들을 본격적으로 다룬 소설에는 「대추[棗]」(1937), 「심전개발(心田開發)」(1937), 「하야마 모모코[葉山桃子]」(1939) 등이 있다. 이 중 「하야마 모모코」는 재조일본인 2세들을 다수 등장시켜서 그들의 집단적 정체성과 고향에 대한 심상을 주제적으로 묘사하고 있어 주목해야 할 작품이다. 재조일본인 2세들에게 부모들의 고향='내지'는 자신들이 나고 자란 곳이 아니기 때문에 부모세대와 같은 실감을 가질 수는 없고, 이보다는 자신들의 '고향'인 조선에 대한 애착이야말로 훨씬 생생한 실감을 가질 수 있는 실제의 감정인 것이다. 「하야마 모모코」에서는 "부모들의 고향이 아닌 자신의 고향" 이야기를 만들어 나가는 재조일본인 2세들의 집단적 정체성을 형상화하고 있는데, 성장한 재조일본인 2세 출신자들이 자신들의 고향을 새삼 '재발견'해서 그 인식을 바탕으로 제각각 조선에 진정으로 뿌리를 내리는 모습을 주제화하고 있다. '이 땅'=조선으로의 정착과 본국=일본 사이에서 끊임없이 유동할 수밖에 없는 1세들과는 다른, 조선을 둘도 없는 자신의 '고향'으로 인식하고 정착하는 새로운 세대의 탄생인 것이다. 그런데 이런 2세대들의 등장과 이들의 고향, 세대 감각에 대한 유아사의 조형은 '신조선(新朝鮮)' 담론이 창안·유포되기 시작한 1930년대 재조일본인 사회의 분위기와 무관하지 않다. 1930년대 이후 '신조선'이라는 용어는 재조일본인 스스로가 조선에의 동일화를 기치로 내걸면서 사용한 용어였는데, 이것은 재조일본인이 스스로를 '반도인'이라는 자기규정의 시발점으로 삼기도 했던 의미의 용어로, '내지' 일본인과는 다른 자기상을 상상해내는 계기로도 작동했다. 박광현은 '신조선'이라는 명명법이 재조일본인 1세대들의 자녀들, 즉 조선에서 나고 자란 재조일본인 2세대들의 세대 감각과 관련된 것이라고 지적한 바 있는데[4], 그 자신 재조일본인 2세 출신인 유아사 가쓰에는 「하야마 모모코」를 통해 조선이라는 장소에 동일화하고 기존의 1세대들과 구별되는 2세대의 새로운 집단적 정체성을 형상화하고 표현하고 있다고 볼 수 있다.

4. 연구현황 및 전망

디아스포라의 개념과 그 유형을 역사적으로 고찰한 바 있는 로빈 코

---

4) '신조선' 담론에 관한 사항은 박광현, 「'재조선(在朝鮮)' 일본인 지식 사회 연구-1930년 대의 인문학계를 중심으로」, 『일본학연구』, 단국대학교 일본연구소, 2006 참조.

헨(Robin Cohen)은 '제국 디아스포라(Imperial Diaspora)'라는 유형을 설정해서, "어떤 권력에 의해 식민 혹은 군사적인 목적으로 정주가 실행될 경우, 그 결과로서 태어나는 것이 '제국 디아스포라'"라고 설명한다. 로빈 코헨은 주로 '대영제국'의 사례를 중심으로 유럽 제국주의가 실행한 식민지로의 자국민 송출을 논의하고 있는데, 제국-식민지 시기 조선으로 이주하였던 일본인 이주민들의 경우도 큰 틀에서는 '제국 디아스포라'의 유형에 부합한다고 볼 수 있을 것이다. 특히 로빈 코헨은 '준(準) 제국 디아스포라'라는 개념을 설정해서, 기존의 '제국 디아스포라'가 식민 본국과의 연결을 중시하고 본국의 사회적, 정치적 관습을 소중히 모방하면서 스스로가 제국의 위대한 계획의 일익을 담당하고 있다는 감각을 지니고 있는 데 비해, '준 제국 디아스포라'는 식민자가 결혼 등을 통해서 현지사회에 융화되거나 식민 본국과의 연결을 끊기도 하는 등 '현지화'하는 경우가 많음을 특징으로 들고 있다. 재조일본인의 경우, 2세대가 이 '준 제국 디아스포라'에 부합한다고 볼 수 있겠다.[5]

1930년대 중반 이후 재조일본인의 3분의 1 이상을 점유하게 된 2세대 재조일본인 세대를 가리키는 용어로 '朝鮮っ子[조선아이]', '조선에서 나고 자란' 사람이라는 의미의 '조선생(朝鮮生)' 등의 표현이 있었다. 이 같은 용어의 등장은 그만큼 조선의 토양 속에서 자라나 온 자연발생적인 아이덴티티를 지닌 재조일본인 2세대가 증가했음을 말해주는 현상이다. 또한 1930년대 재조일본인 사회는 '경성'을 중심으로 도시적 소비문화가 성립하였고, '소비'되는 유행과 문화를 개인적 차원에서 향유하기 시작했다.

---

5) ロビン・コーエン, 角谷多佳子 譯, 『グローバル・ディアスポラ』, 明石書店, 2001 참조.

이는 조선이라는 장소가 재조일본인들에게 어느 정도 익숙하게 '자기화' 되었고, 또 그들 자신은 '조선화' 되어가는 양상을 보여준다고 여겨진다. 1930년대 재조일본인이 산출한 문학에는 이와 같은 양상이 녹아들어가 있을 터이고, 소설, 수필, 하이쿠, 단가, 영화, 동화 등 장르별로 개별 작품 텍스트에 입각하여 이 같은 모습을 섬세하게 살펴볼 필요가 있을 것이다. 이 검토는 제국 일본의 식민지 정책과 식민주의를 역사적으로 비판하는 작업을 수반하면서도, 제국과 식민지 시대의 역사적 산물인 '제국 디아스포라'의 역사적 분화 과정을 문학적 장르를 통해 검증하는 작업이 될 것이다.

▶ 신승모

제2절 조선문예물의 일본어 번역의 주체 및 장르의 다양화

1. 조선문예물의 일본어 번역의 개념 및 배경

1930년대에 들어서면서, 조선총독부는 정책의 기조를 소위 1920년대의 '문화정치'에서 '강압정치'로 전환하면서 군국주의적 색채를 노골적으로 드러냈다. 특히 1931년 만주사변을 계기로 한반도를 대륙 침략의 전초기지로 삼았고 노골적으로 파쇼통치를 강화하며 한반도 전체를 전시체계로 개편하고 인적, 물적 자원을 약탈하며 경제적 수탈을 감행하였다. 그와 더불어 황민화정책을 실시하며 식민지 조선을 사상적으로 철저히 탄압하기 위해 지식인들의 활동을 원천적으로 막기 위한 '조선사상범보호관찰령'과 민족운동의 정신을 배양하고 있던 기독교 계통의 학교를 폐쇄하는 등 창씨개명과 일선동조론을 강요하는 우민화 정책을 실시한다. 이에 따라 카프 및 신간회를 해체하고 친일문학단체인 '조선문인회'를 결성하며 문단은 침체기에 들어간다.

또한 이 시기에 서구 자본주의와 근대제도가 실현되었던 도쿄의 긴자, 요코하마, 오사카 등의 근대적, 소비적 문화의 행태는 경성에 그대로 이식되었다. 이에 따라, 1930년대는 신문, 잡지, 단행본, 라디오 등과 같은 대중매체가 등장하게 되었고, 문학의 대량 생산과 소비가 이루어지며 연애소설, 역사소설, 계몽소설, 추리소설과 같은 대중문학이 등장하는 '대중문학의 발흥기'가 된다. 동시에 조선문예물의 일본어 번역이라는 측면에서는 1930년대는 식민정책의 강화와 문화정책의 실시로, 일본어를 구사할 수 있는 조선의 지식인에 의한 일본어 창작이나 번역이 나타나면서, 조선문학(번역) 붐이 일어난다. 그 영향으로 근대문학작품의 일본어번역도 활발히 이루어졌다.

이와 같은 흐름과 맥을 같이 하여 재조일본인들이 간행한 잡지에 게재된 조선문예물은 그 주체나 대상이 다양해지고 동시에 조선 지식인 창작의 근대문학작품이나 평론, 조선 지식인에 의해 번역된 조선 전통문예물 등이 게재되고 있다. 여기에서 번역의 개념은 윤대석이 말하는 '머리속 번역'(윤대석 「1940년대 한국문학에서의 번역」,(『민족문학사연구』 제33집, 2007), p.312.)으로, 조선인 작가들의 일본어창작물도 포함한다. 이 시기 조선의 작가들은 이미 노골적인 조선총독부의 일본어교육 정책과 동족동근의 황민화정책에 의해 모어가 아닌 일본어에 의한 창작을 강요당했다고 볼 수 있기 때문이다. 동시에 번역을 단순히 한 언어의 단어를 다른 언어의 단어로 바꾸는 것만이 아닌, 한 사회의 사상, 습관, 문화 등을 다른 사회에 소개하고 변용하는 것도 포함하는 넓은 의미로 사용하여, 조선인 기고자들의 조선문단의 소개도 번역으로 간주한다.

2. 일본어 번역의 전개양상

이 시기 조선문예물의 일본어 번역 양상의 특징을 들자면, 첫째 1920
년대 일본인 관리를 대상으로 한 조선어장려정책의 영향으로 인한 조선
문예물의 양이 꾸준히 증가한다는 점을 들 수 있다. 이 시기 조선문예물
의 일본어 번역 목록(『조선급만주』 중심)은 김효순의 「1930년대 식민지조선
의 어문정책과 조선문예 번역물 연구-『조선급만주』의 조선문예물을 중
심으로-」(『한일군사문화연구』 제17호, 2014.4)에 상세하다.

둘째로 기고자가 다양해진 점을 들 수 있다. 이전 시대는 번역자의 직
함이 총독부 관리나 경성제국대학 교수로 한정되어 있는데 반해, 1930년
대에는 경성상업학교(京城商業學校) 교유(敎諭) 다나카 하쓰오[田中初夫], 중추
원(中樞院) 촉탁(囑託) 이마무라 도모[今村鞆], 경성제국대학 예과 교수 곤도
도키지[近藤時司], 연출가 류 도무[龍吐夢], 경성장(慶雲莊) 주인 등과 같이 다
양해졌다. 이는 식민정책의 안정화에 따라 조선문예물에 대한 관심을 갖
는 주체가 다양해지고 저변으로 확대되었음을 의미한다고 할 수 있다.
동시에, 조선인 기고자도 대폭 증가했다. 이전시대에도 조선인 기고자가
없었던 것은 아니지만 김윤석(金尹錫), 주경숙(朱瓊淑), 박서방(朴書房), 이성
두(李星斗), 김명순(金明淳), 명정기(明貞基) 등과 같은 조선인 작가의 창작물
이 대거 게재되고 있다. 더 나아가 이들 조선인 기고자들에 의해 조선의
전설이나 신화 등을 분석 소개하는 글이 증가한다. 이와 같은 전통 조선
문예물에 대한 학문적 고찰은 이전 시기에는 일본인 번역자에 의해 전유
되었던 것이다. 이와 같은 현상은 식민정책의 안정화에 따라 일본어를
구사할 수 있는 조선의 지식인에 의한 일본어 창작이나 번역이 나타나면
서, 내지에서 조선문학(번역) 붐이 일어난 1930년대의 문단상황이 식민지

조선에서 간행된 일본어 잡지라는 문학장에도 연동되어 나타난 현상이라 할 수 있다.

셋째, 조선의 근대문예물의 급증과 장르의 다양화를 들 수 있다. 이 시기에는 기존의 조선의 전통 문예물 번역소개 외에 조선의 근대문학작품이나 조선문단의 상황을 소개하는 기사, 혹은 조선작가의 근대적 창작물의 비중이 눈에 띠게 증가한다. 더 나아가 야담, 자유시(근대시), 실화소설, 연애소설 등 조선문단의 모더니즘 문학과 대중문학의 발흥 현상을 반영하는 다양한 장르가 게재된다. 이는 '식민지 시대'라는 특정한 시기에, 역사성이 결여되어 있고 통속성과 오락성을 추구하는 장르로서 일본의 억압을 받지 않고 대중들에게 향유되었던 야담이나 연애소설과 같은 대중문학이, 신문, 잡지, 라디오 등 보다 다양한 대중매체를 통해 '전성기'를 맞이한 30년대 조선 문단상황의 반영이라 할 수 있다.

3. 조선인의 언어관과 일본어 번역의 의의

이상에서와 같이 이 시기에는 조선문예물의 번역 게재가 꾸준히 증가하고 번역 주체나 장르가 다양화되었다고 할 수 있는데, 중요한 것은 조선인 번역자(기고자)가 재조일본인을 대상으로 하는 일본어 매체에 조선의 문예물과 문화를 일본어로 번역하여 게재한다는 것이 어떤 의미였을까라는 점이다.

『조선급만주』의 최초의 조선인 현대시 기고자인 김윤석은, 만주사변의 발발, 만주국 건립, 그 후의 국제연맹 탈퇴, 해군군축회의 탈퇴 등 '실로 당당한 국제적 압력'(「日本精神と朝鮮人」,『朝鮮及滿洲』第346号, 1936.9)에 반발하여 독자적으로 우수한 문화를 창조하고, 그럼으로써 일본의 본질적 가치를 높이고 적극적이고 실질적으로 세계문화에 보다 고차적인 수준을 나타내고자 하는 것이 진정한 일본의 모습이라고 인식하고 있다. 그리고 일본정신 하에 교육을 받고 일본문화에 침윤되고, 일본어로 느끼고 일본어로 우는 조선인으로서의 아이덴티티에 대한 인식을 드러내고 있다. 즉 김윤식에게 일본어창작은 식민지배를 받는 조선인으로서 자신의 아이덴티티의 증명임에 다름 아니었다고 할 수 있다.

이와 같은 시대인식과 언어관은 현영섭(玄永燮, 창씨명 天野道夫, 1907~?)의 경우에는 더 극단적으로 치닫는다. 현영섭은 '일본인 이상의 일본인을 꿈꾼 몽상가', '일본인도 혀를 내두른 극렬 친일파'(김민철「현영섭 : '일본인 이상의 일본인' 꿈꾼 몽상가」, 반민족문제연구소『친일파 99인 2』돌베게, 1993년 3월 1일)라고 평가받는 인물로, 1937년 녹기연맹의 일본문화연구소에 근무하였고, 1938년에는 국민정신총동원조선연맹의 주사, 1940년에는 황도학회 이사 등을 지내며 친일활동을 전개했다. 그는 1930년대 중반에 무정부주의 운동 때문에 잠시 투옥되었다가 출소한 뒤, 내선일체를 위해 한국어를 전폐할 것을 주장하면서 극렬 친일파로 변신했다. 조선인이 주장하는 조선어 전폐론은 일본인들의 눈에 띄었고, 친일 단체인 녹기연맹에 기용되어 녹기연맹 기관지『녹기』에 이와 같은 논리를 주장하는 논설을 실을 수 있었다. 이에 대해 김민철은 '무죄로 출옥한 현영섭은 매달 여러 지면을 통해 조선의 관습에 대한 비판과 친일적인 내용을 담은 수필과 평론 등을 발표하였다. 그 중 8월에 쓴「정치론의 한 도막-조선어를 어떻게 할까」(발표지 미상.『신생 조선의 출발』에 수록됨)에서 처음으로 저 유명한 조선어 전폐론을 들고 나온다'라고 하고 있는데, 여기에서 발표지 미상으로 나오는「정치론의 한 도막-조선어를 어떻게 할까」는 바로

『조선급만주』에 발표된 글이다.

> 그럼에도 불구하고 조선어가 폐지되어 이 지역이 내지처럼 된다면 이
> 지역이 얼마나 아름다워질까 상상하지 않을 수 없다. 조선이라는 대지를
> 사랑하면서도 나는 조선적인 모든 것과 절연하고 싶은 것이다. 조선어를
> 사수하겠다고 하는 조선인 문학자들 못지않게 나는 조선을 사랑한다.
> (…중략…) 그렇기 때문에 조선어가 폐지되어 감정으로부터 무의식의 세
> 계로부터 일본어가 우리들의 말이 되기를 희망하는 것이다. 조선어 폐지
> 를 부르짖는 것은 곧 국어장려 필요성을 부르짖는 것이다. 또한 하루라도
> 빨리 현실적 불행에서 벗어나기 위함이다.(玄永燮 「政治論の一齣」 『朝鮮及
> 滿洲』 第346号, 1936.9, p.45.

현영섭은 이 글에서 전황의 격화에 의해 내선융화를 내세우는 일제의
식민정책을 철저히 내면화하여 일본인들과 감정적 융합을 위해 조선어를
폐지하고 내선일체를 주장하며 진정한 일본국민이 되기를 희망하고 있음
을 드러내고 있다.

이러한 조선인 기고자의 언어관, 시대인식은 창작물에도 그대로 드러
난다. 김명순의 「인생행로란(人生行路難)」(『朝鮮及滿洲』 第358号, 1937.9)은 영
어 통역 일을 찾아 만주에 간 오광인(吳光仁)이라는 조선인 지식인의 실패
담을 그린 창작물인데, 이에는 당시의 국제정세와 대륙침략의 야욕에 가
득한 일본 제국주의의 실상, 조선인과 일본인의 국제적 지위가 잘 나타
난다. 만주에 처음 도착한 오광인은 만주국을 건설하고 대륙으로 진출한
일본제국이 오족협화와 왕도락토를 내세우는 가운데 일본민족의 지위에
대해 인식하게 된다. 또한 취직을 위해 찾아간 'S친차'라는 회사의 과장
은 신흥만주국의 상황에 대한 과장된 희망과 현실을 일깨워 준다. 이러
한 상황에서 오광인은 '나는 우연히 조선반도에서 태어났지만, 내지에서

태어난 그 어떤 일본인에게도 뒤지지 않을 정신으로 신흥만주국을 위해 일하려고 생각합니다'라며 일자리를 얻기 위해 자신이 얼마나 일본화된 조선인인지를 적극 어필하고, <만주건국과 조선인의 지위>라는 시험에 이미 조선의 식민지로의 전락이 확고해진 상태라면, 아시아에서 2등국민으로서 그 역할을 다하겠다는 사명감을 드러낸다.

4. 조선인의 일본어 번역의 의의 및 연구전망

이상과 같이 1930년대에는 내지의 조선문학 붐과 식민지 조선의 모더니즘 문학, 그리고 대중문학의 발흥 현상에 연동하여, 번역자(기고자)들이 경성제국대학 교수, 연출가, 자영업자 등과 같이 다양한 부류의 일본인으로 확대되었으며, 조선인 번역자도 증가하였다. 또한 조선인에 의해 창작된 근대조선문예물의 게재도 증가하고 있고, 장르 역시 근대시, 연애소설, 야담 등으로 확대되고 있음을 확인할 수 있었다. 이와 같은 조선인문예물의 일본어번역을 통해, 전황의 격화에 따라 조선의 식민지로의 전락이 확고해진 상태에서 아시아의 2등국민으로서 그 역할을 다하겠다는 조선인 지식인의 사명감과 시대인식, 언어관과 일본어글쓰기에 대한 인식을 엿볼 수 있다. 또한 아직까지 초출 서지사항이 밝혀지지 않은 현영섭의 글의 초출을 위에서 확인했듯이, 재조일본인 잡지의 번역물을 통해 한국인을 대상으로 한 잡지나 일본 내지에서 간행된 잡지에 발표된 문학연구의 공백이 메워질 수 있을 것이다. 이와 같은 1930년대 재조일본인 사회에서 이루어진 조선문예물의 일본어번역에 대해서는 유재진이 「일본어 잡지 『조선(朝鮮)』과 『조선급만주(朝鮮及滿洲)』의 조선인 기고가들–기초자료 조사-」(『일본연구』 제14호, 2010)에서 기고가들의 성향을 통계적으로 분석한 바 있으며, 김효순은 「1930년대 식민지조선의 어문정책과 조선문예 번역물 연구-『조선급만주』의 조선문예물을 중심으로-」(『한일군사문화연구』 제17호, 2014.4)에서 식민지 어문정책과 관련하여 번역의 주체와 대상을 분석하고 조선인 번역 주체에게 번역 행위가 어떤 의미를 지니는지, 그것이 한국의 근대문학에 어떤 의미를 지니는지를 분석하였다. 이들 선행 연구는 이 시기 조선문예물의 일본어 번역의 의의를 규명하는 연구의 토대를 마련하였다고 할 수 있다. 여기에서 한발 더 나아가 내지의 조선문학 붐으로 인한 조선문학 번역의 성행현상이나 조선의 대중문학의 성행등과 관련하여 어떠한 의의를 지니는지, 개별 작품, 혹은 개별 작가에 대한 구체적 검토가 필요하다 할 수 있다.

▶ 김효순

제3절 한반도 일본어 탐정소설의 전개

1. 한반도의 탐정소설 등장

1920년대말부터 조선 내 재조일본인 사회에서 탐정소설은 주요 대중 문학 장르의 하나로 자리를 잡게 되었고 30년대에는 『조선공론』의 <경 성탐정취미회>의 연작을 비롯해 재조일본인이 창작한 다양한 탐정소설 들이 일본어 잡지를 장식하였다. 30년대에 들어와서는 20년대에 비해서 '내지' 일본에서의 기고문은 줄어들고 조선에서 집필, 창작된 작품들의 게재가 늘어났다. 20년대에는 탐정소설 및 탐정 관련 글의 집필자가 범 죄와 관련 있는 직종의 재조일본인이었다면 30년대에는 집필진의 폭이 넓어져 주로 대중적인 읽을거리를 쓰던 작가들의 탐정소설이 늘어나게 되었다. 또한 실재 경찰인 충남 대전청의 이와다 이와미쓰[岩田岩滿]의 「탐 정소설 수마(探偵小說 讎魔)」(『警務彙報』 1931.9)를 예로 들어도 같은 경찰인 기노우치 나리세이[木內爲棲]의 「탐정소설 심산의 모색[探偵小說 深山の暮色]」 (『朝鮮地方行政』 1928.4)에 비해서 탐정소설로서의 구성과 전개 등을 충분히 이해한 작품이 등장하기 시작하여 허구성과 유희성이 20년대 창작물에 비해서 증가하였음을 알 수 있다. 이렇듯 1938년 일본에서 국가총동원령

이 선포되어 탐정소설 장르가 불온하다하여 집필·출판 등이 금지·자제될 때까지 탐정소설은 재조일본인 사회는 물론이고 조선 내 일본어 식자층의 대표적인 대중문학 장르였다. 1938년 이후 일본어 잡지에서 탐정소설은 자취를 감추고 대신 30년대 중반부터 서서히 늘어나기 시작한 스파이소설이 눈에 띄게 되었다.

재조일본인이 쓴 탐정소설의 특징은 무엇보다 아마추어리즘에 있다고 할 수 있다. 조선에서 일본어로 탐장소설을 창작한 자들 중에 탐정소설 전문 작가는 한 명도 없었고 모두 기자나 교사, 경찰, 화가 등 다양한 직업을 가진 이들이 '취미'로 혹은 독자들에게 읽을거리를 제공하기 위해서 탐정소설을 집필한 것이다. 1920년대말부터 탐정소설을 읽거나 창작하는 것이 한반도의 독서공간에서 '취미'의 일환으로 향유되었음은 『조선공론』에 모인 <경성탐정취미회>와 같은 모임이 탄생하였다는 것이 좋은 예일 것이다. 즉, 1930년대 당시 재조일본인 사회에서 탐정소설은 개인적인 독서의 대상이라기보다는 '취미'활동의 일환으로 아마추어들이 모임을 만들어서 함께 창작을 즐기는 사교를 겸한 '놀이'의 성격을 지니고 있었다. 이에 30년대 <경성탐정취미회>의 탐정소설에는 연작(한 작품을 여러 사람이 이어서 창작하는 것)이 많은 것도 탐정소설이 '취미'나 '놀이'의 일환으로 인식되었기 때문이다. 본래 탐정소설은 경제적, 시간적, 정신적 여유를 지닌 유한·소비계층, 즉 부르주아계급의 사교를 겸한 '놀이'의 성격을 기본적으로 지니고 있다. 이에 1930년대 탐정소설의 연작은 일본은 물론이고 서구에서도 많이 행해진 바가 있다. 이처럼 탐정소설은 아마추어리즘을 바탕으로 한 클럽 문화에서 배태된 장르이기에 식민지 조선 최상위의 유한·소비계층이라 할 수 있는 재조일본인들이 취미모임을 결성하여 탐정소설을 창작했을 만큼 30년대 한반도 내 일본어 식자층에게 탐정소설은 대표적인 대중문학이었다.

2. 탐정소설의 전개양상

1930년대 한반도에서 출간된 일본어 잡지에 게재된 탐정소설을 표로
정리해보면 다음과 같다.

[1930년대 한반도의 일본어 탐정소설]

저자	집필지	작품명	게재지	게재년도
경성탐정취미회 동인	조선	꽁트 육인집(コント 六人集)	朝鮮公論	1930.6
에드워드 S. 파이슨(Edward S. Python) 저/가와사키 요시오[川崎義雄] 역	일본	괴기소설 인명을 다룬 의문의 '카드' (怪奇小說 人命を操る謎の「カード」)	朝鮮遞信協會雜誌	1930.8
경성탐정취미회 동인	조선	연작탐정소설 여자 스파이의 죽음(1)~(5) (連作探偵小說 女スパイの死)	朝鮮公論	1931.1~5
이와다 이와미쓰 [忠南大田署]	조선	[지우문원]탐정소설 수마 ([誌友文苑]探偵小說 讐魔)	警務彙報	1931.9
경성탐정취미회 동인 요시이 시노부[吉井信夫]	조선	미치광이 제11호 환자의 고백 (癲狂囚第十一号の告白)	朝鮮公論	1931.10
경성탐정취미회동인 다이세 와타쿠[大世渡貢]	조선	공기의 차이 (空氣の差)	朝鮮公論	1931.10
시마쓰 도루 [島津透]	조선	범죄비화 탄환에관한 조사이야기 (犯罪秘話 彈丸にまつはる捜査物語)	朝鮮公論	1933.8
시마쓰 도루	조선?	범죄소설 지옥의 입장권 (犯罪小說 地獄への入場券)	朝鮮公論	1933.10
Y・레이몬진 [Y・黎 門人]	조선	탐정실화 그를 해치우다 (探偵實話 彼をやつつける)	朝鮮公論	1933.11
경성탐정취미회	조선	연작연재 탐정소설 세 구슬의 비밀 (1)~(3) (連作連載 三つの玉の秘密)	朝鮮公論	1934.2~4

아키요시 하루오 [秋良春夫]	조선	탐정소설 체포비화(1)~(2) (探偵小說 捕物秘話)	朝鮮公論	1934.2~3
구라 하쿠센[倉白扇]	조선	탐정기담 어둠에 나타난 미인의 모습 (探偵奇談 闇に浮いた美人の姿)	朝鮮公論	1934.9
구라 하쿠센	조선	탐정기담 암야에 미쳐 날뛰는 일본도, 저수리에서 튀는 피보라 (探偵奇談 暗夜に狂ふ日本刀腦天唐竹割りの血吹雪)	朝鮮公論	1934.10
시마노 핫코쓰 [島野白骨]	조선	실화 임종의 오점(1)~(2) (實話 死期への汚點)	朝鮮公論	1935.7
아오야마 와분지 [青山倭文二]	일본	탐정소설 세일러복의 위조지폐 소녀 (探偵小說 水兵服の贋札少女)	朝鮮公論	1936.9
히아르토프 아르크너 (Hiartoff Arkner) 작/이토 에이타로[伊東銳太郎] 역	일본	번역탐정소설 야행열차 기담 (翻譯探偵小說 夜行列車奇談)	朝鮮公論	1936.9
아오야마 와분지	일본	탐정실화 범죄 실험자 (探偵實話 犯罪實驗者)	朝鮮公論	1937.4

30년대 주로 재조일본인에 의해서 집필된 탐정소설의 특징은 우선 재조일본인이 집필한 다른 장르의 문예물과 달리 탐정소설에서 조선의 로컬색이 드러나지 않는다는 점이다. 조선을 배경으로 집필된 작품이지만 조선인이 스토리 전개의 주요한 인물로 등장하는 경우는 거의 없고, 조선의 특유의 색채가 의도적일만큼 억제되어 있다. 오히려 30년대 당시 일본에서 유행한 모더니즘의 영향이 다분히 보이는 변격(變格)탐정소설류의 작품들이 많아 변태취미나 일상을 벗어나고자 하는 욕망으로 인해 사건에 휘말리게 되는 재조일본인만이 소설 속에서 전경화하고 있다. 예를 들어 작품공간으로서는 주로 혼마치(本町)나 혼마치 뒷골목, 왜성대, 혹은 인천을 중심으로 한 일본인 거주 공간만이 등장하고 거기에는 구소련의 비밀경찰조직인 G.P.U.가 비밀 아지트로 사용하고 있는 카페(「여자 스파이

의 죽음」)가 있고 미로 같은 소서문의 중국인 거리에는 "경성부 지도에도 실려 있지 않은 비밀 지하실"이 있어 중국인이 보석의 이미테이션을 만들고(「세 구슬의 비밀」) 있는 것이다. 일본어 탐정소설에 그려진 경성은 러시아의 미인 스파이나 중국인의 밀매자가 암약하고 일본인의 변태성욕자가 범죄를 일으키는 다국적이고 이국적인 공간으로 묘사되고 있다.

　재조일본인이 30년대 창작한 탐정소설에 서양의 정형적인 탐정소설보다는 당시 일본에서 유행한 변격적인 탐정소설이 많은 이유는 서구의 탐정소설보다 일본 탐정소설의 영향을 더 많이 받았다는 이유도 있으나 그보다는 글쓴이들이 모두 아마추어 작가들이어서 세밀하고 정교한 트릭의 구성과 발상에 한계가 있었다는 점도 들 수 있을 것이다. 그리고 시마쓰 도루[島津透], 아카요시 하루오[秋良春夫], 구라 하쿠센[倉白扇] 등 당시 조선의 일본어 잡지에서 다소 자극적이고 오락성이 있는 소설을 다양하게 기고하던 이들이 '읽을거리'의 일환으로 탐정소설 혹은 탐정기담을 기고했던 사실을 보더라도 굳이 탐정이 등장하지 않더라도 다소 미스터리한 요소가 있는 추리서사가 30년대 당시에는 유행했었다.

3. 연구현황 및 전망

　한반도의 일본어 탐정소설에 관한 연구 현황은 식민지기 한반도에서 일본어로 탐정소설이 집필되었다는 사실이 밝혀지고 소개된 것은 유재진, 이현진, 박선양 편역 『탐정 취미–경성의 일본어 탐정소설』(도서출판 문, 2012)을 통해서이다. 이후 이현진, 가나즈 히데미 공편 『경성의 일본어 탐정 작품집』(학고방, 2014)에서 원문 자료를 소개하였고 식민지기 한반도의 일본어 잡지에 게재된 일본어 탐정소설의 목록은 유재진 「연구자료 식민지 조선의 일본어 탐정소설」 『과경/일본어문학연구』 vol.1(2014)에서 소개하였다. 일본어 탐정소설뿐 아니라 한국에서의 한국어 탐정소설의 연구 또한 2000년대 이후 본격적으로 활성화되기 시작하여 자료 발굴 및 정리와 체계적이고 종합적인 현황 파악과 분석이 요구되는 분야라 할 수 있다.

식민지기 한반도의 일본어 독서 공간은 '내지' 일본인/재조일본인/조선인의 일본어 글 등이 다양하게 섞여있는 혼종적인 공간이었다. 기존의 일본/한국에서의 탐정소설 혹은 대중문학 연구가 주로 일국중심의 일본어 소설/한국어 소설만을 연구하고 식민지기 한반도의 일본어 독서 공간에 대한 연구의 필요성 및 중요성은 간과되어 왔다. 하지만 식민지기 조선에서 형성된 일본어 독서 공간의 실상을 파악하고 이러한 일본어 창작물 및 서적이 당시의 한국어 창작물과 문화 혹은 '내지' 일본의 독서 공간과 어떠한 상호 관계를 맺고 있는지에 대한 올바른 이해와 실상 파악이 전제되어야 한국의 식민지기에 대한 정확한 이해가 이루어질 것이다.

특히, 탐정소설은 근대의 법 제도, 도시 문화, 과학적 사고를 바탕으로 탄생한 장르로서 근대의 산물이자 근대성을 잴 수 있는 척도이기도 하다. 이에 서양의 탐정소설과도 제국 일본의 탐정소설과도 다른 식민지 조선에서 향유된 일본어 탐정소설의 고찰을 통해서 장르의 이동/수용 양상과 변형, 그리고 이러한 변형이 의미하는 바를 파악할 수 있을 것이다. 그리고 30년대 당시 식민지의 대표적인 대중문학이었던 탐정소설의 연구를 통해서 정치나 이념과도 다른 대중들의 욕망과 그들 문화에 깃들어진 정치성을 함께 포착할 수 있을 것이다.

▶ 유재진

제4절 1930년대 조선 하이쿠 문단
-조선향토색 논의와 하이쿠잡지『구사노미[草の實]』를 중심으로-*

1. 1930년대 전반기의 조선 하이쿠 문단

1930년대 초반, 재조일본인의 하이쿠 활동은 주요 도시를 기점으로 한 반도 전역으로 퍼져 그 어느 때보다도 활기를 띠고 있었다. 그래서 그 당시 조선하이쿠 문단은 외지 및 해외에서 최대 하이쿠 왕국으로 알려져 있었다. 특히 1920년 전후부터는 다카하마 교시[高浜虛子]가 심사자로 있던『호토토기스[ホトギス]』의「잡영(雜詠)」란에 입선자가 계속해서 증가하는 등, 그 기세가 내지의 주요 지역에 견줄 만큼 압도적이었다. 그러나 1930년대 후반이 되면 점차 그 기세가 누그러진다.

1937년 중일전쟁 발발 이후부터 1945년 패전에 이르기까지는 조선에서 간행된 하이쿠 잡지의 통폐합이 진행된다. 제일 마지막까지 남은 것이『미즈키누타[水砧]』였다. 이는 1941년 7월에 조선 각지의 하이쿠 잡지를 통폐합하여 만든 <조선하이쿠작가협회[朝鮮俳句作家協會]>의 기관지로, 그 후 조선 하이쿠작가협회는 1943년에 조선문인보국회(朝鮮文人報國會)로

---

* 하이쿠 잡지『구사노미』에 대해 엄인경(嚴仁卿) 씨로부터 귀중한 조언을 받았다. 또한 본고는 JSPS과학연구비용26370240성과(JSPS科學硏究費用26370240成果)의 일부이다.

흡수 합병된다. 또한 창씨 개명 등의 영향 때문인지 이전에 활약하던 조선 하이쿠 작가도 이 무렵에는 급감한다.

이 시기에는 내지의 『호토토기스』나 조선의 『미즈키누타』지에 종군 중인 군인들의 하이쿠나 전투의식 고양을 도모하는 하이쿠가 눈에 띄게 증가한다. 그래서 여기에서는 중일전쟁이 발발하기 이전까지의 1930년대 조선 하이쿠 문단의 동향을 조선 향토색의 논의와 하이쿠 잡지 『구사노미』를 중심으로 살펴보고자 한다.

2. 조선 하이쿠 문단과 조선 향토색

경성일보사의 기자이자 하이쿠 잡지 『세이코[青壺]』를 주재하던 기타가와 사진[北川左人]은 자신이 편찬한 『조선하이쿠선집(朝鮮俳句選集)』(1930년)에 조선 하이쿠 문단의 1930년 전후의 추세에 대해 다음과 같이 말하고 있다.

> 조선의 하이쿠 문단은 쇼와인 오늘날과 다이쇼 말기를 비교해 보는 것
> 만으로 알 수 있듯이 실로 격세지감이 느껴질 정도로 활기찬 상황이었다.[1]

이 시기에 조선에서 발행되던 하이쿠 결사의 기관지는 월간지만 해도 14개에 이른다. 그 선별 심사자로는 『구사노미』(경성)에 구스메 도코시[楠目橙黃子], 『세이코』(경성)에 야마구치 세이시[山口誓子], 『가사사기[カササギ]』(부산)에 이케우치 다케시[池內たけし], 『가리타고[カリタゴ]』(목포)에 기요하라

---

1) 北川左人, 「卷末の辭」, 『朝鮮俳句選集』 青壺發行所, 1930.

가이도[淸原楊童], 『도조[土城]』(평양)에 이다 다코쓰[飯田蛇笏], 『아리나레[アリ ナレ]』(신의주)에 요시오카 젠지도[吉岡禪寺洞] 등 내륙의 유명한 하이쿠 작가 들이 담당하고 있었다. 그리고 조선에 체재한 경험이 있는 구스메 도코 시와 이케우치 다케시, 『가리타고』 동인의 권유로 목포로 이주해 온 기 요하라 가이도 등과 같이 조선에 연고가 있는 하이쿠 작가들도 많았다. 또한 잡지 이름도 조선의 풍물시 같은 분위기를 자아내고 있었다.

그럼 조선 하이쿠에 있어서 1930년대는 어떤 시대였는가. 적어도 이 시기를 언급할 때 빼놓을 수 없는 키워드가 있는데 그것은 바로 '조선 향 토색'이다. 이 용어는 조선 하이쿠 문단뿐만 아니라 예술과 공예, 단카 등의 영역에서도 화제가 되었다. 향토색과 지방색의 화제는 일본 내지(지 방색·향토색)와 타이완(타이완 색)에서도 논의되던 것으로 조선 하이쿠만의 독자적인 것이 아니고 동시 다발적으로 일어난 현상이었다. 다만, 조선 하이쿠 문단에서 조선 향토색에 얽힌 논쟁이 시작되는 것은 이 시기가 아니라 1916년 시점까지 거슬러 올라가야 한다.

이에 이어지는 1920년대는 조선 향토색의 구호 제창과 모색의 시기이 다. 조선 최초의 본격적인 하이쿠 잡지로 평가되고 있는 『마쓰노미[松の實]』 에서 그 예를 들어 보자. 구스메 도코시는 「조선색 하이쿠」에서 "이 향토 예술인 하이쿠를 우리 조선에 옮겨 새로운 조선의 하이쿠로서 특색을 갖 추어 나가는 것은 조선에서 일본의 신문화 건설을 실현하는 하나의 길"[2] 이라고 언급하고 있다. 즉 내지의 하이쿠를 조선에 이식하여 독자적인 조선 하이쿠를 창출하는 것이 바로 재조일본인의 "신문화 건설"로 연결 된다고 말하고 있다.

---

2) 橙黃子, 「朝鮮色の句」, 『松の實』 16号, 1922.1.

사실 이와 같은 조선 하이쿠의 향토 예술화는 일본 전통시가의 조선에 의 이식 · 확장에 지나지 않는다. 그러나 내지의 하이쿠가 아닌 조선 고 유의 하이쿠를 제창하는 것은 일본의 세시기(歲時記)에 기반을 두고 있던 내지 하이쿠나 내지 하이쿠 문단에 대항하는 내용을 지향하는 것이기도 했다. 예를 들어, 도다 우효[戶田雨瓢] 편『조선 하이쿠 일만집[朝鮮俳句一萬 集]』은 "조선 특유의 색채가 표현된 하이쿠의 채택"[3]을 편집 방침으로 하고 있었다. 이 점에 대해 훗날 다카하마 교시는 1930년대에 해외에서 독자적으로 세시기를 편찬하는 것에 이의를 표명하고, 이 해외의 세시기 를 "특별한 예외"[4]로 자리 매김한 바 있다.

이러한 흐름을 이어 받은 1930년대는 이른바 조선 하이쿠의 향토 예 술화가 질적 양적으로 구축되어 간 시기에 해당한다. 예를 들어, 기타가 와 사진은 1927년부터 3 년간 발행된 하이쿠 잡지나 신문 잡지의 하이쿠 란에 게재된 조선 하이쿠 5만 수 백구를 모아 그 중에서 만여 구를 선별 해 계어별로 재록한『조선하이쿠선집』를 간행한다. "조선 하이쿠 문단의 조감도로서 가장 완전한 하이쿠집" "습작할 때 가장 참고가 될 만한 선 량한 하이쿠집"을 목표로 편성된 이『조선하이쿠선집』은 기타가와 사진 이 편찬한『조선고유색사전(朝鮮固有色辭典)』(1933년)과 더불어 조선의 세시 기와도 같은 특징을 가지고 있었다. 그런 점에서, 이들 서적은 조선 하이 쿠의 향토 예술화를 실천한 성과로 볼 수 있다.

---

3) "편집자는 편찬하는 과정에서 늘 틈이 날 때마다 조선 각지를 두루 여행하고 그러면서 친숙해진 풍물들을 통해 조선 특유의 색채를 표현한 하이쿠를 뽑았다. 이렇게 반도의 문학을 널리 세상에 소개하고자 하는 의식이 있었다." 戶田雨瓢編,『朝鮮俳句一萬集』, 朝 鮮俳句同好會, 1926.

4) 高浜虛子,「熱帶季題小論補遺」,『定本高浜虛子全集』11卷, 每日新聞社, 1974.

> 조선의 고유색 — 향토색, 지방색 — 이라는 모든 어휘를 망라해 그 연혁, 특성, 이해(利害) 등을 상세히 정리한 문헌, 편리한 서적, 귀중한 서적이 아직도 발견되지 않은 상황은 한편으로 조선 출판계의 일대 결함이라 하지 않을 수 없다.[5]

기타가와 사진은 조선 각지의 하이쿠 결사나 하이쿠 작가 간의 교류를 도모한 인물이기도 하다. 위의 인용에서도 알 수 있듯이 『조선고유색사전』도 하이쿠를 애호하는 재조일본인의 편의를 위해 편찬한 것이었다.

여기에 기록된 "조선의 고유색 — 향토색, 지방색"이라는 용어는 구스메 도코시가 제창한 '조선색'과 마찬가지로, 직접적으로는 내지 하이쿠를 의식해 조선 하이쿠의 독자성을 추구하기 위한 것이었으며, 한편으로는 하이쿠를 애호하는 재조일본인이나 조선인에게 조선 고유의 문화나 풍토의 특징을 널리 알리기 위해 사용한 것이기도 했다. 여기에서는 조선에 대한 식민지주의적인 관심과 함께 이른바 조선을 제2의 고향으로 자리매김하고자 했던 재조 일본 하이쿠 작가들의 사명감 같은 것을 엿볼 수 있다.

그럼 당시에 이 조선 향토색 논의는 어떤 의미를 가지고 있었을까? 재조일본인 사회에서는 조선을 제2의 고향으로 생각하는 향토주의적 논의가 1910년대 교육계에서 이미 시작되고 있었다. 그후 전개되는 논의들에서는 주로 조선 하이쿠의 향토색이란 무엇인가가 추구되어 왔다. 하지만 조선 향토색을 규정한다고 해도 한 구 한 구 음미하면서 '이것이 조선하이쿠이다'라고 지목하는 게 아니라 논의는 논의에서 끝이 나 버린다. 이 논의에서 무엇보다 중요한 것은 재조일본인이 조선 하이쿠를 통해 자신

---

5) 北川左人, 「卷末語」, 『朝鮮固有色辭典』, 青壺發行所, 1932.

들의 지역적 정체성을 확립하려고 모색했다는 점이다. 조선 향토색의 논의가 재빨리 조선 하이쿠 문단에 등장한 것은 이렇게 하이쿠가 지역에 밀착된 창작 문예였기 때문일 것이다

3. 하이쿠잡지 『구사노미』로 보는 경성의 하이쿠계

1930년대는 각지의 하이쿠 잡지가 조선하이쿠 문단을 이끌어간다. 1930년대에 조선 하이쿠의 대표적인 하이쿠 잡지 하면, 마쓰노미긴샤[松の實吟社](경성)의 『구사노미』이다. 물론 이 외에도 기요하라 가이도가 심사자로 있고 박노식(朴魯植)과 무라카미 교시[村上杏史]가 중심역할을 하던 『가리타고』나 에구치 호에이로[江口帆影郎]가 주간하던 원산(元山)의 『야마부도[山葡萄]』 등 조선 각지의 지역성을 살려 독자적인 활동을 해 온 하이쿠 잡지들이 있었다. 그런데 조선 하이쿠 문단의 정통성이라는 점에서 보면 『구사노미』를 그 필두로 들 수 있다.

『구사노미』는 내지에 거주하던 도코시가 선별 심사를 맡고, 요코이 가난(橫井迦南)과 구스 리진(楠俚人)이 편집을 담당하는 등 중심적인 역할을 했다. 1925년에 창간되어 1940년까지 계속된 잡지로, 조선에서는 가장 장수한 하이쿠 잡지였다. 그런 점에서 『구사노미』는 구스메 도코시를 중심으로 운영되던 『마쓰노미』의 후속 잡지라고도 할 수 있다.

가난과 리진은 둘 다 도코시와 함께 1910년대부터 이시지마 기지로가 주재하던 구카이인 <우키시로카이(浮城會)>에 참가해 온 멤버이다. 구카이인 <우키시로카이>에서 『마쓰노미』를 거쳐 『구사노미』로 가는 과정을 고려하면 『구사노미』는 경성뿐만 아니라 조선 하이쿠 문단의 정통적

인 하이쿠 잡지로 평가하는 것이 좋을 것이다. 『구사노미』가 통권 100호를 맞이한 1933년 10월에 도코시는 『구사노미』의 「잡영」란 선평(選評)에서 다음과 같이 언급하고 있다.

> 10월호는 『구사노미』의 제 100 호에 해당한다. 지면을 새롭게 한다는 의미에서 이 선평도 어떻게든 쇄신을 해야 하는데, 지금의 나로서는 아이디어를 짜낼 여력이 없기 때문에, 종래대로 만평을 계속 하기로 한다
> 　수세미의 기일. 축사에서 하이쿠를 읊으며 즐기고 있다 시규(紫牛)
> 　이 구는 시규군의 생활을 알면 더욱 흥미롭다. 시키의 흐름을 이어 받은 한 하이쿠 작가가 조선의 어느 지방에 안주해서 가축을 키우며, 그 생활을 즐기고 있다. 때마침 시키의 기일날 그는 자신의 주변 소재를 하이쿠로 읊으며 즐기고 있다. 자신을 발견했을 때의 만족스런 마음이 느껴진다.6)

다사이기[獺祭忌]로도 알려진 헤치마기[糸瓜忌]는 9월 19일 마사오카 시키[正岡子規]의 기일이다. 쓰치야마 시규[土山紫牛]는 조선 하이쿠 문단의 중견 작가이며, 후에 박노식을 비롯한 여러 조선 하이쿠 작가의 평론을 쓴 인물이기도 하다. 사카이 규호[酒井九峰]는 『구사노미』에 게재된 에세이에 "쓰치야마 시규 씨와 오쓰카 난호[大塚楠畝] 씨는 고등상업학교에 다니고 있었는데, 그때부터 반도 하이쿠 문단의 유망주였다"7)고 서술하고 있다.

그 내력은 불분명하지만, 시규는 적어도 경성 고등 상업 학교에 다니던 엘리트로 그때부터 젊은 하이쿠 작가로 활약하고 있었다. 1933년 당시 그는 마사오카 시키의 사생 정신을 추구하는 호토토기스계 하이쿠 작가로서 조선에서 가축을 기르면서 하이쿠를 읊는 생활을 즐기고 있었다.

---

6) 楠目橙黄子, 「改卷にあたりて」, 『草の實』, 1934.8.
7) 酒井九峰, 「あの頃その頃」, 『草の實』, 1933.10.

다음은 조선 하이쿠 문단을 세대적으로 파악해 보자. 호토토기스계 하이쿠의 조류는 이시지마 기지로에서 구스메 도코시로 이어지는데 그들이 <우키시로카이>나 『마쓰노미』에서 지도한 요코이 가난과 구스 리진이 제1세대에 해당하며, 그 후 고등상업 시절에 두각을 나타낸 쓰치야마 시규와 오쓰카 난호가 제 2 세대에 해당한다. 조선 하이쿠 문단의 1930년 대는 시규의 하이쿠에도 잘 나타나 있듯이 이들 제 2 세대가 중견 하이쿠 작가로서의 기반을 다져 가던 시기에 해당한다.

1933 년에 요절한 조선 하이쿠 작가 박노식(朴魯植)도 1920년대에 도쿄시가 심사자인 『마쓰노미』의 「잡영」란과 교시가 심사자인 『호토토기스』의 「잡영」란에 자주 뽑히는 단골 입선자였다. 그는 후에 목포 『가리타고』의 중심적인 하이쿠 작가로 활동하며, 1930년 전후의 조선 하이쿠 문단을 지탱해 간 중요한 인물이다. 그런 점에서 그도 제 2 세대에 속한다고 할 수 있다.

경성의 『구사노미』는 위의 인용에 언급되어 있듯이 1933년 10월에 100호를 맞이한다. 그런데 그 다음해인 1934년에 1930년대 전반의 조선 하이쿠 문단을 상징하는 사건이 일어났다. 간헐적으로 이어져 온 『경성일보』 하이쿠 란이 폐지된 것이다.

이 「경일 하이단」의 폐지는 조선반도에서 가장 큰 일본어 신문에서 하이쿠 란이 사라지는 것을 의미한다. 『경성일보』의 하이쿠 란은 1910년대에 조선 하이쿠 문단의 토대를 마련하고, 요시노 사에몬에서 이시지마 기지로, 구스메 도코시로 이어져 간 호토토기스계 하이쿠의 흐름을 결정지어 왔다.

그런데 같은 해 7월에는 『오사카아사히 신문』 조선판에 "반도 하이쿠 문단"이 새롭게 신설될 것이라는 취지가 보도된다. "오사카아사히 신문

조선판에 반도 하이쿠 문단이 마련되었다. 이렇게 우리의 하이쿠 문단이 개척되어가는 것은 유쾌한 일이다. 여러분의 많은 투고를 부탁합니다"8)

『경성일보』의 「경일 하이단」 폐지와 『오사카아사히 신문』의 「반도 하이단」의 신설. 이를 보도하는 기사에서 추측할 수 있는 것은 경성의 하이쿠 잡지 『구사노미』가 조선의 일본어 신문이나 잡지로부터 자립해 자율적으로 운영되고 있었다는 점이다. 1910년대의 조선 하이쿠 문단은 『경성일보』와 『조선신문』의 하이쿠란 같은 미디어에 의존하고 있었다. 1920년대에 들어와 경성에 본격적인 하이쿠 잡지 『마쓰노미』가 등장하지만, 3년 후에 폐간된다. 그 후속 잡지라 할 수 있는 『구사노미』는 이 시점 (1933년)에서 창간 이래 100여 호째를 맞이하고 있었다.

같은 시기에 창간된 목포의 『가리타고』 등 각 지역의 하이쿠 잡지도 계속해서 간행되고 있었던 점을 감안하면 1930년대의 조선 하이쿠 문단은 경성의 『구사노미』를 통해 살펴본 대로 조선 각지의 대표적인 하이쿠 결사가 각각의 하이쿠 잡지를 통해 자립적으로 활동할 수 있는 단계로 한 걸음 더 나아간 시기에 해당한다.

▶ 나카네 다카유키(中根隆行)

---

8) 迦南, 「蛤洞より」, 『草の實』, 1934.7.

제5절 한반도 일본 전통시가 문단의 로컬컬러 전성기

1. 1930년대 조선 로컬컬러의 유행

식민지기 조선의 하이단[俳壇]과 가단(歌壇)에서 로컬컬러에 관한 논의와 문헌이 활황을 이루었던 시기는 1930년대이다. '조선적인 것'을 가리키는 용어들은 장르에 따라 '로컬컬러', '향토색', '지방색', '조선색', '고유색' 등으로 불리며 일본 전통시가 문단에서뿐만 아니라 1930년대 조선 문화 전반에서 유통, 발굴되었다. 이러한 로컬컬러의 유행은 식민지를 '외지(外地)' 즉, 일본의 연속된 하나의 지방으로 위치지으며, '중앙문화'에 대비되는 '지방문화'의 특색을 적극 발굴하고자 하였던 제국일본의 식민지 문화 정책을 배경으로 하고 있었다. 특히 조선에서 로컬컬러 담론을 주도해 나아간 것은 미술계로, '조선 정조(情調)의 표현'으로 정의되는 '조선 향토색1)'은 조선미술전람회(1922~1944)를 중심으로 확산되어 갔다.

이러한 1930년대 조선 문화 전반에 일었던 '로컬컬러 붐'과 함께 하이

---

1) 월간미술 엮음 『세계미술용어사전』(월간미술, 1999), p.410.

단과 가단에서도 조선 특유의 풍물을 소재로 하는 구집과 가집이 이 시기에 다량 간행되었다. 그러나 일본 전통시가 문단에서 일었던 로컬컬러 담론은 당시 주류 장르의 그것과 상이한 방향성을 띠고 있었다. 즉, 조선 미술전람회의 아카데미즘으로 자리 잡으며 1930년대 로컬컬러 담론을 주도해 나갔던 '조선 향토색'은 식민지 조선의 전근대화된 모습을 이미지로 고정시키고자하는 연출된 정치적인 로컬컬러를 생산하고 있었다. 그러나 일본 전통시가 문단에서는 로컬컬러를 중앙 하이단·가단과 차별화되는 조선 시가의 아이덴티티로 삼으며, 진실 된 조선의 풍물과 인사(人事)를 하이쿠와 단카로 읊고자 하였다. 따라서 주류 담론의 일원적이고 정치적인 로컬컬러와는 다르게 일본 전통시가 문단에서는 로컬컬러를 둘러싼 다양한 논의와 다채로운 성격의 문헌들이 탄생하며 역동적인 로컬컬러 담론을 만들어 나아갔다.

한편 조선의 하이단과 가단에서 로컬컬러를 드러내고자 하는 움직임은 비단 1930년대에만 한정된 특색이라고는 할 수 없다. 그러나 1930년대 조선 하이단과 가단은 모두 전성기를 맞이하였고, 따라서 이 시기 다양한 담론들과 문헌들이 생산되며 로컬컬러도 활황을 맞이한 것은 분명하다고 할 수 있다.

2. 한반도 하이단과 가단을 이끈 로컬컬러

1930년대 시대의 분위기와 함께 일본 전통시가 문단도 로컬컬러의 전성기를 맞이하였다. 우선 하이쿠·단카 장르에서 로컬컬러의 제창은 공통적으로 당시 조선 하이단과 가단을 이끌었던 주도적인 인물들을 중심으로 이루어졌다.

(1) 하이쿠

1930년대 조선의 하이단을 이끌었던 하이쿠 잡지(俳誌)는 호토토기스[ホ
トトギス] 계열의 『구사노미[草の實]』였다. 『구사노미』에 실린 구들은 근영(近
詠)에서 시작하여 잡영(雜詠), 특정 주제에 대한 구 등으로 다양하지만, 매
월 목차만 보아도 알 수 있듯이 조선에 관한 소재들이 구의 주제를 이루
고 있었다. 이렇게 조선의 로컬컬러가 풍부하게 느껴지는 구들은 "거듭
하이쿠를 하나의 향토예술로 여기며, 조선의 하이진은 조선 특유의 자연
을 풍영하고, 새로운 하이쿠 경지를 개척해야 한다"[2)고 주장하였던 요코
이 가난[橫井迦南]과 "조선의 풍물에 친밀하며, 이를 아름답게 풍영"[3)하였
던 구스메 도코시[楠目橙黃子] 등 『구사노미』를 이끈 주요 인물들의 주장과
실천 아래 이루어진 결과물이었다. 한편 조선석남연맹(朝鮮石楠聯盟)의 기
관지 『장생(長栍)』에서는 니시무라 고호[西村公鳳]가 앞장 서 조선의 풍물과
자연을 진실 되게 읊어 하이쿠 영역을 개척해 나아갈 것을 주장하고 이
를 실행하기 위해 노력하였다. 이러한 '조선 풍물의 진실경(眞實境)'은
『장생』에서 지속적으로 강조되었으며, "조선의 하이쿠와 내지 하이쿠가
동일한 궤도를 걷게 하는 것은 무리"이며 "특성을 신장하는 것이 조선
하이쿠의 생장"이자 "내지와의 유일 진정한 연계"로 인식되었다.[4) 이렇

2) 橫井迦南「朝鮮俳壇の恩人」『草の實』第180號(草の實吟社, 1940.7), p.24.
3) 橫井迦南, 위의 글, p.24.
4) 정병호・엄인경「한반도에서 간행된 일본전통시가 문헌의 조사연구-단카(短歌)・하이쿠
  (俳句)관련 일본어문학잡지 및 작품집을 중심으로」『일본학보』제94집(한국일본학회,
  2013) p.103.

게 1930년대 조선 하이단에서는 유파를 불문하고 조선의 특이한 풍물로 대변되는 로컬컬러가 강조되었으며, 이는 지방 하이단의 정체성과 깊은 연관을 이루고 있었다. 즉, 중앙 하이단과 변별되는 조선 하이단의 특색으로서 로컬컬러가 모색되었으며, 그것은 바로 조선의 하이진들에게 주어졌던 책무와 같은 것이었다.

(2) 단카

한편 가단에서는 호소이 교타이[細井魚袋]와 조선가단의 개척자로 불리었던 이치야마 모리오[市山盛雄]가 한반도의 단카를 대표한다는 사명감을 가지고 발간한 단카 잡지 『진인(眞人)』을 중심으로 일찍부터 조선의 로컬컬러를 조선 가단의 지향점으로 삼고자 하였던 움직임을 볼 수 있다. 특히 「제가들의 지방 가단에 대한 고찰[諸家の地方歌壇に對する考察]」[5]에서는 '내지'의 가인들이 일찍이 '지방적 색채', '향토적 색채'를 조선 가단에 요구하고 있는 것을 볼 수 있는데, 이러한 점은 일찍이 조선 가단의 안팎으로 로컬컬러에 대한 적극적인 요청이 있었음을 시사하고 있다. 이러한 로컬컬러를 지향점으로 『진인』의 동인들은 조선의 특색과 고유함을 적극적으로 발견하며 지방 가단으로서 역할을 충실히 하고자 하였다. 특히 미치히사 료[道久良]와 같은 가인은 '조선을 사랑하고 조선에 뼈를 묻을 각오가 되어 있는 사람의 단카가 진정한 조선의 노래'[6]라 하며 표면적으로 조선의 풍물을 읊는 것을 지양하고 조선의 올바른 모습을 마음의 노래로 읊을 것을 주장하였다. 이렇게 조선의 로컬컬러를 조선 가단의 방

---

5) 生田蝶介 外「諸家の地方歌壇に對する考察」『眞人』第4卷 第1號, 眞人社, 1926.1, pp.8-20.
6) 道久良「朝鮮の歌」『眞人』第15卷 第2號, 眞人社, 1937.2, pp.31-33.

향성과 아이덴티티로 삼았던『진인』동인들의 노력은『조선풍토가집(朝鮮風土歌集)』(京城, 朝鮮公論社, 1936),『가집 조선(歌集朝鮮)』(京城, 眞人社, 1937)과 같이 조선의 풍물을 집약적으로 엮은 가집의 탄생으로 이어졌다.

이와 같이 1930년대 조선 하이단과 가단에서 공통적으로 부상하였던 로컬컬러는 지방 문단의 특색으로서 강조되었으며, 실제 창작에서의 실천은 다양한 관련 문헌들을 낳으며 역동적인 로컬컬러 결과물과 조선 표상들을 생산하였다.

3. 1930년대 대표적인 로컬컬러 관련 하이쿠와 단카 문헌 소개

(1) 하이쿠

1930년대 한반도에서 간행된 구집은 총 8편인데 이 중『조선하이쿠선집[朝鮮俳句選集]』(京城, 靑壺發行所, 1930)은 1927년부터 1929년까지 약 3년간 다양한 매체 속의 조선 관련 하이쿠를 망라한 것으로, '조선 하이단의 조감도'로서 간행되었다. 특히 '조선의 지방색'이 드러난 구와 '조선의 고유한 계어(季語)를 모으는데 세심한 주의를 기울였다'라고 범례에서 밝힌 것처럼 조선 하이단에서는 조선 풍물을 대변하는 소재에 대한 관심과 이를 하이쿠의 규칙인 계제로 정립하려는 실천이 이루어졌다. 이렇게 조선 하이단 내에서 조선 풍물 소재의 수집과 정립은 '조선의 로컬컬러에 항상 흥미를 가지고 여러 종류의 자료를 규합'하였던 하이진 기타가와 사진(北川左人)이 주도하고 있었다. 그는『조선하이쿠선집』발간 후, 약 3년 뒤 '조선의 고유색-향토색-지방색을 명확히 전시하기 위한다는 목적으로' 「풍속습관」을 시작으로 「신앙제사」, 「음악유희」, 「천문지리」, 「관제일반」, 「학사위생」, 「상사금융」, 「공예광산」, 「농경영림」, 「어로수산」, 「동물식물」, 「조선사략」의 총 12개의 항목을 대상으로 약 2천여 백 개의 어휘를 골라 해설을 덧붙인 『조선고유색사전(朝鮮固有色辭典)』(京城, 靑壺發行所 1932)을 발간하였다. 이 문헌은 구집은 아니지만, 기타가와가 직접 26년 동안 조선에 재주하면서 접하고 체험한 조선의 고유한 문화와 풍토를 나열하는데 그치지 않고 그러한 소재와 관련된 하이쿠들을 덧붙이고 있다는 점에서 이색적인 문헌이라고 할 수 있다. 기타가와는 이러한 예구(例句) 성격의 하이쿠들을 통해 '조선의 로컬컬러가 현재 어느 정도 하이쿠와 되었는지를 나타내려고' 하는 등 로컬컬러를 조선 하이쿠의 일대 특색으로 내세우고자 하였다.

(2) 단카

1930년대 한반도에서 간행된 가집 총 12편 중 『조선풍토가집』은 한반도 최대 규모의 가집으로 이치야마 모리오[市山盛雄]가 진인사 창립 12주년을 기념하여 간행한 것이다. 본 가집은 메이지, 다이쇼, 쇼와 시대를 총괄하여 조선에 재주하거나 과거 거주하였던 가인, 여행자, 조선과 관계가 있는 가인들의 작품에서 조선풍물을 읊은 이른바 '조선색'이 드러난 구들을 모으고 있다. 본 가집의 구성은 「풍토편(風土篇)」, 「식물편(植物篇)」, 「동물편(動物篇)」, 「각도 별 편(各道別編)」, 「잡편(雜篇)」, 「부록(附錄)」으로 구성되어 있는데, 특히 123개의 명사로 이루어진 「풍토편」에서는 조선 전반의 로컬컬러 소재들을 찾아볼 수 있다. 본 가집의 서문에서 '조선색이 반영된 구', '조선 풍물을 읊은 구', '로컬컬러의 충분한 반영', '이국정조

가 배어있는' 단카를 강조하고 있듯이 『조선풍토가집』은 조선의 로컬컬러라는 한정된 범주로 기획, 간행된 '외지' 가단의 특색이 여실히 반영된 가집이라고 할 수 있다. 본 가집의 특기할 점은 「부록」의 「조선지방색어해주(朝鮮地方色語解註)」로 가집에 수록된 단카에서 사용된 조선의 '지방색어(地方色語)'를 자세하게 풀이하고 있다. '금강산', '백의(白衣)', '주막', '조선인삼' 등 이외에도 '지게[チゲ]', '저고리[チョゴリ]', '어머니[オモニ]'와 같이 조선어 발음으로 명기해 둔 사항이나 '머리에 이다[頭に載せる]', '아이고[アイゴウ]'와 같이 동작을 나타내는 단어와 의성어도 함께 싣고 있어 조선 로컬컬러에 대한 이해를 생동감 있게 전달하고 있다.

한편, 미치히사 료가 1937년 편집자 겸 발행인을 맡은 『가집 조선』은 조선 재주(在住) 가인들이 읊은 단카를 모아 실은 것으로, '현대 조선의 올바른 모습'을 제시하기 위한 목적으로 발간되었다. 구성은 제1부, 제2부, 만주(滿洲)의 부로 나뉘어져 있으며, '가을의 창경원', '백제 사적(寺跡)', '남대문'과 같이 총 92개의 제목 별로 단카를 싣고 있다. '만주의 부'가 포함되어 있어 엄격히 조선만을 범주로 엮은 가집으로는 볼 수 없으나, 모두(冒頭)에서 '조선의 자연과 인간을 향한 한없는 사랑에서부터 조선의 노래가 태어나야 한다. 타처에서 돈벌이를 하려는 근성을 버려라. 우리들이 바르게 살아갈 길이 그곳에 남겨져 있다'라고 명기한 부분은 본 장르가 로컬컬러의 발현을 타산성이 아닌 조선에 대한 애정에서 구하고 있었음을 제시해 주는 중요한 대목이라 할 수 있다.

4. 식민지기 일본 전통시가에서의 로컬컬러 연구의 현황과 과제

식민지기 조선의 일본전통시가 문단에서의 로컬컬러에 관한 연구는 2000년대에 들어서 다수의 연구자들(엄인경, 구스이 기요후미[楠井淸文], 나카네 다카유키[中根隆行], 이소다 가즈오[礒田一雄], 김보현 등)에 의해 이루어졌다. 하이쿠 장르의 경우 로컬컬러가 계어로 구현되어 대부분의 선행연구들도 이에 초점을 맞추어 연구해 왔으나, '내지' 계제와의 충돌, 조선 계제의 실체, 실제 구작에서의 문제 등과 같이 조선 하이단 내에서 계제를 둘러싼 당시의 쟁점 사항들에 대한 언급은 충분히 이루어지지 않았다. 한편 단카 장르에서는 계제와 같은 단서가 없어 무엇이 로컬컬러를 가리키는지를 규명하는지가 큰 선결 과제였다. 로컬컬러에 대한 규명은 최근 '풍토'(風土)와의 연동, 그리고 재조일본인 가인들이 '내지'와는 다른 조선적인 것을 조선의 민요에서 발견[7]하고자 하였던 사실들이 규명되면서 구체화된 바가 있다.

1930년대는 주지하는 바와 같이 로컬컬러 관련 문헌이 집약적으로 발간되었으며 하이쿠와 단카의 수도 방대하다. 따라서 현재 특정 문헌을 중심으로 하는 연구 경향에서 벗어나 다양한 문헌을 연구 대상으로 하여 역동적인 본 장르만의 로컬컬러를 더욱 규명해야 할 필요성이 대두되고 있다. 이를 위해서는 각각의 하이단과 가단에서 이루어졌던 로컬컬러 담론의 분석은 물론 실제 창작된 하이쿠와 단카를 더욱 면밀히 해석하고 활용해야한다. 또한 일각의 '조선 향토색 하이쿠란 무엇인가?'라는 물음과 함께 '조선 하이쿠에서의 향토색이란 애초에 규정할 수 없는 것'이라

---

7) 엄인경 「한반도의 단카(短歌) 잡지 진인(眞人)과 조선의 민요」,『比較日本學』제30집(일본학국제비교연구소, 2014).

는 로컬컬러에 대한 회의적인 의견8)이 존재하는 것도 부분적으로 수용하면서 이에 답할 수 있는 로컬컬러에 대한 심도 있는 연구가 진행되어야 할 것이다.

▶ 김보현

---

8) 中根隆行 「異郷への仮託-朝鮮俳句と郷土色の力學-」 『跨境日本語文學研究』 第1輯(高麗大學校日本研究センター, 2014).

제6절 조선문화론과 수필의 전개

1. 재조일본인 수필문학의 의미

1919년 3·1독립운동 이후 일본의 식민통치정책은 '문화통치'로 그 방향을 전환하였다. 다이쇼[大正] 데모크라시는 조선에도 영향을 미쳐 신문·잡지의 출판이 허용되고 민족주의와 사회주의 등 다양한 사상운동이 일어났다. 이와 함께 '대경성(大京城)건설' 담론의 등장과 함께 조선의 중심도시 경성은 현대적 대도시로서 오락, 취미활동, 쇼핑이 가능한 문화공간으로 변모해갔다. 정치적 문화적 환경의 변화와 함께 식민지배세력의 한 축을 이루고 있었던 재조일본인들의 구성에도 변화가 일어났다. 즉 '식민자 2세'의 등장이 그것이다. 일본에서 건너온 식민초기의 이민자들과는 다른, 조선에서 태어나 자라 조선을 '고향'으로 받아들이는 세대가 등장한 것이다. 1930년대 초 재조일본인들의 약 30%가 조선 태생의 식민자 2세였다. 이들은 조선에서 자신의 정체성을 발견하고 본국에 대해 부민의 완전한 자치를 요구하는 등 조선을 '우리 조선[わが朝鮮]'으로서 수용하고 있었다. 이러한 조선인식은 당시 성행한 수필작품들에서 발견할 수 있다.

수필(隨筆)은 자신의 체험이나 감상, 견문, 신변잡사 등을 자유로운 형식으로 쓴 문장으로, 만필(漫筆), 수록(隨錄), 수상(隨想), 에세이라는 이름으로도 불렸다. 1930년대 신문·잡지 등 미디어 매체와 출판서적 등에서 발표된 수필작품을 통하여 재조일본인작가들은 조선에서의 일상에서 느끼는 감상과 조선 문화에 대한 인식을 가감 없이 드러내고 있다.[1]

2. 일본어 수필문학의 전개

제1차 세계대전 후 저널리즘의 발전과 함께 다이쇼 데모크라시의 영향을 받아 일본근대문단에서는 작가의 개성이 그대로 드러나는 수필이 성행하였다. 1923년 창간된 종합잡지 『문예춘추(文芸春秋)』에는 수필란이 개설되어 수필의 대중화를 선도하였고, 이밖에 개조사(改造社)의 『수필총서(隨筆叢書)』 등을 통하여 점차 독자층을 확대하여 수필은 서구의 에세이적 요소를 포함한 문학의 한 장르로서의 지위를 확립하였다. 아쿠타가와 류노스케[芥川龍之介], 사토 하루오[佐藤春夫], 다니자키 준이치로[谷崎潤一郎] 등의 문학적 수필 외에도 낚시, 산 등 취미, 과학, 음악, 미술 등에 대한 다양한 주제의 수필이 등장하였다. 이러한 문학적 현상은 당시 일제강점 하에 있던 조선 문단에도 동시대적으로 일어나 1930년대가 되면 조선에서도 다양한 수필작품이 발표되고 수필에 대한 담론이 본격적으로 생성되었다. 수필장르에 대한 관심은 재조일본인사회에서도 마찬가지로, 기

---

1) 김백영, 「식민지 도시계획을 둘러싼 식민권력의 균열과 갈등-1920년대 '대경성'계획을 중심으로」, 『사회와 역사』 67, 2005.
박광현, 「재조선일본인지식사회연구-1930년대의 인문학회를 중심으로」, 『일본학연구』 19, 2006.

행, 건축, 일상, 취미, 자연 등 다양한 주제의 수필작품이 여러 매체를 통하여 발표되었다.

'우리 조선'으로서 조선을 수용한 재조일본인들은 수필을 통해 조선의 풍속, 문화, 자연에 대해 애정을 가지고 기술하였는데 그 대표적인 작품으로 『조선만필(朝鮮漫筆)』(百遍舍天休, 경성일보, 1929~1930)을 들 수 있다. 또한 아베 요시시게[安部能成]는 1932년 『청구잡기(靑丘雜記)』를 통해 조선의 풍속과 자연을 그리고 있고, 1935년에는 조선의 자연풍광과 서원, 절 등 문화유산에 대한 감상을 기술한 『조선(朝鮮)』('신조선' 특집호)이 간행되었다. 1930년대 후반에는 재조일본인들의 경성에서의 일상을 주로 담아낸 잡지 『경성잡필(京城雜筆)』(京城雜筆社, 1919~1941)과 모리카와 기요히토(森川淸人)가 편집한 『조선야담·수필·전설(朝鮮野談隨筆傳說)』(京城ローカル社, 1944) 등에서 당시 수필문학의 현황을 알아 볼 수 있다.

1930년대 전기 수필작품에 보이는 조선에서의 일상은 밝고 유쾌하다. 그들은 조선에서의 생활에 만족하고 그 사실을 내지일본인들과도 공유하기를 원했다. 조선 문화에 대한 기술은 구체적이고 객관적으로 기술되고 있는데 이는 고향으로서의 조선에 살고 있는 재조일본인에게 필요한 조선생활안내의 역할을 담당하고 있다고 볼 수 있다. 후기로 갈수록 총독부의 내선일체정책과 맞물려 문화적, 역사적으로 일본과 조선과의 깊은 관계를 주장하는 글들이 나타나는 데 이것은 당시 시대흐름에 호응하여 조선 문화의 독자성을 부인하고 일본문화에 통합시키고자 하는 의도로 보인다.

3. 작품소개

조선총독부 기관지인 『경성일보』(1906~1945)에 실린 『조선만필』은 1929년 9월19일부터 1930년 5월22일에 걸쳐 총 142편이 연재되고 있다. 주로 조선의 풍속에 대해 언어습관, 음악, 결혼, 장의, 복장, 점 등 다양한 주제로 고찰하고 있다. 작가는 '조선의 풍속을 자세히 알아두는 것이야 말로 조선에서의 영업 집무에 어려움을 피하는 길'이라고 그 집필의도를 밝히고 있는데, 객관적인 시각으로 조선의 문화를 비평하고 일본문화와의 차이에 대해 설명하고 있다.

경성제대 교수 아베 요시시게는 15년간의 조선생활에서 얻은 견문을 『청구잡기』라는 수필집으로 밝히고 있는데, 조선의 자연과 풍속을 일본과 비교하며 설명하면서 조선에 대한 편견과 억측을 피하고자 노력하였다. 한옥과 지게 등 조선 문화의 아름다움과 기능성에 대해 감탄하는 한편, 조선특유의 백의문화에 대해서는 그 미적 가치는 인정하면서도 세탁의 수고로움을 비판하는 등 균형적인 판단을 내리고자 노력하고 있다. 백의에 대한 기술은 『조선야담・전설・수필』에도 등장하는데 이는 1930년 총독부의 색복착용장려정책과 연관되어 당시 재조일본인들의 관심을 모은 주제로 보인다.

조선총독부 기관지 『조선』의 '신조선' 특집호(1935.8)는 당시 재조지식인들의 기행문, 한시, 하이쿠 등을 실었는데 다보하시 기요시[田保橋潔]의 「조선의 산수[朝鮮の山水]」, 도모토 데이치[堂本貞一]의 「해마다[年々に]」 등의 수필을 통해 조선의 풍광, 건축, 신라, 역사 등에 대한 감상을 엿볼 수 있다. '충심에서 애정이 되고 결국 우리 조선이 되었다'는 진술은 이들의 내지인과 구별되는 새로운 조선인식을 나타내고 있다.

일본어잡지 『경성잡필』은 조선인차별에 대한 의식 있는 모습을 보이면서 내선융화의 길을 모색하고 있다. 식민지기 조선인을 낮추어 부른 '요보'라는 단어를 사용하지 말자는 내용의 글은 『조선만필』에서도 비슷한 내용이 언급되고 있어 당시 재조일본인들이 생각한 내선융화에 대한 인식을 엿볼 수 있다. 이 밖에 『경성잡필』에는 오히려 일본이 낯설게 된 재경성일본인들이 '경성인'으로서 향유한 근대도시 경성에서의 일상과 취미, 문화생활이 유쾌한 필치로 기술되고 있어 이들이 경성에서의 생활을 만족스럽게 받아들이고 있음을 파악할 수 있게 한다. 조선 문화에 대한 인식은 조선 음식, 의복, 냄새 등에 대한 감상이 실린 일련의 문장들에서 알아볼 수 있는데 일본과의 비교를 통하여 비교적 공정하게 평가함으로써 조선에 대한 편견을 바로잡고자 하였다.

『조선야담・수필・전설』은 1938년 경성에서 발행된 것으로 추정되는 일본어잡지 『경성로컬[京城ローカル]』의 기사를 편집한 책으로, 1930년대 후반 재조일본인의 수필현황에 대해 알아 볼 수 있는 흥미로운 자료이다. 일본에 사는 내지인들에게 경성을 소개하고 조선의 풍습과 재미있는 이야기, 풍물, 민속 등을 전달하려는 의도로 창간되었다. 1930년대 말이라면 황국신민화정책을 전면에 내세워 내선일체를 구현하고자 한 시기로 일본에 의한 조선의 흡수노력이 노골화하는 때이기도 했다. 그런 시대상황과 맞물려 이 시기 재조일본인들의 조선과 조선 문화의 의미는 전과는 다소 다른 양상으로 표상되고 있다. 다케나카 요[竹中要]의 「경성의 자연과 풍경[京城の自然と風景]」, 아베 요시시게[安倍能成]의 「경성잡관(京城雜觀)」 등에서는 경성의 자연경관과 도시풍경의 아름다움에 대해 감탄하면서 선부른 근대화로 상처 입은 도시의 단면을 비판하고 있다. 가미타 쓰네이치[上田常一]는 「반도의 고산식물[半島の高山植物]」, 「게와 조선[蟹と朝鮮]」에서

조선의 자연생물에 대해 깊이 있게 조사하고 있고, 이노우에 오사무[井上收]의 「흰색과 한복잡고[白妙と韓衣雜考]」, 오카다 미쓰기[岡田貢]의 「경성명종기담(朝鮮名鐘綺譚)」, 다모토 쓰치카이[田元培]의 「부여사화(扶餘史話)」를 통해서는 조선 문화와 삼국시대 한일교류역사에 대해 고찰하면서 이를 내선일체관념으로 이끌고 있다.

4. 연구현황 및 전망

재조일본인들의 수필문학에 대해 연구된 선행연구는 그다지 찾아볼 수 없다. 본문에서 소개한 『청구잡기』를 소재로 하여 조선 문화 애호가이자 우호적 인사였던 아베 요시시게의 조선인식을 연구한 「아베 요시시게[安部能成]의 눈에 비친 조선-조선견문기『청구잡기』를 중심으로」(神谷美穂)가 있고 내선융화에서 내선일체로 이행한 재조일본인들의 인식을 고찰한 「일본어잡지『京城雜筆』로 본 식민담론」(이민희) 등이 있다. 또한 수필에 한정되지 않고 1930년대의 사회문화현상을 고찰한 「재조선일본인 지식인사회연구-1930년대의 인문학계를 중심으로」(박광현)과 「식민지시기 경성에서의 '취미'-재경성일본인의 이념화 변용과정을 중심으로」(신승모) 등의 논이 당시 상황을 이해하는 데 중요한 역할을 하고 있다.

1930년대는 한국문학사에서 수필의 전개가 두드러진 시기로, 최윤정은 「식민지 근대수필의 타자성 연구」를 통해 '조선적인 것'을 추구한 1920, 30년대의 한국수필에 대해서 고찰하고 있다. 신재기의 「1930년대 수필 장르비평의 양상」, 「김진섭 수필 문학과 "생활"의 의미」 등을 통해서도 조선인작가에 의한 수필문학의 양상에 대해 확인할 수 있다. 그밖에 조선인이 인식한 식민자 재조일본인의 모습을 포착하려는 조은애의 「식민도시의 상징과 잔여」, 재조일본인의 주체적 삶에 주목하면서 문화현상으로 확대하는 박광현의 「재조일본인의 '재경성(在京城) 의식'과 '경성' 표상」 등의 논을 통하여 일제강점기 재조일본인의 표상을 확인할 수 있다. 또한 일제강점기 조선 문화에 대한 재조일본인의 인식에 대한 연구로는 이영수의 「일제 강점기 일본인과 조선인의 온돌관」, 김영의 「일제강점기 이마무라 도모의 조선연구」 등이 있다.

1930년대 재조일본인들의 수필작품을 통하여 그들의 조선과 조선 문화에 대한 인식을 확인하기 위해서는『경성일보』,『조선공론』,『조선』등 당시 출판미디어에 등장한 작품들에 대한 좀 더 폭넓은 분석이 필요하고 이에 대한 연구는 일제강점기 우리나라의 실상을 제대로 이해하고 그 역사적 의의를 구축하는데 필요한 작업이 될 것이다.

▶ 강원주

제7절 직업여성의 등장과 일본어 문학

1. 직업여성 관련 일본어 문학의 등장 배경

한일 병합 전후 일본인 여성은 성을 파는 예창기로, 한 가정의 주부나 그 가정에 고용된 하녀로 조선에 이주하였고 이들 여성은 당시 일본어 문학의 주요 소재가 되었다. 이들 여성은 가정이라는 범주에 구속되거나 남성에게 성적 서비스를 제공하는 것으로 묘사되어 있어 일본어문학 속 재조일본인 여성은 전통적인 사회에서 여성의 삶에 요구하는 방식과 크게 다르지 않다.

1920년대 들어 재조일본인 여성의 위상은 큰 변화를 보이는데, 그중 하나가 여성들이 경제적인 주체로 공적인 영역에 진출하게 되었다는 것이다. 조선에 근대적인 기구가 만들어지면서 조선의 일본인 사회는 여성 인력을 필요로 하였고, 이러한 근대적 공간에서 사용하는 권력언어가 일본어인 만큼 고용 여성의 대부분은 일본인이었다.

근대문명의 상징인 전화가 서울과 인천(1902)을 시작으로 가설되고, 일본인을 대상으로 하는 고등여학교가 부산(1906), 한성(1907), 인천(1908)에 세워지고, 대한의원이 조선총독부의원으로 개칭(1910)되어 운영되면서 이에 따르는 전화교환수, 여교사, 간호원은 일찍부터 조선사회에 등장한 여성 직업이다. 또한 자본주의가 발달하면서 판매원, 사무원, 새롭게 등장한 서비스 직종에 종사하는 인력 대부분은 여성이었다. 여성이 갖고 있는 '여성성'이 소비자의 상품구매 과정에 개입하는 것이 구매를 촉진하는데 더 효과를 거둘 수 있다는 고용주의 전략에 따라 서비스직에 여성이 대거 투입되었다. 이들과 함께 유흥과 서비스를 제공하는 여급 등의 접대 서비스직, 도시로의 여성인구 유입과 더불어 형성된 조추 등의 가사 서비스직도 여성이 경제적인 주체가 되어 사회에 등장한 예라 할 수 있다.

이들 여성은 직업여성으로서의 우월의식을 가진 존재로, 혹은 독자들의 호기심과 흥미를 환기하며 일본어 문학의 주요한 소재로 다루어졌다. 초기에는 에도시대(江戸時代)의 문예물의 하나인 <유녀 평판기(遊女評判記)>에서 유녀의 미모나 성정을 소개하고 안내한 것과 유사한 방식으로 전개되었다. 병원이나 전화국을 직접 찾아가 여성들을 소개하는 <평판기>나 <방문기> 형식의 르포가 대다수였다. 이후 일본어 문학은 평론, 창작 등의 형태로 그 장르가 확대되어 나아간다. 그러나 이들 문학작품에서 다루는 내용은, 공적 장소에서 일하는 여성의 출신과 외모를 소개하거나 남성 중심적인 시각에서 여성의 사회적 진출을 부정적으로 취급하고 있다.

2. 직업관련 일본어 문학의 전개양상

근대적 교육을 바탕으로 직업을 가지면서 사회적인 영역에 나가 활동하는 여성의 등장은 영국의 빅토리아 시대 후기(1870~1900)에 처음 등장한 이후 다른 사회로 확산된 세계적 현상이었다. 조선 사회에서도 1920,30년대 『별건곤』, 『삼천리』, 『신여성』 등의 잡지를 통하여 직업여성에 대한 평론이 다수 게재된다.

식민지에서의 직업여성에 관한 일본어 문학은 비교적 이른 시기에 일본어 매체에 등장하였다. 1900년대에 이미 전화교환수, 간호사를 소재로 하는 작품이 게재되었는데, 당시의 일본어 문학은 이들을 '하카마(袴) 입은 여자' 혹은 '직업부인'으로 표현하였다. 이를 소재로 한 초기의 일본어문학은 에도시대 문예물의 한 형태인 평판기, 견문기 등의 르포가 주류를 이루었다. 1920, 30년대에는 장르가 확대되어 평판기, 견문기, 평론, 창작, 르포 등의 다양한 형식으로 직업여성의 일상과 인식이 일본어 매체에 소개된다. 특히 1930년 초에 생겨난 백화점의 활황과 그 영향으로 1930년대 이후에는 백화점 판매원에 관한 창작물도 확인된다. 완결된 소설의 형태를 갖춘 작품은 발견할 수 없고, 평론, 르포, 창작의 영역에서 게재되었는데 이를 소개하면 다음과 같다.

작품명	작가	출전
식민지에 나타난 간호부의 일부[植民地に現れた看護婦の一班]		『조선급만주[朝鮮及滿洲]』 75, 1913.10
경성의 전화교환수[京城の電話交換手]	철화생 [鐵火生]	『조선급만주』 78, 1914.02
윤락의 간호부[淪落の看護婦]	월대생 [月代生]	『조선급만주』 101, 1915.12
전화교환수[電話交換手]	경육[競六]	『조선급만주』 102, 1916.01
부인의 직업에 대하여[婦人の職業に就いて]	가에쓰 다카코 [喜悅孝子]	『조선공론[朝鮮公論]』 1917.06

경성에서의 하카마 여자[京城における袴の女	나나쿠사 [七草生]	『조선급만주』 131, 1918.05
경성의 여의사 조사[京城の女医調べ]	구사노 히바리 [草野ひばり]	『조선급만주』 132, 1918.06
머리색이 다른 색마[毛色の變った色魔]	유키노사 [雪の舍生]	『조선급만주』 38, 1918.12
사회개조와 여자교육[社會改造と女子教育]	야마와키 겐 [山脇 玄]	『조선공론』 1920.08
부인직업문제와　참정권문제[婦人職業問題と參政權問題]	유하라 모토이치 [湯原元一]	『조선공론』 1921.04
한강애화[漢江哀話]		『경성일보[京城日報]』 1921.8~1921.9
경성 간호부이야기[京城看護婦物語]	본지 기자	『조선급만주』 174, 1922. 05
자각한 내선여학생[自覺して來た內鮮女學生]	본지 기자	『조선급만주』 185, 1923.04
경성직업부인 단체견문기[京城の職業婦人団体見聞記]	본지 기자	『조선급만주』 186, 1923.05
어느 두 명의 직업부인[創作 あるふたりの職業婦人]	니시무라 미키코 [吉村幹子]	『조선공론』 1927.05
당세여백태[當世女百態]	평수생 [萍水生]	『조선급만주』 235, 1927.06
어느 미용사의 타락[或る美容術師の墮落]	마치노 히토 [町の人]	『조선급만주』 237, 1927.08
직업부인으로서의　전화사무원[職業婦人としての電話事務員]	BY생	『조선급만주』 238, 1927.09
직업부인의 보호[職業婦人の保護]	유자 도코히코 [遊佐敏彦]	『조선공론』 1928.04
미인군상--직업부인의　명암기[美人群像--職業婦人の明暗記]	본지 기자	『조선급만주』 305, 1933.4

여교사 해부[女敎師の解剖]	곤나 몬타로[紺名紋太郎]	『조선급만주』 306, 1933.05
전화교환양 이야기[電話交換孃物語]	오카모토 분조 [岡本文三]	『조선급만주』 307, 1933.06
경성의 간호부행장기[京城の看護婦行狀記]	곤나 몬타로	『조선급만주』 310, 1933.09
사무실연애선 타이피스트 이야기[事務室戀愛線タイピスを繞ぐて]	시요 사부로 [柴陽三郎]	『조선급만주』 336, 1935.11
직업부인으로서의 조추[職業婦人としての女中]	가사이 세이도 [葛西淸童]	『녹기(綠旗)』 1936.09
빨리 가정으로 돌아가라[早く家庭に歸れ]	이케다 세이시 [池田淸士]	『조선공론』 1936.9
조선인신여성계의 전망[朝鮮人新女性界の展望]	X・Y・Z	『조선급만주』 347, 1936.10.
어떤 여점원의 비밀[ある女店員の秘密]	명정기 [明貞基]	『조선급만주』 360, 1937.11

이상에서 살펴본 것처럼, 일본어 문학은 직업부인의 역할이나 영향을 소개하는 평론, 혹은 탐방기나 평판기의 형식으로 직업부인이 일하는 일터를 방문하고 그 일상을 그려낸 르포, 직업부인을 주인공으로 하여 사회상을 활사하였던 창작물들이 그 주류를 이루고 있다.

1950년대 이후 식민지에서의 이들 일본인 여성은 일본문학에서 다시 재현된다. 사타 이네코[佐多稲子]의 「백색과 자색[白と紫]」에서 주인공 <나>는 조선총독부 관광과의 직원으로 경성에서 근무하다 귀환하는 식민지 시기의 직업여성이다. 또한 모리자키 가즈에[森崎和江]나 호리우치 스미코[堀內純子]처럼 조선에서 출생, 성장하여 귀환한 이후 식민지에서의 삶을 소설로 형상화한 식민자 2세 여성 문학가들도 있다. 일본어 문학의 재현 대상이었던 재조일본인 여성은 일본 문학에서 또 하나의 주체가 되어 등장하기도 하였고, 식민지에서의 그들의 삶과 내면이 다양한 방식으로 형상화되기도 하였다.

3. 직업여성 관련 일본어 문학 작품소개

먼저 직업여성 관련 평론과 르포형식의 기사를 살펴보면, 직업전선에서 일하고 있는 여성을 호기심의 대상으로 보아 그들의 생활을 엿보겠다는 취지에서 다양한 직업여성들의 직종과 동향을 파악하고 이를 평판기나 방문기의 형태로 소개하고 있다(「식민지에 나타난 간호부의 일부」, 「미인군상-직업부인의 명암기」, 「경성에서의 하카마 여자」, 「직업부인으로서의 조추」). 한편, 직업부인에 대한 저자의 판단을 명확하게 제시하는 경우도 있다. 직업전선으로 진출하는 여성이 날로 증가하고 있다는 사실을 인정하면서 그 이유가 여자 교육이 보급되고 향상됨에 따라 여자로서의 자각이 촉진되어 경제적 독립사상이 생겨났기 때문이라고 주장한다. 즉, 직업여성은, 여성에 대한 교육의 확대되면서 스스로 근대적인 주체로서 자각하여 경제적으로 독립하고자 하는 의지의 발현이라고 하는 것에는 대부분의 평론이 어느 정도 동의하고 있다(「자각한 내선여학생」). 그러나 많은 경우 직업을 가진 여성에 대한 부정적인 시각을 견지하고 있다. 여성이 자기 일을 하기 위해서는 독신이어야 하고 독신은 여성 본래의 여성성에 위배되기 때문에 여성의 사회적 진출은 불합리하고 불가능하다는 논리 또한 존재하는 것이다(「부인의 직업에 관해서」, 「빨리 가정으로 돌아가라」). 따라서 여

교사에 대해서는, 지도자, 선각자로서 있어야 할 여교사들이 실은 부도덕하고 무절제한 무리라고 하는 부정적 이미지로 재현하여 적대감을 드러내고(「여교사 해부」), 간호사에 대해서는, 직접적인 신체접촉을 한다는 의미에서 자신이 처녀라는 자부심이 전혀 없고 병원원장이나, 그 조수, 아니면, 약사 등의 이성과 성적 관계를 맺는다고 단정하여 그들을 게으름, 나태함, 성적인 문란함으로 표상하고 있다(「경성의 간호부행장기」).

또한, 문예, 창작에서도 직업부인에 대한 부정적인 시각은 여전히 존재한다. 「윤락의 간호부」는 일본의 고치현립여학교(高知縣立女學校)를 졸업하고 사랑의 실패와 집안의 몰락을 경험하며 조선으로 건너온 모리시타[森下]를 주인공으로 하고 있다. 그녀는 해주 ○○간호부회의 소속으로 재판소 고등관인 요시다[吉田]의 간호를 맡아 평양으로 파견된다. 그러나 모리시타의 미모에 반한 고등관은 병이 나아짐에 따라 그녀를 유혹하여 임시적인 부부관계를 맺고 화려한 나날을 보낸다. 그러나 본국으로부터 본처가 남편을 찾아오고 두 사람의 관계는 결국 파국을 맞이하게 된다. 또한 교환양의 개인 사생활에 대한 더욱 노골적인 창작물도 있다. 전화교환양과 간호사가 한강으로 놀러 갔다가 부잣집 서생과 세 명이 뱃놀이를 하게 되었는데, 두 직업여성은 청년의 유혹에 놀아나 청년을 빼앗기 위해 경쟁하기 시작하고 정조까지 내어주며 음탕한 나날을 보냈다고 한다. 남녀의 치정문제처럼 보이는 이 글은 직업여성을 반복적으로 사용함으로써 사회적으로 활동하는 여성에 대한 부정적인 시각을 확산시키고 있다(「전화교환양 이야기」). 또한 「피부색이 다른 색마」에서는 경성에서 용산 사이에 그리스 인과 미국인이 사는 집이 있는데 일본 여자들이 색(色)을 탐해서 방문하는데, 이들 중에는 전화교환수, 회사원, 여학교 졸업자 등 정조를 모르는 처녀가 아닌 여자들이 몰려든다고 함으로써 직업여성을 성적 문란함의 동일한 범주로 유형화시키고 있다.

　이들 창작물 중에는 직업여성이 주제와의 관련성 없이 배경으로 등장하는 경우도 있다. 경성의 K 회사로 입사하게 된 주인공 <나>는 타이피스트 미야모토[宮本]에 대한 이야기를 전해 듣는다. 노구치라는 급사가 미야모토가 귀여워해주는 것을 사랑으로 오해해서 가슴앓이를 하다 내지로 돌아갔지만, 그 후 쇠약해져서 결국 죽었다는 소식을 들었다는 것이다. 또한 경성에서 남편과 세 아이를 두고 있으면서, 번창한 미용실을 경영하는 미용사가 혼다라는 젊은 고용인과 애정행각을 벌이며 떠돌아다닌다는 이야기는 미용사라는 서비스 직종에 근무하는 여성을 주인공으로 하고 있지만, 그 주제와는 무관하다. 또한 경성일보에 연재된 <한강애화>의 미치코[美智子]는 조선의 일본지사에서 근무하고 있지만, 그 주요 내용은 사랑에 파경을 맞는 내용으로 그녀의 직업과 주제는 무관하다. 다만, 이들 작품은 어느 것이나 남녀관계에서 종말에 파국을 맞이하는 것으로 끝나고 있다.

　한편, 조선의 직업여성에 대해서는, 조선의 여자는 전통적으로 공개적인 장소에 외모를 드러내기 꺼리고 도벽이 있기 때문에 서비스업에 맞지 않는다는 평론(「조선인신여성계의 전망」)과 함께 백화점 점원으로서 풍기문란의 혐의를 받고 있는 조선여성이 등장(「어떤 여점원의 비밀」)하는 창작물도 있다. 당시의 일본어 문학에서 일본인 직업부인은 근대화된 공적 영역에서 노동하고 있다는 자부심으로 호기심과 선망의 대상이 되었다. 그러나 가부장적인 가족질서에 반하는 것으로 간주되어 희화화되었고 한편으로는 조선인 여성과 상대화되어 우월의식을 가진 존재로 표상되었다.

4. 직업여성 관련 일본어 문학의 연구현황 및 전망

최근 재조일본인 여성관련 연구 중 사회학, 역사학 분야에서는 권숙인
「식민지조선의 일본인 화류계여성-한 게이샤 여성의 생애사를 통해본
주변부 여성식민자」(『사회와 역사』(103), 2014), 권숙인[Kweon, Sug-In] 「식민
지조선에서의 일본여성 식민자 : 혜택과 제약 사이에서[Japanese Female
Settlers in Colonial Korea : Between The 'Benefits' and 'Constraints' of the Colonial
Society]」(Social Science Japan Journal 17(2), 2014), 히로세 레이코[廣瀬令子] 「식민지
지배와 젠더-조선에서의 여성 식민자[植民地支配とジェンダー―朝鮮における女性植民
者]」(『ジェンダー 史學』 10号, 2014) 등의 연구가 있다. 이들 연구는 조선출신
일본여성의 귀환 이후의 식민지 경험에 대한 진술이나 회고담, 자전적
기록을 연구대상으로 하고 있다. 이들 연구는 조선 경험자의 '기억'에 의
존하여 역사를 재구성한 것을 텍스트로 사용함으로써 당시 동시대에 있
어서 재조일본인 여성들의 내면과 현실이나 재조일본인 여성 담론 형성
의 파악에는 미치지 못하고 있다.

한편 문학연구에 있어서는 김효순 「1930년대 일본어잡지의 재조일본
인 여성 표상-『조선과 만주』의 여급소설을 중심으로」(『일본문화연구』,
2013)와 송혜경 「식민지 조선의 '일본어문학'(1920-1930년대)과 재조일본
인 여성 표상 연구-조선 간행 일본어잡지 『조선급만주(朝鮮及滿洲)』와 『조
선공론(朝鮮公論)』을 중심으로」(『일본사상』 2015)가 있다. 이들 연구들은 주
로 일본어 신문, 잡지에 게재되었던 일본어 문학을 중심으로 1920,30년
대의 재조일본인 여성의 표상을 연구한 것이다.

원거리에 식민지를 보유했던 서구 식민지와는 달리 근거리에 위치한
조선에는 식민자 일본인이 대거 이동하여 거대한 식민자 사회를 형성하

고 있었고 이들의 산출한 일본어 문학의 규모를 생각한다면 재조일본인 여성, 특히 직업여성에 대한 연구는 수적인 규모나 중요성에 비해 성과가 미흡한 편이다. 당시 조선의 잡지에서는 전혀 등장하지 않는 비가시적인 존재이지만, 일본어 문학을 시야에 넣는다면 당시 직업여성들은 조선의 대도시를 활보하였던 가시적인 존재이다. 당시 재조일본인 여성은 식민지 시기와 정책에 있어 구성에 차이를 보이고 있다. 따라서 1900년대의 식민지 초기와 이후 전쟁기에서의 재조일본인 직업여성의 연구로 더 세분화되고 폭넓은 연구가 필요할 것이다.

▶송혜경

제8절 기행문에 나타난 확장되는 제국의 이미지

1. 1920년대의 '북선' 담론

1928년에 함경선이 개통된 이후, 1930년대는 일제의 '북선(北鮮)' 담론이 본격화되었고 재조일본인의 기행에 보이는 식민지 풍경도 달라진다. 일제강점기에 식민지 조선은 여러 명칭으로 구획되었다. 남북으로 크게 나누어 '남조선(南朝鮮)'과 '북조선(北朝鮮)'으로 부르는 경우가 보통인데, 남북을 종단해 일컬을 경우는 태백산맥과 낭림산맥을 기준으로, 평안, 황해 경기, 전라, 경상을 포함하는 '표조선(表朝鮮)'과 함경, 강원을 포함하는 '이조선(裏朝鮮)'으로 나뉘었다. 1920년대를 전후해서는 좀 더 세분화된 명칭이 사용되었다. 경상도와 전라도를 일컫는 '남선(南鮮)', 황해도와 평안도는 '서선(西鮮)', 강원도 북쪽이나 함경도는 '북선(北鮮)'으로 불렸다. 경성을 중심으로 한반도 중간 지점을 일컫는 '중선(中鮮)'이라는 명칭도 있었으나, 1920~30년대의 잡지를 보면 '경성'으로 대표되는 경우가 많다. 부산이나 평양 같은 중심 도시는 경성과 마찬가지로 도시명으로 불리는 경우가 많았다. 재미있는 현상은 1910년대에는 경성이나 '서선'이 자주 보이는 반면, 1920년대 이후로 갈수록 '북선' 사용이 급격히 증가하고, 1930년대를 전후해서는 조선과 만주를 묶는 '선만(鮮滿)' 개념이 빈출한다. 이와 같이 조선에 대한 명칭 사용의 추이만 봐도 대륙으로 영토를 확장시켜 나가고자 한 일제의 욕망을 짐작하고 남는다. '북선'을 둘러싼 담론은 조선에서 오랜 기간에 걸쳐 간행되어 식민주의 담론을 지속적으로 담아낸 종합잡지 『조선급만주(朝鮮及滿洲)』와 『조선공론(朝鮮公論)』을 통해 확인할 수 있다. 특히 『조선급만주』는 '선만'이라는 개념을 자주 노출시켜 조선과 만주를 잇는 블록으로서의 이데올로기 생성에 앞장 선 잡지라고 할 수 있다. 1920년대 후반부터 1930년대에 본격화되는 '북선' 담론과 일본 '내지'에서 조선을 거쳐 만주로 이어지는 '선만' 기행은 일제가 대륙으로 팽창해가기 위해 영토에 대한 공간 연출을 어떻게 시도했는지 잘 보여준다.

2. 확장되는 제국의 이미지

1914년에 착공해 1928년에 준공된 함경선 부설 논의가 나오기 시작했을 때, 특히 '북선'을 둘러싼 글이 많이 발표되면서 '북선'은 개발의 보고이자 조선의 장래를 유망하게 하는 곳으로 선전되었다. 함경선이 식민지와 '내지'를 연결하고 나아가 대륙으로 가는 길목으로 강조된 것이다. 이와 같이 1920년대 중후반이 되면 일제는 조선과 '내지'의 연결뿐만 아니라 국경 너머까지 시야를 확장한다. 그리고 1930년대에 들어서면서 '북선'은 만주를 시작으로 중국으로 나아가는 국경의 접경지로서의 역할이 강조된다. 아래의 그림에 있는 '내지'와 만주, 중국으로 뻗어나간 교통망이 이를 상징적으로 보여준다. 일본 열도와 한반도, 만주, 나아가 중국대

류으로 이어진 철도망이 부채꼴로 연결된 연락도는 일본의 지배가 미치
는 영역의 가시화로 볼 수 있으며, 확장되는 제국의 이미지를 보여주고
있다. 1930년대 이후는 만주 침략과 중국 대륙 진출로의 교두보로 '북선'
개척사업이 본격화되었고, 따라서 일본 열도와 한반도, 만주로 이어지는
기행문이 늘어난다.

일지연락도(日支聯絡圖)(朝鮮總督府鐵道局,
『1932년 조선여행안내(朝鮮旅行案內)』, 1932)

조선교통략도(朝鮮交通略圖)(朝鮮總督府
鐵道局, 『반도의 근영[半島の近影]』, 1936)

3. '북선'과 '선만' 기행

일제강점기의 식민통치와 사회, 문화를 이해하는 데 주요한 종합잡지
『조선공론』, 『조선급만주』, 『문교의 조선[文教の朝鮮]』 등에는 식민지 조선
의 기행에 관한 글이 많이 실려 있다. 이 중에서 1920년대 말에서 30년

대에 걸친 주요한 기행문을 살펴보면 다음과 같다.

『조선급만주』의 경영자이자 편집 주필인 샤쿠오 슌죠[釋尾春芿]는 '도호세이(東邦生)'의 필명으로 '북선' 시찰 기록을 남겼다(東邦生, 「北朝鮮を見て」, 『朝鮮及滿洲』, 1928.8). 그는 함경선이 개통되기 전의 모습을 시찰할 요량으로 개통 직전인 6월 초순에 길을 떠나 중간에 자동차 편으로 여행을 계속해, 함경선 연선의 풍경을 보면서 '북선'의 기후와 주요 도시를 관찰하고 대규모 회사나 수력발전 시찰, 광산 현황 파악, 주을(朱乙)온천과 두만강을 둘러보고 '북선'의 교통과 주요 인물들에 대해 서술하고 있다. 샤쿠오의 '북선' 기행의 소감을 보면, 멀리 바라보이는 삼림과 연선의 풍물이 관조적 시선 속에서 이미지가 이어지며, '북선'의 풍경이 여행자의 내면에 '내지'와 오버랩되며 재현되고 있는 모습을 볼 수 있다. 그런데 함경선이 개통된 이후의 내용에는 차창으로 보이는 원근의 풍경은 화자의 인식으로까지 들어오지 못하고 기차의 빠른 속도 속에서 스쳐 지나가버리는 자연의 풍광으로 존재할 뿐, 조선의 풍경에 대한 내면화의 계기를 찾지 못한 채 제국주의 침탈의 정책적인 서술로 이어진다. 이후 '북선' 기행은 두만강을 지나 간도로 들어가면서, 풍경보다는 '국경'의 이미지로 바뀌면서 상상의 공동체를 매개하는 국경 개념으로 옮겨가는 서술을 볼 수 있다(石森久弥, 「北鮮を見て」, 『朝鮮公論』, 1929.7). 그리고 자원의 보고로서의 이미지나 대륙으로 팽창해가기 위한 길목으로서의 중요성이 강조되는 한편, 북쪽 여자의 아름다움이나 온천 요리와 같은 통속적이고 균질화된 이야기가 펼쳐진다. 또한 『문교의 조선』(1925.9~1945.1)은 조선교육회가 총독부의 정책에 발맞춰 창간 당시부터 풍경사진을 곁들인 기행문을 다수 실었다. 대표적인 예가 「백두산 답사 기념호」(1926.10)로, 백두산 사진과 함께 지리, 자원, 기상 등의 정보와 함께 답사 기행문이 다수 실렸다. 1930

년대 이후는 기행지가 점차 만주와 '지나(支那)'로 옮겨가지만, 조선 전국의 정보는 꾸준히 게재되었다.

종합잡지에 소개된 기행 외에, 1930년대는 조선과 국경 너머로 여행이 확대되면서 개인 여행기도 나오기 시작한다. 1930년대에 확장되는 제국의 이미지를 잘 보여주는 대표적인 기행문은 오노에 사이슈[尾上柴舟]의 『여행하며 노래하며[行きつゝ歌ひつゝ]』(1930)이다. 이 책은 근대 일본의 가인(歌人)이며 문학자인 오노에 사이슈가 식민지 조선과 만주 일대를 기행하며 풍경을 서술하고 서정을 단카[短歌]로 읊은 '선만(鮮滿)' 기행가집이다. 전체적으로는 기행문의 체재를 취하고 있으나, 작중인물의 심경을 단카로 읊고 전후(前後)의 과정이나 배경을 산문으로 서술하고 있는 구성이다. 시모노세키[下關]에서 연락선을 타고 부산에 도착해 점차 북쪽으로 이동하면서 식민지 조선을 훑어보고 만주로 건너갔다가 압록강 접경지대의 국경을 넘어 되돌아와 다시 시모노세키를 통해 일본으로 돌아가는 '선만'의 여정이 곳곳의 사진과 함께 그려져 있다. 따라서 '지방색(local color)'으로서의 식민지 풍경이 그려지고, 일본의 경치와 비교하며 이국정조(exoticism)로 묘사된다. 경승을 탐하는 시선으로 시적인 문장을 쏟아내고 있는 곳도 있다. 특히 금강산 풍경을 서술하고 있는 부분은 문장이 좋다. 그러나 한편으로 일본 문학자의 식민지 상상력의 한계를 보여주는 측면도 있다. 벽제관에 들렀을 때 임진왜란 때의 정황을 갑자기 서사로 풀어내는가 하면, 조선 비하 발언도 속출한다. 또 만주로 건너가서는 러일전쟁 장면을 상상하고 노기장군을 떠올린다. 그러면서 러시아인의 용모가 추하고 열등하다는 등의 비하도 잊지 않는다. 여기에 눈앞의 식민지 풍경이 단형시가의 단카로 표현된다. 경주나 경성의 궁궐, 그리고 금강산 등을 돌아보며 조선의 문화와 경치의 아름다움을 감탄하지만, 눈앞의 대

상과 자신의 내면 사이의 단조로운 왕복운동이 단성적(單聲的)으로 그려지
고 있는 것이다. 31글자의 정형화된 공간에 식민지의 풍경을 연신 담아
내지만, 균질화된 일본적인 표현공간에 인식으로서의 식민지 사유는 일
어나지 않는 한계를 노정하고 있다.

4. 1930년대 식민지 기행의 연구 현황 및 의의

　1930년대를 전후한 '북선'과 만주 기행을 통해 일제의 제국주의적 침
탈의 욕망과 논리를 분석하고 있는 주요 논저는 다음과 같다. 홍순애의
『여행과 식민주의-근대 기행문의 식민, 제국의 역학』(서강대학교출판부,
2014)은 식민지 여행을 통해 드러나는 제국주의적 역학관계를 분석했다.
서기재의 『조선 여행에 떠도는 제국』(소명, 2011)은 여행안내서나 기행문,
지도 등의 관련 자료를 살펴 근대 조선의 여행문화를 고찰해 일제의 제
국건설에 대한 욕망을 고찰했다. 박찬승의 『여행의 발견 타자의 표상』(민
속원, 2010)은 한말에서 일제강점기에 걸쳐 한국인과 일본인, 그리고 서양
인이 여행을 통해 한국과 일본을 각각 어떻게 바라보았는지 살펴보고 있
다. 또, 김계자의 「일제의 '북선' 기행」(『근대 일본과 식민지 조선』, 역락,
2015)은 1920년대의 '북선' 담론과 생활자로서의 내면이 투영된 재조일
본인의 기행서사를 고찰해, 식민자로서의 욕망을 보이면서 동시에 생활
자로서의 우울을 노정하고 있는 간극을 분석했다. 서영인의 「일제말기
만주담론과 만주기행」(『한민족문화연구』 23권, 2007)은 일제말기의 지배정책
과 식민지 경영방식을 만주기행을 통해 살펴보고 있다. 그리고 곽승미의
「식민지 시대 여행 문화의 향유 실태와 서사적 수용 양상」(『대중서사연구』

15, 2006)에서 밝히고 있듯이, 일제의 식민지 기행은 제국주의의 욕망을 드러내는 기제로 작용하는 동시에 근대적 일상 속에서 자신의 정체성을 확인하는 식민지 조선인의 심상을 보여주는 측면도 있기 때문에 재조일본인과 식민지 조선인의 기행을 함께 살펴볼 필요가 있다. 식민지 풍경에 대한 비평성이 결락된 타자화된 시선을 제국과 식민지의 혼종된 다른 층위에서 대상화할 수 있는 관점이 필요하다.

▶ 김계자

제9절 조선 향토지와 전설집의 확산

1. 향토교육의 강화

1930년대는 1920년대 말 이후의 세계공황의 타격으로 경제적 혼란 속에서 향토 문화를 매개로 한 새로운 향토사 및 향토교육이 국가주의 체제 하에서 재구축된 시기이다. 경제공황으로 인해 심각한 타격을 입은 농촌에서는 소작쟁의가 빈발하였고, 학생과 노동자를 중심으로 사회주의, 민족주의가 강해졌다. 이러한 사상적·경제적 동요에 직면해 일본 문부성은 향토사를 매개로 한 국민으로서의 일체감과 애국심을 재인식시키려고 노력했고, 조선총독부에서도 이를 수용하여 1928년 임시교육심의회를 설치하였다. 조선총독부는 1932년부터 본격적으로 향토교육과 농산어촌진흥운동(農山漁村振興運動)을 병행 실시하였다. 이질적인 향토 공간이 아닌, 균질화·동질화된 일본 '제국민(帝國民)'이 사는 문화 지리공간으로서 향토가 재정의된 것이다.

출판 상황도 악화되어 1920년대에 발간된 다수의 동화집은 1930년대에 접어들어 그 기세가 꺾이고, 이를 대신해 지역사회 향토를 기반으로 한 향토지(향토地誌, 향토지리서, 향토독본 등을 포함)와 전설집이 다수 발간되었다. 주관적·심정적 향토교육론을 주장한 기존의 일본 문부성에 대해, 과학적 향토연구를 주창한 향토교육연맹 등의 새로운 움직임은 그 차이점에도 불구하고, 국민으로서의 자각 함양을 위해 향토를 인식시키려 했다는 공통점을 지녔다. 향토교육연맹의 『향토학습지도방안(鄕土學習指導方案)』(刀江書院, 1932)에서는 향토지(향토독본)의 유행을 경계하고 '직접경험'에 의한 교육을 강조하며, 잡학교본(雜學敎本)이 아닌 "감정에 호소하기 위한 문학적 독본이 돼야 할 것"이라고 강조하였다. 이에 전설을 포함한 구비전승이 주목 받게 된다. 한편 식민지 조선에서는 일제의 중국 대륙 침략 확대와 더불어, 향토교육이 더욱 강화되었고 근로의식, 실업교육, 향토에 대한 헌신, 국가와의 결합을 강조하였다. 농촌문제의 근본적 원인 진단과 그 처방이 아닌, 정신력에 의지한 미봉책으로 인해 모순적 상황은 더욱 심화되어 갔다.

2. 전설집과 향토지 간행의 양상

1920년대 일본 아동문학의 총결산, 집대성으로 평가되는 일본아동문고(日本兒童文庫, 전76권, アルス, 1927.5~1930.11, 기타하라 데쓰오(北原鐵雄) 편집)와 소학생전집(小學生全集, 전88권, 興文社, 1927.5~1929.10, 기쿠치 간(菊池寬)·아쿠타가와 류노스케(芥川龍之介) 편집책임)은 창작동화집, 전래동화집, 민화집, 이야기집 등을 중심으로 당대 최고 수준의 일본 아동문학 작가들을 등장시켰지만, 1920년대 말 경제공황의 타격을 받고 종간되었다. 조선교육회 역시 이를 참고하여 『보통학교 아동문고』(1928~1930)를 간행했지만 35권에 그쳤다. 아동을 위한 '동화' 및 '민담'이 급속히 쇠퇴한 자리를 대신

해, '향토' 및 '전설'을 키워드로 하는 향토교육의 중요성이 부각되는 시기가 바로 1930년대이다.

[재조일본인 주요 작품 목록]

게재지 권호(연월)	작가 및 제목
1928.10	난바 센타로(難波專太郎) 『조선풍토기(朝鮮風土記)』大阪屋號書店, 1928(증보판 『朝鮮風土記』上·下, 建設社, 1942~3)
1929.1	나카무라 료헤이(中村亮平) 외 『지나·조선·대만 신화전설집(支那·朝鮮·台灣神話傳說集)』近代社
1929.5	곤도 도키치(近藤時司) 『사화전설 조선명승기행(史話傳說 朝鮮名勝紀行)』博文館
1929.9	나가이 가쓰조(永井勝三) 『함북부군지(咸北府郡誌) 유적 및 전설집(遺蹟及傳說集)』會寧印刷所出版部
1930.10	다나카 만소(田中万宗) 『조선고적행각(朝鮮古蹟行脚)』泰東書院, 평양전설 등을 다수 수록
1934	社會敎育會編(오쿠야마 센조奧山仙三) 『일본향토 이야기(日本鄕土物語)』하권, 大日本敎化圖書株式會社
1934.8	오쿠마 다키자부로(大態瀧三郎) 『금강산탐승안내기(金剛山探勝案內記)』谷岡商店印刷部(금강산 전설)
1934.9	조선총독부철도국(朝鮮總督府鐵道局) 『조선여행안내기(朝鮮旅行案內記)』(금강산 전설 등)
1934.9~10	이시바시 겐키치(石橋謙吉) 『향토독본(鄕土讀本)』 상(3·4학년용), 하(5·6학년용), 釜山第二公立尋常小學校
1935.11	공주공립고등보통학교 교유회(輕部慈恩) 편 『충남향토지(忠南鄕土誌)』(전설 다수 수록)
『朝鮮公論』 276(1936.3)	하나오카 료지(花岡涼二) 「「전설」과 「일선동근」(「傳說」と「日鮮同根」)」
1939	『1939년 1월 함경북도전설(4학년)[昭和十四年一月 咸鏡北道傳說(四年生)]』鏡城公立農業學校 일본어 작문집

이상과 같이 전설집과 향토지가 간행되었다. 근대 이전에도 향토지가 간행되었지만, 1930년대에 간행된 향토지는 일본 제국의 영향을 받아 자

료수집과 편찬에 근대적 방식이 도입되었고, 관리나 재지 세력이 중심이었던 근대 이전과는 달리, 학교 교사와 학생을 동원해 지방 교육회를 중심으로 작성되었다는 차이가 있다. 조선교육회 산하의 지방 교육회에서 1930년대에 작성된 향토지(향토독본)는 양적으로 매우 활발하였지만, 조사 기간과 예산, 인재 면 등 질적으로는 여러 가지 문제점을 지녔고, 그 내용에도 차이가 존재한다.

일본 문부성 산하의 사회교육회는 1934년에 『일본향토이야기[日本鄕土物語]』 상·하권을 간행했는데, 조선총독부 학무국의 오쿠야마 센조(奧山仙三)가 조선편을 담당하였다. 또한 일본에서 자란 재조일본인 아동을 위한 향토독본도 간행되었다. 부산제이 공립심상소학교는 1934년에 교사 이시바시 겐키치[石橋謙吉]가 중심이 되어 『향토독본(鄕土讀本)』 상권(3,4학년용), 하권(5,6학년용)을 펴냈다. <석탈해>, <은혜를 모르는 호랑이>, <까치 다리>, <연오랑세오녀> 등 다수의 한일 관련설화를 총독부 교과서를 참고해 수록하였다.

1930년대는 근대 일본의 중국대륙 침략과 더불어 만주의 중요성이 강화되면서 고구려 신화가 다시 주목을 받아 호소야 기요시(細谷清, 1892~1951)의 『만몽전설집(滿蒙傳說集)』(滿蒙社, 1936), 다니야마 쓰루에[谷山つる枝]의 『만주의 전설과 민요[滿洲の傳說と民謠]』(滿洲事情案內所, 1936), 기타 다키지로[喜田瀧治郞]의 『이 토지 이 사람 만주의 전설[この土地この人 滿洲の傳說]』(滿洲敎科用圖書配給所出版部, 1940) 등에 고구려 및 부여 설화가 수록되었다.

3. 작품소개

1920년대 중반부터 다수의 전설집 및 향토관련 서적이 간행되기 시작
하였다. 총독부 철도국 철도종사원 양성소 교사 난바 센타로(難波專太郎,
1894~1982)는 『조선풍토기(朝鮮風土記)』(1928)를 간행했고, 이듬해 나카무라
료헤이(中村亮平)의 『지나・조선・대만 신화전설집(支那・朝鮮・台灣神話傳說
集)』, 곤도 도키지(近藤時司)의 『사화전설 조선명승기행(史話傳說 朝鮮名勝紀行)』,
나가이 가쓰조(永井勝三) 편 『咸北府郡誌 유적 및 전설집(遺蹟及傳說集)』 등이
발간되었다.

1930년대에는 향토지가 다수 간행되었는데, 이중에서 전설 등 구비전
승을 취급한 것은 다음과 같다. 대구부교육회(大邱府敎育會) 편 『대구독본(大
邱讀本)』(1937.1)에서는 이공제(李公堤), 칠성암, 미꾸라지 우물 등을 수록했
고, 재령보통학교 교사 오구리 신조(小栗信藏, 1885~?)의 『재령군향토지(載寧
郡鄕土誌)』(載寧郡敎育會, 1936.9), 예산군교육회(禮山郡敎育會) 편 『예산군지(禮山
郡誌)』(禮山郡敎育會, 1937.3), 경기도 편 『경기지방의 명승사적(京畿地方の名勝史
蹟)』(朝鮮地方行政學會, 1937.7), 황해도교육회(黃海道敎育會) 편 『황해도향토지(黃
海道鄕土誌)』(帝國地方行政學會朝鮮本部, 1937.12) 등에 지역 전설이 수록되었다.
특히 공주 공립고등보통학교 교유회 가루베 지온(輕部慈恩, 1897~1970) 편
『충남향토지(忠南鄕土誌)』(1935)는 향토사 및 고고학에 관심을 기울인 교사
가루베의 지도하에 생도(生徒) 편집부를 구성해, 전설편・향토사편・토속
자료편 등 3편으로 나누었다. 전설편과 향토사편을 각 군별로 배열했고,
토속자료편은 풍속습관, 민간신앙, 연중행사, 오락유희, 가요(동요・민요를
포함) 등 5부로 나누어 게재한 것이다. 다수의 전설을 포함한 향토지로 참
고할 만하다.

지방의 교육회와 더불어, 평양 및 경주 등의 고도(古都, 구도舊都)에서는 일찍부터 다양한 전설집을 비롯한 향토지가 간행되어 가이드북으로서의 역할을 수행하였다. 핫타 소메이[八田蒼明]는 평양명승고적보존회에서 활동하며 『낙랑과 전설의 평양(樂浪と傳說の平壤)』(平壤研究會, 1934.11), 『전설의 평양(傳說の平壤)』(平壤名勝舊蹟保存會, 1937.3), 『전설의 평양』(平壤商工會議所, 1943.7)을 간행하였고, 사사키 고로[佐々木五郎]는 「평양부근의 전설(平壤附近の傳說)」을 일본의 잡지 『여행과 전설(旅と傳說)』(14권 8~11호, 1941.8~11)에 연재하였다.

평양의 전설이 고조선, 고구려, 고려, 조선시대 등 다양한 이야기를 채록한 데 비해, 경주의 전설은 신라의 전설을 중심으로 채록되었다는 점에서 신라 고적의 발굴과 그 배치를 통한 관광 및 성지화와 긴밀히 연결된다. 경주고적보존회가 중심적 역할을 하였고 그 활동을 인정받아 조선총독부박물관 경주분관장을 역임한 오사카 긴타로(大坂金太郎, 1877~1974)는 오사카 로쿠손(大坂六村)이라는 필명으로 『경주의 전설(慶州の傳說)』(芦田書店, 1927.4)과 『취미의 경주(趣味の慶州)』(慶州古蹟保存會, 1931.9)를 펴냈다. 오사카의 책은 거듭 증쇄되어 널리 읽혔는데, '내선융화'를 위해 크고 작은 개작이 행해졌다. 경주의 고적이 발굴되고 재배치되면서 경주의 전설은 신라를 형상화 하는 장치로 기능하였고, 나카무라 료헤이(中村亮平 『朝鮮慶州之美術』藝艸堂, 1929), 고니시 에이자부로(小西榮三郎 『最新朝鮮滿洲支那案內』聖山閣, 1930), 다나카 쇼노스케(田中正之助, 加藤安正 『浦項誌』 朝鮮民報社 浦項支局, 1935) 등의 책에도 신라 전설이 다수 수록되었다.

조선총독부 중추원 조사 보고서 젠쇼 에이스케(善生永助, 1885~1971) 편 『생활상태조사7 경주군(生活狀態調査 其七 慶州郡)』(朝鮮總督府, 1934)에 수록된 경주전설도 오사카가 제공한 것이며, 젠쇼 에이스케 편 『생활상태조사4

평양부(生活狀態調査 其四 平壤府)』(朝鮮總督府, 1932)에도 다수의 평양전설이 수록되었다. 또한 무라야마 지준(村山智順, 1891~1968)의 민간신앙편『조선의 귀신(朝鮮の鬼神)』(朝鮮總督府, 1929), 『조선의 풍수(朝鮮の風水)』(朝鮮總督府, 1931) 등에도 관련 전설이 수록되어, 전설의 중요성이 제고되었다.

4. 연구현황 및 전망

1930년대는 경제공황의 여파와 만주사변, 중일전쟁의 확대로 인해, 조선(인)의 일상생활이 균열되기 시작한 시기였다. 근년의 선행연구에서는 식민지 조선의 향토교육, 로컬컬러(지방색)에 대한 연구가 진행되고 있다. 개별적 향토지(향토독본)에 대한 실증적인 연구도 계속되고 있다. 식민지 조선의 향토는 중층적 문제를 내포하는 담론이었다. 시기별로 변화를 보이고, 공간 지역마다 다양한 양상으로 전개되었다. 또한 일본인에 의한 (또는 재조일본인을 대상으로 한) 향토교육과, 조선인에 의한(조선인을 대상으로 한) 향토교육은 시기별, 계급간, 세대간 복잡한 차이를 내포하고 있었다. 재조일본인 1세대와 조선에서 나고 자란 재조일본인 2세대의 향토의식은 달랐다. 일본인에게 조선 향토는 제국일본의 '외지' '지방'으로서의 의식이 강했지만 조선인 아동에게 조선 향토는 '지역' 나아가 '민족'을 상기시키는 장치로도 기능하였다. 조선 지식인에게 향토는 조선의 특수성을 부각시킴으로써 조선의 지분을 요구하는 욕망 및 소극적 저항과 복합적으로 맞물려서 기능하였다.

단적으로 조선총독부의 신라문화 발굴과 재정비로 고도(古都, 구도(舊都))로 거듭난 경주는 일본인에게는 왜곡된 신공황후 전승 등을 바탕으로 한 고대 한일 관계의 표상이었지만, 조선인에게는 성지화 되어 고대 문화의 긍지와 자부심으로 형상화 되었다. 향토를 둘러싼 일상적 파시즘의 강요와 함께, 민족을 상상하는 저항 의식이 복합적, 중층적으로 교차된 공간이 바로 식민지 조선의 향토였다.

앞으로 식민지 향토론은 재조일본인 아동을 대상으로 한 향토교육과 조선인아동을 대상으로 한 향토교육의 공통점 및 차이점을 명확히 하고, 그 지향점을 개념화 할 필요가 있다. 재조일본인을 중심으로 전개된 지방의 고적보존회에 대응해, 민족주의 성향의 조선인들은 독자적 움직임을 보였다. 조선총독부와 그 산하의 고적보존회에 대한 선행연구를 기반으로 하여, 조선인들의 독자적 움직임에 대한 보다 진전된 연구가 요청된다. '향토'와 '지방'에 내재된 한계와 모순을 탈피해, '지역'을 새롭게 인식하고, 지역민의 능동적이고 주체적 인식 과정을 명확히 하는 작업은, 오늘날 식민제국과 중앙권력의 억압과 타자화에 맞서 지역연구 방법론을 새롭게 모색하는 데도 중요한 시사점을 제공해 줄 것이다.

▶ 김광식

제10절 가요에 나타난
현해탄을 오고간 실향민의 마음
-한일 대중가요의 형성과 전개-

1. 재조일본인과 문학 텍스트로서의 대중가요

재조일본인은 조선에 있어서 일본 대중문화의 보급과 확산, 조선 대중 문화의 형성과 전개에도 적지 않은 역할을 했다. 특히 한일 양국의 대중 가요(일본에서 유행가 또는 가요곡으로 부름)가 동일한 정서적 기반 위에서 꽃 필 수 있게 된 것은 이들의 적극적인 생산과 소비 활동에 힘입은 바가 크다. 대중가요의 가사를 문학 텍스트의 한 장르로 볼 때 재조일본인이 작사한 곡의 노랫말뿐만 아니라 이들이 공감하고 향유한 수많은 노래의 가사 표현이 모두 재조일본인 문학사의 일부분이 될 수 있다. 그 한 구절 한 구절마다 이들의 삶과 인생관, 조선인에 대한 우월감과 내지에 대한 열등감 등 복잡하게 굴절된 정신적 상태의 미세한 결을 있는 그대로 읽 어낼 수 있을 것이다. 그러고 보면 시나 소설에 비해 대중가요야말로 엘 리트 계급이 아닌 보통의 재조일본인들이 지녔던 문학적 감성의 중요한 측면을 살피는 데에 유의미한 텍스트라 할 수 있겠다.

2. 한일 대중가요의 성립과 전개

(1) 한일 협업의 역사적 산물

20세기 초 한국과 일본은 각각 근대 이전부터 있어온 음악적 전통과 시(詩)적 전통의 바탕 위에서 서양 음악의 영향을 받아 새로운 형식과 내용의 '창가' 및 '유행가'를 만들어냈다. 그런데 그것이 한국은 한국대로 일본은 일본대로 상호 교섭 없이 따로따로 이루어진 것이 아니다. 당시 전세계 대중문화의 비약적 발전이라는 큰 흐름 속에서 만들어진 한국과 일본의 유행가는 현해탄을 오고간 양측의 많은 사람들이 협업을 통해 이루어낸 산물이었다. 초창기부터 밀접한 상호관련 속에서 비슷한 길을 걸어온 한국과 일본의 대중가요는 형식과 내용 및 감성적인 면에서 너무나도 닮은꼴이다. 그 이면에는 1910년대부터 30, 40년대에 이르기까지 양측의 작사가, 작곡가, 가수, 음반제작자들이 상시적으로 교류하고 상호 영향 하에 끊임없이 새로운 장르를 함께 개척해 갔던 사실이 있다.

대중음악에 있어서의 한·일간 교류는 어느 한 쪽의 일방적 자극과 영향보다는 언어적 지리적 경계를 넘어 양자가 상호침투하는 방식으로 전개되었다. 한국에 대한 일본의 영향은 식민지 지배라는 시대적 상황에 비추어 당연시되어 왔지만 당시의 대중가요에 대한 최근 연구를 통해 밝혀지고 있는 것은 일본에 대한 한국의 영향도 적지 않았다는 사실이다. 그 과정에 개입된 재조일본인의 존재와 역할에 주목할 필요가 있다. 청일전쟁과 러일전쟁을 거치면서 증가하던 재조일본인의 인구는 한일병합 직후 가파른 증가세를 보인다. 1910년대에 이주해온 다양한 직업의 사람들이나 여행객 또는 일을 위해 잠시 머물렀던 이들이 향유하던 당시 일본의 유행곡들이 조선에도 전파되었다. 한편으로 조선의 전통 가락과 갖가지 음악적 요소에 노출된 이들의 감성이 역으로 일본의 노래에 영향을 주었을 가능성도 얼마든지 생각할 수 있다. 수십만에 이르는 재조일본인들이 한일 대중음악의 교류에 사실상 중요한 매개였음은 어렵지 않게 짐작할 수 있다.

(2) 번역과 번안, 텍스트의 혼효(混淆)

재조일본인이 한일 대중가요의 성립과 전개에 영향을 끼친 양상은 크게 세 가지로 분류할 수 있다. 첫째는 한일병합을 전후한 시기 일본의 음악 엘리트로 구성된 조선 내 각급 학교 일본인 음악 교사들에 의한 음악적, 교육적 영향이다. 이들로부터 일본인 학생은 물론 조선인 학생들도 일본의 교육용 창가를 배우면서 서양 음계에 익숙하도록 음악적 감성을 키워갔다. 둘째는 일본의 대중음악 문화 관련 전문가들의 방문 또는 거주로 인한 직접적 영향이다. 일본 신극 운동의 흐름 속에서 극중가로서의 일본 유행가가 한국어로 번역(번안)되어 불리기 시작한 것은 1910년대 중반이다. 1920년대부터는 이들이 제작한 미디어를 통한 유행현상이 두드러졌으며 이 산업에 종사하는 사람들이 수시로 현해탄을 넘나들게 되었고 1930년대 이후에는 거대한 문화 산업으로서의 대중가요가 한일 양국을 아우르면서 전개되었다. 셋째는 대중가요의 소비층인 일반대중으로서의 재조일본인들의 영향이다. 이들은 대중가요의 생산에 직접 참여하지는 않았지만 문화현상 저변에서의 일상적 향유를 통한 간접적 영향을 고려할 때 당연히 빼놓을 수 없는 존재이다. 대중가요와 관련한 재조일본인 문학사의 기술은 오히려 이들을 중심으로 이루어져야 마땅한 것인지도 모른다.

1905년부터 1910년대까지의 시기에는 일본 대중가요의 영향으로 조선에서도 대중가요가 형성될 여건이 갖추어지고 있었다. 이 무렵 고이데 라이키치[小出雷吉], 오바 유노스케[大場勇之助], 히라마 후미히사[平間文壽] 등 국공립학교 일본인 음악 교사들의 역할이 주목된다. 이들은 일본의 창가를 학생들에게 교육하면서 직접 창작에도 관여하고 노랫말의 조선어 번역에도 힘을 쏟았다. 이들은 일본의 창작 창가가 조선의 제도권 음악으로 자리 잡는 데에 절대적인 기여를 한 사람들이다. 또 이들에게 교육받은 세대가 1920년대 이후 동요, 가곡, 대중가요, 국민가요를 담당하는 음악 엘리트 집단을 형성한다는 점도 간과할 수 없다.

이 시기 일본 곡의 본격적인 번역과 번안이 나타나기 시작한다. 1900년 오사카의 출판사 쇼분칸[昇文館]이 경영난 타개를 목적으로 제작한 「철도창가(鐵道唱歌)」는 1905년에 한국에서 김인식(金仁湜, 1885~1963)에 의해 「학도가(學徒歌)」로 개사되어 불린다. 일본 전국에 철도망이 완성된 것을 가사에 반영하여 총 334절로 구성된 이 곡은 오와다 다케키(大和田建樹, 1857~1910)에게 작사를 오노 우메와카(多梅稚, 1869~1920)에게 작곡을 의뢰하여 탄생한 기획 상품이었다. 1914년 시마무라 호게쓰(島村包月, 1871~1918)가 이끄는 극단 예술좌(芸術座)의 공연 『부활』의 극중가로 마쓰이 스마코(松井須磨子, 1886~1919)가 불러서 레코드 판매고 2만 장을 기록한 일본 최초의 유행가 「카추샤의 노래[カチューシャの唄]」가 조선 순회 공연 후 「카추샤의 노래」(1916)로 번역되어 유행했다. 또한 이수일과 심순애의 이야기로 잘 알려진 『장한몽(長恨夢)』(1913)은 일본의 소설가 오자키 고요(尾崎紅葉, 1868~1903)의 미완성작 『곤지키야샤[金色夜叉]』(1897-1902)를 번안한 것인데, 1918년 일본에서 연극화·영화화되면서 노래 「곤지키야샤」

가 나오자 조선에서도 「장한몽가(長恨夢歌)」로 번역되어 대중적 인기를 모았다. 3·1독립운동을 전후하여 미국인 작곡가 제레마이어 잉갈스(Jeremiah Ingalls, 1764~1828)의 원곡 「사랑의 신(Love Divine)」에 일본어 가사를 붙여 유행한 「시치리 해변의 애가(七里ヶ浜の哀歌), 일명 새하얀 후지산[眞白き富士の根])」(1910)가 「탕자자탄가(蕩子自嘆歌), 일명 [희망가]」로 번안된 것도 이 시기였다.

1920년대는 라디오 방송의 시작과 레코드 전기취입 방식의 도입 및 토키 영화의 개발 등 새로운 미디어의 등장에 의해 대중가요가 본격적인 대중의 오락으로 자리 잡았다. 1931년에 일본의 콜롬비아 레코드사에서 발매한 작곡가 고가 마사오(古賀政男, 1904~78)와 가수 후지야마 이치로(藤山一郎, 1911~93) 콤비의 『술은 눈물인가 한숨인가(酒は涙か溜息か)』가 단숨에 28만 매의 판매고를 기록하자 이듬해에 한국어로 번역된 『술은 눈물일가 한숨이랄가』가 채규엽(蔡奎燁, 1906~49)의 노래로 조선에서 유행한다. 바로 이 곡은 이후 적어도 60년대까지 한·일 양국의 대중가요 현상에 많은 영향을 주었다. 작곡가 고가 마사오는 1912년(8세)부터 1922년(18세)까지 인천과 경성 등 식민지 조선에서 지냈다. 그는 실제로 '나는 소년 시절에 조선에 있었는데 조선의 노동자들이 부르는 노래의 영향을 많이 받았습니다.'라고 술회한 적이 있다. 청소년 시절의 10여 년간을 조선에서 보내면서 조선의 민간에 떠도는 음악적 전통을 어떤 식으로든 흡수했을 것이다.

그런가 하면 1930년대부터는 일본의 대중가요가 한국어로 번역될 뿐만 아니라 한국의 것이 일본어로 번역되는 현상도 많이 나타난다. 한국의 창작 대중가요 제1호로 불리기도 하는 왕평(王平, 1908?~40) 작사 전수린(全壽麟, 1907~84) 작곡 「황성의 적(荒城의 跡)」(1928)은 일본인들에 의해

'조선의 세레나데'로서 흥얼거려지기도 했다. 또 이현경 작사 전수린 작곡의 「고요한 장안」을 가수 이애리수(李愛利水, 1910~2009)가 일본에서 녹음하던 도중 시인이자 작사가인 사이조 야소(西條八十, 1892~1970)가 듣고 감격하여 즉석에서 일본어 가사를 붙여 「원망스러운 정(怨情)」이라는 제목의 일본판이 발매되었다.

나운규(羅雲奎, 1902~37)의 무성영화 『아리랑』(1926)의 주제곡 「아리랑」은 1932년 시인 사토 소노스케(佐藤惣之助, 1890~1942)의 작시(作詩)로 일본어로 번역되고 고가 마사오가 편곡을 해서 일본의 인기 가수 아와야 노리코(淡谷のり子, 1907~1999)와 하세가와 이치로(長谷川一郎, 채규엽의 일본명)의 듀엣에 의해 불려졌다. 콜롬비아 음반으로 발매된 이 곡은 「아리랑의 노래[アリランの唄]」라는 제목이었으며 조선을 대표하는 곡으로 인식되면서 인기를 얻었다. 조선총독부는 이 곡을 항일운동의 심볼로 간주하여 위험시했으나 일본 본토에서는 오히려 호의적으로 받아들여져 '아리랑 붐'을 형성하기도 했다.

3. 재조일본인과 대중가요에 나타난 심경과 언어

(1) 번역·번안 창가

『보통교육창가집(普通教育唱歌集)』(1910)의 「기럭이」라는 곡은 한성사범학교(漢城師範學校) 교사였던 고이데 라이키치[小出雷吉]가 일본의 이사와 슈지(伊澤修二, 1851~1917)가 편찬한 『소학창가 일(小學唱歌 壹)』(1894)의 「기러기[雁]」를 번역한 것이다.

기럭아 기럭아 날러라 / 큰기럭은 앞으로 / 작은기럭은 뒤로 / 사이좋
게 날러라

カリカリワタレ / オウキナ雁ハサキニ / チイサナ雁ハアトニ / ナカヨクワタレ

(2) 재조일본인과 군국가요

조선총독부 경무국장을 지내면서 조선의 인심을 장악하는 데에 진력
한 고급관료 마루야마 쓰루키치(丸山鶴吉, 1883~1956)가 즐겨 부르던 노래
중에 「조선북경경비의 노래[朝鮮北境警備の歌]」가 있다. 당시 압록강 주변
지역의 소학교 교장 호시 젠시로[星善四郎]의 작사 작곡, 야마무라 도요코
[山村豊子]의 취입에 의해 1928년에 레코드가 발매 되었으나 한일병합 초
기부터 떠돌이 악사 엔카시에 의해 또는 샤미센곡으로서 연회석 등에서
민요풍으로 불려지던 것이었다. 가사 내용은 애국적 열정이 넘치는 국경
경비대 소속 일본인 화자가 비적의 침입에 대한 경계심을 표현하면서도
"호랑이는 죽어서 가죽을 남기고 사람은 죽어서 이름을 남긴다"는 조선
의 속담을 인용하고 있는 것이 인상적이다.

여기는 조선 북쪽 끝에 / 이천리도 넘는 압록강
강 건너면 광막한 남만주
혹한 영하 30도 / 4월 중순에야 눈이 녹아서
여름은 물도 많고 아주 좋지요
땀흘려 일하는 우리 동포의 / 소박한 꿈조차 못 이루는데
경비대의 괴로움 누가 알리요
개울을 건너서 쳐들어 오는 / 불온한 무리들의 불의의 습격
아내도 총 들고 맞서 싸우네
나라를 위해서라 생각한다면 / 한낱 이슬 같은 우리네 목숨

바치는 것 뭐가그리 아까우리오
호랑이는 죽어서 가죽 남기고 / 사람은 죽어서 이름 남기네
조선의 경비 그것을 위해
ここは朝鮮北端の / 二百里余りの鴨緑江 / 渡れば廣漠南滿州
極寒零下三十度 / 卯月半ばに雪消えて / 夏は水沸く百度余ぞ
勤むる我等同胞の / 安き夢だに結び得ぬ / 警備の辛苦誰か知る
河を渡りて襲い來る / 不逞の輩の不意打ちに / 妻も銃執り応戰す
御國の爲と思いなば / 露より脆き我が命 / 捨つるに何か惜しからん
虎は死しても皮留め / 人は死しても名を殘す / 朝鮮警備のそが爲に

(3) 고가 멜로디와 조선

기리시마 노보루(霧島昇, 1914~84)가 부른 「누가 자기 고향을 생각 않으리[誰か故鄕を想わざる]」는 1940년의 대힛트곡으로서 '고향'을 노래한 일본 대중가요의 백미이다. 작사가 사이조 야소는 이 곡을 작곡한 고가 마사오가 조선에서의 어릴 적 경험을 스스로 이야기한 것을 바탕으로 가사를 썼다고 한다. 친구들과 어울려 지내면서 철없이 지내던 어린 시절에 대한 향수와 멀리 시집간 누이에 대한 그리움, 그리고 이제는 도시로 나와 고향의 산천을 그리는 애절함이 가사 표현에 묻어나고 있다. 현해탄을 건너 조선에 온 실향민 가족의 한 소년의 모습과, 성인이 되면서 조선이라는 또 하나의 고향을 떠난 현재적 의미의 실향민이 대비되면서 절묘한 효과를 내는 텍스트로 읽혀진다.

    1 꽃을 꺾던 들녘에 해는 기울고 / 모두 함께 어깨를 같이 겯고서
      노래를 불러대던 돌아오는 길 / 어릴 적 같이 놀던 이런 동무 저런
      동무 / 아아 그 누가 자기 고향을 생각 않으랴

2 하나 있던 누이가 시집간 날 밤 / 냇가에 홀로 앉아 너무 서러워
  눈물을 흘리면서 울고 있었지 / 어릴 적 같이 지낸 저기 산과 이 시
  냇물 / 아아 그 누가 자기 고향을 생각 않으랴
3 비 오는 도회지의 쓸쓸한 밤은 / 눈물로 가슴이 젖어드는데
  머리서 부르는 건 누구 목소리 / 어릴 적 같이 지낸 이런 꿈과 저런
  꿈들 / 아아 그 누가 자기 고향을 생각 않으랴
1 花摘む野辺に日は落ちて / みんなで肩を組みながら
  唄をうたった帰りみち / 幼馴染(おさななじみ)のあの友この友
  ああ誰(たれ)か故郷を想わざる
2 ひとりの姉が嫁ぐ夜に / 小川の岸でさみしさに
  泣いた涙のなつかしさ / 幼馴染のあの山この川
  ああ誰か故郷を想わざる
3 都に雨の降る夜は / 涙に胸もしめりがち
  遠く呼ぶのは誰の聲 / 幼馴染のあの夢この夢
  ああ誰か故郷を想わざる

4. 재조일본인의 대중가요 활동 및 텍스트 연구의 현황과 과제

한국과 일본의 대중음악 관련 분야에서 국가를 넘어선 광역의 대중음악 그 자체를 대상으로 다룬 연구 성과는 많지 않다. 이제는 한국과 일본의 근대 대중가요를 하나로 묶어 바라보는 관점을 취해 볼 수도 있지 않을까 생각한다. 이를 통해 한일 양측의 연구자들이 '근대 대중가요'라는 공통의 장르를 연구해 갈 수 있는 이론적 근거를 마련할 수 있을 것이다. 실제로 세계 대중음악사를 놓고 볼 때 일본의 가요곡이나 한국의 대중가요는 그 태생과 전개양상 및 내용과 상호 관련성의 면에서 동일한 계통의 장르로 보아도 크게 무리가 없을 것이다. 따라서 좁게는 1930년대부

터 1960년대까지의 30여 년 간, 넓게는 1910년대부터 1980년대에 이르는 60, 70여 년 간의 기간 동안 한국과 일본에서 레코드나 방송 미디어를 통해 발표돼고 유행한 대중음악을 우리는 '한일 대중가요'로 부를 수 있을 것이다. 그 형성 과정에서 재조일본인들의 역할에 주목할 필요가 있다.

▶ 박진수

제11절 재조일본인의 민요담론과 조선적인 신민요

1. 민요의 개념 및 배경

'민요(民謠)'라는 용어가 조선 미디어에서 처음 등장한 것은 1916년 『경성일보』였고, 이후 1920년대부터 활발하게 이루어지는 국민문학 담론 속에서 시조와 함께 '조선심'과 '조선정조'를 담아 '조선적인 것'을 주조할 수 있는 중요한 대상으로 논의된다. 원래 민요는 독일의 Volkslied에 어원을 둔 것으로 1880년대에 일본으로 유입되어 몇 차례에 걸친 개념 정의에 대한 논의를 거치며 메이지(明治) 말기에 '민중'과 '민족'이라는 중의적 의미를 내포하는 Volk를 '민'이라는 한 글자에 담아 민의 감정에 호소할 수 있는 '민중(민족)의 가요'라는 의미로 사용되었고, 조선에서는 일본어를 번역하는 과정에서 수용된 것이다.[1] 그리고 일본에서 국민문학 운동과 연계되면서 민요의 연구와 개념이 구축된 것처럼 조선에서도 비슷한 상황 속에서 민요의 개념이 논의되고 성립된다. 하지만 1900년대부터 시작된 조선민요연구의 주체가 일본이고, 그들이 채집하여 연구한 조

---

[1] 시나다 요시카즈(品田悅一)(2005) 「일본의 국민문학운동과 민요의 발명」 임경화 편저 『근대 한국과 일본의 민요 창출』, 소명출판 참조.

선민요에 관한 해석과 담론이 조선민요연구의 기초자료가 되며 일본의 민요논쟁 일부가 논점을 명확히 하는 논거로 사용되는 등 일본에서 유입된 민요개념이 조선의 민요개념 성립에 영향을 미쳤다는 것은 간과할 수 없다. 이렇게 일본을 필터로 한 민요의 유입은 식민지라는 특수한 상황 속에서 '민중' vs '민족', '국민적' vs '지방적', '전통(고전)' vs '창작'과 같은 개념들이 혼재된 상태로 논의되고, 민요에서 파생되는 용어들은 '조선적인 것'을 구가하고 '민족'의 정서가 공감될 수 있는 기호적 표현으로 사용된다.

특히 1930년대 조선민요의 논의 과정에는 이치야마 모리오(市山盛雄, 1897~1988), 다나카 하쓰오(田中初夫, 1906~?), 시미즈 효조(清水兵三, 1915~1917)와 같은 재조일본인 연구자의 조선민요론이 상당부분 수용되는 한편 노구치 우조(野口雨情, 1882~1945)와 후지자와 모리히코(藤澤衛彦, 1885~1967)와 같이 일본에서 신민요 운동을 전개했던 인물의 민요론이 거론되는데, 이는 민요담론의 외연을 확장시키고 '신민요'라는 새로운 형태의 민중(혹은 대중) 가요가 출현하는데 중요한 역할을 한다. 즉 이러한 일본 신민요운동의 영향으로 조선에서도 민요적 요소인 '조선의 정서', '향토미', '조선색'을 가지면서도 '전통'만을 고집하지 않는 새로운 형태의 민요가 등장하게 된다. 이렇게 나타난 신민요는 종래 논의되던 민요와는 달리 작자가 존재하고, 서양악보와 악기를 사용한 반주에 맞출 수 있으며, 1930년대 조선의 현대적인 사상과 감정을 표현하여 시대와 잘 맞아 유행이 담보되는 창작가요라 할 수 있다.

2. 조선민요 연구의 전개양상

재조일본인이 언급한 조선민요론이 두각을 나타낸 것은 1927년 도쿄에서 출판한 조선민요에 관한 연구서 『조선민요의 연구[朝鮮民謠の硏究]』(이치야마 모리오 편)이다. 이 책은 1912년부터 조선총독부 학무부의 주도로 이루어진 종래의 조선민요 연구와는 달리, 당시 경성에 거주하며 단카를 연구하던 재조일본인이 모여 신년호 특집기사로 엮은 단행본이다. 게다가 일본인뿐만이 아닌 최남선, 이광수, 이은상과 같은 조선의 대표적인 문인들도 참가하고 있어, '조선민요'를 매개로 이루어진 문화인들의 교류를 확인할 수 있다는 점에서 중요한 의미가 있다. 이 책을 편집한 이치야마 모리오가 말하는 조선민요 연구의 목적은 조선을 알기 위해서는 조선 고유의 민족성이 잘 드러나는 민요가 좋은 자료가 되기 때문이다. 이러한 취지로 엮은 논문에는 민요를 통해 조선의 공통된 민족성에 대해 논하면서, 민요는 '수집'과 '보존'된 '전통적'인 범주에서 독자적인 의미와 중요성이 있다고 강조하는 이미 미술계에서 정형화된 고유한 '조선적인 것'의 틀을 다시 확인하고 있다. 그들이 정의하는 민요는 '자연 발생적인 것'이었고, 따라서 전통성을 깨면서 인공적으로 창작되는 '신민요'라는 낯선 장르의 등장이 달갑기만 하지는 않았을 것이다.

이미 일본에서는 1917년부터 지방민요를 발굴하여 새로운 음악을 창작하겠다는 취지로 신일본음악운동이 시작된다. 기타하라 하쿠슈(北原白秋, 1885~1942), 나카야마 신페이(中山晋平, 1887~1952)를 필두로 하여 노구치 우조, 후지자와 모리히코, 사이조 야소(西條八十, 1892~1970) 등이 참가한 이 운동은 소박한 민(民)의 민요를 발굴한다는 취지를 넘어서 곡을 창작하고 레코드로 복제하여 미디어를 통해 선전하면서 새로운 장르로 구축해간다.[2] 이들은 종래의 민요에서 논의되어온 작자 미상과 지역성을 강조하는 조건을 지우고, 신민요를 통해 향토 이미지와 시골 냄새를 인공적으로 만들어 전통 민요의 틀을 깬다. 즉 민요의 창작성과 작자의 '고유성'을 용인하여 민요의 정형화된 틀에서 벗어난 새로운 형태의 민요 즉 신민요를 만들어내는 것이다. 그리고 신민요운동이 라디오의 전파를 타기시작하면서 일본만이 아닌 조선과 대만, 만주에까지 알려지고 연주여행까지 하게 된다. 이들 중 특히 노구치 우조의 민요론은 재조일본인 단카 연구잡지 『진인(眞人)』을 통해 조선에 소개되고, 그의 민요론을 통해 종래의 민요가 새롭게 조망되면서 조선 문단에서도 '신작민요(新作民謠)', 즉 '신민요'를 제기할 수 있는 발판이 마련되었다.[3]

조선에서 신민요란 용어가 처음 등장한 곳은 1924년 최남선이 쓴 「조선민요의 개관」에서인데, 당시는 아직 민요의 개념 정립도 불분명한 상태여서 민요와 신민요를 혼동해서 사용하고 있는 것을 알 수 있다. 민요는 1920년대 국민문학운동을 시작으로 1930년대에는 조선학연구와 고전부흥운동으로 이어지면서 끊임없는 논의의 대상이 되었는데, 1930년대 중반부터는 민요만이 아닌 신민요를 둘러싼 본격적인 논쟁이 펼쳐진다. 즉 현실의 대중과 접촉하기 쉬운 민요의 새로운 가능성을 연다는 긍정적인 해석과, 신민요는 민족의 고유한 정서가 공유되면서 '조선'이라는 하나의 민족성을 표상할 수 있는 '민요'의 고전성과 전통성을 침해한 '사이비민요'이고 유행만을 좇는 '잡가' '유행가'에 불과하다는 비판적인 입장이 부딪힌다. 이와 같은 비판적인 인식은 일본에서 보이는 신민요를 둘

---

2) 고모타 노부오(小茂田信男)(1989) 『우조와 신민요운동(雨情と新民謠運動)』, 筑波書林 pp.72~76 참조.

3) 엄인경(2014) 「한반도의 단카(短歌)잡지 『진인(眞人)』과 조선민요」, 『비교일본학』, 일본학 국제비교연구소 논문 pp.185~186 참조.

러싼 논쟁과는 조금 다른 양상을 보이는데, 특히 기타하라 하쿠슈와 논쟁을 벌인 시라토리 쇼고(白鳥省吾, 1890~1973)는 신민요운동은 일본의 전통을 협소한 형태로 고정 시키는 것뿐만 아니라, 사회성이 결여된 개인 취미에 불과하다고 비판한다. 또한 야나기타 구니오(柳田國男, 1875~1962)는 신민요는 기교가 들어간 유행가이며 이로 인해 지역 간의 차이가 사라지고 균질화되어 간다고 한다. 이와 같은 일본의 논쟁 양상을 앞서 말한 조선과 비교해 보면 '고전성' '전통성' '민족성'의 침해에 대해 강조한 조선의 관점과는 다른 것을 알 수 있다. 또한 이러한 조선에서 나타나는 논의의 쟁점은 조선민요의 채보에 앞장섰던 다나카 하쓰오가 신민요를 자본사회가 요구하는 형태로 만들어진 선정성이 강한 퇴폐적인 노래라고 비판한 문맥과도 이어진다고 할 수 있다. 조선에서는 아직 '조선'이라는 민족의 단일성으로 표상될 수 없는 대상은 '조선적인 것'으로 인정하기 어려운 상황이었고, 따라서 전통성에서 벗어난 신민요라는 새로운 장르가 요구되지는 않았던 것 같다.

결국, 민족의 단일성이 아닌 지방과 대중의 다양성을 기반으로 한 일본 신민요운동은 쇼와시대(1926~1989)까지 이어지면서 민요의 폭을 확장시켜 각 지역을 무대로 한 민요풍 가곡 혹은 유행하는 노래 등을 대량으로 창작・생산해내며 하나의 장르로서 자리매김한다. 한편 조선의 신민요는 고전이라 할 수 있는 민요의 형태를 바꿔 현실 생활로 불러오는 역할을 해내면서 잠시 1930년대 가요계의 역사를 화려하게 수놓다가 사라져 버린다.

3. 작품소개

일본 신민요운동의 시작이라 할 수 있는 대표곡은 「스자카코우타[須坂小唄]」로 노구치 우조가 작사를 나카야마 신페이가 작곡을 맡아 1923년에 완성한 곡이다. 이 노래는 나가노현 스자카초[長野縣須坂町]에 있는 제사(製絲)공장의 여공들을 위해 만든 곡으로 지역의 특징을 잘 살리고 있고, 얼레 돌아가는 소리를 후렴구로 넣어 따라 부르기 쉬운 곡으로 만들어져 여공들 사이에서 애창되면서 레코드와 라디오를 통해 전국적으로 퍼져 유행하게 된다.[4] 이 곡이 스자카초를 알리는데 큰 공헌을 하면서, 이후 각 지역의 적극적인 의뢰로 관광협회와 신문사, 전철회사 등의 협찬으로 특정 지역을 알리는 '우리고장노래'가 만들어진다. 이렇게 대중적인 호응을 얻게 된 신민요는 '우리고장노래'만이 아닌 지역의 분위기를 잘 표현한, 예를 들면 교토의 정서를 잘 나타내 영화 「꽃양산[繪日傘]」의 주제가가 된 「기온 고우타[祇園小唄]」(나가타 미키히코(長田幹彦, 1887~1964) 작사, 삿사 고카(佐々紅華, 1886~1961) 작곡, 1930년)와 같은 곡이나 남녀 간의 은밀한 정을 노골적으로 그려내어 발매금지까지 당하면서도 히트를 친 「섬아가씨(島の娘)」(나카타 미키히코 작사, 사사키 준이치(佐々木俊一, 1907~1957) 작곡, 1933년), 그리고 같은 해에는 지방출신이 과반수를 넘는 도쿄 대중에게 '고향의 그리움을 노래한 신민요'로 인기를 끈 「도쿄온도[東京音頭]」(사이조 야소 작사, 나카야마 신페이 작곡, 1933년)가 발표되는데, 이 곡은 지방에서도 크게 유행을 한다. 이 곡의 인기로 지방의 본오도리[盆踊り]가 활성화되고 이후 일본 전국에서 본오도리에는 빼 놓을 수 없는 곡으로 정착된다. 뿐만 아

---

4) 다케우치 쓰토무(竹內勉)(1981) 『민요 그 발생과 변천(民謠その發生と変遷)』, 角川選書 참조.

니라 도쿄온도의 인기는 여러 사람이 노래에 맞춰 춤을 추는 '온도[音頭]'
라는 형태의 새로운 유행을 낳는다.

한편 조선의 신민요는 민요와는 다른 형태의 조건이 있음에도 불구하
고 명확한 용어의 정의가 쉽지는 않은데, 신민요라는 갈래가 레코드계에
정착한 형태를 통해 보면 토속민요나 잡가를 음반에 실을 수 있는 형태
로 길이를 조절하여 만든 노래를 신민요라 할 수 있을 것이다.[5] 그리고
이 명칭을 붙여 처음 히트 친 곡은 박부용이 부른 「노들강변」(신불출 작사,
문호월 작곡, 1934년)이다. 물론 「노들강변」 이전에도 신민요로 표기된 곡
이 있었는데 「방아찧는 색시의 노래」(김수영 작사, 홍난파 작곡, 1931년)와
「녹슨 가락지」(윤복진 작사, 홍난파 작곡, 1931년)이다. 이와 같은 곡은 민요
의 전통을 계승한 것으로 「방아찧는 색시의 노래」는 "사람잘난 우리랑군
언제오련고 돈한닙 못모아도 도라올게지 아리랑 아리랑 아라리요 님업시
청춘만 늙어가네"로 부정적인 자신의 현실을 강조하고 있고, 「녹슨 가락
지」는 "거문머리 희여저 나붓기여도 그때 그말 안닛고 오를 잇때도 무덤
속에 품엇던 가락지래요"는 지조와 절개의 중요성을 강조한 것으로 현재
의 대중적 감성보다는 전통사상의 색채가 더 짙은 곡으로 민요와 신민요
가 혼종된 형태라 할 수 있다. 한편 큰 인기를 끈 「노들강변」은 "노들강
변 봄버들 휘휘 늘어진 가지에다 무정 세월 한 허리를 칭칭 동여 매어볼
까" 하고 마음에 맺힌 한을 띄워 보내며 인생의 허무함을 노래하고, 같은
해에 히트를 친 「꽃을 잡고」(김안서 작사, 이면상 작곡, 1934년)는 남녀의 애
달픈 감정을 노래하고 있는데, 이와 같은 곡들은 대중의 감정을 진술하
게 표현하고 있다. 그리고 「조선타령」(유도순 작사, 전기현 작곡, 1934년)과

---

5) 장유정(2009) 「신민요와 대중가요」 『근대의 노래와 아리랑』, 소명출판 pp.270~273
참조.

같은 곡에는 가사에 백두산, 금강산, 묘향산, 압록강, 두만강과 같은 실제 지명을 넣고 "삼천리 산야 기름이 젓네" "삼천리 산야 노래에 차네"라는 희망적인 메시지를 전하며 "조선을 축복 하세"라는 후렴구를 넣어 국토를 예찬하는데, 이처럼 「금강산 좋을시고」(유도순 작사, 김준영 작곡, 1934년), 「백두산 바라보고」(김다인 작사, 유일춘 작곡, 1939년) 등과 같이 향토성을 강화하는 노래도 있다.

4. 연구현황 및 전망

일본의 신민요는 '신민요운동'이라는 형태의 구체적인 움직임 속에서 당시 대중의 정서와 요구에 맞는 다양한 형태의 곡이 창작되었고, 이는 쇼와가요가 발전할 수 있는 발판을 마련했다. 그리고 독립된 하나의 장르로 일본음악사에 기록되고, 이후 신민요에서 파생된 여러 갈래의 음악연구가 꾸준하게 이루어지고 있다. 한편 조선의 신민요에 관한 연구를 살펴보면 신민요가 민요의 의미를 강화하고 민요에 대한 대중의 인식을 확장했다는 역할면에서는 평가를 받았지만, 이것은 결국 민요연구의 자장 속에서 민요와 유행가를 잇는 중간다리 역할이나 민요와 잡가, 유행가가 뒤섞인 정체불명의 노래라는 과거 비판에서 벗어나지 못하고 새로운 장르로서 인정받지 못한 채 한국음악사의 뒤안길에 묻히는 결과를 낳았다. 그러나 1930년대 폭발적인 인기를 끌었던 신민요는 한 시대를 풍미했다는 사실만으로도 중요한 의미가 있다. 거기에는 대중이라는 주체가 뚜렷한 윤곽을 드러내고 있고, 민요를 통해 구현하려고 했던 '조선적인 것'을 둘러싼 여러 주체들의 길항관계를 조감할 수 있기 때문이다. 따

라서 조선에서 발생한 신민요를 일본 신민요운동과 비교고찰하고, 재조
일본인의 조선민요 담론 및 신민요에 대한 인식을 통해 살펴본다면, 재
조일본인의 문화 운동 양상과 더불어 '조선적인 신민요'가 인기를 끌었
던 그 시대 대중과 시대상을 유추해 볼 수 있을 것이다. 이러한 신민요
연구는 1930년대 문화 담론의 층위를 두텁게 만들어 줄 것이라고 생각
한다.

▶ 양지영

제12절 아리랑의 장르적 변화와
재조일본인의 눈에 비친 아리랑

1. 아리랑의 기원

아리랑은 한국을 대표하는 민중과 민족의 노래이면서 한민족의 상징
이기도 하다. 아리랑의 가장 설득력 있는 기원설은 각 지역에서 다수의
불특정 민중에 의해 만들어져 구비전승되던 노래가 1865년 경복궁 중수
공사에 노역하던 사람들 사이에서 불리면서 후렴구가 붙은 형태로 만들
어졌다는 이야기다. 즉 경복궁 공사판에 동원된 뗏목꾼이나 부역꾼들이
강원도의 「자진아라리」에서 파생된 '아라리'를 전파시키고, 서울의 소리
꾼들에 의해 세련되게 다듬어져 잡가의 다양한 레퍼토리로 유통되어 시
정이나 유흥가에서 많이 불리게 된 것이 아리랑타령이다.[1] 이러한 아리
랑은 조선의 음악적 환경변화와 더불어 변모하는데, 1910년대에는 서양
음악을 일본식으로 번역한 창가의 영향을 받고 20년대 중후반을 거치면
서는 영화나 라디오, 레코드와 같은 대중문화의 시스템이 형성되는 새로

---

[1] 정우택(2009), 「아리랑 노래의 정전화 과정 연구」 김시업 외 지음 『근대의 노래와 아리
랑』, 소명출판, pp.462~463 참조.

운 환경 속에서 공전의 히트를 치는 나운규 영화 「아리랑」(1926)의 주제
가가 만들어진다. 이 곡을 일반적으로 「본조아리랑」이라 부르는데, 「본
조아리랑」은 잡가인 「경기자진아리랑」을 서양곡과 서양악기인 바이올린
을 이용해 편곡한 신민요의 갈래로 볼 수 있다.[2]

　한편 일본에서는 조선총독부가 1912년부터 조선의 민요와 속담 등을
수집하여 조선의 인정(人情)과 사회상을 조사하는데, 거기에 참여한 다카
하시 도루(高橋享, 1878~1967)와 무라타 시게마로(村田懋麿, ?~1943)와 같은
조선학과 동양학 학자들은 조선의 민족성을 이해하는 중요한 자료로 민
요를 제시한다. 다카하시 도루는 조선인에서 조선의 민족성을 사상의 고
착과 종속·형식주의·당파심·순종·낙천성 등의 열 가지로 정리하는
데, 무라타 시게마로는 다카하시 도루 논의의 대부분을 수용하면서도
다른 면은 조선의 대표적 민요인 아리랑을 비롯한 조선의 문학과 예술
을 논의의 근거로 삼고 있다는 점이다.[3] 이후 1920년대에는 조선민요의
교육을 통해 내선융화를 주장하는 이시카와 요시카즈(石川義一, 1877~
1962)를 거쳐, 조선민요의 채집과 연구의 성과물로 재조일본인 이치야마
모리오(市山森雄, 1897~1988)가 주재한 단가잡지 『진인(眞人)』에 「조선민요
의 연구[朝鮮民謠の研究]」(1927.1)를 특집호로 싣는다. 여기에 몇 편의 논문
을 더하여 단행본으로 일본에서 출판한 『조선민요의 연구』(1927.10)는
아직 조선연구의 처녀지인 민요연구를 통해 민족성을 탐구하려는 목적
으로 간행된 것으로 조선민요 연구의 최대 성과라 할 수 있다. 여기에
참가한 집필진들은 여러 관점에서 조선의 민요에 대해 논하고 있는데,
민족성에 대한 해석도 순종·향락·낙천·단순·소박·솔직·순정 등

---

2) 김기현(2004), 「「아리랑」 노래의 형성과 전개」, 『退溪學과 韓國文化』 제35호, p.146 참조.
3) 구인모(2008), 『한국 근대시의 이상과 허상』, 소명출판, p.130 참조.

다양하다. 또한 각각의 논고에서 '아리랑'에 관한 언급이 자주 등장하는 것을 볼 수 있다.

이와 같이 아리랑은 구전민요로 발생해 역사적 상황이나 매스미디어에 의한 대중가요의 유통·보급과 같은 시대의 변화에 적응하면서 다양한 형태로 만들어지고 조선민족의 집단적 노래형태인 온도[音頭]가 된다. 그리고 조선적인 노래에 맞는 형태로 변모해온 만큼 전통민요와 신민요 사이에서 끊임없이 흔들리면서 아리랑 자체가 하나의 장르로서 입지를 굳힌다.

2. 민족의 노래로서의 아리랑

1908년 4월 10일 자 『대한매일신보』에 실린 「가곡 개량의 의견」이라는 기사를 보면 「수심가」, 「난봉가」, 「아리랑」, 「흥타령」 등을 '망국의 소리'라고 비판하며 퇴폐적이고 향락적인 가요로 평가하고 있음을 알 수 있다. 이 시기에는 아직 '민요'라는 개념이 도입되지 않은 상황이었고 따라서 아리랑 또한 가곡이나 가요라 해도 민요라는 범주에서 인식되지 않았다. 조선의 민간에서 불리던 가요를 '민요'라는 타이틀로 처음 묶은 것은 1907년에 간행된 『일본민요전집(日本民謠全集)』(마에다 린가이(前田林外, 1864~1946))의 「한국의 요[韓國の謠]」에 실린 몇 편의 가요이다. 그리고 1909년에 이즈미 쿄카(泉鏡花, 1873~1939)를 대표로 한 '동요연구회(童謠研究會)'에서 간행한 『제국동요대전(諸國童謠大全)』의 「한국(韓國)」이라는 항목에도 「권주가」와 「아리랑타령」과 같은 곡이 조선의 민요로 소개된다. 본격적인 조사는 한일합방 이후 1912년부터 조선총독부가 시작한 '이요·

이언 및 통속적 독물 등 조사(俚謠·俚諺及通俗的讀物等調査)'로 조선의 민요와 속담이 채집되면서 조선의 문화와 사회상을 연구하거나 민족성을 이해하는 중요한 자료로 사용된다. 『이요·이언 및 통속적 독물 등 조사』에는 "간다고 간다고 간다더니 / 십리도 못하여 발병났네" 가 「난봉가」로 "나를 버리고 가시는 임은 / 십리도 못 가서 발병난다"는 「사랑가」로 채록되어 있는데, 곡의 제목으로 유흥의 공간에서 불리던 노래라는 것을 알수 있다. 그리고 후에 이 부분은 영화 「아리랑」의 후렴구로 쓰이고 1930년대 풍류의 공간에서도 반복해서 구연된다.[4]

다양한 잡가의 형태로 유통되던 아리랑을 정형화하고 민족의 노래로 창출하는 데 중요한 역할을 한 것이 1926년에 나운규가 만든 영화 「아리랑」의 주제곡으로 새롭게 창작된 「본조아리랑」이다. 나운규가 만든 이 노래는 영화가 공전의 히트를 치면서 전국적으로 퍼져나가 남녀노소·지역적·지리적 격차 등과 관계없이 국내는 물론 일본에서도 큰 인기를 얻는다. 그리고 각 지역의 토속요들에 영화 「아리랑」의 후렴구 "아리랑 아리랑 아라리요 아리랑 고개를 넘어 간다"가 붙으면서 매스미디어의 발달에 신민요라는 형태의 새로운 노래문화의 유행과 더불어 홍사용이 「조선의 메나리 나라」(『별건곤』 1928.5)에서 "사람들이 입만 벙긋하면 아리랑이라는 같은 소리"로 노래한다고 말한 것처럼 선풍적인 인기를 끈다. 이는 종래 계몽적 지식인들이 "흉악한 음담패설"에 "말세의 소리"로 규정했던 잡가 아리랑과는 다른 당시 대중의 사상과 감정이 잘 반영된 것으로 당대의 사람들에게 충분한 공감을 얻을 수 있었다. 또한 이러한 아리랑의 유행은 신민요가 추구하는 '향토색'을 표현하는 전통민요풍의 노래가 성

---

4) 정우택, 앞의 책, pp.470~471 참조.

행하는데 앞장을 선다. 특히 레코드나 라디오와 같은 미디어뿐만이 아닌 1930년대 도시문화의 형성과 더불어 카페나 찻집의 여급, 기생 혹은 영화배우들에 의해 아리랑이 소비되면서 자연스럽게 재조일본인들 사이에서도 조선의 유행가로 인식된다. 아리랑은 여러 곡을 모아 <아리랑집>을 발매할 정도로 다양화되고, 아리랑 노래의 공급이 확장된 1933년부터 1936년까지 인기가 지속되었다.

한편 영화 「아리랑」과 주제가 「본조아리랑」이 이슈가 된 비슷한 시기에 편찬된 『조선민요의 연구』에 글을 쓴 재조일본인 문인들도 각각의 해석에 차이가 있기는 하지만, 조선민요를 논하는 중에 '아리랑'을 하나의 예로 자주 언급한다. 예를 들어 이치야마 모리오는 각 지역에서 자연 발생된 그 지역의 특징을 가진 민요로, 시미즈 효조(清水兵三, 1890~1965)는 민중들의 삶의 애환이 담긴 민중가이고 노동가이며 가장 선전성이 강한 노래로, 난바 센타로(難波專太郎, 1894~1982)는 솔직한 심정을 표현하는 연모의 정을 노래하는 것으로, 한편 이마무라 도모(今村鞆, 1870~1943)는 창조성이 부족한 조선민족의 창작 가능성을 보여주며 '조선색'과 '조선심리'가 가장 잘 발현된 노래라고 한다.

이처럼 민중들 사이에서 구비전승된 <아리랑>은 속요, 민요, 통속민요, 신민요 등 다양한 장르의 옷으로 갈아입으며 그 시대 대중들의 사상과 감정에 가장 근접한 형태로 만들어지고 유통되면서 가장 조선적인 노래이며 조선을 상징하는 하나의 기호로서 명맥을 이어간다.

3. 작품소개

구비전승물인 아리랑을 총괄해 정리하는 작업은 지난한 일이라 여기에서는 비교적 이른 시기에 일본 미디어에서 소개한 아리랑과 재조일본인이 소개한 아리랑, 그리고 조선에서 30년대 초에 유통된 아리랑 가사를 소개하여 아리랑 변모의 흐름을 파악하려고 한다.

① 1894년 동학혁명을 취재하러 온 일본 신문 중 하나『유빈호치 신문(郵便報知新聞)』(1894.5.31)에서 인천 민중들 사이에서 떠도는 노래를 채록하여 실은 것으로 시대상을 엿볼 수 있다.

　　인천 제물포가 살긴 좋아도 / 외놈의 등살에 나 못살아 홍 / 에이구 홍
　성하로다 홍 / 단두리만 사쟈구
　　나 에구데구 홍 / 성하로다 홍 / 아라랑 아라랑 아라리요 / 아라랑 아
　라랑 아얼수 아라리야 (생략)

② 1912년에 총독부가 조사한『이요・이언급통속적독물등조사(俚謠・俚諺及通俗的讀物等調查)』에는 다양한 가사의 아리랑을 수록하고 있다.

　　• 어르렁고개다 집을 짓고 사방영웅(四方英雄)만 기다린다 / 달도 밝고
　　　별도 밝다 / 임의 생각이 절로 난다 / 날 바라고 가는 임은 / 十里를
　　　못 가서 발병 나지 <어르렁타령>
　　• 아르랑고개에다 정거장 짓고 / 님 오기만 고대 고대로다
　　• 아리랑 아리랑 아라리오 / 아리랑 띄어라 노다가세

③『조선민요의 연구』(1927)에서는 집필진들이 각자의 관점에서 조선민요를 논하면서 하나의 예로 들고 있는 아리랑에는 조선인의 정서・풍

속·문화가 잘 드러난다.

- 산에서 귀한 것은 산돼지 / 인간에게 귀한 것은 정 깊은 연인이구나 / 아롱아롱 아라리요, 아롱데롱 놀다 가자 「조선민요의 특질[朝鮮民謠の特質]」 (난바 센타로)
- 인간은 한번 죽으면 두 번 다시 꽃을 피울 수 없는 것, 아라랑, 아라랑, 아라리요, 아라랑 노래하며 놀자꾸나 「조선의 민요(朝鮮の民謠)」 (이마무라 라엔)
- 아라랑, 아라리요, 아라랑, 얼씨구 아라리요, 아라랑 언덕에서 정거장 짓고, 사랑하는 당신을, 기다릴게요 (강원도) 「조선의 민요에 대한 잡기(朝鮮の民謠に關する雜記)」 (이치야마 모리오)
- 아라랑, 아라리요, 아라랑, 얼씨구 아라리요, 아라랑 노래는 누가 만들었나, 백척곡(百尺谷)의 선달(벼슬)인 내가 만들었다 (경기도) (이치야마 모리오)
- 아리랑 언덕에 집을 만들어 사랑스런 당신을 기다립니다 / 아리랑 아리랑 아리라오, 아리랑 □니여라노다 가세 / 소나무열매야, 동백꽃 열매야, 열매 맺지 마라 시골처녀가 팔려간다(소나무열매나 동백꽃 열매로 머릿기름을 만들고 마을의 처녀가 머리에 기름을 발라 아름다워지면 뚜쟁이가 와서 처녀들을 사갑니다) (…중략…) 놀아보고 싶다 놀아보고 싶다, 추워서 꽁꽁 얼어버릴 것 같은 겨울하늘에, 풀솜이 내리길 바라며 놀아보고 싶지만, 먹고살기 바빠 놀지 못하네. (생략) 「조선의 향토와 민요(朝鮮鄕土と民謠)」 (시미즈 효조)

④ 『대한매일신보』(1907.7.28)에서는 당시의 시대상을 반영하며 계몽용 노래로 개사되어 불린 곡을 볼 수 있다.

아르랑아르랑 알알이오 / 아르랑 철철 빈 □니워라 / 아르랑타령 정 잘 흐면 / 동양삼국이 평화되네
우리 삼국은 형데갓치 / 동종 동문 친밀일세 / 요힝 일본이 기명된 것

/ 다행인 줄 알앗더니

황빅인종의 분간잇셔 / 황화지셜이 흥도만타 (생략) <아르랑타령>

⑤ 1913년 사공수가 지은 「한양오백년가(漢陽五百年歌)」(1935, 세창서관본)에 실린 가사는 경복궁 중수공사 때 불렸던 노래가 변형되어 가객이나 기생들이 부른 토속적인 잡가류로 이를 통해 아리랑 유통의 일면을 볼 수 있다.

당나라이 망할 적에 후정화를 부르더라 / 그 곡조를 부르다가 안록산의 난을 만나 (…중략…) 거사놈과 사당놈을 대궐안에 불러드려 / 아리랑 타령 시켜 밤낮으로 노닐 적에 춤 잘 추면 상을 주고 지우자 수건으로 / 노래하면 잘한다고 돈 백냥씩 불러주되 /오입장이 민중전이 왕비오입 첫 재로다

⑥ 영화 「아리랑」의 주제곡인 「본조아리랑」은 식민정책으로 비롯된 이산과 이주, 유랑처럼 고된 현실에서 생기는 고향의 그리움과 같은 시대적 비극이 영상과 노래로 잘 표현되어 대중의 공감을 불러일으킨다.

아리랑 아리랑 아라리요 아리랑 고개로 넘어간다 / 나를 버리고 가시는 님은 십리도 못 가서 발병 난다 (2,3,4,5절 생략) 「본조아리랑」 (나운규, 1926)

⑦ 「종두 선전가」(『매일신보』 1930.2.23)는 일반인에게 종두예방 접종 홍보를 위해 아리랑 후렴구를 넣어 만든 노래이다.

호열자염병엔 예방주사 / 마마홍역엔 우두넛키 / 아리랑아리랑 아라리 가낫네 / 아리랑고개를 넘어간다

(2절 생략)

⑧ 「신아리랑곡」(윤석중, 『동아일보』 1930.2.25)은 동요시인 윤석중이 만든 가사로 시대풍자가 잘 드러난다.

> 아리랑 아리랑 아라리요 발빠진 장님아 욕을마라 / 제눈이 어두어 못 본 것을 개천은 남을해 무얼하리 / 아리랑 아라리요 뺨마즌 거지야 분해 마라 / 파리가 미워서 칼뽑으면 벌떼가 뎀빌땐 무얼뽑나 (생략)

이와 같이 아리랑의 특히 "아리랑 아리랑 아라리요"로 시작하는 후렴 구는 조선적인 색을 만드는데 중요한 요소가 되고, 일본인에게는 단순한 조선가요라기보다는 '조선'을 표상하는 하나의 대상이기도 했다.

4. 아리랑 연구의 전망

한국의 대표적인 민요이며 민족의 상징인 만큼 종래 아리랑 연구는 음악, 민속, 방송, 국문학 등 다양한 분야에서 꾸준하게 이루어지고 성과도 상당히 축적되어있다. 그러나 앞서 살펴본 바와 같이 <아리랑>은 1920년대를 기점으로 장르적인 변신을 하고, 이때 창작된 「본조아리랑」이 하나의 정전처럼 전해지고 있는 만큼 20년대와 30년대의 아리랑 유통과 수용 양상은 보다 면밀하게 살펴볼 필요가 있다. 특히 30년대는 신민요라는 새로운 장르가 등장하면서 찬반론이 거세게 일고, '시가(詩歌)'를 둘러싼 '조선적인 것'에 대한 현실적인 고민이 토로되는 담론의 장이 형성된다. 신민요를 '조선적인 것'의 범주로 재구성해야 할지에 관한 논의는 전통성과 고유성을 강조하던 민요의 규정에 관한 문제이면서 동시에 조선

민족의 정체성과도 이어지는 것이었다. 이런 상황 속에서 '조선색'과 '조선심'을 대표하며 대중에게 폭발적인 인기를 끌고 후에는 미디어를 통해 다양한 형태로 유통된 아리랑에는 '조선적인 것'을 규정하려는 조선인들의 복잡한 시선이 교차한다. 뿐만 아니라 조선민요를 통해 조선인의 민족성을 탐구하려는 재조일본인의 시선도 교차되면서 민족성이 아리랑으로 대상화되어 유통되기도 한다.[5] 이러한 중층적인 공간에서 다른 주체의 의도와 목적에 따라 생산된 <아리랑>은 근대와 전통, 민족과 대중을 둘러싼 20년대와 30년대 조선의 복잡한 문화양상을 조망할 수 있는 유용한 자료가 될 것이다.

▶ 양지영

---

5) 임경화(2008), 「민족의 소리 <아리랑>의 창출」 김시업 외 지음 『근대의 노래와 아리랑』, 소명출판 p.515 참조.

제13절 재조일본인의 영화 활동

1. 한반도 영화제작의 출발

조선에서 영화제작의 시작은 한일강제병합 이전인 1907년 한국 통감 이토 히로부미[伊藤博文, 1841~1909]의 지시로 일본의 영화사인 요코타상 회가 제작한 <한국풍속(韓國風俗)>, <통감부 원유회(統監府 園遊會)>이다. 두 기록영화는 일본 오사카의 벤텐좌[弁天座]에서 상영되었으며 일본에서 소개된 최초의 한국관련 영화이다. 이후, 영화 상영시스템을 갖춘 경성고 등연예관(京城高等演藝館)이 개관하며 영화는 조선의 대중문화의 한 영역으 로 인식되기에 이른다.

영화의 발전은 무성영화를 거쳐 1935년 이명우(李明雨, 1901~?) 감독이 제작한 최초의 발성영화 <춘향전(春香傳)>을 통해 영화 상영 시스템의 변 화를 가져왔다. 이로 인해 당시 최고 인기 스타로 자리매김하던 영화 해 설자인 변사(辯士)가 사라지기도 했다. 하지만, 서서히 조선영화계를 장악 한 발성영화는 1942년 조선 전역에 150여 개의 상설 영화관이 완비되었 으며, 연인원 1,350만 명(1940년 기준)이 즐기는 대중문화의 총아로 거듭 났다. 그렇지만, 당시 2,000여 개의 상설영화관과 연인원 4억 명이 영화를 관람했던 일본과 비교하면 식민지 조선의 영화계는 초라하기 이를 바 없었다.

그럼에도 불구하고 일제강점기 180여 편을 제작한 조선 영화계의 주도 세력은 당연히 조선인들이었지만, 재조선 일본 영화인들의 노력 또한 간과하지 않을 수 없다. 이들 일본인 제작자, 감독, 배우, 촬영기사, 변사, 시나리오 작가, 평론가, 배급사 관계자를 재조선 일본 영화인으로 규정하고자 한다.

2. 조선 영화계의 전개양상

1910년 한일강제병합으로 급증하기 시작한 재조일본인의 대표적인 오락으로 꼽을 수 있는 매체는 영화이다. 하지만, 경성과 평양, 부산 등 조선의 대도시를 중심으로 한정된 일본인 전용관에서 상영된 일본영화가 존재했지만, 조선에서 상영된 대부분의 영화는 조선인이 만든 작품과 일본 내지에 비해 상영이 자유로웠던 할리우드 등 해외에서 수입한 서양 작품들이 대다수를 차지했다.

조선 영화계는 1930년 이전까지 일본의 시대극보다는 서양 영화에 흥미를 보인 조선의 특수성을 인정하며 조선과 일본의 영화사는 합작을 통해 조선인만을 위한 영화를 지양하고 일본인까지 공감할 수 있는 영화의 제작에 심혈을 기울이기도 하였다. 반면 경제적 이익보다는 영화를 통해 내선일체와 조선 민중의 사회적 계몽을 위한 영화를 주창하는 영화인 또한 공존했다.

1940년 조선영화령의 시행으로 인해 영화가 국가 통제체제에 들어가며 경제적 이익보다는 식민지 통제 정책을 홍보·선전하는 도구로 전락됨으로써 재조선 일본 영화인들의 활동 또한 변화를 맞이하였다. 이후, 재조선 일본 영화인의 활동은 조선 영화계가 <도호[東宝]>, <쇼치쿠[松竹]>, <닛카쓰[日活]>, <신코[新興]> 등 일본 영화사에 의해 체인화됨으로써 급격한 쇠락을 길을 걷게 되었다. 즉 일본 영화 자본의 하부조직으로 놓이게 되며, 조선 영화관에서는 조선과 일본의 영화작품 또는 조선과 일본이 공동 제작한 작품만이 상영되었다. 이러한 영화 시장 시스템의 변화로 인한 제작환경은 재조선 일본 영화인의 기존 개념에도 변화를 가져와 영화 제작을 위해 조선에 단기간 체류한 일본 영화인들을 포함해야 될지의 의문을 불러일으키기도 한다.

3. 작품소개

재조선 일본 영화인의 대표적 존재는 제작자, 감독, 촬영기사, 변사, 시나리오 작가, 평론가, 배급사 관계자이다. 재조선 일본 영화인을 분류하면 영화계(제작자, 감독, 배우, 시나리오 작가, 촬영스탭), 평론계, 유통계(상영관주, 변사, 배급사)로 이루어져 있다.

우선, 영화계의 제작자로는 <조선키네마주식회사>의 나데 오토이치[名出音一]와 왕필렬(王必烈)이라는 예명으로 활동한 승려 다카사 간쵸[高佐貫長, 1896~1966], <조선키네마프로덕션>의 사장 요도 도라조[淀虎藏]와 그의 조카 사위로서 실무를 담당하고 있던 쓰모리 슈이치[津守秀一, 예명 金昌善] 등을 들 수 있다.

재조일본인 감독으로 대표적 인물은 1927년부터 10여 년간 조선에 체재하며 4편의 영화를 감독했던 도야마 미쓰루[遠山滿, 1893~1952 ?]이다. 조선으로 건너오기 전 일본에서 신파배우로 활동하던 도야마는 조선의 국경지역인 안동현에서 일본군의 마적대 퇴치를 다룬 <국경(國境)>(신극 좌, 1923)에서 원작·각본·감독을 맡으며 일제강점기 조선에서 활발히 활동했다. 1930년 12월 13일 자신의 이름을 따 경성에 설립한 <도야마 미쓰루 프로덕션>은 영화 <금강한(金剛恨)>(1931)을 시작으로 <남편은 경비대로>(1931), <룸펜은 어디로>(1931) 등을 제작했다. 프로덕션에서 는 조선 영화계의 대표적 인물이었던 나운규(羅雲奎, 1902~1937), 이창용(李 創用, 1906~1961), 김연실(金蓮實, 1911~1997) 등이 활동하고 있었다.

또한 <도야마 미쓰루 프로덕션>에서 활동한 재조일본인 영화인으로 는 <금강한(金剛恨)>과 <남편은 경비대로>의 시마다 아키라[島田章] 감독 이 있었으며, <조선문화영화협회>와 <일본 문화영화주식회사>가 합작 해 만든 <국기 아래서 나는 죽으리>(1939)의 오카노 신이치[岡野進一] 감 독과 <조선키네마프로덕션>과 <나운규 프로덕션>의 전속배우로 활동 하며 <해의 비곡>(1924), 나운규 감독의 <들쥐>(1927), <벙어리 삼 룡>(1929), <수일과 순애>(1931)에 예명인 주삼손(朱三孫)으로 출연한 오 자와 야와라[大澤柔, 1904~?]를 꼽을 수 있다. 오자와는 나운규 등 조선인 이 제작한 영화에도 출연하며 조선 영화인과 활동했던 재조선 일본 영화 인이다.

시나리오 작가로는 '반도영화 사상 최고의 걸작'으로 손꼽히는 <집 없는 천사>(1941)와 조선인 지원병을 다룬 <병정님>(1944) 등의 시나리 오를 담당한 니시키 모토사다[西龜元貞]를 꼽을 수 있다. 고아원인 향린원 의 자립을 그린 계몽적 작품과, 조선의 현실과 지원병제도를 다룬 국책 영화는 일본에서도 개봉되며 조선의 대표적 영화로 평가받았다.

촬영스텝으로는 <운영전>(1925), <장한몽>(1926) 등을 촬영한 니시카와 히데오[西川秀洋], <경성촬영소>에서 김소봉(金蘇峯)이란 예명으로 활동했던 야마자키 도키히코[山崎時彦] 등이 있다.

다음으로 영화 평론을 담당한 재조일본인을 살펴보면, 조선총독부 검열계에 재직하며 영화평론을 담당한 이들과 잡지사에서 평론을 담당한 일본인으로 나눌 수 있다. 검열계 직원으로 영화평론 활동을 한 오카 시게마쓰[岡稠松], 잡지를 통해 평론활동을 했던 미즈이 레이코[水井れぃ子] 등이 대표적 인물이다. 평론은 조선에서 발행된 『조선공론(朝鮮公論)』, 『조선급만주(朝鮮及滿洲)』, 『동아일보』, 『조선일보』 등의 잡지뿐만 아니라 일본에서 발간된 『국제영화신문(國際映畵新聞)』, 『신흥영화(新興映畵)』, 『영화평론(映畵評論)』(영화일본사 발행), 『영화평론(映畵評論)』(영화평론사 발행) 등의 잡지를 통해 이루어졌다. 평론은 작품 비평과 함께 일본영화계에 비해 빈약한 조선영화계의 현실을 비판하는 작품이 주를 이루었다.

또한 평론활동과 함께 1930년대 중일전쟁이후에는 조선과 일본인 영화관계자들로 구성된 좌담회가 적극적으로 개최되었다. 예를 들면, 일본의 영화잡지인 『국제영화신문(國際映畵新聞)』(「영화이용단체소개(5)만철회사」), 『신흥영화(新興映畵)』(「조선영화에 대해서」, 1930년 1월호), 「조선 영화의 제 경향에 대해」, 1930년 3월호), 『영화평론(映畵評論)-영화평론사』(「조선영화의 현상」, 1937년 1월호), 『영화평론(映畵評論)-영화일본사』(「반도영화를 위해」, 1941년 4월호, 「조선영화의 현 상황」, 1941년 7월호, 「조선영화의 전모를 말한다」, 1941년 7월호)와 조선의 대중잡지인 『삼천리』(「조선군제작·지원병영화 <그대와 나>의 내지촬영일기」, 1941년 12월호), 신문사인 동아일보(「여명기의 조선영화」, 1939년 1월 22일 5면, 1월 31일 5면, 2월 2일 5면)에 조선영화와 일본영화에 대한 담론들이 활발히 진행되었다.

좌담회를 통해 조선영화와 일본영화의 현실을 인식한 영화인은 조선 영화와 일본영화의 내선융화를 위한 작품을 제작한다. 대표적인 작품으로 시미즈 히로시[清水宏, 1903~1966] 감독이 경성에 체재하며 촬영한 <경성(京城)>(대일본 문화영화제작소, 1940), 조선과 만주 국경 수비대의 활약상을 그린 이마이 다다시[今井正, 1912~1991] 감독의 <망루의 결사대[望樓の決死隊]>(도호영화사, 1943), 조선인 지원병을 선전한 도요다 시로[豊田四郎, 1906~1977] 감독의 <젊은 자태[若き姿]>(사단법인 조선영화제작주식회사, 1943)를 들 수 있다. 조선 영화인·재조선 일본 영화인·일본 영화인의 합작으로 제작된 영화는 일본 영화 시장에 진출해 전성기를 맞이하며 경제적 역할과 함께 조선의 현실을 내지 일본인에게 알리는 문화적 역할을 담당하기도 했다.

제작된 영화를 대중에게 유통하는 역할을 담당한 대표적 일본인은 조선에 극장을 소유한 극장주였다. 대표적 극장주는 대정관 후쿠자키 하마노스케[福崎浜之助], 대정관 닛타 고이치[新田耕一, 1882~?], 황금관 하야카와 고슈[早川孤舟], 우미관 하야시타 긴지로[林田金次郎] 등이다. 또한 배급사로는 <워너 브러더스사>와 <퍼스트 내셔널 영화사>의 조선대리점을 경영했던 도쿠나가 구마이치로[德永熊一郎]와 일본의 영화사인 <도호[東宝]>, <쇼치쿠[松竹]>, <닛카쓰[日活]>, <신코[新興]>의 조선지사원들을 들 수 있다.

또한 무성영화 시대인 1920년대부터 1930년대 중반까지 극장 안에서 해설을 통해 유통을 대표하는 존재로 변사가 있었다. 일본에서 활약하던 미즈타니 주타로[水谷十太郎]와 이시다 아사카[石田旭花] 등은 조선으로 건너와 변사로 활동하며 당시 최고의 인기를 누렸다. 대중의 스타로 평가받던 이들은 1935년 발성영화의 등장으로 영화계에서 서서히 사라졌으며 대부분 일본으로 귀국하였다.

  재조선 일본 영화인은 방대한 영화 시장으로 수많은 영화인들이 활동하고 있던 일본의 영화계에 비해 지극히 협소한 영화 시장과 조선인이 관람객의 대부분을 차지했던 조선영화계에서 활동하였다.

4. 연구현황 및 전망

  재조일본인 영화인에 관한 연구는 빈약한 자료로 인해 현재까지 활발한 연구가 이루어지지 못하고 있다. 이는 재조일본인 영화인이 영화 제작을 위해 조선에 단기간 체류하거나 영화 필름 또는 저술을 남기지 않았던 변사, 극장 경영, 배급사 관계자가 많은 수를 차지했기 때문이다. 또한 1940년대 합작 영화를 제작한 일본인 감독을 빼고는 현재까지도 재조선 일본 영화인들의 활동은 조선 영화사와 일본 영화사에도 평가받지 못하고 있다. 일제강점기 조선 영화계의 일부를 담당했던 재조선 일본 영화인 연구는 식민지시기 재조일본인 문화는 물론 조선과 일본의 영화사를 이해할 수 있는 귀중한 자료가 될 것이다.

▶ 이정욱

제5장

1940년대 국민문학 시대의 일본어문학

제1절 내선일체와 반도 문단의 성립

1. '반도 문학' 개념의 성립

1930년대 후반까지 조선에서의 문학 활동은 조선어에 의한 조선 문학과 일본어에 의한 재조일본인 문학이 분리되어 있었다. 조선 문학은 조선인이 조선어로 조선이라는 공동체를 형상화하는 한국 근대 민족 문학의 성격을 띠고 있었고, 재조일본인 문학은 마찬가지로 근대 민족 문학의 하나인 일본 문학의 지방판, 나아가 식민지판이었다고 할 수 있다. 이로 인해 이 두 문단은 서로 소통하거나 교류하는 일은 거의 없었지만, 1939년 10월 조선문인협회가 결성되면서 조선 문학자와 재조일본인 문학자가 '반도 문단'이라는 이름하에 함께 문학 활동을 전개하게 되었다. 처음에는 조선 문학, 조선 문단이라는 명칭이 사용되었으나 1942년 이후 점차 '반도 문학' '반도 문단'이라는 용어가 우세해졌는데, 그것은 '조선'이 지역의 명칭일 뿐만 아니라 민족의 명칭이기도 하다는 이유로 기피되었기 때문이다. 이 점에서 보면 '반도 문학', '반도 문단'이란 민족 문학이 아니라 지역 문학으로서의 성격을 띤다고 할 수 있다. 그러나 하나의 문화 공동체를 형성하려는 여러 시도에도 불구하고 조선인 문학자와 재조일본인 문학자가 생각하는 '반도 문학'은 서로 달랐다고 할 수 있다. 이 때문에 1940년대 전반기까지 '반도 문학(조선 문학)', 나아가 그것을 포괄하는 일본 문학의 성격 규정을 둘러싼 두 세력 간의 대립이 지속되었다.

반도 문단과 반도 문학의 성립은 일본 제국이 대외적 확장을 꾀하는 가운데 택한 총력전 체제와 그것의 식민지적 적용이라 할 수 있는 내선일체가 낳은 산물이자 그것을 추진하는 이데올로기적 장치였다고 할 수 있다. 그러나 그에 대한 담론은 단일한 목소리를 지닌 것은 아니었다. 내선일체론은 조선인이 일본 민족문화를 받아들여 완전한 일본인이 되어야 한다는 동화일체론과 조선의 문화를 유지한 채 일본 제국의 주체가 되어야 한다는 평행제휴론으로 나뉘어졌다. 전자는 총독부의 공식 입장으로서 재조일본인 및 일부의 조선인에 의해 지지되었고 후자는 대다수 조선 지식인에 의해 지지되었다. 문학에서의 대립도 내선일체를 둘러싼 대립의 연장선상에 놓인 것이었는데, 문단의 일원화로 촉발된 문학에서의 내선일체는 일본어로의 용어 통일, 작품 내외적인 측면에서의 전쟁 협력과 일본 국민화 등으로 드러났다.

2. '국민문학'의 전개양상

조선 지역 내에서의 문학과 문단의 일원화는 내선일체라는, 특정한 시기에 벌어진 역사적 운동의 한 양상이긴 하지만, '일시동인'을 기조로 내세운 일본의 식민지 정책에 이미 내재된 것이기도 했고, 또 크게 보면 식민지 고유의 문화를 부정하는 식민주의의 일반적 성격에서 유래한 것이

기도 했다. 일본 문화의 우월성, 조선 문화의 열등성이라는 문화적 위계
는 식민주의적 담론의 효과로서 내선일체라는 역사적 운동과 일본의 식
민지 정책이 스스로를 정당화하기 위한 이데올로기였기 때문이다.

　문학에서의 내선일체는 1938년 4월의 제3차 조선교육령 시행을 그 시
작점으로 잡을 수 있다. 그것은 육군지원병령과 동시에 시행된 것으로서
전쟁 동원이라는 목적에 부합하고자한 교육·문화 정책이었다. 조선인과
일본인의 공학(共學)을 목표로 한 조선교육령 개정은 조선어의 수의과목
화를 내세웠고 그것은 결과적으로는 조선어 교육 폐지로 이어졌는데, 조
선어 교육의 폐지는 직접적으로 조선어 독자와 작가의 자연적 소멸을 예
견하는 것이었기 때문에 문학 영역에서는 무엇보다 중요한 사건이었다.
1938년 10월 상연된 일본어 「춘향전」을 둘러싼 논란과 1939년 이루어진
문학 언어로서의 조선어의 운명에 대한 논란과 논쟁은 그것을 잘 보여준
다. 또한 조선어 신문의 폐간(1940.8), 문학잡지 『문장』·『인문평론』·『신
세기』의 폐간(1941.4)과 동시에 이루어진 일본어 잡지의 창간과 일본어
지면의 확대 및 각종 현상공모, 문학상 제정 등은 조선어에서 일본어로
의 문학 언어의 이동을 가속화한 제도적 장치였다.

　재조일본인 작가가 조선인 문학자와 더불어 반도 문단을 형성하고 또
그 주도권을 쥐게 되는 것은 이러한 일본어문학으로의 일원화 때문이기
도 하지만 동시에 총독부 주도의 문단 통합 정책 때문이기도 하다. 1937
년 5월 결성된 조선문예회는 최남선, 이광수 등의 조선인 문학자와 경성
제국대학 일본문학 교수인 다카키 이치노스케(高木市之助)를 중심으로 문
예와 연예 각 방면을 교화·선도하여 그것이 비속화되는 것을 방지함으
로써 총독부 정책 가운데 하나인 사회교화를 달성하고자 했다. 그러나
이 단체는 문학이 중심이 아니라 어디까지나 유행가의 건전화에 주안을

두었다는 점에서 문단의 일원화와는 거리가 먼 것이었다. 총독부 주도의 문단 일원화는 1939년 10월의 조선문인협회 결성에서 본격적으로 시작되는데, 그것은 1939년 4월에 있었던 황군위문작가단 파견을 촉발점으로 삼았다. 학예사, 인문사, 문장사 등 조선을 대표하는 문학 출판사를 망라하고 이광수, 박영희, 김동인, 임화 등 50여 명에 이르는 조선 문학자들이 참여하여 실행한 황군위문작가단은 파견규모가 박영희, 김동인, 임학수 세 명에 그쳤고 그 이후의 보고문학도 몇 편에 그쳤지만, 총독부의 개입으로 조선인 문학자들이 시국에 협력하기 위해 대거 참가한 최초의 사건이었다는 점에서 조선문인협회의 전사로 볼 수 있다. 이러한 경험을 바탕으로 같은 해 10월 총독부 학무국장인 시오바라 도키사부로(鹽原時三郎)를 명예총재로, 이광수를 회장으로 하여 재조일본인 문학자와 조선인 문학자의 합동 문학 단체인 조선문인협회가 결성되었다. 이 단체는 일본인 4명, 조선인 6명의 간사를 두어 실무를 보게 했는데, 그들은 단카 시인인 모모세 지히로(百瀨千尋), 시인 스기모토 다케오(杉本長夫), 경성제대 중국문학 교수 가라시마 다케시[辛島驍], 녹기연맹 간사 쓰다 가타시(津田剛)와 조선인 문학자 김동환, 정인섭, 주요한, 이기영, 박영희, 김문집이었다. 조선문인협회는 총동원 조직이었던 국민정신총동원조선연맹(1938.7)과 신체제를 계기로 그에 이어 발족한 국민총력 조선연맹의 소속 단체로서 조선에서의 문학 활동을 관장하며 문인들을 총동원 체제로 끌어들였다. 이 단체는 문예대강연회, 전선(全鮮) 순회강연회, 신궁조영 근로봉사, 현상문예 등을 개최하거나 대동아문학자대회에 대표를 파견하여 문단의 일원화를 도모하였다. 1943년 4월에는 조선하이쿠작가협회, 조선센류협회, 국민시가연맹 등의 다섯 단체를 통합하는 형태로 조선문인협회가 조선문인보국회로 확대되었다.

조선문인협회와 그를 이어받은 조선문인보국회는 『국민문학』과 『국민시가』를 기관지로 삼아 문학 활동을 전개하였는데, 그들은 당대의 문학을 '국민문학'이라 불렀다. 그러나 '국민문학'이라는 같은 지향점을 가지면서도 그 구성원들의 생각은 조금씩 달랐다. 내선일체와 전쟁동원이라는 당국 정책에의 협력과 일본어 창작을 통한 국민문화의 창조라는 점에는 모두 동의했으나 그 내용이나 방법에 대해서는 각기 다른 지향점을 지니고 있었다. 가장 큰 대립은 재조일본인 문학자와 조선인 문학자 사이에 존재했다. 재조일본인의 경우 일본 본토와는 다른 정조를 문학에 담음으로써 재조일본인으로서의 자의식을 드러내기도 했으나, 기본적으로는 일본 민족 문학의 지방적 특수성으로서 '국민문학'을 위치 지었다. 이에 반해 조선인 문학자는 일본 본토에서 창조된 가치를 그대로 답습하는 지방 문학이 아니라, 새로운 가치 창조를 통해 일본 문학의 개념을 변화시킬 수 있는 문화적 발신지로서 조선과 조선 문화를 사고하고자 했고 그것은 신지방주의 문학으로 드러났다. 신지방주의 문학은 『국민문학』을 주재했던 최재서와 김종한의 글을 통해 잘 드러나는데, 이러한 재조일본인 문학자와 조선인 문학자 사이의 대립은 지방색(local color)의 발현 방식의 문제나 조선적 특수성의 문제를 둘러싼 좌담회에서 항상 표면화되었다.

또 다른 대립은 일본적 전통에 뿌리를 두지만 그것의 현대적 갱신을 지향한 국민시의 주류와 모더니즘에 입각한 신인들 및 고전 시가 형식을 고수하고자 한 국민시가연맹 사이에서 생겨났다. 국민시의 주류는 경일 시단을 주도했던 사토 기요시[佐藤淸] 그룹의 시인인 데라모토 기이치(寺本喜一), 스기모토 다케오 등이었는데, 그들은 현대시를 지향한다는 점에서는 전통 시가의 재생산에 불과했던 국민시가연맹의 시인들과 대립했다.

조선문인협회와는 별도로 국민시가연맹이 존재했고, 그들이 통합하여 조선문인보국회가 만들어지고 『국민시가』가 그 기관지가 되었을 때에도 그 갈등은 해소되지 않았으며 결국 1945년 2월 단카 위주의 『국민시단』과 현대시 위주의 『국민시인』으로 갈라진 것에서 그러한 대립은 확인된다. 또한 국민시의 주류는 또한 일본에서 활동하다 조선에 돌아온 모더니스트 시인 조우식, 김경린, 김경희 등과 대립한다. 이들은 전통을 부정하고 시각, 즉 이미지에 입각하여 시를 창작한다는 점에서 전통 지향, 음성 지향이었던 국민시의 주류와는 거리가 멀었다. 국민시의 주류에서 소외되어 있었던 국민시가연맹의 시인들과 조선인 모더니스트들은 전통을 둘러싸고 대척점을 이루었음에도 불구하고 『국민시가』에서 각각 단카와 현대시의 편집을 맡으면서 동거했다.

　국민문학을 표방하며 조선인 문인과 재조일본인 문인이 함께 형성한 '반도 문학', '반도 문단'은 총력전 체제 하에서 내선일체와 전쟁 동원을 문화적 측면에서 정당화면서도 그 지향점에서는 조금씩 어긋나고 있었던 것이다.

3. 작품소개

　내선일체에 대한 조선인 문학자와 재조일본인 문학자의 생각이 어긋났음은 작품을 통해서도 확인할 수 있다. 조선인 작가의 내선일체 문학은 그 소재를 내선연애, 내선결혼에서 구하고 있는 것이 특징적인데, 이들 작품에서는 오히려 조선인과 일본인의 차이와 그에 따른 민족 차별에 대한 문제제기가 두드러진다. 한설야는 장편 「대륙」(1939)에서 민족협화론을 확장한 동아협동체라는 이상을 토대로 피와 문화의 차이를 극복하기 위해서는 민족적 우월성에 집착하는 일본인이 변해야 함을 주장했고, 이후 그러한 이상의 비현실성을 깨닫고는 「피」(1942)를 통해서 내선일체의 불가능성을 내세웠다. 이효석은 「아자미의 장」(1941), 「봄의상」(1942)을 통해서 풍속, 습관, 풍토 등의 차이를 뛰어넘는 원리로 보편적인 미의식을 제시했다. 또한 장편 「녹의 탑」(1939~1940)에서는 피를 기반으로 한 민족적 차이와 차별을 뛰어넘는 원리로 마찬가지로 피의 과학적 측면에 의거한 혈액형의 논리를 제시한다. 이는 미의식과 더불어 과학(학문)을 차별을 극복하는 보편적 원리로 제시한 것이라 할 수 있다. 김사량은 「빛속으로」(1939), 「광명」(1941)에서 내선결혼으로 상징되는 내선일체가 차별을 배제한 동등한 결합이 아니라 조선 문화의 말살이고 그것이 개인의 복리를 저해할 뿐만 아니라 인류마저 파괴한다는 것을 내선결혼으로 이루어진 가정 내의 권력관계를 통해 드러내고자 했다.

조선인 문학자들이 내선일체를 남녀 관계로 형상화한 것에 반해 재조일본인 문학자들은 사제 관계로 형상화하였다. 이는 그들의 실제 직업을 반영한 것이기도 하지만 재조일본인이 내선일체에서는 우월적인 입장에 서 있다는 식민주의에서 기인한 것이기도 하다. 미야자키 세이타로[宮崎清太郎]의 「그의 형」(1944)에서는 학도 출정식을 거행하는 조선인 학생들의 행동을 관찰하는 교사를 서술자로 택하여 조선인의 황국신민화를 일본인의 우월적인 위치에서 조망했다. 구보타 유키오[久保田進男]의 「농촌으로부터」(1943)에서는 조선 학생들을 황국 신민으로 만들어내는 중대한 임무를 맡고 있는 초등학교 교장을 주인공으로 삼아 조선 농촌에서의 황민화 현실을 보고했다. 아쿠타가와상을 받은 오비 주조[小尾十三]의 「등반」(1944)에서는 조선인 제자를 황민화의 길로 이끄는 가운데 자신의 내부적 갈등을 극복하고 스스로 제국의 주체로 서는 교사를 형상화하고 있다.

4. 연구현황 및 전망

　1940년대 전반기 조선에서 전개된 문학은 일본 문학사나 한국 문학사에서 그동안 철저하게 배제되어 왔다. 민족문학을 근간으로 하는 일국 단위의 문학사에서 이들 문학은 '친일문학'이거나 '식민지 문학'으로서 감추거나 혹은 고발되어야 하는 대상이었을 뿐이다. 그러나 2000년대 들어 이 시기의 '국민문학'은 포스트 콜로니얼리즘의 시각에서 재조명되었다. 전지구화의 물결 속에서 생겨난 다문화 사회를 살아가는 지혜를 이 시기 문학 속에서 구하려 했기 때문이다. 민족적인 접촉과 교류가 이 시기에 가장 활발하게 일어났고 또 그것이 문학 작품을 통해 형상화된 것도 이 시기를 제외하면 거의 존재하지 않는다. 어떤 점에서는 최근에 등장하고 있는 다문화 소설의 원형이 이 시기의 일본어문학에 있다고도 할 수 있다. 현재 다문화 사회에서 발생하고 있는 민족적·인종적 갈등과 차별도 식민주의에서 크게 벗어나지 않는다는 점도 이 시기 문학에 주목해야 될 이유이다.

▶윤대석

제2절 한반도 최후의 일본어 시가잡지
『국민시가(國民詩歌)』

1. 1941년 문예잡지 폐간과 일본 전통시가 문단

중일전쟁이 개시된 후 태평양전쟁을 거쳐 1945년 8월 종전에 이르기까지 동아시아는 본격적인 전쟁기에 돌입하였고, 한반도에서 문예잡지의 발행이나 문학 활동은 물자 부족과 동원 체제에 크게 영향 받게 되었다. 총독부 당국의 지시에 따라 1941년 한반도의 모든 문예 잡지는 폐간되기에 이르며, 이후 반 년 정도의 당국과 문학자들 간의 갈등 및 논의의 진통 끝에 장르 별로 한 잡지씩만 발행이 허가되는 국면을 맞는다.

이에 가장 빠른 움직임을 보인 것은 일본 전통시가 문단으로, 특히 1930년대 후반까지도 유파별로 경합하던 하이쿠 장르였다. 가장 많은 회원을 확보하고 있던 호토토기스[ホトトギス] 파를 중심으로 급거 <조선하이쿠작가협회[朝鮮俳句作家協會]>를 결성하여, 1941년 7월 『미즈키누타[水砧]』라는 한반도의 유일한 하이쿠 잡지로 통합된 것이다. 『미즈키누타』는 시국에 대응한 조선 하이쿠 작가들의 총결집이라는 형태를 취하기는 하지만, 전시 하의 신체제에서도 조선 땅에 오래도록 뿌리를 내리고 생활한

재조일본인이 읊을 수 있는 '조선 하이쿠'라는 성격을 명확히 하려는 방향성을 드러냈고, '내지' 일본에 비해서도 통합된 형태의 협회와 기관지를 탄생시켰다는 점을 전면에 내세웠다.

하이쿠 문단보다 두 달 늦은 1941년 9월, 단카[短歌] 문단은 시단(詩壇)과 장르의 통합을 이루어 <국민시가연맹(國民詩歌連盟)>으로 탄생했고 그 기관지인 『국민시가(國民詩歌)』를 창간했다. 기존 유파의 통합뿐 아니라 시와 단카라는 장르의 합체까지 이루어내야 했던 『국민시가』의 성립은, 유파간의 갈등을 극복하고 단일 장르에 기반하여 빠른 시간 내에 출발한 『미즈키누타』보다는 조금 지체되었다. 하지만 반년 이상의 공백 기간을 거치며 조선인 작가들의 '이중언어 문학'의 장으로서 11월 최재서 주재로 창간된 『국민문학(國民文學)』보다는 두 달이나 이른 시기였다. 이처럼 『미즈키누타』와 『국민시가』의 앞선 창간과 '국민시가론'에 기반한 '국민문학' 담론은 『국민문학』 성립에 일정한 자극이 되었을 것으로 보인다.

2. 『국민시가』와 국민시가발행소(國民詩歌發行所)

『국민시가』는 조선 유일의 시가(詩歌) 잡지로서 발행을 허가받았으며, 창간호에는 권두언이 편집후기에 국민시가연맹 결성의 경위와 목적 등이 명시되어 있는데, 잡지 발행의 목적은 "고도의 국방국가체제 완수에 이바지하기 위해 국민총력의 추진을 지향하는 건전한 국민시가의 수립에 노력"[1]하는 것이었다. 그리고 조선이라는 재주지의 초심자들 지도를 위

---

[1] 道久良, 「編集後記」, 『國民詩歌』(創刊号), 國民詩歌發行所, 1941.9.

[그림] 『국민시가(國民詩歌)』 창간호 표지

해 종합잡지이면서도 회원잡지의 형태를 겸하는 까닭을 밝히고 있다.

'내지'에서 이루어진 가단(歌壇, 단카 문단)의 통일체인 <대일본가인회(大日本歌人會)>가 종래의 결사조직에 여전이 중점을 둔 것에 비해, 조선의 국민시가연맹은 기존의 모든 결사가 해산하여 결성된 것이다. 따라서 결사의 대변자적인 관계를 떠나 기존의 결사 중심적 의식을 청산하고 공정한 문학행동을 한다는 것을, 중앙에서 떨어진 원격의 땅에서 '내지' 일본을 향해 발신하여 보여준다는 반도 문학의 긍지도 드러내고 있다. 『국민시가』는 명실상부 '반도시가단의 최고지도기관'이자 '시가단의 유일한 공기(公器)'임을 자부하고 있었는데, 요컨대 『국민시가』는 식민지 한반도에서 간행된 마지막 일본어 시가 전문잡지였다. 여기에서 시가란 수천 년 역사의 생명력과 전통성을 지닌 단카와 광범위한 동시대성과 세계성을 구비한 시(詩)가 결합한 용어로 사용되었다. 『국민시가』는 주로 문학론, 시가론, 연구논문, 수필성 잡기, 창작 단카 작품, 창작 시 작품, 편집후기 등으로 구성되었다. 시가 전문 잡지답게 『국민시가』의 가장 중심은 창작 단카와 창작 시 작품이며 현존본 여섯 호의 창작 단카와 시의 작자 수 및 작품 수는 아래의 [표]와 같다.

[표] 『국민시가』 현존본 여섯 호의 창작 시가 일람표

	1941년 9월(창간)호	1941년 10월호	1941년 12월호	1942년 3월(특집)호	1942년 8월호	1942년 11월호
가인(歌人)	91명	74명	70명	113명	47명	37명
단카 수[歌數]	367수	290수	295수	280수	223수	254수
시인(詩人)	24명	35명	18명	47명	16명	20명
시 수(詩數)	24편	35편	18편	47편	16편	20편

전체적으로 시(詩)와 가(歌)의 균형을 맞추려는 편집방침과 배치 의도가 드러나지만, 인원의 면에서나 실제 편집의 주도권은 시보다는 단카 쪽에 있었던 것으로 보인다. 그 주요한 요인은 기존 가단의 조직화와 창작 인 프라가 시단보다 확고한 것이었다는 점, '국민시가'에서 그 정통성을 좌우하는 가장 중요한 요소인 일본 시가문학의 '전통'과 '역사'에 단연 단카의 우세가 두드러지기 때문으로 보인다. 또한 오랫동안 한반도의 단카계에서 주도적 활약을 한 미치히사 료[道久良]가 대표 편집인이었다는 점도 단카 주도의 상황을 반영한다.

국민시가발행소는 월간 문예지 『국민시가』를 발간하는 외에도 간헐적으로 시가 작품집을 간행하였는데, 우선 1942년 3월 『국민시가』 특집호로서 간행된 『국민시가집(國民詩歌集)』은, 대동아전쟁을 기념하여 "무훈(武勳)에 빛나는 제국 육해군 장병 각위"에게 '감사'와 '위로'를 목적으로 천(千) 부 증쇄한 국민시가연맹의 첫 번째 시가집이다. 여기 수록된 113명 가인(歌人)의 단카 280수와 47명 시인들의 시는 모두 철저히 이 목적에 부응하는 것으로 선별되었으며 전승의 축하나 전사(戰死)의 장엄함을 미화한 국책시가 일색의 작품집이다.

다음은 1943년 3월 간행된 가인 스에다 아키라[末田晃]의 『애국 백인일

수 전석(愛國百人一首全釋)』이다. 바로 전년도 1942년 11월 일본 문학보국회 정보국에서 발표한 『애국 백인일수(愛國百人一首)』는 당시 유행한 시대의 키워드 '애국'과 안서(岸曙) 김억이 1943년 7월 20일부터 약 넉 달에 걸쳐 조선어로 연재한 「선역(鮮譯) 애국 백인일수」 때문에 비교적 알려진 단카 집이다. 『애국 백인일수 전석』은 국민시가발행소의 주요 편집자 중 한 명인 스에다 아키라가 일본에서 큰 무리 없이 널리 알려지고 암송되는 이 『애국 백인일수』를 조선에서도 널리 알리기 위해 평이하고 이해하기 쉽게 일본어로 주석을 단 것으로, <일본문학보국회(日本文學報國會)>의 의 도를 충실히 따르며 '대동아전쟁 하의 사기고무'에도 적절한 시의성에 의해 시도된 평석서이다.

그리고 현재 남아 있는 자료들을 근거로 보았을 때, 국민시가발행소의 마지막 시가 작품집은 1943년 11월 간행된 『조선시가집(朝鮮詩歌集)』이다. 이 작품집은 「조선 시집」과 「조선 단카집」으로 분리 구성되었고, 시집 쪽에는 시인 18명의 시 32편, 단카집 쪽에는 가인 19명의 단카가 7수씩 도합 133수 수록되어 있으며, 각각 시집 편집후기와 가집 편집후기를 따 로 둔 체제이다. 국민시가발행소의 거의 모든 간행물은 시에 비해 단카 쪽이 우세한 상황 속에서 간행이 되었으나, 『조선시가집』은 「조선 시집」 이 「조선 단카집」보다 앞에 위치하고 분량도 많은 것이 큰 특징이다. 무 엇보다 단카 쪽에서는 조선인으로 확인되는 가인이 없는 것에 비해 시에 서는 전체 18명 중 7명, 즉 전체 시인의 약 4할이 조선인 시인이라는 점 이 두드러진다.

3. 『국민시가』와 『조선시가집』의 단카

『국민시가』의 단카는 다양한 내용을 담고 있지만 대략 첫째로 국책에 부응할 목적으로 간행된 잡지이므로 전쟁을 지지하고 일본의 승승장구를 노래하는 유형, 둘째로 후방, 즉 총후(銃後)의 생활을 그린 유형, 셋째로 한 반도의 역사나 조선인에 대한 인식을 담아내는 유형으로 대별할 수 있다.

백제의 도읍이 멸망한 머나먼 옛 시절 한탄은 살아 있을 것이니 지금
의 이 초석에(百濟の都ほろびし遠き代のなげきは生きむいまいしずゑに) 末田晃
『國民詩家』創刊號, 國民詩歌發行所, 1941.9.

내가 만드는 위문꾸러미 안에 넣겠다면서 어린 아들들 편지 쓰느라 하
루 보내 (わがつくる慰問袋に入れむとて幼き子らは一日文書く) 三鶴千鶴子
『國民詩家』十月號, 國民詩歌發行所, 1941.10.

부여신궁 조영(扶餘神宮御造營)
바다를 건너 왕이 몇 번인가 도망쳐서 온 역사는 슬프구나 전투하는
시대에 (海渡り王いくたびか脱れ來し歷史はかなし戰へる代に) 渡邊陽平
『國民詩家』十二月號, 國民詩歌發行所, 1941.12.

싸우자마자 눈 깜박할 사이에 진주만 미국 함대를 격멸하여 버리고 가
버렸네 (戰ふや忽ちにして眞珠灣に米艦隊を擊滅し去りぬ) 井村→夫
『國民詩家集』, 國民詩歌發行所, 1942.3.

동쪽으로는 8천3백 킬로의 미국의 본토 서쪽은 1만2천 킬로 남아공,
남쪽은 9천2백 킬로의 호주로 정예부대 전진 (東は八千三百キロの米本土西
は一万二千キロの南阿南は休戰二百キロの濠洲に精銳進む) 西願寺信子
『國民詩家』第2卷第8號, 國民詩歌發行所, 1942.8.

『국민시가』의 간행 시기와 맞물린 전황은 한두 달의 간격을 두고 단카 라는 문학에 생생히 기록으로 표출되고 있으며, 남부 인도차이나 반도의

일본군 진주(進駐), 태평양전쟁 돌입, 말레이 해전, 진주만 공습 등 전장의 상황은 '뉴스'나 '신문'을 통해 전달되었다. 『국민시가』의 단카 전체에서 전쟁터와 총후 사이에 전쟁의 소식을 연결하는 매개체로 가장 눈에 띄는 소재는 '라디오'나 '신문기사', '뉴스영화' 등이며, 라디오나 뉴스, 혹은 뉴스영화, 신문, 기사 등에서 전쟁의 보도를 접하는 내용을 읊은 단카는 몇 백 수에 달한다. 전쟁의 소식을 라디오 뉴스나 신문기사와 같은 매체에 의존하여 '듣다'나 '보다'라는 표현이 단카에 얼마나 반복적으로 여러 가인에 의해 강조되는지 확인할 수 있는 점 역시 전쟁 문학으로서 특기할 만하다. 또한 전쟁을 다루는 단카에는 일본의 신화나 고전의 세계를 인용함으로써 '대동아공영권' 건설의 필연성과 정당성을 뒷받침하는 점도 확인할 수 있다. 단카의 형태상으로는 전황을 보도하고 기록한다는 태도에 급급하여 단카의 정형성이 파괴되는 예가 증가하였다.

　총후 생활을 그린 경우도 국책에 부응하는 단카가 많고 1942년 이후가 되면 특히 '애국'이 강조되면서 조선의 '황민화' 운동에 적극 부응하는 단카가 증가한다. 애국 단카의 증가는 『국민시가』 1942년 11월호가 특집으로 '애국 시가의 문제'를 다루면서 현저해진다. 하지만 총후의 다양한 현실적 입장과 고민에 의거한 개인들은 전쟁 수행의 현실에서 느끼는 딜레마나 억압된 감정, 연민과 감각의 착종, 혼란 등을 토로하는 경우도 있어 획일적 국책문학이라고 보기는 어려운 단카들이 함께 수록되어 있다는 점을 특기할 수 있다.

　한편 『조선시가집』의 가장 큰 내용적 특징은 징병제 실시와 학도출진이라는 당시의 시국의 흐름을 적극 반영하고자 한 편집 의도에 있다. 이를 소재로 하여 '대동아전쟁' 수행과 '애국' 의식을 적극적으로 고양하고자 하였으며, 작품들은 전장의 형상화를 생생하게 그리거나 일본의 역사와 천황을 통해 일본의 신성함을 강조하며, 총후에서 부모와 처자식, 동포라는 소재를 통해 전쟁의 당위성을 역설하고 내면의 결의를 다지는 내용을 담고 있다.

> 천황의 은혜 황송하기 짝없네 동포들 모두 징병제 실시 소식 듣고 오열을 한다.(皇恩のかたじけなさよ同胞は徵兵制實施をききて嗚咽す) 新井美邑
> 사내 대장부 가야하는 길이라 하늘 구름에 목숨을 서로 노릴 하늘로 출정할 날.(학도출진) (益良夫のゆくべき道と天雲にいのち相擊つ空に征く日ぞ(學徒出陣)) 末田晃
> 조선 반도의 아이들도 자라서 천황의 나라 지킬 방패로 서는 날 찬란하게 필 벚꽃(半島の子らも育ちて大君のみ楯と立たむ日の櫻花) 道久良
>
> 『朝鮮詩歌集』, 國民詩歌發行所, 1943.11.

전체적으로 각 단카마다 소재 및 이미지화의 방식은 다르지만 전쟁 프로파간다로서의 시가라는 역할에 충실하고자 한 면이 부각되며, 이는 일제 말기에 전개된 한반도 시가문학의 운명이었다고 하겠다.

4. 국책시가에 관한 향후의 연구 과제

『국민시가』에 관해서는 최근 그 이데올로기와 위상 및 가치가 논해지거나,[2] 이 잡지의 평론과 관여한 인물들 및 단카와 시의 실작(實作)이 분

---

2) 최현식 「일제 말 시 잡지 『國民詩歌』의 위상과 가치(1)-잡지의 체제와 성격, 그리고 출판 이데올로그들-」(『사이間SAI』 제14호, 국제한국문학문화학회, 2013), 「일제 말 시 잡지 『國民詩歌』의 위상과 가치(2)-국민시론・민족・미의 도상학」(『한국시학연구』 제40호, 한국시학회, 2014)를 말함.

석된[3] 바 있다. 그런데 『국민시가』에는 전체적으로는 전쟁과 국책에 따르면서도 '조선'의 역사와 사람들에 대한 인식과 시선이 보인다. 그것은 『국민시가』 관여한 재조일본인 가인과 시인들은 1930년대 후반까지도 '조선색' 혹은 '조선의 노래'를 구현하고자 노력했던 것과 무관하지 않다. 예를 들어 일제 말기에 엄청난 규모로 기획된 '부여신궁(扶餘神宮)'으로 상징되듯, 백제는 수준 높은 문화를 보유한 한반도의 고대 국가로 주목을 받았다. 백제에 대한 높은 평가는 부여를 일본의 신도(神都)로 만들고자 한 노력과 직결되는 것으로 일본의 아스카[飛鳥] 시대를 연상하는 수단이 되거나, '이조(李朝)'로 일컬어진 조선 왕조와 오버랩되어 멸망과 패배의 한반도 역사로 대상화되기도 했다.

이어 『조선시가집』에도 이러한 프로파간다라는 국책문학적 특성과 더불어 1920,30년대 한반도 단카 문학의 주요한 모티브였던 조선적 소재가 다수 형상화되어 있는 것이 주목되므로, 엄인경의 논고[4] 이후 일제강점기 통시적인 '조선색' 표상 방식의 변모로서 향후의 연구 필요성이 제기되는 맥락이다. 1943년 11월이라는 태평양전쟁의 급박한 전황 속에서 국책문학의 최선봉, 문화전(文化戰)의 일익을 담당한다는 역할을 충실히 수행하고자 했음은 부정할 수 없지만, 한반도의 일본어 시가가 오래도록 고민한 '조선색'을 전쟁과 국책이라는 문학이 내몰린 극한 상황에서도 포기하지 않았던 것을 알 수 있기 때문이다.

▶ 엄인경

3) 엄인경, 『문학잡지 『國民詩歌』와 한반도의 일본어 시가문학』, 역락, 2015.
4) 엄인경, 「한반도 일본어 시가(詩歌)문학의 종장(終章)-1943년 11월 간행 국민시가발행소(國民詩歌發行所)의 『조선시가집(朝鮮詩歌集)』을 중심으로-」, 『아시아문화연구』 제38집, 가천대학교 아시아문화연구소, 2015.6. pp.165~192.

제3절 중일전쟁 이후 한반도 일본 전통시가 문단의 동향

1. 전쟁으로 물드는 한반도(의) 하이단과 가단

제국 일본의 군국주의의 심화로 전쟁의 분위기가 고취되기 이전, 한반도의 하이단과 가단은 재조일본인의 아이덴티티와 커뮤니티의 장(場)으로서의 역할, 그리고 창작 방향에서는 조선적인 것을 특색으로 내세우며 독자적인 지방 하이단과 가단의 역할을 독보적으로 꾸려가고 있었다. 그러나 1930년대 말, 중일전쟁을 기점으로 조선 하이단과 가단에도 전쟁의 그림자가 서서히 드리워지며 구집과 가집의 발간 수가 현저히 감소, 하이쿠 잡지가 통폐합되는 등 시국의 영향 하에 놓이게 된다. 특히 1940년대부터는 본격적으로 전쟁 관련 하이쿠와 단카가 등장하는 등 이전과는 급변한 사태를 맞이하게 된다.

본 절에서는 중일전쟁 이후 한반도 일본 전통시가 문단의 동향을 살펴보고, 이 시기에 발간된 구집과 가집을 통해 시국 하 어떠한 내용의 하이쿠와 단카가 읊어졌는지를 검토해 보고자 한다.

2. 시국의 영향 아래에 놓이는 하이쿠와 단카

(1) 하이쿠

1940년대 시국의 상황으로 그동안 조선 각지에서 발간되고 있었던 8 개의 하이쿠잡지(『구사노미[草の實]』, 『관(冠)』, 『까치[かさ゛ぎ]』, 『가리타고[カリタゴ]』, 『유한(有閑)』, 『딸기[いちご]』, 『장생(長柱)』, 『산포도(山葡萄)』)의 존립이 어려워지자 이들을 모두 하나로 통합하자는 움직임이 조선 하이단 내에서 일어났다. 그 결과 1941년 6월 12일, 조선하이쿠작가협회가 결성되었으며, 1940년대 조선 하이단의 유일한 하이쿠 잡지였던 『미즈키누타[水砧]』는 이 조선하이쿠작가협회의 기관지로서 1941년 7월 25일 창간되었다. 창간호에는 「조선하이쿠작가협회 강령」으로 '일본문학으로서의 전통을 존중하는 건전한 하이쿠의 보급, 국민 시로서의 하이쿠 본래의 사명 달성, 하이쿠를 통한 시국 하 국민의 교양'이라는 세 가지를 들고 있는데, 이 강령을 통해 조선 하이쿠에도 이제 '내지'와 마찬가지로 '국민', '국가'와 같은 이데올로기적 성격이 부가된 하이쿠를 요청하고 있었음을 알 수 있다. 또한 '국책에 순응하여 하이쿠 문학을 통해 공공 봉사하고 시국하 문운의 흥륭에 공헌'한다는 것을 총칙으로 삼는 등 이전 조선 하이단을 이끌어 나아갔던 로컬컬러의 추구와 하이쿠의 순수창작의 성격은 찾아볼 수 없게 된다. 또한 조선하이쿠작가협회의 결성으로 이전 시대와 다르게 자유롭게 구집을 발간할 수 없게 되어 1940년대 단 한편만이 발간되는 등 조선 하이단은 급격히 축소되었다.

(2) 단카

한편 가단에서는 『진인(眞人)』이 1940년대에도 계속해서 간행되고 있었는데 1930년대 말까지도 『진인』에서는 시국의 그림자를 찾아보기 어렵다. 그러나 1941년 8월, '우리들도 한명한명 마음가짐을 단단히 하여 국책의 일익을 담당하여야 한다', '단카 보국의 의기를 가져야 한다'라며 시국의 상황을 강조하기 시작한다. 이후에는 「현대 전쟁단카의 이론」, 「단카와 민족」, 「총력전 하의 단카」 등과 같은 글들이 줄지어 등장하고, '대동아전쟁 제1차 전승을 축하한다.[大東亞戰爭第一次戰捷を祈す]', '애국 백인일수(愛國百人一首)' 등 노골적인 전쟁 단카들이 대량으로 실리는 형국으로 변하게 된다. 특히 조선을 애정하고 진정한 조선의 노래를 읊을 것을 주장하였던 미치히사 료[道久良]와 같은 대표 가인이 중일전쟁을 기점으로 『가집 성전(歌集聖戰)』(眞人社, 1938)과 같은 가집을 발간하는 등 조선 가단의 분위기는 일변하게 된다.

3. 중일전쟁 이후 한반도에서 발간된 구집과 가집 소개

(1) 『가레아시[枯蘆]』

『가레아시[枯蘆]』(近澤書店, 1943)는 기요하라 이세오[淸原伊勢雄](하이쿠 아호는 가이도[槐童])의 하이쿠를 모아 엮은 구집으로 현재 한반도 최후의 구집으로 사료된다. 기요하라는 후쿠오카[福岡] 출신으로 다카하마 교시[高浜虛子]에게 하이쿠를 지도 받았다. 조선에 건너온 것은 1923년경으로, 목포

에서 간행된 하이쿠 잡지 『가리타고[ヵリタゴ]』의 선자를 맡았으며 1930년 목포 이주 후에는 '목포신보사(木浦新報社)'에 입사하여 「남조선하이단(南朝鮮俳壇)」을 창설하는 등 목포를 중심으로 활발한 하이쿠 활동을 전개하였다.

『가레아시』는 기요하라를 따르던 하이진들이 그의 조선 하이단에서의 공적을 기념하고자 기획한 구집으로 여러 인물들의 협조와 지원 아래에 발간되었다. 특히 『가레아시』는 조선문인보국회 하이쿠부회의 협력과 허가 하에 발간될 수 있었는데 이러한 발간 배경은 시국의 영향으로 축소된 조선 하이단에서 구집의 발간이 통제되고 있었음을 알 수 있는 대목이다.

『가레아시』는 1912년부터 1939년까지 년도 순으로 기요하라의 하이쿠를 신고 있는데 본 구집에 수록된 810여 구의 하이쿠는 모두 교시가 평가하여 고른 것이다. 하이쿠의 내용은 전반적으로 평온한 분위기로 일상생활 또는 자연에서의 소재들을 대상으로 읊고 있다. 『가레아시』는 조선 하이단의 암울한 최후의 시기에 발간되었으나, 시국의 분위기가 느껴지는 하이쿠는 찾아볼 수 없다. 오히려 고난의 시기에 담담한 개인의 삶을 느낄 수 있는 이러한 구집의 발간은 표면적으로는 시국을 의식하면서도 마지막까지 내부 단결과 순수창작을 지향하였던 조선 하이단의 모습을 보여주는 중요한 문헌이라 할 수 있다.

- 봄 기다리네 사람의 정을 몸소 깊이 느끼며 (春待つや人の情を身にしめて)
- 온화함 속에 꽃을 피우고 있는 이름 없는 풀 (暖かに花をつけゐて名なし草)
- 약한 다리를 지팡이에 기대고 맑게 갠 가을 (弱足の杖にすがりて秋晴るゝ)

(2) 『현대조선단카집(現代朝鮮短歌集)』

『현대조선단카집』(現代朝鮮短歌集刊行會, 1938)은 스에다 아키라(末田晃) 외 4인을 발기인으로 하여 발간된 가집인데 그 제명이 무색할 정도로 중일전쟁을 주제로 전쟁색이 짙은 단카들만이 수록되어 있다. 「편집의 말」에서 '우리는 총후에서 위문의 표시로서 이 보잘 것 없는 가집을 전선(戰線)의 장병들에게 바치고 싶다', '황군용사의 무운장구(武運長久)를 기원'한다고 밝힌 대목은 본 가집이 전쟁터에 나가 있는 장병들을 응원하고 위로하기 위한 가집임을 분명히 시사하고 있다. 또한 '단카야 말로 영원불멸한 조국의 혼을 발현할 수 있는 길'이라며 단카를 매개로 총후의 위치에서의 역할을 다짐하고 있는 부분은 지방 가단으로서의 특수성을 지향하고 있었던 이전 조선 가단의 큰 맥락에서 일변한 태도와 단카에 부가된 이데올로기를 여실히 보여주고 있다. 이러한 시대를 배경으로 탄생한 『현대조선단카집』에는 '외지' 조선의 다양한 군상들의 전시하의 삶과 역할을 읊은 총후에서의 단카(총후영(銃後詠))들이 주를 이루고 있다.

- 천황의 군대 있는 힘껏 싸우는 기사에 나도 모르는 사이 신문 움켜쥐고서 있네 (皇軍の奮戰の記事に知らず織らず手の新聞を握りしめ居る)
- 다시 살아서 만날 때는 말없이 우리들 손에 감겨져 있는 시계 서로 교환하리라(출정하는 형에게) (生きて遭は時はいはず手にまきしはれわれ等の時計取換へにけり)(出征すゐ弟に)

또한 『현대조선단카집』에는 다음과 같이 전쟁에 동조하는 조선인과 조선인 가인의 전쟁 협력 단카들도 찾아 볼 수 있다.

- 햇볕 뜨거운 정차 시간 기다려 병사들에게 세탁을 해준다고 여자애
  들 기쓰네 (日ざし暑き停車時間を兵士に洗濯參らすと娘らきほひをり)
- 조선 아이들 군가를 부르면서 놀고 있는데 귀담아 들어보니 마음이
  고양되네 (朝童ら軍歌うたひて遊び居り耳とめてきくに心たかぶる)
- 나라 지키는 병사가 되고 싶은 나의 소원을 밤낮 가리지 않고 신에
  게 빌고 있네(조선특별지원병령공포) (國護る兵となりたきわが願ひ朝に夕
  に神に祈れ)(朝鮮特別志願兵命公布)

(3) 『니기타마[和魂]』

현재 조선에서 발간된 마지막 가집으로 사료되는 가집은 구스다 도시
로[楠田敏郎]의 『니기타마[和魂]』(大洋出版社, 1944)이다. 구스다 도시로는 교토
출신으로 「문주란(文珠蘭)」 이라는 단카 잡지를 주재하고 쇼와 초기에는
교토에서 「단카월간(短歌月刊)」을 발행하였다. 또한 1915년부터 가집을 출
판하는 등 교토를 기반으로 '내지' 가단에서 활발히 활동한 가인이었다.
그가 조선의 경성에 온 것은 1942년으로 『경성일보』의 편집 고문을 맡
으며 단카회도 열었던 것으로 보인다. 『니기타마』는 구스다 도시로가 경
성에 온지 2년 만에 발간한 가집으로, 43세 때부터 54세까지 지은 자신
의 단카들로 구성하고 있다. 스스로 이 보잘 것 없는 가집은 자신의 은인
인 다카야마 다헤이[高宮太平]에게 바치는 것이며, 실은 단카의 내용에 대
하여서는 신변에 관한 잡다한 것들을 읊은 것이라 밝히고 있다. 본 가집
의 제명인 '니기타마[和魂]'는 '유화한 덕을 갖춘 신령·영혼'이라는 뜻으
로, 전편(前篇) '천황의 군대[みいくさ]'와 '고토타마[ことたま]'의 후편(後篇)으로
나누어져 있다. 전편에서는 1941년 12월 8일 진주만 공격으로 빚어진 미
국과의 전쟁 개전을 시작으로 이후 전쟁의 추이에 따라 읊은 단카를 실

고 있다. 후편에서는 전편과 대조적으로 시국적인 분위기에서 도쿄와 교토, 그리고 적은 수이지만 '부산에 도착하여', '경성사계(京城四季)'와 같은 주제로 조선에서의 생활을 읊고 있다. 전편의 도입 부분에 가미카제[神風] 특공대의 삽화가 있는 등 전쟁의 최고조로 치닫는 시국의 상황을 여실히 보여주고 있으나, 한편으로는 개인의 지난 삶을 돌아보는 생활 중심의 작품이 공존하는 이색적인 가집이라 할 수 있다.

- 아시아 민족 피를 걸고 역사를 만드는 때에 이승에 살고 있는 후회가 없게 하라 (亞細亞民族が血もて歴史を創るときにうつそみ生きて悔いなからしめ)
- 진주만에서 거둔 전투의 성과 전하는 때에 아나운서의 목소리 또한 들떠있구나 (眞珠灣にあがる戰果をつたふるとあなうんさあも聲はづませね)
- 조선에 온지 오래지도 않은데 새로운 차가 나오는 계절조차 잊고 지내고 있네 (朝鮮に來てひさしくもならねども新茶の季も忘れつつぬし)
- 부산에 와서 동행한 한 사람과 헤어지고는 기차에 타고 난 후 그리워하고 있네 (釜山にてつれのひとりに別れしが汽車に乘りたる後に戀ひるつ)

4. 중일전쟁 이후 한반도 일본 전통시가의 연구현황 및 전망

한반도의 하이단과 가단은 중일전쟁을 기점으로 급변한 방향 전환을 맞이하게 된다. 즉, 1930년대 집중적으로 조선적인 것을 탐색하며 이를 한반도 일본전통시가의 특색으로 내세웠으나 점차 시국에 편승하여 1940년대에는 완전히 전쟁에 협력하고 찬미하는 국책문학으로의 노선을 걷게 된 것이다. 이러한 현상은 비단 본 장르뿐만 아니라 이 시기 모든 분야에 공통하는 것으로 이 시기 창작된 하이쿠와 단카에 대하여서도 암

묵적으로 '국책문학'이라는 가정이 내려져 있는 상황이다.

그러나 특히 하이단에서는 시국하 기존의 큰 기치는 시국 편승 쪽으로 기울었을지 몰라도 실제 구작에 있어서는 큰 변화가 일어나지 않는 등 '국책문학'이라는 범주에 포함되지 않는 영역이 다수 존재하고 있다. 따라서 당시 급박한 전쟁의 소용돌이 속에 존재하였던 조선 하이단만의 흐름, 그리고 전쟁과 무관한 작품들은 반드시 조명되고 재해석 되어야 할 필요가 있다. 한편 '국책문학'이라는 앞선 가정으로 이 시기 소수로 발간된 가집과 구집, 전문 잡지에 대해서는 실질적인 분석이 이루어지지 않고 있었는데, 최근『국민시가』에 대한 연구[1]가 진행되면서 이 시기 조선 가단이 재조명되기 시작하였다. 또한 이 시기 발간된 가집을 분석한 연구를 통해『현대조선단카집』이 표면적으로 보았을 때는 전쟁을 찬미하는 단카 일색으로 엮은 '전쟁단카집'이었으나, 실제 단카 작품의 분석을 통하여서는 다양한 군상들의 전쟁 속 삶의 모습을 들여다볼 수 있는 새로운 측면도 존재하는 것이 밝혀졌다. 특히 '외지' 조선이라는 공간에서 간접적으로 전쟁을 겪은 재조일본인, 그리고 조선인의 전시하 생활은 기록의 성격도 가지고 있어 앞으로 이 시기 연구의 중요한 자료가 될 수 있으리라 사료된다. 이외에도 당시 '내지'에서 발간된 전쟁 관련 구집·가집과의 연계 연구를 통해 '내지'와 '외지'에서 전쟁을 바라보는 각도와 전시하의 삶 등을 비교하고 새로운 결과를 도출할 수 있어 금후 이 시기에 대한 자료 연구가 보다 충실히 이루어져야 할 것이다.

▶ 김보현

---

1) 엄인경『문학잡지 國民詩歌와 한반도의 일본어 시가문학』, 역락, 2015 등이 있다.

제4절 『국민문학(國民文學)』에 나타난
역사 유물의 변용과 전쟁담의 시정(詩情)

1. 『국민문학』 개념의 확립

1940년 일본은 "천황 귀일의 국가상"[1]을 전면에 내세우며 군국주의의 정점에 있던 시기라고 할 수 있다. 1937년 '중일전쟁' 이후 일제는 동남아시아로 세력을 확장해 나갔고, 1941년 12월 하와이 진주만을 기습 공격하며 '태평양전쟁'을 일으켰다. 그리고 전시체제에 부합한 '언론, 출판, 집회, 결사 등 임시 단속법'을 공포하며 언론 출판계를 탄압하였고,[2] 국민들의 자유와 사상을 통제하는 한편 모든 군사력과 경제력을 동원하는 등 전쟁을 수행하기 위한 체재로 통합하였다.

이 시기 조선총독부에서도 충량한 황국신민 양성을 위해 초등교육제도인 기존의 '소학교(小學校)'를 '국민학교제도(國民學校制度)'로 발족하여 일본과 식민지에서의 교육내용과 커리큘럼 통합을 추진하였고, 일본어를 '국민과(國民科)'의 중요과목인 국어로 배치하여 일본어 상용을 강요하는

---

1) 保阪正康, 『あの戰爭は何だったのか』, 新潮社, 2005, 73면
2) 大阪人權歷史資料館, 『發禁書と言論・出版の自由』, 大阪人權歷史資料館, 1989, 25면

수준에 이르렀다.

일본어 사용은 일상어만이 아닌 문학창작의 표기에도 종용되면서 작품 사상의 내적인 문제뿐만 아니라 외적인 작품표기까지 작가들을 더욱 압박하여 갔다. 이에 따라 서구 문예사상을 수용하였던 작가들은 다른 탈출구를 찾지 못해 복고적 향수의 작품을 소수 창작하게 되었고, 일본어로 창작하지 못하거나 원하지 않는 작가들은 대부분 은둔하거나 글쓰기를 포기하게 된다.

이러한 조선문단의 공백을 메운 것이 재조일본문인이었다. 조선에 건너와 교육계와 관료직에 몸담고 있던 일본인들은 조선문인을 대신하여 각종 신문과 잡지에 일본어로 자신의 글을 기고할 수 있는 공간을 얻게 되었기 때문이다. 더욱이 일제는 언론과 출판을 보다 쉽게 통제하기 위해 용지기근을 이유로 한글로 발간되는 잡지와 신문 등을 폐간시키고, 새로운 문예 월간지로서 『국민문학』의 창간을 허용하였는데, 이곳에 많은 재조일본인들이 글을 싣게 된다.

잡지의 제목이 『국민문학(國民文學)』이라 칭해진 것은 당시 새로이 부상된 키워드인 '국민(國民)'과 무관하다고 할 수 없다. '국민(國民)'은 듣는 대상에 따라 다르게 수용되었는데, 일제가 사용한 '국민(國民)'은 '황국신민(皇國臣民)'을 줄인 것으로 '충량한 천황의 백성'을 의미한 것이었다. 그러나 출구를 찾지 못하고 소속될 곳을 잃은 조선문인들은 보다 광범위한 '나라의 백성'이라는 개념으로 받아들이게 되고 이와 연결하여 '국민문학론'이 다시 거론되었다. 1920년대 '국민문학'이 '민족'인 조선인을 기본으로 한 문학론이었다면, 이 시기의 문학자들은 시대가 요구하는 '국민'이라는 새로운 주체 속에 조선인을 포함시키는 내선일체론에 의거한 '국민문학론'을 주장하였다. 그러나 이는 일본문화로의 일방적인 동화가

아니라 일본문화와 조선문화를 포괄하는 문학을 '國民文學'이라 정의하고
자 하였다.

이러한 용어정의의 차이에서 비롯된 조선문인과 일본인과의 간극은
전쟁시대를 배경으로 많은 갈등을 야기하지만, 1943년 <조선문인보국회
(朝鮮文人報國會)>가 만들어지면서 결국 재조일본인의 활동이 부각된 국책
문학으로 표출되게 된 것이다.

2. 『국민문학』 내의 시 전개양상

식민지시대 말기 일제의 언론 통제 정책에 의해서 양대 민간신문과
『문장(文章)』 및 『인문평론(人文評論)』이 폐간된 후 종합문예지로서 발간
된 『국민문학』은 1941년 11월부터 1945년 5월까지 39회 발간되었다.
잡지 『국민문학』은 당시의 사회적 분위기를 담은 좌담회와 평론을 비
롯한 시사성 글들과 시, 수필, 소설과 같은 문학성을 모두 포함하고 있
어, 당대의 시대인식과 사회적 흐름 그리고 작가 개인의 사고체계를 잘
파악할 수 있다. 또한 조선인의 작품뿐만 아니라 일본인의 작품들도 함
께 게재되어 있어, 식민국과 식민지의 구조 관계 및 영향 등을 잘 고찰
할 수 있다.

1941년 11월부터 1945년 5월까지 발간된 『국민문학』에는 조선문인들
이 상당수를 차지하고 있으며 응모에 응해 투고한 학생들도 소수 포함된
한국인 약 96명이 참여하고 있었으며, 일본인은 경성제국대학 일본인 교
수진들을 비롯해 중학교 교장과 교사 그리고 <녹기연맹(綠旗聯盟)>에 소
속되어 활동한 일본인과 조선총독부의 관료 등 약 140명이 참여하고 있

었다.

『국민문학』에는 다양한 문학장르의 글들이 게재되어 있는데, 그 중 시(詩)장르는 한국인 창작 편수가 36%(19명-44편), 일본인 창작 편수가 64%(27명-69편)로 상당수를 차지하고 있는 것을 볼 수 있다.

『국민문학』에 게재된 일본인 창작 시 등 운문 목록을 정리해 보면 [표 1]과 같다.

[표 1] 『국민문학』의 일본인 운문 목록

순번	작가명	장르	제목 및 작품 명	년도
1	尼ヶ崎豊	詩	魚雷を避けて	1944. 8
		詩	登山者	1942.10
2	大島修	詩	銃に就いて	1944. 2
		詩	海兵団點描-點描/ 幼年のうた/ 短艇訓練/ 棒倒し / 海軍体操/ 白飯/ 釣床/ 軍艦旗	1945. 3
3	大内規夫	詩	年頭吟	1942. 1
4	柳虔次郎	詩	若き師の歌へる	1943. 2
		詩	秋のしあはせ	1943. 2
		詩	迎春歌	1943. 6
5	百瀬千尋	詩	英東洋艦隊撃滅の歌	1942. 2
6	寺本喜一	詩	我はみがく大和に通ふ床を	1942. 1
		詩	決意の言葉	1942.12
7	山部珉太郎	詩	海にそびえる	1943. 7
8	杉本長夫	詩	南進譜	1943. 3
		詩	燈臺	1943. 9
		詩	蔓の生命	1943. 9
		詩	一億憤怒	1944. 8
		詩	動員學徒と共に-働く學徒/一つの使命/ 日溜まり/ 工場/ この道/ 夢/ 眼/ 寂寥/ 朝禮のとき/ 宿舍の窓から/ 機械	1945. 2
		詩	決意	1942.12

		詩	わたつみのうた	1944. 5
		詩	闖入者	1942. 8
		詩	梅の實	1942. 2
		詩	勇士を想ふ	1941.11.
9	松原康郎	詩	水車	1945. 2
10	安部一郎	詩	日月回歸	1943. 2
		詩	靜かな軍港	1943. 7
11	岩本善平	詩	燧石	1943. 8
12	田中初夫	詩	連峰雲	1942. 1
13	井上康文	詩	朝鮮半島	1943. 6
14	佐藤信重	詩	現場のひる	1944. 7
15	佐藤淸	詩	雪	1941.11.
		詩	空	1941.11.
		詩	玄齋	1941.11.
		詩	獅港	1942. 2
		詩	曇徵	1943. 1
		詩	帝國海軍	1943. 5
		詩	慧慈	1943. 8
		詩	學徒出陣	1943.12
		詩	施身聞偈本生図	1944. 1
		詩	捨身飼虎本生図	1944. 3
		詩	二十年近くも	1944. 3
		詩	チサ	1944. 8
16	竹內てるよ	詩	玉順さん	1942. 1
17	中野鈴子	詩	あつき手を擧ぐ	1942. 7
18	楫西貞雄	詩	野にて	1942. 4
19	芝田河千	詩	征ける友に	1943. 2
		詩	君に	1943. 8
20	兒玉金吾	詩	神の弟妹	1942. 2
21	川端周三	詩	粉雪	1942. 4
		詩	池田助市挽歌	1942.11
		詩	潮滿つる海にて	1943. 3

		詩	日本海周辺	1943. 7
		詩	碧靈のこゑ	1944. 5
		詩	壯丁百万出陣の歌	1944.10
		詩	日本海詩集	1945. 1
		詩	鶯の歌	1942.5.6
		詩	乏しい水をめぐつて蛙が和し	1944. 7
		詩	石腸集-歸鄕-佐藤淸氏に/ 反響-大島修氏に/ 靜かな午前-則武三雄氏に/ 荒鷲/ 雪降る-佐藤大尉に/ 初雪/ 奏樂/ 北鮮地帶	1945. 5
22	則武三雄	詩	漢江	1943. 6
		詩	海戰	1943.12
		詩	中隊詩集	1944. 9
		詩	思慕詩篇	1944. 5
		詩	くもと空	1942.10
23	椎木美代子	俳句	折々に	1942. 1
24	添谷武男	短歌	大悲願の下に	1944.10
		短歌	たゝかひにしあれば	1943. 8
		短歌	すめらみいくさの歌	1944. 8
25	竹中大吉	短歌	いのち	1944. 8
26	小川沐雨	短歌	サイパン島死守の報とどきて	1944. 8
27	渡邊克己	詩	出生讚	1942.10

　가장 많은 시(詩)를 게재한 시인은 최재서의 스승이자 경성제국대학교 법문학부 영문과 교수인 사토 기요시(佐藤淸, 1885~1960)로 12편의 시를 『국민문학』에 게재하고 있다. 또한 스기모토 다케오(杉本長夫, 미상)와 가와바타 슈조(川端周三, 미상)가 각각 10편, 노리타케 가즈오(則武三雄, 1909~1990) 5편, 야나기 겐지로(柳慶次郎, 미상)와 소에야 다케오(添谷武男, 미상)가 각각 3편, 데라모토 기이치(寺本喜一, 미상), 아베 이치로(安部一郎, 미상), 아마가사키 유타카(尼ヶ崎豊, 미상), 시바타 가와센(芝田河千, 미상)이 각각 2편, 그

리고 나머지 작가들이 1편씩을 싣고 있다.

　시기별로 살펴보면, 1941년 창간호에 4편, 1942년 20편, 1943년 22편, 1944년 18편, 1945년 5편이 차지하고 있다. 일본인의 시는 한글로 게재된 1942년 3월호와 휴간 호를 제외하면 1943년(10, 11월), 1944년(4, 11, 12월)에 불과해 거의 매호에 실려 있다.

　일본의 근대 제국국가의 탄생으로 인해 일본인들은 '황국의 국민'으로서 새로이 자리매김 되며, 그에 따른 '아시아의 계몽'에 앞장서야 하는 '문명의 주체'로의 역할을 맡게 된다. 특히 한국에 거주하고 있던 일본문인들은 내재화되어있는 천황중심의 국가관과 일본제국주의를 문학에 표출하며 국책에 협력하는 모범적 일본인을 연출해야 했다.

　이러한 일본문인들의 활동은 『국민문학』에 게재된 시를 통해, 역사유물을 통한 '동양미(東洋美)'의 재인식, '일본의 미' 등으로 형상화되어 '내선일체'로 종착되어지고 있다. 또 전쟁을 소재로 한 시의 경우, 일본인의 시는 전장과 징용생활을 비롯해 후방의 생활조차 전쟁이 상존하는 공간으로 형상화하며, 전몰 병사의 자기희생의 영웅담으로 미화함으로써 일제파시즘을 일률적으로 극명하게 표현하고 있다. 이렇게 쏟아지는 모범적 사례의 시들은 전쟁분위기를 더욱 고조시키기 위한 정책 활용에 이용되었다.

3. 작품소개

『국민문학』에 게재된 시의 주제는 크게 두 가지로 변별된다.

첫째로 조선의 유물을 소재로 하여 조선의 아름다움을 일본의 미(美)이

자 서양과 대치하는 동양의 미로 형상화하거나, 역사 및 역사적 인물들
을 소재로 하여 '내선일체'를 강조한 것, 둘째는 전쟁과 관련된 소재들을
취해 전쟁을 찬미하거나 격려하는 '전쟁담'으로 나눌 수 있다.

시(詩)의 소재를 한국유물에서 취하여 '조선미(朝鮮美)'를 노래한 대표적
인 시인은 사토 기요시이다. 사토 기요시는 「시신문게본생도(施身聞偈本生
図)」(1944. 1), 「사신사호본생도(捨身飼虎本生図)」(1944. 3) 등에서 호류지[法隆
寺]의 백제시대 목조 불전 다마무시노즈시의 좌우에 그려져 있는 「시신
문게본생도」와 「사신사호본생도」를 예찬하였다. 이는 『금광명경(金光明經)』
에 전해지는 석가의 전세의 이야기를 그려놓은 것으로, 석가가 바라문으
로 수업하는 장면과 전생에 왕자였던 석가가 굶주린 호랑이에게 몸을 바
쳐 일곱 마리 새끼호랑이를 구한 이야기를 읊은 詩로 예술미를 노래한
것으로 보인다. 그러나 그 이면을 들여다보면, 호류지를 통해 백제와 나
라(奈良)를 연결하고, 쇼토쿠 태자[聖德太子]와 담징이나 혜자를 연결하여
내선일체를 형상화하고 있는 것으로 이것은 과거 역사적 유물의 예술성
을 변용한 것이다. 「담징(曇徵)」(1943.1)에서는 '위대한 지도자 쇼토쿠 태
자'의 문화에 대한 열의에 감명 받아 일본에게 협력을 맹세하고 혼과 혼
을 연결하기 위해 노력하는 담징의 모습을, 「혜자(慧慈)」(1943.8)에서는 "나
의 맥이 끊어지고, 숨이 멈출 때 / 나의 영혼은 태자의 영혼에 합체하게
되겠지"라는 혜자와 쇼토쿠 태자의 영혼의 합체를 통해 조선인과 일본인
의 일체성을 표상하고 있으며, '감격성은 공통의 기질 같다'라는 묘사를
통해 조선인과 일본인의 공통점을 찾아가고 있다.

이외에도 가와바타 슈조[川端周三]의 「벽령의 음성[碧靈のこゑ]」(1944.5)에
서도 고려청자와 담징 혜자와의 교류를 통해 일본을 '정토'의 세계이자
'귀의의 길'로 그려내고 있으며, 노리타케 가즈오[則武三雄]의 「사모시편(思

慕詩篇)」(1944.5)에서도 삼국시대 반가사유상의 미를 칭송하면서 격심한 전
투를 향해 병사로 떠나는 모습을 그리고 있다. 또 산문시인 아베 이치로
(安部一郎)의 「일월회귀(日月回歸)」(1943.2)에서도 연오랑과 세오녀 설화를 언
급하며 일본의 태양신 아마테라스 오미카미인 황조신을 조선인들이 오래
전부터 모셔오고 있다고 노래하며 동조동근론((同祖同根論)을 형상화하고
있다.

1941년 '태평양전쟁'을 일으키고 군국주의 체제에 있던 사회적 분위
기는 재조일본인들조차 지배국가의 모범적 국민이자 문인으로서의 자긍
심을 문학에 표출하며 시국정책에 협력하도록 하였다. 전쟁을 소재로 정
책에 동조하며 참전격려와 전쟁을 찬미하는 시를『국민문학』에 게재하였
는데, 일본문인 대다수가 참여한 25명이 47편의 詩를 발표하였다. 게재
년도를 살펴보면 1942년 15편, 1943년 14편, 1944년 12편 등 꾸준히 게
재되고 있었다.

1942년에는 <말레이 전투>에 대한 소재가 등장하고 있다. 모모세 치
히로[百瀬千尋]의 「영국 동양함대 격멸의 노래(英東洋艦隊擊滅の歌)」(1942.2)에
서는 영국함대 웨일즈를 격파시킨 것을 소재로 하여 천황의 위광아래 치
러진 '대동아전쟁'을 칭송하고 있고, 고다마 긴고(兒玉金吾-미상)의 「신의
남동생 여동생[神の弟妹]」(1942.2)에서도 말레이 해전에서 전사한 오노 히
사시게류[小野久繁]를 호국영령으로 칭송하고 있다. 또 사토 기요시의 제
자로 경성법전 교수를 역임한 스기모토 다케오[杉本長夫]는 전쟁관련 詩를
가장 많이 게재하였는데, 1942년 12월 <태평양전쟁> 1주년을 기념하여
게재한 「결의(決意)」는 천황의 명령에 따라 전과를 올리고 있는 황군(皇軍)
의 모습과 황국민의 모습을, 또 데라모토 기이치의 「결의의 말[決意の言葉]」
(1942.12)에서는 아침의 기원과 정오의 묵도를 통해 세계로 뻗어나가는 일

본을 기원하며, 대동아 1주년을 맞은 마음의 결의와 다짐을 노래하고
있다.

1943년에는 참전을 독려하는 작품들이 많이 게재되어 있다. 시바타 가
와센(芝田河千-미상) 「출정하는 친구에게[征ける友に]」(1943.2)와 이노우에 야
스부미[井上康文]의 「조선반도(朝鮮半島)」(1943.6)에서는 징병제실시를 기다리
는 조선 청년의 영웅적 모습과 병참기지로서의 조선 그리고 '대동아전
쟁'을 위해 세간도구를 헌납한 조선인을 칭송하고 있다. 이외에도 아베
이치로(安部一郎-미상)의 「조용한 군항[靜かな軍港]」(1943.7)은 일본군 요새 사
령부였던 군항 진해와 러일전쟁을 회상한 내용의 시이다.

1944년에는 직접적인 전쟁무기나 전황을 소재로 하거나 후방의 활동
들을 노래한 시들이 게재되어 있다.

오시마 오사무(大島修-미상)의 「총에 대해서[銃に就いて]」(1944.2)나 「어뢰
를 피해서[魚雷を避けて]」(1944.8)의 경우는 총과 어뢰를 피한 잠수정 등 전
쟁 때 사용되는 무기들에 대해 묘사하고 있다.

한편 처절했던 <사이판전투>의 전황소식을 담은 작품들도 등장하게
되는데, 오가와 모쿠우(小川沐雨-미상)의 「사이판 섬 사수의 속보를 접하고
[サイパン島死守の報とどきて]」(1944.8)는 먼 나라 사이판에서 적을 대적하여 총
을 잡지만 끝내 사망한 일본여성을 그려내고 있다. 또한 스기모토 다케
오의 「일억의 분노[一億憤怒]」(1944.8)에서도 천황의 땅인 사이판을 지키다
전사한 병사들의 넋을 기리며 일장기로 뒤따르겠다는 굳은 맹세를 노래
하고 있다.

1945년부터는 여러 작가들의 시를 게재하지 않고, 가와바타 슈조의
「일본해시집(日本海詩集)」(1945.1), 스기모토 칭타오의 「동원학도와 함께[動員
學徒と共に]」(1945.2), 오시마 오사무의 「해병단 점묘(海兵団點描)」(1945.3), 가와

바타 슈조의 「석장집(石膓集)」(1945.5) 등으로 특정작가의 몇 편의 시들을 묶어 전시상황하의 일본해, 학도병, 해병단 등을 소재로 황군찬미와 전시하 후방 활동 그리고 조선인의 출정 등을 다양하게 표현하고 있다.

그러나 위에 제시한 두 가지 유형 외에도 지식인으로서 식민지나 제국주의에 대한 복잡한 심리적 음영들이 경계에 선 작품들이 소수 존재하기도 한다.

4. 연구현황 및 전망

『국민문학』에 실린 재조일본인들의 시를 살펴보면, 역사에 의해 축적된 예술성을 소재로 조선미(朝鮮美)를 노래한 것이 많다. 그러나 이는 조선의 아름다움과 역사적 교류를 전면에 내세움으로써 거부감 없이 조선인에게 내선일체의 당위성을 보다 용이하게 수용하도록 하기 위함이었다고 볼 수 있다.

또 상당수의 전쟁관련 詩들을 살펴보았을 때 태평양전쟁의 참상을 비판하기보다, 전장과 징용생활 그리고 후방생활 등 모든 공간을 '전쟁'과 연관하여 묘사함으로써 정의로운 전쟁으로 정당화시키고, 모든 자연의 부속물들을 아름다운 병사의 영혼으로 표상하였으며, 또 전몰병사를 자기희생 혹은 영웅으로 미화하는 것을 통해 일본정신이나 제국주의를 극명하게 표현하고 있다. 내셔널리즘 강조를 통한 집단 귀속감은 내부모순을 은폐하고 전쟁 당위성만을 강조한 대외침략 이데올로기로 표출되었던 것이다.

이러한 재조일본문인들의 참여가 『국민문학』을 친일잡지로 자리잡게

한 이유 중 하나가 되었다고 할 수 있다.『국민문학』이 침략전쟁의 선전
도구로 이용되며 전쟁에 대한 환상을 키워나갔던 당대의 사회적 상황을
여실히 보여주고 있기 때문이다.

　언어에 운율이라는 청각적 요소와 이미지화 하는 시각적 요소를 담아
독자의 감각이나 상상력에 작용하여 독자를 감화시키는 시의 특성을 생
각하면, 유일한 문예지였던『국민문학』에 게재된 시(詩)는 그 파장이 더욱
컸다고 할 수 있을 것이다. 그럼에도 불구하고『국민문학』의 시(詩)에 관
한 연구는 그다지 활발히 이뤄져 있지 않다. 친일과 반일로 이분화된 당
시의 문학사의 평가를 다양화하기 위해서는『국민문학』에 대한 보다 깊
은 논의와 재조일본문인과 조선문인간의 영향관계를 더욱 심도 있게 다
루는 향후 연구가 필요할 것이라 여겨진다.

▶ 사희영

제5절 『동양지광(東洋之光)』을 통해 본 동아신질서(東亞新秩序)의 시정(詩情)

1. 일제 말기 문예잡지와 『동양지광』

'동아신질서(東亞新秩序)'는 일본 내각총리대신 고노에 후미마로[近衛文麿]가 1938년 발표한 것으로, 이후 '국가총동원법'을 시행하며 팔굉일우(八紘一宇)와 '대동아공영권(大東亞共榮圈)' 건설을 구호로 내걸었다. '동아신질서'는 일본, 만주, 중국 등 3개국 연대에 의한 공동방공(共同防共)과 동양문화 특히 일본문화에 토대를 둔 "국제주의 확립"및 동양의 정신문화와 서양의 물질문화를 융합한 "신문화 창조"[1]를 의미하였다. 일본을 맹주로 한 만주와 중국을 포섭하는 경제블록화를 추진하며 점차 동남아시아로 확대 결합해가는 '대동아공영권(大東亞共榮圈)'을 1941년 1월 이후부터 공식문서에 사용하게 된다.

이후 1941년에는 '태평양전쟁'을 '대동아전쟁(大東亞戰爭)'으로 명명하

---

1) 사토 히로미는 일제가 '동아신질서' 슬로건을 앞세워 통치의 필연성과 우수성을 강조하고, 일본정신의 아시아화와 아시아민족의 일본화를 대동아교육론과 연계해 설명하고 있다. 日本植民地教育史研究會, 『植民地教育史認識を問う』佐藤廣美「大東亞共榮圈と日本教育學」, 皓星社, 1999, 80면

고, 1942년에는 도조 히데키[東條英機] 수상이 대동아공영권건설의 근본 방침을 발표하였다. 또 1943년에는 도쿄에 대동아공영권 구성국들의 대표를 초대하여 대동아회의를 개최하고 대동아공동선언을 채택하는 등 일본중심의 헤게모니를 구축해 갔다.

그리고 많은 미디어를 통해 서구의 물질문명에 대항하는 아시아의 정신문명을 강조하며 공존공영(共存共榮)의 담론을 확대해갔다. 그 당시 형성된 담론을 잘 살펴볼 수 있는 미디어 중 하나가 잡지이다. 특히 일본어로 발간된 잡지들은 조선인뿐만 아니라 일본인들도 참여하여 한일 지식인들의 문명 문화론은 물론 정책에 관한 다양한 시선들과 그것으로 인한 균열, 갈등, 괴리, 반목, 부조화 등 혼돈한 시대상을 보여주는 자료이다.

당시 조선에서 일본어로 발간된 잡지는『문교의 조선(文敎の朝鮮)』을 비롯해『국민시가(國民詩歌)』,『신여성(新女性)』,『내선일체(內鮮一體)』,『총동원(總動員)』,『국민총력(國民總力)』,『녹기(綠旗)』,『동양지광(東洋之光)』 등이 있었고, 일본어와 한국어를 병용한『태양(太陽)』,『대동아(大東亞)』가 있었다. 또 일본어와 한국어를 교대발간을 기획하였지만 결국 일본어판만을 출판한『국민문학(國民文學)』이 있고, 일본어가 상용어(常用語)로 강조되면서『조광(朝光)』,『삼천리(三千里)』,『신시대(新時代)』 등에도 일본어 지면이 생겨났다. 이외에도 동인지나 친목회지 및 지방지 등을 많은 잡지들이 일본어로 발간되었다.

그중『동양지광(東洋之光)』은 동아신질서 슬로건의 토대가 될 수 있는 '동양(東洋)'이라는 키워드가 중요한 한 축이 되면서 만들어진 잡지이다. 이 잡지는 조선민족에서 황국신민으로 포섭되는 피식민자 동화와 응집의 정치담론의 중간 과정을 잘 보여주는 것으로, 1930년대 후반의 서구에 대응하는 아시아 중심주의 모색과 더불어 아시아 맹주로서의 일본 군국주의 팽창을 비롯해 아시아 공간에 대한 인식이 잘 담겨져 있다.

2. 동양지광의 시 전개양상

잡지 『동양지광』은 1939년 1월에 창간되어 1945년 5월까지 통권 83호가 발행된 것[2]으로 서지정리가 되어있으나, 현재 출판된 영인본을 살펴보면 발간이 중단된 것으로 추정되는 시기(1940. 2~1941. 11)를 제외하면 1945년 1월까지 수합된 45권이 발간된 것으로 파악된다. 편집 겸 발행인은 박희도(朴熙道)로, <동양지광사(東洋之光社)>에서 출판한 일문으로 표기된 종합 월간지이다.

『동양지광』은 창간호 목차 뒤에 행서체로 팔굉일우(八紘一宇)가 크게 쓰여 있고 미나미 지로(南次郎)로 예상되는 총독의 사진을 비롯한 중요 관료의 사진들이 함께 배치되어 있다.

박희도는 「창간호에 즈음하여[創刊に際して]」에서 "동아신질서의 재건, 장기건설의 큰 사명을 향해 순조롭게 당당하게 걸어가고 있고, 동양인의 동양을 명백하게 나타낼 역사적 새로운 단계에 올라갈 날도 또한 멀지 않았다고 믿고 있습니다"라고 적고 있다. 그리고 중일전쟁이후 일본, 만주, 중국이 경제블록을 형성하여 조선은 신동아재건의 중요한 구심점이 되었음과 내선융화를 넘어 내선일체를 구현하고 있으므로 일본정신을 앙양할 수 있는 수양 단련의 공간으로 『동양지광』을 간행하고 있음을 밝히고 있다.

---

2) 최덕교, 『한국잡지백년』 제3권, (주)현암사, 2004, 400~403면

『동양지광』은 '동양의 빛'이 된다는 사명감으로 내선일체의 실천강화, 동아시아에서 나아가 세계인류문화발달과 복지증진, 일본정신 이식 등 시사적 담론을 본의로 하고 있는 시사잡지적 성격을 띠었다.

『동양지광』에 글을 집필한 이는 총 454명으로, 일본인 집필진으로는 제7대 조선총독인 미나미 지로[南次郎]를 비롯한 역대 총독과 육군차관이 었던 도조 히데키와 총독부 관료 및 종교계의 목사 그리고 교육에 종사 하는 교원 및 문인에 이르기까지 다양한 계층 약 125명이 참여하였다. 조선인으로는 3·1독립운동에 참가했다가 총독부의 기관지인 『매일신 보』의 사장이 된 최린을 비롯해 김용제와 백철 등의 조선문인과 관료 등 127명이 참여한 것으로 집계된다. 이외에도 창씨명이나 필명사용으로 국 적을 명확히 확인할 수 없는 집필진도 202명에 이른다.

그중 운문은 약 95편이 게재된 것으로 파악되는데, 한국인 20명이 45 편, 일본인 31명이 50편의 시(詩)와 와카, 하이쿠 등을 게재하였다.

『동양지광』에 게재된 일본인 운문 목록(詩, 和歌, 短歌등)만을 정리해 보 면 [표 1]과 같다.

[표 1] 『동양지광』의 일본인 운문 목록

순번	작가명	장르	제목 및 작품 명	년도
1	江崎章人	시	海の色	1943. 9
		시	憤怒	1944. 11
2	兼森八重子	和歌	青年は鍛ふ	1944. 2
3	鎌田澤一郎	시	大陸の歌	1939. 1
		시	排英の檄	1939. 8
		시	旅と人生	1939. 10
4	宮澤章二	歌	新しい卒業歌-花薫る(修了の歌)	1943. 7
5	今柳秀繁	시	田園詩情	1943. 7

		시	早春斷つ章-風景/ 平野 /友人	1944. 3
		시	自爆	1944. 7
6	寄本司麟	시	滿州のたより-朝/ 晝/ 夜	1939. 7
7	多野徹尾	시	土饅頭	1939. 8
8	大島修	시	頌春	1942. 5
		시	鑿	1942. 10
		시	年輪	1942. 12
		시	征空	1943. 9
		시	ゐもんぶくろ	1943. 12
		시	出陣する君の額上	1944. 1
9	鈴木一海	短歌	海南島記	1939. 6
10	白岡	短歌	白衣勇士の歌	1943. 4
11	寺本喜一	시	連翹の祭	1942. 5
12	杉元長夫	시	空を征くもの	1939. 9
13	西增富秋	短歌	白衣勇士の歌	1943. 4
14	新井清致	시	海濱秘抄ー海老に	1944. 3
15	亞東輝	시	我等は行くー學兵に代って	1944. 1
16	岩谷健司	시	童子征く	1943. 12
17	永?溪流	短歌	白衣勇士の歌	1943. 4
18	由利聖二	和歌	朝鮮神宮ー亞細亞皇國へのいのりをー	1944. 8
		시	天業朝鮮ー亞細亞皇國への先?を念ふー	1944. 11
19	有本憲二	歌	學びの庭(送別の歌)	1943. 7
20	畑田平男	短歌	白衣勇士の歌	1943. 4
21	田中初夫	시	田園交響曲	1939. 8
22	前川勘夫	和歌	秋雨	1942. 10
		시	これよりぞ神々雲の如く出でん	1944. 2
23	井上紀子	와카	地球の一條道	1939. 2
		시	相撲と卜者	1939. 10
24	佐野美好	시	野口遵を悼	1944. 4
25	中野鈴子	시	こもり居	1942. 3
		시	春爛漫	1942. 6
		시	こもり居・君すでに	1943. 3

		시	祭り日	1943. 11
26	池田青志	短歌	短歌	1939. 6
27	川端周三	시	言志	1944. 4
28	添谷武男	和歌	生命新に	1944. 1
29	椎木美代子	和歌	迎年新世	1939.12.~40. 1.
		和歌	精神	1943. 12
30	則武三雄	시	ことだま	1943. 3
		시	奮歌二章/無題・病床	1944. 5
		시	初雪/初雪・忘憂里・故宮・五陵・羈旅	1945. 1
31	下脇光夫	시	石を投げる	1942. 10

『동양지광』에 가장 많은 시를 게재한 시인은 조선문단에서 활약하던 오시마 오사무(大島修, 미상)로 6편의 시를 게재하고 있다. 다음으로 나카노 스즈코(中野鈴子, 1906~1958)가 4편, 가마타 사와이치로(鎌田澤一郎, 미상), 이마야나기 히데시게(今柳秀繁, 미상), 노리타케 가즈오(則武三雄, 1909~ 1990)가 각각 3편, 그리고 에자키 아키히토(江崎章人, 미상), 유리 세이지(由利聖二, 미상), 마에카와 사다오(前川勘夫, 미상), 이노우에 노리코(井上紀子, 미상), 시이키 미요코(椎木美代子, 미상)가 각각 2편 등을 싣고 있다.

현재 출판되어 있는 영인본으로 통계를 내어보면 시기별로는 1939년 12편, 1942년 8편, 1943년 15편, 1944년 14편, 1945년 1편 등으로 매호마다 1편 이상의 시를 게재하고 있음을 알 수 있다.

잡지 『동양지광』은 기존 동아시아의 축이었던 중국과 조선을 대신하여 일본이 동아시아의 중심을 자처하며 슬로건으로 내세웠던 '동아신질서'가 '대동아공영권'으로 형성되는 과정과 이를 정당화하기위해 '서양'을 적으로 대치시킨 동서양에 대한 담론 등이 잘 나타나 있다. 일제의 식민지정책과 맞물린 이러한 담론을 중심으로 근대지식인들의 아시아중심주의의 모색을 잡지를 통해 파악할 수 있다.

3. 작품소개

'동아신질서'는 일본을 중심으로 한 아시아와 서구 열강과의 대립형태로 나타나게 되고, 서구로부터 시작된 근대의 새로운 가치를 동양에서 찾고자 하는 아시아중심주의가 모색되었다. 특히 대륙과 해양을 연결하는 중간위치로서 조선의 중요성이 부각되면서 식민지조선에서는 동상이몽처럼 식민자와 피식민자 모두 내선융화를 넘어 일체화를 강조하며 일본과 조선의 대결구도에서 일본을 주축으로 한 서구와의 대결양상으로 전개된다. 『동양지광』에 게재된 시의 주제도 이에 부합하는 대륙으로의 진출, 일본 중심의 내선일체, 서구를 적대화하는 미영의 격멸 등의 내용들이 게재되게 된다.

당시 슬로건으로 내세웠던 '동아신질서'를 시의 주제어로 전면에 제시한 것은 단 3편에 그치고 있다. 그 내용을 살펴보면, 가장 많은 시를 게재한 오시마 오사무는 「송춘(頌春)」(1942.5)에서 '할아버지와 할머니'를 등장시켜, 새로이 찾아온 '봄(동아신질서)'을 맞아 "젊은이, 처녀들과 함께 들판의 꽃을 따서 가슴에 꽂고 즐기자"고 노래하고 있다. 또 유리 세이지는 와카형식을 빌린 「조선신궁(朝鮮神宮)」을 통해 아마테라스 오미카미와 천황의 위광, 장엄한 신궁의 모습, 이세신궁과 조선신궁의 대비, 아시아 10억 한 가족, 아시아인의 천황숭배 등을 그리고 있다. 그런가하면 「천업조선(天業朝鮮)」에서도 한일병합 후 조선과 조선인의 중요성과 새로운 국가건설을 위해 천황의 방패가 되어 10억 아시아인 앞에 목숨 걸고 앞장설 것을 제시하고 있다.

이들 운문은 새로운 동아신질서를 맞아 나라를 위해 목숨을 바치는 병사처럼 노년들에게조차 새로운 시대를 맞아 봉사할 것을 종용하거나, '동아신질서'개념을 천황을 중심으로 한 신국 일본의 이미지를 근저에 배치시키고 팔굉일우사상을 피력함으로써 피상적인 제국의 정책구호를 재생산하고 있는 것이다.

당시 신문지면에 급부상한 키워드 '동아신질서'는 '침략'을 '진출'과 '공영'으로 미화시키면서 대륙에 대한 관심도 급증하게 되는데, 이러한 대표적 운문에 해당되는 것이 요리모토 시린(寄本司麟)의 「만주소식[滿州のたより]」에 담아놓은 「아침(朝)」, 「점심(晝)」, 「저녁(夜)」이다. 서정시(抒情詩)와 풍경시(風景詩) 형태를 빌려 개간되고 있는 만주풍경을 시간 흐름에 따라 적고 있다. 또 가마타 사와이치로의 「대륙의 노래[大陸の歌]」(1939.1)는 중국의 만리장성과 만주의 홍안령 및 몽고 등지를 여행하면서 느낀 여행느낌을 대륙진출의 단상으로써 그려내고 있다.

일제는 '동아신질서'를 토대로 '내선융화'를 '내선일체'로 전환시켰는데, 그 이유 중 하나는 전쟁을 치루기 위한 인적자원의 확보에 있다고 하겠다. 조선인에게 총을 쥐어주는 것에 부담감을 안고 있던 일제는 내선일체를 앞세워 조선인에게 표면적으로 황국신민의 자격을 부여함으로써 천황에게 목숨을 바쳐 충성할 수 있는 병사를 충원할 수 있었던 것이다. 반면 나라를 잃은 후 나아갈 방향을 못 잡고 표류하고 있던 조선인에게는 새로운 국제질서의 확립 속에 차별받는 식민지인이 아닌 새로운 문명과 문화를 만들어가는 중핵역할을 담당할 수 있다는 희망을 포착하게 된 것이다.

이러한 내선일체는 데라모토 기이치의 「개나리 축제[連翹の祭]」(1942.5)

에 잘 묘사되어 있다. 일본 교토에서 7월에 열리는 기온마쓰리[祇園祭]와 조선의 개나리 축제를 대비시키고, 나라[奈良]의 매실꽃과 교토[京都]의 벚꽃 그리고 개나리를 조선의 봄의 꽃으로 칭하며 "이제부터는 개나리가 우리의 축제가 되었네"라고 내선합일을 노래하고 있다. 또 다노 테쓰오 (多野徹尾-미상)는 「봉분한 무덤(土饅頭)」(1939. 8)에서 중국의 장례문화 '봉분무덤'을 소재로 하여 동양문화와 동양평화 그리고 이를 위해 목숨을 바친 일본인을 노래함으로써 중국의 역사와 일본 야마토민족과의 합일을 그려내고 있다.

한편 서구열강에 대한 적개적 감정을 표현한 시는 격문형식을 이용한 가마타 사와이치로의 「배영의 격문[排英の檄]」(1939.8)이다. 가마타 사와이치로는 "영국인은 개인으로 교제해보면 적당히 신사적이지만 국가로서 움직일 경우에는 교활, 불신, 표리한 완전히 별개의 사람이다"라고 한 독일의 비스마르크의 말을 인용하면서 '인류의 원수'이자 '동양평화의 파괴자'로 영국을 설정하고 있다.

이외에도 아시아 민족의 자유를 표방한다던 '태평양전쟁'에 관한 시들도 상당수가 게재되어 있다.

오시마 오사무는 「연륜(年輪)」(1942.12)에서 '태평양전쟁' 1주년을 맞은 소감을 "천황의 위광아래 성전(聖戰)"을 하는 국민으로서의 감사와 함께 전쟁의 연륜을 찬양하고 있으며, "맑은 내일이여, 실로 아름다운 내일이여"라며 '태평양전쟁'을 위대한 전투로 노래하고 있다. 또 2주년을 맞아 쓴 「위문봉투(ゐもんぶくろ)」(1943.12)에서는 '나'를 주인공으로 하여 병사들에게 보낼 위문품에 대해 고민하는 내용을 담고 있는데, "아득히 먼 저쪽에서 비행기를! 탄환을! 위문품으로 원한다고 병사들이 읊는 와카"라는 구절을 통해 전쟁수행에 필요한 물자지원을 독려하는 내용을 담고 있기도 하다.

이외에도 전쟁에 참전하여 목숨을 잃은 21세의 젊은 병사와 슬픔을 굳건히 이겨내고 집안을 꾸려나가는 병사의 가족을 그린 나카노 스즈코의 「집안에 틀어박혀[こもり居]」(1942.3), 출정하는 소년의 희망과 환희에 불타는 마음을 노래한 「소년이 출정하다[童子征く]」(1943.12)가 있다. '태평양전쟁'에 관련된 소재는 비단 이뿐만 아니라 봄 가을 계절의 아름다움을 노래하는 시에서도 출정과 총후활동을 그리고 있고, 전원의 서정을 노래한 시에서도 전쟁을 연상케 하는 '하늘의 독수리'(일본전투기)를 삽입하여 시대에 부합하고자 노력하는 식민자의 모습이 엿보인다.

한편 당시의 이런 분위기가 사회저변까지 녹아들어 있는 예를 보여주는 것이 문부성에서 선정한 시인이자 작사가인 미야자와 쇼지(宮澤章二, 1919~2005)의 「꽃향기 풍기네[花薫る]-수료의 노래[修了の歌]」(1943.7)와 아리모토 겐지(有本憲二, 미상)의 「배움의 교정[學びの庭]-송별의 노래[送別の歌]」(1943. 7)이다. 새로운 졸업가로 입선한 이 작품은 졸업을 맞아 황국의 도에 힘써서 새로운 시대에 번영하고 뻗어나가는 국력이 되어 국민과 나라를 위해 진력하자는 내용을 담고 있다.

『동양지광』에는 특정인물을 노래한 시가 한편 게재되어 있는데 경성사범학교(京城師範學校) 교사였던 사노 미요시(佐野美好, 미상)의 「노구치 시타가우를 애도한다[野口遵を悼]」(1944.4)이다. 이 시에 등장하는 노구치 시타가우[野口遵]는 일본의 실업가로 '전기화학공업의 아버지'이자 '조선반도의 사업왕'으로 불린 사람으로 조선총독부의 보호아래 압록강 수력개발과 부전강(赴戰江) 댐 건설공사를 맡았고, 흥남비료공장을 창립한 사람이다. 사노 미요시는 "빛을 동양에" 전파하고, 조선의 과학 공업과 댐을 세워 반도를 개발 시킨 인물로 칭송하고 있다. 특히 "사업이라고--그렇지 않다 국가! / 재벌이라고--그렇지 않다 일본! / 야망이라고--그렇지 않다 정열!"이라는 어구를 삽입하여 국가 일본을 위해 정열을 바친 노구치 시타가우를 잊지 않을 것을 다짐하고 있다.

시사성을 띤 잡지 『동양지광』에 게재한 재조일본인들의 운문을 살펴보았을 때 '동아신질서'를 주축으로 한 일제의 정책과 당시의 사회적 분위기에 부합하는 내용을 시와 와카 및 단카 형식을 통해 담아내고 있었음이 파악된다.

4. 연구현황 및 전망

1939년 1월에 창간된 잡지 『동양지광』은 조선총독부 7대 총독인 미나미 지로(南次郎)의 인삿말 「피로써 역사를 쓴다[血を以て歷史を綴る]」를 비롯해 역대 총독들과 일본 및 조선 관료들의 글이 많이 게재되어 있고, 민족대표였던 박희도가 이전의 행적을 달리하여 일제의 식민지정책과 연관한 정책담론을 적극적으로 다룬 시사성 잡지였기 때문에 친일잡지로서 등한시 되어 왔다.

그러나 친일여부를 떠나 일제의 정책과 연관된 담론의 형성과정이나 조선과 일본인들의 균열양상 그리고 근대지식과 문명의 수용 및 근대문학 형성과 전개 등 근대의 다양한 스펙트럼을 보여주는 잡지이다.

그럼에도 불구하고 일제강점기 일본어로 출판되었다 하여 친일잡지로 치부하고 잡지에 관한 정보는 물론 텍스트의 수합이나 그에 대한 서지조사도 충분하게 되어있지 않다. 당시 간행된 이러한 자료들이 식민지에서 벗어난 지 70여 년이 된 현재까지도 평가는 물론 연구도 매우 미흡한 실정이다.

그것은 당시 일본어상용이 강제된 시대를 배경으로 하고 있어, 일본어로 기술되어 있기 때문에 국문학이나 타 분야에서의 접근이 매우 어려웠다. 더욱이 근대잡지에 표기된 일본어는 역사적 가나즈카이[歷史的仮名遺い]가 병용되어 있어서 일본어 전문가가 아니면 번역이 힘들뿐만 아니라 오류가 발생하기 쉽기 때문에 아직까지 서지정리나 연구가 이루어지지 못하고 있는 실정이다.

잡지『동양지광』은 정치·사회·문화전반에 걸친 다양한 자료들이 제시되어 있고, 1937년 '중일전쟁' 이후 군국주의로 변화해가는 시기에 이뤄진 일제의 식민지정책과 그와 연관된 담론들 그리고 조선지식인(문인)의 수용양상과 사회변화 등을 잘 투영하고 있기 때문에, 잡지『동양지광』연구는 꼭 필요한 작업이라 할 수 있다. 잡지『동양지광』에 관한 연구가 보다 활성화되어 한국문학사의 암흑기로 칭해지는 한국 근대문학사의 일부를 복원·재정립할 수 있는 계기가 마련되기를, 나아가 아직까지 제대로 정리되지 않은 기초학문 분야에 대한 연구로 확산되기를 바래본다.

▶ 사희영

제6절 전쟁과 미담물의 성행

1. 미담물의 개념 및 성행의 배경

일본 제국은 1910년 한일강제병합 이후 식민정책을 원활하게 수행하기 위해 내선융화를 강조하며 동화정책을 취하는 반면 정치, 경제, 교육 등 현실적으로는 식민종주국으로서 조선인에 대한 차별정책을 유지하는 모순된 태도를 보였다. 즉 일본 제국이 대외적 전쟁을 수행함에 있어 조선의 물자와 인력을 동원하기 위해서는 조선인이 일본인과 마찬가지로 천황의 신민임을 인정하고 신뢰해야 했지만, 제도적으로는 여전히 차별정책을 취하고 있었고 일본인들은 식민종주국 국민으로서 조선인들에 대한 우월감과 불신감을 품고 있었다.

이러한 동화정책과 전쟁동원정책 사이에 제도적, 현실적으로 존재하는 차별의 모순이 단적으로 드러나게 된 것은 1931년 9월 만주사변과 1937년 7월의 중일전쟁 발발 후 나타난 인적, 물적 자원의 절대적 부족상황에서였다. 1931년 만주사변이 발발하자 일제는 어쩔 수 없이 조선인들을 전쟁에 동원해야 했지만 현실적으로는 조선인에 대한 일본인의 우월감과 불신으로 인해 어려움에 봉착했다. 이 때 자기모순을 해결하고, 일본인을 대상으로 조선인의 전쟁동원을 정당화하며, 조선인에게는 제도적인 차별을 넘어 동원을 촉구하기 위한 논리를 유포하기 위해 선택한 방법이 바로 미담의 발굴과 유포였다.

이러한 전쟁동원정책의 중요한 축을 담당했던 미담은 발굴과 기록 주체의 전쟁동원 선전이라는 목적에 부합하는 방식으로 선별되고 편집되고 왜곡, 변용되었다. 이와 같은 의미에서 만주사변, 중일전쟁, 태평양전쟁 시기에 폭발적으로 발굴되어 각종 문학, 연극, 영화, 음악, 강연 등의 소재로 재구성된 기록을 미담물이라 한다.

2. 미담물의 간행 양상

전쟁관련 미담은 만주사변과 중일전쟁, 태평양전쟁 발발 후에, 군부대나 조선총독부 기관지인 『경성일보』나 『매일신보』와 같은 신문이나 잡지를 통해서 소개됨은 물론이고, 조선군사령부, 해군성, 국민정신총동원 중앙연맹, 조선군사후원연맹과 같은 각종 군기관과 전쟁협력 단체에 의해 단행본 형태로 집중적으로 발굴, 소개되었다.

우선 만주사변 직후에는 구라타 시게하치[倉田重八]의 『사실미담 총후의 여성[事實美談 銃後の女性]』(軍事敎育社, 1932), 해군성(海軍省) 편 『시국 관계 미담집(時局關係美談集)』(東京 : 海軍省, 1932), 조선헌병대사령부의 『조선인 독행 미담집[朝鮮の人の篤行美談集]』(제1집, 제2집, 1933) 등이 간행되었다.

그러나 여전히 병력의 보충을 절감하고 있음에도 불구하고 조선민족을 병력으로 동원하는 정책은 취하지 않는 모순된 태도를 취하던 일제는, 1937년 7월 중일전쟁이 발발하자 더 이상 병력부족을 견디지 못하고 곧 바로 1938년 2월 <조선지원병제도>를 마련한다. 이는 1938년 2월 22일 공포된 칙령 제95호 '육군특별지원병령'에 의해 4월 3일 '진무천황[神武天皇祭]의 가절(佳節)을 맞아' 전격 시행된다. 그리고 이를 선전할 목적으로, 기무라 데이지로[木村定次郎] 편 『지나사변 충용보국미담(支那事變 忠勇報國美談)』(東京：龍文舍, 1937), 국민정신총동원중앙연맹 편 『총후가정미담(銃後家庭美談)』 제1집(東京：國民精神總動員中央聯盟, 1938), 후카자와 부대[深澤部隊] 조사 『지나사변 총후미담 조선반도 국민 적성(支那事變銃後美談朝鮮半島國民赤誠)』(군사기록 편찬회 경성지국, 1938.10), 『총후미담집(銃後美談集)』(每日申報社, 1938. 2), 대일본웅변회의 『생각하라! 그리고 위대해져라 : 자신을 위해, 가정을 위해, 국가를 위해, 미담 일화, 명언, 교훈[考へよ!そして偉くなれ：身の爲,家の爲,國の爲,美談,逸話,名言,訓言]』(東京：講談社, 1939), 김옥경(金玉瓊)의 『模範婦人紹介：農夫の 안해의 意志 林炳德氏의 苦鬪美談』(朝鮮金融聯合會, 1939.8), 고타키 준[小瀧淳]의 『일본정신 수양미담(日本精神 修養美談)』(文友堂書店, 1939), 『미담, 미나미 총독과 소년[美譚, 南總督と少年]』(每日申報社, 1939.11), 신정언(申鼎言)의 『현모미담-참마장(賢母美談-斬馬場)』(朝鮮日報社出版部, 1939.12), 『반도의 총후진[半島の銃後陣]』(조선군사후원연맹, 1940.4) 등 일본과 조선에서 일본어와 조선어로 된 미담이 봇물처럼 쏟아져 나왔다.

또한 태평양 전쟁 발발 전후에는 일본적십자사 편 『지나사변 구호원미담(支那事變 救護員美談)』(日本赤十字社, 1941), 아베 리유[安倍李雄]의 『총후미담 가보 히노마루[銃後美談 家寶の日の丸]』(大日本雄辯會講談社, 1941), 『노몬한 미담집[「ノモンハン」美談錄]』(忠靈顯彰會, 1942), 미타케 슈타로[三宅周太郎]의 『연극미담(演劇美談)』(協力, 1942) 등이 간행되었다.

이상과 같이, 식민지 시기 만주사변, 중일전쟁, 태평양 전쟁 등 각종 전쟁과 관련하여 조선 민중의 동원을 효과적으로 달성하기 위해 식민 권력은 다양한 방법으로 미담을 발굴하고 기록하여 유포하였다.

3. 군부 간행 미담물과 미담 주체로서의 조선인

여기에서는 만주사변 당시 조선헌병대사령부가 직접 조사하여 간행한
『조선인 독행 미담집』 제1집, 제2집(1933)과 중일전쟁 발발 후 후카자와
부대 조사로 군사기록 편찬회 경성지국이 간행한『지나사변 총후미담 조
선반도 국민 적성(赤誠)』(1938.10)을, 각 시대를 대표하여 군부대가 주도하
여 간행한 미담집으로 파악하여 내용을 살펴본다.

『조선인 독행 미담집』에는 당시 국제정세와 일제의 대륙진출의 욕망,
일제에 저항하는 조선인들의 등장 등에 대한 상황 인식과 불안감 속에서
내선융화를 실현하여 조선의 인적, 물적 자원을 전쟁에 동원하고자 하는
군부의 욕망과 전략, 방법 등이 적나라하게 드러나고 있다. 육군 소장 이
와사 로쿠로[岩佐祿郎]는 <서문>에서 '내가 이번에 경성부에 있는 조선헌
병대에 지시해 조선인의 단독 미담을 모아 이를 세상에 널리 소개하는 이
유는, 내지인의 잘못된 태도를 바로잡고 조선인을 깔보고 무시하는 언동
을 배제해 존경심과 동정심을 불러일으켜 내선융화에 일조하기를 바라는
마음에서이다'(조선헌병대사령부 편저, 이정욱·엄기권 역『조선인 독행 미담집』
제1집, 도서출판 역락, 2016. 초출 1933, pp.9-10)라고 간행 목적을 밝히고 있
다. 이러한 목적은 그 구성 및 내용에도 그대로 드러나는 바, <애국>,
<의용>, <성심>에서는 비적을 토벌하는데 언어상의 유리함을 활용하여
밀정, 탐정활동으로 정보를 수집하는 조선인의 사례를 담고 있으며, <공
익, 공덕>, <자립, 자영>에는 역경을 극복하고 자산을 모아 공공정신 실

현하는 조선인, <동정, 인류애>에는 소작농에 대한 선처를 실천하는 조선인 지주, <보은, 경로>에는 은혜를 입은 '내지인'에게 보은하는 조선인, <정직>에는 조선인의 정직함을 드러내는 에피소드를 담고 있다. 즉 공공정신을 실현하고 근면과 성실로 자력갱생하는 조선인을 미담의 주인공으로 미화하고 있고, 공경과 효행을 내선융화의 실천으로 표상하고 있다.

『지나사변 총후미담 조선반도 국민 적성(赤誠)』은 '일시동인'과 '황국신민화', '내선일체' 정책을 내세워 조선인을 '제국의 대륙 경영의 병참기지 사명을 완수'하는데 동원하기 위한 목적으로 간행되었다. 이와 같은 목적은 구체적인 미담사례를 게재하기 전에, <서문>을 비롯하여 <조선지원병제도의 달성>, <육군특별지원병령>, <미나미 조선총독의 성명>, <고이소[小磯] 조선군사령관의 성명>, <일시동인의 은혜를 입은 반도민의 감격> 등을 배치한 구성에도 잘 드러나고 있다. 예를 들어 <조선지원병제도의 달성>에서는 '성상폐하께서 마음 깊이 감격하시어 마침내 1938년 2월 23일 관보로 공포제정을 보기에 이르렀다. 그리고 드디어 4월 3일 진무천황제[神武天皇祭]라는 길일을 잡아 실시하기로 결정한 것은 조선일반민중으로서 거듭 축하할 일이다'(후카자와[深澤] 부대 본부 조사, 김효순·송혜경 역『지나사변 총후미담 조선반도 국민 적성(赤誠)』, 도서출판 역락, 2016. 초출 1938년 10월, p.25)라고 중일전쟁 발발 후 심화된 병력 부족을 해소하기 위해 이루어진 조선인지원병제도 실시 경위가 설명되고 있다. 그리고 '우리나라 병역의 본의는 권리를 대상(代償)으로 하는 의무의 관념을 초월한 진정한 충군애국의 지성에 그 근저를 두는 것이며, (…중략…) 종래 걸핏하면 일부 인사가 주장하는 것처럼 우선 동민(同民)으로서 의무를 다함으로써 권리를 추구해야 한다고 하며 이에 병역문제를 관련지으려 하는 것은, 일찍이 황군의 본질을 유린하고 또 이번 육군특별지원병령 제정의 취지를 몰각하는 것일 뿐만 아니라 더 나아가 국방의 임무를 지고자 하는 반도청년 동포의 숭고한 정신과 순결한 심정에 해악이 되는 바 실로 크다고 해야 할 것이다'(후카자와[深澤] 부대 본부 조사, 위의 책, p.30) 라고 밝히고 있다. 이에는 전쟁을 수행하는데 조선인지원병제도가 필요하면서도, 조선인에게 천황의 신민으로서 얼마나 은전인지 그것이 조선인들이 얼마나 열망했던 자발적인 제도인지를 강조하며, 의무는 부과하지만 그 대상으로 권리를 주장해서는 안 된다고 하는 모순된 태도가 드러나고 있다. 또한 미담의 내용을 분석해 보면, 본 미담집에는 계층, 지역, 민족, 성, 연령 등에서 주연적 존재로 배제의 대상이었던 존재들을 전시라는 상황에서 천황의 신민으로 연대감을 형성하여 국가의 일원으로 전쟁에 동원하려는 식민 권력의 의지가 그대로 드러나고 있다. 특히 사회의 보조적, 종속적인 존재였던 여성들-기생을 비롯한 화류계 여성, 조추, 간호부, 조선인 촌부(村婦), 노파 등-이 미담의 주인공으로 등장하는 점은 주목할 만하다. 그녀들은 일본 제국주의의 근간을 이루는 가부장제 하에서 모범적인 가정을 위협하는 존재로서 배제되어 왔던 존재들이었으나, 전시 하에서는 근면, 절약을 실천하는 성실한 총후 국민으로서, 이상적 여성으로 표상되는 아이러니를 드러내고 있다. 동시에 이들 미담에는 권력의지에 부합하여 국가 시스템에 편입되고자 하는 미담 주체들의 욕망 또한 표현되고 있다.

4. 미담 연구의 의의 및 전망

이상과 같이 만주사변, 중일전쟁, 태평양전쟁기에 대량으로 발굴되어 간행된 각종 미담에는 조선인으로까지 동원의 대상을 확대할 수밖에 없었던 급박한 전황, 기록주체의 허구성은 물론 기록의 대상이 되고 있는 미담 주체들의 심리가 생생히 기록되고 있어, 당시 일제의 조선 민중들의 전쟁동원의 실상을 구체적으로 알 수 있는 최적의 자료라 할 수 있다.

최근에는 이와 같은 미담의 중요성에 주목한 연구가 나오고 있다. 예를 들어, 공임순은 「전쟁미담과 용사 : 제국 일본의 동일화 전략과 잔혹의 물리적 표지들」(『상허학보』 vol.30, 2010)에서 1932년 만주사변에서 전사한 일본의 폭탄 3용사를 모방한 최초의 '조선인지원병' 전사자였던 이인석을 각 미디어에서 어떻게 용사로 만들어갔는지를 분석하여, '전쟁과 전장의 예기치 않은 논리와 효과에 편승해 식민지 조선의 지위를 개선·향상시키려는 식민지 피지배자들의 욕망은 식민통치기구의 병역과 병원(兵員)에 대한 위로부터의 요구와 맞물려 식민지 조선의 현실을 병사와 용사 그리고 유사 병사들의 집합표상의 역장(力場)으로 만드는데 일조'했음을 밝히고 있다. 또한 김인호는 「『반도의 총후진』을 통해서 본 조선인의 국방헌납」(『역사와 경계』 vol.93, 2014)에서 조선군사후원연맹이 간행한 『반도의 총후진[半島の銃後陣]』(조선군사후원연맹, 1940.4)을 번역(『반도의 총후진』, 국학자료원, 2015)하고, 이를 대상으로 중일전쟁 당시 조선에서 이루어진 헌납의 민족별, 계층별, 지역별, 구성별, 내용별 특성을 분석하였다. 그리고 『반도의 총후진』이 '자발성을 위장한 타율적 헌납 사례집'이었으며, 그 행간에 '당대 기층 조선인의 기대감이나 희망사항'이 있었고 총독부는 '조선인의 염원을 수단화하여 그들의 생활 및 생산용 물자조차 전쟁을 위해 극한적으로 동원하고자 하였다'고 지적한다. 김효순은 「중일전쟁 미담에 나타난 총후 여성 표상연구-『지나사변 총후미담 조선반도 국민적성(赤誠)』을 중심으로-」(『일본문화연구』 제60집, 2016.10)에서 중일전쟁기 지원병제도의 실시와 총후 미담 기록의 주체와 미담 실행 주체들의 성격, 특히 총후 여성의 표상방법을 분석하였다.

이들 연구는 미담 기록의 주체와 미담 실행의 주체의 성격을 분석하여 조선민족을 전쟁에 동원하고자 하는 식민주체의 전략과 그에 대응하는 피식민자의 심리까지 분석했다는 점에서, 미담연구의 단초를 만들었다고 할 수 있다. 그러나 이들 연구는 미담이 중일전쟁 발발이나 조선인지원병제도의 실시와 직접적으로 어떻게 관련이 되고 있는지에 대해서는 단지 시기적으로 가깝다는 사실 만으로 유추하여 해석하고 있다. 이 시기 미담의 발굴, 기록의 방식이 이전시대와 어떻게 다른지, 내지에서 발굴되거나 내지인을 대상으로 하는 일본어 미담과 조선에서 발굴되거나 조선인을 대상으로 한 일본어 혹은 조선어 미담이 어떻게 다른지에 대한 비교분석을 통해, 일제의 전쟁동원정책의 실상, 전쟁동원에 반응한 조선인 혹은 재조일본인의 반응의 실상이 규명될 수 있을 것이다. 더 나아가 이 시기 발굴된 미담이 문학이나 영화, 연극, 미술, 음악 등 타 장르와 어떻게 결합되어 전쟁동원 정책에 활용되었는지를 살피는 것도 앞으로의 과제라 할 수 있다.

▶ 김효순

제7절 태평양전쟁기의 조선 동화 · 설화집

1. 조선붐과 조선 동화집 간행

1937년 중일전쟁 이후 총력전 체제가 강화되면서 '내선일체'화가 노골적으로 추진되었다. 검열과 물자부족 등으로 조선에서의 출판 상황은 악화되었는데, 한편으로 '내지(內地)'에서는 1930년대 중반 이후 「춘향전」 등을 비롯해 이른바 '조선붐'이 일어나, 문학(소설, 시 등), 영화와 함께 일본어 조선설화집이 다수 간행되었다. 월간 『모던일본(モダン日本)』을 간행한 도쿄(東京)의 모던일본사는 1939년에 '조선예술상'을 창설하고 1939년과 이듬해 조선특집호를 펴내 「춘향전」, 「심청전」, 「홍길동전」, 「숙영랑전」 등 고소설을 '전설(傳說)'로 분류해 게재하였다.

총력전 체제가 강화되면서 병참기지로서 조선의 중요성이 재인식되어, 그 과정에서 '조선붐'이 의도적으로 만들어졌음에도 주의해야 하겠다. '내지'에서 '조선붐'이 일었지만, 한편으로 식민지 조선에서는 조선어 신문이 폐간되고, 일본어 사용이 강요되어 조선 문화가 위기적 상황에 직면하였다. 1940년대는 재조일본인보다는 조선인에 의한 동화집 · 설화집이 다수 간행되었는데, 이는 단순히 '조선붐'에 편승한 것이 아니라, 위

기적 상황에서 조선적인 것을 기록하여 후세에 남기려는 강렬한 욕구의
산물이기도 했다.

2. 조선 동화집, 설화집의 전개양상

조선이 식민지가 된 이후 한 세대가 지나며 일본어를 자유자재로 활용
하는 세대가 등장하면서 1940년대에는 조선인의 일본어 창작이 급속도
로 확산되었다. 1940년대 출판 상황이 열악한 상황에서도 '내지(內地)'에
서 조선인에 의한 많은 일본어 조선 동화·설화집이 간행되었다. 장혁주
(張赫宙, 1905~1997)는 고전소설을 동화화 하여 소개했고, 김소운(金素雲,
1907~1981)은 데쓰 진페이[鐵甚平]라는 필명으로 다수의 동화집 및 사화집
을 간행하였다. 한편 조선에서도 김상덕(金相德, 1916~?)이 가네우미 소토
쿠[金海相德]라는 창씨명으로 동화집과 고전소설을 간행하였다. 조선인의
왕성한 출판활동에 비해 재조일본인의 작품은 아래와 같이 적다.

[재조일본인 주요 작품 목록]

게재지 권호(연월)	작가 및 제목
『경성일보』 1939.6.21~25, 27~30	모리시타 히로시(森下敷) 「조선동화집(朝鮮童話集)」
『모던일본(モダン日本)』조선판 11권 9호(1940.8)	무기명 「조선의 동화(朝鮮の童話)」
『조선급만주』 제394호(1940.9)	동화연구연맹 도하 쇼조(卜波省三) 「조선의 깃옷설화(朝鮮に於ける羽衣説話)」
『내선일체』 2권 4호(1941.4)	오사카 긴타로(大坂金太郎) 「울산춘도전설(蔚山椿島傳説)」
『조선체신(朝鮮遞信)』 제282호	모리시타 히로시 「부여의 전설(扶餘の傳説)」

(1941.11)	
『녹기(綠旗)』 7권 4호(1942.4)	오사카 긴타로 「경주를 중심으로 내선일체의 사화·전설을 찾아서(慶州を中心に内鮮一体の史話·傳說をたづねて)」
『부산일보(釜山日報)』 12405號 (1942.9.7)	부산 교사 오무라 쇼(大村祥) 「조선동화(朝鮮童話) 아름다운 구슬(美しい玉)」
『문화조선(文化朝鮮)』 5-3(1943.6)	도요카와 하지메(豊川肇) 「조선의 민담(朝鮮の民譚)」
1944.3	모리카와 기요히토(森川淸人) 편 『조선 야담·수필·전설(朝鮮 野談·隨筆·傳說)』京城ローカル社,

1920년대에 재조일본인이 시도한 '조선동화집'의 활발한 개작에 이어서, 1930년대에는 경제 공황을 타개하기 위해서 '균질화 된 조선전설집'이 다수 발간되었다. 이에 비해, 1940년대는 설화와 동화 관련 글이 매우 제한적이다. 일부에서 조선동화집이 신문과 잡지에 게재되었지만, 한정적이었다. 「춘향전」을 포함한 고전소설 붐과 더불어, 복고적으로 회귀하여 조선 야담으로 총후 조선의 상황을 위로하는 글이 게재되었다.

이마무라 도모(今村鞆, 1870~1943)는 「군수야담(郡守野談)」을 『조선행정』(조선행정학회, 제216~218호, 1940.10~12)에 연재하였고, 모리카와 기요히토(森川淸人) 편 『조선 야담·수필·전설(朝鮮 野談·隨筆·傳說)』(京城ローカル社, 1944)이 간행되었는데, 여기에도 이마무라가 참여하였다. 『조선 야담·수필·전설』은 1944년 3월에 초판을 간행했는데, 같은 해 11월에 축소재판을 간행하여 일정한 수요가 있었음을 보여준다. 이 책은 당시 『경성 로컬(京城ローカル)』이라는 잡지에 수록된 글을 편집한 것인데, 당대 재조일본인 사이에서 복고 취향의 야담과 전설이 수록되었음을 확인할 수 있다. 여기에는 다수의 재조일본인뿐만 아니라 민속학자 최상수도 참여하였다. 1920년대부터 조선 설화를 활용한 '내선융화(内鮮融和)'에 관심을 보인 이

노우에 오사무[井上收]와 오카다 미쓰구[岡田貢] 등이 다양한 장르의 글을 실었다.

아시아·태평양 전쟁 발발 이후에는 조선총독부박물관 경주분관장 오사카 긴타로(大坂金太郞, 1877~1974)처럼 '내선일체'를 위해 전설을 발굴 소개하는 시국 영합적인 시도도 있었다. 오사카는 고대 한일 남녀의 사랑 이야기를 실어 전설을 시국 영합적인 미담(美談)으로 변질시켰다. 또한 조선총독부 정보과는 전쟁을 추진하는 『전진하는 조선(前進する朝鮮)』(1942.3)을 간행했는데 권두에 「전설의 기록(傳說の記錄)」을 싣고 제주도 신화 <삼성혈>과 한일 유사설화 <깃옷의 전설(선녀와 나무꾼)>을 배치하고, 이 두 '전설'이 "내선(內鮮)을 연결하는 혈연"을 연상시킨다고 주장하였다.

한편 도하 쇼조[卜波省三]는 「조선의 깃옷설화」에서 한일의 나무꾼과 선녀설화를 비교하고, '내선일체'를 강조하기보다는 그 차이점을 설명하고 "조선 이야기가 분명히 전설로서의 내용도 외관도 한층 우수함을 지녔다"고 평가하였다.

3. 작품소개

모리시타 히로시[森下敷]는 모리시타생[森下生]이라는 필명으로 『경성일보(京城日報)』(1939.6.21~25, 27, 29~30)에 「조선동화집(朝鮮童話集)」을 연재하여, <현우(賢愚) 두 형제>, <소로 착각해 호랑이 등에 탄 도둑>, <장난꾸러기 아들의 기지>, <원숭이의 재판> 등 한일 유사 설화를 다수 수록했는데, 특히 <나무꾼과 선녀(뻐꾸기)>가 일본동화와 유사하다고 강조해 내선일체를 전면에 내세웠다. 『모던일본(モダン日本)』 조선판(11권 9호,

1940.8)에도 무기명으로 「조선의 동화[朝鮮の童話]」라는 타이틀로 <은혜 모르는 호랑이>와 함께 한일 공통의 설화 <흥부와 놀부>를 수록하였다. 도요카와 하지메[豊川肇]도 『문화조선(文化朝鮮)』(5권 3호, 1943.6)에 「조선의 민담[朝鮮の民譚]」을 소개하였다.

1940년대 단행본으로는 모리카와 기요히토[森川淸人] 편 『조선 야담·수필·전설(朝鮮 野談·隨筆·傳說)』(京城ローカル社, 1944)을 제외하고, 재조일본인에 의한 설화 및 동화 관련본은 확인되지 않는다. 한편 일본에서는 미시나 쇼에이(三品彰英, 1902~1971)가 『일선신화전설의 연구[日鮮神話傳說の硏究]』(柳原書店, 1943) 등의 한일 비교 신화론을 펴냈다. 역사학자, 신화학자로 알려진 미시나는 1928년 교토 제국대학 사학과를 졸업하고, 해군기관학교(海軍機關學校) 교수로 근무하며 조선 신화와 역사를 연구하였다. 미시나는 『일선신화전설의 연구』의 첫 논문 「동양신화학에서 본 일본신화(東洋神話學より見たる日本神話)」에 '지나(支那)', '만선(滿鮮)'과 고대 일본의 관계를 살피며, 그 긴밀한 영향관계를 논했다. 그러나 일본과 달리, '지나'는 '신화하는 마음(神話する心)'을 잃어버린 민족으로 평가하였고, 발달한 일본 신화에 비해, '만선'의 신화는 '미발달'했다고 주장하였다. 미시나는 한일 신화의 친연성과 영향관계를 지적하는 한편으로, 조선 신화는 '미발달'한 채로 '정체'되었다고 보았다. 이에 비해 일본 신화는 독자적으로 발달하였다고 결론지었다. 이러한 미시나의 비교법은 일본과 조선의 지배와 피지배라는 당대의 역학관계를 학문으로 반영시킨 식민지주의에 기반한 것이었다. 미시나에게 조선 신화는 그 '미발달'로 인해, 일본 신화의 옛 모습을 연구하는 데 존재 가치가 규정된 것이었다는 문제를 지닌다.

1940년대는 일본인을 대신해 조선인에 의한 다수의 설화집 및 동화집이 발간되었다. 조규용(曺圭容)의 『조선의 설화소설[朝鮮の說話小說]』(社會教育

協會, 1940)을 시작으로, 장혁주(張赫宙)가 『조선 고전이야기 심청전 춘향전(朝鮮古典物語 沈淸傳 春香傳)』(赤塚書房, 1941)과 『동화 흥부와 놀부(フンブとノルブ)』(赤塚書房, 1942)를 간행하였다. 장혁주는 아사히신문사(朝日新聞社)가 펴낸 『대동아민화집(大東亞民話集)』(朝日新聞社, 1945)에도 조선편을 담당하고 <심청전>을 실었다. 와세다 대학을 졸업하고 연극박물관에 근무한 신래현(申來鉉, 1915~?)도 『조선의 신화와 전설(朝鮮の神話と傳說)』(一杉書店, 1943)을 간행하였다. 신래현은 신화와 전설을, 장혁주는 '동화(민화)'라는 이름으로 고전소설을 재화하였는데, 김소운(金素雲)은 데쓰 진페이[鐵甚平]라는 필명으로 『삼한 옛이야기[三韓昔がたり]』(學習社, 1942), 『동화집 석종[石の鐘]』(東亞書院, 1942), 『파란 잎[靑い葉つば]』(三學書房, 1942), 『누렁소와 검정소[黃ろい牛と黑い牛]』(天佑書房, 1943) 등을 간행하였다. 김소운의 동화집은 필명으로 도쿄에서 간행되어 일본아동에게 일본인의 저작으로 읽혔다.

한편, 식민지 조선에서는 김상덕(金相德)이 아동문화단체 경성동심원을 설립하고 다수의 동화집을 발간하였다. 김상덕은 1936년에 조선아동예술연극협회 발행의 『세계명작아동극집』을 시작으로 다수의 어린이독본, 가정소설, 시국적 미담집을 발간하는 한편, 가네우미 소토쿠[金海相德]라는 창씨명으로 『반도 명작 동화집(半島名作童話集)』(盛文堂書店, 1943)과 『조선 고전 이야기(朝鮮古典物語)』(同, 1944), 장편동화 『다로의 모험[太郎の冒險]』(同, 1944) 등을 일본어로 간행하였다. 또한 선구적인 전설집을 발간한 것으로 높이 평가받은 최상수(崔常壽, 1918~1995)도 도요노 미노루[豊野實]라는 창씨명으로 『조선의 전설[朝鮮の傳說]』(大東印書舘, 1944)을 펴냈다(김광식, 『식민지 조선과 근대설화―일본인의 구비문학 조사와 조선인의 대응』, 민속원, 2015).

4. 연구현황 및 전망

1910년대 재조일본인에 의해 본격적으로 시작된 설화연구 및 수집은, 1920년대 이후에 일본인과 조선인의 경쟁관계를 이루었다. 특히 1940년대는 다수의 조선인이 일본어로 조선설화를 다루면서 다양한 전개 양상을 보인 시기이다. 현재까지 확인된 자료에 입각하면 1940년대 재조일본인의 작품은 한정적이다. 그러나 당시 자료는 미발굴 자료가 많아서 이에 대한 전반적인 발굴과 조사가 요청된다. 이를 통해 '내선일체'를 강조하던 시기에 조선설화가 어떻게 활용되었는지에 대한 실증적인 검토가 요청된다.

또한 일본과 조선에서 다양한 형태로 간행된 조선인의 설화집에 대한 구체적인 비교 검토가 요청된다. 출판된 책의 서문만을 확인하고 비판적으로 보는 시점을 우선 지양하고, 본문 분석을 통해 내적 관련양상을 구체적으로 검토할 필요성이 있다. 특히 김소운, 장혁주, 신래현, 김상덕, 최상수 등은 다양한 작품 활동을 했고, 그들이 남긴 해방 전과 해방 후의 자료집이 존재한다. 해방 전후의 텍스트를 치밀하게 비교하여 그 변용 양상을 살피는 작업이 요청된다. 김소운과 장혁주에 대한 수많은 연구가 행해졌지만, 이에 비해 설화의 개작 양상에 대한 분석은 거의 행해지지 않았다. 1940년대까지 전개된 재조일본인의 작업과 비교해서, 조선인이 행한 설화의 개작 작업의 공통점과 차이점, 해방 후의 관련 양상에 대한 적확한 비교 분석이 필요하다.

김상덕의 동화집, 신래현과 최상수 전설집의 변용 양상에 대해서도 근년 연구가 시작되었다. 앞으로 상대적으로 연구가 적었던 1940년대 전반과 후반에 대한 본격적인 자료 발굴과 구체적인 분석을 통해, 재조일본

인의 움직임을 포함한 종합적인 연구가 행해진다면 총력전 체제 하에서
형성된 학지(學知)의 실상과 더불어, 해방 후와의 연속성 및 비연속성을
검증할 수 있는 발판이 마련될 것이다.

▶ 김광식

제8절 재조일본인 영화평론의 주요 양상

1. 재조일본인 영화평론의 개념 및 배경

일제강점기 조선영화계에서 일본인들의 활동은 단순히 제작과 흥행 부문에 그치지 않았는데, 당시 식민지 조선에서 발행되던 잡지를 살펴보면 이들이 개별 영화 작품을 비롯한 영화 산업 전반에 대한 의견을 적극적으로 개진하였음을 알 수 있다. 앞서 본서의 제3장(제15절 재조일본인 영화 저널리즘의 형성과 창작 시나리오의 등장)에서 상세히 언급된 것처럼 이 시기 한반도에 영화 전문지는 존재하지 않았던 것으로 보이나, 당시 발행 중이었던 일본어 종합잡지에는 재조일본인들이 집필한 영화 관련 글이 상당 수 게재되어 있다.

그 중에서도 대표적인 일본어 잡지라 할 수 있는 『조선공론』과 『조선급만주』의 경우 각각 약 31년과 34년이라는 긴 기간 동안 발행을 지속하였기 때문에, 이들 잡지의 영화 관련 글은 사일런트 영화로부터 '조선영화령(朝鮮映畵令)' 아래의 1940년대 국책영화에 이르기까지 일제강점기 전반에 걸친 식민지 조선과 일본 영화계의 주된 흐름을 파악하는데 적합한 자료라 하겠다. 이 같은 영화 관련 글은 다루는 내용은 물론 그 형식 또

한 다양한데 그 중 대다수는 당시 제작된 조선영화를 비롯하여 일본인들이 방화(邦畵-국산영화)라 칭하였던 일본영화, 나아가 할리우드와 유럽 각국의 영화 및 영화산업 전반에 관한 비평으로 분류할 수 있다. 당시 일본영화계에서 영화평론이 『키네마 순보[キネマ旬報]』로 대표되는 영화전문매체를 무대로 전개되었다고 한다면, 재조일본인들은 식민지 조선의 일본어잡지 지면을 빌려 자신들의 영화평론 영역을 구축했던 셈이다.

이 같은 영화평론 중에서도 특히 1930년대 후반부터 각 잡지가 폐간의 수순을 밟기 시작한 40년대 초반까지 게재된 글들은, 일제의 전시동원체제와 동화정책이 한층 강화되었던 시국 하에서 식민지 조선영화계는 어떤 움직임을 보였으며 또 이에 대해 조선에 거주 중이던 일본인들은 어떠한 의견을 평론이라는 장르를 통해 표출하였는지 그 구체적 양상을 보여준다는 점에서 주목할 만하다.

2. 재조일본인 영화평론의 전개양상

이 시기 재조일본인의 영화평론은 대략 다음의 세 가지로 분류할 수 있다. 먼저 영화와 교육의 관계 등과 같이 영화가 대중에 미치는 영향을 다룬 글이 있으며, 다음으로 영화 작품에 대한 비평이 상당수를 차지한다. 작품 비평은 조선영화뿐만 아니라 일본영화 그리고 미국과 유럽 각국에서 제작된 이른바 '양화(洋畵)'까지를 대상으로 하고 있다. 이들의 특징은 할리우드와 유럽 영화를 일본영화가 지향할, 또는 머지않아 뛰어넘을 대상으로 의식하는 한편, 조선영화는 항상 일본영화의 영향 아래 놓여있다고 간주하고 일본영화를 판단 기준으로 삼아 비판과 조언을 제시하는 경향을 보이는 데 있다. 세 번째 범주는 중일전쟁 발발과 일본 내 '국가총동원법(國家總動員法)' 실시에 이어 '조선영화령'이 공포되기까지 1937년부터 1940년대 초반의 시대적 분위기를 가장 잘 드러내는 글들로 전쟁협력 및 동원을 위한 선전수단으로서 영화가 담당해야 할 역할을 논한 평론이다.

다음은 1937년부터 1942년까지 『조선공론』과 『조선급만주』에 실린 영화평론을 위에서 열거한 주제를 기준으로 좀 더 세분하여 정리한 표이다.

[영화평론의 주제별 분류]

주제	게재지	게재연월	제목	저자
경성영화계	조선공론	1937년6월	「경성에 진출하다(京城に進出する)」	미상
경성영화계	조선공론	1937년7월	「영화관 공중기관설(映畵館公衆機關說)」	미상
경성영화계	조선공론	1937년7월	「경성 영화가를 횡단하다(京城映畵街を橫斷する)」	마키타 효(牧田飄)
경성영화계	조선공론	1938년2월	「<영화> 경성영화가 왕래(<映畵>京城映畵街往來)」	미상
경성영화계	조선급만주	1940년3월	「경성영화계 들여다보기(京城映畵界覗き)」	일부암(一不庵)
경성영화계, 영화일반	조선공론	1938년1월	「<영화> 은막계 점묘(<映畵>銀幕界點描)」	야마구치 도라오(山口寅雄)
경성풍경	조선공론	1937년7월	「여름밤의 경성, 무풍지대를 가다(夏の夜の京城 無風帶を行く)」	이와모토 쇼지(岩本正二)
경성풍경	조선급만주	1937년12월	「경성의 연말 풍경을 탐색하다(京城の歲末風景を探る)」	조선급만주 기자
시국과영화	조선공론	1938년9월	「전쟁과 오락(戰爭と娛樂)」	미야자토 이치로(宮里一郎)
시국과영화	조선공론	1939년2월	「민중오락의 통제문제(民衆娛樂の統制問	곤다 야스노

			題)」	스케(權田保之助)
시국과영화	조선공론	1939년7월	「예산액 20만원 혹은 80만원 총독부 영화계는 무엇을 하고 있나(豫算額二十萬圓或は八十萬圓といふ總督府映畵係は何をしてゐるか)」	사사키 데이조(笹木貞三)
시국과영화	조선공론	1942년5월	「연극문화운동 수상(演劇文化運動隨想)」	구도 쓰토무(工藤努)
시국과영화, 영화와 교육	조선급만주	1940년8월	「영화교육 시설을 서둘러라(映畵敎育の施設を急げ)」	가라시마 다케시[辛島驍]
시국과영화, 조선영화평	조선급만주	1940년1월	「영화령과 영화계(映畵令と映畵界)」	미나미 하타로(南旗朗)
영화 일반	조선급만주	1937년3월	「영화 노트에서(映畵ノートから)」	모리무라 레이지(森村禮二)
영화(매체)	조선공론	1937년1월	「인텔리 · 영화 · 파시즘의 철학(단장)(インテリ・映畵・フアツシズムの哲學(斷章))」	다니카와 히데오(谷川英雄)
영화(매체)	조선공론	1937년4월	「문예영화의 대중성(文藝映畵の大衆性)」	미상
영화(매체)	조선공론	1937년4월	「영화와 도덕(映畵と道德)」	미마 미쓰사부로(美馬滿三郎)
영화(매체)	조선공론	1937년4월	「색채영화의 장래성(色彩映畵の將來性)」	가타기 류타로(橫龍太郎)
영화(매체)	조선급만주	1940년4월	「활동사진의 내막 공개(活動寫眞の種明し)」	일부암생(一不庵生)
영화(매체)	조선공론	1942년6월	「<수필> 사색과 영화—어느 고독한 이의 영화 잡감(<隨筆>思索と映畵—ある孤獨者の映畵雜感—)」	도쿠다 카오루(德田馨)
영화(매체), 잡감	조선공론	1942년11월	「<수필> 낮에 상영하는 활동사진(<隨筆> 晝うつる活動寫眞)」	기마타 리키카즈(木全力一)

영화검열	조선공론	1937년5월	「검열과 관련한 다화(檢閱を繞る茶咄)」	야마구치 도라오(山口寅雄)
영화검열	조선공론	1937년7월	「검열시사단편(檢閱時事片々)」	T·Y 생(T·Y 生)
영화와교육	조선공론	1937년5월	「미국의 영화교육(米國に於ける映畫教育)」	미마 미쓰사부로(美馬滿三郞)
영화와교육	조선공론	1937년10월	「미국영화교육의 한 단면(米國映畫教育の一側面)」	미마 미쓰사부로(美馬滿三郞)
영화와교육	조선공론	1938년1월	「<이렇게 지도하자> 자녀와 영화-저열한 외국영화의 폐해(<こうして導け>子女と映畫-低劣なる外國映畫の弊)」	오지타로(王子太郞)
영화와교육	조선공론	1938년5월	「영화와 청소년 자녀(映畫と靑年子女)」	미상
영화와교육	조선공론	1940년8월	「<가정> 한여름의 영화-주의하자(<家庭>暑中の映畫-心せよ)」	고주(孤舟)
영화와교육	조선공론	1940년11월	「<가을과 영화> 영화는 아이들을 얼마나 지치게 하는가 (<秋と映畫>子供は映畫にどれほど疲れる)」	우토 노부(宇都野生)
영화일반	조선공론	1938년4월	「영화제목 고찰(映畫題名考)」	요시즈미 노부오 옹(吉住信夫翁)
영화평론(소개)	조선공론	1938년5월	「<영화> M·P 리뷰에 관하여(<映畫>M·Pレヴューに就いて)」	미상
외화평	조선공론	1938년2월	「『대지』의 시사를 보고(『大地』の試寫を見て)」	S생(S生)
외화평	조선공론	1938년2월	「<영화평> 『지하세계』-그 구면적인 묘사(<映畫評>『どん底』-その球面的な描寫)」	우치다 도시(內田都思)
외화평	조선공론	1938년2월	「<새 영화> 위에서 아래까지(<新映畫>上から下まで)」	미상
일본영화	조선공론	1937년6월	「외지취재영화의 경향에 관하여(外地取材映畫の傾向に就て)」	M생(M生)

일본영화, 최승희	조선공론	1937년4월	「전쟁물의 새로운 전개(鎧物の新展開)」	조선공론기자
일본영화계	조선공론	1937년1월	「신춘영화 만필(新春映畵漫筆)」	마쓰모토 데루카(松本輝華)
일본영화계	조선공론	1937년6월	「일본 영화사업의 기업성(日本映畵事業の企業性)」	미마 미쓰사부로(美馬滿三郎)
일본영화계, 영화(매체, 평론)	조선공론	1938년4월	「영화 방담(映畵放談)」	다데쿠라 히로시(蓼倉浩)
조선영화계	조선급만주	1937년3월	「조선인 측 영화계를 말한다(朝鮮人側映畵界を語る)」	R·K·O
조선영화계	조선공론	1937년5월	「닛카쓰 영화 조선 내 배급의 확립(日活映畵鮮內配給の確立)」	미상
조선영화계	조선급만주	1941년1월	「반도의 영화계(半島の映畵界)」	구마가이 쇼(熊谷生)
중국영화계	조선급만주	1937년3월	「최근 중국영화계의 동향(最近中國映畵界の動向)」	왕즈핑(王子平)

3. 작품소개

이 시기 영화평론의 주된 주제는 역시 앞서 소개한 세 가지 중 마지막 범주인 '전쟁협력 및 동원을 위한 선전수단으로서 영화의 역할'이라 할수 있다. 흥미로운 것은 이들 평론이 전반적으로 전쟁에 협력적인 태도를 취하면서도 국책선전영화의 제작방식이나 영화검열에 대한 불만은 주저 없이 표출하고 있다는 점이다. 예를 들어, 「예산액 20만원 혹은 80만원 총독부 영화계는 무엇을 하고 있나」(『조선공론』, 1939년 7월)라는 제목의 평론은 조선총독부에서 제작비 절감에만 혈안이 되어 제대로 된 국책선전영화를 제작하지 않는다며 비판의 목소리를 높이고 있으며, 경성제국대학 교수 가라시마 다케시[辛島驍]는 「영화교육 시설을 서둘러라」(『조선급만주』 1940년 8월)라는 글에서 경성뿐 아니라 조선의 각 지방 소학교에서 영화를 교육에 어떻게 활용할 것인지에 관하여 각성을 촉구하는 동시에 조언을 제시하고 있다.

이 외에도 영화는 오락매체라는 인식이 뿌리 깊게 자리한 탓에 초기에는 영화가 대중(특히 청소년)에게 미칠 악영향에 대한 우려가 지배적이었던 것에 반하여, 조선인을 전쟁에 동원하기 위한 선전에 영화를 적극적으로 이용하게 된 1938년 이후에는 오히려 영화가 시국선전의 일익을 담당해야함을 강조하며 제대로 된 영화 교육시설의 마련을 촉구하는 글이 늘어난 점이 흥미롭다. 그리고 당시 미국과의 적대적 관계를 의식하여 외화를 대중을 퇴폐적인 생활로 이끄는 저속한 영화로 규정하는 글도 보인다.

또한 당시로서는 비교적 신생(新生) 매체였다고 할 수 있는 영화 자체에 대해 고찰한 글도 눈에 띈다. 예를 들어 독자 및 관객대중이 익숙한 기존 매체와의 비교 분석을 통해 영화라는 새로운 매체란 어떠한 특성을 지니는지, 또 그에 적합한 비평과 수용은 어떤 형태와 방식으로 이루어져야 하는지를 논하는 글도 다수 찾아 볼 수 있으며, 이와 더불어 영화기법에 관한 평론, 상업적 관점에서 일본과 조선의 영화계를 바라본 평론 등도 실려 있다.

4. 재조일본인 영화평론의 연구현황 및 전망

현재 1930년대 후반부터 40년대 초 재조일본인의 영화평론에 관한 연구는 찾아보기 힘든 실정이다. 2012년 식민지 조선에서 발행된 일본어 종합잡지의 영화, 영화인 관련 기사를 편역한 『일본어잡지로 보는 식민지 영화 1·2·3』(도서출판 문)이 발간되어 이 분야의 연구에 필요한 주요 기초자료를 제공하였으나, 이후 이들을 대상으로 한 연구는 거의 이루어지지 않았다. 그러나 이 시기 재조일본인의 영화평론이 전시(戰時) 시국과 영화의 전쟁협력에 대한 그들의 시각을 검토할 수 있는 중요한 자료라는 점을 고려한다면, 향후 이들에 대한 학술적 관심이 증대될 것으로 기대된다. 뿐만 아니라 이들 기사를 통해 접할 수 있는 당대를 대표하는 유명 배우와 영화감독들에 관한 새로운 사실, 그리고 시나리오 및 필름의 소실 등으로 인해 지금까지 잘 알려지지 않았던 영화에 관한 정보 등에 기초하여 기존 영화사의 빈 공간을 메우는 작업도 가능할 것이다. 또한 영화관이 자리하였던 번화가를 중심으로 거리의 모습과 풍속을 다룬 평론 등은 영화감상이라는 문화를 통해 당시 경성(京城)의 모습을 재구성해 볼 수 있는 새로운 시각을 제시한다는 점에서 식민지 도시공간에 관한 연구에도 필요한 자료라 할 수 있다.

▶ 김보경

제9절 식민지 말기 일본인 시나리오 작가의 영화 활동

1. 개념 및 배경

식민지 조선영화계에서의 일본인의 활동은 영화사 초기부터 지속적으로 있었다. 그런데, 식민지 조선영화계에서 일본인의 역할은 대개 자본, 설비, 기술 부문에 집중되었으며, 일부의 사례를 제외하곤 연출, 연기, 그리고 각본을 담당하는 경우는 많지 않았다. 발성영화 제작을 계기로 조선영화계와 일본영화계의 합작 시도가 확대되던 1930년대 중후반까지만 하더라도 이러한 기조가 유지되었다.

그러던 것이 식민지 말기에 양상을 달리하였던 바, 변화의 폭이 가장 극심히 드러난 곳은 다름 아닌 영화 제작의 창조적 근간을 형성하는 시나리오 부문에서였다. 1940년대 들어 시나리오 작가의 민족적 구성이 기존의 조선인에서 일본인으로 대체되어 갔던 것이다. 영화 양식을 대표하는 장편 극영화를 들여다보건대, 1940년 제작된 2편 중 1편, 1941년 8편 중 2편, 1942년 2편 가운데 1편의 각본이 일본인에 의해 집필되던 것이, 이후로는 1943년 3편, 1944년 3편, 1945년 1편 등 작품 전체의 시나리오를 일본인이 담당하게 되었음이 확인된다.

　여기에는 중일전쟁(1937)의 장기화와 태평양전쟁(1941)으로의 확대, 이에 따른 전시체제의 공고화 및 영화 분야에서의 신체제 도입, 그리고 동시기 일본영화(계)의 변화 등이 바탕을 이루었다. 또한 진부한 소재, 느린 템포, 세련되지 못한 내용 전개 등 조선영화를 둘러싼 당대 영화 담론이 자리하고 있었는데, 이러한 배경 하에 전개된 일본인에 의한 영화 각본의 전담 현상은 분명 일제말기 식민지 조선영화(계)의 특징적 일면이라 할 만하다.

2. 전개 양상

　1940년대 식민지 조선에서 시나리오를 집필하거나 당시 제작·개봉된 극영화의 각본을 담당한 일본인은 야기 야스타로[八木保太郎], 니시키 모토사다[西龜元貞], 쓰쿠다 준[佃順], 이지마 다다시[飯島正], 핫타 나오유키[八田尙之], 야기 류이치로[八木隆一郎] 등이다.

　변화의 선봉에 선 이는 야기 야스타로였다. 1930년 다사카 도모타카[田坂具隆] 감독의 <이 어머니를 보라[この母を見よ]> 이래 닛카쓰[日活]와 도쿄발성(東京發聲) 등을 거쳐 도호[東寶]에서 저명한 각본가로 활동하던 그는, 1939년 6월경 고려영화협회에서 기획된 아동영화 <수업료(授業料)>의 시나리오를 담당하게 되었다. 원작은 광주 북정(北町)심상소학교 4학년생 우수영이 쓴 일본어 수기였고, 따라서 그가 한 일은 영화 제작을 염두에 둔 채 대사와 지문을 붙여 각색을 가하는 것이었다. 작품 속 조선어 대사는 유명 극작가 유치진에게 맡겨졌다. 야기 야스타로의 활동은 여기

서 그치지 않았다. 그는, 1939년 8월 16일 조선영화인협회가 결성된 직후에는 전일본영화인연맹(全日本映畵人聯盟)의 역원 자격으로 조선을 방문하여 조선영화인협회를 전일본영화인연맹의 지부로 개조하는 문제를 협의하기도 하였다. 전일본영화인연맹은 일본 전역의 영화 관련 단체를 통합하여 1939년 6월 1일 출범한 거국적 영화 조직이었다. 이후에도 그는 사단법인 조선영화제작주식회사(조영)의 촉탁에 이름을 올리며 조선영화계와 교류를 이어 갔다.

당시 가장 활발한 영화 활동을 펼친 사람은 니시키 모토사다였다. 1930년대 후반 고려영화협회 문학부에 입사함으로써 조선영화계에 발을 들인 그는, <수업료>의 기획을 거쳐 차례로 <집 없는 천사[家なき天使]>(최인규 감독, 1941), <풍년가(豊年歌)>(방한준 감독, 1942), <우러르라 창공[仰げ蒼空]>(김영화 감독, 1943)의 각본을 담당하였다. 1939년부터 1년여 동안 조선총독부 경무국 도서과의 촉탁을 겸한 바 있었고, 조영 설립 후에는 기획과 사원으로 입사하게 되었다. 1944년 4월 7일 사단법인 조선영화배급사(조선영배)가 조영을 흡수하여 '사단법인 조선영화사'로 체제 개편을 이룬 뒤에는 제작부 산하의 계획과 각본계로 소속을 옮기기도 하였다. 조선군 보도부 제작의 <병정님[兵隊さん]>(방한준 감독, 1944)과 사단법인 조선영화사 제작의 <태양의 아이들[太陽の子供たち]>(최인규 감독, 1944) 등 징병 선전영화를 통해 작품 활동 또한 꾸준히 행하였다.

1920년대 중반 쇼치쿠[松竹] 가마타[蒲田]촬영소 제작의 <어영가지옥(御詠歌地獄)>(1925), <폭풍[嵐]>(1926) 등을 통해 각본 경력을 쌓은 쓰쿠다 준역시, 조영에서 니시키 모토사다와 같은 부서에 있으면서 <조선해협(朝鮮海峽)>(박기채 감독, 1943)과 <거경전(巨鯨傳)>(방한준 감독, 1944)의 시나리오를 집필하였다.

이상의 인물들을 식민지 말기 조선에서 활약한 대표적인 일본인 시나리오 작가로 꼽을 수 있겠는데, 그 중에서도 활동의 본거지를 조선에 두고 있던 니시키 모토사다와 쓰쿠다 준은 재조선 일본 영화인으로 분류할 만하다.

이에 비해 이지마 다다시, 핫타 나오유키, 야기 류이치로 등 여타 인물들의 경우, 한 차례씩의 영화 제작에 참여함으로써 조선영화계와 인연을 맺었을 뿐이다. 동시기 유명 영화 평론가였던 이지마 다다시는 히나쓰 에이타로[日夏英太郞]라는 일본식 이름으로 활동 중이던 조선인 허영과 공동으로 <그대와 나[君と僕]>(1941)의 시나리오를 썼는데, 이 작품은 허영의 연출로 조선군 보도부에서 제작되었다. 1928년 데뷔한 이래 도요다 시로 감독의 <젊은 사람[若い人]>(1937)을 계기로 그와 콤비를 이루고 있던 핫타 나오유키는 <젊은 자태>의 각본을, 우치다 도무[內田吐夢] 감독의 대표작 <흙[土]>(1939)의 각본가로 명성을 얻었던 야기 류이치로는 일제강점기 개봉된 마지막 조선 극영화인 <사랑과 맹세[愛と誓ひ]>(최인규 감독, 1945)의 각본을 맡았다. 이들의 집필 활동은 비록 단발성을 띠는 데 그쳤으나, 이는 곧 일본과 조선의 위계적 영화 교류의 단면을 드러내는 것이기도 하였다.

3. 작품 소개

다음은 1940년부터 1945년까지 조선에서 제작·개봉된 극영화 가운데 일본인에 의해 시나리오가 집필된 작품의 목록 및 관련 사항을 정리한 것이다.

연도	개봉일	제목(일본어)	감독	제작	권수	시나리오	보존 상황
1940	4.30	수업료 (授業料)	최인규, 방한준	고려영화협회	8	八木保太郎	필름보존 각본보존
1941	2.19	집 없는 천사 [家なき天使]	최인규	고려영화협회	10	西龜元貞	필름보존 각본보존
	6.16	그대와 나 [君と僕]	허영	조선군 보도부	10	허영, 飯島正	필름일부 각본보존
1942	1.14	풍년가(豊年歌)	방한준	고려영화주식회사		西龜元貞	
1943	4.5	우러르라 창공 [仰ゲ蒼空]	김영화	고려영화협회 기획, 사단법인 조선영화제작 주식회사	8	西龜元貞	
	6.16	조선해협 (朝鮮海峽)	박기채	사단법인 조선영화제작 주식회사	9	佃順	필름보존 각본보존
	12.1	젊은 자태 [若き姿]	豊田 四郎	사단법인 조선영화제작 주식회사	9	八田尙之	필름보존 각본보존
1944	2.24	거경전(巨鯨傳)	방한준	사단법인 조선영화제작 주식회사	8	佃順	각본보존
	6.16	병정님[兵隊さん]	방한준	조선군 보도부	8	西龜元貞	필름보존 각본보존
	11.4	태양의 아이들 [太陽の子供たち]	최인규	사단법인 조선영화사	8	西龜元貞	
1945	5.24	사랑과 맹세 [愛と誓ひ]	최인규	사단법인 조선영화사	12	八木隆一郎	필름보존

　위의 내용을 통해 드러나는 일차적인 사실은, 당시 조선에서 일본인의 각본을 토대로 한 극영화의 편수 자체가 늘어났으며 조선영화 전체에서 차지하는 이들 작품의 비중 또한 점차 커져 갔다는 점이다. 특히 1943년 이후에 완성된 모든 극영화는 조영이나 조선군 보도부의 기획 및 제작 하에 일본인 각본가의 시나리오로 만들어졌다.

　다음으로, 해당 극영화의 제작 경향에는 일련의 양상이 존재한다는 점이다. 일본인 시나리오 작가에 의해 영화화된 작품은 첫째 <수업료>,

<집 없는 천사>, <우러르라 창공> 류의 아동영화, 둘째 <풍년가>, <거경전>과 같이 농어촌을 배경으로 주요 인물(들)의 위기 극복과 극기의 과정을 그린 영화, 셋째 <그대와 나>, <조선해협>, <병정님> 등 가족의 문제나 남녀 간의 애정 관계를 곁들여 훈련소 생활을 전시한 영화, 넷째 <젊은 자태>, <태양의 아이들>, <사랑과 맹세>의 경우처럼 소년(들)의 성장 및 전쟁 참여를 다룬 영화 등으로 분류된다.

특징적인 면은 이들 작품이 대체로 동시기 일본의 식민지 정책을 수용하고 있다는 부분에서 발견된다. 학비가 없어 고생하던 한 소학생이 일본인 교사와 급우들의 격려 속에 용기를 얻는다는 내용의 <수업료>, 악한들의 착취에 시달리던 어느 남매가 헤어져 지내다가 고아원을 세운 독지가와 그의 처남인 의사의 도움으로 재회하는 과정을 그린 <집 없는 천사>, 홀어머니 밑에서 가난하게 살며 항공병을 꿈꾸던 한 소년이 동생이 키우던 개를 팔고 전투기 모금에 헌납한 뒤 주변의 도움으로 개를 돌려받게 된다는 미담을 담은 <우러르라 창공>에는 어린이들의 동심을 애국심으로 환원시키고자 하는 아동정책이, 식량 부족으로 고생을 겪던 농촌의 젊은 남녀가 힘을 합쳐 모내기에 사력을 다한다는 내용의 <풍년가>, 겁 많던 젊은 청년이 주변 사람들의 격려와 응원에 힘입어 포경 선원으로 성장하는 과정을 그린 <거경전>에는 인내심과 희생, 공동체정신을 강조함으로써 생산력 향상을 독려하는 물자정책이 묻어나 있다. 또한, 각각 지원병과 징병 대상자로 훈련소 생활을 경험하게 된 조선인 청년들의 삶을 묘사한 <그대와 나>와 <병정님>, 그리고 남성 측 부친의 반대를 무릅쓰고 동거 생활을 하던 젊은 남녀가 지원병과 여공으로 복무하여 인정을 받는다는 내용의 <조선해협>에는 지원병제 및 징병제에 대한 홍보를 통해 조선인의 전쟁 참여를 촉구하는 군사정책이, 장차 징병의

대상이 될 중학교 5학년 생도들과 교사들의 일주일간의 병영 생활을 기록한 <젊은 자태>, 어느 작은 섬의 교장과 학생이 사이판에서 우연히 상봉한 뒤 미군의 침입으로 전사·희생된다는 내용의 <태양의 아이들>, 한 조선인 고아가 가미가제(神風) 특공대로 출격하여 전사한 일본인 장교의 뒤를 따라 해군특별지원병에 입대하는 과정을 그린 <사랑과 맹세>에는 소년병 육성을 위해 그들에게 군인으로서의 환상을 강요하는 교육정책이 개입되어 있다. 물론, 이들 작품 가운데는 복수의 식민지 정책이 투영된 사례 역시 병존한다. 가령 교육정책이 담긴 네 번째 부류 영화들속에는 군사정책도 섞여 있었다고 할 만하다.

시간의 흐름에 따라 조선영화에 반영된 국책의 표상이 강도 높게 노골화되어 갔다는 사실 또한 눈여겨 볼 지점이다. 이러한 추세는 일본 전역이 총력전체제에 돌입하는 계기가 된 태평양전쟁 발발(1941.12.8.)을 전후하여, 그리고 이후 수차례의 전황의 급변을 거치면서 더욱 심화된다.

이들 영화에는 당대 식민지 권력이 내세운 통치 이데올로기가 공통적으로 내재되어 있기도 하다. <수업료>에서 보이는 조선인 학생과 일본인 교사 사이의 인정, <조선해협>에서 드러나는 조선인 여성과 일본인 여성의 우애, <그대와 나>, <사랑과 맹세>에서 표출되는 조선인과 일본인 간 연애나 결혼의 실현 사례는 전시동원 체제 하에서 슬로건으로 내세워지던 내선일체(內鮮一體)의 구체적 상(像)이라 할 만하다.

이를 통해, 제도적 통제 장치에 기반하여 조선인을 대상으로 '영화 국책'을 구현하려 한 식민지 권력의 의도를 확인할 수 있다. 아울러 그 중개자로서 제국의 요구에 화답하며 당대 조선영화의 서사적 틀을 제시하는 방식으로 영화계에 영향력을 행사한 일본인 시나리오 작가의 욕망을 엿보는 일도 가능하다.

4. 연구 현황 및 의의

1940년대 식민지 조선에서 일본인 시나리오 작가의 영화 활동 양상과 작품 경향이 어떠하였는가를 탐구하는 일은, 동시기 조선영화(계)의 위상 및 정체성에 대해 체계적으로 파악하는 통로이자 일제말기 한일 문화사를 보다 입체적으로 이해하는 열쇠가 될 수 있다. 그 문화사적 의의는 다음과 같이 크게 세 가지 측면에서 정리된다.

첫째, 일본인 각본가의 조선영화 시나리오 작업은 영화 속 언어 설정에 있어 시대적 흐름 및 특수성을 대변한다. 1930년대 말부터 1940년대 초까지 조선영화계에서는 영화 속 등장인물의 '조선어/일본어(국어)' 사용 문제가 논쟁거리로 대두되곤 하였는데, 일본인의 시나리오 집필로 인하여 해당 작품을 중심으로 조선영화 속 중심언어는 기존의 조선어에서 '이중언어→일본어'의 순으로 전환되어 갔다.

둘째, 해당 작품 및 시나리오 작가들의 문학사적 위치를 재고할 기회를 제공한다. 과거 영화사가들은 1943년 이후 한국영화의 존재성에 대해 회의적 시각을 갖는 경우가 많았는데, 이는 당시 조선영화가 일본인 각본가의 시나리오를 바탕으로 하여 조영이나 조선군 보도부에서 일본어로 만들어졌기 때문이었다. 그런데, 재조일본인·일본어 문학사 분야로 개념적 범위를 확대하여 다시 살핀다면 그 가치와 의의를 재발견할 만한 소지가 분명 존재한다. 이는 영화 분야에서의 시나리오의 위상 문제와도 결부된다는 점에서 더욱 문제적이다.

셋째, '친일'로 얼룩지고 '국책'에 매몰된 것으로 치부되던 식민지 말기 한국영화(사)에 대한 탈식민주의적 해석의 가능성을 타진토록 한다. 이는 일본인 시나리오 작가의 각본이 조선인 감독의 영화로 구현되는 과정에서 둘 간의 매체적, 민족적 차이가 어떻게 발생하였는가를 분석하는 과정을 통해 실현될 수 있을 것이다.

그럼에도, 1940년대 식민지 조선에서의 일본인 각본가의 활동과 작품을 집중적으로 조명한 선행연구는 찾아보기 어렵다. 심지어 식민지 전 시기를 범주로 두더라도 일본인 시나리오 작가나 영화 시나리오에 주목한 연구 사례는 쉽사리 눈에 띄지 않는다. 일국 중심의 영화사 연구의 한계를 뛰어 넘고 탈경계적 문화사의 새로운 지평을 마련하기 위해서라도 이에 대한 보다 정밀하고 체계적인 탐구가 필요한 시점이다.

▶ 함충범

찾아보기

ㅂ

집필자 소개(가나다 순)

강원주(姜元珠)
고려대학교 글로벌일본연구원 연구교수. 일본근현대문학 전공.

김계자(金季杍)
고려대학교 글로벌일본연구원 HK연구교수. 일본근현대문학, 재일코리언문학 전공.

김광식(金廣植)
일본학술진흥회 특별연구원PD. 한일민속학, 문화사 전공.

김보경(金普慶)
고려대학교 글로벌일본연구원 연구교수. 일본영화, 일본근현대문학 전공.

김보현(金寶賢)
고려대학교 중일어문학과 박사과정. 일본어 시가문학 전공.

김정은(金廷恩)
법무법인 광장 일본어 패러리걸. 전 고려대학교 국제어학원 강사. 한일 여행문학 전공.

김효순(金孝順)
고려대학교 글로벌일본연구원 부교수. 일본근현대문학, 번역학 전공.

나카네 다카유키(中根隆行)
일본 에히메대학교(愛媛大學) 법문학부 교수. 일본근현대문학, 비교문학 전공.

나카무라 시즈요(中村靜代)
홍익대학교 조교수. 일본근현대문학, 식민지 괴담 전공.

박광현(朴光賢)
동국대학교 국어국문문예창작학부 교수. 한일비교문학·문화, 재조일본인 및 재일조선인문학 전공.

박상현(朴相鉉)
경희사이버대학교 일본학과 교수. 일본문화학 및 일본고전문학 전공.

박영미(朴暎美)
성균관대학교 동아시아학술원 HK연구교수. 동아시아 근대 한문학 전공.

박진수(朴眞秀)
가천대학교 인문대학 동양어문학과 교수. 아시아문화연구소장. 일본문학, 비교문화론 전공.

사희영(史希英)
전남대학교 일어일문학과 강사. 일본근현대문학, 한일근현대비교문학 전공.

송혜경(宋惠敬)
한국방송통신대학교 통합인문학연구소 학술연구교수. 일본근대문학 전공.

신승모(辛承模)
　　동국대학교 일본학연구소 연구원. 일본근현대문학, 문화 전공.

양지영(梁智英)
　　숙명여자대학교 일본학과 강사. 한일비교문학·문화 전공.

엄인경(嚴仁卿)
　　고려대학교 글로벌일본연구원 부교수. 일본어 시가문학, 한일비교문화론 전공.

유재진(兪在眞)
　　고려대학교 일어일문학과 부교수. 일본근현대문학 전공.

윤대석(尹大石)
　　서울대학교 국어교육과 부교수. 한국근현대소설, 한국소설교육 전공.

이가혜(李嘉慧)
　　고려대학교 중일어문학과 박사과정. 일본근대문학 전공.

이민희(李敏姫)
　　한림대학교 일본학연구소 연구원. 일본근대문학 전공.

이선윤(李先胤)
　　홍익대학교 교양과 조교수. 일본근현대문학, 문화, 미디어 연구.

이승신(李承信)
　　배재대학교 학술연구교수. 일본근현대문학 전공.

이정욱(李正旭)
　　전주대학교 한국고전학연구소 연구교수. 일본문화, 연극·영화 전공.

임다함(任다함)
　　고려대학교 글로벌일본연구원 연구교수. 한일비교문학 전공.

정병호(鄭炳浩)
　　고려대학교 일어일문학과 교수. 일본근현대문학, 한일비교문화론 전공.

채숙향(蔡淑香)
　　백석대학교 관광학부 조교수. 일본 근현대문학 전공.

편용우(片龍雨)
　　고려대학교 글로벌일본연구원 HK연구교수. 일본전통예능 가부키[歌舞伎] 전공.

함충범(咸忠範)
　　한양대학교 현대영화연구소 연구교수. 동아시아영화사 전공.

재조일본인 일본어문학사 서설

초판1쇄 **인쇄** 2017년 6월 8일
초판1쇄 **발행** 2017년 6월 15일

편저자 跨境 日本語文學・文化 硏究會
펴낸이 이대현
편 집 권분옥
펴낸곳 도서출판 역락
　　　　서울시 서초구 동광로 46길 6-6 문창빌딩 2층
　　　　전화 02-3409-2058(영업부), 2060(편집부)
　　　　팩시밀리 02-3409-2059
　　　　이메일 youkrack@hanmail.net
　　　　등록 1999년 4월 19일 제303-2002-000014호

ISBN 979-11-5686-887-3 93830

이 도서의 국립중앙도서관 출판예정도서목록(CIP)은 서지정보유통지원시스템 홈페이지(http://seoji.nl.go.kr)와 국가
자료공동목록시스템(http://www.nl.go.kr/kolisnet)에서 이용하실 수 있습니다.(CIP제어번호: CIP2017014155)